ESTA EDIÇÃO FOI FEITA
COM CARINHO PELA TAG
PARA SEUS ASSOCIADOS.

KATE QUINN

A rede de Alice

TRADUÇÃO
Rogério Alves

1ª edição

TAG
VERUS EDITORA

EDITORA
Raïssa Castro

COORDENADORA EDITORIAL
Ana Paula Gomes

COPIDESQUE
Lígia Alves

REVISÃO
Ana Paula Gomes
Maria Lúcia A. Maier

CAPA E PROJETO GRÁFICO
TAG – Experiências Literárias
Bruno Miguell Mesquita
Gabriela Heberle
Paula Hentges

DIAGRAMAÇÃO
Juliana Brandt

LETTERING
TAG – Experiências Literárias
Ana Paula Lamberti Bertol

ILUSTRAÇÕES
Adaptadas de Shutterstock

IMAGEM DE CAPA
Brück & Sohn Kunstverlag
Meißen

TÍTULO ORIGINAL
The Alice Network

ISBN: 978-85-7686-762-3

Publicado mediante acordo com HarperCollins Publishers.

Verus Editora Ltda.
Rua Benedicto Aristides Ribeiro, 41,
Jd. Santa Genebra II, Campinas/SP, 13084-753
Fone/Fax: (19) 3249-0001
www.veruseditora.com.br

CIP-BRASIL. CATALOGAÇÃO NA FONTE
SINDICATO NACIONAL DOS EDITORES DE LIVROS, RJ

Q64r

Quinn, Kate
A rede de Alice / Kate Quinn ; tradução Rogério Alves. – 1. ed. – Campinas [SP] : Verus ; Porto Alegre [RS] : Tag, 2019.
; 21 cm.

Tradução de: The Alice Network
ISBN 978-85-7686-762-3

1. Romance americano. I. Alves, Rogério. II. Título.

19-55317 CDD: 813
CDU: 82-3(73)

Meri Gleice Rodrigues de Souza – Bibliotecária – CRB-7/6439

Revisado conforme o novo acordo ortográfico.

À minha mãe.
Minha primeira leitora,
minha primeira crítica,
minha primeira fã.
Este é para você.

As fronteiras na Europa estavam em constante mudança na Primeira e na Segunda Guerra Mundial. Retratadas aqui são as fronteiras modernas.

PARTE I

1
CHARLIE

Maio de 1947
Southampton

A primeira pessoa que encontrei na Inglaterra foi uma alucinação. Eu a trouxe comigo a bordo do sereno transatlântico que transportou, de Nova York para Southampton, meu ser anestesiado e atormentado pela tristeza.

Eu estava sentada do lado oposto à minha mãe a uma mesa de vime entre vasos de palmeiras no Hotel Dolphin, tentando ignorar o que meus olhos me diziam. A garota loira na recepção não era quem eu pensava, eu *sabia* disso. Era apenas uma garota inglesa esperando ao lado da bagagem de sua família, alguém que eu nunca tinha visto antes. Mas isso não impediu que minha mente me dissesse que ela era outra pessoa. Desviei o olhar para três rapazes ingleses numa mesa próxima, ocupados tentando evitar pagar gorjeta para a garçonete.

— Cinco por cento de gorjeta ou dez? — dizia um dos garotos, com uma gravata de universitário, enquanto balançava a conta no ar e seus amigos riam. — Só dou gorjeta quando elas são bonitas. Ela tem pernas muito finas...

Olhei furiosa para eles, mas minha mãe estava totalmente alheia.

— Tão frio e úmido para maio, *mon Dieu*!

Ela desdobrou seu lenço: uma onda de essência de lavanda feminina entre o amontoado de nossa bagagem. Que contraste comigo, toda desarrumada e curvada.

— Endireite os ombros, *chérie*. — Ela morava em Nova York desde que tinha se casado com meu pai, mas ainda salpicava suas frases com francês. — Pare de se entortar.

— Não consigo me entortar com esta roupa. — Eu estava enfiada num corpete que parecia um cinto de ferro. Não que eu precisasse, pois meu corpo era um graveto, mas a estrutura da saia não ficaria correta sem ele, então era mesmo um cinto de ferro. Aquele Dior, que ele e o seu New Look apodrecessem no inferno. Minha mãe sempre se vestiu corretamente, com o que havia de mais novo na moda, e seu corpo foi feito para isso: alta, cintura fina, curvas voluptuosas, uma elegância em seu traje de viagem completo. Eu também usava um traje de viagem com babado, mas estava me afogando em todo aquele pano. O ano de 1947 foi um inferno para garotas pequenas e magricelas como eu, que não conseguiam usar o New Look. E, do mesmo jeito, 1947 foi um inferno para qualquer garota que preferisse resolver problemas de cálculo a ler a *Vogue*, para qualquer garota que preferisse escutar Edith Piaf a Artie Shaw, e para qualquer garota sem uma aliança no dedo mas com uma barriga protuberante.

Eu, Charlie St. Clair, tinha marcado oficialmente três de três. Essa era a outra razão pela qual minha mãe queria que eu usasse um corpete. Eu só estava de três meses, mas ela não iria arriscar que minha forma denunciasse a meretriz que ela havia trazido ao mundo.

Olhei de relance pelo saguão do hotel. A garota loira ainda estava lá, e minha mente ainda estava tentando me dizer que ela era alguém que não era. Desviei o olhar novamente, piscando com força quando a garçonete se aproximou com um sorriso.

— A senhora ficará para o chá completo? — Ela realmente tinha pernas finas, e, quando saiu com o nosso pedido, os rapazes da mesa ao lado ainda estavam reclamando da gorjeta.

— Cinco xelins cada um por uma xícara de chá. Deixe apenas dois *pence*...

Nosso chá chegou rápido, tilintando em uma louça florida. Minha mãe sorriu para a garçonete em agradecimento.

— Mais leite, por favor. *C'est bon!* — Embora não fosse tão *bon*, na verdade. Pequenos biscoitos duros, sanduíches secos e nada de açúcar. Apesar de o Dia da Vitória* ter acontecido havia dois anos, os traços do racionamento na Inglaterra continuavam visíveis. Mesmo o menu de um hotel suntuoso ainda trazia o preço da opção racionada de jantar, por não mais de cinco xelins. A ressaca da guerra ainda era visível aqui de maneira que não se via em Nova York. Ainda havia soldados de uniforme caminhando pelo saguão do hotel, flertando com as empregadas, e uma hora antes, quando eu tinha desembarcado do transatlântico, notei a aparência das casas destruídas no cais, como dentes que faltam num sorriso bonito. Minha primeira impressão da Inglaterra olhando do cais para o hotel foi a de que tudo parecia cinza e exausto da guerra, tudo ainda profundamente chocado. Assim como eu.

Coloquei a mão no bolso de meu casaco cinza sentindo o pedaço de papel que havia ficado ali nos últimos meses, estivesse eu de traje de viagem ou de pijama. Eu não sabia o que fazer com ele. O que eu *poderia* fazer? Eu não sabia, mas ele parecia ainda mais pesado que o bebê que eu estava carregando. Eu não podia senti-lo, ou ter um sentimento claro sobre a criança. Eu não ficava enjoada pelas manhãs, ou com desejo de sopa de ervilha com pasta de amendoim, nem sentia qualquer uma das coisas que supostamente sentimos quando estamos grávidas. Eu estava apenas anestesiada. Não podia acreditar naquele bebê porque ele não tinha mudado nada. Apenas minha vida inteira.

Os rapazes se levantaram, atirando algumas moedas na mesa. Pude ver a garçonete voltando com o leite, andando como se seu pé estivesse machucado. Então me dirigi aos três rapazes ingleses quando eles se viraram para sair.

— Com licença — eu disse e aguardei até que eles olhassem para mim. — Cinco xelins cada um pelo chá, uma conta de quinze xelins,

* Em inglês, V-E Day, 8 de maio de 1945, o dia em que foi assinado o armistício da Segunda Guerra Mundial. (N. do T.)

com uma gorjeta de cinco por cento, dá um total de nove *pence* de gorjeta. Uma gorjeta de dez por cento daria um xelim e seis *pence*.

Eles pareceram surpresos. Eu estava acostumada àquele olhar. Ninguém imagina que garotas sabem fazer contas, muito menos de cabeça, mesmo contas fáceis como aquela. Mas eu cursava a graduação em matemática na Bennington, então os números faziam sentido para mim. Eles seguem uma ordem, são racionais e fáceis de prever, ao contrário das pessoas. Não havia uma conta de consumo que eu não pudesse fazer mais rápido que uma máquina de calcular.

— Nove *pence*, ou um e seis — repeti, desanimada, para os garotos que me encaravam. — Sejam cavalheiros. Deixem um e seis.

— Charlotte — minha mãe sibilou quando os rapazes saíram com aparência azeda. — Isso foi muito mal-educado.

— Por quê? Eu disse "com licença".

— Nem todo mundo deixa gorjeta. E você não deveria ter se intrometido daquele jeito. Ninguém gosta de garotas insistentes.

Ou de garotas que estudam matemática, ou de garotas grávidas, ou... Mas não pronunciei as palavras; estava muito cansada para brigar. Tínhamos passado seis dias cruzando o Atlântico numa cabine simples — a viagem levara mais tempo que o esperado devido ao mar agitado — e naqueles seis dias havíamos tido uma série de tensas disputas que se transformaram em uma civilidade incômoda. Tudo ficara subordinado aos meus silêncios repletos de vergonha e à raiva incandescente de minha mãe. Por isso aproveitamos a oportunidade de desembarcar por uma noite. Se não tivéssemos saído daquela cabine fechada, teríamos voado uma sobre a outra.

"Sua mãe está sempre pronta para voar sobre alguém", dissera Rose, minha prima francesa, havia alguns anos, quando *maman* nos deixou de castigo por dez minutos por ouvir Edith Piaf. "Isso não é música para meninas pequenas! É indecente!"

Bom, eu tinha feito algo muito mais indecente agora do que ouvir jazz francês. Tudo o que eu podia fazer era ignorar minhas emoções até parar de senti-las e afastar as pessoas empinando meu queixo num ângulo que dissesse *Eu não ligo*. Isso funcionava bastante bem com rapazes grosseiros que não deixam gorjeta para a garçonete, mas minha mãe conseguia penetrar aquela concha a qualquer momento que quisesse.

Ela estava tagarelando, reclamando de nossas passagens.

— ... eu sabia que deveríamos ter pegado o navio mais tarde. Ele teria nos levado diretamente para Calais, sem esta parada estúpida na Inglaterra.

Fiquei em silêncio. Uma noite em Southampton e então na manhã seguinte direto para Calais, de onde um trem nos levaria para a Suíça. Havia uma clínica em Vevey onde minha mãe agendara para mim uma consulta discreta. *Seja grata, Charlie*, repeti para mim mesma pela milésima vez. *Ela não precisava ter vindo com você*. Eu poderia ter sido enviada para a Suíça com a secretária de meu pai ou com algum outro acompanhante profissional indiferente. Minha mãe não precisava ter perdido suas férias tradicionais em Palm Beach apenas para me acompanhar. *Ela está aqui com você. Ela está tentando*. Eu podia ver o valor daquilo mesmo através de minha nebulosa e irritada vergonha. Não que ela estivesse errada por estar tão furiosa comigo, por achar que eu era uma vadia que só arrumava confusão. Isso é o que as garotas eram se estivessem na situação em que eu estava. Seria melhor me acostumar com o rótulo.

Maman ainda estava falando, animada.

— Pensei que iríamos a Paris depois de seu Compromisso. — Toda vez que ela dizia isso, eu ouvia a letra maiúscula. — Comprar roupas apropriadas para você, *ma p'tite*. Fazer alguma coisa com seu cabelo.

O que ela estava realmente dizendo era: "Você voltará para a escola no outono com um visual novo e chique, e ninguém saberá de seu Pequeno Problema".

— Eu realmente não vejo como a equação se resolve, *maman*.

— O que você quer dizer com isso?

Suspirei.

— Uma estudante do segundo ano menos um pequeno estorvo dividido por um período de seis meses multiplicado por dez vestidos de Paris e um novo penteado não será igual a uma reputação restabelecida.

— A vida não é um problema de matemática, Charlotte.

Se fosse, eu teria me dado bem melhor. Sempre desejei poder tratar as pessoas da maneira fácil como fazia com a aritmética: simplesmente encontrar os denominadores comuns e resolver. Os números nunca mentem; sempre existe uma resposta, e a resposta sempre é certa ou errada. Simples. Mas nada na vida é simples, e não havia resposta ali para encontrar. Existia apenas uma confusão que era Charlie St. Clair sentada a uma mesa com sua mãe, com quem ela *não* tinha denominadores comuns.

Maman tomou um gole de seu chá fraco, sorrindo, odiando-me.

— Eu deveria perguntar se nossos quartos estão prontos. Endireite-se! E mantenha sua maleta por perto; as pérolas de sua avó estão nela.

Ela saiu em direção ao balcão de mármore e aos recepcionistas agitados, e eu fui pegar minha maleta de viagem, quadrada e surrada. Não houvera tempo de comprar algo melhor. Eu levava meio maço de Gauloises enfiado debaixo da caixa com minhas pérolas (só mesmo minha mãe insistiria para eu levar as pérolas para uma clínica suíça). Eu teria abandonado com alegria minha bagagem e minhas pérolas para serem roubadas se pudesse dar uma saída para fumar. Minha prima Rose e eu tínhamos experimentado nosso primeiro cigarro com, respectivamente, treze e onze anos. Tínhamos roubado um maço de meu irmão mais velho e desaparecido no alto de uma árvore para experimentar o vício dos adultos.

— Pareço a Bette Davis? — perguntou Rose, tentando soltar a fumaça pelo nariz. Eu quase caí da árvore, rindo e tossindo ao mesmo tempo depois de minha única tragada, e ela mostrou a língua para mim. — Charlie boba! — Rose era a única que me chamava de Charlie em vez de Charlotte, com um leve sotaque francês. *Shar-li*, com ênfase nas duas sílabas.

Foi Rose, claro, que eu vi olhando para mim no saguão do hotel. E *não era* Rose, era apenas uma garota inglesa curvada ao lado de uma pilha de bagagem, mas meu cérebro me disse estupidamente que eu estava vendo minha prima: treze anos, loira, linda. Essa era a idade dela no último verão em que eu a vira, sentada naquela árvore com seu primeiro cigarro.

Ela estaria mais velha agora, vinte e um contra meus dezenove... Se ainda estivesse viva.

— Rose — sussurrei, sabendo que deveria desviar o olhar, mas não o fiz. — Ah, Rose...

Na minha imaginação, ela deu um sorriso levado e, com um gesto do queixo, apontou para a rua. *Vá.*

— Ir para onde? — eu disse em voz alta. Mas já sabia. Enfiei a mão no bolso e senti o pedaço de papel que estive carregando durante um mês. Ele já tinha sido rígido e enrugado, mas o tempo o deixara macio e flexível. Aquele pedaço de papel guardava um endereço. Eu poderia...

Não seja burra. Minha consciência tinha uma voz afiada que ardia como um corte de papel. *Você sabe que não vai a lugar nenhum a não ser para o quarto.* Havia um quarto de hotel esperando por mim com lençóis limpos, um quarto que eu não precisaria dividir com a fúria frágil de minha mãe. Um terraço onde eu poderia fumar em paz. Outro navio para pegar no dia seguinte e então o Compromisso, como meus pais eufemisticamente se referiam a ele. O Compromisso, que cuidaria de meu Pequeno Problema e então ficaria Tudo Bem.

Ou eu poderia admitir que nada estava Tudo Bem e nada ficaria Tudo Bem. E poderia apenas ir, agora mesmo, seguindo a trilha que começava na Inglaterra.

Você planejou isso, Rose sussurrou. *Você sabe que sim.* E eu tinha feito isso. Até mesmo em minha situação de tristeza passiva das últimas semanas, procurei o navio que levaria a mim e a minha mãe para uma escala na Inglaterra, e não quis a outra passagem, que teria nos levado diretamente para a França. Provoquei a situação sem me deixar pensar no motivo que me levara a fazer aquilo: porque eu tinha um endereço inglês no bolso, e, naquele momento, sem um oceano no caminho, tudo o que me faltava era coragem para continuar.

A garota inglesa desconhecida que não era Rose já tinha ido, seguia pelas escadas do hotel atrás do carregador com sua bagagem. Olhei para o espaço vazio onde Rose estivera. Toquei o pedaço de papel no bolso. Pequenos fragmentos de sentimento me empurraram para fora de meu estado de anestesia. Medo? Esperança? Determinação?

Um endereço rabiscado mais um traço de determinação elevado à décima potência. Resolva a equação, Charlie.

Desmembre-a.

Encontre o x.

Agora ou nunca.

Respirei fundo. Peguei o pedaço de papel e, com ele, veio uma nota amassada de uma libra. Irresponsavelmente, estiquei-a na mesa onde os rapazes barulhentos haviam deixado a gorjeta mirrada e caminhei para fora do saguão do hotel segurando minha maleta de viagem e meus cigarros franceses, diretamente através das portas largas, onde perguntei para o porteiro:

— Com licença, o senhor poderia me indicar para que lado fica a estação de trem?

Não foi a melhor ideia que eu já tive: uma cidade estranha, uma garota sozinha. Tinha passado as últimas semanas atordoada pela minha falta de sorte sem fim — o Pequeno Problema, os gritos em francês de minha mãe, o silêncio impassível de meu pai. Eu iria para qualquer lugar aonde me levassem. Eu me jogaria de um penhasco, calma e obediente, e não me preocuparia com o motivo pelo qual caía até que me visse na metade do caminho. Estive na metade do caminho do buraco em que minha vida se transformou, um buraco que se tornou infinito enquanto eu estava em pleno ar. Mas agora eu tinha conseguido apoio.

Com certeza era um apoio na forma de alucinação, uma visão que ia e voltava durante meses enquanto minha mente insistia em pintar o rosto de Rose em toda menina loira com quem eu cruzava. Isso me assustara bastante na primeira vez, não porque eu pensasse que Rose fosse um fantasma, mas porque pensei que estivesse ficando louca. Talvez eu estivesse louca, mas não estava vendo fantasmas. Porque, independentemente do que meus pais disseram, eu não acreditava completamente que Rose estava morta.

Agarrei-me àquela esperança enquanto me apressava pela rua em direção à estação de trem com meus sapatos de salto alto impraticáveis ("Sempre salto alto para uma garota baixa como você, *ma chère*, caso contrário você nunca vai parecer nada além de uma menininha"). Abri caminho pela multidão, os trabalhadores rudes e brutos seguindo para as docas, as moças bem-vestidas, os soldados parados nas esquinas. Apressei-me até ficar sem ar e deixei a esperança brotar, tomando conta de mim com uma dor que fez meus olhos queimarem.

Volte, ralhou a voz afiada da consciência. *Você ainda pode voltar*. Voltar para o quarto de hotel, para minha mãe tomando todas as decisões, para a névoa macia de lã que me isolava. Mas continuei acelerando. Ouvi o apito de um trem, senti o cheiro de cinzas e as ondas de vapor. Estação de Southampton. Hordas de passageiros desembarcavam, homens de chapéu, crianças irritadas de rosto vermelho, mulheres segurando jornais amassados sobre o cabelo para proteger o penteado do leve chuvisco. Quando tinha começado o chuvisco? Eu podia sentir meu cabelo negro alisando-se debaixo da aba do chapéu verde que minha mãe tinha escolhido para mim, o chapéu que me fazia parecer um leprechaun. Eu continuei, correndo pela estação.

Um condutor de trem gritava alguma coisa. Partida em dez minutos, direto para Londres.

Olhei novamente para o pedaço de papel preso em minha mão. *Hampson Street, 10, Pimlico, Londres. Evelyn Gardiner.*

Fosse quem diabo fosse.

Minha mãe já estaria me procurando pelo Dolphin, disparando imperiosamente monólogos em direção aos recepcionistas do hotel. Mas eu na verdade não ligava. Eu estava a meros cento e vinte quilômetros da Hampson Street, 10, Pimlico, Londres, e tinha um trem parado bem na minha frente.

— Cinco minutos! — gritou o condutor. Passageiros correram para embarcar, levantando suas bagagens.

Se você não for agora, nunca irá, pensei.

Então comprei um bilhete e subi no trem. Num passe de mágica, desapareci na fumaça.

À medida que a tarde se tornava noite, o vagão do trem foi esfriando. Encolhi-me em minha velha capa de chuva preta para me aquecer, dividindo meu compartimento com uma mulher de cabelo grisalho e seus três netos curiosos. A avó lançou um olhar de desaprovação para minha mão sem aliança e sem luva, como se quisesse saber que tipo de garota estava viajando para Londres por conta própria. Com certeza garotas sempre viajavam de trem, dadas as necessidades da guerra, mas ela claramente não *me* aprovava.

— Estou grávida — eu disse a ela na terceira vez que me encarou. — Quer trocar de lugar agora? — Ela se levantou e saiu na parada seguinte, arrastando consigo seus netos que reclamavam: "Vovó, só vamos descer em..." Ajustei meu queixo no ângulo *Eu não ligo* e recebi seu último olhar de reprovação. Então me acomodei em minha poltrona enquanto a porta batia e me deixava sozinha. Pressionei as mãos contra minhas bochechas vermelhas, zonza, confusa, esperançosa e culpada. Eram tantas emoções que eu estava quase me afogando, perdida em minha concha entorpecida. O que estava errado comigo?

Correndo pela Inglaterra com um endereço e um nome, minha afiada voz interior disse. *O que você acha que pode fazer? Você é uma confusão incapaz, como vai conseguir ajudar alguém?*

Estremeci. *Não sou incapaz.*

É, sim. Na última vez que tentou ajudar alguém, olha o que aconteceu.

— E agora estou tentando de novo — eu disse em voz alta para o compartimento vazio. Confusão incapaz ou não, eu estava *ali*.

A noite havia caído quando cambaleei, cansada e faminta, para fora do trem em Londres. Arrastei-me pelas ruas, e a cidade passava diante de mim como uma grande massa de fumaça negra; a distância, vi a silhueta da torre do grande relógio sobre Westminster. Fiquei ali por um momento enquanto os carros passavam, pensando em como Londres deveria ter sido alguns anos antes, quando o *fog* era cortado por Spitfires e Messerschmitts. Então, saí de meu devaneio. Não fazia ideia de onde ficava a Hampson Street, 10, e tinha apenas algumas poucas moedas na carteira. Enquanto chamava um táxi, rezei para que fossem suficientes. Eu realmente não gostaria de arrancar uma pérola do colar de minha avó apenas para pagar uma corrida de táxi. *Talvez eu não devesse ter deixado uma libra inteira para a garçonete...* Mas não estava arrependida.

O motorista me levou para onde ele disse que era Pimlico e me deixou numa rua com uma fileira de casas altas. Tinha começado a chover. Olhei ao redor em busca de minha alucinação, mas não havia sinal de cabelo loiro, apenas uma rua escura, a chuva caindo, os passos cansados em direção às escadas do número 10, que levavam a uma porta suja e descascada. Ergui a maleta, subi e bati antes que a coragem me abandonasse.

Nenhuma resposta. Bati novamente. A chuva estava piorando e a desesperança aumentou como uma onda. Bati e bati até meu pulso doer, então vi um pequeno movimento da cortina ao lado da porta.

— Sei que tem alguém aí! — Mexi na maçaneta, cega pela chuva. — Me deixe *entrar*!

Para minha surpresa, a maçaneta se moveu e eu entrei, caindo finalmente dos meus sapatos impraticáveis. Fui ao chão do hall escuro de joelhos, rasgando minhas meias. Então a porta bateu, fechando, e ouvi o clique de uma pistola sendo engatilhada.

A voz dela era baixa, rouca, enrolada, feroz.

— Quem é você e que merda está fazendo na minha casa?

As lâmpadas da rua enviaram um raio de luz embaçado através das cortinas, iluminando um pouco o hall escuro. Pude ver uma silhueta alta e magra, cabelo desgrenhado, e o vermelho de um toco de cigarro aceso. A luz brilhante batia no cano da arma, apontada diretamente para mim.

Eu deveria ter ficado apavorada e ter me afastado da situação, da arma e das palavras. Mas a fúria varreu para longe a última parte do *fog* que não me deixava sentir nada. Então arrumei minhas pernas para me levantar, sentindo as meias rasgadas.

— Estou procurando Evelyn Gardiner.

— Não me interessa quem você está procurando. Se não me disser por que uma maldita ianque invadiu minha casa, vou atirar. Sou velha e estou bêbada, mas esta é uma Luger 9 mm P08 em excelente condição. Bêbada ou sóbria, posso arrancar a parte de trás da sua cabeça dessa distância.

— Sou Charlie St. Clair. — Tirando os cabelos molhados dos olhos. — Minha prima Rose Fournier desapareceu na França durante a guerra e você deve saber como encontrá-la.

Abruptamente a lâmpada elétrica do hall se acendeu. Pisquei por causa da claridade. Em pé sobre mim estava uma mulher alta e magra num vestido desbotado. Seu cabelo grisalho desarrumado circundava o rosto marcado pelo tempo. Ela poderia ter cinquenta ou setenta anos. Segurava a Luger em uma das mãos e um cigarro aceso na outra; manteve a arma fixa na minha testa enquanto levava o cigarro aos lábios e dava uma longa tragada. Bile subiu pela minha garganta quando vi suas mãos. Meu Deus, o que tinha acontecido com as *mãos* dela?

— Eu sou Eve Gardiner — ela disse finalmente. — E não sei nada sobre sua prima.

— Você tem que saber — eu disse, desesperada. — Você tem que saber... Se apenas falasse comigo.

— Este é o seu plano, pequena ianque? — Seus olhos cinza-tempestade examinaram-me como uma desdenhosa ave de rapina. — Invadir minha casa à noite, sem nenhum plano, e não estou apostando dinheiro nisso, imaginando que eu soubesse algo sobre sua amiga d-desaparecida?

— Sim. — Encarando sua arma e seu desprezo, eu não podia explicar por que, afinal, a tentativa de encontrar Rose de repente se tornara o foco de minha vida que naufragava. Não sabia explicar esse desespero estranho e selvagem, ou por que eu o tinha deixado me levar até ali. Eu só podia dizer a verdade: — Eu tinha que vir.

— Bem. — Eve Gardiner baixou a arma. — Creio que você vá querer ch-chá.

— Sim, chá seria...

— Eu não tenho nenhum chá. — Ela se virou e caminhou pelo hall escuro, dando passos largos e descuidados. Seus pés descalços pareciam as garras de uma águia. Ela ziguezagueava um pouco quando andava, a Luger balançando livremente ao seu lado, e vi que ainda mantinha um dedo no gatilho. *Louca*, pensei. *A vaca velha está louca*.

E suas mãos... eram caroços monstruosos, as juntas deformadas e grotescas. Mais pareciam garras de lagosta que mãos.

— Siga-me — ela disse sem se virar, e eu a segui. Parou em uma porta aberta, acendeu a luz, e pude ver uma fria sala de estar. Um lugar bagunçado. A lareira estava apagada, cortinas abaixadas de maneira que nem uma réstia de luz pudesse entrar da rua, jornais velhos, xícaras sujas espalhadas por todo canto.

— Sra. Gardiner...

— Senhorita. — Ela afundou numa cadeira surrada, de onde podia ver toda a bagunça da sala, jogando a arma na mesa ao seu lado. Estremeci, mas ela não disparou. — E pode me chamar de Eve. Você forçou a entrada em minha casa; esse já é um nível de intimidade que me faz não gostar de você. Qual o seu nome?

— Eu não quis forçar...

— Sim, você quis. Você quer alguma coisa, e quer muito. O que é?

Tirei minha capa de chuva molhada e me sentei em um pufe, de repente sem saber por onde começar. Estivera tão concentrada em chegar ali que não tinha pensado em como exatamente deveria começar. *Duas garotas vezes onze verões divididas por um oceano e uma guerra...*

— V-Vamos logo com isso. — Eve parecia ter uma leve gagueira, mas eu não sabia dizer se era a bebida ou alguma outra coisa. Ela pegou uma garrafa de cristal ao lado da arma, movendo-a com manobras atrapalhadas de seus dedos defeituosos, e eu senti cheiro de uísque. — Tenho poucas horas de sobriedade ainda. Então sugiro que você não perca seu tempo.

Suspirei. Não era apenas um velho morcego, mas um velho morcego bêbado. Com o nome Evelyn Gardiner, eu havia imaginado alguém que cuidava de suas cercas vivas e usava um coque, não alguém que tinha uma garrafa de uísque e uma arma carregada.

— Você se importa se eu fumar?

Ela fez um gesto com os ombros ossudos e, enquanto eu pegava meu Gauloises, caçou um copo. Como não havia nada ao alcance das mãos, ela derramou uma quantidade de líquido âmbar na xícara florida. *Deus*, pensei enquanto acendia meu cigarro, entre fascinada e assustada. *Quem é você?*

— É deselegante ficar encarando — ela disse, encarando-me abertamente. — Jesus, toda essa coisa que você está vestindo... É isso que as mulheres usam hoje em dia?

— Você nunca sai? — deixei a pergunta escapar.

— Não muito.

— É o New Look. É o que há de mais novo em Paris.

— Parece t-terrivelmente desconfortável.

— E é. — Dei uma tragada em meu cigarro. — Tudo bem. Sou Charlie St. Clair, bem, Charlotte, acabo de chegar de Nova York... — Minha mãe, o que ela estaria pensando agora? Ela devia estar furiosa e fora de si, pronta para me escalpelar. Mas deixei isso de lado. — Meu pai é americano, mas minha mãe é francesa. Antes da guerra, eu passava os verões na França, com meus primos franceses. Eles viviam em Paris e tinham uma casa de verão perto de Rouen.

— Sua infância soa como um piquenique de Degas. — Eve tomou um gole do seu uísque. — Deixe essa história m-mais interessante, ou beberei muito mais rápido.

Era como uma pintura de Degas. Eu podia fechar os olhos e aqueles verões se misturavam numa única longa estação embaçada: as ruazinhas estreitas, os velhos exemplares do *Le Figaro* espalhados pela grande casa de verão com seus sótãos atulhados e sofás gastos, a névoa esverdeada pelo sol que entrava e iluminava a poeira.

— Minha prima Rose Fournier... — Senti lágrimas surgirem nos olhos. — Ela é minha prima mais velha, mas é como se fosse minha irmã. Tem dois anos a mais que eu, mas nunca me reprimiu. Dividíamos tudo, contávamos tudo uma para a outra.

Duas menininhas usando vestidos de verão com manchas de grama, brincando de pega-pega, subindo nas árvores e participando de furiosas batalhas contra nossos irmãos. Então as duas meninas mais velhas, Rose já com pequenos seios despontando e eu ainda de joelhos ralados e desajeitada, nós duas cantando com as gravações de jazz e dividindo felizes o interesse por Errol Flynn. Rose, a mais ousada, tinha sempre um esquema diferente; eu era sua sombra devota, que ela protegia como uma leoa quando suas invencionices nos colocavam em apuros. De repente, ouvi sua voz como se ela estivesse ali na sala: *Charlie, esconda-se em meu quarto que vou costurar seu vestido antes que sua mãe veja o rasgo. Eu não deveria ter levado você para escalar aquelas pedras...*

— Por favor, não chore — disse Eve Gardiner. — Não suporto mulheres chorando.

— Eu também não. — Eu não tinha chorado por semanas, estava anestesiada, mas agora meus olhos queimavam. Pisquei com força. — A última vez que vi Rose foi no verão de 1939. Todos estavam preocupados com a Alemanha... Bem, com exceção de nós. Rose tinha treze anos, e eu onze; só queríamos ir ao cinema todas as tardes, e isso parecia muito mais importante do que qualquer coisa que estivesse acontecendo na Alemanha. A Polônia foi invadida logo depois que voltei para os Estados Unidos. Meus pais queriam que a família de Rose fosse para a América, mas estavam indecisos... — A mãe de Rose estava convencida de que a filha era muito frágil para viajar. — Antes que pudessem arrumar as coisas, a França caiu.

Eve tomou mais um gole de uísque. Seus olhos escuros não piscavam. Dei outra longa tragada em meu cigarro.

— Recebi cartas — continuei. — O pai de Rose era importante, um industrial... Ele tinha conexões, por isso a família conseguia se comunicar de vez em quando. Rose parecia alegre. Continuava falando sobre quando nos veríamos novamente. Mas tínhamos as notícias, todos sabiam o que estava acontecendo lá: suásticas voavam sobre Paris, pessoas eram colocadas em caminhões e nunca mais eram vistas. Eu escrevia para ela implorando que me dissesse se estava realmente tudo bem. E ela sempre dizia que sim, mas...

Na primavera de 1943, trocamos fotografias, pois já fazia bastante tempo que não nos víamos. Rose tinha dezessete anos e estava bonita, posando como uma *pinup* e sorrindo para a câmera. Eu carregava a fotografia agora, gasta e mole nas pontas, em minha carteira.

— A última carta de Rose falava sobre um rapaz com quem ela estava saindo às escondidas. Ela disse que havia *muita animação*. — Inspirei, trêmula. — Isso foi no começo de 1943. Não recebi mais nada de Rose depois disso, nada de ninguém da família dela.

Eve me olhava, e seu rosto marcado parecia uma máscara. Eu não saberia dizer se ela tinha pena de mim, desprezo ou simplesmente não se importava.

Meu cigarro estava quase no fim. Dei uma última e profunda tragada e o apaguei em um pires que já transbordava de cinzas.

— Eu sabia que isso não significava nada, Rose não escrever. O correio em tempos de guerra é um inferno. Tínhamos apenas que esperar que a guerra acabasse, e então as cartas voltariam a circular. Mas a guerra acabou e... nada.

Mais silêncio. Falar tudo aquilo foi mais difícil do que eu imaginava que seria.

— Fizemos buscas. Duraram uma eternidade, mas conseguimos algumas respostas. Meu tio francês tinha morrido em 1944, baleado quando tentava conseguir remédios para minha tia no mercado negro. Os dois irmãos de Rose morreram no fim de 1943, uma bomba. Minha tia ainda está viva... Minha mãe gostaria que ela viesse morar conosco, mas ela não quer. Fechou-se na casa perto de Rouen. E Rose...

Engoli. Rose à minha frente entrando no labirinto verde de árvores. Rose xingando em francês, passando uma escova em seus cachos despenteados. Rose no café provençal no dia mais feliz de toda a minha vida...

— Rose desapareceu. Ela deixou a família em 1943. Nem mesmo sei o *motivo*. Meu pai buscou informações, mas as pistas desaparecem depois da primavera de 1944. Nada.

— Há muitos caminhos interrompidos nesta guerra — disse Eve, e eu fiquei surpresa de ouvir sua voz depois de ter falado sozinha por tanto tempo. — Muitas pessoas desapareceram. Você certamente não acha que ela ainda está viva, acha? Já faz dois anos que a droga da g-guerra terminou.

Cerrei os dentes. Meus pais tinham concluído fazia tempo que Rose deveria estar morta, perdida no caos da guerra, e tudo levava a crer que eles estavam certos, mas...

— Não sabemos com certeza.

Eve revirou os olhos.

— Não me diga que você teria *s-sentido* se ela tivesse morrido.

— Não precisa acreditar em mim. Só me ajude.

— Por quê? Que diabo isso tudo tem a ver c-comigo?

— Porque o último lugar que meu pai procurou foi em Londres, para saber se Rose por acaso tinha emigrado da França para cá. Existia um escritório que ajudava a localizar refugiados. — Inspirei profundamente. — Você trabalhava lá.

— Em 1945 e 1946. — Eve despejou mais uísque na sua xícara florida. — Fui demitida no Natal passado.

— Por quê?

— Talvez porque eu tenha ido trabalhar bêbada. Talvez porque tenha dito para minha supervisora que ela era uma puta velha desprezível.

Não consegui evitar uma reação de espanto. Nunca na vida tinha ouvido alguém xingar como Eve Gardiner, muito menos uma mulher.

— Então... — Ela mexeu seu uísque. — Será que a pasta sobre sua prima passou pela minha mesa? N-Não me lembro. Como disse, fui trabalhar bêbada muitas vezes.

Eu também nunca tinha visto uma mulher beber daquele jeito. A bebida da minha mãe era *sherry*, no máximo duas tacinhas. Eve virava uísque como água, e sua voz estava começando a ficar incompreensível. Talvez a gagueira fosse apenas por causa da bebida.

— Eu tenho uma cópia do relatório sobre Rose — eu disse desesperadamente, antes de perdê-la de vez, fosse para o desinteresse ou para o uísque. — Tem a sua assinatura. Foi assim que cheguei ao seu nome. Telefonei fingindo ser sua sobrinha americana. Eles me deram seu endereço. Eu ia escrever para você, mas... — Bem, meu Pequeno Problema semeou-se em minha barriga bem naquela época. — Tem certeza de que não se lembra de nenhuma outra descoberta sobre Rose? Pode ser...

— Olhe, garota. Não posso ajudá-la.

— ... qualquer coisa! Ela saiu de Paris em 1943, na primavera seguinte foi para Limoges. Conseguimos essas informações com a mãe dela...

— Já disse, não posso ajudá-la.

— *Você precisa!* — Eu estava em pé, mas não me lembrava de ter me levantado. O desespero estava nascendo dentro de mim, uma bola sólida muito mais densa que a sombra amorfa que era meu bebê. — Você precisa ajudar! Não vou sair daqui sem ajuda! — Eu nunca tinha gritado com um adulto em toda a minha vida, mas estava gritando. — Rose Fournier. Ela estava em Limoges, tinha dezessete anos...

Eve também estava em pé, muito mais alta que eu, batendo um de seus dedos indescritíveis no meu peito, sua voz tranquila.

— Não grite comigo na minha própria casa.

— ... ela teria vinte e um agora. É loira, bonita, engraçada...

— Não me importa se ela era a santa Joana d'Arc. Ela não é da minha conta, e você também não!

— ... ela estava trabalhando em um restaurante chamado Le Lethe, de propriedade de um tal *monsieur* René, e depois disso ninguém mais sabe...

Alguma coisa então aconteceu no rosto de Eve. Nada nele se movia, porém mesmo assim algo *aconteceu*. Era como se alguma coisa se mexesse no leito de um lago profundo, enviando sinais muito fracos para a superfície. Nem mesmo uma ondulação... Mas você sabia que alguma coisa estava se mexendo lá embaixo. Ela olhou para mim e seus olhos brilharam.

— O quê? — Eu sentia o peito pesado, como se tivesse corrido dois quilômetros, as bochechas quentes de emoção e as costelas pressionando o ferro de meu corpete.

— Le Lethe — ela disse, calmamente. — Conheço esse nome. Quem você d-disse que era o dono do restaurante?

Revirei minha mala de viagem, colocando de lado as roupas de troca, procurando o bolso. Dois papéis dobrados; eu os entreguei a ela.

Eve olhou para o resumo do relatório no alto, seu próprio nome na parte de baixo.

— Aqui não há nada sobre o nome do restaurante.

— Descobri isso mais tarde... Veja a segunda página, minhas anotações. Telefonei para o escritório na esperança de falar com você, mas você já tinha saído. Falei com a recepcionista sobre encontrar a versão original das informações nos arquivos; foi assim que cheguei ao nome Le Lethe, de propriedade de *monsieur* René, sem sobrenome. Estava praticamente ilegível, talvez por isso não conste do relatório. Mas considerei que, se você o assinou, deve ter visto o documento com as informações originais.

— Não vi. Se tivesse visto, não teria a-assinado. — Eve pegou a segunda página e ficou olhando. — Le Lethe... Esse é um nome que eu conheço.

A esperança é uma coisa muito dolorosa, muito mais dolorosa que a raiva.

— Como?

Eve se virou e pegou a garrafa de uísque de novo. Colocou mais uma dose em sua xícara e bebeu tudo de uma vez. Encheu novamente a xícara e ficou ali parada olhando através de mim, mirando o nada.

— Saia da minha casa.

— Mas...

— Durma aqui se não tiver p-p-para onde ir. Mas é melhor você ter saído pela manhã, ianque.

— Mas... Mas você sabe de alguma coisa. — Ela pegou sua arma e passou por mim. Segurei seu braço ossudo. — Por favor...

A mão aleijada de Eve moveu-se mais rápido do que eu pude acompanhar, e, pela segunda vez naquela noite, eu tinha uma arma apontada para mim. Recuei, mas ela avançou meio passo e pressionou o cano bem entre meus olhos. O círculo frio da arma fez minha pele formigar.

— Sua vaca velha louca — sussurrei.

— Sim — ela disse. — E vou atirar em você se não tiver ido embora quando eu acordar.

Então saiu cambaleando para fora da sala de estar e seguiu pelo corredor sem carpete.

2
EVE

Maio de 1915
Londres

A oportunidade entrou na vida de Eve Gardiner vestida de tweed. Ela estava atrasada para o trabalho naquela manhã, mas seu patrão não percebeu quando ela entrou pela porta do escritório de advocacia dez minutos depois das nove horas. *Sir* Francis Galborough raramente percebia as coisas que não estavam nas páginas que lia, Eve sabia.

— Aqui estão os papéis, minha cara — ele disse assim que ela entrou.

Ela pegou a pilha com suas mãos finas e sem marcas: uma garota alta de cabelos castanhos, pele macia, olhos de corça.

— Sim, s-s-senhor. — *S* era uma letra difícil de se livrar; duas paradas nela estava bom.

— E o capitão Cameron tem uma carta para você datilografar em francês. Você precisa vê-la conversando em francês — disse *Sir* Francis, dirigindo-se ao soldado magricela sentado do lado oposto à sua mesa. — É uma preciosidade, essa srta. Gardiner. Metade francesa! Eu mesmo não falo uma palavra do idioma.

— Nem eu. — O capitão sorriu, brincando com seu cachimbo. — Totalmente além da minha capacidade. Obrigado por me emprestar a garota, Francis.

— Sem problemas, sem problemas!

Ninguém perguntou a Eve se havia algum problema. Por que perguntariam? Afinal de contas, garotas que cuidavam dos documentos eram um tipo de móvel de escritório, tão versáteis quanto um guarda-chuva, mas igualmente surdas e mudas.

Você tem sorte de ter este emprego, Eve lembrava a si mesma. Se não fosse pela guerra, um posto no escritório de advocacia como aquele teria ido para algum rapaz com melhores recomendações e brilhantina nos cabelos. *Você tem sorte*. Muita sorte, na verdade. O trabalho de Eve era fácil, preencher envelopes e papéis e ocasionalmente datilografar cartas em francês. Ela se mantinha com relativo conforto, e, se as dificuldades próprias dos períodos de guerra, de fornecimento de açúcar e creme e frutas frescas, estavam começando a ser sentidas, bem, era uma troca justa por segurança. Ela poderia facilmente ter ficado presa na parte norte da França passando fome durante a ocupação alemã. Londres estava assustada, andava nas ruas com os olhos treinados no céu procurando zepelins... Mas Lorraine, onde Eve tinha crescido, era um mar de lama e ossos, como se via nos jornais que ela devorava. Ela tinha sorte de estar ali, em segurança.

Muita sorte.

Eve pegou a carta silenciosamente com o capitão Cameron, que estava se tornando uma visita constante daquele escritório nos últimos tempos. Ele vestia tweed amarrotado no lugar do uniforme cáqui, mas sua coluna ereta e o modo de caminhar próprio dos soldados confirmavam seu ranking melhor que qualquer conjunto de faixas. O capitão Cameron, talvez trinta e cinco anos, tinha uma pitada de sotaque escocês, mas, tirando isso, era um inglês completo, tão magricela e grisalho e amarrotado que poderia ter aparecido numa série de Conan Doyle como a quintessência do *gentleman* britânico. Eve queria perguntar: "Você tem que fumar cachimbo? Você precisa vestir tweed? Você precisa ser tão clichê?"

O capitão estava recostado em sua cadeira, mexendo a cabeça enquanto Eve caminhava em direção à porta.

— Vou esperar pela carta, srta. Gardiner.

— Sim, s-senhor — Eve murmurou de novo ao sair.

— Você está atrasada — disse a srta. Gregson na sala do arquivo, fungando. A mais velha das garotas tinha uma tendência a querer mandar nas outras, e Eve prontamente se virou com os olhos arregalados, demonstrando incompreensão. Ela odiava a própria aparência: o rosto macio que via olhando-se no espelho tinha um tipo de beleza branca ainda não formada nada memorável, exceto por uma impressão geral de juventude capaz de fazer as pessoas pensarem que ela ainda tinha dezesseis ou dezessete anos. Mas aquela aparência funcionava bem quando ela estava em apuros. Durante toda a sua vida, Eve tinha sido capaz de abrir os olhos e piscar os cílios com um ar perfeito de confusão inocente e assim escapar das consequências. A srta. Gregson deu um pequeno suspiro e se afastou. Mais tarde, Eve a pegou sussurrando para outra garota:

— Às vezes acho que aquela menina meio francesa é um pouco devagar.

— Bem. — Um sussurro e um gesto responderam. — Você já a ouviu falar, não?

Eve segurou uma mão na outra, dando dois fortes e precisos apertos para impedir que elas se armassem em punhos fechados. Então voltou a atenção para a carta do capitão Cameron, traduzindo-a num francês impecável. Foi por isso que tinha sido contratada, por seu francês puro e seu inglês puro. Nativa dos dois países, não se sentia em casa em nenhum deles.

Aquele dia tinha um tipo violento de tédio, pelo menos foi assim que Eve se lembrou dele mais tarde. Datilografando, escrevendo, comendo seu sanduíche embrulhado ao meio-dia. Seguindo pelas ruas ao pôr do sol e sujando seu vestido com respingos lançados por um táxi que passava. A pensão em Pimlico cheirava a sabão Lifebuoy e fígado frito velho. Sorriu por obrigação para uma das outras pensionistas, uma jovem enfermeira que tinha acabado de ficar noiva de um tenente e se sentou exibindo seu pequeno diamante brilhante sobre a mesa de jantar.

— Você deveria vir trabalhar no hospital, Eve. É ali que você vai encontrar um marido, não mexendo com documentos!

— Não me preocupo m-muito em encontrar um marido. — Sua colocação recebeu olhares de espanto da enfermeira, da proprietária e de duas outras pensionistas. *Por que estão tão surpresas?*, Eve pensou. *Eu não quero um marido, eu não quero filhos, eu não quero uma sala com tapete e uma aliança de noivado. Eu quero...*

— Você não é uma daquelas *sufragistas*, é? — disse, com a colher parada no ar, a dona da pensão.

— Não. — Eve não queria marcar um quadradinho numa cédula de votação. Havia uma guerra, e ela queria *lutar*. Provar que a gaga Eve Gardiner podia servir seu país tanto quanto os milhares que falavam corretamente e a tinham dispensado durante toda a sua vida como uma idiota. Mas nenhuma quantidade de tijolos sufragistas jogados contra a janela poderia levar Eve para o front, mesmo numa função de apoio, como enfermeira voluntária ou motorista de ambulância, porque ela tinha sido recusada para ambos os postos por conta da gagueira. Ela afastou o prato, desculpou-se e subiu para seu quarto arrumado, com a escrivaninha raquítica e a cama estreita.

Estava penteando o cabelo quando ouviu um miado na porta. Eve sorriu e deixou o gato da dona da pensão entrar.

— Guardei um pouco de f-fígado para você — ela disse, pegando o pedaço que havia tirado de seu prato e embrulhado em um guardanapo. O gato arqueou-se e ronronou. Ele era tratado estritamente como um caçador de ratos, subsistindo com uma dieta pobre composta de sobras e qualquer outra coisa que ele pudesse matar. Tinha encontrado em Eve o toque suave e engordado com os restos do jantar dela. — Eu queria ser um gato — disse Eve, colocando o animal no colo. — Gatos não pr-pr... Não precisam falar a não ser em contos de fadas. Ou talvez eu devesse apenas querer ser homem. — Porque, se ela fosse um homem, poderia pelo menos *bater* em qualquer um que mencionasse sua maneira de falar, e não sorrir para eles, resignando-se educadamente.

O gato ronronou. Eve o acariciou.

— Poderia também desejar a l-l-lua.

Uma hora depois, ouviu alguém bater à porta. A dona da pensão estava com os lábios tão apertados que quase não se via sua boca.

— Alguém veio procurá-la — ela disse, acusadora. — Um *homem* a procura.

Eve colocou o gato de lado contra a vontade dele.

— A esta hora?

— Não me olhe com esses olhos inocentes, senhorita. Nenhum admirador masculino pode fazer visitas à noite, essa é a regra. Especialmente soldados. Eu informei isso ao senhor, mas ele insiste que é urgente. Deixei-o na sala, onde vocês podem tomar chá, mas espero que mantenha a porta *entreaberta*.

— Um soldado? — A confusão de Eve só aumentava.

— Um certo capitão Cameron. Acho bastante irregular que um capitão do exército procure por você em casa à noite!

Eve concordou, arrumando o cabelo castanho e colocando seu casaco sobre a blusa de gola alta novamente, como se estivesse indo para o escritório. Determinados tipos de homens olhavam para qualquer vendedora ou arquivista, ou qualquer mulher que *trabalhasse*, e a viam como inteiramente disponível. *Se ele estiver aqui para me assediar, darei um tapa na cara dele. Mesmo que se queixe de mim para* Sir *Francis e eu perca o emprego.*

— Boa noite. — Eve manteve a porta da sala aberta, decidida a ser formal. — Estou muito surpresa em ver o senhor, c-c-c... — Fechou a mão direita e conseguiu seguir. — C-Capitão. Posso lhe s-ser útil? — Ela manteve a cabeça erguida, recusando-se a deixar a situação embaraçosa tingir suas bochechas.

Para sua surpresa, o capitão Cameron respondeu em francês.

— Podemos mudar de língua? Ouvi você falando francês com as outras garotas, e você gagueja muito menos.

Eve olhou para aquele britânico consumado, acomodado na cadeira dura da sala com suas pernas cruzadas tranquilamente, um fraco sorriso estampado debaixo do pequeno bigode. Ele não falava francês; ela o tinha ouvido dizer isso naquela manhã mesmo.

— *Bien sûr* — respondeu. — *Continuez en Français, s'il vous plait.*

Ele continuou em francês:

— A dona da pensão que escuta escondido caminhando no hall ficará maluca.

Eve se sentou, ajeitando a saia de sarja azul, e se inclinou em direção à chaleira florida.

— Como gosta do chá?

— Leite, dois torrões de açúcar. Diga-me, srta. Gardiner, como está o seu alemão?

Eve lançou-lhe um olhar penetrante. Ela tinha deixado aquela competência fora de sua lista de qualificações quando estava procurando emprego — o ano de 1915 não era um bom momento para admitir que sabia falar a língua do inimigo.

— Eu n-não falo alemão — ela respondeu, entregando-lhe o chá.

— Humm. — Ele a encarou por sobre a xícara. Eve cruzou as mãos sobre as coxas e lhe devolveu o olhar com uma doce inocência. — Você tem um rosto e tanto — disse o capitão. — Nada acontece por trás dele, nada para mostrar de qualquer forma. E eu sou bom com rostos, srta. Gardiner. É principalmente através dos pequenos músculos que ficam ao redor dos olhos que as pessoas se entregam. Você consegue quase sempre mantê-los sob controle.

Eve arregalou os olhos novamente, movimentando os cílios numa perplexidade inocente.

— Temo que eu não esteja entendendo o que quer dizer.

— Você me permite fazer algumas poucas perguntas, srta. Gardiner? Nada além dos limites do apropriado, posso lhe garantir.

Pelo menos ele ainda não tinha se inclinado para a frente e tentado tocar seus joelhos.

— Claro, c-c-capitão.

Ele se recostou.

— Eu sei que você é órfã, *Sir* Francis mencionou. Mas poderia me contar alguma coisa sobre seus pais?

— Meu pai era inglês. Foi para Lorraine para trabalhar em um banco francês e lá conheceu minha mãe.

— Ela era francesa? Sem dúvida isso explica a pureza de seu sotaque.

— Sim. — *E como você saberia que meu sotaque é puro?*

— Pensei que uma garota de Lorraine falaria alemão também. A fronteira não é tão distante.

Eve baixou os cílios.

— Não aprendi alemão.

— Você é realmente uma boa mentirosa, srta. Gardiner. Eu não gostaria de jogar baralho com você.

— Uma dama não joga b-baralho. — Todos os seus nervos estavam em alerta, e mesmo assim Eve estava relaxada. Ela sempre relaxava quando sentia o perigo. Aquele momento à espreita no meio do junco, caçando patos, antes de atirar: dedo no gatilho, o pássaro parado, uma bala preparada para voar... Seus batimentos cardíacos sempre ficavam mais lentos em momentos como aquele, de profunda placidez. Tinham ficado mais lentos quando ela inclinou a cabeça para o capitão. — O senhor estava me perguntando sobre meus pais? Meu pai morou e trabalhou em Nancy; minha mãe cuidava da casa.

— E você?

— Eu ia para a escola e toda tarde estava em casa para o chá. Minha mãe me ensinou francês e bordado, meu pai me ensinou inglês e a caçar patos.

— Muito civilizado.

Eve sorriu gentilmente ao se lembrar do barulho atrás das cortinas, dos insultos grosseiros e das discussões cruéis. Ela deveria ter aprendido a ser gentil, mas viera de um lugar muito distante do refinado: os berros constantes e as louças atiradas, seu pai gritando com sua mãe por ela estar jogando dinheiro fora, e sua mãe reclamando com seu pai por ele ter sido visto com mais uma atendente de bar. O tipo de lar no qual uma criança aprende rápido a sair sem ser vista pelos cantos dos quartos, a desaparecer como uma sombra no escuro da noite, ao ouvir o primeiro estrondo no horizonte doméstico. A ouvir tudo, pesar todas as coisas e o tempo todo permanecer invisível.

— Sim, foi uma infância bastante instrutiva.

— Desculpe-me por perguntar... A gagueira, você sempre teve?

— Quando criança, era um pouco mais p-p-pronunciada. — Sua língua sempre fora presa e enrolada. A única coisa nela que não era suave e discreta.

— Você deve ter tido bons professores para ajudar a superar isso.

Professores? Eles a viam enrolada nas palavras, de rosto vermelho e quase chorando, mas optavam por escolher outra pessoa, alguém que pudesse responder às questões mais depressa. A maioria acreditava que ela era tão limitada quanto sua língua era enrolada; o máximo que faziam era afastar as outras crianças quando elas a cercavam, provocando: "Diga seu nome, diga! G-G-G-G-G-Gardiner". De vez em quando os professores se juntavam na gargalhada.

Não. Eve venceu a gagueira submetendo-se a uma vontade selvagem, lendo poesia em voz alta linha por linha em seu quarto, martelando as consoantes até que se libertassem. Ela lembrava que tinha levado dez minutos para completar a leitura da introdução de *As flores do mal*, de Baudelaire — e o francês era a língua mais *fácil* para ela. Baudelaire dizia que escrevera *As flores do mal* com raiva e paciência; Eve entendia perfeitamente.

— Seus pais — continuou o capitão Cameron. — Onde eles estão agora?

— Meu pai morreu em 1912 de ataque c-cardíaco. — Tinha sido uma espécie de ataque. Seu coração fora perfurado por uma faca de açougueiro manejada por um marido traído. — Minha mãe não gostava da turbulência na Alemanha e decidiu me trazer para Londres. — Para fugir do escândalo, não dos boches.* — Ela morreu

* Forma depreciativa como eram chamados os soldados alemães. (N. do T.)

de *influenza* no ano passado, que Deus a tenha. — Amarga, vulgar e ranzinza até o fim, atirando xícaras em Eve e xingando-a.

— Que Deus a tenha — repetiu o capitão, com uma piedade que Eve não acreditou ser verdadeira nem por um instante. — E agora nós temos você. Evelyn Gardiner, órfã, com seu francês puro e inglês puro... tem certeza sobre o alemão?... trabalhando no escritório do meu amigo *Sir* Francis Galborough, presumivelmente passando o tempo até se casar. Uma garota bonita, mas que tende a escapar do centro das atenções. Timidez talvez?

O gato abriu caminho através da porta, miando. Eve o chamou e o colocou no colo.

— Capitão Cameron — ela disse, com um sorriso que a fez parecer ter dezesseis anos, enquanto acariciava o pescoço do gato —, o senhor está tentando me seduzir?

Ela conseguiu chocá-lo. Ele se endireitou e ficou vermelho, embaraçado.

— Srta. Gardiner... eu não pensaria...

— Então o que está fazendo aqui? — ela perguntou diretamente.

— Estou aqui para avaliar a senhorita. — Ele cruzou os tornozelos, recuperando a postura. — Eu a tenho observado há algumas semanas, desde que entrei pela primeira vez no escritório de meu amigo fingindo não falar francês. Posso ser franco?

— Já não estamos sendo francos?

— Não acredito que você seja franca, srta. Gardiner. Eu a ouvi murmurar evasivas para suas colegas de escritório para se livrar do trabalho que considera maçante. Ouvi você contar uma mentira deslavada quando elas perguntaram por que chegou tarde hoje de manhã. Alguma coisa sobre um motorista de táxi que a teria atrasado com atenções indesejadas. Você nunca se atrapalha, segue fria como creme, mas disfarça lindamente. Você não se atrasou por causa de um taxista apaixonado; ficou vendo um pôster de recrutamento afixado do lado de fora da porta do escritório por uns bons dez minutos. Eu cronometrei, olhando pela janela.

Foi a vez de Eve recostar-se e corar. Ela *tinha* ficado vendo o pôster: ele mostrava uma fila de *Tommies** robustos, em postura militar e idênticos, e havia um espaço em branco no meio. "Ainda há lugar para VOCÊ na fila!", diziam as palavras no alto. "QUER OCUPÁ-LO?" E Eve tinha ficado ali parada, pensando. *Não*. Porque as letras em tamanho menor no espaço em branco da fila de soldados diziam: "Este espaço está reservado para o homem certo!" Então, não. Eve nunca poderia ocupá-lo, mesmo com vinte e dois anos e totalmente apta.

O gato em seu colo reclamou, sentindo seus dedos apertarem-no.

— Então, srta. Gardiner — disse o capitão Cameron. — Posso contar com uma resposta sincera se lhe fizer uma pergunta?

Não conte com isso, pensou Eve. Ela mentia e se esquivava tão facilmente quanto respirava; isso foi o que teve de fazer durante toda a sua vida. Mentir, mentir, mentir, mantendo o rosto sereno. Eve não conseguia se lembrar da última vez que tinha sido sincera com alguém. Mentiras eram mais fáceis que a dura e turbulenta verdade.

— Tenho trinta e dois anos — disse o capitão. Ele parecia mais velho, tinha o rosto marcado e gasto. — Estou muito velho para lutar nesta guerra. Tenho uma missão diferente a cumprir. Nossos céus estão sob ataque dos zepelins alemães, srta. Gardiner, nossos mares sob os *U-boats* alemães. Estamos sob ataque todo dia.

Eve concordou com a cabeça. Havia duas semanas o *Lusitania* tinha sido afundado — durante dias, suas colegas de pensão acompanharam. Eve devorava as histórias nos jornais, com os olhos secos e raivosos.

— Para evitar esses ataques, precisamos de gente — continuou o capitão Cameron. — É minha missão encontrar pessoas com determinadas habilidades. A habilidade de falar francês e alemão, por exemplo. A habilidade de mentir. Aparentar inocência. Ter coragem interna. Devo encontrá-las e fazê-las trabalhar para des-

* Soldados do exército britânico. (N. do T.)

mantelar o que os boches planejaram para nós. Acredito que você tenha potencial, srta. Gardiner. Então, deixe-me perguntar: a senhorita quer defender a Inglaterra?

A pergunta atingiu Eve como um golpe de martelo. Ela expirou, trêmula, colocou o gato de lado e respondeu sem pensar:

— Sim. — O que quer que fosse que ele queria dizer com "defender a Inglaterra", a resposta era sim.

— Por quê?

Ela começou a reunir opiniões convenientes e esperadas sobre os repulsivos *Fritzes*, sobre fazer ao menos um pouco pelos garotos nas trincheiras. Mas desistiu da mentira, lentamente.

— Quero provar que sou capaz, provar para todos que alguma vez pensaram que sou limitada ou fraca porque não consigo falar direito. Eu quero l-l-l... Eu quero l-l-l...

Ela ficou presa na palavra de tal maneira que suas bochechas esquentaram, mas Cameron não se apressou para terminar a frase para ela, como a maioria das pessoas fazia, de um jeito que a enchia de fúria. Apenas ficou sentado, quieto, até que ela bateu com a mão fechada no joelho e a palavra foi libertada. Ela a pronunciou com os dentes fechados, com veemência suficiente para assustar o gato e fazê-lo sair correndo.

— Eu quero *lutar*.

— Quer?

— *Sim*. — Três respostas honestas em sequência; para Eve era um recorde. Ela se acomodou sob o olhar pensativo dele, tremendo, quase chorando.

— Então pergunto pela quarta vez, e não haverá uma quinta. Você fala alemão?

— *Wie ein Einheimischer*. — Como uma nativa.

— Excelente. — O capitão Cecil Aylmer Cameron se levantou. — Evelyn Gardiner, você estaria interessada em trabalhar para a Coroa como espiã?

3

CHARLIE

Maio de 1947

Tive vagos pesadelos de tiros explodindo em copos de uísque, garotas loiras desaparecendo atrás de vagões, uma voz sussurrando "Le Lethe". E havia a voz de um homem dizendo: "Quem é você, garota?"

Desgrudei minhas pálpebras com um gemido. Tinha caído no sono num velho sofá quebrado na sala de estar, nem ousei andar pela casa para procurar uma cama com aquela louca por ali com a Luger. Livrei-me do meu traje de viagem macio, encolhi-me debaixo de uma manta de malha gasta e dormi com a roupa de baixo. E agora aparentemente havia amanhecido. Um raio de sol passou através de um buraco nas pesadas cortinas, e alguém estava me encarando da porta: um homem de cabelo preto numa velha jaqueta surrada apoiava o cotovelo no batente.

— Quem é você? — perguntei, ainda zonza de sono.

— Perguntei primeiro. — Sua voz era profunda, tinha um toque de escocês nas vogais. — Nunca soube que Gardiner recebia visitas.

— Ela ainda não levantou, não é? — Dei uma rápida olhada para trás. — Ela ameaçou atirar em mim se eu ainda estivesse aqui quando ela acordasse...

— Típico dela — comentou o escocês.

Eu queria começar a recolher minhas coisas, mas não usando roupas de baixo na frente de um estranho.

— Preciso sair daqui...

E ir para onde?, sussurrou Rose, e o pensamento fez minha cabeça pesar. Não sabia para onde ir, e tudo o que eu tinha era um pedaço de papel com o nome de Eve. O que havia sobrado? Meus olhos ardiam.

— Não se preocupe em sair correndo — disse o escocês. — Se Gardiner estava bêbada ontem à noite, ela provavelmente não vai se lembrar de nada. — Ele se virou, tirando a jaqueta. — Vou fazer chá.

— Quem é você? — comecei a dizer, mas a porta se fechou. Depois de um momento de hesitação, joguei o cobertor de lado, meus braços nus pinicando de frio. Olhei para a massa embolada que era meu traje de viagem e enruguei o nariz. Eu tinha mais um vestido em minha maleta, mas ele era tão fofo, apertado e desconfortável quanto este. Então vesti um velho suéter e uma jardineira que minha mãe odiava e saí descalça procurando a cozinha. Não havia comido nada nas últimas vinte e quatro horas, e o barulho do meu estômago estava tomando conta de tudo, até de meu medo da arma de Eve.

A cozinha era surpreendentemente limpa e brilhante. A chaleira havia sido ligada e a mesa posta. O escocês deixara sua jaqueta em uma cadeira e vestia uma camisa igualmente surrada.

— Quem é você? — perguntei, sem conseguir conter a curiosidade.

— Finn Kilgore. — Ele pegou uma panela. — O faz-tudo de Gardiner. Sirva-se de chá.

Era curioso que ele a chamasse apenas de "Gardiner", como se ela fosse um homem.

— Faz-tudo? — indaguei, pegando uma caneca do lado da pia. Tirando a cozinha, não parecia que muita coisa era feita naquela casa.

Ele mexeu na geladeira e pegou ovos, bacon, cogumelos e metade de um pão.

— Você deu uma boa olhada nas mãos dela?

— ... sim. — O chá estava forte e escuro, do jeito que eu gostava.

— O que você acha que ela consegue fazer com mãos como aquelas?

Soltei uma breve risada.

— Pelo que eu vi ontem à noite, ela pode engatilhar uma arma e abrir o uísque muito bem.

— Ela dá conta dessas duas coisas. Para o restante, me paga. Cuido do que ela precisa fazer. Recolho suas cartas. Dirijo quando ela sai. Cozinho um pouco. Mas ela não me deixa arrumar nada além da cozinha. — Ele colocou fatias de bacon na panela, uma por uma. Era alto, esguio e movia-se de um jeito casual e leve. Devia ter vinte e nove ou trinta anos, tinha um pouco de barba escura pedindo uma navalha e um cabelo negro que chegava ao colarinho e precisava urgentemente de um barbeiro. — O que você está fazendo aqui, senhorita?

Hesitei. Minha mãe teria dito que é completamente impróprio para um faz-tudo interrogar uma visita. Mas eu não era exatamente uma visita, e ele tinha mais direito de estar naquela cozinha do que eu.

— Charlie St. Clair — eu disse e, enquanto tomava chá, dei-lhe minha versão do motivo que tinha me levado à porta de Eve (e ao seu sofá). Omiti coisas como os gritos e a arma pressionada entre meus olhos. Não pela primeira vez pensei em como minha vida tinha virado completamente de cabeça para baixo em apenas vinte e quatro horas.

Porque você seguiu um fantasma por todo o caminho desde Southampton, Rose sussurrou. *Porque você é um pouco maluca.*

Maluca não, respondi. *Quero salvá-la. Isso não faz de mim uma maluca.*

Você quer salvar todo mundo, Charlie, meu amor. Eu, James, todos os cachorros de rua que você via quando éramos pequenas...

James. Vacilei, e a desagradável voz interior de minha consciência sussurrou: *Você não fez um bom trabalho para salvá-lo, não é?*

Interrompi aquele pensamento antes que a inevitável culpa me acertasse e esperei o homem de Eve fazer perguntas, pois minha história era, francamente, bizarra. Mas ele se manteve em silêncio sobre a panela, adicionando cogumelos e uma lata de feijão. Nunca tinha visto um homem cozinhar; meu pai nem mesmo passava manteiga na torrada. Era um trabalho para minha mãe ou para mim. Mas o escocês estava ali mexendo feijões e fritando bacon perfeitamente e com habilidade, e não parecia se importar quando a gordura espirrava e pingava em seus braços.

— Há quanto tempo trabalha para Eve, sr. Kilgore?

— Quatro meses. — Ele começou a fatiar o pão.

— E antes disso?

Sua faca hesitou.

— Artilharia Real, 63º Regimento Antitanques.

— E depois disso trabalhar para Eve... Uma mudança e tanto. — Perguntei-me por que ele não tinha me falado mais sobre o trabalho. Talvez estivesse com vergonha. Deixar o posto de soldado contra os nazistas para fazer trabalhos domésticos para uma mulher maluca que carregava uma arma... — Como ela...

Interrompi-me, não muito certa de para onde minha pergunta estava indo. Como era trabalhar para ela? Como ela tinha chegado *àquele* ponto?

— Como ela machucou as mãos? — perguntei finalmente.

— Ela nunca me contou. — Ele quebrou os ovos na panela um por um. Meu estômago roncou. — Mas posso adivinhar.

— O que você diria?

— Que cada articulação de cada um dos dedos foi sistematicamente esmagada.

Estremeci.

— Que tipo de acidente poderia ter causado isso?

Finn Kilgore encarou-me pela primeira vez. Ele tinha olhos e sobrancelhas pretos, ambos distantes e atentos.

— Quem disse que foi acidente?

Fechei os dedos (todos inteiros) ao redor da caneca. De repente, o chá parecia frio.

— Café da manhã inglês. — Ele tirou a panela quente do fogo, colocando-a próxima do pão fatiado. — Preciso ir ver um cano que está vazando, mas sirva-se. Apenas deixe um pouco para Gardiner. Ela vai descer com dor de cabeça, e um café da manhã com pão é o melhor remédio para ressaca nestas ilhas. Se comer tudo, ela realmente vai atirar em você.

Ele saiu sem me olhar novamente. Peguei um prato e me dirigi ao pão, com água na boca. Mas, assim que olhei para a deliciosa mistura de ovos com bacon, feijões e cogumelos, meu estômago revirou. Coloquei a mão sobre a boca e me afastei do fogão antes que vomitasse sobre o melhor remédio para ressaca nestas ilhas.

Eu sabia o que era aquilo, mesmo que nunca tivesse acontecido. Ainda estava faminta, mas meu estômago girava e pesava tanto que eu não conseguiria comer nada mesmo se a Luger de Eve estivesse apontada para minha cabeça de novo. Era enjoo matinal. Pela primeira vez, meu Pequeno Problema tinha decidido se manifestar.

Eu estava enjoada, de uma maneira que ia além do estômago girando. Minha respiração estava curta e a palma das minhas mãos começou a suar. O Pequeno Problema já tinha três meses, mas nunca parecera ser mais que uma vaga ideia — eu não podia senti-lo, não podia imaginá-lo, não podia ver nenhum sinal dele. Era apenas alguma coisa que tinha atravessado o centro da minha vida como um trem. Antes de meus pais serem envolvidos, era um simples problema que precisava ser solucionado, como uma equação ruim. Um Pequeno Problema mais uma viagem para a Suíça era igual a zero, zero, zero. Muito simples.

Mas agora ele parecia muito mais que um Pequeno Problema, e não era nem um pouco simples.

— O que eu faço? — falei. Era a primeira vez que eu pensava naquela questão em bastante tempo. Não sobre o que eu faria com Rose, ou com meus pais, ou com o retorno para a faculdade... O que eu faria *comigo*?

Não sei quanto tempo fiquei ali antes que uma voz amarga quebrasse minha pose de estátua.

— Vejo que a invasora americana ainda está aqui.

Virei-me. Eve estava parada na porta com a mesma roupa estampada que usara na noite anterior, o cabelo grisalho solto e desarrumado, os olhos vermelhos. Eu me preparei, mas talvez o sr. Kilgore estivesse certo sobre ela esquecer as ameaças, pois ela parecia menos interessada em mim que em massagear as próprias têmporas.

— Os quatro cavaleiros do Apocalipse estão martelando minha cabeça — ela disse. — Minha boca está com gosto de um mictório em Chepstow. Diga que o desgraçado do escocês preparou o c--café da manhã.

Fiz um sinal com a mão. Meu estômago ainda rodava.

— O milagre do pão.

— Deus abençoe. — Eve pegou um garfo na gaveta e começou a comer diretamente da panela. — Então você conheceu Finn. Ele é um bom partido, não é? Se eu não fosse mais velha que a terra e feia como o pecado, subiria nele como nos alpes franceses.

Afastei-me do fogão.

— Eu não deveria ter vindo. Sinto muito por ter forçado minha entrada. Agora vou... — O quê? Rastejar de volta para minha mãe, encarar a fúria dela, pegar o navio para meu Compromisso? O que mais me esperava? Senti a névoa da anestesia grossa como algodão voltando sobre mim. Queria apoiar a cabeça no ombro de Rose e fechar os olhos; queria curvar-me em um banheiro e vomitar minhas entranhas. Sentia-me tão doente e tão inútil.

Eve molhou um pedaço de pão no ovo.

— S-Sente-se, ianque.

Aquela voz rouca tinha autoridade, gaguejando ou não. Sentei-me.

Ela limpou os dedos num pano de prato, enfiou a mão no bolso do vestido e tirou um cigarro. Acendeu-o com uma tragada longa e lenta.

— O primeiro cigarro do dia — disse ao soltar a fumaça. — Sempre tem o melhor gosto. Quase faz superar a ressaca. Qual era o n-n-nome de sua prima mesmo?

— Rose. — Meu coração começou a saltar. — Rose Fournier. Ela...

— Diga-me uma coisa — Eve me interrompeu. — Garotas como você têm mamães e papais ricos. Por que seus pais não estão buscando a pequena ovelha?

— Eles tentaram. Investigaram. — Mesmo quando fiquei com raiva de meus pais, sabia que eles tinham feito o melhor que puderam. — Depois de dois anos sem nenhuma pista, meu pai disse que Rose com certeza estava morta.

— Parece um homem inteligente, seu pai.

Ele era. E, como advogado especializado em direito internacional, conhecia os canais e caminhos por onde conduzir as investigações no exterior. Ele fez o que pôde, mas, quando ninguém mais tinha recebido sequer um telegrama de Rose — nem eu, a pessoa que ela mais amava em toda a nossa família —, meu pai chegou à conclusão lógica: ela estava morta. Tentei me acostumar com a ideia, tentei convencer-me. Pelo menos até seis meses antes.

— Meu irmão mais velho voltou para casa de Tarawa com apenas metade da perna, e há seis meses ele se matou. — Ouvi minha própria voz se desfazendo. James e eu nunca tínhamos sido próximos quando pequenos; eu era apenas a irmã mais nova que ele podia provocar. Mas, assim que ele cresceu, as provocações diminuíram. Ele brincava que deixaria uma cicatriz em qualquer garoto que viesse namorar comigo, e eu o provocava falando do corte de cabelo terrível que usava quando se juntou aos fuzileiros navais. Ele era meu irmão, eu o amava e meus pais o idolatravam.

E então ele morreu, e bem por aquela época Rose saiu da minha memória e entrou em meu campo de visão. Toda menininha que passasse correndo transformava-se em Rose com seis, oito ou onze anos; toda loira que seguisse na minha frente por um campo verde transformava-se na Rose mais velha, alta e começando a ter curvas... Ao longo do dia, muitas vezes meu coração batia e depois parava enquanto minha memória pregava peças sem piedade.

— Sei que provavelmente não há esperança. — Olhei Eve nos olhos, desejando que ela entendesse. — Sei que minha prima provavelmente está... Sei quais são as probabilidades. Acredite, eu poderia calculá-las até a última casa decimal. Mas preciso tentar. Preciso seguir todas as trilhas até o fim, não importa se são pequenas. Se existe pelo menos uma mínima possibilidade de ela estar por aí...

Fiquei sem ar novamente antes de poder terminar. Tinha perdido meu irmão para a guerra. Se existisse alguma possibilidade de trazer Rose de volta, eu a perseguiria.

— Me ajude — repeti para Eve. — Por favor. Se eu não procurar por ela, ninguém mais o fará.

Eve soltou a fumaça lentamente.

— E ela trabalhava em um restaurante chamado Le Lethe... Onde?

— Limoges.

— Humm. De propriedade de...?

— Um certo *monsieur* René alguma coisa. Eu dei mais alguns telefonemas, mas ninguém conseguiu encontrar o sobrenome.

Ela apertou os lábios. E, por um momento, ficou apenas olhando para o vazio, seus dedos horrendos mexendo-se e dobrando-se, mexendo-se e dobrando-se ao seu lado. Até que ela me olhou, seus olhos impenetráveis como vidro.

— Talvez eu consiga ajudá-la.

O telefonema de Eve não parecia estar indo muito bem. Só pude ouvir metade da conversa enquanto ela gritava no aparelho, andando de um lado para o outro do hall vazio, balançando seu cigarro para a frente e para trás como o rabo de um gato nervoso, mas metade da conversa já tinha sido suficiente para entender o que estava acontecendo.

— Não me importa quanto custa fazer uma ligação para a França, sua vaca de escrivaninha. Apenas complete a ligação.

— Para quem você está tentando ligar? — perguntei pela terceira vez, mas ela me ignorou como tinha feito nas outras vezes e continuou maltratando a telefonista.

— Ora, pare de me tratar de madame antes que você engasgue e complete esta ligação para o major...

Ainda podia ouvi-la através da porta da frente quando saí da casa. A umidade cinza da noite anterior tinha desaparecido; Londres estava vestida com um céu azul com nuvens rápidas e sol brilhante. Protegi os olhos do sol procurando pela forma que eu pensei ter visto na esquina pela janela do táxi na noite anterior — ali. Era uma dessas cabines de telefone vermelhas, tão iconicamente inglesa que até parecia um pouco ridícula. Caminhei em direção a ela, o estômago rodando novamente. Tinha forçado algumas torradas secas depois que Eve começara a fazer seu telefonema para o misterioso major, e aquilo havia acalmado a sensação de enjoo do meu Pequeno Problema, mas agora era outro tipo de náusea. Eu tinha uma chamada para fazer por minha conta e achava que não seria nem um pouco mais fácil que a de Eve.

Uma conversa com a telefonista e depois outra com o recepcionista do Hotel Dolphin em Southampton e dei meu nome. Então:

— Charlotte? *'Allo, 'allo?*

Afastei o aparelho do ouvido e olhei para ele, de repente irritada. Minha mãe nunca atendia o telefone daquela maneira a não ser que houvesse alguém por perto para ouvir. Era de imaginar que, depois de sua filha grávida ter passado a noite em Londres, ela estivesse preocupada com alguma coisa além de impressionar o recepcionista do Dolphin.

O aparelho ainda estava grasnindo. Coloquei-o novamente no ouvido.

— Olá, *maman* — disse bruscamente. — Eu não fui sequestrada e, obviamente, não estou morta. Estou em Londres, em completa segurança.

— *Ma petite*, você enlouqueceu? Desaparecer assim! O susto que você me deu! — Uma pequena fungada e então um *merci* murmurado; era claro que o recepcionista tinha oferecido um lenço para que ela enxugasse os olhos. Duvidei de que a maquiagem tivesse borrado. Maldade minha, talvez, mas não pude evitar. — Diga-me onde você está em Londres, Charlotte. De uma vez.

— Não — respondi, e alguma coisa cresceu em meu estômago além da náusea. — Desculpe, mas não.

— Não seja absurda. Você tem de voltar para casa.

— Vou voltar — eu disse — quando descobrir de uma vez por todas o que aconteceu com Rose.

— *Rose?* O que...

— Ligo de novo em breve, eu prometo. — E desliguei.

Finn Kilgore virou-se assim que passei novamente pela porta de Eve e entrei na cozinha.

— Poderia me passar um pano de prato, senhorita? — Ele fez um gesto com o queixo por cima dos cotovelos enquanto esfregava a panela do café da manhã. Aquilo me fez parar novamente. Meu pai pensava que as xícaras de café sujas se limpavam milagrosamente sozinhas. — Ela está em outro telefonema — Finn disse, fazendo um sinal em direção ao hall enquanto pegava o pano. — Tentou falar com algum oficial inglês na França, mas ele está em férias. Agora ela está gritando com uma mulher, não sei quem é.

Hesitei.

— Sr. Kilgore, você disse que era o motorista de Eve. Poderia... Poderia talvez me levar a um lugar? Não conheço Londres suficientemente para andar e não tenho dinheiro para um táxi.

Achei que ele não aceitaria, considerando que não me conhecia, mas ele deu de ombros enquanto secava as mãos.

— Vou trazer o carro.

Olhei para a velha jardineira e o suéter.

— Preciso me trocar.

Quando fiquei pronta, Finn me esperava em pé na soleira da porta aberta, batendo as botas enquanto olhava para a rua. Ele olhou para trás sobre o ombro assim que ouviu o barulho de meus saltos e não levantou apenas uma, mas as duas sobrancelhas pretas. Tenho certeza de que não foi por admiração. O conjunto era a única troca limpa de roupas que eu tinha na minha mala de viagem e me fazia parecer uma pastora chinesa: uma saia branca fofa sobre camadas e camadas de crinolina; chapéu rosa com meio véu; luvas impecáveis; e uma jaqueta rosa justa que se moldaria a todas as minhas curvas se eu tivesse alguma. Levantei o queixo e balancei o véu idiota para que caísse sobre meus olhos.

— É um dos bancos internacionais — eu disse e lhe entreguei o endereço. — Obrigada.

— Mulheres com tantas anáguas normalmente não se preocupam em agradecer ao motorista — avisou Finn, segurando a porta aberta de forma que eu pudesse passar por baixo de seu braço e sair. Mesmo de salto, passei por ele sem precisar me curvar.

A voz de Eve chegou do fundo do hall assim que fechei a porta:

— Sua maldita vadia francesa cega feito um morcego. Não ouse desligar na minha cara...

Hesitei, querendo perguntar a ela por que estava me ajudando. Ela tinha sido mortalmente contra na noite anterior. Eu ainda não a pressionara por detalhes, mas queria chacoalhar seus ombros ossudos até que vomitasse tudo o que sabia. Não ousava deixá-la com raiva ou fazê-la perder o interesse, pois ela sabia de alguma coisa. Disso eu tinha certeza.

Então a deixei e segui Finn para fora. O carro me surpreendeu: era um conversível azul-escuro com a capota fechada, velho, mas brilhante como uma moeda nova.

— Bela caranga. É de Eve?

— É meu. — O carro não combinava com sua barba desagradável e seus cotovelos remendados.

— Que carro é esse, um Bentley? — Meu pai tinha um Ford, mas gostava de carros ingleses e ficava sempre apontando para eles quando íamos para a Europa.

— Um Lagonda LG6. — Finn abriu a porta para mim. — Suba, senhorita.

Sorri quando ele ocupou seu lugar atrás do volante e procurou o câmbio semienterrado em minha saia, que se espalhara. Era muito bom estar entre estranhos que não conheciam minha suja história recente. Foi bom olhar nos olhos de alguém e ver-me refletida como uma pessoa que merecia um respeitoso *senhorita*. Tudo o que tinha visto nos olhos de meus pais nas semanas anteriores era *prostituta... decepção... fracasso*.

Você é um fracasso, sussurrou minha desagradável voz interior, mas eu a afastei com força.

Londres passava como um borrão: cinza, cheia de paralelepípedos, ainda com escombros, telhados quebrados e pedaços de paredes inteiras faltando. Tudo da guerra, e já era 1947. Lembro-me de meu pai vibrando sobre o jornal depois do Dia da Vitória, dizendo: "Excelente, agora tudo pode voltar ao que era". Como se telhados e prédios e janelas destruídos pudessem voltar a ser o que eram um dia depois de a paz ser declarada.

Finn conduziu o Lagonda por uma rua tão esburacada que parecia um pedaço de queijo suíço, e um pensamento me fez olhá-lo com curiosidade.

— Por que Eve precisa de um carro? Com a gasolina em falta como está, não seria mais fácil se locomover de bonde?

— Ela não se dá bem com bondes.

— Por quê?

— Não sei. Bondes, espaços fechados, multidões... tiram a mulher do sério. Ela quase explodiu como uma granada da última vez que pegou um bonde. Gritando e empurrando todas aquelas donas de casa com suas compras.

Balancei a cabeça, pensativa, e com um chacoalhão o Lagonda parou diante da fachada imponente de mármore do banco que era o meu destino. Meu rosto devia ter transparecido o nervosismo, porque Finn disse gentilmente:

— Quer companhia, senhorita?

Eu queria, mas ter um escocês que precisava se barbear à espreita não me ajudaria a parecer mais respeitável, então balancei a cabeça enquanto saía do carro.

— Obrigada.

Tentei invocar o jeito de andar que minha mãe usava sem esforço quando cruzei a porta de mármore polido para dentro do banco. Dei meu nome e o motivo da visita, e logo fui levada para o escritório de um sujeito com aparência de avô e um blazer quadriculado. Ele tirou os olhos de um gráfico no qual rabiscava alguns números.

— Posso ajudar, mocinha?

— Espero que sim, senhor. — Sorri e puxei conversa. — Em que o senhor está trabalhando? — disse, apontando para o gráfico e para a coluna de números.

— Porcentagens, números. Um pouco chato. — Ele se levantou, indicando uma cadeira. — Sente-se.

— Obrigada. — Sentei e tomei ar debaixo de meu meio véu. — Eu gostaria de sacar dinheiro, por favor.

Minha avó americana tinha feito uma poupança para mim quando morreu. Não era enorme, mas era boa, e eu vinha depositando nela desde os catorze anos, quando consegui meu primeiro emprego de verão no escritório de meu pai. Nunca havia tocado na conta. Eu tinha subsídio para a faculdade, e era tudo de que eu precisava. Normalmente deixava a caderneta na gaveta de minha cômoda, debaixo das roupas íntimas, mas a tinha jogado dentro da maleta de viagem no último momento, quando saía para embarcar no transatlântico. Foi obra da mesma parte de mim que pegou o endereço de Eve e o relatório sobre os últimos passos de Rose. Não tracei planos exatamente, mas ouvi a voz que sussurrou: *Você pode precisar dessas coisas se tiver coragem de fazer o que realmente deseja.*

Estava feliz por ter ouvido aquela voz e trazido a caderneta, pois estava sem dinheiro. Não tinha ideia de por que Eve tinha decidido me ajudar, mas não achava que era por bondade. Pagaria adiantado se ela quisesse, assim como faria com qualquer um que pudesse me levar a Rose. Mas, para isso, eu precisava de dinheiro. Então apresentei minha caderneta e meus documentos de identificação e sorri para o bancário.

Depois de dez minutos, eu mantinha o sorriso com muita força de vontade.

— Não entendo — repeti pela quarta vez, pelo menos. — O senhor tem a confirmação de meu nome e minha idade, e claramente há fundo suficiente na conta. Então por que...

— Sair com uma quantia tão grande de dinheiro, mocinha, não é normal. Esse tipo de conta existe para garantir o seu futuro.

— Mas não é apenas para meu futuro. Minhas economias estão ali...

— Talvez se pudermos falar com o seu pai?

— Ele está em Nova York. E não é uma quantia tão grande assim...

O bancário interrompeu-me novamente.

— Um telefonema para o escritório de seu pai será suficiente. Se pudermos falar com ele para termos seu consentimento...

Dessa vez eu o interrompi:

— O senhor não precisa do consentimento de meu pai. É o meu nome que está na conta. Ela foi feita de maneira que eu tivesse acesso a ela quando fizesse dezoito anos, e tenho dezenove. — Mostrei meus documentos de novo para ele. — O senhor não precisa do consentimento de ninguém a não ser o meu.

O bancário remexeu-se um pouco em sua cadeira de couro, mas sua expressão de avô não se alterou.

— Tenho certeza de que alguma coisa pode ser feita se pudermos apenas falar com o seu pai.

Meus dentes colaram como se tivessem sido fundidos.

— Eu gostaria de fazer uma retirada de...

— Desculpe-me, moça.

Olhei para a corrente de seu relógio e para suas mãos gordas, a luz brilhando através da parte rala de seu cabelo. Ele não estava nem mais olhando para mim; tinha voltado ao gráfico e estava rabiscando mais números e fazendo cálculos de novo.

Foi mesquinho de minha parte, mas me debrucei sobre a mesa, puxei o gráfico de debaixo da mão dele e analisei as colunas de números. Antes que ele pudesse reclamar, peguei um lápis na beira da escrivaninha, risquei seus números e escrevi os corretos.

— O senhor está errando em zero vírgula vinte e cinco por cento — eu disse, devolvendo-lhe o pedaço de papel. — É por isso que seu balanço não está fechando. Use uma máquina de calcular para conferir, já que eu claramente não sou confiável no que diz respeito a dinheiro.

Seu sorriso sumiu. Levantei-me com o queixo no melhor estilo *Eu não ligo* e saí para a luz do sol. Meu próprio dinheiro. Não apenas dinheiro que eu tinha herdado, mas que tinha ganhado. E eu não podia pegar cinco centavos dele a não ser que meu pai autorizasse. Isso era tão injusto que eu ainda estava rangendo os dentes. Mas não podia dizer que estava completamente surpresa.

Foi por isso que preparei um plano alternativo.

Finn olhou para mim enquanto eu me atirava de volta no banco da frente, fechando metade de meu vestido para fora da porta.

— Você parece um mau-caráter, se me permite dizer — falei, abrindo a porta e puxando o restante da crinolina para dentro. — Você é realmente mau-caráter, sr. Kilgore, ou só odeia se barbear?

Ele fechou o livro surrado que estava lendo.

— Um pouco dos dois.

— Bom. Eu preciso de uma loja de penhores. Um lugar que não faça muitas perguntas se uma garota tem algo para vender.

Ele me encarou por um momento, depois levou o Lagonda de volta para o tráfego barulhento de Londres.

Minha avó americana tinha me deixado dinheiro em uma poupança. Minha avó francesa tinha um colar espetacular com dois cordões de pérolas e, antes de morrer, o dividira em dois colares simples.

— Um para cada, para *la petite Charlotte* e para *la belle Rose*! Eu deveria dá-los para minhas filhas, mas, *mon Dieu*, que duas víboras suas mães se tornaram — disse com sua sinceridade francesa, fazendo-nos rir e, ao mesmo tempo, nos sentir culpadas. — Então vocês duas usem-nos quando se casarem, *mes fleurs*, e lembrem-se de mim.

Lembrei dela enquanto procurava em minha bolsa e sentia o exuberante cordão de pérolas. Minha querida avó francesa, morta havia muito, nunca viu a suástica ondulando sobre sua amada Paris, graças a Deus. *Pardonnez-moi, grandmère*, pensei. *Não tenho escolha*. Eu não podia pegar minhas economias, mas podia pegar minhas pérolas. Como minha mãe tinha dito seriamente que me levaria para Paris depois do meu Compromisso e compraria roupas novas e chamaria velhos amigos e assim deixaria claro que estávamos na Europa por *razões sociais*, nada escandaloso, ali estavam as pérolas. Dei mais uma olhada nelas, as grandes gotas de leite com uma esmeralda solitária lapidada que servia de fecho. Então entrei na loja de penhores onde Finn havia parado. Coloquei as pérolas no balcão, fazendo barulho, e disse:

— O que você pode me oferecer?

Os olhos do penhorista brilharam, mas ele disse calmamente:

— Você terá de esperar, senhorita. Estou terminando alguns pedidos importantes.

— O truque de sempre — Finn murmurou. Ele tinha me seguido inesperadamente. — Deixar você impaciente para que aceite o que ele lhe oferecer. Você ficará um tempo aqui.

Levantei o queixo.

— Posso ficar aqui o dia todo.

— Eu preciso apenas dar uma olhada na Gardiner, a casa não é longe daqui. Você não vai fugir de mim, senhorita?

— Não precisa me chamar de senhorita, você sabe. — Apesar de eu até gostar, a formalidade parecia boba. — Você não está me acompanhando num passeio pelo Palácio de Buckingham.

Ele mexeu um ombro e saiu.

— Sim, senhorita — disse assim que a porta se fechou. Chacoalhei a cabeça. Então me sentei numa cadeira desconfortável com as pérolas de minha avó enroladas nos dedos. Passaram-se uns bons trinta minutos até que o penhorista voltasse sua atenção e sua lente de joalheiro para mim.

— Temo que você tenha sido enganada, senhorita — ele disse, com um suspiro. — Pérolas de vidro, bom vidro, mas apenas vidro. Poderia lhe dar apenas algumas libras...

— Tente de novo. — Eu sabia por quanto meu colar estava segurado. Mentalmente, converti dólares para libras, somei dez por cento e lhe dei meu valor.

— Você tem algum documento de procedência? Talvez uma nota de venda? — Sua lente brilhou, e pude ver seus dedos mexendo no fecho de esmeralda. Peguei o colar de volta e ficamos pechinchando. Outra meia hora tensa se passou e ele não estava cedendo. Levantei a voz sem que tivesse a intenção.

— Vou procurar outro lugar — rosnei, mas ele apenas sorriu, tranquilo.

— Você não vai conseguir oferta melhor, senhorita. Não sem um documento de procedência. Agora, se seu pai estivesse com você, ou seu marido... Alguém que desse garantias de que você tem permissão para se desfazer disso...

De novo. Atravessei todo o Atlântico e ainda estava acorrentada ao meu pai. Virei a cabeça na direção da janela para esconder minha raiva e captei um vislumbre da cabeça loira de Rose passando do lado de fora. Um momento depois percebi que era apenas uma garota de uniforme de escola correndo. *Ah, Rosie*, pensei tristemente, olhando para a menina. *Você largou sua família e foi para Limoges. Como, por Deus, você fez isso?* Garotas não podiam fazer nada. Não podíamos gastar nosso próprio dinheiro, vender nossas próprias coisas ou planejar nossa própria vida.

Eu estava me armando com um argumento inútil quando a porta da loja foi aberta com um estrondo e ouviu-se a voz de uma mulher:

— Charlotte, mas o que... Meu Deus, eu disse para você me esperar. Acho que você sabia que isso quebraria meu pobre coração, desfazer-se das minhas joias, e você achou que me pouparia?

Fiquei olhando. Eve Gardiner atravessou a loja brilhando, como se eu fosse a menina dos seus olhos. Ela usava o mesmo vestido estampado daquela manhã, amassado e puído, mas vestia meias e um par de sapatos respeitáveis; suas mãos deformadas estavam escondidas em luvas de pelica remendadas, e ela havia enfiado o cabelo desgrenhado debaixo de um grande chapéu, que já tinha estado na moda, com metade de uma águia-pesqueira presa nele. Ela parecia, para minha completa surpresa, uma dama. Uma dama excêntrica, mas uma dama.

Curvando-se discretamente na porta com os braços cruzados sobre o peito, Finn deu um sorriso quase imperceptível.

— Ah, lamento ter de me separar disso. — Eve suspirou, acariciando minhas pérolas como um cachorro e dando um sorriso distante para o penhorista. — Pérolas dos Mares do Sul, o senhor sabe, de meu f-falecido amado marido. — Um lenço para secar seus olhos, e precisei de todas as minhas forças para evitar que meu queixo chegasse ao chão. — E a esmeralda é da Índia. Veio de Cawnpore, está há muito tempo na família, meu querido avô sob a r-r... sob a rainha Vitória. Acabou com os sipais,* e já foram tarde os pequenos diabos marrons. — Sua voz transbordava a elegância de Mayfair.** — Agora examine este esplendor com sua lente mais uma vez, e vamos ouvir seu preço real, meu bom homem.

---

* Soldados indianos que serviram sob as ordens dos oficiais britânicos. (N. do T.)

** Bairro central de Londres. (N. do T.)

Os olhos do penhorista miravam as luvas meticulosamente remendadas, a águia-pesqueira cambaleando. O retrato da elegância decadente: uma dama inglesa em tempos difíceis vai penhorar suas joias.

— Algum documento de procedência, senhora? Alguma prova de...

— Sim, sim, tenho aqui em algum lugar. — Eve colocou uma enorme bolsa no balcão, espalhando as lentes do joalheiro. — Aqui... Não, não é isso. Meus óculos, Charlotte...

— Na sua bolsa, vovó — ponderei, finalmente conseguindo soltar algumas palavras depois do meu espanto.

— Pensei que estivessem com você. Verifique esta bolsa. Não, segure aqui. É isso? Não, esta é a nota do xale chinês, deixe-me ver... Procedência, deve estar aqui...

Pedaços de papel se espalharam sobre o balcão do penhorista. Eve pegou e mexeu em cada um como um pássaro, tagarelando com aquele sotaque imaculado como se tivesse acabado de tomar chá com a rainha, atrapalhando-se com óculos que não existiam, segurando cada pedaço de papel contra a luz com tremenda dificuldade.

— Charlotte, verifique a bolsa novamente. Tenho *certeza* de que você está com meus óculos...

— Senhora — o penhorista disse, limpando a garganta assim que outros fregueses entraram. Eve não deu atenção, lamentando como uma viúva em um romance de Austen.

— Senhor, não se irrite comigo. Aqui está, sim... Não, bem, está aqui em algum lugar... — O pássaro em seu chapéu se inclinou perigosamente, balançando as penas com cheiro de naftalina. O penhorista tentou atender os outros clientes, mas ela o impediu batendo nos dedos dele com a lente. — Não vá embora, meu bom homem, não terminamos nosso negócio! Charlotte, querida, leia isto para mim, meus velhos olhos... — Os clientes que tinham entrado aguardaram um pouco, depois finalmente saíram.

Fiquei ali como uma figurante num filme quando o penhorista finalmente deu sinal de impaciência.

— Não importa, senhora. Não preciso da procedência... Não sou um cavalheiro tão baixo que não possa aceitar a palavra de uma dama tão distinta.

— Que bom — disse Eve. — Vamos ouvir o seu preço.

Eles discutiram por algum tempo, mas eu sabia quem ganharia. Um momento depois, o penhorista vencido estava contando um monte de notas na minha mão, e minhas pérolas desapareceram atrás do balcão. Viramos e vimos Finn segurando a porta com um sorriso que só deixava marcas ao redor de seus olhos.

— Minha senhora? — ele disse, com o rosto sério, e Eve saiu como uma velha duquesa, a águia-pesqueira balançando.

— Ah — ela disse assim que a porta da loja se fechou atrás de nós, e o sotaque Mayfair desapareceu de sua voz. — Gostei disso.

Ela estava completamente diferente do morcego bêbado da noite anterior, com sua xícara de uísque e sua Luger. Da mesma forma, parecia totalmente diferente da velha com ressaca daquela manhã. Parecia sóbria, atenta, selvagemente entretida, os olhos cinza brilhando e os ombros ossudos ocultando sua idade e a aura de senhora decadente como se fosse um xale inconveniente.

— Como você fez aquilo? — perguntei, ainda mexendo minhas mãos cheias de notas.

Eve Gardiner tirou a luva, revelando aquela mão monstruosa de novo, e pegou em sua bolsa o cigarro sempre presente.

— As pessoas são estúpidas. Conte uma história meio d-decente, coloque um pouco de papel debaixo do nariz delas e com um tanto de autocontrole sempre se consegue superá-las.

Ela parecia estar citando alguém.

— Sempre? — perguntei.

— Não. — O brilho desapareceu de seus olhos. — Não sempre. Mas isso não foi muito arriscado. Aquele idiota pomposo sabia que estava com uma barganha. Só fiz com que ele q-quisesse que eu saísse da loja um pouco mais r-rápido.

Fiquei pensando por que a gagueira dela ia e voltava daquele jeito. Ela havia conduzido aquela farsa na loja de maneira tranquila e fria. E, antes de mais nada, por que tinha se envolvido naquilo? Observei-a enquanto ela segurava seu cigarro para Finn e ele acendia um fósforo para ela.

— Você não gosta de mim — eu disse, por fim.

— Não — ela respondeu e me lançou aquele olhar escuro novamente, como uma águia olhando de cima para seu ninho. Um olhar divertido, mas no qual não vi nenhum apreço, nenhuma leveza.

Não me importei. Ela podia não gostar de mim, mas falava comigo como uma igual, não como uma criança ou uma idiota.

— Então por que você me ajudou na loja? — perguntei, encarando sua aspereza. — Por que está me ajudando?

— Que tal o dinheiro? — Ela olhou para meu bolo de notas e mencionou um valor que me fez engasgar. — Eu p-posso levá-la a alguém que talvez saiba algo sobre a sua prima, mas não farei isso de graça.

Apertei os olhos, desejando não me sentir tão pequena, espremida como estava entre o escocês alto e a inglesa alta.

— Você não vai levar um centavo até que me diga para quem estava ligando hoje de manhã.

— Um oficial inglês atualmente alocado em Bordeaux — ela disse, sem hesitação. — Temos uma história de trinta anos, ele e eu, mas ele está em férias. Então tentei uma velha conhecida, uma mulher que sabe de algumas coisas. Perguntei sobre o restaurante chamado Le Lethe e o homem que o administrava e ela desligou na minha cara. — Bufou. — A vagabunda sabe de alguma coisa. Se formos falar com ela pessoalmente, eu tiro isso dela. E, se não conseguirmos tirar dela, com certeza consigo tirar do meu oficial inglês assim que ele voltar da caça ao pato em Le Marche. Então, acha que isso vale algumas libras?

Ela estava pedindo muito mais que algumas libras, mas não reclamei.

— Por que seu interesse surgiu quando mencionei *monsieur* René? — atirei de volta. — Como você pode conhecê-lo se nem temos um sobrenome? Ou foi o nome do restaurante que chamou sua atenção?

Eve sorriu no meio da névoa de fumaça.

— Vá se foder, ianque — ela disse docemente.

Ela não gaguejou *dessa vez*. Eu nunca tinha ouvido uma mulher falar aquilo antes de Eve Gardiner. Finn olhou para o céu, tentando não demonstrar nenhuma reação.

— Tudo bem — falei. E contei as notas uma por uma na mão dela.

— Isso é só metade do que eu pedi.

— Você vai ter o restante depois de falarmos com seus amigos — eu disse, também docemente. — Caso contrário, você provavelmente vai beber tudo e me deixar seca.

— Provavelmente — Eve concordou. Mas fiquei pensando, apesar de minhas palavras. Ela queria algo além do meu dinheiro. Eu tinha certeza disso.

— Então, onde encontramos essa sua velha amiga? — perguntei enquanto todos entrávamos no Lagonda conversível, Finn ao volante, Eve no meio com o braço aberto descuidadamente ao redor dos ombros dele, eu amassada contra a porta, sentindo o restante das notas na carteira. — Para onde estamos indo?

— Folkestone. — Eve foi colocar a bituca de seu cigarro no cinzeiro, mas Finn a pegou e a jogou pela janela. — Depois de Folkestone... França.

4

EVE

Maio de 1915

França. Era o lugar onde Eve iria trabalhar como espiã. *Uma espiã*, ela pensou, acostumando-se com a ideia, explorando o pensamento da mesma maneira que uma criança cutuca o buraco de um dente que caiu. Seu estômago se remexeu, em parte devido ao nervosismo e em parte devido à excitação. *Serei uma espiã na França.*

Mas, antes da França, Folkestone.

— Você acha que eu posso arrancá-la de um escritório e jogá-la diretamente no território inimigo? — perguntou o capitão Cameron no trem, enquanto carregava a mala de mão cheia de Eve. Tinha se passado apenas um dia desde que ele a recrutara sobre uma xícara de chá naquela sala da pensão. Ela teria ido com ele naquela mesma noite apenas com as roupas do corpo, deixando para trás tudo o que possuía, mas o capitão insistiu em pegá-la no dia seguinte, acompanhando-a até a estação, como se eles estivessem saindo de férias. O único que viu Eve sair foi o gato, que ela beijou no focinho e sussurrou: "Procure a sra. Fitz no quarto ao lado. Fiz com que ela me prometesse que alimentaria você com pedaços extras de comida enquanto eu estiver fora".

— Se alguém perguntar — disse o capitão Cameron assim que se acomodaram no compartimento vazio —, sou um tio bondoso levando minha sobrinha favorita para o sol de Folkestone. — Ele fechou a porta com firmeza, assegurando que tinham o compartimento apenas para eles, e checou mais uma vez se havia intrusos.

Eve inclinou a cabeça, examinando o rosto magro dele e seu tweed amarrotado.

— Um pouco jovem para ser meu tio, não acha?

— Você tem vinte e dois anos e parece ter dezesseis. Eu tenho trinta e dois e pareço ter quarenta e cinco. Sou seu tio Edward. Esse será nosso disfarce agora e no futuro.

Seu nome verdadeiro, ela soube, era Cecil Aylmer Cameron. Escolas preparatórias, Academia Militar Real, uma temporada servindo em Edimburgo, onde devia ter pegado a fraca neblina escocesa que se percebia em sua voz inglesa. Eve agora conhecia suas credenciais públicas, listadas meticulosamente quando ela aceitou sua oferta. As credenciais particulares, naquele negócio tão discreto, seriam dadas apenas quando necessário... e agora ela tinha a primeira delas: um codinome.

— Tio Edward, então. — Um calafrio passou pelo estômago de Eve. — Qual será o meu c-codinome? — Ela tinha lido Kipling e Childers e Conan Doyle... Mesmo em livros bobos como *O pimpinela escarlate,* espiões tinham codinomes, disfarces.

— Você vai descobrir.

— Para onde irei n-n... Para onde irei na França? — Ela não se importava mais em gaguejar na frente dele.

— Espere e verá. Primeiro o treinamento. — Ele sorriu, as linhas ao redor de seus olhos aparecendo. — Tenha cuidado, srta. Gardiner. É possível perceber sua animação.

Eve tranquilizou o rosto como se fosse feito de inocente porcelana.

— Melhor.

Folkestone. Uma cidade costeira tranquila, antes da guerra. Agora um porto agitado, aonde chegavam todos os dias balsas carregadas de refugiados e se ouvia mais francês e belga que inglês nas docas. O capitão Cameron não falou até saírem da estação movimentada e seguirem pelo calçadão, onde podiam ter um pouco mais de privacidade.

— Folkestone é a primeira parada de quem vem de Vlissingen, na Holanda — ele disse, ajustando seus passos para se manter distante dos outros casais que caminhavam por ali. — Parte do meu trabalho é fazer com que os refugiados sejam entrevistados antes de serem liberados para entrarem mais na Grã-Bretanha.

— Procura mais pessoas como eu?

— E pessoas como você que trabalham para o *outro* lado.

— Quantos você já encontrou de c-cada?

— Seis de um, meia dúzia dos outros.

— Existem muitas mulheres? — Eve quis saber. — Entre os... os recrutas? — Como eram chamados? Aprendizes de espiões? Espiões em treinamento? Tudo isso soava absurdo. Em parte porque Eve ainda não podia acreditar que aquilo estava acontecendo. — Nunca pensei que mulheres seriam consideradas para esse papel — ela comentou com honestidade. O capitão Cameron (*tio Edward*) parecia conseguir tirar a verdade dela de maneiras pouco usuais. *Ele deve ser um prodígio em um interrogatório*, ela pensou. *Consegue a informação de maneira tão gentil que você nem percebe que deixou escapar pelos lábios.*

— Pelo contrário — disse o capitão. — Gosto de recrutar mulheres. Elas frequentemente têm habilidade para se manter anônimas onde os homens seriam suspeitos e barrados. Recrutei uma francesa há alguns meses — ele deu um sorriso repentino e carinhoso, como se tivesse uma lembrança particularmente boa — que agora gerencia uma rede com mais de uma centena de fontes e faz isso parecer simples. Seus relatórios sobre as posições da artilharia chegam tão rápido e são tão certeiros que podemos vê-los bombardeados em poucos dias. É impressionante. Ela é a melhor que temos, homem *ou* mulher.

Isso atiçou o espírito competitivo de Eve. *Eu serei a melhor.*

Ele parou um táxi.

— Número 8, Parade. — Era um lugarzinho surrado, não muito diferente da pensão onde Eve tinha morado, e aquele endereço provavelmente dava a impressão de ser uma pensão para os vizinhos curiosos. Mas, quando o capitão levou Eve para dentro e ela se viu sobre o tapete gasto da sala, não foi uma velha empregada engomada com a boca retorcida que a cumprimentou, e sim um major alto de uniforme completo.

Ele lançou um olhar dúbio para Eve, mexendo nas pontas enceradas de seu bigode impressionante.

— Muito jovem — reprovou, olhando-a de cima a baixo.

— Dê-lhe uma chance — disse o capitão Cameron, tranquilamente. — Srta. Evelyn Gardiner, este é o major George Allenton. Entrego-a nas mãos dele.

Por um momento, Eve sentiu medo quando viu as costas de tweed de Cameron desaparecerem, mas não o deixou durar muito. *Não posso ter medo de nada*, ela lembrou a si mesma. *Ou falharei.*

O major não parecia entusiasmado. Eve pensou que ele não compartilhava da preferência do capitão Cameron pelas recrutas femininas.

— O primeiro quarto do segundo andar é o seu. Apresente-se aqui de volta em quinze minutos. — E assim, facilmente, o mundo secreto se abriu.

O curso em Folkestone durou duas semanas. Duas semanas em quartos de teto baixo com janelas lacradas contra o calor de maio. Quartos cheios de estudantes que não pareciam ser espiões aprendendo coisas estranhas e sinistras de homens que não pareciam soldados.

Apesar da preferência pelas recrutas do capitão Cameron, Eve era a única mulher. Os instrutores a ignoravam, seus olhos passavam por todos os homens da sala antes de deixar Eve responder a qualquer pergunta. Mas isso não a incomodava, pois lhe dava tempo para avaliar seus colegas. Apenas quatro, e como eram diferentes uns dos outros. Isso foi o que mais impressionou Eve. Qualquer pôster de recrutamento para as tropas mostrava uma fila de *Tommies* idênticos, robustos e sólidos, tão semelhantes que nem pareciam ter rosto. Aquele era o soldado ideal: uma fila, um regimento, um batalhão de homens fortes, todos muito parecidos. Mas um pôster de recrutamento de espiões, ela concluiu, mostraria apenas uma fila de pessoas, todas diferentes, que não pareciam espiãs.

Havia um belga corpulento com uma barba grisalha; dois franceses, um com sotaque de Lyon e o outro manco; e um menino inglês magro com um ódio tão incandescente pelos hunos* que quase brilhava. *Ele não será bom*, julgou Eve. *Não tem autocontrole...* E ela não tinha certeza sobre o francês que mancava; ele fechava as mãos sempre que se frustrava. O curso todo era um exercício de frustração, habilidades espinhosas para serem aprendidas com paciência infinita: abrir fechaduras, escrever códigos, aprender criptografia. Os vários tipos de tinta invisível, como podiam ser feitos e como podiam ser lidos. Como ler e desenhar mapas, como esconder mensagens... e a lista continuava. O belga disse um palavrão quando aprenderam a fazer relatórios em minúsculos pedaços de papel de arroz, pois seus grandes punhos eram como pernis. Mas Eve rapidamente dominou o sistema das letras que não eram maiores que uma vírgula da máquina de escrever. E seu instrutor, um *cockney* magro que mal tinha olhado para ela desde sua chegada, sorriu para seu trabalho e passou a acompanhá-la mais de perto.

Apenas quinze dias e Eve se perguntava quanto era possível mudar em duas semanas. Ou não se tratava de mudança, mas de transformar-se no que já era? Ela se sentiu como se estivesse sendo esfolada, como se as camadas excedentes estivessem sendo retiradas, todos os lastros de sua mente e corpo que podiam segurá-la. Todas as manhãs ela acordava entusiasmada, jogava a roupa

---

* Forma ofensiva e depreciativa como os britânicos se referiam aos soldados alemães durante a Primeira e a Segunda Guerra Mundial. (N. do T.)

de cama de lado e se levantava. Sua mente era um grande grito faminto pelo que o dia tinha a oferecer. Ela mexia os dedos em torno daqueles pequenos pedaços de papel, aquelas hábeis manipulações que persuadiriam uma fechadura a entregar seus segredos, e vibrava com ainda mais entusiasmo. Foi tomada por um prazer intenso na primeira vez que sentiu as engrenagens da fechadura fazerem um clique e se abrirem, um prazer que nunca tinha sentido quando um homem a beijava.

Fui feita para isso, ela pensou. *Sou Evelyn Gardiner, e aqui é o meu lugar.*

O capitão Cameron foi vê-la no fim da primeira semana.

— Como está minha aprendiz? — ele perguntou, entrando sem ser anunciado na sala de aula improvisada e abafada.

— Muito bem, tio Edward — respondeu Eve, sem jeito.

Os olhos dele riram.

— O que você está praticando?

— Esconder mensagens. — Como abrir rapidamente a costura da manga e enfiar ali uma pequena mensagem enrolada, e como recuperá-la rapidamente. Era preciso velocidade e dedos ágeis, e Eve tinha os dois.

O capitão se curvou na beira da mesa. Ele estava de uniforme, era a primeira vez que ela o via de cáqui, e ficava bem nele.

— Em quantos lugares você pode esconder uma mensagem na roupa que está usando agora?

— Mangas, bainhas, dedos das luvas — Eve listou. — Enfiada no cabelo, claro. Enrolada dentro de um anel ou do salto do s-sapato...

— Hummm... Melhor esquecer o último. Soube que os *Fritzes* descobriram o truque do salto do sapato.

Eve concordou com a cabeça, afastando aquela opção. Ela desenrolou sua pequena mensagem em branco e começou rapidamente a colocá-la na bainha de seu lenço.

— Seus colegas de turma estão praticando tiro ao alvo — o capitão observou. — Por que você não?

— O major Allenton não acha necessário. — "Não vejo uma mulher em uma posição que exija o uso de uma arma", tinham sido suas palavras, e então Eve fora deixada para trás enquanto seus colegas de turma seguiam para os alvos com Webleys emprestadas. Eram apenas três colegas agora; o inglês magricela não fora considerado adequado e saíra chorando e xingando. *Junte-se aos* Tommies *se quer lutar contra os alemães*, pensou Eve, não sem simpatia por ele.

— Acho que você *deveria* aprender a atirar, srta. Gardiner.

— Isso não v-vai contra as ordens do major? — Cameron e Allenton não gostavam um do outro, Eve tinha percebido no primeiro dia.

Cameron apenas disse:

— Venha comigo.

Ele não levou Eve para o campo de treino, mas para uma faixa deserta da praia, distante do barulho das docas. Partiu em direção à água, em seu ombro levando pendurada uma mochila que tilintava a cada passo, e Eve o seguiu, suas botas afundando na areia e o vento batendo em seu cabelo enrolado. A manhã estava quente, e Eve queria poder tirar o casaco, mas a escapada sozinha para uma praia isolada com um homem que certamente não era seu tio já era imprópria o suficiente. *A srta. Gregson e o restante das garotas do escritório não me julgariam de maneira diferente.* Então Eve afastou aquele pensamento e ficou apenas de camisa, raciocinando que não iria muito longe como espiã se pensasse muito em decência.

O capitão encontrou um tronco de madeira, tirou da mochila uma série de garrafas vazias e as alinhou sobre o tronco.

— Assim está bom. Dez passos para trás.

— Eu não deveria ser capaz de atirar de mais longe? — Eve perguntou, soltando seu casaco sobre um monte de algas marinhas.

— Se você estiver querendo acertar um homem, a chance é que seja de mais perto. — O capitão Cameron tomou distância e pegou a arma do coldre. — Esta é uma Luger 9 mm P08...

Eve enrugou o nariz.

— Uma p-pistola alemã?

— Não se engane, srta. Gardiner. Ela é muito mais precisa e confiável que as nossas inglesas. Nossos rapazes usam a Webley Mk IV. É com ela que seus colegas estão treinando. E eles nem deveriam se incomodar, porque leva semanas para se ficar bom com uma Webley. Com a Luger, você estará acertando os alvos com apenas algumas horas de prática.

De repente, o capitão Cameron desmontou a arma e falou o nome das partes. Então fez com que Eve a montasse e a desmontasse, até ganhar prática. Assim que ela pegou o jeito e viu suas mãos se moverem com rapidez, foi tomada pela mesma excitação que estava sentindo desde que tinha chegado, fosse quando conseguia decifrar um mapa ou descriptografar uma mensagem. *Mais*, ela pensou. *Dê-me mais*.

Cameron a fez carregar e descarregar, e Eve poderia afirmar que ele estava esperando para ver se ela implorava para atirar em vez de ficar apenas mexendo com as partes da arma. *Ele está testando minha paciência*. Ela arrumou uma mecha de cabelo que tinha se soltado com o vento e seguiu as instruções em silêncio. *Posso esperar o dia todo, capitão*.

— Ali. — Ele finalmente apontou para as primeiras garrafas alinhadas sobre o tronco. — Você tem sete tiros. Olhe para o tambor. Esta arma não pula como uma Webley, mas ainda assim você vai sentir um tranco. — Ele bateu um dedo em seu ombro, seu queixo, suas articulações, corrigindo sua postura. Não havia nenhuma intenção de intimidade. Eve se lembrou do comportamento dos garotos franceses em Nancy sempre que ela aparecia para caçar patos. "Deixe-me mostrar como você deve mirar!" E então eles começavam a colocar os braços ao redor dela.

O capitão fez um sinal com a cabeça, dando um passo para trás. A insistente brisa salgada bateu em seu cabelo curto e arrepiou a água azul-ardósia do canal atrás dele.

— Fogo.

Ela fez sete disparos. O som reverberou ao longo da praia deserta e não acertou nenhuma garrafa. O desapontamento a acertou, mas ela não deixou transparecer. Simplesmente recarregou.

— Por que você quer isso, srta. Gardiner? — o capitão perguntou e fez um sinal com a cabeça para ela atirar novamente.

— Quero fazer minha parte. — Ela não gaguejou. — Isso é muito estranho? No último verão, quando a guerra começou, todo rapaz da Inglaterra queria se alistar para lutar, fazer alguma coisa por si mesmo. Alguém perguntou a eles o motivo? — Ela levantou a Luger, dando mais sete tiros cuidadosamente espaçados. Dessa vez acertou uma das garrafas de raspão, fazendo com que um pedaço de vidro voasse, mas não a derrubou. O desapontamento a acertou novamente. *Mas algum dia serei a melhor*, ela prometeu. *Melhor que a sua recruta premiada em Lille, seja ela quem for*.

A voz do capitão continuou:

— Você odeia os *Fritzes*?

— Eles não estavam longe de Nancy, onde cresci. — Eve começou a recarregar. — Eu não os odiava naquela época. Mas eles invadiram a França, destruíram-na, levaram tudo o que era bom. — Colocando a última bala. — Que direito eles tinham?

— Nenhum. — E ele olhou para ela atentamente. — Mas acho que há menos patriotismo em você que a vontade de se provar capaz.

— Sim — ela admitiu, e isso a fez se sentir melhor. Era isso que ela queria acima de tudo. Queria tanto que até doía.

— Relaxe um pouco o punho. Você está puxando o gatilho e não apertando, e isso está jogando sua mira para a direita.

Em seu segundo tiro, uma garrafa explodiu. Eve sorriu.

— Não pense que isso é um jogo. — O capitão a examinou. — Vejo muitos jovens loucos para derrotar os porcos alemães. Isso é bom para as fileiras e para os registros. Mas eles vão perder a ilusão na primeira semana nas trincheiras e nenhum mal terá sido feito, apenas sua inocência será atingida. Os espiões, porém, não podem estar *loucos* por nada. Espiões que acham que isso é um jogo acabam mortos, e muito provavelmente seus companheiros também. Os alemães são inteligentes e implacáveis. Não interessa o que você ouviu sobre os estúpidos boches, no momento em que colocar os pés na França, eles estarão determinados a pegá-la. Por ser mulher, você talvez não seja colocada numa parede e fuzilada, como aconteceu com um garoto de dezenove anos que mandei para Roubaix no mês passado. Mas você pode ser jogada numa prisão alemã até apodrecer, morrendo de fome lentamente com os ratos, e ninguém poderá ajudá-la... nem mesmo eu. Você entende, Evelyn Gardiner?

Outro teste, pensou Eve, seu coração batendo forte. Se falhasse, ela não chegaria a nenhum lugar perto da França. Se falhasse, iria para seu quarto alugado e continuaria a preencher envelopes. *Não.*

Mas qual era a resposta correta?

O capitão Cameron esperou, seus olhos nos dela.

— Nunca pensei que isso fosse um jogo — Eve disse. — Eu não j-jogo. Jogos são para crianças. Posso parecer ter dezesseis anos, mas *nunca* fui uma criança. — Ela começou a recarregar a pistola. — Não posso prometer que não vou falhar, mas, se isso acontecer, não será porque acho que tudo não passa de uma brincadeira.

Ela devolveu o olhar dele intensamente, seu coração ainda aos pulos. Essa era a resposta correta? Ela não sabia. Mas era a única que tinha.

— Você será enviada para Lille ocupada pelos alemães — disse o capitão Cameron, e os joelhos de Eve quase se dobraram de alívio. — Mas vai para Le Havre primeiro para encontrar seu contato. Seu nome será Marguerite Le François. Aprenda a responder por esse nome como se fosse o seu.

Marguerite Le François. A tradução seria algo como "Margarida Francesa", e Eve sorriu. Um nome perfeito para uma garota inocente, uma garota para ser ignorada. Apenas uma inofensiva margaridinha, escondendo o rosto fresco na grama.

O capitão Cameron devolveu o sorriso.

— Achei que lhe caía bem. — Ele apontou para a fila de garrafas, apenas seis em pé... Tinha mãos morenas e magras, e Eve viu o brilho dourado da aliança na esquerda. — De novo.

— *Bien sûr, oncle Édouard.*

No fim da tarde, todas as garrafas estavam quebradas. Com mais alguns dias de prática sob a tutela dele, ela conseguiu acertar sete garrafas com sete tiros.

— Cameron está passando bastante tempo com você — o major Allenton observou uma tarde quando Eve voltou para a sala depois da prática. Ele não tinha falado com ela desde sua chegada, mas agora lhe lançava um olhar especulativo. — Tenha cuidado, querida.

— Não imagino o que o senhor quer d-dizer. — Eve sentou-se atrás de sua mesa, a primeira a chegar para a prática de quebra de código. — O capitão é um perfeito cavalheiro.

— Bem, não *perfeito*, talvez. Tem aquele negócio desagradável que o manteve na prisão por três anos.

Eve quase caiu da cadeira. Cameron, com sua voz de homem educado com leve sotaque escocês e sua impecável gramática, seu olhar suave e sua graça esguia. *Prisão?*

O major mexeu em seu bigode encerado, claramente esperando que ela o pressionasse por detalhes saborosos. Eve arrumou sua saia e se manteve em silêncio.

— Fraude — ele disse por fim, sua satisfação evidente por estar falando mal de um subordinado. — Se estiver curiosa, a esposa dele tentou registrar o roubo de um colar de pérolas, o que se configurou como fraude diante da seguradora e um negócio muito duvidoso. Ele assumiu a culpa por ela, mas quem sabe o que realmente aconteceu? — O major parecia ainda mais satisfeito com a expressão de Eve. — Acho que ele não lhe contou sobre a condenação, não é? — Uma piscada. — Ou sobre a esposa.

— Nada disso — disse Eve, friamente — é da minha c-conta. E, uma vez que ele voltou para o exército de Vossa Majestade numa posição de confiança, não é minha f-f... função questionar a autoridade dele.

— Eu não chamaria isso de posição de confiança, querida. A guerra forma parcerias estranhas; precisamos de toda a ajuda, mesmo de mãos sujas. Cameron conseguiu o seu perdão e o seu retorno, mas isso não significa que eu queira uma das minhas garotas andando na praia sozinha com ele. Um homem que já esteve atrás das grades, bem...

Eve pensou nas longas mãos de Cameron carregando a Luger para ela. Não conseguia imaginar aquelas mãos roubando nada.

— Isso é t-tudo, senhor? — Ela queria saber mais, é claro, mas preferiria morrer a perguntar qualquer coisa para aquele leão-marinho desprezível com seu bigode ridículo. O major se afastou, evidentemente desapontado. No dia seguinte, Eve examinou Cameron dissimuladamente, mas não lhe perguntou nada, pois todos em Folkestone tinham segredos. No dia em que o curso terminou, ele enfiou, como presente, a Luger na mala bem feita dela e disse:

— Você parte para a França pela manhã.

PARTE II

5
CHARLIE

Maio de 1947

Não sei quanto tempo levamos para cruzar o canal. O tempo se estende para sempre quando você o gasta vomitando.

— Não feche os olhos — o escocês rascante de Finn Kilgore soou atrás de mim enquanto eu me agarrava sombriamente à amurada. — Seu estômago fica pior se você não vê de qual direção as ondas estão vindo.

Apertei mais os olhos, que já estavam fechados.

— Por favor não diga essa palavra.

— Que palavra?

— Ondas.

— Apenas olhe para o horizonte e...

— Tarde demais — grunhi e me debrucei sobre a amurada. Não tinha nada para vomitar, mas meu estômago revirou assim mesmo. Pelo canto dos olhos, pude ver duas mulheres francesas com roupas elegantes torcendo o nariz e se afastando pelo deque. Uma intensa rajada de vento passou e levou meu chapéu verde de aba horrível. — Deixe ir — ofeguei entre náuseas quando Finn bateu na amurada, tentando pegá-lo. — Eu odeio aquele chapéu!

Ele sorriu, tentando segurar meu cabelo solto e tirando-o de meu rosto enquanto eu vomitava uma última vez. Fiquei terrivelmente envergonhada na primeira vez que vomitei na frente dele, mas naquele momento eu estava enjoada demais para humilhações.

— Você tem um estômago muito delicado para uma ianque — ele observou. — A julgar pelos seus cachorros-quentes e cafés, pensei que os americanos não ficassem enjoados com nada.

Endireitei-me, provavelmente mais verde que uma lata velha de ervilhas.

— Por favor, não diga *cachorros-quentes*.

Ele soltou meu cabelo.

— Como quiser.

Estávamos do lado oposto do barco em relação a Eve, porque ela achou meu sofrimento muito engraçado, e eu tive de me retirar antes que a matasse. Depois veio Finn. Ele devia ter se cansado dos palavrões e da fumaça de cigarro dela, embora seja difícil imaginar que eles fossem piores que minha náusea sem fim.

Ele se apoiou de costas, com os cotovelos na amurada, e jogou a cabeça para trás a fim de ver o deque superior do barco.

— Para onde vamos quando chegarmos a Le Havre, senhorita?

— Eve disse que a mulher com quem precisamos falar está em Roubaix, então devemos ir para lá antes de Limoges. Mas eu estava pensando... — interrompi-me.

— Pensando em quê?

— Rouen primeiro? — Saiu como uma pergunta e eu me repreendi por isso. Eu não precisava pedir permissão para decidir aonde deveríamos ir. Aquela era minha cruzada, apesar de essa ser uma palavra muito grandiosa para isso. Minha missão? Minha obsessão? Bem, fosse lá como eu a chamasse, era meu dinheiro que financiava tudo aquilo, então eu deveria estar no comando. Finn e Eve pareciam ter isso como certo, e não pude deixar de gostar, depois de tantas semanas sentindo-me como uma folha solta em um redemoinho. — Vamos para Rouen — eu disse, com firmeza. — Minha tia saiu de Paris e se mudou definitivamente para a casa de veraneio depois da guerra. A mãe de Rose. Ela não era muito simpática em suas cartas, mas se eu aparecer na sua porta tenho certeza de que ela falará comigo.

Pensei na minha tia francesa com suas grandes bolsas cheias de caixas de comprimidos para todas as doenças que ela estava convencida de que estava morrendo. Eu queria segurá-la pelos braços magros e chacoalhá-la até ela cuspir as respostas que eu buscava. *Por que Rose saiu de casa em 1943? O que aconteceu com sua filha?*

Olhei pelo deque e vi Rose com oito anos, magra e sardenta, pulando ao longo da amurada. Ela sorriu para mim e então percebi que não era Rose. Ela nem tinha o cabelo loiro de Rose. Vi a criança correr de volta para a mãe na proa, e minha imaginação ainda tentou me dizer que eram as tranças de Rose balançando nas suas costas estreitas, não as tranças morenas de uma estranha.

— Rouen — repeti. — Passaremos a noite em Le Havre, depois dirigimos pela manhã. Poderíamos chegar lá esta noite se tivéssemos pegado o trem... — Eve tinha se recusado terminantemente a considerar qualquer coisa que não fosse uma viagem de carro, por isso tive de gastar muito dinheiro para içar o Lagonda de Finn com um guindaste e colocá-lo no barco. Como se fôssemos lordes britânicos saindo para uma excursão motorizada no continente com direito a piquenique com champanhe.

Com o dinheiro que gastei para trazer o carro — e, por causa dele, tivemos de pegar a balsa mais lenta para Le Havre em vez da que ia para Boulogne —, teria levado seis pessoas de balsa para a França e voltado.

— Será que aquela vaca não podia ter arrumado coragem e enfrentado uma viagem de trem? — resmunguei.

— Não sei se ela aguentaria — respondeu Finn.

Olhei para minha aliada imprevisível do outro lado do deque. Durante a viagem de carro, ela alternou os insultos com os silêncios, recusando-se a sair do carro quando chegamos a Folkestone, e Finn teve de me acompanhar para comprar as passagens para cruzar o canal. Quando voltamos para o Lagonda, ela tinha desaparecido. Depois de irmos para cima e para baixo de carro, a encontramos na frente de uma casa geminada aos pedaços marcada com o número 8 na Parade — ela estava parada ali, carrancuda.

— Ainda me pergunto para onde o inglês magricela foi — Eve disse, do nada. — Aquele que f-foi expulso do curso. Ele se juntou aos rapazes nas trincheiras, explodiu? Filho da mãe sortudo.

— Que curso? — perguntei, exasperada, mas ela apenas deu seu duro latido que parecia uma risada e indagou:

— Não temos um barco para pegar?

E agora ela estava sentada no outro canto do deque, com um casaco surrado, sem chapéu, fumando uma série infinita de cigarros e parecendo inesperadamente frágil.

— Meu irmão sempre sentava daquele jeito — eu disse. — Com as costas no canto. Quando voltou de Tarawa. Ele ficou bêbado uma noite e me disse que não se sentia mais confortável a não ser que pudesse ver todas as linhas de tiro. — Um caroço se formou em minha garganta quando pensei no rosto largo e bonito de James. Não mais realmente bonito debaixo da névoa provocada pela bebida e do sorriso falso, porque seus olhos eram tão vazios...

— Muitos soldados fazem isso — disse Finn, neutro.

— Eu sei. — Engoli o caroço. — Não foi apenas meu irmão... Eu costumava ver isso quando soldados iam ao café em que eu trabalhava. — Captei seu olhar de surpresa. — O que foi, você acha que a americanazinha fina nunca teve um emprego?

Estava claro que isso era exatamente o que ele tinha pensado.

— Meu pai achava que seus filhos deveriam conhecer o valor de um dólar. Comecei a trabalhar no escritório dele quando tinha catorze anos. — Uma firma de advocacia especializada em direito internacional, então eu ouvia francês e alemão nos telefones tanto quanto inglês. Comecei aguando as plantas e fazendo café, logo estava preenchendo papéis, organizando as notas de meu pai, até verificando os livros de contabilidade dele, quando ficou claro que eu faria isso mais rápido e de maneira mais organizada que sua secretária. — Então fui para a Bennington — continuei — e minha mãe não estava lá para me proibir. Consegui um emprego em uma cafeteria. Era onde eu via os soldados chegando.

Finn parecia perplexo.

— Por que trabalhar se você não precisava?

— Gosto de ser útil. Qualquer coisa para me tirar das luvas brancas e dos bailes. Você pode ver as pessoas em um café, criar histórias sobre elas. Aquele ali é um espião nazista, aquela outra é uma atriz indo para uma audição na Broadway. Além disso, sou boa com números, então sou útil numa loja, calculando o troco de cabeça, cuidando dos registros. Eu estudava matemática.

Como as sobrancelhas de minha mãe ficaram enrugadas quando ela soube que eu tinha me inscrito em cálculo e álgebra na Bennington. "Eu sei que você gosta desse tipo de coisa, *ma chère* — não sei como manterei minha caderneta sob controle com você longe em Vermont! Mas não faça muito isso nos encontros. Não faça essa coisa que você faz, quando soma todos os preços do menu de cabeça para ver se pode ser mais rápida que o garçom. Garotos não gostam desse tipo de coisa."

Talvez por isso eu tenha conseguido um emprego na cafeteria assim que cheguei à Bennington. Minha pequena rebelião contra a ladainha que ouvi durante toda a minha vida sobre o que era apropriado, o que era adequado, do que os garotos gostavam. Minha mãe me mandou para a faculdade para encontrar um marido, mas eu estava em busca de alguma coisa mais. Algum outro caminho além do que já estava aberto para mim — viajar, trabalhar, quem sabe? Eu ainda não tinha descoberto quando chegou o Pequeno Problema e estilhaçou os planos de minha mãe *e* os meus.

— Calcular o troco do café. — Finn abriu um sorriso. — Uma maneira agradável de passar a guerra.

— Não é minha culpa. Eu era muito jovem para ser enfermeira. — Hesitei, mas perguntei assim mesmo. Meu estômago ainda estava girando e a conversa me ajudava a manter a mente longe dele. — E quanto a sua guerra? — Porque a guerra de cada um era diferente. A minha tinha álgebra de lição de casa, sair para encontros estranhos, esperar todos os dias por cartas de Rose e James. A guerra de meus pais era Victory Gardens e reunir peças de metal* e minha mãe se queixando por ter de usar maquiagem no lugar de meias nas pernas. E a guerra de meu pobre irmão... Bem, eu não saberia dizer como foi, mas o fez engolir um tiro. — Como foi sua guerra? — perguntei novamente para o motorista de Eve, afastando o rosto de James de minha mente antes que ele apertasse minha garganta. — Você disse que estava no Regimento Antitanques.

— Não me feri. Passei bons momentos lá, brilhantes. — Finn estava zombando de alguma coisa, mas não achei que fosse de mim. Eu quis perguntar, mas seu rosto se fechou e não consegui continuar. Eu mal o conhecia, afinal de contas. Ele era o faz-tudo de Eve, o escocês que preparava o café da manhã. Não sabia se ele gostava de mim ou estava sendo apenas educado.

Eu queria que ele gostasse de mim. Não apenas ele... Eve também, por mais que ela me desnorteasse e me incomodasse. Na companhia deles, eu tinha uma ficha limpa. Para eles, eu era Charlie St. Clair, líder da equipe de buscas mais inacreditável do mundo. Não Charlie St. Clair, uma desgraça completa e vadia total.

Então Finn se afastou, e meu estômago começou a revirar de novo. Passei o restante da viagem mirando o horizonte e engolindo com dificuldade. Até que finalmente o grito surgiu: "Le Havre!", e eu fui a primeira a descer para as docas, arrastando minha mala de viagem, tão feliz de estar em terra firme que poderia tê-la beijado. Levei um momento para registrar o cenário à minha volta.

Le Havre exibia ainda mais sinais da guerra que Londres. O porto fora destruído pelos bombardeios, eu me lembrava — "a tempestade de ferro e fogo", eles a chamavam. Ainda tinha tantos escombros, tantos prédios faltando. Mais que isso, havia um cinza desespiritualizado ali, um cansaço da população ao meu redor.

---

* Referência às campanhas de arrecadação de sucata. Durante a guerra, com a falta de metal e borracha, os cidadãos reuniam peças e as entregavam para serem reaproveitadas ou recicladas para a batalha. (N. do T.)

Os londrinos que encontrei pareciam levar consigo um humor triste, como se dissessem: "Você ainda não pode colocar creme em seu sorvete, mas nunca fomos invadidos, né?"

A França, apesar de toda a leveza que eu tinha lido nos jornais — o general De Gaulle marchando em triunfo pelos *boulevards* de Paris, a população delirante aos gritos —, parecia exausta.

Quando Eve e Finn se juntaram a mim, eu já havia afastado a melancolia repentina para longe e estava mexendo nos francos que tinha comprado em Folkestone. ("Querida, seu pai sabe que você está trocando todo este dinheiro?") Finn deixou Eve e sua bagagem decadente e saiu rapidamente para as docas para ter certeza de que o guindaste de desembarque não arranharia seu precioso Lagonda.

— Precisaremos de um hotel — eu disse, ausente, recontando meus francos e reprimindo uma onda repentina de desânimo. — Você conhece algum lugar barato?

— Não faltam lugares baratos numa cidade costeira. — Eve me olhou como quem estava se divertindo. — Quer ficar com Finn? Dois quartos são mais baratos que três.

— Não, obrigada — respondi friamente.

— Como os americanos são puritanos — ela disse, com uma risadinha. Ficamos em silêncio até que o Lagonda azul-escuro finalmente apareceu roncando.

— Como ele conseguiu um carro desse? — perguntei, pensando na camisa surrada de Finn.

— Provavelmente fazendo algo ilegal — Eve respondeu, despreocupada.

Pisquei.

— Você está brincando?

— Não. Você acha que ele trabalha para uma vadia mal-humorada como eu por diversão? Ninguém mais lhe daria um emprego. Eu provavelmente também não deveria ter dado, mas tenho uma queda por homens bonitos com sotaque escocês que cumpriram pena na prisão.

Quase caí dos saltos altos.

— *O quê?*

— Você não tinha se dado conta? — Ela ergueu uma sobrancelha. — Finn é um ex-condenado.

6

EVE

Junho de 1915

Marguerite Le François entrou fugindo da chuva e se sentou a uma mesa de canto isolada em um café em Le Havre: uma garota respeitável, usando chapéu e luvas, pedindo timidamente, no seu francês com sotaque do norte, uma limonada para o garçom. Se você olhasse a carteira de Marguerite, encontraria todos os seus cartões de identificação em perfeita ordem: ela havia nascido em Roubaix, carregava documentos profissionais, tinha dezessete anos. Eve apenas não tinha certeza do que mais Marguerite era — a identificação não estava marcada ainda com os detalhes que a tornariam real. Quando o capitão Cameron — tio Edward — colocou Eve no barco em Folkestone, tudo que deu a ela foi o pacote imaculado de documentos falsos, um respeitável, embora surrado, casaco de viagem, uma mala gasta cheia de mais roupas puídas e um destino.

— Em Le Havre — ele dissera no cais —, você encontrará seu contato. Ela lhe dirá o que você precisa saber, seguindo adiante.

— Ela é sua estrela brilhante? — Eve não conseguiu segurar a pergunta. — Sua melhor agente?

— Sim. — Cameron tinha os olhos sorridentes, enrugados nos cantos. Não usava seu uniforme cáqui perfeito, estava de volta ao tweed anônimo. — Não consigo pensar em ninguém melhor para prepará-la.

— E eu estarei à altura. — Eve olhou intensamente nos olhos dele. — Deixarei v-você orgulhoso.

— Vocês todos me deixam orgulhoso — disse Cameron. — No momento em que um recruta aceita uma missão, fico orgulhoso. Porque este não é apenas um trabalho perigoso, mas sujo e desagradável. Não é muito esportivo, na verdade, ouvir atrás das portas e abrir a correspondência dos outros, mesmo dos inimigos. Ninguém acha realmente que cavalheiros deveriam fazer essas coisas, mesmo em tempos de guerra. Muito menos damas.

— Besteira — retrucou Eve, em tom cáustico, e Cameron riu.

— Besteira completa. Ainda assim, o tipo de trabalho que fazemos não é muito respeitado, mesmo entre aqueles que contam com nossos relatórios. Não há nada para receber, nenhuma fama, nenhum prêmio. Apenas perigo. — Ele mexeu em seu pequeno chapéu banal, colocando-o num ângulo melhor sobre o cabelo penteado cuidadosamente. — Por isso, nunca receie ter falhado em me deixar orgulhoso, srta. Gardiner.

— *Mademoiselle* Le François — Eve o lembrou.

— Sim. — O sorriso desapareceu de seu rosto. — Tenha cuidado.

— *Bien sûr*. Qual o nome dela, da mulher em Le Havre? Sua estrela brilhante a quem vou substituir?

— Alice — o capitão respondeu, divertindo-se. — Alice Dubois. Não é o nome verdadeiro, é claro. Se você for melhor que ela, vai encerrar a guerra em seis meses.

Ele permaneceu no cais por um bom tempo, vendo o navio de Eve se afastar pelo mar agitado. Ela ficou olhando fixamente para ele até que sua figura de tweed desapareceu. Ela sentiu uma pontada quando o viu ir embora — a primeira pessoa que confiou nela, que acreditou que ela poderia ser algo mais, isso sem mencionar que era o último contato com tudo o que deixou para trás. Mas a excitação logo venceu a solidão. Eve Gardiner tinha deixado a Inglaterra; Marguerite Le François tinha chegado em Le Havre. E ela esperou, tomando limonada e dissimulando uma curiosidade que poderia ser classificada como ávida, pela misteriosa *Alice*.

O café estava cheio. Garçons de rosto azedo passavam com pratos sujos e garrafas de vinho, clientes chegavam da rua sacudindo o guarda-chuva molhado. Eve examinou cada uma das mulheres à vista. Uma matrona robusta de jeito vigoroso tinha o pesado anonimato e o ar de competência de uma mestre organizadora de espiões...

Ou talvez a jovem seca que encostou sua bicicleta do lado de fora e teve de parar na entrada para limpar os óculos. Ela devia ter olhos dissimulados como uma águia que já tinha lido dezenas de planos alemães...

— *Ma chère Marguerite!* — uma voz de mulher guinchou, e Eve virou a cabeça ao ouvir o nome que ela havia treinado para responder feito um filhotinho. Ela teve a impressão de que um chapéu estava sendo colocado nela. Não um chapéu qualquer, mas um do tamanho da roda de uma carroça, coberto de organza cor-de-rosa e rosas de seda. E então a dona do chapéu a cobriu com uma nuvem de essência de lírio e a beijou nas duas bochechas, fazendo barulho.

— *Chérie*, olhe para você! Como está o querido tio Edward?

Essa era a frase que lhe disseram que ouviria primeiro, mas tudo o que pôde fazer foi ficar olhando. *Essa é a organizadora da rede de Lille?*

A pequena francesa tinha talvez trinta e cinco anos, ossos como os de passarinho e não chegava à altura do queixo de Eve. Vestia um elegante casaco em um tom intenso de lilás e, no alto, um chapéu cor-de-rosa montanhoso. Assim que se sentou à mesa falando, sacolas se acumularam ao seu redor. Ela passou do francês rápido para o inglês igualmente rápido. Nesta parte da França, vozes inglesas eram comuns, graças aos soldados e às enfermeiras que deixavam o front.

— *Mon Dieu*, essa chuva! Meu chapéu com certeza vai ser destruído. Ou talvez ele *deva* ser destruído. Não consegui decidir se ele é completamente horrível ou completamente mágico, então é claro que não pude fazer nada a não ser comprá-lo. — Ela tirou alguns prendedores de pérola do chapéu e o colocou na cadeira vaga, revelando o cabelo loiro enrolado em um topete. — Sempre compro um chapéu moralmente questionável quando venho para esta região. Não posso levá-los para o norte comigo, é claro. Use um bom chapéu e um guarda alemão vai simplesmente confiscá-lo para sua prostituta do momento. Então, em Lille, ando de sarja do ano anterior e um pequeno e horroroso chapéu de marinheiro, e nada que está na moda é perdido quando volto. Devo ter deixado chapéus moralmente questionáveis pela França toda. *Brandy* — ela disse para o garçom que apareceu em seu cotovelo e, assim que ele virou para atendê-la, ela abriu um sorriso arrebatador. — Foi um dia absolutamente irritante — falou com sinceridade. — Portanto me traga um *brandy* duplo, *monsieur*, e não se dê o trabalho de parecer azedo. Então... — Ela virou-se para Eve e manteve-se em silêncio, seus olhos um tanto arregalados durante todo o monólogo introdutório, e a olhou de cima a baixo, de repente tratando de negócios. — *Merde*. Tio Edward me envia bebês direto do berço agora?

— Tenho vinte e dois anos — disse Eve, um tanto quanto fria. Nenhuma parisiense fofinha que combina cor-de-rosa com púrpura a faria se sentir uma criança. — *Mademoiselle* Dubois...

— Pare bem aí.

Eve congelou, passando os olhos por todo o ruidoso café.

— Alguém está ouvindo?

— Não, não, estamos seguras. Se alguém entende inglês, o que eu duvido, estamos em um canto do salão com muito barulho para que se consiga ouvir uma palavra útil. Não, eu quis dizer para parar de me chamar por esse nome horrível. — Um extravagante movimento do ombro. — *Alice Dubois*. Que pecado cometi para receber um nome desse? Terei de perguntar para meu confessor. Alice Dubois soa como uma professora magricela com cara de lata de lixo. Me chame de Lili. Também não é meu nome real, mas pelo menos tem alguma coisa. Infernizei tio Edward até que ele começou a usá-lo também. Acho que gostou, porque começou a dar nomes de flores para suas outras "sobrinhas", como Violette... você vai conhecê-la em breve e ela vai odiá-la, mas ela odeia todo mundo... e agora você: Marguerite, a pequena margarida. Somos o seu jardim, e ele nos dá muita atenção, como uma velha empregada com um regador. — Alice/Lili falava com a cabeça próxima de Eve, de forma que a conversa delas fosse inaudível, mas se moveu quando o garçom se aproximou com seu *brandy*. — *Merci!* — ela sorriu, ignorando o olhar de reprovação dele.

Eve nunca tinha visto uma mulher educada bebendo, exceto talvez por questões médicas, mas não disse nada, rodando seu copo de limonada. O capitão Cameron a alertara para não encarar aquele trabalho como um jogo, mas sua agente premiada parecia considerar tudo uma piada. *Será que ela acha isso mesmo?* Durante a conversa descontraída, Lili mostrava um cuidado instintivo: interrompia o fluxo de palavras quando alguém se aproximava, mesmo que não tanto, da mesa delas. E isso apesar de a voz dela ser tão baixa que Eve tinha de se dobrar e ficar muito próxima para entender todas as palavras ditas. Elas pareciam duas mulheres dividindo um segredo agradável — o que é claro que estavam fazendo.

Lili não parecia se importar com a avaliação de Eve. Avaliava de volta, seus olhos profundos se movendo como se fossem líquidos.

— Vinte e dois anos? — ela repetiu. — Nunca acreditaria nisso.

— E é por isso que meus documentos dizem que tenho dezessete. — Eve arregalou os olhos ao máximo, abanando os cílios numa doce confusão, e Lili deu uma risada de pura felicidade, batendo palmas.

— Talvez nosso tio em comum seja um gênio. Que figura você é, *chérie*... Fresca da sala de aula e boba como uma margarida, eu juro!

Eve baixou as pálpebras atenciosamente.

— M-M-Muito amável.

— Sim, tio Edward comentou que você enrola a língua — Lili disse, com franqueza. — Imagino que seja um inferno na vida normal, mas vai mantê-la em um bom lugar agora. As pessoas falam ao redor das mulheres, e falam ainda mais ao redor de garotas, e vão tagarelar como gansos ao redor de uma garota que parece ser limitada. Aconselho-a a enfatizar isso como uma louca. Vamos pedir baguetes! Você não vai encontrar pães bons em Lille. Toda a boa farinha branca vai para os boches, então sempre que venho para o sul me empanturro de pão bom e de chapéus da moda. Eu amo esta cidade!

Assim que ela virou o restante de seu *brandy* e pediu baguetes e presunto, Eve começou a sorrir.

— Tio Edward disse que você teria detalhes para mim. — Ela estava com mais fome de informações que de pão.

— Você é do tipo que vai direto ao ponto, não? — Lili beliscou a primeira baguete, comendo-a em pequenos pedaços, como um passarinho. — Você irá a um restaurante em Lille muito na moda. O tipo de lugar onde eles nunca serviriam um *brandy* grande para uma dama usando um chapéu moralmente questionável. — Ela chacoalhou seu copo vazio. — Beber outro, *oui* ou *non*? *Oui*, claro. Se alguém pode ter o luxo de dormir em segurança, deve sempre beber mais *brandy*. — Fez sinal com o dedo para o garçom, que estava a três mesas de distância, apontando para seu copo, e ele pareceu realmente incomodado. — O restaurante é o Le Lethe — ela retomou, baixando a voz ainda mais. — O *Kommandant* alemão come lá pelo menos duas vezes por semana, e metade dos oficiais da região o acompanha, considerando que o cozinheiro do Le Lethe recebe metade de toda a comida do mercado negro de Lille. Ali tinha um garçom, rapaz inteligente, que costumava me passar informações. *Mon Dieu*, as coisas que ele ouvia quando os oficiais estavam afogados em seus *schnapps*! Eu queria alguém para colocar no lugar quando ele foi pego, e *voilà*: tio Edward me disse que tinha colhido uma margarida perfeita para mim.

— Pego? — Eve perguntou.

— Roubando suprimentos. — Lili balançou a cabeça. — Ele tinha bom ouvido, mas nenhum juízo. Roubar frangos, açúcar e farinha das pessoas que você está espionando, *merde*, um idiota. É claro que ele foi levado para o beco mais próximo e morto.

O estômago de Eve revirou, e ela largou sua baguete. *Morto*. Como tudo estava se tornando real... muito mais real naquele pequeno café esfumaçado que na praia ensolarada em Folkestone.

Lili deu um leve sorriso.

— Está se sentindo enjoada, eu sei. É natural. Então eu vou comer sua baguete. Você deve realmente tentar emagrecer um pouco antes de ir para sua primeira entrevista. Você parece um pouco saudável demais para ter vindo de Roubaix. Todos do norte lembram um cabo de vassoura. Olhe para mim. Um saco de ossos com a pele como um cinzeiro.

Eve já tinha percebido os sinais de exaustão debaixo dos olhos de Lili, e agora via a palidez daquele rosto magro, apesar de seus sorrisos. *Eu ficarei assim em alguns meses?*, perguntou-se e colocou sua baguete no prato de Lili.

— Entrevista? — ela lançou.

— Para o emprego no Le Lethe. O proprietário anunciou que está considerando contratar garçonetes em vez de garçons. Normalmente ele teria caído morto antes de permitir que uma mulher servisse em seu estabelecimento, mas não consegue garçons no mercado negro. A guerra faz com que homens sejam mais difíceis de ser encontrados que farinha branca, até mesmo para um maldito aproveitador como René Bordelon. Que, devo avisar, é um demônio. Ele entregaria a própria mãe para os alemães para ter lucro, não que ele tenha mãe. O próprio diabo deve tê-lo cagado depois de uma noite bebendo com Judas. — Lili pegou as últimas migalhas da baguete de Eve. — Você terá de persuadir *monsieur* Bordelon a contratá-la. Ele é inteligente, então não vá pensando que será simples.

Eve concordou com um sinal de cabeça enquanto sua identidade de Marguerite Le François ganhava uma forma mais sólida. Uma garota do campo, de olhos arregalados, não muito inteligente, não muito estudada, mas esperta, quieta e graciosa o suficiente para servir *boeuf en daube* e ostras *en brochette* sem chamar atenção.

— Depois que você for contratada, *se* for contratada, passará tudo que ouvir para mim. — Lili mexeu em sua bolsa e tirou uma cigarreira de prata. — Eu farei com que chegue a tio Edward.

— Como? — perguntou Eve, tentando não encarar Lili enquanto ela riscava um fósforo. "Apenas mulheres ordinárias fumam", a mãe de Eve sempre falara, mas Lili não podia ser classificada como *ordinária*, apesar de seu chapéu cor-de-rosa intenso e de seu *brandy*.

— É trabalho de mensageiro — disse Lili, vagamente. — *Meu* trabalho. Posso me passar por um número enorme de pessoas e ir a vários lugares, enquanto sua língua enrolada faria você ser reconhecida se tentasse. Então usaremos os seus pontos fortes.

Eve não se deu o trabalho de se sentir ofendida. Era verdade, no fim das contas. Imaginou Lili desfilando através dos *checkpoints* armados, falando como uma tempestade e sorrindo.

— Acho que seu trabalho é mais p-p-perigoso que o meu.

— Ah, *pffft*. Eu dou conta. Com algum documento para colocar debaixo do nariz deles e um tanto de autocontrole, você consegue passar. Especialmente uma mulher. Às vezes eu chego carregada de pacotes, de malas, e derrubo tudo enquanto tento achar meu cartão de identificação, falando o tempo todo, e eles me deixam passar por pura irritação. — Lili soltou uma longa coluna de fumaça. — Para dizer a verdade, muito desse trabalho especial que fazemos é bastante chato. Eu acho que é por isso que as mulheres são boas nisso. Nossa vida já é chata. Agarramos a oferta de tio Edward porque não suportamos a ideia de continuar no escritório ou dando aulas para salas repletas de crianças de nariz escorrendo. Então descobrimos que esse trabalho é completamente tedioso, mas pelo menos há o pensamento estimulante de que alguém pode colocar uma Luger na nossa nuca. Isso ainda é melhor que atirarmos em nós mesmas, e sabemos que é o que faríamos se tivéssemos de datilografar mais uma letra ou enfiar mais um verbo latino no cérebro de uma criança.

Eve ficou se perguntando se Lili tinha sido professora antes da guerra. Ela também ficou pensando em como o capitão Cameron havia recrutado Lili, mas sabia que ninguém lhe contaria. Sem nomes reais, sem passados, nada a não ser que fosse necessário.

— Tio Edward diz que você é a melhor dele — ela comentou.

Lili soltou outra gargalhada.

— Como aquele homem é romântico! São Jorge de tweed. Eu realmente o adoro. Nobre demais para esse negócio.

Eve concordava, tendo ou não cumprido pena na prisão. Ela continuava remexendo aquele mistério na cabeça nos momentos ociosos: *Cameron, preso por* fraude?, mas isso realmente não fazia diferença. Qualquer que fosse seu passado, ela confiava nele, e Lili, claramente, também.

— Agora venha. — Lili jogou fora seu cigarro. — Você deve conhecer Violette Lameron. Ela se chama de minha tenente. No entanto, se tivéssemos uma hierarquia de verdade, eu poderia ralhar com ela mais que aguentá-la ralhando sempre comigo. Acho que isso é porque ela trabalhava como enfermeira. Isso você precisa saber, a propósito, para o caso de ser ferida e precisar de socorro. Ela deve ter decidido que prefere levar um tiro a enrolar mais uma bandagem para a Cruz Vermelha, mas ainda sabe o que fazer se vir ossos quebrados ou ferimentos jorrando sangue. Ela vai cuidar de você se se ferir, mas você não vai gostar do processo. Deus me proteja, como aquela mulher pode ser tão chata. — E, com afeto: — O hábito de ser chata, posso lhe garantir, acompanha uma enfermeira não importa *o que* ela faça.

Lili colocou seu enorme chapéu cor-de-rosa de volta sobre o cabelo loiro, recolheu seus pacotes e guiou Eve pelas ruas de Le Havre. Estava quente apesar da chuva, mães de rosto corado levavam suas crianças para casa enquanto os coches com cavalos passavam pelas poças espirrando água. Ninguém ali, Eve observou, tinha a magreza de Lili ou sua aparência de exaustão, e talvez Lili estivesse pensando a mesma coisa, pois abriu seu guarda-chuva com um barulho, dizendo:

— Eu odeio esta cidade.

— Você disse q-que amava.

— Eu amo e odeio. Le Havre, Paris. Amo suas baguetes e seus chapéus, mas, *merde*, as pessoas não têm ideia do que está acontecendo no norte. Nenhuma ideia. — Seu rosto ficou imóvel por um momento. — Lille está tomada por animais, e aqui eles fungam se você quer um *brandy* e fuma para conseguir atravessar um dia difícil.

— Lili — Eve perguntou, impulsivamente —, você alguma vez tem medo?

Lili se virou, a chuva caindo pela beirada de seu guarda-chuva, formando uma cortina prateada entre ela e Eve.

— Sim, assim como qualquer pessoa. Mas apenas depois de o perigo passar. Antes disso, o medo é uma indulgência. — Ela enganchou a mão no cotovelo de Eve. — Bem-vinda à Rede de Alice.

7
CHARLIE

Maio de 1947

Verão, quase que exatamente dez anos atrás. Eu tinha nove anos, e Rose onze, quando nossas famílias partiram para uma viagem de carro pela Provence... e acabaram nos deixando num café de beira de estrada por quase seis horas.

Um acidente, é claro. Dois carros, um com os adultos e outro se arrastando atrás com as crianças e a babá. Uma parada num café com vista para um vinhedo com uvas brotando, nossos pais procurando banheiros e cartões-postais, Rose e eu seguindo o perfume de pão recém-assado na cozinha, nossos irmãos correndo de um lado para o outro... E, de alguma forma, quando todos voltaram para os carros, a babá achou que já estávamos lá, e partiram sem nós.

Foi a única vez que vi Rose com medo, e não conseguia entender. Não estávamos em perigo. A gorda e simpática cozinheira provençal cuidou de nós quando se deu conta do que tinha acontecido.

— Não se preocupem, *mademoiselles*! Em menos de vinte minutos, suas mães estarão de volta. — Logo estávamos sentadas a uma mesa debaixo de um toldo listrado olhando para o vinhedo, com copos de limonada gelada e generosos sanduíches de queijo de cabra e *prosciutto*.

— Eles logo voltarão — eu disse, mastigando. Até onde eu entendia, ali estava bem melhor que no banco de trás do Renault, apertada e no calor, sendo repreendida pela babá e perturbada pelos nossos irmãos.

Mas Rose ficou olhando para a estrada, sem sorrir.

— Talvez eles não voltem — ela disse. — Minha mãe não gosta de mim.

— Gosta, sim.

— Não agora que estou ficando, você sabe, mais velha. — Rose olhou para o próprio corpo. Aos onze anos, seus peitos já começavam a crescer. — *Maman* não gosta disso. Ela se sente velha.

— Porque você vai crescer e ficar ainda mais bonita que ela. Eu não ficarei tão bonita para a minha. — Suspirei, mas a tristeza não durou muito. O dia estava ensolarado e a cozinheira sorridente tinha nos trazido um prato com *madeleines* quentinhas.

— Por que é sempre esse assunto de sermos *bonitas*? — perguntou Rose, sem tirar os olhos da vista arrebatadora das parreiras e do céu.

— Você não gosta de ser bonita? Eu queria ser.

— Bom, é claro que gosto. Mas, quando as pessoas conhecem nossos irmãos, não fazem comentários sobre a aparência deles. Elas perguntam: "Como está indo na escola?" ou "Você joga futebol?" Ninguém nunca faz isso conosco.

— Garotas não jogam futebol.

— Você entendeu o que eu quis dizer. — Rose parecia perturbada. — Nossos pais nunca teriam deixado nossos irmãos para trás. Os meninos vêm sempre em primeiro lugar.

— E? — Esse era apenas o jeito como as coisas eram, não devíamos nos ofender ou pensar muito naquilo. Meus pais riam se divertindo quando James puxava meu cabelo ou me afundava na água até eu chorar. Meninos podiam fazer o que queriam, e as garotas tinham de ficar sentadas sendo bonitas. Eu não era muito bonita, mas meus pais ainda assim pareciam ter grandes planos para mim: luvas brancas, uma escola adequada, e transformar-me numa Noiva Perfeita um dia. *Maman* já tinha me dito que, se eu tivesse sorte, estaria casada aos vinte anos, como ela.

Rose sentou-se, torcendo a ponta de sua trança loira.

— Não quero ser apenas bonita quando crescer. Quero fazer alguma coisa diferente. Escrever um livro. Cruzar o canal a nado. Fazer um safári e matar um leão...

— Ou apenas ficar aqui para sempre... — O perfume de lavanda selvagem e alecrim na brisa de verão, o calor do sol na nossa cabeça, o alegre som do francês vindo das outras mesas, o queijo de cabra e o pão torrado delicioso em minha língua... Eu achava que aquele café parecia um pedaço do céu.

— Não ficaremos aqui para sempre! — Rose pareceu preocupada de novo. — Não diga isso.

— Eu estava apenas brincando. Você não acha que eles realmente nos *largaram* aqui, acha?

— Não. — Pude vê-la tentando ser racional, a garota mais velha, de onze anos, que sabia muito mais que eu. Mas então ela sussurrou, como se não conseguisse evitar: — E se eles não voltarem?

Acho que então entendi por que Rose era uma grande amiga minha. Ela era dois anos mais velha, poderia ter me espantado como um inseto, mas, mesmo assim, sempre gostou de minha companhia. Sentadas naquele sonho de café, eu vi: seus irmãos tinham seus próprios jogos, sua mãe ressentia-se um pouco, seu pai estava sempre trabalhando. A não ser nesses verões em que eu a visitava e me tornava sua sombra leal, ela estava sempre sozinha.

Eu tinha apenas nove anos. Não conseguia traduzir nada disso em palavras nem entender aquilo tão bem como consegui depois. Mas eu tinha uma ideia, vendo-a lutar contra o medo de que seus pais não se importariam em voltar para buscá-la, e segurei sua mão.

— Mesmo que eles não venham, estou aqui — eu disse. — Não vou abandonar você.

— Senhorita?

Pisquei, voltando do verão de 1937 para maio de 1947. A memória tinha me levado com tanta força que foi um choque olhar para cima e encontrar os olhos escuros de Finn e seu cabelo desarrumado, em vez da trança loira com adereços azuis de Rose aos onze anos.

— Chegamos — ele disse. — Este é o endereço que você me deu.

Estremeci. O carro estava parado. Olhei para o caminho de pedras que levava para a casa grande onde tinha passado todos os verões de minha vida até a Alemanha invadir a França: a casa de minha tia e de meu tio perto de Rouen. De alguma forma, ainda estava vendo aquele café em Provence onde duas garotinhas tinham ficado quase seis horas antes que seus pais se dessem conta do engano na parada seguinte da viagem, depois de três horas de estrada, fizessem o retorno e voltassem. Aquelas seis horas foram mágicas: Rose e eu nos enchemos de queijo de cabra e *madeleines*, brincamos de esconde-esconde entre as parreiras, usamos aventais para ajudar a simpática cozinheira a lavar a louça, sentimo-nos muito adultas quando ela nos deixou beber uma taça de rosé misturado com água. Sonolentas, vimos o sol se pôr sobre o vinhedo, apoiando a cabeça no ombro uma da outra. Sentimo-nos um pouco tristes ao partir, quando nossos pais chegaram distribuindo abraços sem ar e pedidos de desculpas. O melhor dia que eu e Rose tivemos. O melhor dia da minha vida, de verdade, devido à mais simples equação do mundo: Rose mais eu era igual a felicidade.

"Não vou abandonar você", eu havia prometido. Mas eu a tinha abandonado, e agora ela desaparecera.

— Você está bem? — perguntou Finn. Pouca coisa escapava ao olhar escuro dele.

— Estou — eu disse, saindo do carro. — Fique aqui com Eve. — Ela estava dormindo no banco de trás, o barulho de seu ronco misturando-se ao zumbido de verão das cigarras. Tinha sido uma longa viagem vespertina depois de uma noite num hotel barato de Le Havre. Primeiro, saímos tarde porque, claro, Eve estava de ressaca, depois algumas horas balançando nas estradas esburacadas da França, parando a cada hora ou quase isso para eu sair e vomitar. Dei a desculpa de que enjoava com o movimento do carro, mas, na verdade, era o Pequeno Problema. Ou talvez fosse só o pensamento do que estava para acontecer que me dava náuseas. Olhei novamente para a casa, e as janelas fechadas pareciam olhos mortos.

— Vá, então. — Finn puxou um exemplar surrado da *The Autocar* de debaixo do banco, apoiando um cotovelo na janela para ler. — Quando você voltar, vamos até Rouen e acharemos um hotel.

— Obrigada. — Dei as costas para o Lagonda azul brilhante e segui pelo caminho.

Ninguém atendeu às minhas batidas. Bati de novo. Depois de um tempo, estava me preparando para olhar pelas janelas. Mas finalmente ouvi passos apressados lá dentro, e a porta se abriu.

— *Tante* Jeanne — comecei, antes que o olhar dela me congelasse. Minha tia francesa tinha sido sempre pequena, perfumada, loira como Rose. Doente, mas estilo Greta Garbo, camisola bonita com laço e uma tosse delicada. A mulher à minha frente estava horrivelmente magra, de cabelo grisalho, vestida com um suéter sujo e uma saia amarrotada. Eu poderia ter cruzado com ela na rua e não a teria reconhecido. E, a julgar por sua falta de expressão, ela também não me reconhecia.

Engoli em seco.

— *Tante*, é Charlotte... sua sobrinha. Vim para lhe perguntar sobre Rose.

Ela não me ofereceu chá ou biscoitos, apenas afundou em um velho divã e ficou me olhando sem expressão. Eu me empoleirei no braço de uma poltrona do lado oposto. *Ela perdeu tudo*, pensei, olhando no rosto prematuramente envelhecido à minha frente. *Viúva... dois filhos mortos... Rose desaparecida*. Eu não entendia como *tante* Jeanne ainda estava em pé. Eu sabia que ela amava minha prima, não importava que tipo de dúvida infantil Rose tivesse.

— Sinto muito, *tante* — comecei. — Por... por tudo.

Ela pousou o dedo sobre a mesa de café, deixando uma marca na poeira. Havia poeira por todos os lados, como uma coberta no quarto escuro.

— Guerra.

Uma palavra tão pequena e sem esperança para traduzir tanta perda. Lágrimas encheram meus olhos, e eu entrelacei os dedos ainda com a luva.

— *Tante*, não há nada a ser feito sobre o *oncle* ou Jules ou Pierre..., mas existe Rose. Sei que a chance é pequena, mas ela pode estar...

Viva. Eve zombou de mim por ter esperança, mas eu tinha de ter. Eu podia ser um fracasso em muitas coisas, mas era boa com esperança.

— O que você acha que eu sei? Ela estava em Limoges quando soube dela pela última vez — minha tia falou, como se o assunto terminasse ali. — Ela deixou de escrever há pelo menos três anos. Meio de 1944, eu acho.

— Por que ela saiu daqui? — perguntei, tentando encontrar uma faísca, um brilho, alguma coisa, nos olhos de minha tia. — Por quê?

A voz dela estava baixa e amarga.

— Porque ela era uma encrenqueira sem valores morais. Sem moral nenhuma.

Senti uma pontada no estômago.

— C-Como?

Tante Jeanne deu de ombros.

— Não. — Balancei a cabeça. — Não, a senhora não diz *isso* e depois dá de ombros.

— A menina enlouqueceu. Nazistas por toda a Paris, e ela não mantinha a cabeça baixa. Primeiro, esgueirou-se para ouvir sabe Deus que tipo de palestra, naqueles clubes onde os idiotas falam de violência, voltando para casa tarde da noite. As discussões que passou a ter com o pai... Os alemães queriam listas de todos os socialistas e judeus que trabalhavam na empresa dele. O que ele podia fazer, se recusar? As coisas que Rose berrou para ele...

Encarei minha tia, o sangue bombando nas orelhas.

Ela continuou, com a voz inalterada:

— Primeiro ela colocava panfletos nos carros, depois passou a quebrar janelas. Provavelmente deve ter explodido coisas e levado um tiro, isso se não foi pelo garoto.

Lembrei-me da última carta de Rose para mim. Ela estava fascinada com um garoto que andava encontrando às escondidas...

— Que garoto?

— Étienne alguma coisa. Apenas dezenove anos, um atendente de livraria. Um ninguém. Ela o trouxe para nos apresentar uma vez. Eles brilhavam quando olhavam um para o outro, dava para ver que estavam... — Uma bufada de reprovação. — Bem, *essa* é outra história.

Balancei a cabeça, formigando até a ponta dos dedos.

— Por que a senhora não nos contou nada disso? Quando meu pai estava investigando?

— Eu contei a ele. Acredito que ele tenha achado que não era apropriado para seus ouvidos.

Engoli em seco.

— O que aconteceu depois?

— O garoto de Rose foi pego com a Resistência. Eles o despacharam, sabe-se lá para onde. Metade de Paris estava desaparecendo de um dia para o outro. Rose provavelmente também desapareceria... Ela quase foi presa por chutar um camisa marrom* na Rue de Rivoli, então a trouxemos de volta para cá, para Rouen. Mas...

— O quê? — quase gritei. — *O quê?*

— O que você acha? — Os lábios de minha tia se enrugaram, como se ela tivesse mordido um limão. — Rose estava grávida.

Não lembro como cheguei à árvore na frente da casa. Apenas me vi apoiada contra o tronco duro, respirando com dificuldade. Estava com um medo terrível de olhar para o galho acima de minha

---

* Forma como era conhecida a SA, a tropa de assalto nazista. (N. do E.)

cabeça e imaginar duas menininhas lado a lado. Aquela tinha sido nossa árvore, nosso refúgio contra a provocação de nossos irmãos, antes de James crescer e ficar mais gentil. Rose e eu sentadas no galho que agora estava sobre minha cabeça, balançando os pés, como tínhamos sentado naquele café provençal. Nunca sozinhas enquanto tivéssemos uma à outra.

Rose. Ah, Rose...

"Quero fazer alguma coisa diferente." E ela a tinha dentro de si... É claro que devia ter andado pelas noites de Paris quebrando janelas e chutando camisas marrons. Eu deveria ter previsto que Rose se envolveria com a Resistência. Mas ela tinha sido pega na mais antiga armadilha que existe, como eu. Rose não iria escrever um livro ou cruzar o canal a nado ou fazer alguma coisa *diferente*... porque, uma vez que você engravida, está acabada.

Eu queria salvar minha prima, mas ninguém poderia salvá-la daquilo. Eu estava presa na mesma armadilha. Sem esperança.

Soltei um pesado soluço, tão alto que me assustou. Ela tinha sentado ali fora em nosso galho de árvore sozinha na noite em que contou a seus pais? Depois de sua mãe tê-la aconselhado a tomar um banho quente e um gim e então ver se poderia *dançar até acabar*? Depois de seu pai gritar com ela, dizendo que havia envergonhado a família para sempre? *Tante* Jeanne tinha me contado tudo isso enquanto eu a encarava.

Meu pai não gritou comigo quando lhe contei. Minha mãe deu todos os berros. Ele só ficou sentado, me observando. Quando saí da sala, ele virou a cabeça para o outro lado e apenas disse, incrédulo:

— Prostituta.

Tinha me esquecido disso.

Perguntei-me se eles a tinham chamado de prostituta também.

Bati com a mão no tronco da árvore, desejando poder chorar, desejando poder enclausurar-me em meu entorpecimento. Mas as lágrimas estavam presas dentro de mim com um grande e horrível nó, e golpes de fúria e dor me cortavam demais e não me deixavam alcançar o entorpecimento. Então apenas bati na árvore até que os nós de meus dedos sangraram através das luvas.

Meus olhos estavam quentes e ardendo muito quando finalmente me virei para o outro lado. Minha tia ficou em pé olhando da porta dos fundos, fraca e encurvada.

— Conte-me o restante — pedi, e ela contou, a voz inalterada. Meu tio havia mandado Rose para uma pequena cidade perto de Limoges para dar à luz longe de todos que ela conhecia. Ela não escreveu quando o bebê nasceu, não lhes contou nada sobre o que aconteceu, e eles não perguntaram. Quatro meses mais tarde, Rose enviou um bilhete dizendo que estava indo trabalhar em Limoges e que devolveria aos pais cada franco que eles tinham gastado com seu confinamento. O dinheiro havia chegado, mais duas trocas de cartas: a primeira anunciando a morte de seu pai e, depois, a de seus irmãos, e as condolências desajeitadas e manchadas de lágrimas de Rose. Não, *tante* Jeanne não se lembrava do endereço de Rose. Ela não tinha guardado as cartas ou os envelopes... Depois da metade de 1944, nada mais havia chegado.

— Não sei se ela ainda está em Limoges — disse minha tia, e fez uma pausa. — Pedi a ela que voltasse, você sabe. O pai de Rose nunca quis ouvir falar nisso enquanto estava vivo, mas depois... bem, eu pedi. Ela nunca me respondeu.

Não perguntei se o bebê de Rose fora incluído naquela oferta de hospitalidade. Eu estava tremendo demais.

— Você vai passar a noite? — *Tante* Jeanne soou triste. — Fica muito solitário aqui.

De quem é a culpa?, eu queria atacar. *Foi você que descartou Rose como lixo. Você deveria tê-la deixado naquele café em Provence.* As palavras queimavam em meus lábios, machucando-me para sair, mas eu as engoli. Minha tia estava tão magra que uma brisa poderia levá-la. Finalmente parecia a inválida que ela sempre dizia ser. O marido e dois filhos mortos. Ela tinha perdido muito.

Seja gentil.

Eu não queria ser gentil, mas, no fim, não disse as coisas que estava pensando. Apenas disse, firme:

— Não, *tante*. Não posso ficar. Tenho de ir a Roubaix.

Tante Jeanne suspirou.

— Então está bem.

Não consegui abraçá-la. Não poderia suportar. Disse um rápido adeus e saí cambaleando pelo gramado descuidado, de volta para o Lagonda azul-escuro.

Finn tirou os olhos das páginas gastas da *The Autocar* e me olhou. Não sei que expressão encontrou em meu rosto, mas saiu do carro rapidamente.

— Senhorita?

— Por que você foi preso? — ouvi-me perguntar.

— Roubei um chapéu de pele de urso de um guarda no Palácio de Buckingham — ele respondeu, sem expressão. — Você está bem?

— Você está mentindo sobre o chapéu.

— Sim. Entre no carro.

Fui em direção ao conversível, mas tropecei no caminho pedregoso. Finn segurou-me pela cintura antes de eu cair, levantou-me e me ajudou a sentar no banco da frente.

Eve estava acordada, olhando-me com aqueles seus olhos escuros de águia.

— Então?

Esfreguei as bochechas quentes com as mãos enquanto Finn voltava para trás do volante.

— Descobri por que Rose foi embora. Porque... porque ela estava grávida.

O silêncio era ensurdecedor.

— Bem — disse Eve, lançando um olhar deliberado para minha barriga. — A não ser que meu palpite esteja errado, você também está.

8

EVE

Junho de 1915

Eve não ficou chocada com nenhum dos vários horrores de Lille — e certamente existiam horrores ali —, mas com um cartaz. Ele estava afixado do lado de fora de uma igreja, balançando com a brisa, e dizia, em francês e em alemão:

> QUALQUER CIVIL, INCLUINDO FUNCIONÁRIOS DO GOVERNO FRANCÊS, QUE AJUDAR TROPAS INIMIGAS DA ALEMANHA OU AGIR DE MANEIRA PREJUDICIAL EM RELAÇÃO À ALEMANHA E A SEUS ALIADOS SERÁ PUNIDO COM A MORTE.

— Ah, isso. — Lili soava como se se tratasse de um fato normal. — Apareceram no fim do ano passado. Acho que no começo ninguém acreditou realmente. Então, em janeiro, uma mulher foi morta por abrigar dois soldados franceses. Isso tratou de dar o recado.

Eve se lembrou do cartaz de recrutamento na frente do qual havia parado em Londres, sendo observada o tempo todo pelo capitão Cameron. Os robustos *Tommies*, o espaço em branco no meio: "Ainda há lugar para VOCÊ! QUER OCUPÁ-LO?"

Bem, ela o tinha ocupado. E agora estava parada na frente de um cartaz que prometia matá-la se ela fosse pega, e tudo aquilo se tornara muito, muito real. Mais real que a promessa do capitão Cameron na praia em Folkestone sobre os boches não executarem mulheres.

Eve olhou nos olhos fundos de Lili em seu rosto sorridente.

— Estamos na b-b-boca da besta agora, não?

— Sim. — Lili deu o braço para Eve, levando-a para longe do cartaz. Ela parecia diferente de quando estava em Le Havre. Sem o chapéu escandaloso ou o topete elaborado, estava arrumada e comportada em um casaco simples de sarja, com luvas remendadas e uma bolsa pendurada no braço. Seus documentos, que lhe davam ainda outro nome falso, afirmavam que ela era uma costureira, e sua bolsa estava cheia de linhas de costura e agulhas. Também levava uma série de mapas costurados no forro, mapas com indicações de alvos. Graças a Deus Eve não soube daquilo até depois de passarem pelos *checkpoints* para Lille. Ela quase desmaiou quando Lili soltou: — Os *Fritzes* teriam adorado encontrar isso! Eu marquei todas as posições da artilharia deles para serem bombardeadas.

— Você estava contando p-p-piadas para os guardas alemães enquanto eles examinavam seus d-d-documentos, e durante o tempo todo você tinha *isso* na bolsa?

— *Oui* — respondeu Lili, serena, e Eve a encarou com um misto de admiração e horror. Ela soube então que, quando provocou o capitão Cameron sobre como ultrapassaria sua agente premiada, não podia ser levada a sério, porque ninguém, nunca, venceria Lili em se tratando de autocontrole. Eve ficou se perguntando se sua superior não era um pouco louca, e admirou-a violentamente.

Assim como Violette Lameron, que as cumprimentou sem muito ânimo em seu quarto alugado perto da Grand Place. Violette era forte e carrancuda, usava o cabelo cuidadosamente arrumado e óculos simples. Ela abraçou Lili com alívio visível mesmo enquanto a repreendia.

— Você deveria ter me deixado pegar a garota nova. Você cruzou muitas vezes, assim acabará chamando atenção!

— *Tais-toi*, sua preocupada! — Lili mudou para o inglês, como já tinha dito para Eve que fariam quando estivessem sozinhas. Se elas fossem ouvidas, explicou, seria muito melhor inventar uma história sobre como falavam inglês do que serem entendidas discutindo assuntos como mensagens secretas e códigos britânicos em francês. — Agora precisamos atualizar Marguerite antes que eu e você sigamos para a fronteira para enviar nossos relatórios. — Ela sorriu para Violette. — Nossa nova amiga tem uma excelente postura e será brilhante, mas precisa ser trabalhada.

Em Folkestone, o treinamento de Eve tinha sido formal: os instrutores, as filas de mesas, os uniformes e as bandeiras. Este treino era um pouco diferente. Era dado em um pequeno quarto úmido que tinha uma cama estreita, um lavatório e uma rachadura que atravessava o teto, e tudo cheirava a mofo por causa da chuva fina que nunca parava de cair do lado de fora. Era um quarto que não tinha sido escolhido pelo conforto, mas por ser à prova de espionagem, já que um dos lados do prédio era isolado pela grossa parede de pedra de uma igreja, e o outro lado por um prédio de apartamentos abandonado e em ruínas. Acima delas só existia um sótão vazio. Naquele quarto, três mulheres podiam se sentar com suas canecas de uma bebida nada agradável feita de folhas de nogueira fervidas com alcaçuz, já que os alemães tinham confiscado todo o café, e falar seriamente sobre assuntos proibidos.

— Um oficial alemão vem em sua direção na rua — começou Violette depois que a porta e a janela foram checadas e lacradas. Ela parecia triste em comparação com a alegria de Lili. Se sua superior se recusava a ser séria, ela claramente carregava a tristeza pelas duas. — O que você faz?

— Deixo-o passar, não olho para ele...

— Errado. Você o cumprimenta. Se não fizer isso, você se arrisca a levar uma multa e três dias de prisão. — Violette olhou para Lili. — Eles ensinam *alguma coisa* em Folkestone?

Eve se indignou.

— Eles nos ensinam muito...

— Deixaremos a menina pronta. — Lili assegurou para sua tenente. — Um alemão pede para ver seus documentos, então começa a revistá-la. O que você faz?

— Nada? — Eve chutou.

— Não, você sorri. Porque, se não conseguir fingir um mínimo de boa vontade, provavelmente levará um tapa e aí será revistada. Um alemão pergunta por que você está com as mãos nos bolsos. O que você faz?

— T-Tiro as mãos dos bolsos o mais rápido possível...

— Não. Você não deve colocar as mãos nos bolsos nunca, porque os invasores pensarão que você está pegando uma faca e vão usar a baioneta.

Eve sorriu, desconfortável.

— Claro que não...

A mão de Violette explodiu em seu rosto, fazendo um som que pareceu um tiro de espingarda.

— Você acha que nós exageramos? Isso aconteceu com um garoto de catorze anos na semana passada!

Eve tocou a bochecha ardida. Ela virou os olhos para Lili, que segurava a caneca com as duas mãos.

— O que foi? — Lili perguntou. — Você acha que estamos aqui para ser suas amigas? Estamos aqui para treiná-la, pequena margarida.

A raiva tomou conta de Eve... Mais que raiva, a sensação de ter sido traída. Lili tinha sido tão simpática e receptiva em Le Havre, e agora tudo estava ficando muito difícil.

— Eu já fui treinada.

Violette revirou os olhos.

— Eu voto para mandá-la de volta. Esta não nos serve.

Eve abriu a boca para responder, mas Lili colocou um dedo sobre seus lábios.

— Marguerite — ela disse, e sua voz era séria. — Você não tem ideia de como as coisas são aqui. Nem tio Edward. Ele lhe deu o treinamento que permitiu trazê-la para cá, mas eu e Violette temos que treiná-la para torná-la útil aqui... e mantê-la viva. Temos apenas alguns dias para isso. Se não aprender, você não será nada além de um problema.

O olhar dela era duro e implacável. Ela poderia ser um capataz de fábrica dando um duro sermão em um novo operário. As bochechas de Eve queimavam de vergonha. Então ela respirou lentamente, relaxou o maxilar e conseguiu fazer um gesto com a cabeça.

— Cumprimentar todos os oficiais alemães. Não me recusar a ser revistada. Manter as mãos fora dos b-b-bolsos. O que mais?

Elas fizeram várias simulações, uma depois da outra. Simulações de encontro: "O que você faria se...?" Simulações de despiste: "Se eles caírem sobre você antes de você ter escondido o relatório, o que faria para distraí-los e ganhar tempo?" E assim elas lhe ensinaram sobre as novas regras da vida em Lille.

— Não acredite em nada do que está nos jornais ou nos boletins. Se está impresso, é mentira — decretou Lili.

— Carregue seus cartões de identificação sempre, mas esconda sua arma. — Violette tinha uma Luger que manejava com propriedade. — Civis não devem ter armas.

— Evite os oficiais alemães. Eles acham que podem ter todas as mulheres que quiserem, com ou sem o consentimento delas...

— ... e, se isso acontecer, muitas pessoas em Lille vão passar a considerá-la uma colaboradora e afirmar que você se entregou para conseguir favores.

— Você vai viver aqui, neste quarto. Antes, nós o usávamos como esconderijo para passar algumas noites, mas agora você vai morar aqui, por isso a porta da rua terá seu nome e sua idade, para o caso de uma verificação ser feita...

— Não são permitidas reuniões com mais de dez pessoas...

— Como alguém v-vive assim? — Eve perguntou no segundo dia, tendo já ganhado alguma liberdade para arriscar uma ou outra pergunta ocasional.

— A vida aqui é uma merda — disse Lili. — E provavelmente continuará sendo uma merda até conseguirmos tirar os alemães daqui.

— Quando devo passar meu relatório para vocês? Se eu d-d--descobrir alguma coisa.

— Viremos regularmente, Violette e eu. — Lili sorriu para a sua tenente. — Ficaremos aqui com você quando precisarmos passar a noite na cidade. Mas estaremos de passagem. Você ficará mais sozinha que acompanhada.

Violette olhou para Eve com total falta de entusiasmo.

— Espero que esteja preparada para isso.

— *Salope!* — Lili puxou o coque de Violette. — Não seja tão má!

A Lille sob domínio dos alemães era um lugar horrível, Eve logo percebeu. Antes da guerra devia ter sido uma cidade boa, brilhante, agitada... As torres das igrejas beliscando o céu, pombos flanando pela Grand Place, as lâmpadas das ruas desenhando círculos de luz amarela ao crepúsculo. Agora a cidade era monótona e triste, todos os rostos baixos e famintos. Eles não estavam longe das trincheiras, dos soldados e da real ação da guerra — o barulho das armas ao longe pareciam trovões abafados, e, de vez em quando, um biplano passava como uma vespa venenosa. Os invasores haviam cercado Lille até o outono anterior, a cidade ficou totalmente entrincheirada: os *boulevards* tinham recebido placas com nomes alemães, botas alemãs batiam com determinação nos paralelepípedos, e a conversa dos alemães ressoava alta em todos os lugares públicos. Os únicos rostos rosados e bem alimentados eram alemães, e apenas isso já era suficiente para que o desgosto impessoal de Eve se transformasse em ódio intenso do Inimigo.

— Não deixe a raiva transparecer nos olhos — aconselhou Lili, ajudando Eve a se vestir para a entrevista. Uma saia parda simples e uma blusa, mas era preciso mais que as roupas. Lili estava tirando o brilho da pele de Eve com algumas pinceladas estratégicas de giz e fuligem, enfraquecendo a cor saudável de suas bochechas.

— Você precisa parecer abatida e exausta, pequena margarida. É isso que os alemães querem ver. Ter fogo nos olhos vai fazer você chamar atenção.

— Abatida — Eve repetiu, tristemente. — *Oui*.

Violette olhou para ela, seus óculos redondos cintilando.

— O cabelo dela brilha.

Elas usaram um pouco de poeira para atenuar a aparência do cabelo. Eve se levantou, colocando suas luvas remendadas.

— Sou uma garota do campo e acabo de chegar de Roubaix — ela disse. — Estou desesperada para trabalhar, tenho pouco estudo. Limpa, ágil e um p-p-pouco burra.

— Você parece burra — Violette disse, séria, e Eve lançou-lhe um olhar penetrante. Não gostava muito de Violette, mas não havia dúvida de que ela se destacava em seu trabalho. Evelyn Gardiner tinha desaparecido. O único espelho turvo do quarto refletia Marguerite Le François, de pele sem vida e com a aparência de alguém faminto.

Eve olhou para Marguerite, e a ansiedade acertou-a como a qualquer atriz que se prepara para entrar em cena.

— E s-s-se... E se eu falhar? E se o proprietário do Le Lethe não me contratar?

— Então nós a mandaremos de volta para casa. — Lili não estava sendo indelicada, apenas franca. — Porque não podemos usar você em nenhum outro lugar, pequena margarida. Então vá em frente, tente ser contratada e *não* levar um tiro.

Se René Bordelon era um demônio, ele tinha um abrigo muito elegante. Foi o primeiro pensamento de Eve enquanto esperava no Le Lethe.

Seis garotas, incluindo ela, estavam reunidas entre as mesas com toalha de linho e revestimento escuro, esperando para ser entrevistadas. Deveria haver duas mais, mas foram dispensadas quando admitiram para o *maître* que falavam alemão.

— Ninguém que vai trabalhar aqui pode ter fluência na língua de nossos clientes, que exigem a mais completa privacidade nos lugares em que conversam livremente.

Eve questionou-se como o povo de Lille poderia evitar aprender alemão se a ocupação pelo inimigo já durava tanto, mas não levou a pergunta adiante, apenas afirmando alegremente sua própria mentira de que não, ela não entendia uma palavra de alemão a não ser *nein* ou *ja*, e foi direcionada para uma cadeira onde deveria esperar.

O Le Lethe era um oásis de elegância na destruída e triste Lille: os castiçais de cristal davam um brilho mudo, o tapete cor de vinho intenso engolia todas as pegadas, e as toalhas nas mesas, distribuídas cuidadosamente para garantir a privacidade, eram tão limpas quanto a neve. A vitrine da frente tinha uma forma curva contornada em dourado e dava para o rio Deûle. Eve podia entender por que os alemães iam jantar ali. Era um lugar civilizado para relaxar depois de um longo dia aborrecendo o povo vencido.

No entanto, a atmosfera não era civilizada naquele momento. Era tensa e selvagem com as seis garotas trocando olhares, imaginando quais seriam as duas escolhidas e quais seriam as quatro que voltariam para casa. Trabalhar ali representava a diferença entre comer e não comer. Eve estava em Lille havia apenas alguns dias, mas já tinha percebido como era difícil sobreviver ali. Em um mês estaria muito magra e com a pele de cinzeiro de Violette. Em dois meses ali, os ossos de suas bochechas estariam saltados como os de Lili.

Que bom, ela pensou. *A fome vai mantê-la concentrada.*

Uma a uma, as garotas foram levadas para cima. Eve esperou, segurando sua carteira, permitindo-se parecer nervosa, mas não se permitindo preocupar-se em ser contratada. Ela seria contratada, e isso era tudo. Ela não seria enviada de volta para casa como uma fracassada antes de ter tido a chance de provar a si mesma que podia ser um sucesso.

— *Mademoiselle* Le François, *monsieur* Bordelon a verá agora.

Ela foi conduzida por uma escada acarpetada silenciosa até uma porta grande de carvalho polido. Aparentemente, René Bordelon vivia em um espaçoso apartamento sobre o restaurante. Ao se abrir, a porta revelou um escritório privado, e ele era obsceno.

Essa foi a palavra que Eve encontrou assim que entrou. Obsceno mas lindo, com um relógio dourado sobre a cornija da lareira feita de ébano, um tapete Aubusson e poltronas de couro e mogno. Estantes de madeira estavam repletas de volumes com encadernação de couro, um abajur decorativo da Tiffany e um pequeno busto de mármore de um homem com a cabeça inclinada. A sala, com suas paredes forradas de seda verde-jade, sussurrava dinheiro e bom gosto, luxo e autoindulgência. E, com o terrível mundo conquistado que era Lille, visível através das imaculadas cortinas árabes, essa opulência era obscena.

Eve desprezou aquele escritório e seu proprietário mesmo antes que qualquer palavra fosse dita.

— *Mademoiselle* Le François — René Bordelon disse. — Sente-se, por favor.

Ele indicou a segunda das fundas poltronas. Então se reclinou na sua com uma elegância macia. Sua calça vincada, camisa branca e colete impecável combinavam com a precisão parisiense. Ele devia ter uns quarenta anos, esbelto e alto, cabelo grisalho nas têmporas e penteado para trás, mostrando o rosto fino e impenetrável. Se o capitão Cameron fazia Eve se lembrar do britânico consumado, então René Bordelon era certamente o francês consumado.

E ainda, no andar de baixo, ele aparentemente representava todas as noites o papel de anfitrião simpático para os alemães.

— Você parece muito jovem. — *Monsieur* Bordelon examinou-a assim que ela se sentou na ponta da poltrona. — Você é de Roubaix?

— Sim, *monsieur*. — Violette, que crescera naquela pequena cidade, tinha armado Eve com detalhes pertinentes se fossem necessários.

— Por que não ficou lá? Lille é um lugar muito grande para uma órfã de — olhando para os documentos — dezessete anos.

— Lá não há trabalho. Imaginei que podia encontrar um emprego em L-L-Lille. — Eve juntou os joelhos segurando sua carteira e deixando-se parecer sugada e perdida no meio de todo aquele luxo. Marguerite Le François nunca tinha visto um relógio dourado ou uma coleção de livros de Rousseau e Diderot encadernados em couro. Então ela arregalou os olhos.

— Você deve achar que trabalhar em um restaurante é simples. Arrumar a prataria, tirar os pratos. Mas não é. — A voz dele não variava como uma voz normal. Era uma voz que parecia feita de metal, um pouco assustadora. — Eu exijo perfeição, *mademoiselle*. Na comida que sai da cozinha, no serviço que a leva para mesa, na atmosfera em que ela é consumida. Crio civilização aqui... paz em tempo de guerra. Um lugar onde se pode esquecer, por algum tempo, que existe uma guerra. Daí o nome Le Lethe.

Eve arregalou os olhos o mais que pôde e mostrou-se submissa.

— *Monsieur*, não sei o que isso s-s-significa.

Ela esperava um sorriso, um olhar de dominação, talvez até irritação, mas ele apenas a observou.

— T-Trabalhei em um café antes, *monsieur* — Eve falou depressa, como se estivesse nervosa. — Sou há-hábil e r-rápida. Aprendo r-rápido. Trabalho duro. Eu só quero q-q-q-q-q...

Ela se enrolou bastante na palavra. Nas semanas anteriores, não tinha percebido tanto sua gagueira — talvez porque a maior parte de suas conversas tinha sido com o capitão Cameron e Lili, que tinham o dom de não percebê-la também. Mas agora uma sílaba aleatória tinha enroscado atrás de seus dentes e não queria sair, e René Bordelon sentou-se e assistiu a sua luta. Como o capitão Cameron, ele não se apressou para terminar a frase por ela. Diferentemente do que tinha acontecido com o capitão Cameron, Eve não achou que foi por cortesia.

Eve Gardiner teria fechado os punhos e batido em suas coxas com fúria até que a palavra saísse. Marguerite Le François apenas mergulhou num silêncio de rosto vermelho, parecendo tão envergonhada que poderia afundar no suntuoso piso acarpetado.

— Você gagueja — disse *monsieur* Bordelon. — Mas duvido que seja burra, *mademoiselle*. Língua presa não significa necessariamente cérebro limitado.

A vida de Eve seria consideravelmente mais fácil se todas as pessoas pensassem daquele jeito, mas não *agora*, pelo amor de Deus. *Seria muito melhor se ele me achasse uma idiota*, ela pensou e, pela primeira vez, sentiu seus nervos. Ele *deveria* achar que ela era burra. Não era apenas a gagueira. Ela vinha lhe mostrando as várias camadas de Marguerite com gestos precisos desde que entrara por aquela porta. Mas, se ele não estava convencido pela camuflagem que a gagueira deu a ela, precisaria de um escudo diferente. Ela semicerrou os olhos, provocando confusão ao seu redor como um cobertor.

— *Monsieur?*

— Olhe para mim.

Ela engoliu, levantando os olhos para encontrar os dele. Seus olhos não tinham uma cor em particular, e ele parecia não precisar piscar.

— Você me acha um colaborador? Um aproveitador?

Sim.

— É uma guerra, *monsieur* — respondeu Eve. — Todos fazemos o que é preciso.

— Sim, fazemos. Você fará o que é preciso e servirá os alemães? Nossos invasores? Nossos conquistadores?

Ele a estava provocando, e Eve congelou. Ela não tinha dúvida de que, se ele visse fogo em seus olhos — como dissera Lili —, sua chance estaria perdida. Ele não contrataria uma garota que achasse que poderia cuspir no *boeuf bourguignon* dos alemães. Mas qual era a resposta certa?

— Não minta para mim — ele disse. — Sou bom em farejar mentiras, *mademoiselle*. Será difícil para você servir meus clientes alemães e ainda fazer isso com um sorriso?

"Não" era uma mentira muito absurda para arriscar. "Sim" era de uma honestidade de que ela não podia dispor.

— Acho d-d-difícil não comer — ela disse por fim, intensificando um pouco a gagueira. — Não tenho t-t-tempo para outras dificuldades, *monsieur*. Apenas essa. Porque, se o senhor não me contratar, não encontrarei t-t-trabalho em nenhum outro lugar. Ninguém contratará uma garota g-g-gaga. — Isso *era* verdade. Eve se lembrou de seus dias em Londres e de como tinha sido difícil encontrar aquele trabalho bobo no escritório, porque os empregos que não exigiam comunicação fluida eram raros. Ela se lembrou da frustração na sua busca por um emprego e deixou que *monsieur* Bordelon visse sua amargura. — Não posso atender ao telefone ou dar informações em uma loja, não c-c-com uma língua dessa, mas posso tirar pratos e arrumar a prataria em s-s-silêncio, *monsieur*, e posso fazer isso com *perfeição*.

Ela lhe lançou aquele olhar inocente novamente, desesperada, faminta, uma jovem humilhada. Ele mexeu a ponta dos dedos — dedos extraordinariamente longos, sem aliança de casamento — e olhou para ela.

— Como fui desleixado — ele disse. — Se você está com fome, devo alimentá-la.

Ele falou de uma maneira tão descuidada, como se estivesse falando de colocar leite para um gato abandonado. Ele tinha oferecido isso para todas as garotas? *Não é bom se ele me tratar diferente*, Eve pensou, mas ele já tinha tocado o sino e agora falava com o garçom que tinha vindo do restaurante. Algumas palavras murmuradas; o garçom partiu e então voltou com um prato. Torradas bem quentinhas, e Eve percebeu que eram feitas do bom pão branco do tipo quase impossível de encontrar em Lille naqueles dias, com manteiga — manteiga de verdade, uma camada grossa. Eve não estava tão faminta que pudesse se alterar com a visão de uma torrada, mas Marguerite estava, e Eve deixou a mão dela tremer quando levou um pedaço do pão à boca. Ele se sentou, esperando para ver se ela comeria como um animal, e ela mordeu de lado, como uma dama. Marguerite não podia ser uma tonta do campo como Eve tinha planejado; René Bordelon claramente queria algo mais polido de suas garçonetes. Eve mastigou sua torrada, engoliu, deu outra mordida. Geleia de morango feita com açúcar de verdade, e ela pensou na raiz de beterraba fervida que Lili usava para adoçar.

— Há vantagens em trabalhar para mim — *monsieur* Bordelon disse. — Sobras da cozinha são divididas todas as noites entre os funcionários. Todos que trabalham aqui são liberados do toque de recolher. Nunca tive uma mulher servindo em meu estabelecimento, mas, como isso é inevitável, posso lhe garantir que não será esperado que você... *entretenha* a clientela. Esse tipo de coisa baixa o nível do restaurante. — O desgosto em sua voz era evidente. — Sou um homem civilizado, *mademoiselle* Le François, e os oficiais que comem aqui devem se comportar como homens civilizados.

— Sim — murmurou Eve.

— No entanto — ele acrescentou displicentemente —, se você me roubar... comida, prataria ou mesmo um gole de vinho... eu lhe entrego para os alemães. E você verá que eles não são sempre civilizados.

— Eu entendo, *monsieur*.

— Que bom. Você começa amanhã. Você será treinada pelo meu auxiliar, começando às oito horas da manhã.

Ele não tinha tratado do assunto pagamento. Sabia que ela aceitaria o salário que ele oferecesse; qualquer uma delas aceitaria. Eve engoliu o último pedaço de torrada, como uma dama, mas apressada, porque ninguém naquela cidade deixaria uma torrada com manteiga sobrando no prato, e fez uma breve reverência antes de sair correndo do escritório.

— Então? — Violette tirou os olhos do pequeno papel de arroz em que escrevia uma mensagem assim que Eve voltou ao quarto mofado.

Eve quase vibrou, mas não queria parecer uma menininha tonta, então apenas fez um sinal de cabeça confirmando.

— Fui contratada. Onde está Lili?

— Saiu para pegar um relatório de um de seus contatos na estação de trem. Depois ela seguirá para a fronteira. — Violette balançou a cabeça. — Como ela consegue ficar sem levar um tiro, eu não sei. Aqueles holofotes de fronteira são capazes de mostrar uma pulga no chão do inferno, mas ela sempre consegue escapar.

Até o dia em que não conseguir, Eve pensou enquanto desamarrava as botas. Mas não se ganhava nada pensando em todas as formas como elas poderiam ser pegas. *Faça como Lili disse: tenha medo, mas apenas depois. Antes disso, é uma indulgência.*

Agora que ela estava longe de René Bordelon e de suas mãos elegantemente cuidadas e seus olhos que não piscavam, Eve realmente sentiu o medo subir por sua pele como uma brisa envenenada. Soltou um longo suspiro.

— Já está sentindo arrepios? — Violette levantou a sobrancelha, a luz refletindo em seus óculos redondos. Aquele tipo de óculos devia ser útil, Eve pensou. Tudo o que ela tinha que fazer era colocar a cabeça na luz e seus olhos ficavam invisíveis. — Espere até passar por um *checkpoint* ruim ou ter que abrir caminho conversando com o segurança.

— René Bordelon. — Eve deitou-se de costas no colchão duro, colocando as mãos debaixo da cabeça. — O que você sabe sobre ele?

— Ele é um colaborador sujo. — Violette debruçou-se de volta sobre seu trabalho. — O que mais precisamos saber?

Não minta para mim, a voz metálica dele sussurrou. *Sou muito bom em farejar mentiras*, mademoiselle.

— Eu acho — Eve disse lentamente, e sentiu o medo aumentar um pouco — que será muito difícil espionar debaixo do nariz dele.

9

CHARLIE

Maio de 1947

— Não — disse Eve. — Odeio Lille e não vamos ficar nem uma noite entre aqueles muros.

— Não temos muita escolha — Finn disse calmamente, esticando-se dentro das vísceras do Lagonda. — Quando o carro estiver roncando de novo, será hora de parar.

— Não na porra de Lille. Podemos seguir até Roubaix no escuro.

Eu já tivera o suficiente de Eve nas últimas vinte e quatro horas.

— Paramos em Lille.

Ela me encarou.

— Porque o pãozinho no seu forno está fazendo birra de novo?

Devolvi seu olhar.

— Não, porque eu estou pagando pelo hotel.

Eve chamou-me de algo impublicável, ainda mais pesado que suas obscenidades normais, e começou a andar para cima e para baixo ao lado da estrada. *Que dia*, pensei, enquanto Finn se remexia pacientemente dentro do Lagonda. Uma noite deplorável, quase sem conseguir dormir em um hotel barato em Rouen, recheada com sonhos tristes e vagos de Rose desaparecendo nos corredores sem fim, acompanhada do sussurro de sua mãe: "Prostituta..." Uma viagem desconfortável pela manhã, Eve fazendo comentários cáusticos todas as vezes que tive de vomitar, e Finn sem fazer nenhum comentário, o que, de alguma forma, era pior.

Prostituta, minha tia sussurrou em meus pesadelos, e eu estremeci. Eu tinha gostado tanto do começo da viagem, saboreando o fato de que ninguém naquele carro sabia quem eu era ou debaixo de que tipo de nuvem eu viajava. Bem, aquela ficha limpa era uma ilusão; Charlie St. Clair era uma prostituta, e agora todos ali sabiam, graças à falta de tato do velho morcego Eve e sua boca mole.

Na vizinhança de Lille, o Lagonda começou a soltar fumaça por debaixo da lataria brilhante, e Finn encostou e pegou um kit de ferramentas no porta-malas.

— Consegue fazer o carro se arrastar novamente? — perguntei depois que Finn avisou que tinha óleo nas válvulas ou água no motor ou qualquer coisa no câmbio, e era tudo o que eu sabia. — Pelo menos o suficiente para nos levar a Lille?

Ele limpou as mãos num pedaço de pano sujo enquanto Eve continuava andando e xingando.

— Se formos devagar.

Assenti com a cabeça sem olhar nos olhos dele. Praticamente não conseguia olhar nos olhos dele desde que meu Pequeno Problema fora revelado. Eu poderia discutir mais com Eve... Se ela fosse grossa, eu poderia vestir minha concha cínica e simplesmente ser mais grossa. Mas Finn não disse uma palavra, e eu não podia vencê-lo no jogo do vamos ver quem fala menos. Tudo o que eu podia fazer era fingir que não me importava.

Subimos de novo no Lagonda e seguimos nos arrastando. Lille parecia uma cidade bonita com suas casas geminadas, os toques de tijolos flamengos nas pedras francesas entregando a proximidade da cidade com a Bélgica, e a expansão graciosa da Grand Place. Ela tinha sido tomada durante a guerra, mas claramente não bombardeada até virar ruína. Havia mais alegria ali que a que tinha encontrado em Le Havre, mais alegria no passo das pessoas que via passar com suas compras ou pequenos terriers. Ainda assim Eve ficou cada vez mais cinza à medida que fomos entrando na cidade.

— "Qualquer civil" — ela disse, claramente citando alguma coisa —, "incluindo funcionários do governo francês, que ajudar tropas inimigas da Alemanha ou agir de maneira prejudicial em relação à Alemanha e a seus aliados será punido com a morte."

Balancei a cabeça.

— Nazistas...

— Este não era dos nazistas. — Eve olhou pela janela de novo, seu rosto imóvel como uma máscara de pedra. O Lagonda passou por um café que tinha um toldo listrado e mesas arrumadas ao lado da rua dando para o Deûle, e eu olhei para ele melancolicamente, lembrando o café provençal onde Rose e eu tínhamos passado uma tarde encantada. Fiquei pensando se algum lugar no mundo já tinha me deixado tão feliz em toda a minha vida. Havia uma garçonete da minha idade trabalhando naquele café. Ela carregava baguetes e uma garrafa de vinho, e eu a invejei. Não havia Pequeno Problema para ela, apenas sardas no nariz, um avental quadriculado de vermelho e o cheiro de pão bom assado.

A voz de Eve, intensa e fria, interrompeu meus pensamentos:

— Eles deveriam ter queimado o prédio até não sobrar nada depois que ele se foi e jogado sal na terra. Deveriam ter desviado as águas do verdadeiro rio Lethe sobre aquele lugar e feito todo mundo esquecer. — Ela estava olhando para o mesmo bonito café, com sua janela da frente curvada e contornada de dourado.

— Gardiner? — Finn olhou sobre o ombro. A voz de Eve podia ser intensa, mas ela parecia frágil, seus dedos deformados cruzados como se estivesse tentando evitar que eles tremessem. Troquei olhares confusos com Finn, muito atordoada para lembrar que estava evitando seus olhos.

— Precisamos de um hotel — ele disse. — Agora.

Ele parou no primeiro *auberge* que encontramos, e alugamos três quartos. A recepcionista calculou errado nossa conta e, quando apontei o engano, ela de repente não entendia meu francês americanizado. Então, Eve curvou-se sobre o balcão e explodiu com um sotaque fluente do norte que me surpreendeu e fez a recepcionista refazer as contas rapidamente.

— Não sabia que você falava francês tão bem — eu disse, e ela apenas deu de ombros e colocou a chave dos quartos em nossas mãos.

— Melhor que você, ianque. Boa noite.

Olhei para o céu do lado de fora. Já estava anoitecendo e não tínhamos comido.

— Você não quer jantar?

— Vou ficar com meu jantar líquido. — Eve bateu em sua mochila e eu ouvi o barulho do cantil. — Vou encher a cara, mas, se você me esperar melhorar da ressaca amanhã de manhã, acabo com você. É melhor estarmos acordados e dentro do carro ao amanhecer, porque quero sair deste buraco do diabo que é esta cidade, e vou andando se for preciso.

Ela desapareceu em seu quarto, e eu rapidamente entrei no meu. Não queria ficar sozinha com Finn no corredor.

O jantar foi um pacote barato de sanduíches engolidos em minha cama estreita. Lavei minha roupa de baixo e minha camisa na pequena pia, pensando que precisaria de mais roupas logo, e então tive vontade de descer e usar o telefone do hotel. Não tinha intenção de contar para minha mãe aonde eu estava indo, para o caso de ela resolver aparecer com a polícia — eu ainda *era* menor de idade —, mas também não queria que ela pensasse que eu estava correndo algum perigo. Mesmo quando a recepcionista do Dolphin disse que ela tinha partido, deixei uma mensagem. Desliguei sentindo-me desconfortável e subi as escadas de novo, lutando contra um repentino cansaço. Tudo o que eu tinha feito era ficar sentada em um carro durante o dia todo, mas estava mais cansada do que jamais estivera em toda minha vida. Aquelas estranhas ondas de cansaço estavam me derrubando já fazia algumas semanas, certamente outro sinal do Pequeno Problema.

Afastei qualquer pensamento sobre o P.P. enquanto voltava para o quarto. Roubaix amanhã. Uma parte de mim não queria ir — Eve ainda insistia que havia alguém com quem ela tinha de falar, uma mulher que devia saber alguma coisa, mas graças a minha tia eu já sabia alguma coisa. Eu sabia que Rose fora mandada para uma pequena cidade mais ao sul para ter seu bebê, e sabia que depois ela havia partido para encontrar trabalho perto de Limoges. Eu queria ir para Limoges, não para Roubaix e aquele contato duvidoso que Eve pensava que tinha.

Sentei na beira da cama e deixei que ela subisse para meu peito: a esperança. Ao mesmo tempo em que aquela hora passada com *tante* Jeanne tinha sido horrível, havia me dado esperança. Porque, por mais que eu lutasse para me convencer de que havia uma chance de Rose estar viva, uma parte de mim continuava achando que meus pais estavam certos, que ela estava morta. Porque a garota que eu amava como a uma irmã — a garota que tinha medo da solidão — já teria encontrado o caminho de volta se estivesse viva.

Mas, se a família inteira a rejeitara, a colocara para fora para ter o seu bastardo e depois lavara as mãos... Bem, eu conhecia Rose. Ela era orgulhosa e cheia de paixão. Jamais voltaria para casa em Rouen depois da maneira como seus pais a expulsaram.

Eu até conseguia entender por que ela não tinha escrito para mim sobre seu problema. Por que deveria? Eu era apenas uma menininha quando nos encontramos pela última vez, alguém que precisava ser protegida, não alguém a quem se podia confidenciar coisas feias. E a vergonha pode acabar virando um hábito. Eu não tinha certeza se suportaria escrever para ela sobre o meu Pequeno Problema, mesmo se tivesse seu endereço. Ao vivo, poderia ter chorado em seu ombro, mas colocar aquelas coisas no papel significava ter de enfrentar sua própria desgraça num feio preto e branco.

Se ela estivesse viva, deveria estar morando em Limoges. Talvez sua criança estivesse com ela. *Um menino ou uma menina?*, pensei e me ouvi dar uma gargalhada trêmula. Rose com um bebê. Olhei para minha barriga, lisa, inócua, fazendo-me sentir às vezes cansada, outras nauseada, e meus olhos borraram tudo.

— Ah, Rosie — sussurrei. — Como foi que estragamos tudo desse jeito?

Bem, *eu* tinha estragado. Rose tinha encontrado seu amor na forma de um atendente de livraria francês que tinha se juntado à Resistência. Suave como o tipo de garoto que Rose gostaria. Ficava me perguntando se seu Étienne era claro ou escuro, se ele tinha dado sua cor para o bebê. Questionei-me para onde ele tinha sido levado depois de preso, se estava vivo. Provavelmente não. Tantas pessoas desapareceram e morreram, nós estávamos apenas começando a entender o tamanho assustador das perdas. O garoto de Rose provavelmente tinha desaparecido. Se ela estivesse viva, então estava sozinha, largada para trás, como no café provençal.

Não por muito tempo, Rose. Estou indo até você, prometo. Eu não tinha conseguido salvar meu irmão, mas ainda poderia salvá-la.

— Então talvez eu saiba o que fazer com você — disse para minha barriga. Eu não queria aquilo, não tinha ideia do que fazer com aquilo. Mas o enjoo dos últimos dias havia deixado dolorosamente claro que não era uma opção ignorá-lo.

A noite francesa estendia-se repleta, leve e quente do lado de fora da minha janela. Arrastei-me na cama, os olhos fechando. Não tinha me dado conta de ter caído no sono até que um grito rachou a noite.

O som me fez levantar e me colocou fora da cama. Eu estava em pé, o coração galopando e a boca seca, e o grito terrível continuava. O grito de uma mulher, cheio de terror e agonia. Saí correndo do quarto.

Finn surgiu no corredor no mesmo momento, descalço e em mangas de camisa.

— O que é isso? — perguntei enquanto outras portas do corredor começavam a abrir. Finn não respondeu, apenas seguiu direto para a porta que ficava entre as nossas, aquela sob a qual uma linha de luz amarela podia ser vista. O grito vinha lá de dentro.

— Gardiner! — Ele tentou a maçaneta. O grito parou como se uma faca tivesse sido enfiada na garganta. Ouvi o barulho inconfundível da Luger sendo armada. — Gardiner, estou entrando. — Finn apoiou o ombro contra a porta e a empurrou com força. O trinco quebrou e caiu da parede com som de unhas guinchando, e a luz se espalhou pelo corredor. Eve estava em pé, o cabelo grisalho solto, os olhos parecendo dois buracos cegos assustadores. Assim que viu Finn na porta e eu atrás dele, ela levantou a Luger e atirou.

Gritei, jogando-me no chão como uma bola. Mas o tambor estava vazio. Finn tirou a Luger da mão de Eve, e ela cuspiu uma obscenidade e procurou os olhos dele. Ele então jogou a arma na cama, agarrando os pulsos da camisola dela com as duas mãos. Quando seus olhos encontraram os meus, vi, para minha surpresa, que ele estava calmo.

— Encontre o recepcionista da noite e diga-lhe que está tudo bem, antes que alguém chame a polícia — ele pediu, segurando Eve com firmeza. Ela estava cuspindo palavrões em francês e em alemão. — Não queremos ter de encontrar um novo hotel no meio da noite.

— Mas... — Eu não conseguia tirar os olhos da arma na cama. *Ela atirou em nós.* Meus braços, dei-me conta, estavam firmes ao redor de meu Pequeno Problema.

— Diga-lhe que ela teve um pesadelo. — Finn olhou para Eve. Ela tinha parado de xingar, sua respiração saía com dificuldade, resfolegava. Seus olhos miravam a parede sem ver nada. Estivesse onde estivesse, ela não estava ali.

Ouvi uma expressão mal-humorada em francês atrás de mim e, quando me virei, dei de cara com o proprietário do *auberge*, estridente e sonolento.

— *Pardonnez-moi* — eu disse, fechando rapidamente a porta entre Eve e a estranha figura. — *Ma grandmère, elle a des cauchemars...**

Coloquei mel em meu francês americanizado até que toda a indignação acabou, com a colaboração de uma mão cheia de fran-

* Em francês: "Perdoe-me. Minha avó tem pesadelos..." (N. do T.)

cos. Pelo menos o proprietário voltou para seu quarto, e não me arrisquei a colocar a cabeça para fora da porta de novo.

Finn tinha feito Eve se sentar, não em sua cama, mas no canto mais distante — o que dava uma visão mais completa da porta e da janela. Ele tinha puxado uma cadeira para seu lado, assim ela podia acomodar-se contra a parede, e jogou um cobertor sobre seus ombros. Ele estava acocorado ao lado dela, falando com tranquilidade e se movendo lentamente, até que colocou o cantil de uísque nas coxas dela.

Ela balbuciou alguma coisa, um nome. Soou como "René", e eu me arrepiei.

— René não está aqui — disse Finn.

— O demônio sou eu — ela sussurrou.

— Eu sei. — Finn ofereceu-lhe a Luger.

— Você está maluco? — murmurei, mas ele fez um gesto para mim atrás de suas costas. Eve estava quieta, mas ainda olhava para o nada, seus olhos indo para a frente e para trás, da janela para a porta. Seus dedos deformados seguravam de novo a arma, e Finn a soltou.

Ele se levantou e se dirigiu descalço para mim. Saí para o corredor e ele me seguiu, fechando delicadamente a porta e soltando um longo suspiro.

— Por que você lhe deu aquela arma de volta? — sussurrei. — Se estivesse carregada, um de nós estaria morto!

— Quem você acha que tirou a munição? — Ele me lançou um olhar de cima para baixo. — Faço isso todas as noites. Ela me xinga muito, mas, considerando que quase arrancou minha orelha com um tiro na primeira noite em que fui trabalhar, ela não tem como argumentar.

— Quase arrancou sua *orelha* com um tiro?

Finn olhou para a porta.

— Ela ficará bem até de manhã.

— Ela sempre faz isso?

— Uma vez ou outra. Alguma coisa a faz explodir... Ou ela se vê presa no meio de uma multidão e entra em pânico, ou ouve alguma coisa caindo e acha que é uma explosão. Impossível prever.

Percebi que meus braços ainda estavam enrolados ao redor de minha barriga. Não conseguia pensar em meu Pequeno Problema a não ser como, bem, um problema. Mas meus braços tinham voado para protegê-lo assim que vi a arma de Eve. Deixei as mãos caírem, trêmula. Eu não me sentia tão viva — viva em cada músculo que tremia, em cada centímetro de pele que se arrepiava, em cada cabelo em pé — fazia muito tempo.

— Preciso de uma bebida.

— Eu também.

Segui Finn de volta para seu quarto, o que não era exatamente apropriado uma vez que eu estava seminua, apenas com uma combinação de nylon que usava como camisola. Mas calei a voz insuportável e sabichona na minha cabeça e fechei a porta assim que Finn acendeu a luz e enfiou a mão em sua mochila. Ele me ofereceu um cantil, bem menor que o de Eve.

— Não tenho copos, desculpe.

Sem *senhorita* dessa vez, é claro. Dei de ombros, pois não esperava nada diferente. Eu sabia perfeitamente bem que tipo de equação estava sendo escrita ali.

— Quem precisa de copos? — Virei um gole de uísque, saboreando o ardor. — Muito bem, vamos lá. *René*. Eve conhece esse nome. Se é o mesmo do relatório... para quem Rose trabalhou...

— Não sei. Só sei que ela repete bastante esse nome quando está naquele estado.

— Por que você não me contou isso?

— Porque eu trabalho para ela. — Ele tomou um gole. — Não para você.

— Vocês formam uma dupla e tanto — eu disse. — Os dois parecem nós de arame farpado, cheios de segredos.

— E por boas razões.

Lembrei-me do sussurro assustador de Eve quando ela disse aquele texto sobre como a morte esperava os inimigos da Alemanha. Alguma coisa nela me dizia *combatente*. Eu tinha visto meu irmão voltar da guerra, percebia as mudanças nele com olhos preocupados e amorosos, e James não fora o único ex-soldado que eu observara. Eu havia dançado com eles, conversado com eles em festas, transformei em hábito a observação porque tinha esperança de encontrar algo que me ajudasse a ajudar James. Fracassei. Nada do que eu fizera havia ajudado James, e eu ainda me odiava por isso — de qualquer jeito, eu sabia como era um combatente, e Eve tinha me mostrado todos os sinais.

— Ela vai estar bem amanhã? — James nem mesmo saía do quarto de manhã depois de episódios como aquele.

— Provavelmente. — Finn curvou-se no parapeito da janela aberta e olhou para as luzes da rua enquanto tomava outro gole de uísque, pensativo. — Ela normalmente acorda no dia seguinte como se nada tivesse acontecido.

Eu queria ter continuado perguntando, mas todo aquele problema complicado de Eve e seus segredos me deram dor de cabeça. Ignorei-a, juntando-me a Finn na janela. Afinal de contas, era o que vinha em seguida na equação: garota mais garoto multiplicado por uísque. Agora some proximidade.

— Então amanhã estaremos em Roubaix, se seu carro não quebrar de novo. — Meu ombro raspou no dele.

Ele me passou o cantil.

— Posso mantê-lo funcionando.

— Você tem jeito com aquelas ferramentas. Onde aprendeu? Na *prisão*? — A curiosidade me consumia.

— Entro e saio de oficinas desde pequeno. Brincava com ferramentas no berço.

Tomei outro gole.

— Eu poderia dirigir o Lagonda amanhã, ou é um carro de um homem só?

— Você dirigir? — Ele olhou para mim com a mesma surpresa que tinha demonstrado quando eu disse que tinha tido um emprego. — Pensei que sua família tivesse chofer.

— Nós não somos os Vanderbilt, Finn. É claro que eu sei dirigir. Meu irmão me ensinou. — Uma lembrança doce e dolorosa: James tinha escapado de um grande churrasco de família me arrastando para seu Packard e me dando aulas de direção. — Eu realmente acho que ele fez aquilo porque queria se livrar de nossos parentes barulhentos. Mas ele era um bom professor. — Bagunçava meu cabelo, dizendo: "Leve-me para casa, você é a motorista agora..." E, depois de eu estacionar com orgulho, deixávamos o tempo passar mais um pouco antes de voltarmos para o barulho da família. Eu tinha pedido a James para me acompanhar ao baile. "Não terei um acompanhante de verdade, James, e nós podemos nos sentar perto da pista e falar de todas as garotas da irmandade." Ele sorriu de lado e disse: "Eu gostaria disso, mana." Fiquei imaginando que pelo menos uma vez eu o tinha ajudado.

Menos de três semanas depois, ele se matou.

Apertei os olhos forte, dolorosamente.

— Talvez eu deixe você ficar atrás do volante algum dia. — Finn olhou para mim por sobre o ombro, a luz brilhando em seu cabelo escuro. — Você terá que ser paciente com ela. Ela é um tipo de senhora cheia de picuinhas. Um pouco rabugenta, precisa ser tratada de um jeito especial. Mas ela sempre supera.

— Não seja tão escocês e metafórico. — Tomei outro gole do cantil e o devolvi, meus dedos encostando nos dele. — Já são mais de duas da manhã.

Ele sorriu, olhando de novo para as luzes da rua. Esperei que ele se aproximasse. Mas ele apenas terminou o uísque e foi se sentar no banco encostado à parede.

Minha insistente voz interior ainda estava dizendo coisas desagradáveis. Antes que ela ficasse mais alta, fui terminar a equação: garoto mais garota multiplicado por uísque e proximidade é igual a...

Tirando o cantil das mãos de Finn, subi em seu colo e o beijei. Senti o gosto de uísque em sua boca macia e seu rosto áspero com a barba por fazer. Então ele se afastou.

— O que você está fazendo?

— O que você acha que eu estou fazendo? — Passei os braços ao redor de seu pescoço. — Estou me oferecendo para dormir com você.

Seus olhos escuros fixaram-se em mim. Mexi um ombro, despretensiosamente, e deixei a alça da combinação escorregar pelo meu braço. Suas mãos deslizaram pelos meus joelhos nus, passaram por cima da bainha de nylon, não por baixo, até minha cintura, e me seguraram firme enquanto eu tentava me curvar para mais um beijo.

— Bem — ele disse. — Esta está se tornando a noite das surpresas.

— É? — Senti suas mãos através do tecido fino, grandes e muito quentes dos dois lados da minha cintura. — Estive pensando nisso o dia todo. — Desde que o vi apenas em mangas de camisa para trabalhar no Lagonda. Ele tinha braços muito melhores que a maioria dos rapazes da faculdade, normalmente magros e molengas.

A voz de Finn soou um pouco rouca, mas bem equilibrada:

— O que uma boa garota como você está fazendo indo para a cama com um ex-condenado?

— Você sabe que eu não sou uma boa garota. Eve deixou isso claro. Além disso, você não está me levando para o baile de debutante — eu disse secamente. — Você não vai conhecer meus pais. É só uma noite.

Suas sobrancelhas subiram.

— Embora eu me pergunte o que você fez — continuei com honestidade, passando um dedo ao redor de seu pescoço — para ser jogado na prisão.

— Eu roubei um cisne do Kew Gardens. — Ele ainda segurava minha cintura com força, mantendo-me afastada.

— Mentiroso.

— Eu roubei uma tiara de diamante das joias da Coroa da Torre de Londres.

— Ainda está mentindo.

Seus olhos pareciam negros e sem fim na luz fraca.

— Por que me pergunta, então?

— Eu gosto de ouvir você mentir. — Coloquei os braços ao redor de seu pescoço de novo, passando os dedos em seu cabelo macio. — Por que ainda estamos falando? — A maioria dos rapazes eram só mãos no minuto em que a luz se apagava. Por que Finn não era assim? Já que Eve tinha deixado claro o tipo de garota que eu realmente era, pensei que ele dispensaria o ar respeitoso e tentaria me agarrar. Eu estava acostumada com isso. Poderia afastá-lo ou continuar, e eu já tinha decidido continuar. Mas eu não estava acostumada a tomar a iniciativa. Podia não ser bonita, mas estava disponível. Isso normalmente era o suficiente para que as mãos dos homens tirassem minhas roupas sem nenhuma ajuda.

Mas Finn não se moveu, ficou apenas me olhando. Seus olhos foram para a linha da minha cintura, e ele disse:

— Você não tem um rapaz? Um noivo?

— Está vendo algum anel?

— De quem é, então?

— Harry S. Truman — eu disse.

— Agora é você que está mentindo.

O ar estava pesado e quente. Movi os quadris e pude senti-lo reagindo. Eu sabia o que ele queria. Por que ele não pegava?

— Por que você se importa com quem me engravidou? — sussurrei, movendo-me mais. — Agora você não pode me engravidar, e é isso que importa. Sou um passatempo seguro.

— Isso é horrível — ele disse calmamente.

— Mas é verdade.

Ele me puxou para mais perto, colocou o rosto próximo do meu, e minha pele estremeceu.

— Por que exatamente você está trepando em mim?

Prostituta. A palavra ecoou em minha cabeça, na voz de minha mãe ou talvez na de minha tia. Vacilei, mas dei de ombros.

— Sou uma biscate — respondi, irreverente. — Todo mundo sabe que biscates dormem por aí. E você até que é atraente. Então, por que não?

Ele sorriu, um sorriso verdadeiro em vez daquele movimento de canto de boca que eu estava acostumada a ver.

— Garota Charlie — ele disse, e eu tive tempo de pensar em como gostava de meu nome dito com seu sotaque escocês. — Você precisa de uma razão melhor que essa.

Ele me tirou de seu colo como uma boneca, colocando-me novamente em pé. Então se levantou e foi até a porta, abrindo-a. Senti meu pescoço corar.

— Boa noite, senhorita. Durma bem.

10
EVE

Junho de 1915

Eve fez sua estreia duas noites mais tarde, ao mesmo tempo como espiã e como empregada do Le Lethe. Dos dois, o segundo papel era mais cansativo: René Bordelon exigia nada menos que a perfeição, e um treinamento de dois dias não era muito para se alcançar a perfeição. Mas Eve conseguiu. O fracasso, afinal de contas, não era uma opção. Ela incorporou as regras de seu novo empregador enquanto ele as repetia com sua voz metálica assim que as duas garçonetes recém-contratadas começaram o primeiro turno.

Vestido escuro, cabelo arrumado.

— Você não deve ser percebida, você é uma sombra. — Pés leves, passos curtos. — Espero que deslize em todos os seus movimentos. Meus convidados não querem que suas conversas sejam perturbadas. — Silêncio o tempo todo, sem sussurros ou conversas com os clientes. — Você não precisa memorizar listas de vinhos ou anotar os pedidos. Só leva os pratos para as mesas e os retira. — Sirva o vinho fazendo uma curva graciosa com o braço. — Tudo no Le Lethe é gracioso, até aquilo que passa despercebido.

E a última regra, a mais importante de todas:

— Viole as regras e você será demitida. Existem muitas garotas famintas em Lille querendo seu lugar.

O Le Lethe ganhava vida à noite, com a iluminação artificial e o calor e a música numa cidade que escurecia com o pôr do sol.

Eve, em seu vestido escuro ocupando sua posição num dos cantos, lembrou-se da lenda dos vampiros. Em Lille, os franceses iam para a cama ao pôr do sol porque, mesmo que não tivesse toque de recolher, havia pouca parafina ou carvão para manter o quarto aceso. Apenas os alemães saíam à noite, como os vampiros, para celebrar sua incontestável dominação. Eles iam ao Le Lethe, os uniformes brilhando, as medalhas polidas, as vozes altas, e René Bordelon os cumprimentava vestindo um paletó impecável, seu sorriso fácil. *Como Renfield*, Eve pensou, *da história de Bram Stoker: um covarde humano a serviço dos seres da noite.*

Você está imaginando demais, ela disse para si mesma. *Ligue os ouvidos e desligue a mente.*

Ela atravessou as horas do jantar como um autômato gracioso, silenciosamente pegando os pratos, tirando as migalhas, enchendo taças vazias. Ninguém nunca imaginaria que existia uma guerra: havia velas sem fim, todas as mesas tinham pãezinhos brancos e manteiga de verdade, todas as taças estavam cheias. Metade do mercado negro de comida de Lille devia passar por ali, pois os alemães gostavam claramente de comer bem.

— A comida — sussurrou a outra garçonete, uma jovem viúva de quadris largos que tinha dois bebês em casa. — É tortura ficar só olhando! — Sua garganta se movia enquanto ela carregava o prato de volta para a cozinha. Havia restos de comida nele, numa cidade onde os franceses raspavam todas as migalhas do prato. Uma poça de molho bechamel, uma dezena de garfadas de vitela... O estômago de Eve também roncava, mas ela lançou um olhar de aviso para a outra garota.

— Nem mesmo uma mordida. — Olhando atrás delas para *monsieur* Bordelon, que circulava pelo salão como um tubarão bem-vestido. — Nada até o fim do turno, você s-s-sabe. — No fim da noite, todas as sobras da cozinha eram reunidas e divididas entre os membros da equipe. Qualquer um ali falaria se um colega pegasse comida antes da divisão igualitária, porque todos tinham fome. Eve cinicamente admirou o sistema: *monsieur* Bordelon tinha inventado uma recompensa que, ao mesmo tempo, fazia com que seus empregados agissem honestamente e os encorajava a espionar uns aos outros.

Mas, se toda a equipe estava sempre tensa e hostil, os clientes eram piores. Como era fácil odiar os alemães quando se via de perto quanto eles desperdiçavam. O *Kommandant* Hoffmann e o general Von Heinrich tinham ido jantar três vezes durante a primeira semana de Eve, pedindo champanhe e codorna assada para celebrar as mais recentes vitórias alemãs. Eles gargalhavam alto em meio a um grupo de assistentes. *Monsieur* Bordelon era sempre convidado a se juntar a eles para um *brandy* depois do jantar. Sentava-se, então, com as pernas cruzadas, demonstrando muito interesse e distribuindo charutos de sua cigarreira de prata com monograma. Eve tentou ouvir, mas não conseguira demorar demais para encher os copos de água. De qualquer forma, eles não estavam falando de planos de batalha ou localização de armas, mas das garotas que tinham pegado como amantes, comparando seus dotes físicos e discutindo se a garota do general era loira natural ou não.

Então, na quarta noite, o *Kommandant* Hoffmann pediu *brandy* e Eve recolheu o decantador.

— ... bombardeada — ele estava dizendo em alemão para seus assistentes. — Mas a nova bateria de artilharia estará posicionada em quatro dias. A localização...

O coração de Eve bateu mais devagar, numa excitação brilhante, como uma mina de diamante. Ela pegou o cálice do *Kommandant* e o encheu o mais lentamente que ousou, deixando o licor cair enquanto ele comentava sobre a nova localização da artilharia. Suas mãos, ela percebeu, não estavam tremendo. Ela pousou a taça na mesa, pedindo silenciosamente por um motivo para demorar mais um pouco. Um dos oficiais, então, atendeu ao seu pedido, estalando os dedos por *brandy* enquanto respondia ao general com uma questão sobre as características das armas. Eve virou-se para pegar a taça e viu os olhos de *monsieur* Bordelon sobre ela. Ele estava numa mesa próxima, cumprimentando um capitão alemão e dois tenentes. A mão de Eve segurou a taça com mais força, e ela ficou se questionando, com um pânico repentino, se tinha deixado transparecer em seu rosto que estava entendendo as palavras do *Kommandant*. Se *monsieur* Bordelon suspeitasse de que Marguerite Le François falava alemão...

Ele não percebeu, Eve disse a si mesma, deixando sua expressão completamente neutra e se lembrando de curvar o braço na forma de arco gracioso enquanto servia. Seu empregador fez um sinal de aprovação, o *Kommandant* fez um gesto para que ela saísse, e Eve voltou deslizando para sua alcova com o rosto suave e o ouvido cheio de ouro: a nova localização precisa da artilharia alemã perto de Lille.

Ela passou o restante de seu turno recitando fervorosamente a informação para si mesma, os números, os nomes, as características, rezando para que não esquecesse de nada. Voltou apressada para casa, então transcreveu tudo num pequeno pedaço de papel de arroz com as letras pequenas que tinha aprendido em Folkestone. Enrolou o papel em torno de um grampo e o prendeu no cabelo. Por fim, deixou-se cair aliviada. Lili chegou na noite seguinte para sua coleta normal em Lille, e, com uma certa cerimônia — como se fosse a apresentação de um prêmio —, Eve inclinou a cabeça, tirou o grampo do cabelo e o entregou para a líder da Rede de Alice.

Lili leu a mensagem e comemorou, passando um braço no pescoço de Eve e beijando-a ruidosamente nas bochechas.

— *Mon Dieu*, eu sabia que você seria boa.

Se a triste Violette estivesse lá com seus óculos redondos e sua reprovação, Eve teria tentado esconder a alegria, mas, na frente do rosto feliz de Lili, ela soltou a risada que estava segurando desde a noite anterior.

Lili olhou para o pequeno rolo de papel.

— Transcrever isso para meu relatório geral vai acabar com meus olhos! Da próxima vez, escreva em um código rápido para mim.

— Gastei quatro horas para fazer isso — disse Eve, cabisbaixa.

— Os novatos sempre colocam seis vezes mais esforço do que deveriam na primeira mensagem. — Lili gargalhou, batendo nas bochechas dela. — Não fique tão desanimada, bom trabalho! Passarei isso para tio Edward, e a nova bateria será bombardeada até a próxima quinta-feira.

— Quinta-feira? É possível b-b... b-b-bombardear tão rapidamente?

— *Bien sûr*. Eu tenho a rede mais rápida da França. — Lili guardou a mensagem de volta no grampo e o colocou em seu topete loiro. — Você será um recurso importante, pequena margarida. Posso sentir isso.

Seu rosto brilhou com tanta alegria que iluminou o surrado quartinho como um holofote de fronteira, e Eve viu-se sorrindo. Ela tinha conseguido; tinha usado o que aprendera no treinamento; tinha alcançado seu objetivo. Ela era uma *espiã*.

Lili pareceu sentir a onda de triunfo que corria dentro de Eve, porque riu de novo enquanto se sentava na única cadeira do quarto.

— É muito, muito agradável, não é? — disse, como se estivesse confessando um segredo maldoso. — Não deveria ser, talvez. É um negócio muito sério, servir *la belle France* contra os inimigos, mas, ao mesmo tempo, é tão *divertido*. Mães vão lhe dizer que os filhos são a mais recompensadora de todas as vocações, mas, *merde* — Lili disse francamente —, elas estão muito mergulhadas em suas rotinas intermináveis para saber. Fico com o risco das balas no lugar da certeza das fraldas sujas.

— Sabe do que mais gostei? — Eve confessou. — Afastar-me da mesa das feras de uniforme, deixando-os com seu *brandy* e seus charutos, sem que nenhum deles soubesse... — Ela estava tão feliz que não gaguejou nenhuma vez e, quando pensou nisso mais tarde, ficou surpresa.

— *Pffft* para os alemães — disse Lili, e começou a desenrolar um pedaço de uma velha anágua na mesa. — Venha, deixe-me ensiná-la meu método para transcrever posições do mapa. É um padrão simples, muito mais eficiente para comunicar localizações...

Aquele quartinho triste ficou mais dourado que o Le Lethe iluminado por uma centena de velas. As duas ficaram acordadas até muito depois de terminar a transcrição do mapa. Lili dividiu um pequeno *brandy* roubado e contou histórias.

— Uma vez passei um conjunto de documentos roubados por um guarda barulhento colocando-os no fundo de uma caixa de bolo. Você precisava ver a cara de tio Edward quando lhe entreguei uma pasta coberta de creme!

— Fale bem de mim quando lhe entregar meu relatório — pediu Eve. — Quero que ele se sinta orgulhoso.

Lili balançou a cabeça com malícia.

— Pequena margarida, você está apaixonada?

— Um pouco — admitiu Eve. — Ele tem uma bela voz... — E percebeu que ela tinha potencial para estar ali e fazer aquilo. Sim, ela achava muito difícil não ficar um pouco apaixonada pelo capitão Cameron.

— *Merde*. — Lili riu. — Eu mesma poderia facilmente alimentar uma *tendresse* por ele. Não se preocupe, falarei bem de você sem vergonha nenhuma. Você deverá vê-lo em algum momento, você sabe. Ele passa pelo território dominado pelos alemães ocasionalmente, cuidando de alguma coisa assustadoramente secreta. Se ele fizer isso, prometa que fará o melhor para arrancar todo aquele tweed dele.

— Lili! — Eve balançou enquanto ria. Ela não conseguia lembrar quando fora a última vez que tinha rido tanto. — Ele é casado!

— Por que isso deveria atrapalhar? A mulher dele é uma vadia que nunca o visitou na prisão.

Então Lili sabia do período na prisão.

— Pensei que devíamos manter o passado em segredo a não ser que fosse necessário...

— Todos já sabem do passado de tio Edward. Saiu em todos os jornais, então é difícil manter em segredo. Ele cumpriu a punição que seria para sua esposa, e, até onde sei, ela nunca o visitou. — Eve não conseguiu segurar uma expressão de indignação, e Lili sorriu. — Sugiro que você se concentre nele. Se a sua consciência atrapalhar com coisas pequenas como adultério, passe dez minutos no confessionário e pague com alguns pais-nossos.

— Você sabe, nós, protestantes, acreditamos que devemos sentir nossa culpa e não apenas pagá-la com algumas orações de rotina.

— É por isso que os ingleses são culpados demais para se tornar bons amantes — Lili declarou. — Com exceção dos tempos de guerra, pois a guerra dá aos ingleses uma desculpa para que se divirtam. Quando a vida pode acabar a qualquer momento na ponta de uma baioneta alemã, não permita que a moral de classe média interfira em uma boa travessura com o ex-condenado casado e de tweed.

— Não estou ouvindo isso. — Eve riu, tampando os ouvidos com as mãos, e o restante da noite seguiu com risadas. Ela ainda estava sorrindo no dia seguinte quando acordou e percebeu que Lili já havia partido e que o pequeno papel de arroz com a mensagem tinha ido com ela, que deixara um rabisco num pedaço de pano: "Volte ao trabalho e lembre-se: Não fique metida! Procuro você em cinco dias".

Cinco dias, Eve pensou, entrando em seu vestido escuro e se dirigindo para o Le Lethe. Ia conseguir mais informações para ela. Estava serenamente confiante nisso. Já tinha feito uma vez e faria de novo.

Talvez estivesse um pouco convencida, imaginando a aprovação de Lili e o sorriso nos olhos do inglês de tweed, quando entrou pela porta lateral do Le Lethe. Então encontrou a figura relaxada de René Bordelon, e o som de sua voz monótona, que dizia:

— Diga-me, *mademoiselle* Le François, de onde você realmente é?

Eve congelou. Não por fora — as reações naturais de inocência rapidamente foram mobilizadas. Mas internamente ela deixou de ser efervescência brilhante e se transformou no bloco de gelo que ocupava o lugar de seu coração.

— *Monsieur?* — ela disse.

René Bordelon virou-se em direção às escadas que levavam para seus aposentos privados.

— Venha.

De volta ao seu escritório obsceno, com as cortinas fechadas para a tristeza dos tempos de guerra em Lille e as lâmpadas acesas desperdiçando parafina durante o dia, o que era um tapa em sua cara. Eve ficou em pé diante da macia poltrona de couro onde havia conseguido seu emprego cerca de uma semana antes, e esperou como um animal no meio dos arbustos enquanto o caçador passava. *O que ele sabe? O que ele* poderia *saber?*

Ele não sabe de nada, disse para si mesma. *Porque Marguerite Le François não sabe de nada.*

Ele se sentou, esticando aqueles seus longos dedos e olhando para ela, sem piscar. Eve manteve sua expressão de inocência confusa.

— Algum p-p-problema com meu trabalho, *m-m-monsieur*? — ela perguntou por fim, quando percebeu que ele esperava que ela quebrasse o silêncio.

— Ao contrário — ele disse. — Seu trabalho é excelente. Ninguém precisa lhe dizer duas vezes como algo deve ser feito, e você tem uma certa graça natural. A outra garota é uma estúpida. Decidi substituí-la.

Então por que eu *estou sendo interrogada?*, Eve se perguntou, sentindo pesar pela Amélie de quadris largos e duas crianças em casa.

— Você me agradou bastante, exceto por uma coisa. — Ele ainda não tinha piscado. — Acho que você pode ter mentido para mim sobre a sua origem.

Não, Eve pensou. Ele não poderia suspeitar que ela era metade inglesa. Seu francês era perfeito.

— De onde você disse que é?

Ele sabe.

Ele não sabe de nada.

— Roubaix — Eve respondeu. — Eu tenho meus d-d-documentos aqui. — Ela esticou seus cartões de identidade, aliviada por dar às suas mãos e a seus olhos algo para fazer além de sustentar aquele olhar imóvel de seu empregador.

— Eu sei o que seus documentos dizem. — Ele não olhou para os cartões. — Eles dizem que Marguerite Duval Le François é de Roubaix. Mas você não é.

Ela arrumou o rosto.

— Sou, sim.

— Mentira.

Aquilo mexeu com ela. Eve não era pega em uma mentira fazia muito tempo. Talvez ele tenha percebido sua surpresa, mesmo mascarada como estava, porque deu um sorriso completamente frio.

— Eu disse que era bom nisso, *mademoiselle*. Quer saber como peguei você? Você não fala o francês daquela região. O seu francês lembra o de Lorraine, a não ser que eu esteja enganado. Viajo muito para lá para comprar vinhos para meu restaurante e conheço o sotaque local tão bem quanto os vinhedos. Então... por que seus documentos dizem Roubaix enquanto suas vogais dizem, talvez, Tomblaine?

Que bom ouvido ele tinha. Tomblaine era do outro lado do rio a partir de Nancy, onde Eve tinha crescido. Ela hesitou. A voz do capitão Cameron veio a sua mente, baixa e calma, com seu leve sotaque escocês. *É melhor, quando você é forçada a mentir, contar o máximo de verdade possível.* Palavras de seu treinamento, dicas dadas durante uma daquelas tardes em que ele a levara para atirar nas garrafas na praia deserta.

René Bordelon esperava a verdade.

— Nancy — Eve sussurrou. — Foi o-onde eu n-n-n-n...

— Nasceu?

— Sim, *m-m-m-m...*

Ele a interrompeu com um gesto de mão.

— Então por que mentir?

Uma resposta sincera sustentada por uma razão falsa. Eve esperava ser convincente, pois não conseguia pensar em nada mais.

— Nancy é perto da A-A-A-Alemanha — ela se apressou em dizer, como se estivesse atrapalhada. — Todos na França pensam que somos t-t-t-traidores, ficando do lado dos alemães. Vindo para L-L-Lille, eu sabia que seria odiada se... Eu sabia que não c-c--conseguiria emprego. Eu não conseguiria comer. Então eu m-m--m... Então eu menti.

— Onde você conseguiu os documentos falsos?

— Eu n-não consegui. Apenas p-p-p-paguei o funcionário para que ele escrevesse o nome de uma cidade diferente. Ele sentiu p--p-pena de mim.

Seu empregador inclinou-se para trás, a ponta dos dedos se movendo.

— Fale-me sobre Nancy.

Eve estava feliz por não ter tentado mentir novamente, falado alguma outra cidade. Ela conhecia Nancy como a palma da mão, com mais detalhes que aqueles memorizados sobre Roubaix. Listou as ruas, pontos turísticos, igrejas, cada um deles trazia uma memória de sua infância. Sua língua se enrolou tanto que suas bochechas ficaram vermelhas, mas ela seguiu enfrentando a gagueira, suavizando a voz e arregalando os olhos.

As palavras devem ter soado como verdadeiras, porque ele a interrompeu no meio de uma frase.

— Você realmente conhece bem Nancy.

Eve não teve nem tempo de respirar antes que ele continuasse, movendo sua cabeça estreita.

— Estando tão perto da fronteira alemã, existe uma mistura considerável de povos naquela região. Diga-me, *mademoiselle*, você fala alemão? Minta de novo para mim e eu com certeza vou demiti-la.

Eve congelou novamente, completamente. Ele tinha se recusado até a considerar empregar uma garota fluente em alemão. A promessa de que o Le Lethe era um oásis de privacidade para seus clientes alemães provavelmente garantia grande parte dos lucros. Seus olhos estavam afiados como um bisturi, medindo-a toda. Qualquer movimento, qualquer torção de músculo, qualquer mudança sutil de expressão.

Minta, Eve, ela pensou. *A melhor mentira de sua vida.*

Ela olhou diretamente nos olhos de seu empregador, com sinceridade, sem demonstrar nenhuma astúcia, e disse sem gaguejar:

— Não, *monsieur*. Meu pai os odiava. Ele não permitiria que a língua deles fosse falada em sua casa.

Outro longo momento de silêncio, o relógio dourado batendo. Isso quase matou Eve. Mas ela sustentou o olhar dele.

— Você os odeia? — ele perguntou. — Os alemães?

Ela não queria arriscar outra mentira tão perto da última. Disfarçou, olhando para o colo e deixando os lábios tremerem.

— Quando eles devolvem metade do *b-b-boeuf en croûte* intocado — disse, desanimada. — Sim... Acho d-d-d-difícil não odiá-los. M-Mas estou muito cansada para tanto ódio, *monsieur*. Tenho que continuar minha vida, ou não v-v-verei o fim desta guerra.

Ele riu levemente.

— Não é uma opinião popular, é? Vejo as coisas de maneira bem semelhante, *mademoiselle*. Eu só não quero apenas *continuar*. — Ele abriu suas mãos elegantes sobre a bonita mesa. — Eu vou *prosperar*.

Eve não tinha nenhuma dúvida de que ele o faria. Colocando o lucro acima de tudo — país, família, Deus —, não sobrava muito que o impedisse de chegar lá.

— Diga-me, Marguerite Le François. — René Bordelon soou como se estivesse brincando. Eve não relaxou nem por um segundo. — Você não deseja prosperar? Fazer mais que meramente sobreviver?

— Sou apenas uma g-g-garota, *monsieur*. Minhas ambições são muito modestas. — Ela levantou os olhos até os dele, arregalados e desesperados. — Por favor... Você vai contar a alguém que eu sou de N-N-Nancy? Se descobrirem que eu venho daquela região...

— Posso imaginar. O povo de Lille é... — ele apertou os olhos, cúmplice — muito patriota. Eles podem ser desagradáveis. Seu segredo está seguro comigo.

Ele era um homem que gostava de segredos, Eve sentiu. Principalmente quando era ele quem os detinha.

— Obrigada, *m-m-monsieur*. — Eve segurou as mãos dele e deu um breve e atrapalhado aperto, inclinando a cabeça para baixo e mordendo a bochecha por dentro até que lágrimas caíram de seus olhos. Aquele era um homem que apreciava gratidão abjeta tanto quanto segredos. — Obrigada.

Ela soltou suas mãos antes que ele se sentisse mal por ser tocado por uma empregada, então deu um passo para trás e arrumou o vestido. A observação dele veio de repente e em alemão:

— Como você é graciosa. Até com medo.

Ela se endireitou, olhando em seus olhos, e ele devorou sua expressão, procurando um sinal que fosse de que ela havia entendido. Ela piscou lentamente, demonstrando incompreensão.

— *Monsieur?*

— Nada. — Ele sorriu, e, de alguma maneira, Eve teve a impressão de que um dedo tinha sido tirado do gatilho. — Pode ir.

Suas unhas cravaram-se fundo na palma de suas mãos quando desceu para o restaurante, mas ela abriu conscientemente os punhos antes que saísse sangue. Porque René Bordelon perceberia. Ah, sim, ele perceberia.

Você desviou de uma bala, ela pensou quando seu turno começou, e previa ficar enjoada agora que o perigo havia passado. Mas suas entranhas estavam frias como pedra. Porque o perigo não havia passado — enquanto ela tivesse de trabalhar, e espionar, sendo examinada pelo seu patrão observador, estaria em perigo. Eve sempre fora uma boa mentirosa, mas, pela primeira vez na vida, perguntava-se se era boa o suficiente.

Não há tempo para medo, ela disse a si mesma. *É uma indulgência. Ligue os ouvidos e desligue a mente.*

E foi trabalhar.

11

CHARLIE

Maio de 1947

— Ora, ora. — Eve levantou as sobrancelhas quando sentei no banco de trás do Lagonda em vez de ir na frente, ao lado de Finn. — De repente não quer mais respirar o mesmo ar que o condenado?

— Não quero você sentada atrás de mim — respondi. — Você tentou atirar em mim na noite passada.

Eve estreitou o olhar, seus olhos vermelhos à luz da manhã.

— E está claro que eu errei. Vamos sair logo desta cidade infernal para a maldita Roubaix.

Finn tinha acertado sua previsão: Eve parecia pálida e acabada, movendo-se com dificuldade como uma senhora quando subiu no carro, mas não disse nada sobre o episódio da noite anterior com a Luger. Finn fez alguns ajustes debaixo do capô, murmurando em escocês de um jeito pesado e logo simpático, enquanto afundava nas vísceras do Lagonda.

— Sua lata-velha, pare de enguiçar. — E finalmente subiu, ajustando vários botões, e contou o tempo para dar partida. — Nós vamos devagar — ele disse enquanto nos afastávamos do hotel em meio ao barulho de marchas. Virei a cabeça e olhei para fora pela janela. *Ir devagar*, esse certamente não era o jeito de Charlie St. Clair. Esqueça o devagar, apenas beba uísque, trepe num escocês de trinta anos e peça por uma transa.

Não importa o que ele pensa de mim, falei para mim mesma. *Não importa*. Mas a humilhação ainda estava na minha garganta.

Prostituta, o sussurro veio da minha desagradável voz interior, e eu recuei. Talvez não precisasse de Finn e Eve para o restante daquela viagem. Eve tinha alguém em Roubaix que poderia nos contar algo sobre o restaurante onde Rose havia trabalhado em Limoges. Depois disso Eve ia querer ficar comigo? Ela não parecia gostar de mim. Eu poderia pagar o que lhe devia e mandá-la de volta para casa com sua Luger e seu motorista ex-condenado. Então eu poderia pegar um trem como uma pessoa civilizada e ir a Limoges para procurar Rose. Subtraia um escocês e uma inglesa armada e perigosa dessa equação, eu poderia conduzir minha busca insana com meu insano ser, livre dos meus companheiros de viagem, claramente ainda mais insanos.

— Hoje — eu disse em voz alta, e Finn olhou para mim por sobre o ombro. — Precisamos chegar a Roubaix hoje. — Quanto antes melhor.

É claro que o dia em que eu não podia mais suportar o carro ou as companhias tornou-se um lindo dia para viajar: o sol brilhante de maio com algumas nuvens correndo. Era uma pequena distância até Roubaix, e ninguém foi contra quando Finn acelerou o Lagonda. Até mesmo o Pequeno Problema tinha decidido que não importava tanto o movimento do carro, então, pela primeira vez, não passei a viagem toda vomitando. Apoiei o queixo nos braços, vendo os campos passarem e pensando por que aquela paisagem me parecia tão familiar, até que alguma coisa fez clique. Outra viagem de carro, a família de Rose e a minha, alguns anos depois de termos sido esquecidas no café provençal. Tínhamos passado por Lille em direção ao campo. Depois de um dia solene conhecendo igrejas e velhos monumentos, Rose havia enrolado o tapete do nosso quarto de hotel e me ensinado lindy hop. "Vamos, Charlie, deixe o pé solto...", movendo-se tão rápido que suas tranças balançavam, alta e com seios aos treze anos, confessou depois que já tinha dado o primeiro beijo. "Georges, filho do jardineiro. Foi horrível. Língua, língua e mais língua!"

Eu devo ter sorrido com a lembrança, pois Eve disse:

— Feliz q-que alguém gosta desta região.

— Você não? — Coloquei a cabeça de volta no sol. — Quem não preferiria estar aqui em vez de olhando para os escombros em Londres ou Le Havre?

— "Enquanto ainda estiver vivo, convidarei os corvos para tomar o sangue de minha carcaça imunda" — disse Eve, e acrescentou quando olhei para ela: — É uma citação, sua ianque ignorante. Baudelaire. Um poema chamado "Le m-mort joyeux".

— O cadáver feliz? — traduzi, enrugando o nariz. — *Ugh*.

— Um pouco estranho — Finn concordou, dirigindo.

— Um pouco — Eve concedeu. — Então é claro que era um de seus favoritos.

— De quem? — perguntei, mas, naturalmente, ela não me respondeu. Ela tinha que ser enigmática quando não estava sendo profana? Era como viajar com uma esfinge movida a uísque. Finn me pegou revirando os olhos e sorriu, e eu olhei de novo para os campos que passavam.

Então, Roubaix apareceu no horizonte. Um lugar menor que Lille, mais poeirento, mais silencioso. Passamos pela bonita prefeitura, por uma igreja com espirais góticas. Eve deu a Finn um endereço rabiscado, e logo entramos numa rua estreita e esburacada e paramos diante do que parecia uma loja de antiguidades.

— A mulher com quem você precisa falar está aqui? — perguntei, perplexa. — Quem é ela?

Eve saiu do carro pegando um cigarro do maço com um movimento ágil dos dedos deformados.

— Apenas alguém que me odeia.

— Todo mundo te odeia. — Não consegui segurar.

— Essa mais que o normal. V-Venha ou não, como quiser.

E foi em direção à loja sem olhar para trás. Juntei-me a ela depois que Finn apoiou um cotovelo na janela do carro e começou a folhear a *The Autocar* de novo. Meu coração batia forte. Entrei com Eve no ar fresco da loja.

Era um lugar pequeno, cheio e aconchegante. Altos armários de mogno se alinhavam nas paredes, um longo balcão barrava o caminho para os fundos, e eu via o brilho da porcelana em todos os cantos. Urnas Meissen, serviços de chá Spode, pastoras de Sèvres e sabe-se lá o que mais. Atrás do balcão uma mulher de preto escrevia no livro de registros com um toco de lápis, olhando para nós quando entramos.

Era uma senhora robusta mais ou menos da idade de Eve, usava óculos perfeitamente redondos e o cabelo negro enrolado em um coque bem feito. Assim como Eve, tinha linhas de expressão de alguém que levara uma vida dura.

— Posso ajudá-las, *mesdames*?

— Depende — disse Eve. — Você parece bem, Violette Lameron.

Era um nome novo para mim. Olhei para a mulher atrás do balcão e sua expressão não mudou. Ela movimentou a cabeça devagar até que as lentes de seus óculos redondos refletiram a luz.

Eve deu uma risada que pareceu um latido.

— Esse seu velho truque, escondendo os olhos! Jesus, tinha me esquecido disso.

Violette, ou seja lá quem fosse, falou calmamente:

— Não ouço esse nome faz muito tempo. Quem é você?

— Eu sou uma ruína grisalha e o tempo não foi bom comigo, mas tente se lembrar. — Eve fez um gesto circular em torno do próprio rosto. — Pequena de olhos grandes? Você nunca gostou de mim, mas, pensando bem, nunca gostou de ninguém a não ser *dela*.

— Quem? — sussurrei, mais perplexa a cada minuto. Mas dessa vez vi a expressão da mulher hesitar. Ela se inclinou sobre o balcão, olhando não o rosto de Eve, mas através dele, como se as linhas do tempo fossem apenas uma máscara. Vi o sangue sumir das faces da mulher, deixando sua pele completamente pálida, em contraste com a gola alta preta.

— Saia — ela disse. — Saia da minha loja.

Jesus, pensei. No que tínhamos nos metido agora?

— Colecionando xícaras de chá, Violette? — Eve olhou para as estantes com porcelana. — Parecem um pouco dóceis para você. Colecionar a cabeça de seus inimigos, talvez... Mas aí você precisaria vir atrás de mim.

— Você está aqui agora, então deve querer que eu a mate. — Os lábios de Violette quase não mexiam. — Sua vadia covarde de joelho frouxo.

Recuei como se tivesse levado um tapa. Mas aquelas duas armas de combate estavam eretas com o balcão entre elas, calmas como se estivessem discutindo sobre colheres de porcelana. Mulheres tão diferentes, uma alta e magra e destroçada, a outra robusta e arrumada e respeitável. Mas elas se encaravam como pilares de granito, e o ódio emanava delas como ondas de fumaça preta. Fiquei com a boca seca e envenenada na presença delas.

Que são vocês?, pensei. *Cada uma de vocês?*

— Uma pergunta. — O divertimento cínico de Eve tinha desaparecido. Eu nunca a vira tão séria. — Uma pergunta e desapareço. Eu teria lhe perguntado por telefone, mas você desligou na minha cara.

— Você não vai conseguir nada comigo — a mulher fatiou suas palavras, como lâminas de vidro. — Porque, ao contrário de você, não sou uma vagabunda traidora de boca frouxa.

Esperei Eve voar sobre a mulher. Ela havia apontado uma Luger para minha cabeça apenas por tê-la chamado de vaca velha louca. Mas ela permaneceu ali, aguentando os insultos como se estivesse na frente de um alvo, firme.

— Uma pergunta.

Violette cuspiu no rosto dela.

Arquejei, dando meio passo para a frente, mas eu poderia nem estar ali, considerando toda a atenção que as duas estavam me dando. Eve ficou parada durante um momento com o cuspe descendo pela bochecha, então tirou sua luva e limpou o rosto. Violette observou, seus óculos brilhando, e eu dei outro passo. Aquele não era o jeito que eu via mulheres discutirem — arranhões violentos, dissecação de fofocas que fluíam pela sede da irmandade. Aquele era o tipo de disputa que levaria a pistolas ao amanhecer.

Por que nada pode ser simples?, pensei em pânico.

Eve largou a luva no chão e bateu com a mão no balcão, fazendo um barulho que parecia um tiro de espingarda, e vi Violette fechar os olhos, enojada ao mirar os dedos arruinados da outra mulher.

— René Bordelon morreu em 1917? — Eve perguntou, a voz baixa. — Sim ou não, qualquer que seja a resposta eu me vou.

Meus pelos se arrepiaram. René, estávamos sempre voltando àquele nome. No relatório sobre Rose. Nos pesadelos de Eve. Agora ali. *Quem é ele, quem é ele...*

Violette ainda estava olhando para a mão de Eve.

— Eu tinha esquecido esses seus dedos.

— Na época você me disse que eu merecia.

Um desdém frio passou pelo rosto de Violette.

— Sua gagueira está melhor. É o uísque que faz isso com você? Você está fedendo como uma bêbada.

— Uísque ou raiva, ambos são bons remédios para a gagueira, e estou empanturrada dos dois — Eve rosnou. — René Bordelon, sua puta azeda. O que aconteceu com ele?

— Como vou saber? — Violette deu de ombros. — Você e eu saímos da França ao mesmo tempo, e ele ainda estava ganhando dinheiro naquela época. Ainda administrando o Le Lethe.

Le Lethe, o restaurante onde Rose havia trabalhado. Mas isso fora em Limoges, não em Lille, pensei, confusa. E eu estava buscando informações sobre 1944, não sobre a Primeira Guerra. Abri a boca para falar isso, mas a fechei. Não queria me colocar entre as duas e seus olhos que duelavam.

O olhar cinzento de águia de Eve não se alterou.

— Depois da guerra, você voltou para Lille durante um tempo. Cameron me disse...

Agora Cameron? Quantos novos atores foram empurrados para o palco daquele drama? Eu queria gritar, mas fiquei em silêncio, olhando para Eve como se pudesse arrancar as respostas dela. *Pare de fazer perguntas e comece a cuspir respostas, droga.*

— ... e Cameron também me disse que René Bordelon morreu em 1917, com um tiro de um cidadão de Lille por ser um colaborador sujo.

— Ele *era* um colaborador sujo — Violette falou. — Mas ninguém atirou nele. Eu saberia se tivesse acontecido. As pessoas teriam dançado na rua se ele tivesse morrido da maneira que merecia. Não, me disseram que o canalha fez as malas e correu assim que os alemães recuaram, pois sabia que um tiro nas costas era o melhor que ele podia esperar. Ninguém o viu mais em Lille, isso é certeza. Mas ele estava vivo em 1918, pelo menos. Aquele homem sempre sobrevivia. — Violette deu um sorriso desagradável. — Então, se Cameron disse outra coisa para você, ele mentiu. E você sempre foi tão orgulhosa de sua habilidade de farejar mentiras.

Nada daquilo tinha significado para mim, mas vi o orgulho de Eve desabar. Suas mãos arruinadas seguraram a borda do balcão. Antes que eu percebesse, coloquei um braço ao redor de sua cintura, temendo que ela caísse. Eu meio que esperei que ela me empurrasse para longe com alguma palavra cáustica, mas seus olhos se fecharam.

— Aquele mentiroso — ela murmurou, e mechas de seu cabelo grisalho voaram quando chacoalhou a cabeça. — Aquele desgraçado mentiroso de coração de tweed.

— E agora — Violette tirou os óculos e os limpou — você pode sair da minha loja.

— Dê-lhe um momento — pedi. Eve podia me perturbar até me deixar louca algumas vezes, mas eu não deixaria nenhuma lojista de visão ruim rasgá-la em pedaços enquanto ela parecesse tão chocada e frágil.

— Não lhe dou nem trinta segundos mais, muito menos um momento — a mulher disse, olhando para mim pela primeira vez. Então enfiou a mão debaixo do balcão e surgiu com uma Luger igual à de Eve. — Eu sei usar isso, garotinha. Leve essa puta daqui. Se for preciso, arraste-a.

— O que acontece com vocês, vacas velhas, e suas armas? — gritei, mas Eve se retesou, seu rosto parecendo uma horrível máscara azeda.

— Terminamos aqui — ela disse calmamente e seguiu para a porta. Peguei sua luva e a segui, meu coração parecendo um martelo.

A voz de Violette veio das minhas costas:

— Você sonha, Eve?

Eve parou, sem se virar. Seus ombros estavam retos e duros.

— Todas as noites.

— Espero que ela a sufoque — disse Violette. — Todas as noites, espero que ela a sufoque até arrancar sua vida.

Mas soou como se Violette é que estivesse sendo sufocada quando saímos. A porta se fechou atrás de nós, abafando o som de um soluço antes que eu pudesse perguntar quem era *ela*.

— Desculpe — disse Eve, do nada.

Fiquei tão surpresa que quase derrubei meu café. Ela estava sentada, as mãos dobradas como garras ao redor de sua xícara, uma palidez horrível. Quando saímos da loja e Eve subiu no Lagonda e se sentou olhando para o nada, eu disse baixinho para Finn:

— Encontre um hotel.

Ele tinha encontrado um *auberge* cruzando a aconchegante prefeitura de Roubaix e foi estacionar o Lagonda, enquanto Eve e eu sentamos a uma das pequenas mesas no pátio do hotel. Ela pediu café em um francês perfeito e ignorou o olhar de reprovação do garçom quando esvaziou seu cantil de prata na xícara.

Agora ela olhava para o nada, e eu quase me afastei de seu olhar vazio.

— Eu não devia ter trazido você aqui. Desperdício do s-seu dinheiro. Eu não estava procurando sua prima, estava procurando outra pessoa.

— Aquela mulher?

— Não. — Eve deu mais um gole em seu café. — Um homem que achei que estivesse morto há trinta anos... Imagino que Cameron tenha dito que ele estava morto só para me dar paz. — Ela chacoalhou a cabeça. — Cameron era malditamente nobre demais para entender uma puta cruel como eu. O que teria me dado paz seria ter visto a cabeça de René numa estaca.

Ela mordeu as palavras, olhando o agito dos recepcionistas do hotel que cuidavam dos vasos de plantas.

— René... Bordelon, você disse na loja. — Agora eu tinha o sobrenome do misterioso *monsieur* René.

— Ele era o proprietário do Le Lethe. O de Lille, pelo menos.

— Como você o conheceu?

— Trabalhei para ele durante a Primeira Guerra.

Hesitei. A última guerra havia ofuscado tão completamente a primeira que eu sabia muito menos como as coisas tinham sido na primeira vez que os alemães invadiram.

— Quão terrível foi, Eve?

— Ah, você sabe. Botas alemãs pisando no pescoço dos famintos, pessoas mortas nos becos. Ruim.

Então era isso que alimentava seus pesadelos. Olhei para suas mãos destruídas e estremeci.

— Houve dois Le Lethe, então?

— Parece que sim. Já que sua prima trabalhou em um em Limoges.

Os ecos enviavam ondas geladas pelo meu sangue.

— E outro homem chamado René? Ou René Bordelon era também o proprietário do restaurante em Limoges?

Sua mão bateu na mesa de novo.

— Não — ela disse. — Não.

— Eve, não acredito nessas muitas coincidências, nem você. A lojista disse que ele sobreviveu à Primeira Guerra fugindo de Lille.

Ele pode facilmente ter vivido até 1944, quando Rose foi para Limoges. Ele pode estar vivo.

A excitação tomava conta de mim, assim como o medo. O patrão de Rose, alguém que ela tinha conhecido... Mesmo se fosse um demônio, tinha um *nome*. Um nome significava que eu poderia procurá-lo.

Eve chacoalhou a cabeça.

— Ele teria mais de setenta anos. Ele... — Sua cabeça ia para a frente e para trás, num movimento mecânico. — Talvez ele tenha sobrevivido à Primeira Guerra, mas não pode estar vivo agora, não um homem como ele, não depois de trinta anos. Alguém já teria colocado uma bala naquele cérebro podre.

Olhei para meu café frio, sem querer abrir mão da esperança.

— De qualquer jeito, o restaurante em Limoges provavelmente está lá. É o próximo lugar para onde vou.

— Divirta-se, ianque. — Sua voz era dura. — É aqui que nos separamos.

Pisquei, surpresa.

— Um instante atrás você disse que queria ver a cabeça dele numa estaca. Como pode não estar louca agora para encontrar esse seu inimigo?

— O que isso importa p-p-para você? Você não queria se livrar de mim?

Eu queria. Mas isso fora antes que eu me desse conta de que ela tinha interesse naquela busca, tanto quanto eu. Ela tinha alguém para encontrar, assim como eu. Eu não poderia excluí-la de algo tão *importante*. Eu já havia pensado em um plano para continuar sem Eve, considerado que ela desejava terminar a busca... E aqui estava ela, desistindo?

— Faça o que quiser. Não vou mais continuar. — Sua voz estava seca, seu olhar, inexpressivo. — René deve estar morto. E sua prima também.

Agora foi a minha vez de bater a mão na mesa.

— *Não* — rosnei. — Não se atreva. Você pode enfiar a cabeça na areia com seus próprios demônios se quiser, mas eu vou atrás do meu.

— Cabeça na areia? Faz dois anos que a guerra acabou e você acredita num conto de fadas de que sua prima ainda pode estar viva.

— Eu sei quais são as chances — respondi. — Mesmo que seja apenas uma lasca de esperança, vou me agarrar a ela.

— Você não tem nem uma lasca. — Eve se curvou sobre a mesa, seus olhos cinza brilhando. — Os melhores nunca sobrevivem. Eles morrem em valas e na frente de esquadrões de fuzilamento e em prisões pagando por pecados que nunca cometeram. Eles sempre morrem. Só os maus seguem adiante felizes.

Levantei o queixo.

— Então por que você está tão convencida de que seu René Bordelon está morto? Por que *ele* está morto se os maus sempre prosperam?

— Porque eu sentiria se ele estivesse vivo — ela disse. — Do mesmo jeito que você sentiria se sua prima estivesse morta. O que talvez faça de nós duas loucas. De qualquer forma, isso significa que terminamos.

Olhei para ela e pronunciei cuidadosamente:

— Covarde.

Pensei que ela explodiria. Mas ela apenas se sentou, apoiou o braço como se fosse fazer um gesto e eu enxerguei um pânico cego no fundo de seus olhos. Ela não queria que seu velho inimigo estivesse vivo. Então ele não estava. Simples assim.

— Certo. Veja se eu me importo. — Peguei minha carteira e contei o dinheiro que devia a ela, descontando o que tinha pagado pelo seu quarto de hotel. — Pagamento integral. Tente não beber tudo isso num só lugar.

Ela se levantou, recolhendo as notas. Sem nenhuma palavra de despedida, pegou a chave do seu quarto e caminhou em direção às escadas.

Não sei o que eu esperava. Talvez que ela me falasse mais de Lille e da Grande Guerra. Por que suas mãos eram... Não sei. Sentei-me a uma pequena mesa como uma boba sem esperança, sentindo-me abandonada, desejando que não a tivesse segurado na loja de porcelana e a deixado se curvar sobre mim. Porque, mesmo depois que ela deduziu a presença do Pequeno Problema e teve tão pouco tato para comentar sobre ele, uma parte de mim ainda queria seu respeito. Ela não era como nenhuma mulher que eu conhecia. Falava comigo como se eu fosse adulta e não uma criança, embora agora tivesse me jogado de lado feito um toco de cigarro. "Veja se eu me importo", eu dissera. Bem, eu me importava.

Você não precisa dela, censurei a mim mesma. *Você não precisa de ninguém*.

Finn chegou carregando minha mala de viagem sobre o ombro.

— Onde está Gardiner?

Levantei-me.

— Ela disse que terminamos.

Seu sorriso desapareceu.

— Você está fora, então?

— Já paguei pelos quartos, então você e Eve podem passar a noite. Mas não me surpreenderia se ela quisesse voltar para Londres amanhã.

— Para onde você vai?

— Limoges. Minha prima pode estar lá. Ou alguém que a conheceu. — Mirei o sorriso sem foco de Finn, fugindo de seu olhar.

— Agora?

— Amanhã. — Eu me sentia muito esgotada para ir a qualquer lugar naquela tarde, e havia pagado pelo meu quarto assim como pelo deles.

— Bom, então... — Ele tirou o cabelo dos olhos, entregando minha mala de viagem. Fiquei me perguntando se ele estava triste ou aliviado por me ver partir. Aliviado, provavelmente. *Sinto muito*, eu queria dizer. *Desculpe por ter feito você pensar que eu era uma biscate. Desculpe por não ter dormido com você. Então eu sou mesmo uma biscate. Desculpe por isso.* Em vez disso, soltei a única coisa em que conseguia pensar que não tinha a ver comigo subindo em seu colo e colando os lábios nos dele.

— Como você foi parar na prisão?

— Roubei a *Mona Lisa* diretamente da parede do Museu Britânico — ele respondeu, olhando para mim.

— A *Mona Lisa* nem está exposta no Museu Britânico — retruquei.

— Não mais.

Não consegui segurar o riso. Até olhei em seus olhos por um segundo.

— Boa sorte, sr. Kilgore.

— Boa sorte, senhorita. — E meu coração expandiu um pouco ao ouvir o *senhorita*.

Depois que Finn saiu, não consegui subir para meu quarto. Outra onda de completa exaustão tomou conta de mim, e, além disso, sentar sozinha num quarto de hotel parecia mais triste que sentar no movimentado saguão do hotel. Pedi outro café e fiquei ali olhando para a xícara.

Vai ser mais fácil por sua conta, eu disse para mim mesma. *Sem morcegos loucos e velhos apontando armas para você. Sem insultos, sem atrasos por causa da ressaca de Eve e porque ela não pode viajar a não ser amassada dentro da lataria de um carro. Sem condenados escoceses fazendo você agir como o tipo de garota que se mete no tipo de confusão no qual já está metida. Sem ser mais chamada de ianque. Você pode ir procurar Rose por sua conta, livre e solta.*

Totalmente por minha conta. Isso não deveria ter me feito sentir tão estranha... Eu estava acostumada a ficar sozinha. Estive sozinha desde que me separei de Rose antes da guerra, na verdade. Sozinha no meio do tumulto de uma família que nem sabia que eu estava lá; sozinha no dormitório animado da irmandade, com colegas que também não sabiam que eu estava lá.

Anime-se, eu disse para mim mesma intensamente no momento em que um funcionário passou por mim. *Simplesmente se anime. Não sinta pena de você, Charlie St. Clair, porque isso é desgraçadamente* tedioso.

Eve tinha me contagiado. Eu estava sempre xingando agora, como ela. Mesmo que fosse só em minha cabeça.

Você é má influência para mim, o Pequeno Problema disse.

Quieto, falei para minha barriga. *Você não é real. Não estou ouvindo você.*

Quem disse?

Maravilha. O Pequeno Problema agora estava falando. Primeiro alucinações, agora vozes.

Então ouvi um grito agudo atrás de mim:

— *Charlotte!* Ah, *ma p'tite*, como você pôde... — E me virei suando frio para ver que minha mãe havia me encontrado.

12
EVE

Julho de 1915

Foi um roubo muito organizado, muito limpo. Eles chegaram ao meio-dia: o oficial alemão, com uma pasta debaixo do braço, e dois soldados ao lado. A batida na porta soou ao mesmo tempo violenta e oficial, e assim também foi o tom do militar quando ele disse: "Inspeção de cobre!" Era apenas uma desculpa. Evidente que o quarto não tinha revestimento ou encanamento de cobre para ser recolhido pelos alemães.

Eve sabia o que fazer, pois já tinha sido bem orientada por Lili e Violette. Ela entregou seus documentos e encostou-se à parede enquanto eles reviravam tudo, não que tivesse muita coisa para ser encontrada ou levada. Exceto, é claro, pela Luger de Eve no fundo falso de sua mala decrépita. E também seu relatório mais recente para Lili, com estatísticas do próximo carregamento de aeronaves a serem trazidas para proteger o espaço aéreo de Lille e as datas de chegada dos respectivos pilotos. Os detalhes tinham sido escutados quando Eve levou *crème brûlée* e *kirschtorte* para dois capitães alemães que falavam de negócios durante a sobremesa. As informações estavam no papel de arroz enrolado e preso em seu cabelo.

Como o oficial e seus homens adorariam encontrar aquilo.

Então Eve olhou para seus dedos dos pés, numa aparente agonia de quem está com vergonha por ver suas roupas serem reviradas e seu colchão cutucado. Seu coração gelou rapidamente quando sua mala foi levantada e sacudida, mas a arma estava bem guardada, e a mala foi aprovada.

Um dos soldados arrancou a haste da cortina de Eve, inspecionando-a.

— Não serve para nada — ele disse, jogando-a de lado, não sem antes puxar as cortinas e colocá-las em um saco, lançando um olhar de lado, como se pedindo para que Eve protestasse. Mas ela não fez nada, apenas inspirou e expirou com raiva.

As pequenas coisas que ela via todos os dias podiam levá-la ao limite mais facilmente que as grandes. Eve não se incomodava tanto com o fato de que os alemães tinham o direito de atirar nela como se incomodava ao vê-los invadir seu quarto e roubar suas cortinas.

— Está escondendo alguma coisa, *Fraulein*? — o soldado perguntou, colocando a mão na parte de trás do pescoço de Eve. — Comida fresca? Carne, talvez?

Seus dedos estavam a apenas alguns centímetros da mensagem codificada escondida no cabelo de Eve. Ela encarou o oficial com olhos arregalados e inocentes, sem se importar se ele a apalpasse, desde que não encontrasse o pequeno rolo de papel.

— Não, *monsieur*.

Eles saíram com o saco de coisas roubadas. Eve se lembrou de fazer uma reverência e murmurar "obrigada" quando os oficiais anotaram tudo em seus papéis e lhe entregaram um *bon* — um voucher — pelas cortinas. *Bons* não valiam nada, mas as formalidades precisavam ser observadas. Essa foi a lição que os invasores ensinaram aos franceses.

Fazia quase um mês que Eve se mantinha nos dois negócios em Lille. Ela se transformava em Marguerite Le François todas as manhãs, no momento em que saía dos lençóis, e assumia a identidade de maneira tão fácil que às vezes esquecia que não era Marguerite. Marguerite ficava no quarto a não ser que estivesse comprando comida, chamando o mínimo de atenção possível. Marguerite murmurava cumprimentos para a família que morava do outro lado da rua, uma mãe cansada e várias crianças magricelas, e dava um sorriso tímido para o padeiro toda vez que ele se desculpava pela aparência do pão, que parecia uma pedra. Seu silêncio não fazia com que ela se destacasse. A maior parte de Lille mantinha-se afastada como ela, mergulhada numa apatia provocada pela fome e pelo tédio, pela monotonia e pelo medo.

Assim eram os dias, mas as noites de Eve compensavam todo o cinza. Ela trabalhava no Le Lethe seis noites por semana e pelo menos em uma delas ouvia algo que merecia ser reportado para Lili.

— Gostaria de saber se isso traz bons resultados — ela confessou para a líder da Rede de Alice numa noite de julho. As rápidas visitas de Lili eram como estouros de champanhe numa existência de chá fraco. Era o momento em que se despia de Marguerite como de um vestido velho e voltava a ser Eve. — Como sabemos se alguma c-c-coisa foi útil?

— Não sabemos. — Lili enfiou o último relatório de Eve em uma costura aberta em sua bolsa. — Reportamos o que achamos que pode ajudar, e então pedimos a Deus que ajude.

— Você alguma vez reportou alguma coisa que s-s-soube que fez diferença? — Eve insistiu.

— Poucas vezes. E que sensação! — Um beijo na ponta dos dedos. — Mas não se preocupe, tio Edward mandou lhe dizer que você está fazendo um trabalho de *primeira classe*. Que coisa britânica é essa, dividir tudo em *classes*? É como se você nunca saísse da escola pública. — Lili deu seu rápido sorriso endiabrado. — Aí está, deixei você vermelha!

Trabalho de primeira classe. Eve abraçou aquelas palavras em sua cama à noite. Seu colchão era duro e fino; as noites eram quentes e interrompidas pelo barulho distante dos tiros. Mas, em Lille, apesar do perigo ao seu redor, Eve dormia como um bebê. Ela nunca comia o suficiente, apesar da distribuição das sobras do restaurante todas as noites. Trabalhava demais e vivia lado a lado com o medo, perdera peso e o brilho na pele. Algumas vezes pensou que cometeria homicídio por uma boa xícara de café. Mas, apesar disso, dormia com um sorriso e acordava todas as manhãs com um pensamento que repetia antes de se transformar em Marguerite pelo restante do dia.

Eu pertenço a este lugar.

Eve não era a única a se sentir daquele jeito.

— *Putain de merde* — Lili suspirou uma noite enquanto mexia num bolo de cartões de identidade, tentando decidir em quem se transformaria quando saísse pela manhã: em Marie, a costureira, ou Rosalie, a lavadeira. — Como darei conta quando a guerra acabar e eu tiver de voltar a ser apenas eu? Vai ser um tédio.

— Você não é um tédio. — Eve sorriu olhando para o teto, deitada de costas no colchão duro. — Eu sou um tédio. Eu preenchia cartas e vivia numa pensão dividindo os restos do meu jantar com um gato. — Ela não podia acreditar que tinha aguentado viver daquele jeito.

— Isso não quer dizer que você era um tédio, *ma p'tite*. Apenas entediada. A maioria das mulheres é entediada, porque ser mulher é um tédio. Só nos casamos porque é algo que deve ser feito, então temos filhos e descobrimos que bebês são a única coisa mais tediosa que outras mulheres.

— Morreremos de tédio quando a guerra acabar, bem como nossos empregos? — Eve perguntou como quem não quer nada. A guerra envolvia tanta coisa que ela não conseguia imaginar que terminaria *algum dia*. No mês de agosto anterior, todos juravam que ela terminaria no Natal, mas, estando a apenas alguns quilômetros das trincheiras, ouvindo o barulho das armas ao fundo e com os relógios permanentemente no horário da Alemanha, a história parecia ser outra.

— Teremos empregos diferentes quando a guerra acabar. — Lili abriu os vários cartões de identidade como um leque. — Eu gostaria de fazer alguma coisa esplêndida, você não? Alguma coisa extraordinária.

Lili já *era* extraordinária, Eve pensou. *Não é como eu.* O pensamento não carregava nenhuma inveja, era o que levava as duas a serem boas no que faziam. O trabalho de Lili era ser qualquer pessoa, mudar de uma persona para outra com alguns poucos truques de postura ou gramática, fosse uma costureira ou uma lavadeira ou uma vendedora de queijo. Se o trabalho de Lili era ser qualquer pessoa, o de Eve era não ser ninguém, não ser observada nem perseguida.

Com o passar das semanas, isso se tornou uma preocupação. Porque alguém tinha prestado atenção nela.

Naquela noite, René Bordelon ficou no restaurante depois que o último cliente saiu. Ele fazia isso às vezes, acendia um charuto e apreciava-o sozinho enquanto sua equipe limpava tudo silenciosamente ao redor dele. Ele se fazia passar por um anfitrião *bon vivant* entre os alemães, mas por sua conta parecia nadar tão solitário quanto um tubarão. Ele morava sozinho, algumas vezes deixava o restaurante a cargo do chefe dos garçons e ia a peças ou concertos, tomava o ar da tarde com um casaco de cashmere impecável e carregava uma bengala com castão de prata. Eve se perguntava em que ele pensava naquelas noites em que ficava no restaurante sozinho, sorrindo para a janela escura. Talvez simplesmente sorrisse por causa das margens de lucro. Ela o evitava. Desde que ele descobrira seu sotaque e a forçara a dizer onde nascera, mantinha distância segura dele.

Mas ele nem sempre permitia isso.

— Tire esse disco — ele disse enquanto Eve limpava as mesas. O gramofone no canto, que fornecia ocasionalmente música de fundo discreta para um cliente alemão que apreciava música de sua terra natal, estava chiando no fim da gravação. — Schubert cansa.

Eve dirigiu-se para o gramofone. Já passava da meia-noite. Seu empregador estava sentado à luz de velas em uma mesa de canto com um copo de conhaque. Todas as outras mesas estavam vazias, as toalhas imaculadas manchadas de vinho, migalhas e algumas taças dispersas. O barulho dos cozinheiros arrumando a cozinha chegava abafado, mal perturbando o silêncio.

— Quer outro disco, *monsieur*? — murmurou Eve. Tudo o que ela desejava era encerrar seu turno, ir para casa e anotar os horários do trem com as tropas feridas que estavam vindo do front, uma informação que tinha ouvido naquela noite.

Ele colocou de lado seu conhaque.

— Por que eu não providencio a música?

— *Monsieur?*

Havia um piano de cauda no canto, envolto em uma manta bordada e enfeitado com velas, dando a impressão que o Le Lethe não era um restaurante, mas uma casa particular que tinha o melhor dos chefs. O patrão de Eve caminhou até o piano sem pressa, acomodando-se na banqueta e fazendo seus dedos extraordinariamente longos correrem pelo teclado. Ele começou a tocar uma frágil melodia que foi subindo e caiu como o som da chuva.

— Satie — ele disse. — Uma das *Gymnopédies*. Você conhece?

Eve conhecia. Marguerite não.

— Não, *monsieur* — ela disse, sem parar de recolher em sua bandeja guardanapos perdidos e talheres largados. — Não sei nada sobre m-música.

— Posso ensinar para você? — Ele continuou a tocar, a melodia macia e tranquila. — Satie é um impressionista, mas menos indulgente que Débussy. Ele tem uma clareza e uma elegância exclusivamente francesas, sempre achei isso. Evoca a melancolia sem floreios desnecessários. Como uma linda mulher em um vestido perfeitamente simples que não precisa se empetecar com muitas echarpes. — Seus olhos flutuaram brevemente sobre Eve. — Imagino que você nunca tenha tido um vestido elegante.

— Não, *monsieur*. — Eve pegou duas taças de vinho largadas e as colocou na bandeja, uma vazia, a outra com alguns poucos goles da perfeita bebida dourada. Ela manteve os olhos naquele vinho, pois qualquer coisa era melhor que olhar para o patrão. Em qualquer restaurante normal, o cozinheiro esvaziaria a taça assim que Eve a levasse de volta, mas não ali. Eles devolveriam aqueles três goles de vinho para a garrafa, porque, mesmo em um restaurante com fartura de frutas do mercado negro, bebida não podia ser desperdiçada. Ao contrário dos restos de comida, sobras de vinho não eram divididas entre a equipe no fim da noite. Todos, do cozinheiro mais mal-humorado ao garçom mais arrogante, sabiam que René Bordelon era perfeitamente capaz de demiti-los pelo roubo de três goles de vinho branco.

O patrão de Eve ainda refletia em voz alta enquanto o som do piano subia e descia, chamando a atenção dela de novo.

— Se a metáfora do vestido elegante sem enfeites não lhe ensinou nada, então talvez possamos comparar a música de Satie com um perfeito Vouvray seco. Elegante, mas frugal. — Ele fez um sinal com a cabeça em direção à taça na bandeja de Eve. — Experimente, veja se você concorda.

Ele mostrava um sorriso sutil, talvez apenas se dando ao luxo de um capricho frívolo? Eve esperava que sim. Esperava que não fosse algo mais. Qualquer que fosse a motivação dele, ela não podia recusar, então levantou a taça e deu um gole, como uma menininha. Ela pensou em falar alguma coisa, mas talvez fosse demais, então apenas abriu um sorriso nervoso quando devolveu a taça vazia.

— Obrigada, *monsieur*.

Ele fez um sinal para ela sair sem dizer mais nenhuma palavra, para alívio de Eve. *Não preste atenção em mim*, ela queria pedir, dando uma olhadela de volta na solitária figura ao piano. *Eu não sou ninguém*. Mas ela não tinha certeza de que seu patrão acreditava nisso. Ele havia tirado seu anonimato cuidadosamente construído no dia em que decidiu que suas vogais não combinavam com seu cartão de identificação, e ainda parecia observá-la. Perguntando-se, talvez, se Marguerite Le François tinha mais algum segredo a ser descoberto.

Duas noites depois, o proprietário do Le Lethe retirou-se no fim do jantar. Mas o garçom sênior enviou Eve para cima com os registros da noite, e lá estava aquele sorriso sutil de novo quando ela entrou no escritório luxuoso.

— *Mademoiselle* — ele disse, largando seu livro e marcando a página. — Os ganhos da noite?

Eve assentiu silenciosamente e lhe entregou o livro-caixa. Ele folheou as páginas, verificando um número aqui e uma reserva especial ali, fazendo algumas anotações, e disse do nada:

— Baudelaire.

— Perdão, *monsieur*?

— O busto de mármore para o qual você está olhando. É uma réplica do busto de Charles Baudelaire.

Eve estava olhando para ela porque olharia para qualquer coisa na sala exceto para seu patrão. Ela viu o pequeno busto na estante e piscou.

— Sim, *monsieur*.

— Você conhece Baudelaire?

Marguerite, Eve pensou, não seria verossímil se fosse uma *completa* ignorante. *Monsieur* Bordelon, infelizmente, já tinha descartado a ideia de que ela era burra.

— Ouvi alguma c-c-coisa sobre ele.

— Em *As flores do mal* estão alguns dos melhores poemas já escritos. — Uma marca foi feita no livro-caixa. — Poesia é como paixão: não deve ser simplesmente bonita, deve subjugar e machucar. Baudelaire entendia isso. Ele combina a doçura com o obsceno, mas o faz com elegância. Os alemães tentam, mas são apenas vulgares.

Eve questionou-se se a obsessão dele com todas as coisas *elegantes* poderia ser tão intensa quanto sua preferência pelas coisas *francesas*.

— Sim, *monsieur*.

Ele parecia se divertir.

— Você está confusa, *mademoiselle*.

— Estou?

— Que eu sirva os alemães, mas os considere vulgares. — Ele deu de ombros. — Eles são vulgares. Há pouca coisa a ser feita com essas pessoas vulgares, a não ser ganhar dinheiro com elas. Mais pessoas deveriam entender isso. A maioria em Lille escolhe ter ódio e passar fome em vez de buscar a praticidade e o dinheiro. Eles assumem o lema, para citar Baudelaire, de "Enquanto ainda estiver vivo, convidarei os corvos para tomar o sangue de minha carcaça imunda" a servir os alemães. Mas um orgulho como este não trará a vitória no campo de batalha. — Ele acariciou a lombada do livro-caixa com seu longo dedo. — Isso só deixará a carcaça na qual os corvos virão comer.

Eve assentiu. O que mais ela poderia fazer? Seu sangue latejava frio e lentamente em seus ouvidos.

— Os franceses podem ser práticos, não me entenda mal — ele continuou. — Historicamente nos damos melhor com a praticidade que com o orgulho, quando podemos administrar isso. A praticidade cortou a cabeça de nosso rei. O orgulho nos deu Napoleão. Qual foi o melhor plano a longo prazo? — Ele olhou para ela. — Você, eu acho, é uma garota prática. Arriscou mentir no cartão de identificação por um ganho potencial maior. Isso é praticidade reforçada com audácia.

Ela não queria que ele ficasse pensando que ela era boa em mentir.

— O senhor t-terminou com o livro-caixa, *monsieur*? — ela mudou de assunto.

Ele ignorou.

— Seu nome do meio é Duval, estou certo? Baudelaire tinha uma *mademoiselle* Duval própria, embora ela fosse Jeanne, não Marguerite. Uma garota creole que ele tirou da sarjeta e transformou em uma beleza. Ele a chamava de sua Vênus Negra, e ela inspirou boa parte da obscenidade e paixão nestas páginas. — Bateu no volume que tinha deixado de lado quando ela entrou. — Aprimorar a beleza é mais interessante talvez que adquirir beleza já trabalhada. "Muito de uma pedra preciosa permanece escondida na escuridão e no esquecimento, longe, longe de picaretas e furadeiras..."

Outro olhar direto e sem piscar.

— Fico me perguntando o que picaretas e furadeiras descobririam em você.

Ele sabe, Eve pensou em um momento de puro e congelante pânico.

Ele não sabe de nada.

Ela expirou. Baixou os cílios.

— *Monsieur* Baudelaire parece m-muito interessante — disse. — Tentarei l-ler alguma coisa. Isso é tudo, *m-m-m-m*...

— Sim. — Ele devolveu o livro-caixa. Eve fechou a porta e se curvou por um momento quando estava fora de vista. Ela suava dos pés à cabeça e, pela primeira vez desde que chegara a Lille, quis entrar em pânico. Entrar em pânico, se encolher e *fugir*. Qualquer coisa, apenas ir embora.

Violette estava escondida no apartamento quando Eve finalmente voltou do trabalho, e tinha colocado sua Luger ao lado da de Eve no fundo falso da bolsa. Viu seu rosto pálido e disse, com uma certa resignação:

— Nervos?

— N-Não. — Eve esperou até que elas completassem o ritual de checagem de janela e porta. Elas verificavam a presença de pessoas que poderiam ouvir o que era dito no quarto, embora ele estivesse isolado entre prédios ou paredes de pedra por todos os lados. — Meu patrão suspeita de mim — ela disse com a voz baixa.

Violette lançou um olhar intenso.

— Ele tem feito perguntas?

— Não. Mas ele provoca conversas. Comigo, alguém que deveria estar b-b-bem abaixo dele. Ele sabe que algo não está certo.

— Controle-se. Ele não pode ler mentes.

Acho que ele pode. Eve sabia que o pensamento era ridículo, mas não conseguia impedi-lo.

— Lili consegue boas informações com você, então não se acovarde agora. — Violette deitou em seu colchão temporário, tirando os óculos redondos. Eve mordeu o lábio para não implorar por uma transferência para qualquer lugar em Lille onde não respondesse aos olhos fixos de René Bordelon... Mas ela não conseguiria encarar o desprezo de Violette e não podia deixar Lili na mão. Lili precisava dela no Le Lethe, bem como o capitão Cameron.

Trabalho de primeira classe.

Controle-se, ela disse a si mesma, criticando-se. *O que aconteceu com "Eu sou Evelyn Gardiner e pertenço a este lugar"? Você mentiu para René Bordelon uma vez e pode continuar fazendo isso.*

— Talvez ele não esteja observando você por suspeitar de algo — a voz de Violette flutuou pelo escuro, já repleto de bocejos. — Talvez seja desejo.

— Não. — Eve riu secamente, dobrando-se para desabotoar os sapatos. — Eu n-n-não sou suficientemente elegante. Marguerite Le François é um rato do c-campo. Muito *gauche* para ele.

Apesar do grunhido cético de Violette, ela estava muito, muito certa daquilo.

13

CHARLIE

Maio de 1947

Lá estava ela. Minha mãe: essência de lavanda e linda como sempre... Só que os olhos atrás do véu de seu chapéu azul estiloso estavam cheios de lágrimas. Apenas isso me deixou sem palavras quando ela me cobriu com um abraço.

— *Ma chère*, como você pôde! Sair correndo por um país estranho! — Ela estava me repreendendo, mas tinha um abraço, sua mão com uma luva acariciando minhas costas como se eu fosse um bebê. Então ela se afastou, chacoalhando-me: — Preocupar-me desse jeito, e sem nenhuma razão!

— Eu tinha uma razão — consegui falar, mas ela me abraçou de novo. Dois abraços em alguns minutos... Não me lembrava de minha mãe me abraçar na história recente, pelo menos não desde antes do Pequeno Problema. Talvez fizesse mais tempo. Eu não queria exatamente que aquilo acontecesse, mas meus braços seguraram sua cintura, envolta em um corpete.

— Ah, *chérie*... — Ela se afastou, secando os olhos.

Encontrei minha voz:

— Como você me achou?

— Seu telefonema de Londres. Você disse que estava procurando Rose. O que mais isso poderia significar a não ser que estava partindo para ver sua *tante* Jeanne em Rouen? Peguei um barco e telefonei para ela quando cheguei a Calais. Ela disse que você já estivera lá e tinha ido para Roubaix.

— Como ela sabia... — Mas eu mesma tinha contado para ela, não? "Não, *tante*, não posso ficar. Tenho de ir para Roubaix." Estava me concentrando tanto para não gritar com ela por ter expulsado Rose que acabei me entregando.

— Roubaix não é um lugar grande. — Minha mãe fez um gesto para o saguão do hotel. — Este é apenas o quarto hotel que visito.

Que má sorte fedorenta, pensei, mas uma parte de mim dizia baixinho: *Ela me abraçou.*

— Chá — minha mãe decidiu, assim como tinha decidido no Hotel Dolphin em Southampton menos de uma semana antes. Uma mão cheia de dias parecia ser um tempo muito pequeno para carregar Eve e Finn e tudo o que eu tinha descoberto sobre Rose.

Minha mãe pediu chá e olhou para mim mais do que ansiosa, chacoalhando a cabeça.

— Você está uma *bagunça*! Tem vivido ao relento? *Mon Dieu...*

— Não, eu tenho dinheiro. Eu... Eu penhorei as pérolas da vovó. — A vergonha de ter feito aquilo me picou de repente. A única coisa que eu tinha da mãe de minha mãe negociei por uma perseguição. — Posso recuperá-las, prometo. Tenho como pagar a penhora com minhas economias.

— Já fico feliz por saber que você não estava dormindo num buraco — minha mãe disse, afastando o pensamento das pérolas de sua mãe. Aquilo me surpreendeu de novo. Minha mãe não se importando com as pérolas que sempre dissera que deveriam ter ficado com ela? — Viajar sozinha pelo canal! *Chérie*, que perigo!

Não sozinha, eu quase disse, mas realmente não achava que *maman* ficaria mais tranquila ao saber que eu tinha viajado com um ex-condenado e uma bêbada que andava armada. Tive um momento de gratidão intensa por Eve e Finn já terem ido para os quartos.

— Desculpe se deixei você preocupada. Eu não queria...

— Seu cabelo — ela disse e colocou uma mecha que havia escapado atrás de minha orelha. Como eu de repente me sentia tão pequena e inútil depois de ter passado os últimos dias derrubando a porta de Eve, tendo uma Luger apontada para meu rosto, cruzando o canal...?

Ajeitei-me na cadeira, organizando os argumentos. *Maman* não me escutaria a não ser que eu parecesse uma mulher adulta com um plano, não uma criança mal-humorada com um acesso de raiva.

— Isso não tem nenhuma relação com o fato de eu não estar agradecida pelo Compromisso. Foi...

— Eu sei. — Minha mãe levantou a xícara. — Nós a apressamos, seu pai e eu...

— Não, não é isso. É sobre Rose.

— ... com a questão na Suíça. O Compromisso. — A letra maiúscula de novo. — Você entrou em pânico quando desceu do navio em Southampton.

Dei de ombros. Verdade, mas...

— Só queremos o que é melhor para você, seu pai e eu. — Buscou minha mão para acariciá-la. — Todos os pais querem. Por isso a empurramos para um navio antes que você soubesse o que estava acontecendo.

— Eu estraguei tudo? — consegui perguntar, olhando nos olhos dela. — É muito tarde agora para... — Eu nem sabia quando seria tarde demais para o procedimento ser seguro. Não sabia de nada.

— Podemos conseguir outro Compromisso, *ma chère*. Não é tarde para isso.

Senti uma pontada no peito, parte por desapontamento e parte por alívio. Sentia o Pequeno Problema dentro de mim como se estivesse vibrando, apesar de minha barriga estar perfeitamente parada.

Minha mãe estendeu a mão para segurar a minha, quente e macia.

— É assustador, eu sei. Mas, nesses casos, quanto antes, mais seguro. Assim que estiver feito, iremos para casa e lhe daremos tempo para descansar, refletir...

— Eu não quero descansar. — Olhei para ela, uma sensação familiar de ódio surgindo no meio de toda a minha confusão. — Eu não quero ir para casa. Quero tentar encontrar Rose, se ela ainda estiver viva. *Escute* o que eu falo.

Minha mãe suspirou.

— Você com certeza não tem mais esperanças em relação a Rose.

— Tenho sim — eu disse. — Até que eu tenha certeza de que ela está morta. Porque, depois de James, não posso simplesmente apagá-la. Não sem tentar de tudo.

Ela enrolou a ponta de seu lenço com a expressão tensa que sempre tinha ao ouvir o nome de meu irmão.

— Há esperança, *maman* — eu disse, tentando tocá-la. — É tarde para James, mas talvez ainda possamos salvar Rose. Ela saiu de casa, e *tante* Jeanne me contou o motivo.

Um tremor. Sim, minha mãe sabia. Tive uma sensação de raiva ao pensar que ela não havia me contado, mas segui adiante.

— Rose não teria desejado voltar para a família depois do que lhe fizeram. Ela ainda deve estar em Limoges. E, se estiver, nós a encontraremos.

— E você? — Minha mãe olhou para mim. — Você não pode adiar seu futuro por causa dela. Charlotte St. Clair é tão importante quanto Rose Fournier. Rose seria a primeira a dizer isso.

Olhei para o saguão do hotel, procurando a cabeça loira de Rose. Nada.

— O Compromisso. — A voz de *maman* era gentil. — Deixe-me levá-la para a clínica, *ma chère*.

— E se eu não quiser o Compromisso? — As palavras vieram de não sei onde. Elas me surpreenderam tanto quanto à minha mãe.

Ela me olhou por um momento e então suspirou.

— Se você tivesse uma aliança no dedo, seria outra coisa. Faríamos o casamento, você seria uma linda noiva e, seis meses depois, uma linda mãe. Essas coisas acontecem.

Acontecem. Era um pouco da matemática que todas as mulheres entendem: como uma aliança de casamento mais uma gravidez prematura ainda era igual, magicamente, a respeito.

— Mas a sua situação é diferente, Charlotte. Sem um noivo...

Ela disse, eu recuei. Eu sabia o que acontecia com garotas que tinham bebês sem estarem casadas. Ninguém falava sobre elas, mas se *sabia*. Ninguém queria se casar com garotas más ou dar-lhes emprego, suas famílias tinham vergonha delas, e seus amigos não falavam com elas. Suas vidas eram arruinadas.

— Não há outra opção — *maman* pressionou. — Um pequeno procedimento, e você terá sua vida de volta.

Eu não poderia dizer que não queria a normalidade de volta. Passei um dedo ao redor da borda da minha xícara de chá.

— Por favor, *chérie*. — *Maman* abandonou seu chá frio, estendendo as duas mãos por cima da pequena mesa para pegar as minhas. — Voltaremos a procurar Rose de novo, se é o que você realmente deseja. Mas você não quer fazer o que é certo para seu futuro antes?

— Eu vou para a clínica — falei, com um caroço na garganta. — Depois disso, procuramos por Rose. Prometa, *maman*. Por favor.

Suas mãos apertaram as minhas.

— Eu prometo.

Não consegui dormir.

O Pequeno Problema havia me enfraquecido com outra onda de exaustão, por isso eu deveria ter dormido como uma pedra. Minha mãe tinha trocado meu quarto por um superior, ao lado do dela, e eu comi um bom jantar trazido numa bandeja de prata, em vez dos sanduíches secos empacotados. Troquei minha combinação de nylon gasto por uma camisola emprestada de minha mãe. Eu não tinha mais que me preocupar com gritos noturnos de uma inglesa maluca ou com o que aconteceria quando meu dinheiro acabasse, pois *maman* estava ali para cuidar de tudo.

Mas, mesmo depois que ela se retirou para seu quarto dando-me um beijo na testa, joguei para longe os lençóis frios do hotel e fiquei rolando na cama. Então me levantei, vesti um roupão e chinelos, peguei meus cigarros e saí para tomar ar fresco.

Tudo o que eu queria era uma varanda, mas as portas francesas na parte de trás do hotel estavam todas trancadas. Acabei seguindo para o andar principal escuro, muito irritada para me importar com o olhar de surpresa que o recepcionista da noite lançou quando saí para a rua.

A lua crescente e algumas poucas luzes lá fora não ajudavam a quebrar a escuridão. Passava das duas da manhã, de acordo com o relógio que vi no saguão do hotel. A pequena e sonolenta Roubaix estava morta para o mundo. Puxei um Gauloises, procurando fósforos no meu roupão, e percebi uma coisa algumas dezenas de metros à frente. O brilho de um metal azul-escuro.

— Olá — falei para o Lagonda, caminhando para tocar seu lustroso para-choque. — Devo admitir, vou sentir falta de você.

— Ela está lisonjeada — um som escocês baixo veio de dentro, do banco de trás, e eu quase caí dura.

— O que você está fazendo aqui? — Eu torcia para que Finn não pudesse me ver direito toda desarrumada no escuro. Por que, por que eu não tinha pedido para minha mãe nos levar para um hotel diferente? Era embaraçoso estar no mesmo hotel de Eve e Finn, como se eu ainda estivesse esperando algo deles. Éramos como atores que não tinham percebido que sua cena havia acabado. A vida deveria ser mais como uma peça; as entradas e saídas seriam mais claras.

O cabelo escuro desarrumado de Finn saía pela janela, e pude ver o brilho avermelhado de seu cigarro.

— Não consegui dormir.

Enfiei as mãos nos bolsos, com o cigarro apagado e tudo, assim não começaria a arrumar o cabelo. Existe algo menos glamoroso e atraente no mundo que roupão e chinelos?

— Você sempre vai para o seu carro quando não consegue dormir? — consegui dizer, tensa.

Finn apoiava o cotovelo na janela abaixada do Lagonda.

— Ela me acalma. É um bom remédio para os sonhos ruins.

— Pensei que Eve era quem tinha sonhos ruins.

— Tenho a minha dose.

Fiquei pensando sobre o que eles seriam. Mas não perguntei, apenas toquei no para-choque novamente. Era estranho pensar que não estaria viajando nela pela manhã. Pegaria um trem para Vevey, e depois... O que eles tinham na Suíça para levar garotas para seus Compromissos? Táxis com relógios cucos? Motoristas com sapatos de madeira? Estremeci na noite de verão.

Finn abriu a porta do Lagonda, escorregando para o lado no banco.

— Entre se está com frio.

Eu não estava, mas entrei mesmo assim.

— Tem fogo?

Ele acendeu um fósforo. O breve clarão me deixou entrever seu perfil e depois mergulhei na escuridão, envolvida pelas sombras. Inspirei a fumaça, depois deixando-a sair lentamente.

— Como você conseguiu um carro desse? — perguntei apenas para dizer alguma coisa. Se você não está no banco de trás do carro para namorar, parece mais apropriado iniciar uma conversa educada.

— Herdei algum dinheiro de meu tio — ele disse, surpreendendo-me. Ele raramente respondia às questões de forma direta, e nunca dizia a verdade. — Ele queria que eu fosse para a escola, que eu fosse alguém. Mas um garoto com graxa de motor debaixo das unhas tem outras ideias quando consegue algum dinheiro.

— Você quer dizer que ele sai e gasta todos os centavos no carro de seus sonhos. — Eu quase podia ouvir Finn sorrindo.

— Sim. Não consegui um Bentley, mas encontrei esta belezura aqui, sendo levada para o ferro-velho por um idiota. Eu a comprei, a consertei, e ela gostou de mim na hora. — Finn bateu no banco, com afeto. — Durante a guerra, a maioria dos soldados que eu conheci levava fotos de suas garotas. Às vezes de suas mães, quando tinham acabado de sair da escola. Eu não tinha namorada, então carregava a foto do meu carro.

Imaginei Finn de uniforme e capacete, olhando para uma foto do Lagonda no deque de um navio de transporte. A imagem me fez sorrir.

Ele jogou fora a bituca de seu cigarro e acendeu outro, o fósforo brilhando no escuro.

— Então você vai embora amanhã?

— Sim — assenti. — Minha mãe me encontrou aqui. Vamos para Vevey pela manhã.

— Não Limoges? Pensei que você estivesse pronta para revirar Limoges de pernas para o alto para encontrar sua prima.

— Depois Limoges. Isto... — fiz um sinal para o Pequeno Problema, apesar de ele provavelmente não conseguir ver o gesto — não vai esperar mais, disse *maman*. O que eu sei? Sou só uma garota que se meteu em uma enrascada.

— E Vevey é para onde você vai quando tem um... problema?

— Você nunca ouviu falar de férias na Suíça? — Estiquei os lábios em um sorriso. — É para lá que garotas como eu vão.

— Pensei que elas fossem para o altar de vestido branco.

— Apenas quando têm um rapaz esperando.

Ele tinha na voz aquele duro toque escocês de quem estava se divertindo.

— A não ser que você seja a Virgem Maria, existe um rapaz.

Dei uma risadinha cruel.

— Finn, tenho metade de uma fraternidade envolvida. E não posso me casar com todos.

Fiquei pensando se ele demonstraria reprovação. Mas ele apenas se afastou e se sentou na outra ponta do banco, olhando para mim na escuridão.

— O que aconteceu?

Se estivéssemos à luz do dia, eu não teria conseguido contar. Tudo tinha sido tão bobo e comum, tão *estúpido*. Mas as sombras ao meu redor eram gentis, virei a cabeça para que Finn visse apenas meu perfil e a ponta acesa do meu cigarro. Minha voz saiu tranquila.

— Se você é uma garota, está dividida em três partes. — As frações do namoro, como eu as chamava, e até a mais burra das garotas da minha irmandade sabia exatamente como somar essas frações. — Existem as partes que os garotos podem tocar — continuei. — As partes que os garotos podem tocar se você está namorando ou pelo menos enrolada, e as partes que eles não podem tocar até que se casem. Todos conhecem o mapa. Mas os garotos tentam de qualquer forma, porque é isso que eles fazem, porque dizemos "não". Os garotos tentam, as garotas negam. Essa é a dança.

Parei, batendo meu cigarro fora da janela. O ar parecia mais frio, *chuva de verão a caminho*, pensei. Finn estava em silêncio.

— Meu irmão era um desses soldados que não se acostumaram muito bem a estar em casa, por isso engoliu uma bala. — "Cérebro e sangue espalhados por todo lado", um vizinho havia dito sem cuidado, sem se dar conta de que eu estava ouvindo os detalhes sórdidos que meus pais não tinham me contado. Corri para dentro e vomitei, sem conseguir tirar aquela imagem terrível da mente. — Meus pais estavam... Eu tinha voltado para casa da Bennington mais cedo naquele semestre, assim poderia cuidar deles. — Levando flores para minha mãe, dando o nó nas gravatas de meu pai, fazendo bolo de carne queimado quando estava claro que ninguém conseguiria preparar o almoço de domingo. Tentando fazer qual-

quer coisa que pudesse ajudá-los a superar aquela coisa terrível.
— Depois das férias de inverno, finalmente precisei voltar para a faculdade, e, quando não tive mais ninguém para tomar conta, eu apenas... parei, como um relógio quebrado. Não conseguia sentir nada. Estava morta por dentro. Não conseguia nem me levantar de manhã. Ficava deitada pensando em James e Rose e em meus pais e de novo em James. Chorando e chorando.

Foi por aquela época que comecei a ver Rose em todos os lugares. Menininhas com tranças balançando tornavam-se a Rose mais jovem, garotas da irmandade indo para as aulas tornavam-se a Rose mais velha... Eu a via em todos os lugares, sobreposta ao rosto de completos estranhos. Eu pensava tanto nela que achei que estivesse ficando louca... Ou talvez, apenas talvez, que ela não estivesse morta.

— Eu perdi meu irmão — disse com a voz rouca. — Eu *falhei* com ele. Se tivesse sido capaz de ajudar quando ele estava caindo aos pedaços, talvez ele não tivesse morrido daquele jeito. Eu também não teria perdido minha prima, se tivesse alguma chance de ela estar viva. Eu já estava perdendo todas as minhas aulas. Não conseguia me levantar da cama para as aulas de álgebra, mas conseguia para Rose. Escrevia cartas, telefonava para pessoas, falava com escritórios de refugiados. Tinha trabalhado tantos verões no escritório de advocacia de meu pai que sabia o tipo de chamada internacional que eu precisava fazer, que tipo de documentos pedir. O que tinha para ser descoberto eu descobri. — Lembrei da funcionária inglesa entediada dizendo que o último relatório sobre Rose Fournier havia sido entregue por uma certa Evelyn Gardiner, que residia atualmente na Hampson Street, 10. Foi quando descobri a nova pista sobre o Le Lethe.

Finn estava em silêncio. Meu cigarro já tinha quase acabado. Dei uma última longa tragada e joguei a ponta brilhando pela janela.

— Você poderia pensar que alguém teria entrado em contato com meus pais por eu estar faltando a muitas aulas, mas ninguém se importava. Todos sabiam que garotas como eu não estão na faculdade para marcar presença na lista de classe; estamos ali para sair com garotos da Ivy League e encontrar um marido. Eu não namorei muito, na maior parte das vezes ia a um encontro duplo, quando o namorado de alguém tinha um colega de quarto de quem não conseguia se livrar. Mas, uma vez, marquei um encontro às cegas. Carl, acho que esse era seu nome. Jantar e depois um filme no drive-in. Ele enfiou a mão debaixo de meu suéter no minuto em que a sessão começou. Eu sabia como aquilo funcionava: nos beijávamos um pouco e então eu o afastava quando ele tinha ido muito longe. Só que daquela vez não consegui enxergar a razão disso. Eu estava muito anestesiada para dançar a música toda. Pensei que seria como se eu apenas tivesse continuado. Eu não gostava tanto de Carl, mas pensei que talvez ele pudesse me fazer... sentir alguma coisa. — Alguma coisa que não culpa ou dor. Mas não funcionou daquela forma; só me senti mais anestesiada, mais vazia. — Carl continuou me lançando olhares espantados depois. Ele não podia acreditar que eu não o tinha parado. Boas garotas não faziam aquilo, e eu era uma *boa* garota.

Nada de Finn. Imaginei que eu podia estar deixando-o enojado.

— Ele me convidou para sair na semana seguinte. Eu aceitei. Não tinha sido nada especial da primeira vez, mas todos sabem que a primeira vez é terrível. Tive esperança de que talvez ficasse melhor. — Continuou apenas uma sensação de vazio. — Ele provavelmente falou com outros garotos de sua fraternidade, pois comecei a ter encontros de repente. Segui adiante e dormi com eles também. Eu não tinha muita vontade, mas mesmo assim fazia, porque... — Parei, engoli uma profunda sensação de vergonha e segui adiante. — Porque eu estava sozinha. — *Respire. Respire.* — Eu estava... Eu estava cansada de me sentir anestesiada e sozinha, e rolar no banco de trás com Tom ou Dick ou Harry era melhor que ficar no quarto chorando e dizendo a mim mesma que eu poderia ter evitado que meu irmão se matasse. — Tomei mais um pouco de ar.

— Depois de um tempo, já havia um bocado de Toms, Dicks e Harrys. Diziam que Charles St. Clair era um encontro barato. Você não precisava nem comprar um milk-shake ou ingresso para o cinema. Tudo que você precisava era aparecer com um carro.

Minha garganta estava cheia de soluços presos. Coloquei a mão para fora da janela e deixei a brisa da noite passar por entre meus dedos, ainda evitando os olhos de Finn.

— Então lá estava eu, passando todo o meu tempo ou enrolada na cama telefonando para escritórios de refugiados, ou dormindo com garotos dos quais eu realmente não gostava. Na primavera, tive de voltar para casa e contar aos meus pais que estava grávida, sem aliança e provavelmente reprovada na Bennington. No meio de todos os gritos de minha mãe, meu pai me perguntou quem era o rapaz... Foi praticamente a única coisa que ele disse durante todo o tempo. E eu tive de dizer a ele: "Há seis ou sete possibilidades, pai". E ele não fala comigo desde então.

E ele teria de falar, uma vez que eu voltaria para casa menos o Pequeno Problema. Não teria?

Finn limpou a garganta suavemente. Aguardei arrasada que ele me condenasse e talvez soltasse um involuntário "Graças a Deus não toquei em você".

— É você que quer ir para Vevey? Ou são seus pais?

Eu não poderia ter ficado mais surpresa, tão surpresa que virei para ele pela primeira vez.

— Você acha que eu estou preparada para ser mãe de alguém?

— Não estou julgando. Só estou perguntando se todos esses arranjos são porque você quer ou porque eles querem.

Não sei o que eu quero. Ninguém realmente tinha me perguntado. Eu era menor de idade; meus pais haviam tomado as decisões por mim e considerado que eu faria como me mandassem. Com a pequena voz desagradável na minha cabeça dizendo-me que eu tinha falhado em tudo, que tinha falhado em ajudar James e Rose e agora a mim mesma, eu nem pensara em descobrir se queria algo diferente. De que importava o que eu queria se eu falharia, se tentasse? Eu queria Rose de volta, queria meu futuro de volta, queria salvar alguém que eu amasse de verdade, em vez de vê-los desaparecer por tristeza ou guerra ou morte. E não sabia como fazer essas coisas acontecerem.

De repente eu estava me debatendo. As palavras suaves de Finn tinham acendido uma chama de raiva em mim, pois penetraram a concha de proteção que eu havia construído. Eu podia me proteger dos insultos durante todo o dia dentro daquela concha — *biscate, prostituta, vagabunda*, eu já tinha ouvido todos eles e assumiria aquelas palavras sobre mim para salvar qualquer um que estivesse com algum problema. Eu podia fingir todo dia que não me importava, porque *me importar* me fazia vulnerável e derrotada.

— Por que você está sendo tão bom comigo, Finn? Você não acha que eu sou uma assassina por querer me livrar disto?

— Sou um ex-condenado — ele respondeu com tranquilidade. — Não tenho o direito de dar nomes a ninguém.

— Você é muito estranho — eu disse, quase chorando, e Finn me puxou para seu ombro. Virei os olhos, que ardiam, para a camisa dele, respirando com dificuldade. Antes do Pequeno Problema, eu não fazia nada a não ser chorar... Desde o dia em que contara para meus pais, eu não havia derramado uma lágrima. Não podia começar de novo agora, ou nunca pararia. Finn cheirava a fumaça e graxa de motor e ventania. Sentei com a bochecha em seu peito e os ombros pesados, e ele fumou seu cigarro até o fim.

Ao longe, ouvi os sinos marcando as horas. Três da manhã. Finn jogou a bituca pela janela. Eu me endireitei, pressionando os olhos com as costas das mãos. Eles não estavam encharcados, mas quase isso.

Ele levantou seu braço, e eu deslizei pelo banco de trás do Lagonda em direção à porta.

— Garota Charlie — ele disse, e meu nome em sua voz profunda e suave me prendeu, me fez olhar para trás sobre o ombro. Ele estava me olhando, e talvez meus olhos estivessem acostumados com a escuridão agora porque eu podia ver os olhos dele debaixo de suas sobrancelhas pretas retas de forma clara como o dia. — Faça o que você quiser — ele continuou. — É a sua vida e a sua criança. Você pode ser menor de idade, mas ainda assim é a sua vida, não a de seus pais.

— Eles querem o meu bem. Mesmo quando estou furiosa com eles, sei que querem o meu bem. — Por que eu estava falando tão francamente? Eu não tinha falado sobre o Pequeno Problema com ninguém, não dessa forma. — Finn... — comecei a dizer adeus, mas já tínhamos nos despedido no saguão do hotel. Todo esse interlúdio na madrugada não havia acontecido na verdade.

Ele ainda estava esperando.

— Obrigada — eu disse por fim, a voz rouca. Deslizei para fora do carro e voltei em direção ao hotel. Finn não disse nada que eu pudesse ouvir. De qualquer forma, ouvi sua voz.

Faça o que você quiser.

14

EVE

Julho de 1915

O maior segredo em Lille caiu nos ouvidos de Eve como um diamante. O *Kommandant* Hoffmann e o general Von Heinrich tinham sua mesa cativa, e ela estava apenas passando para tirar os restos da mousse de chocolate quando ouviu:

— ... inspeção privada no front — o general disse, soando ansioso. — O *Kaiser* passará por Lille em duas semanas.

Eve continuou a limpar os pratos de sobremesa, sem nenhuma reação.

— Deve ser preparada uma cerimônia de boas-vindas, mesmo que a inspeção seja clandestina. Ele não deve pensar que nossa atenção é insuficiente. Uma pequena comitiva para receber seu trem... Em que linha ele viajará?

Por favor, Eve implorou em silêncio. *O trem e a data!*

O general listou ambas, olhando no caderno de anotações para verificar se tudo estava correto. Muito alemã a atenção aos detalhes, e Eve agradeceu a Deus por isso. Ela se retirou antes que parecesse estar matando tempo, e seus pés mal tocavam o chão. Ela sabia quando o *Kaiser* — o *Kaiser*! — iria para o front. Lili gritaria como uma alma penada: "*Parbleu*, pequena margarida, muito bom! Vamos bombardear aquele canalha cabeça de merda e deixá-lo em pedacinhos, e esta guerra acabará!"

— Por que você está sorrindo? — a outra garçonete sussurrou, uma estúpida de tranças loiras chamada Christine que fazia algum tempo havia substituído a lenta Amélie. — Que motivo temos para sorrir?

— Nenhum. — Eve voltou ao seu lugar perto da parede, tirando do rosto toda a emoção. Mas seu coração estava pulando como se acometido por um amor à primeira vista. A guerra poderia acabar. As trincheiras repletas de homens mortos e lama que mais parecia cola; a fome e a humilhação dos pobres abusados em Lille; o voo de aeronaves e o barulho das explosões de artilharia no horizonte... Tudo terminado. Eve imaginou-se arrancando as placas com nomes de rua alemães, fazendo-as em pedacinhos e substituindo-as pelas francesas, enquanto o sino da vitória soava.

Os ponteiros do relógio nunca tinham se movimentado tão lentamente.

— Você pode levar os livros para *monsieur* René? — Eve pediu a Christine quando terminaram a limpeza final. — P-Preciso ir para casa.

Christine estremeceu.

— Ele me dá medo.

— Apenas olhe para o ch-chão e diga "sim" ou "não" até ser dispensada.

— Não posso. Ele me dá medo!

Eve queria revirar os olhos. Por que alguém se importaria com algo que lhe desse medo se aquilo precisava ser feito de qualquer jeito? Por que havia tantas mulheres bobalhonas e tímidas? Ela pensou na altivez determinada de Lili, na austera e feroz perseverança de Violette. Essas, sim, eram *mulheres*.

Ela entregou o livro-caixa para o garçom chefe e saiu. Passava da meia-noite, a lua estava alta e quase cheia — uma noite ruim para tentar cruzar fronteiras. Lili voltaria para Lille em breve...

— *Fraulein!* — O latido de uma voz alemã, botas alemãs atrás dela. — Já foi dado o toque de recolher.

— Tenho isenção. — Eve procurou na bolsa seus cartões de identidade e vários outros documentos. — Trabalho no Le Lethe, o turno terminou agora.

O alemão era jovem, metido, tinha o rosto marcado de acnes.

— Vamos ver essa isenção, *Fraulein*.

Eve disse um palavrão em voz baixa enquanto mexia em sua bolsa. Não estava ali. Ela havia esvaziado tudo na cama naquela manhã para conseguir descosturar algumas partes da bolsa e transformá-las em espaços melhores para transportar as mensagens em código. O cartão com a isenção do toque de recolher devia estar em cima da colcha.

— Desculpe, não está aqui. O restaurante é logo ali. Eles podem c-c-confirmar que eu...

— Sabe qual é a penalidade por não obedecer ao toque de recolher? — disse o alemão, parecendo satisfeito por ter alguém com quem ralhar, mas uma voz macia e metálica soou, vinda da escuridão atrás de Eve.

— Eu lhe garanto, a garota trabalha para mim. Seus documentos estão em ordem.

René Bordelon parou ao lado de Eve, sua bengala com castão de prata brilhando à luz da lua. Ele ajustou o chapéu no ângulo perfeito entre a cortesia e o descaso. Devia ter trocado a leitura do livro-caixa daquela noite por uma caminhada à luz da lua de verão.

— *Herr* Bordelon...

René sorriu com um desprezo educado, pegando o braço de Eve.

— Você pode levar este assunto ao *Kommandant* Hoffmann se quiser. Boa noite.

Ele a acompanhou, e ela soltou a respiração que havia prendido.

— O-Obrigada, *monsieur*.

— Não por isso. Não tenho nenhuma objeção em servir aos alemães quando eles são civilizados, mas gosto de colocar os grosseiros no lugar deles.

Eve soltou o braço da mão dele.

— Não o-ousaria atrasar ainda mais o s-senhor.

— Não é nada. — Ele segurou o cotovelo dela novamente. — Você está sem seus documentos... Vou acompanhá-la até sua porta.

Ele estava fazendo papel de cavalheiro, que ele não era. Então o que ele queria? Tinham se passado duas noites desde a última conversa deles, que deixara Eve muito nervosa. Seu pulso latejava, mas, ao mesmo tempo em que queria evitar seu patrão, ela sabia que não poderia recusar. Passou a acompanhá-lo, preparando-se para intensificar a gagueira. Se ele quisesse continuar questionando-a, seria a conversa mais lenta da história.

— Você estava com estrelas nos olhos durante toda a noite — ele observou. — A senhorita pode estar apaixonada, *mademoiselle* Le François?

— Não, *m-m-m-monsieur.* Não tenho t-t-tempo para essas coisas. — *Tenho um* Kaiser *para matar.*

— Mesmo assim, alguma coisa acendeu uma luz em seus olhos.

Regicídio iminente. Não, não pense nisso.

— Sou muito g-g-grata por tudo que tenho, *m-m-monsieur*. — Eles viraram para longe do rio. Apenas mais algumas quadras...

— Você é muito quieta — ele disse. — Conheci poucas mulheres silenciosas. Isso me faz questionar o que você está pensando. É curioso para mim. Eu normalmente não ligo para o que se passa na mente de uma mulher, porque geralmente são coisas banais. Você é banal, *mademoiselle*?

— Sou bem comum, *m-m-m-monsieur*.

— Eu me pergunto se é mesmo.

Não se pergunte isso. Ela poderia tagarelar, como a idiota da Christine fazia. Entediá-lo com besteiras.

— P-Por que o nome Le L-L-Lethe, *monsieur*? — Eve fez a primeira pergunta que lhe veio à mente.

— Mais Baudelaire — ele respondeu. — "Nada pode se comparar ao abismo de sua cama, o esquecimento intenso demora-se em seus lábios, e Lethe flui em seus beijos."

Era mais sensualidade do que Eve achava confortável colocar naquela conversa.

— B-B-Bonito — ela murmurou, acelerando o passo. Só mais uma quadra...

— Bonito? Não. Intenso. — A mão no cotovelo dela a impediu de acelerar, os longos dedos dele estavam ao redor de seu braço. — Lethe é o rio do esquecimento que flui pelo submundo. Assim os clássicos nos contam, e não há nada mais intenso que o esquecimento. É isso que um restaurante como o meu oferece em tempos de guerra: um oásis de civilização onde se podem esquecer os horrores do lado de fora por algumas horas. Não há horror que não possa ser esquecido, *mademoiselle*, se dermos a droga correta para os sentidos. A comida é uma delas. A bebida é outra. O espaço entre as coxas de uma mulher é a terceira.

Ele disso aquilo tão casualmente, a vulgaridade em sua voz inexpressiva, que Eve ficou roxa. *Que bom*, ela conseguiu pensar. *Marguerite coraria. Meu Deus, leve-me para casa!*

— Você está vermelha? — Ele moveu a cabeça para vê-la, suas mechas prateadas brilhando nas têmporas à luz do luar. — Estava me perguntando se você ficaria. Seus olhos não entregam muito. Janelas da alma? Não muito com você. "Minha garota tem olhos, intensos, profundos e imensos" — ele citou, aumentando o desconforto de Eve. — "Suas chamas são pensamentos de amor misturados com fé, brilhantes em suas profundezas, voluptuosos ou castos." — Seus olhos não piscavam enquanto sustentavam os dela. — Estive pensando sobre a última parte, *mademoiselle* Le François. Voluptuosos ou castos? — Ele encostou um dedo em sua bochecha quente. — Pela sua reação, diria que é a última.

— Uma dama não d-d-discute essas coisas — Eve disse.

— Não seja burguesa. Não combina com você.

Graças a Deus eles haviam chegado à porta de Eve. Ela desceu para a soleira funda da casa e procurou sua chave, sentindo uma gota de suor escorrer pela espinha debaixo do vestido.

— B-Boa noite, *monsieur* — disse, mas ele se juntou a ela na sombra da soleira, fazendo com que as costas dela se apoiassem na porta. Ela não conseguia ver o rosto dele, mas sentiu o cheiro da colônia cara e do gel de cabelo quando ele inclinou a cabeça. Sua boca estreita encostou nela suavemente, não sobre seus lábios, mas na cavidade na base de sua garganta. Sua língua estava fria quando ele sentiu a pele dela.

Ela ficou imóvel contra a porta com aquele leve toque, muito atordoada para se mover.

— Queria saber qual era seu gosto — ele disse, dando um passo para trás. — Sabonete barato, uma doçura por baixo. Sabonete de lírio do campo lhe cairia melhor. Alguma coisa suave, doce, perfumada, jovem.

Não havia nada no treinamento de Eve em Folkestone, nas páginas de conselhos de Lili nem em suas vidas pregressas em Londres *ou* Nancy que sugerisse alguma resposta. Então ela não disse nada, só ficou ali parada como um animal surpreendido pela luz brilhante. *Ele partirá, e você vai poder sentar na cama e compilar seu relatório para Lili. O* Kaiser *está vindo para Lille.* Mas a glória daquela informação preciosa a deixara por um momento. Ela nem se atreveria a trazê-la inteira à mente com os olhos perspicazes de René Bordelon tão próximos dos dela.

Ele pendurou sua bengala no braço, tirando o chapéu para ela. A despedida perfeita de um cavalheiro.

— Eu gostaria de tê-la — ele disse, em tom casual. — Uma escolha estranha para mim. Eu normalmente não gosto de virgens ou de sabonete barato, mas você tem uma certa elegância descuidada. Considere isso.

Ah, meu Deus, Eve pensou. E não se moveu até que ele recolocou seu chapéu e começou a caminhar elegantemente de volta pela rua.

Um dos vizinhos devia estar acordado, pois uma janela fez um barulho como se estivesse sendo aberta duas casas adiante. Por um momento, Eve ficou feliz que a soleira era mais baixa que o nível da rua. Ninguém poderia ter visto seu pescoço sendo lambido por um homem conhecido por tomar *brandy* com o *Kommandant*. Bile subiu pela garganta de Eve, e ela limpou a cavidade úmida de sua clavícula.

Escondido na escuridão, o vizinho de Eve gritou para a figura de René Bordelon, que se afastava:

— *Colaborador!* — Seguiu-se um ruído e a cusparada caiu na rua.

Ele se virou e levantou o chapéu para o agressor invisível.

— *Bonsoir* — disse com uma leve reverência, e seus passos macios soaram através da noite.

— *Parbleu*, pequena margarida, muito bem! — Lili sorriu com o relato de Eve. — Mais duas semanas e um ataque aéreo feliz, e esta guerra pode terminar!

Eve sorriu, mas seu triunfo naquela noite estava apagado.

— Os conselheiros do *Kaiser*, seus industriais, qualquer um que lucre com a batalha pressionará para continuar. — Uma máquina como a guerra era algo difícil de parar quando estava em movimento. Eve sabia disso.

— Se o filho da mãe morre, é o começo do fim. Partirei pela manhã, assim que terminar o toque de recolher. — Lili enfiou a mensagem em uma divisão de sua bolsa de costura (naquela noite ela era Marie, a costureira, com os documentos, adereços e maneirismos de Marie) e começou a tirar as botas. — Não passarei esta para um mensageiro. Vou levá-la para Folkestone pessoalmente. Talvez compre um chapéu moralmente questionável enquanto estiver num país onde posso usá-lo. Apesar de que é de duvidar se vocês, ingleses, podem fazer alguma coisa moralmente questionável, mesmo chapéus...

— Você consegue ir p-p-para a Inglaterra? — Isso pegou Eve de surpresa. Ela ainda não podia acreditar quão rápido e fácil Lili passava da França dominada pelos alemães para a Bélgica e voltava. A distância podia ser pequena, mas o território estava infestado de perigos, ainda que ela parecesse passar como um fantasma por todos eles. E agora ela podia cruzar o canal?

— *Bien sûr.* — A voz de Lili estava abafada enquanto ela tirava a parte de cima de seu velho e volumoso vestido com muita eficiência. — Estive lá três ou quatro vezes neste ano.

Eve lutou contra a repentina saudade de Folkestone, suas praias inglesas e píeres carregados e os tweeds ingleses do capitão Cameron e seus olhos gentis. Olhos que piscavam de verdade e não faziam sua pele se arrepiar como os afiados olhos franceses... Eve balançou a cabeça, afastando a sensação de inveja de Lili por esta ter visto Cameron mais que ela recentemente.

— Se você está indo para a Inglaterra amanhã, fique com a cama. — Elas tinham uma rotina estabelecida agora, quando Lili precisava ficar em Lille: ela era amiga de Eve, uma costureira que a visitava e passava a noite com ela em vez de violar o toque de recolher. Haviam testado essa história em duas inspeções alemãs. Ver Lili transformar-se em Marie, ainda mais obtusa que a loira Christine, era realmente fascinante.

— Não vou discutir. — Lili largou a pilha com sua camisa e saia dobradas e se sentou, contando alguma história sobre como havia entrado em Lille naquela manhã. — Eu tinha um relatório de uma fonte em Lens enfiado nas páginas de uma revista, acredita que a deixei cair saindo do trem? — Deu risada enquanto soltava o cabelo. — Um soldado alemão a pegou para mim, que Deus o abençoe.

Eve sorriu, fazendo para si um colchão de cobertores próximo à cama estreita, mas teve de se esforçar para sorrir. Ela não estava sorrindo muito desde a noite anterior, e Lili, no meio de outra história, percebeu.

— Certo, o que você tem?

Eve olhou para a líder da Rede de Alice. Com sua velha camisola, Lili parecia ter muito menos que seus trinta e cinco anos. Seu cabelo loiro espesso e desgrenhado parecia o de uma menininha que tinha passado o dia brincando. Mas os olhos eram velhos e sábios, e os ossos de seu rosto pressionavam a pele fina. *Não a perturbe*, Eve pensou, com uma pontada que a acertou bem no peito. De repente ela entendia a proteção raivosa de Violette, porque agora Eve sentia a mesma coisa. Lili aguentava muito e fazia a preocupação parecer leve, mas isso a estava deixando magra como uma lâmina.

— *Merde* — disse Lili, exasperada. — Diga logo!

— Não é importante...

— Deixe que eu julgue. Você não vai servir para mim se quebrar.

Eve deitou-se no colchão abaixo do nível da cama, olhando para suas mãos dobradas.

— René B-Bordelon quer me seduzir. — As palavras pareciam pesos.

Lili inclinou a cabeça.

— Tem certeza? Você não me parece ser uma boa jogadora no jogo da sedução, se é que me permite falar assim.

— Ele lambeu meu p-pescoço. Depois disse que me queria. Sim, tenho certeza.

— *Quelle bête* — Lili disse calmamente. Pegou sua cigarreira de prata e acendeu dois cigarros. — Normalmente falamos de homens ruins enquanto bebemos, mas teremos de nos contentar com o cigarro. Pegue um! Limpa a mente e acaba com a fome.

Eve imitou o jeito de Lili de pegar o cigarro com dois dedos, então hesitou, citando sua mãe.

— Tabaco é um v-vício de homens, não de uma dama.

— *Tais-toi*. Somos soldados de vestido, não damas, e precisamos de um maldito cigarro.

Eve levou o cigarro aos lábios, tragando. Tossiu, mas gostou. Amargo, e ela tinha experimentado amargor na boca desde o momento em que René se aproximara dela, na noite anterior.

— Então — Lili continuou, séria — Bordelon quer você. A questão é o que acontece quando ele pressiona. Quanto barulho ele fará por você se o recusar? Ele a entregará para os alemães?

Ela estava buscando, claramente, a opinião de Eve, que permanecia em silêncio, dando mais uma tragada e tossindo menos. Seu estômago girou, enjoado, mais por pensar em René que pelo cigarro.

— Ele n-não incomodaria os alemães com uma mágoa pessoal. Ele guarda seus favores até p-precisar deles. Mas provavelmente me demitiria. Não está acostumado a que lhe r-recusem nada.

— Poderíamos colocar você em outro posto — disse Lili, mas Eve balançou a cabeça.

— Existe algum outro lugar como o Le Lethe? Onde eu possa p-pegar boas informações duas vezes por semana? Onde eu descobriria q-q-q... — ela bateu em seu joelho até que a palavra se soltou — que o *Kaiser* está chegando e em que t-trem? Não. — Eve engoliu fumaça até os pulmões, tossindo tão forte que saíram lágrimas de seus olhos. — Você p-p-precisa de alguém no Le Lethe.

— Sim — Lili concordou. — Ele demitiria você se o recusasse?

— Tenho de assumir que sim.

— Então só há uma opção. — Lili olhou para o teto, soltando anéis de fumaça. — Você dormiria com René Bordelon?

Eve olhou para a brasa de seu cigarro.

— Se for preciso.

Foi quase um alívio pronunciar as palavras. Eve estava com elas rodando em círculo desde a noite anterior, analisando-as de vários ângulos. A ideia a deixava enjoada e com medo, mas fazer o quê? Por que se preocupar se algo causa medo, se precisa ser feito de qualquer maneira?

— Um homem da idade dele que escolhe uma menina que ele pensa ter dezessete anos acha que terá uma virgem. — Lili estava séria. — Você é?

Eve não conseguia ser tão dissimulada, por mais que tentasse, então apenas assentiu com a cabeça, mantendo os olhos no chão.

— *Putain de merde* — Lili xingou, apagando o cigarro. — Se você realmente vai fazer isso, deve satisfazê-lo na cama, assim pode continuar a tirar informações dele. Caso contrário, você estará comprando o adiamento de sua demissão por um preço muito alto.

Eve não tinha ideia do que significava satisfazer um homem na cama — francamente, sua imaginação acabou no momento em que visualizou René Bordelon desabotoando sua camisa feita sob medida. Ela sentiu que empalidecia, e Lili percebeu.

— Você realmente vai fazer isso?

Eve assentiu novamente.

— Eu vou m-m-m-m-m... — A palavra não veio, mesmo quando ela bateu no chão. Deixou-a ir com um assobio e depois disse: — *Merda* — elevando a voz. Era a primeira vez que Eve xingava na vida, e isso tinha liberado os nós apertados em sua garganta.

Foi a vez de Lili anuir com a cabeça.

— Pegue outro cigarro e vamos falar de coisas práticas. Um homem que pega uma virgem como amante vai querer treiná-la dentro de seus padrões, ou deseja que ela se mantenha passiva e inocente enquanto ele faz o trabalho. Você terá de prestar muita atenção e seguir os comandos dele. Mas tem algumas coisas que se pode fazer que satisfazem qualquer homem... — Ela detalhou algumas dessas coisas, gentilmente, mas de maneira bem específica, e Eve absorveu o máximo que pôde, suas bochechas queimando. *Vou ter de fazer isso?* E *isso?*

Para manter seu emprego no Le Lethe, sim. Ela teria de fazer tudo aquilo.

Percebendo o mal-estar de Eve, Lili bateu em sua mão.

— Só preste atenção no que o satisfaz e vá em frente. É isso que importa. Agora, você tem alguma ideia de como se prevenir para não ficar *enceinte*?

— Sim. — Eve tinha uma lembrança de, aos doze anos, encontrar sua mãe no banheiro tarde da noite lavando-se entre as pernas. Havia um tubo e uma bolsa de borracha. "Eu não quero mais nenhum bebê daquele canalha", ela rosnou, apontando com o queixo para o quarto onde o pai de Eve roncava. Eve permaneceu filha única, então a lavagem de sua mãe devia ter funcionado.

— Nada funciona perfeitamente — Lili disse, como se estivesse lendo a mente de Eve. — Por isso tome cuidado. Ninguém quer uma espiã grávida. Isso a levaria de volta para a Inglaterra, e rapidamente, uma vez que ninguém em Lille a trataria bem por ter engravidado de um colaborador.

Tantos pensamentos sinistros. Eve os afastou para fazer uma pergunta prática.

— Você alguma vez teve de... fazer isso?

— Um ou dois guardas alemães já quiseram me ver ajoelhada antes de eu conseguir passar pelo *checkpoint*.

Eve não teria tido certeza do que aquilo significava dez minutos antes. Agora, graças ao tutorial franco de Lili, ela tinha uma ideia muito melhor. Olhou para Lili, incapaz de imaginá-la se ajoelhando, abrindo os botões de um homem e...

— Como... foi?

— Salgado — disse Lili, e sorriu para o rosto sem expressão de Eve. — Não importa, *chérie*. — Seu sorriso sumiu, e elas se olharam com a expressão sombria.

Eve virou a cabeça de volta para o teto, dando outra longa tragada no cigarro. Ela decidiu que gostava de fumar. Se acabasse com mais uma senhoria irritada que estabelecesse regras sobre cigarros numa pensão, bem, ela que fosse para o inferno.

— Lili, por que eles não nos dizem que pode ser assim? Todo aquele treinamento em Folkestone... Não há nenhuma indicação de que podemos ter de enfrentar algo assim.

— Porque eles não sabem. E, se você for inteligente, não vai contar. — Lili parecia bastante séria. — Faça o que tem de ser feito, mas não conte ao capitão Cameron ou ao major Allenton, ou a nenhum outro aos quais nos reportamos.

Eve estremeceu só de pensar em contar ao capitão Cameron que tinha ido para a cama com um colaborador para conseguir mais informação.

— Eu não contaria para *nenhum* deles!

— Que bom. Porque eles não confiariam mais em você se descobrissem.

De todas as coisas discutidas naquela noite, essa era a que tinha deixado Eve mais espantada.

— Por que não?

— Os homens são criaturas estranhas. — A mudança no sorriso de Lili não era por diversão. — Se uma mulher entrega sua virtude para o inimigo, eles acreditam que seu patriotismo também pode ser entregue. Eles têm muito pouca fé na habilidade de qualquer mulher de resistir a se apaixonar por um homem que a leve para a cama. Além disso, uma *horizontale* não é respeitável, e o ramo da espionagem já é infame o suficiente. Se vamos nos envolver com espionagem, devemos fazê-lo como *damas*.

— Besteira — Eve disse, e Lili sorriu.

— Ah, é, pequena margarida, é mesmo. Mas você gostaria de ser tirada de Lille porque eles acreditam que sua cabecinha foi confundida por um colaborador bonitão?

Eve bateu as cinzas de seu cigarro, o estômago rodando novamente.

— O capitão Cameron realmente pensaria isso de mim?

— Talvez não. Ele é um *cara decente*, como vocês, ingleses, dizem. Mas eu soube de outros oficiais ingleses que disseram isso sobre mulheres como nós.

— Merda — Eve disse novamente. Xingar, assim como fumar, estava ficando mais fácil. Ela olhou para Lili, que desviou o olhar com um sorriso que Eve não conseguiu interpretar. Praticidade, desgosto, orgulho?

— *C'est ainsi* — ela disse, ainda mais triste. — Que porra é esse negócio, não?

Sim, pensou Eve. Mas ela também amava aquele negócio. Ele a fazia se sentir mais viva que qualquer outra coisa. Então ela escondeu o medo num gesto apagado de ombros.

— Alguém tem de fazê-lo. Nós somos boas nisso. Por que não seríamos nós?

Lili se inclinou e beijou a testa de Eve, que apoiou a cabeça no joelho dela, e a líder da Rede de Alice passou a mão em seu cabelo.

— Não se apresse para deitar na cama do aproveitador — ela disse suavemente. — Eu conheço você. Está pensando em cerrar os dentes e acabar logo com isso. Mas tente enrolar um pouco se puder. Porque, se conseguirmos bombardear o *Kaiser* em quinze dias, então será um mundo totalmente novo. E você poderá voltar para casa sem ter precisado ver Bordelon nu.

Eve torcia para as duas coisas, enquanto Lili continuava a acariciar o cabelo dela do jeito que sua mãe fazia. Ela torceu com mais intensidade do que nunca, porque agora podia ser valente, mas, se fechasse os olhos e se lembrasse da boca de René experimentando o gosto de sua carne, tudo o que sentia era náusea.

15
CHARLIE

Maio de 1947

Minha mãe estava sendo cuidadosa como se eu fosse um gato com o pelo eriçado, pronto para fugir se levasse um susto. Ela continuava pegando na minha mão ou nos meus ombros, como se checasse se eu ainda estava ao alcance de seu braço. Puxou uma conversa amena de manhã enquanto comíamos torradas secas e café que ela pedira no quarto, e continuava arrumando minhas roupas.

— Vamos comprar algumas coisas novas para você em Paris depois do Compromisso. Este vestido rosa nunca mais será o mesmo...

Mastiguei minha torrada, irritadiça. Não gostava de falar de manhã cedo, especialmente quando praticamente não havia dormido, e tinha perdido o hábito de jogar conversa fora durante o café da manhã. Eve estava sempre com muita ressaca para fazer qualquer coisa além de ficar olhando para o nada até o relógio bater meio-dia, e Finn era fechado a qualquer hora do dia. A não ser, aparentemente, às três da manhã. *Garota Charlie...*

— Olhe a postura, *ma chère* — minha mãe disse.

Eu me endireitei. Ela sorriu distraidamente, retocando o batom. No dia anterior, com seus olhos marejados e seus abraços impulsivos, ela parecera mais leve que a mãe com a qual eu estava acostumada. Naquela manhã, aliviada, parecia estar se armando de novo com todas as camadas de batom em seu tradicional eu lustroso. Eu me aproximei, tocando sua mão, quando ela guardou o estojo de maquiagem.

— Podemos ficar mais? Pedir mais café da manhã? — O Pequeno Problema estava decididamente me deixando faminta em vez de nauseada. Esqueça a torrada seca, eu queria o café da manhã de panela de Finn: bacon e pão e ovos moles. Bacon...

— Não queremos cuidar da nossa silhueta? — *Maman* bateu na própria barriga, dando um sorriso torto. — É preciso sofrer para ser bonita.

— Não serei bonita de nenhum jeito — eu disse. — Então quero um maldito croissant.

Ela pareceu realmente chocada.

— Onde você aprendeu a falar assim?

Com a bruxa inglesa maluca que tentou atirar em mim. Estranhamente, eu sentia falta de Eve.

— Vamos comer croissants no trem — *maman* disse, fechando a bolsa. — Não queremos nos atrasar.

O rapaz do hotel já estava na porta. Dei a última mordida na torrada, levantei, e minha mãe tirou uma migalha do canto de minha boca e endireitou meu colarinho. Por que me sinto como uma criança na presença dela?

Você é uma criança, a voz desagradável na minha cabeça sussurrou. *É por isso que não está pronta para ter um bebê. Você não sabe de nada.*

Quem disse?, respondeu o Pequeno Problema.

Pare de falar comigo, ordenei à minha barriga. *Pare de me deixar culpada. Não posso fazer nada por você. Não estou pronta para tê-lo. Todos dizem isso.*

O que você acha?, respondeu o P.P. Eu não tinha uma resposta, apenas um enorme caroço em minha garganta.

— Charlotte?

— Já estou indo. — Eu a segui pelo hall em direção aos elevadores. — Devemos telefonar para o papai antes de pegar o trem?

Minha mãe deu de ombros.

— Ele não está preocupado? — Eu me perguntava se ele falaria comigo quando eu voltasse. E se eu fosse ao meu Compromisso e, mesmo assim, ele me odiasse? Se ainda pensasse que eu era uma prostituta? O caroço em minha garganta dobrou de tamanho.

— Para você saber, eu não contei a ele que você sumiu por Londres como uma selvagem. — Ela me olhou. — Por que deveria? Eu não queria preocupá-lo.

— Bem, você lhe contou *agora*, não? — Subimos no elevador. — Estamos dias atrasadas. Não chegaremos em casa na data em que ele nos espera.

Minha mãe esperou o rapaz se juntar a nós com nossas bagagens e apertou o botão.

— Vamos simplesmente passar uma semana a menos do que eu tinha planejado em Paris depois do Compromisso. Chegaremos em casa na data, e seu pai não precisa se preocupar com nada.

— Ir para casa mais cedo? Você me prometeu que, depois de Vevey, falaríamos sobre Rose. Sobre ir a Limoges...

— Falaremos disso quando chegarmos em casa. — Ela sorriu enquanto o elevador começava a descer. — Quando for a hora.

Olhei para ela.

— Quando for a hora? A hora é agora. Nós estamos aqui.

— *Ma chère*... — Uma olhada para o rapaz do hotel que ouvia nossa conversa em inglês sem entender, mas com curiosidade.

Eu o ignorei.

— Não podemos simplesmente ir para casa, não depois de tudo que eu descobri.

— Não é algo para *nós* fazermos, Charlotte. É um trabalho para o seu pai.

— Por quê? Eu estava fazendo um trabalho muito bom por minha conta, melhor que...

— Não é conveniente — minha mãe interrompeu. — Você precisa ir para casa, não partir numa busca absurda. Seu pai cuidará de tudo. Eu *vou* pedir a ele, depois. Quando chegarmos em casa.

Depois. Sempre depois. A raiva concentrou-se na minha barriga.

— Você prometeu.

— Eu sei, mas...

— *Maman*, isso é *importante* para mim. — Toquei seu braço, tentando fazê-la entender. — Não vou desistir até...

— Não estou desistindo, *chérie*.

— É o que parece. Quão urgente isso será para você quando estivermos do outro lado do Atlântico de novo? — O tom de minha voz subiu. — Quando isso se tornou uma promessa fácil que você pode fazer e desfazer apenas para me manter nos eixos?

O elevador fez um barulho, as portas se abriram. *Maman* olhou para o rapaz curioso, e ele pegou nossa bagagem e seguiu em direção ao balcão do hotel.

— Então? — eu a desafiei.

— Aqui não é o lugar adequado para essa discussão. Vamos, e sem confusão, por favor. — Ela saiu pelo saguão movimentado do hotel.

— *Confusão?* É disso que se trata? — Bati os pés atrás dela.

Ela se virou e sorriu.

— Por favor, Charlotte. Você já está numa situação complicada com seu pai. Eu também estarei se nos atrasarmos mais. Então, por favor, comporte-se e venha comigo.

Fiquei olhando para ela. Apenas olhando. Minha mãe linda e segura de si, mordendo os lábios perfeitamente pintados, preocupada porque poderia se meter em confusão com meu pai. Ela não tivera coragem de contar a ele que eu tinha ido para a França. Não tivera coragem de contar a ele que estávamos uma semana atrasadas. Ela me diria qualquer coisa para que eu entrasse no trem para Vevey, como uma menininha mentindo para não apanhar. Se ela não me entregasse em casa na data e com a barriga murcha, estaria encrencada.

Maman sempre me fazia sentir uma criança. Olhei para ela agora e me senti uma adulta.

— Você não vai procurar Rose. — Não era uma pergunta.

— Porque Rose está morta! — ela disse. — Você sabe disso, Charlotte!

— É provável. Talvez bem provável. — Tentei ser justa até em minha raiva. — Mas isso não é bom o suficiente para mim, e você prometeu que eu poderia ir até o fim. Para ter paz de espírito, pelo menos. — Uma pausa. — Se papai não recomeçar a busca, você pode honestamente me dizer que vai pedir a ele?

Ela bufou.

— Vou pagar nossos quartos. Tente se recompor.

Ela saiu marchando com pequenos passos nervosos, os saltos batendo. Fiquei com a bagagem, sentindo-me estranha, frágil como vidro. Quando olhei pelo saguão do hotel, vi Rose. Não a real, é claro, apenas uma menina carrancuda cheia de espinhas apoiada na janela esperando seus pais acabarem de fazer o *check-in*. A luz do sol francês formou uma aura em seu cabelo loiro, deixando seu rosto na sombra, e por um momento me permiti acreditar que era Rose. Rose olhando para mim, balançando um pouco a cabeça.

Você não é criança, Charlie, imaginei-a dizendo. *Ou covarde.*

Ela sempre foi corajosa. Mesmo quando estava com medo de ficar sozinha ou ser abandonada, como no dia no café provençal, ela era corajosa. Devia ter ficado aterrorizada quando descobriu que estava com o problema com o qual estou agora, e mesmo assim não desistiu quando seus pais tentaram "arrumar as coisas" para ela. Ela teve seu bebê e partiu para sustentá-lo sozinha. Tudo isso devia tê-la assustado.

A voz de Finn ecoou da noite anterior. *O que você quer?*

Ser corajosa, pensei.

Você sabe o que é isso?, respondeu o Pequeno Problema. *Desmembre isso como uma equação. Calcule o x. X = coragem.*

Vi minha mãe fechar sua carteira e se mover de volta para mim. Eu me senti mal. Não sabia absolutamente nada sobre bebês. Eles eram pequenos e indefesos, gulosos e quebradiços, e me aterrorizavam. Este me aterrorizava. Eu não estava pronta para ele. Nem um pouco.

Respirei fundo assim que minha mãe se juntou a mim.

— Eu não vou para Vevey.

— O quê? — Ela arqueou as sobrancelhas modeladas. Sobre seus ombros, vi a garota cheia de espinhas que eu havia transformado por um momento em Rose seguindo seus pais, acabando com a ilusão.

— Eu não vou para o Compromisso — eu disse.

— Charlotte, já encerramos essa discussão. *Chega*. Você concordou em ir...

— Não. — Ouvi minhas palavras como se elas estivessem vindo da boca de outra pessoa. — Não vou me livrar dele. Vou ter o bebê.

É de pensar que uma decisão daquela viria com alguma sensação de alívio ou catarse. Nem um pouco. Senti-me enjoada e muito assustada. Mas eu também estava com fome. Faminta, na verdade. E eu disse para o Pequeno Problema, mais como um experimento: *Vou alimentá-lo*.

Ele pareceu gostar da ideia. *Bacon*, ele disse.

Eu provavelmente deveria dar um nome a ele diferente de P.P.

— Charlotte, nós duas sabemos que essa é a única opção, então...

— Não é a única opção. — Eu nunca tinha interrompido minha mãe, mas a interrompi agora. — É a opção que traz menos problemas para *vocês*. Vocês cuidam de mim, e isso significa que papai não precisa contar para os colegas nada de embaraçoso e você não precisa contar para seu clube de bridge. Sei que vocês só querem o meu bem, mas *não* é a única opção. Não tenho que aceitá-la.

Seu rosto ficou cheio de fúria e sua voz afundou em um venenoso sussurro.

— E como você vai viver, sua vadiazinha ingrata? Nenhum homem respeitado vai se casar com uma garota que tem um filho bastardo. Como você acha que vai se virar?

— Eu tenho dinheiro, *maman*. Dinheiro que eu *ganhei*, não só a minha poupança. Eu posso trabalhar. Posso tomar conta de mim.

Não sou uma inútil. — Repeti isso com teimosia porque era verdade, droga, não importava quantas vezes o murmúrio *fracasso fracasso fracasso* soasse em minha cabeça. Eu podia cuidar de um talão de cheques melhor que minha mãe, e podia organizar uma busca por Rose melhor que meu pai. Talvez eu tivesse fracassado com James, mas isso não significava que fracassaria com tudo. — Eu não sou uma inútil.

— Sim, você é! Como acha que vai cuidar de um bebê?

— Acho que terei de aprender. — Havia uma montanha de coisas que eu teria de aprender, mas só porque elas eram assustadoras não significava que eu não conseguiria fazê-las. — Não sei muito sobre bebês, mas tenho seis meses para aprender. E sei de outra coisa. Eu sei que aqui, agora, vou continuar procurando Rose.

Peguei minha mala. A mão de *maman* rapidamente segurou meu pulso.

— Se você partir agora, nem pense em voltar para casa.

Aquilo me acertou como um chute. Mas apontei o queixo para ela e disse:

— Você nunca percebeu quando eu estava em casa. Acho que não vai fazer muita diferença.

Tentei me livrar de sua mão, mas ela me segurou com mais força.

— Você não vai a lugar nenhum, Charlotte St. Clair, a não ser para a estação de trem. Você é menor de idade e eu posso *obrigá-la...* — Ela estava gritando. Minha própria mãe, tão preocupada com o que os outros pensavam, gritando como a mulher de um pescador. No saguão do hotel, as pessoas olhavam. Eu gritei de volta:

— Você acabou de me rejeitar, *maman*. Não vou a lugar *nenhum* com você. — Dei um puxão, mas ela me segurou.

— Não use esse tom comigo!

Uma voz macia e nervosa soou atrás de mim. A voz macia e nervosa de um escocês:

— Algum problema, senhorita?

— Nenhum, Finn. — Puxei o braço novamente e, dessa vez, me soltei. Olhei para ele. No ombro, levava a mochila de Eve e, na mão, a chave do conversível. Ele e Eve deviam estar de partida. — Tem lugar no Lagonda para mim?

Ele sorriu e pegou minha mala.

Minha mãe ficou olhando, observando sua camisa amassada de mangas arregaçadas e sua barba escura por fazer.

— Quem... — ela começou, mas nesse momento Eve chegou batendo os pés.

— Por Cristo, Finn — ela disse, com seu rosnado rouco pré-meio-dia. — Vejo que você encontrou a ianque.

— Ou ela vem, ou você não vem — Finn disse.

— Você trabalha para mim!

— O carro é meu.

Alguma coisa quente vibrou na minha barriga. Eu havia pensado em ir para Limoges de trem, mas a ideia de poder voltar para aquele carro maravilhoso...! Eu amava aquele carro. Ele me confortava mais que a casa de onde eu tinha acabado de ser expulsa. Olhei para Finn. Minha garganta estava seca quando eu disse:

— Obrigada.

— Não acreditei que não a veria mais. — Eve, surpreendentemente, parecia estar mais receptiva que irritada. — É mais difícil se livrar de americanos que de carrapatos.

— Quem é *essa*? — Minha mãe conseguiu fazer a pergunta toda dessa vez.

Eve olhou para ela. Que dupla elas formavam: minha mãe na moda e de cintura fina, com seu requintado chapéu e luvas impecáveis; a esfarrapada Eve com seu vestido velho e mãos que pareciam garras de lagosta. Eve lhe lançou um olhar soberbo de rapina até que os olhos de *maman* piscaram.

— Você deve ser a mãe — Eve disse por fim. — Não vejo nenhuma semelhança.

— Como você se atreve...

— Eve — interferi. — Vou procurar minha prima, e em algum lugar no meio de toda essa bagunça está um homem do qual você tem medo. Acho que você devia descobrir se ele está vivo ou morto. Acho que você devia vir comigo.

Não sei por que eu disse aquilo. Eve e seus humores e sua arma complicavam tudo. Eu iria mais rápido sem ela. Mas eu havia me obrigado a ser valente naquele dia, não importava quanto aquilo me aterrorizasse, e queria que Eve também fosse valente, fosse a mulher inabalável e boca-suja que enfrentara o penhorista para negociar minhas pérolas e exigira respostas da atendente de uma loja de porcelana que a odiava. Eu não queria que Eve voltasse correndo para a Inglaterra para se esconder no número 10 da Hampson Street. Parecia algo aquém dela, de alguma forma.

Eu também queria algo para mim. Queria saber o que tinha acontecido com Eve durante a ocupação de Lille, não só com suas mãos, mas com sua alma.

Tentei pensar em um jeito eloquente de dizer tudo isso, mas não consegui. Tudo que disse foi:

— Quero ouvir o restante da sua história.

— Não é uma história bonita — ela disse. — E falta um final.

— Então escreva o final agora. — Coloquei as mãos na cintura, desafiadora. — Você está despreparada, mas não é covarde. Então, o que me diz? Está dentro ou fora?

— Quem são essas pessoas? *Charlotte!*

Não dei atenção a minha mãe. Ela tinha deixado de dirigir minha vida para ficar completamente fora dela. Mas Eve lhe lançou um olhar.

— Não vou se a mamãe for. Passei trinta segundos na companhia dela, e ela é duas vezes mais chata que você. Em um dia de estrada, eu provavelmente atiraria nela.

— Ela não vai. — Olhei para minha mãe, e uma pontada de raiva misturada com amor passou por mim, um desejo apagado de fazer tudo o que ela queria. Então ele morreu. — Adeus. — Eu provavelmente deveria ter dito algo mais. Mas o que poderia falar?

Seus olhos pulavam de Finn para Eve e vice-versa.

— Você não pode simplesmente sair por aí com... com...

— Finn Kilgore — ele disse inesperadamente. Estendeu a mão e minha mãe automaticamente a apertou. — Diretamente da prisão de Sua Majestade em Pentonville.

Ela largou a mão dele como se tivessem nascido espinhos nela, os lábios entreabertos.

— E, antes que a senhora pergunte... — Finn completou, num tom educado — agressão. Atirar americanos chatos no Tâmisa. Tenha um bom dia, senhora.

Ele colocou minha bagagem nos ombros e seguiu para a porta. Eve acendeu um cigarro, virando-se para segui-lo, e olhou sobre o ombro.

— Quer ouvir a minha história ou não, ianque?

Dei um último olhar para minha mãe. Ela me encarava como se não me conhecesse.

— Eu te amo — eu disse e então caminhei para fora do hotel, para as ruas movimentadas de Roubaix. Eu estava tonta. Enjoada. Eufórica. Arrasada. A palma das minhas mãos estava suando, minha cabeça era um barulho sem fim.

Mas uma coisa estava muito clara.

— Café da manhã — declarei quando Finn trouxe o Lagonda com a capota abaixada. Dei uma palmada no painel da velha beleza enquanto entrava. — Vamos para Limoges, mas antes tomaremos o maior café da manhã que conseguirmos encontrar em Roubaix. A bebê está me dizendo que quer ser alimentada.

— É uma menina? — Eve perguntou.

— Foi o que ela me disse.

Quanta coisa nova eu estava aprendendo naquele dia. E muitas ainda viriam.

16
EVE

Julho de 1915

Em dez dias, o *Kaiser* estaria morto. Foi isso que Eve disse para si mesma.

— Apresse-se! — Lili pediu, acelerando o passo morro acima. O cabelo de Eve estava grudando no pescoço, mas Lili parecia imune ao calor do verão, caminhando com a saia arregaçada, o chapéu jogado para trás. — Molenga!

Eve segurava uma toalha amarrada debaixo do braço ao mesmo tempo em que aumentava suas passadas. Lili conhecia o campo ao redor de Lille como a palma da mão.

— *Mon Dieu*, mas como é bom subir esses morros em plena luz do dia pelo menos uma vez, e não na escuridão de uma maldita lua com pilotos sujos a reboque! Ali, mais uma subida...

Ela partiu para um embalo final morro acima. Eve ficou olhando, banhada de suor e se dando conta de como as últimas seis semanas comendo pouco haviam diminuído sua energia. Mas ela se animou quando chegou ao topo do morro. O dia estava sem nuvens, o morro com grama verde dourada pela luz do sol. Eles estavam a apenas alguns quilômetros de Lille, mas era como livrar-se de uma nuvem preta e fugir dos sinais alemães e dos soldados alemães. Não que as coisas no campo fossem só cor-de-rosa. Cada uma das pequenas fazendas pelas quais Eve e Lili passavam também possuía sua dose de fome e desesperança, porcos e manteiga e ovos confiscados. Mas, no alto daquele pequeno morro, era possível, por um momento, fingir que os invasores tinham partido.

E talvez logo eles partissem. Se a RFC, a força aérea britânica, fizesse seu trabalho.

As duas mulheres ficaram no topo do morro com os braços igualmente cruzados, olhando para as linhas de trem que iam na direção da Alemanha. Dez dias para o *Kaiser* passar por aquelas linhas. Dez dias, e o mundo poderia ser um lugar diferente.

— Ali. — Lili indicou as linhas com a cabeça. — Estive explorando a área, assim como Violette e Antoine. — Antoine era um vendedor de livros local de rosto falsamente gentil que fabricava os cartões de identificação e os passes para Lili. Era o único outro membro da Rede de Alice, além de Violette, que Eve conhecia, uma apresentação necessária para o caso de ela precisar de novos documentos em uma emergência. — Todos concordamos que este trecho é o melhor lugar para o ataque. — Lili levantou a saia e começou a desamarrar a anágua. — Sabe Deus se vão aceitar a sugestão.

— Estenda a t-toalha — Eve lembrou-lhe. — Estamos em um piquenique, lembra? — A história, se algum alemão as encontrasse ali, era que Marguerite Le François e sua amiga costureira estavam comendo seus pobres sanduíches ao ar livre para aproveitar o clima. Mas, quando Eve abriu a toalha gasta, Lili não se importou com os sanduíches. Pegou um pedaço de carvão e começou a mapear a região em sua anágua com anotações rápidas. — Está cada vez mais difícil passar documentos escritos — ela disse com seu toque usual de brilho, completamente concentrada. — Mas esses guardas não têm ideia de quanta informação pode ser escrita em uma anágua de mulher.

— Por que estou aqui? Violette conhece a região melhor que eu. Ela não deveria estar ajudando a fazer o relatório?

— Ela já ajudou. Mas você foi a primeira a saber da visita do *Kaiser*, pequena margarida. Você merece ser envolvida. — A mão de Lili movia-se rápida como um beija-flor, anotando sobre o solo, as irregularidades, os caminhos, as árvores. — Quando entreguei o relatório para tio Edward, ele me pediu para levar você.

— Eu?

— Ele quer falar com você, ver se consegue tirar algum outro detalhe de suas lembranças. Para algo grande assim, ele não se arrisca. Partimos em dois dias.

Ver o capitão Cameron em dois dias. Pensar nisso deveria ser um bálsamo, mas só fez Eve se sentir estranha. Ele parecia tão distante, poderia estar em um mundo diferente. E a logística de uma visita como aquela deu mais calafrios no seu estômago que pensar nos olhos gentis do capitão.

— Eu não p-posso viajar para Folkestone. Não ousaria faltar ao trabalho.

— Não temos de viajar até Folkestone. — Lili calmamente terminou suas anotações. — Tio Edward concordou em nos encontrar na fronteira em Bruxelas. Voltaremos em um dia.

— O jeito como eu f-falo... Vou ficar muito exposta no *checkpoint*. Farei você ser pega. — Se Lili fosse presa por causa da língua enrolada de Eve, ela a arrancaria com uma navalha enferrujada.

— *Je m'en fou!* — Lili mexeu no cabelo. — Deixe que eu falo! Estou acostumada a abrir caminho persuadindo guardas para entrar e sair de estações de trem. Você apenas deve dar seu esplêndido olhar de inocência, e tudo ficará certo como a chuva.* Quanto a chuva é certa, de qualquer forma? Vocês, ingleses, têm algumas expressões bem peculiares.

Lili estava deixando o clima mais leve deliberadamente, Eve sabia. Toda sua conversa mole quando vestiu de novo a anágua com mapa a carvão foi intencional.

---

* Em inglês, *right as rain*, expressão idiomática que significa "perfeitamente bem". (N. do T.)

— Você deve tomar mais cuidado — disse Eve enquanto recolhia as coisas do piquenique. — Não leve tudo como p-piada. Você acabará rindo na frente de um esquadrão de f-fuzilamento.

— Bah. — Lili fez um gesto com a mão, uma mão tão fina que estava quase transparente contra a luz do sol. — Eu sei que vou ser pega um dia, mas quem liga? Pelo menos terei servido. Então vamos nos apressar e fazer coisas importantes enquanto ainda há tempo.

— Não há m-muito tempo — Eve grunhiu, seguindo Lili morro abaixo. — Em dois dias, partiremos para Bruxelas. Como eu vou ficar fora um dia?

— Veja se consegue dar uma desculpa no Le Lethe. — Uma olhada de lado enquanto desciam de volta na direção da cidade. — Como vai seu desagradável pretendente?

Eve não queria pensar em René Bordelon. Ela vinha tentando se manter afastada dele desde a noite em que ele a acompanhara até sua casa. No Le Lethe, ela tirava os pratos, servia *schnapps* e ouvia. Até conseguiu fazer um relatório completo sobre o piloto alemão Max Immelmann, tudo enquanto tentava manter-se fora da vista de seu patrão. Mas ele fazia com que ela soubesse que a estava observando, esperando por uma resposta. Às vezes era através de um olhar sem palavras para seu pescoço, onde ela podia sentir a língua dele experimentando o gosto de sua pele. Outras vezes, era o gole de vinho que ele lhe oferecia numa taça manchada de batom na hora de fechar. Que mundo era aquele, no qual alguns goles de vinho da taça de um estranho podiam ser um gesto de galanteio a uma garota presumivelmente meio faminta e desesperada?

— Ele é insistente — Eve disse.

Lili arrumou o cabelo atrás da orelha.

— Você conseguiu segurá-lo?

— P-Por enquanto.

E, pensando bem, na vida que ela levava existia alguma coisa além do *presente*? Ver o capitão Cameron em dois dias, a chegada do *Kaiser* em dez... Tudo existia na mesma área cinzenta. Havia o presente e o passado. Nada mais era certo. Nada mais era real.

No Le Lethe, naquela noite, a conversa parecia mais animada que o normal, a agitação dos oficiais mais barulhenta, as gargalhadas das mulheres em seus braços, mais levianas.

— Putas — Christine murmurou enquanto Eve permanecia encostada na parede, esperando ser chamada por um dedo levantado. — Aquela é Françoise Ponceau, exibindo-se num vestido de seda novo grudada naquele capitão. Você sabe que o padeiro faz pão especial para vagabundas como aquela. Ele mija na massa antes de enrolá-la...

— Elas m-merecem — Eve concordou, apesar de seu estômago ficar revirado. A garota tinha olhos ansiosos acima do sorriso, e enfiou pãezinhos em sua bolsa durante a noite toda quando o capitão lhe dava as costas. Ela alimentava alguém em sua casa, mais provavelmente várias pessoas, e por isso recebia pães mijados e epítetos. Mas era mais seguro concordar com a opinião sussurrada de Christine, porque, realmente, a maior parte de Lille a compartilhava.

René olhou para as garçonetes, a luz da vela captando um brilho em seus olhos. *Olhe para Christine*, Eve implorou por dentro. *Bonita e loira e burra como uma porta; por que você não olha para Christine?* Mas ele torceu o dedo para Eve, e ela foi servir os drinques, e os lábios de René se curvaram apreciando o silêncio sem pressa, o arco exato de seu braço.

— Outra pessoa pode levar o livro-caixa para cima? — Eve perguntou aos demais garçons no fim da noite, mas eles apenas riram.

— É sua tarefa agora, Marguerite! Ele fica sempre com o humor melhor se você o leva, e nós gostamos de *monsieur* René de bom humor.

Eles riam, e Eve deu-se conta de que os olhares de René sobre ela não tinham passado despercebidos.

— Vocês são todos uns p-porcos — ela rosnou e subiu as escadas batendo os pés. Um cumprimento, e os dedos dele tocaram os seus quando ela deixou os registros da noite.

— Está com pressa, *mademoiselle* Le François? — Passando os olhos sobre as linhas do livro.

— Não, *monsieur*.

Ele se demorou virando as páginas. No calor da noite de verão, havia tirado o paletó e estava apenas com uma camisa branca, o cabelo com brilhantina tão lustroso quanto seus sapatos. As abotoaduras eram pontos de cor inesperados, vermelho-rubi com flocos de ouro.

— Cristal *art nouveau* — ele disse, observando para onde ela olhava. Ele percebia tudo? — No estilo de Klimt. Já ouviu falar de Klimt? Tive a sorte de ver alguns de seus quadros em Viena, antes da guerra. Trabalho extraordinário. Um deles chama-se *Danaë*, a mulher do mito visitada por Zeus em uma cascata de ouro. Klimt mostra que ela se excitava com o ouro que caía entre suas pernas.

Eve não queria discutir nenhum tipo de excitação naquele escritório, artística ou não.

— Não, nunca ouvi n-n-nada sobre ele.

— É abandono. — Ele tirou as abotoaduras, colocando-as na mão de Eve para que ela as examinasse. E seguiu dobrando as mangas, mostrando os braços magros, de pele pálida e macia, e Eve evitou olhá-los, segurando os pequenos objetos contra a luz e observando o jogo de cores. — Abandono dourado. Pessoas acharam obsceno, mas e daí? Acham Baudelaire obsceno também.

Eve colocou as abotoaduras cuidadosamente ao lado do busto do poeta, analisando o perfil bruto de mármore e perguntando-se se a amante de Baudelaire o desprezava como Eve desprezava René.

— Posso pedir um favor, *m-monsieur*?

— Um favor? Estou curioso.

— Poderia faltar uma noite no trabalho, daqui a dois dias? Prometi a uma amiga que a acompanharia na visita a seu tio, e ele mora um pouco longe. — Tudo verdade. Com René, Eve se esforçava para deixar as mentiras no que não era dito.

— Você deseja faltar no trabalho. — Ele mediu as palavras. — Muitos poderiam substituí-la, você sabe, e prometeriam não faltar nunca.

— Eu sei, *monsieur*. — Eve lhe deitou seus olhos arregalados suplicantes. — Esperava que o senhor estivesse s-satisfeito o suficiente com meu trabalho para...

Ele a deixou em suspenso por um momento enquanto colocava o livro-caixa de lado.

— Muito bem — disse por fim, e Eve quase sucumbiu de alívio. — Você pode tirar o seu dia.

— Obrigada...

Ele a interrompeu:

— Já está tarde. Você se lembrou de trazer sua isenção de toque de recolher, ou preciso acompanhá-la até sua casa novamente? — E desfez o nó da gravata. — Talvez eu deva acompanhá-la de qualquer jeito. Gostaria que nos conhecêssemos melhor, Marguerite.

Ele se apropriou do nome dela, ou o que pensava que fosse o nome dela, descartando casualmente o *mademoiselle*. E Eve não achou, quando ele tirou a gravata, que ele pretendesse sair naquela noite. Qualquer coisa para que eles se conhecessem melhor seria feita ali mesmo.

Porque eu pedi um favor.

Ela queria engolir o caroço em sua garganta e o fez, deixando que ele visse seu pescoço se mover. O nervosismo lhe agradaria.

Ele deixou a gravata cair ao lado do braço de sua poltrona de couro.

— Você pensou na oferta que lhe fiz na outra noite?

Eve não fingiu não entender.

— A oferta me s-s-surpreendeu, *monsieur*.

— É mesmo?

— Não sou a c-companhia apropriada para um homem de bom gosto. Sou uma garçonete. Não tenho beleza, c-c-comportamento adequado nem conhecimento do mundo. Então, sim, sua oferta me surpreendeu bastante.

Ele se levantou da poltrona funda, sem pressa, e se dirigiu para a pequena mesa de madeira repleta de garrafas de cristal. Abriu uma delas e serviu dois dedos de algo pálido e borbulhante numa taça. Aquilo brilhava como diamante, e ele ofereceu para Eve.

— Experimente.

Ela deu um gole, sem ver outra saída. O líquido queimou sua garganta: ardentemente doce, levemente floral, muito forte.

— Licor de flor de sabugueiro. — Ele apoiou um cotovelo na cornija de ébano da lareira. — Consegui com um vinicultor em Grasse. Bonito lugar, Grasse. Tem um perfume de licor com essência de flor no ar que é inebriante. Esse licor é único, por isso não sirvo em meu restaurante. *Brandy, schnapps*, champanhe, esses eu dou para os alemães. Guardo o que é único para mim. Você gostou?

— Sim. — Não fazia sentido mentir para René sobre nada que ela não precisasse. — Por que dividi-lo c-comigo, se o senhor n-n--não divide o que é único?

— Porque você também é única. Você tem bom gosto, Marguerite, muito bom gosto, eu diria, mas ainda não foi educada. Como Eva no Jardim do Éden.

Eve não sabia como não pulou quando ouviu aquele nome.* Mas conseguiu, bebendo mais fogo da flor de sabugueiro.

— Sempre apreciei bom gosto e elegância em minhas companhias — ele continuou. — Antes eu preferia um produto acabado a um bloco de material cru, mas Lille não oferece muitas mulheres elegantes hoje em dia. Fome e patriotismo transformaram as que eu conhecia em bruxas. Se eu quiser uma companhia adequada, cheguei à conclusão de que terei de interpretar o Pigmaleão do

* Referência ao nome Eva, que em inglês é Eve. (N. do T.)

mito grego e esculpir uma para mim. — Ele esticou um de seus longos dedos e tirou um fio de cabelo da testa dela. — Realmente não achei que eu fosse gostar do processo. Então, veja, você também conseguiu me surpreender.

Eve não conseguiu pensar em nada para responder. Ele não parecia querer antecipar a resposta dela. Apenas fez um gesto para a taça.

— Mais?

— Sim.

Ele serviu outra dose generosa. *Ele está tentando me embebedar*, pensou Eve. A Marguerite de dezessete anos não teria muita resistência para uma bebida forte. Algumas poucas taças a deixariam maleável e disposta.

Eve olhou dentro de sua taça e viu as linhas do trem que levariam o *Kaiser* para Lille. Viu as figuras largadas do *Kommandant* e de seus oficiais, reunidos ao redor de seus *schnapps*, revelando segredos à toa. Viu o rosto alegre de Lili no dia em que passou com sucesso sua primeira informação. Ela até ouviu a voz de Lili: *Que porra é esse negócio.*

Talvez, Eve pensou, como respondera naquele dia. *Mas alguém tem de fazê-lo. Sou boa nisso. Por que não eu?*

Ela esvaziou a taça. Quando a abaixou, René estava muito mais perto. Ele cheirava a colônia de Paris, algo sutil e civilizado. Ela se perguntou se aquele era o momento em que ele a beijaria. Pensou rapidamente no capitão Cameron olhando para ela na praia enquanto a ensinava a carregar a arma. Afastou o pensamento quando René inclinou a cabeça.

Não se afaste.

Ele se inclinou mais perto, respirando ao longo de seu pescoço, então se endireitou.

— Talvez um banho. Você pode aproveitar minhas instalações.

Seus lábios formigaram, sem ser tocados, e por um momento ela não entendeu. Então olhou para suas mãos. Suas mangas tinham pequenos respingos de *beurre blanc* e vinho tinto, mesmo tendo tomado cuidado durante todo o seu turno. Além disso, ela se deu conta de que tinha uma leve camada de suor seco debaixo do vestido, em função da rápida caminhada matinal no campo com Lili. *Estou cheirando mal*, Eve pensou, e era tão humilhante que ela quis chorar. *Cheiro de suor e sabonete barato, e, antes que eu possa ser deflorada, preciso ser apropriadamente limpa.*

— Ali tem sabonete. — René virou-se, afrouxando o colarinho. — Escolhi para você.

Ele esperava gratidão.

— Obrigada — Eve conseguiu dizer enquanto ele indicava a porta atrás de si. O banheiro tinha o mesmo luxo obsceno de seu escritório: azulejos brancos e pretos, uma grande banheira de mármore, um espelho com moldura dourada. Havia um sabonete de lírio do vale, sem dúvida confiscado de algum banheiro de mulher em uma inspeção, e Eve se lembrou de René dizendo que a essência combinaria com ela. *Suave, doce, perfumada, jovem.*

Todos os conselhos que Lili tinha lhe dado sobre o que satisfaz os homens passaram pela cabeça de Eve, e por um momento ela pensou que ficaria enjoada, mas venceu a sensação. "Perceba o que dá prazer a ele", Lili havia dito. Olhando para o sabonete, Eve soube. *Suave, doce, perfumada, jovem.* Como ele desejava que ela fosse, não apenas cheirasse. Muito perspicaz da parte dele ter providenciado um roteiro.

Ela encheu a banheira, jogando água quente com desperdício vingativo, e mergulhou no calor com um tremor. Por mais de dois meses, teve de tomar seus banhos em uma bacia com uma toalha de mão gasta. O calor e as duas taças de licor de flor de sabugueiro faziam sua cabeça flutuar. Ela poderia se esconder para sempre na água perfumada e quente, mas tinha um trabalho a fazer.

Melhor terminá-lo logo.

Eve largou a roupa de baixo e o vestido gasto no chão, em vez de colocá-los de volta em seu corpo limpo, e se enrolou em toalhas brancas. Ela se olhou no espelho e não reconheceu a garota que viu. Os ossos de seu rosto estavam saltados, efeito das rações que tinha para viver, mas era mais que isso. O rosto macio de Evelyn Gardiner certamente nunca parecera tão duro, como pedra. Marguerite Le François não era dura, por isso Eve praticou na frente do espelho — lábios entreabertos, cílios em movimento — até ficar perfeita.

— Ah. — René recepcionou-a com um sorriso, inspecionando-a dos pés descalços até o cabelo castanho solto. — Muito melhor.

— Obrigada — ela disse. — Não tomava um b-banho desses há meses. — Gratidão. Ela sabia que era exigido.

Ele torceu a mão em seu cabelo molhado, levando-o até o nariz.

— Encantador.

Ele não era feio. Esbelto e elegante, havia trocado o terno por um robe de seda azul. Sua mão fria deslizou por toda a extensão do cabelo de Eve e envolveu-lhe a garganta, seus dedos tão longos que quase conseguiam circundá-la. Ele então a beijou, sem pressa, de boca aberta, experiente. Seus olhos ficaram abertos todo o tempo.

— Você passará a noite — ele murmurou, acariciando seu quadril por cima da toalha. — Encontro o *Kommandant* Hoffmann amanhã de manhã bem cedo. Ele quer discutir um evento no restaurante para o piloto Max Immelmann, agora que ele será o único responsável pela defesa aérea de Lille. Mas não me importo de ir ver o *Kommandant* um pouco cansado.

Pronto. Era por isso que Eve estava ali. René baixou a guarda o suficiente para lhe passar uma informação que certamente seria de interesse da RFC. Eve arquivou-a, as batidas de seu coração diminuindo até se transformarem num calmo movimento de terror e determinação.

René sorriu para ela.

— Então — ele disse, segurando a toalha que cobria os seios dela. — Mostre-me.

Vá em frente, Eve pensou intensamente. *Porque você pode usar isso. Ah, sim, você pode.*

Ela deixou as toalhas caírem, movendo o rosto para mais um beijo. O que importa se algo é assustador, quando aquilo simplesmente precisa ser feito?

PARTE III

17
CHARLIE

Maio de 1947

Estávamos na metade do caminho para Paris, e eu estava surpresa por não termos acabado em um buraco. Era maio e o campo francês florescia ao nosso redor, mas nem eu nem Finn prestamos atenção porque Eve, sentada no banco de trás, nos contava tudo sobre ser uma espiã.

Uma espiã. Eve. Uma *espiã*? Virei-me para trás, de boca aberta, enquanto ela falava. Até mesmo Finn virava a cabeça vez ou outra para olhar.

— Você vai bater o maldito carro — ela lhe disse duramente. — E você, ianque, vai acabar engolindo uma mosca.

— Continue — pedi. Tudo que eu sabia sobre espiões era o que se via nos filmes, e eu nunca tinha pensado que poderia ser verdade. Mas ali estava Eve. Talvez ela não se enquadrasse na imagem holywoodiana de espiã, mas havia algo em sua voz rouca, direta quando ela falava de Folkestone e códigos e tio Edward que me fez acreditar em todas as palavras. O Lagonda devorava os quilômetros da rodovia francesa e ela continuava falando e parando. Um restaurante chamado Le Lethe. Seu dono elegante. Verso após verso após verso de Baudelaire. Uma colega espiã de óculos redondos e codinome Violette. — A mulher na loja de porcelana! — exclamei e recebi um olhar fulminante.

— Ninguém te passa a perna, não é?

Sorri, imune ao sarcasmo dela. Eu ainda estava zonza, sem acreditar que havia deixado minha mãe no hotel, minha mãe e o Compromisso e toda a minha vida planejada. Mas tomei um café da manhã absolutamente enorme, e, com o estômago cheio, o nervosismo se transformou em uma sensação de aventura. Eu estava em um carro com um ex-condenado e uma ex-espiã, viajando para um futuro desconhecido. Se esse não era um conjunto de variáveis matemáticas que resultam em *aventura*, não sei o que era.

Eve falava e parava. Falou de Lille no período da guerra, dos racionamentos e das apreensões. Falou de René Bordelon, aquele nome ia e voltava. Tinha sido o patrão dela, mas, por sua voz rancorosa, eu soube que era mais que isso.

— René — disse Finn, com o braço sobre o banco enquanto olhava para Eve por sobre o ombro. — Você acha que ele ainda está vivo?

Ela não quis responder, só resmungou e começou a tomar goles de seu cantil. Finn perguntou algo sobre para quem ela trabalhava, se existia alguém naquela rede além de Violette, e ela ficou em silêncio por um tempo e então disse:

— Uma ou duas.

Eu queria perguntar mais, estava explodindo de vontade de perguntar mais, mas olhei nos olhos de Finn e ambos ficamos quietos. Era uma tentativa nova de construir um triunvirato entre nós. Eve não estava ali porque eu a estava pagando, ela estava ali por vontade própria, e eu não tinha mais o direito de intrometer-me. Além disso, eu tinha agora mais respeito por ela, pois sabia algo de sua história verdadeira, então tampei o meu pote cheio de perguntas. Ela tomou outro gole de seu cantil, manipulado de forma tão desajeitada com aquelas mãos que pareciam garras de lagosta, e minha sensação de aventura ficou mais sóbria. O que quer que tivesse feito suas mãos ficarem daquele jeito aconteceu durante seu trabalho na guerra, uma ferida de guerra como o jeito de andar mancando que meu irmão trouxera de Tarawa. Ele havia recebido a condecoração Coração Púrpura numa caixa que estava próxima dele quando estourou os miolos. Que tipo de ferida profunda Eve carregava?

Ela estava ficando confusa no sol da tarde, falava e parava. No meio de uma sentença, começou a roncar.

— Deixe-a dormir — disse Finn. — Preciso parar para abastecer, de qualquer forma.

— Estamos longe de Paris? — Tínhamos concordado com um pernoite em Paris no caminho para Limoges.

— Algumas horas.

— Já estamos dirigindo há horas. Não é assim tão longe.

Finn sorriu.

— Eu peguei a saída errada ao ouvi-la descrever como decifrar códigos, e seguimos até metade do caminho para Rheims.

No crepúsculo rosa-perolado, paramos num hotel banal nos arredores da cidade, nada da grandeza do *boulevard*, porque minha carteira estava pobre. Mas, com carteira pobre ou não, havia algo que eu precisava comprar, enquanto Eve e Finn faziam o *check-in* no hotel que cheirava a *bouillabaisse* passado. Depois de uma rápida caminhada pelas ruas de comércio, encontrei uma loja de penhores. Levei apenas alguns minutos para encontrar o que precisava, e já voltava para o hotel quando passei por outra loja. Roupas de segunda mão. Eu estava cansada de alternar os mesmos três conjuntos e dormir com minha combinação.

Uma vendedora olhou para mim de trás do balcão, uma daquelas pequenas francesas de lábios franzidos usando roupas sob medida perfeitas.

— *Mademoiselle*...

— É *madame*. — Abaixei minha bolsa para que ela pudesse ver a aliança na minha mão esquerda. — Preciso de algumas roupas.

Eu disse quanto queria gastar enquanto ela avaliava meu tamanho passando os olhos por mim. Tentei não mexer no anel de ouro que tinha comprado na loja de penhores. Estava um pouco grande demais, assim como o título de *madame*, mas estávamos há dois anos do fim da guerra e era comum ver jovens viúvas. Eu podia ter decidido manter o Pequeno Problema, mas não tinha a intenção de ser atacada como mãe solteira. Eu sabia como aquilo funcionava: você conseguia uma aliança, inventava uma história sobre o rapaz que tinha morrido na guerra (no meu caso, depois da guerra) e a embelezava com alguns detalhes convincentes. Talvez as pessoas não acreditassem, mas não diziam nada porque você tinha os acessórios certos: aliança de segunda mão e o marido morto.

Donald, decidi enquanto entrava num cubículo para me trocar. Donald... McGowan era meu marido morto inexistente. Meio escocês, meio americano, cabelo preto. Unidade de tanques, serviu com Patton. Donald era o grande amor da minha vida e tinha morrido num acidente recente de carro. Ele sempre dirigiu muito rápido, eu cansei de avisar. Daria o nome dele ao meu filho se fosse menino...

Imaginei Rose enrugando o nariz para mim.

— Você não quer um filho chamado Donald, Charlie. Sério!

— Você está certa — eu disse a ela —, mas acho que é uma menina, de qualquer jeito, então Donald vai funcionar.

— Soa tedioso!

— Não insulte meu Donald!

— *Madame?* — disse a vendedora, em dúvida, e eu abafei o riso, experimentando uma roupa depois da outra. Naquele clima de imaginação solta, fazia planos, todos vagos. Pensava que, se encontrasse Rose, deveria existir um lugar para ficarmos juntas. Talvez ali na França, quem sabe? Eu tinha dinheiro, economias, por que não poderíamos comprar um novo começo, no qual duas falsas *madames* com suas alianças falsas pudessem construir uma vida honesta? Pensei no café provençal, onde havia passado o dia mais feliz de minha infância ao lado de Rose. Será que existia um céu como aquele para nós, agora que tínhamos crescido?

Um café, pensei, lembrando quanto havia me divertido, não apenas naquela tarde provençal, mas em meu breve emprego no café na Bennington. A espera pelos clientes, os aromas deliciosos, o prazer fácil de equilibrar pedidos e calcular o troco de cabeça. Um café em algum lugar na França? Imaginei um lugar que vendesse cartões-postais e sanduíches de queijo de cabra e presunto marmorizado, onde Edith Piaf cantava à noite e as mesas eram afastadas para o baile. Onde duas jovens viúvas mantinham o dinheiro na caixa registradora e flertavam com franceses, nunca sem um olhar triste para as fotografias de seus maridos. Eu teria de conseguir algumas boas fotos falsas...

— *Bien* — a vendedora disse quando saí, aprovando com a cabeça a calça preta justa e a camisa listrada de gola alta, mas que quase mostrava meu diafragma. — O New Look não é para você — ela me disse bruscamente, procurando na pilha de roupas que havia me trazido e pegando as saias mais curtas, os suéteres mais apertados e as calças mais coladas. — Você se veste como Dior, mas foi feita para Chanel. Eu a conheço... Ela é pequena e sombria e simples também.

— Bem, obrigada. — Olhei para a lojinha, irritada. — Duvido que você conheça Chanel.

— Trabalhei no ateliê dela antes da guerra! Se ela voltar para Paris, vou trabalhar para ela de novo, mas até lá vou dando um jeito. Todos nós damos um jeito, mas não vestindo roupas horríveis. — A vendedora me olhou feio, levantando uma unha pintada em minha direção. — Nada de babados! Quando for fazer compras, você precisa pensar em alfaiataria, listas, sapatos baixos. E pare de torturar seu cabelo para ficar ondulado, corte na altura do queixo...

Olhei-me no espelho. A calça e a camisa podiam ser de segunda mão, mas me deixavam mais elegante. Um pouco com jeito de menino. E *confortável*, sem espartilhos ou crinolinas. A vendedora colocou um chapéu de palhinha sobre meus olhos num ângulo jovial, e eu sorri. Nunca tinha escolhido minhas roupas antes. *Maman* sempre decidia o que eu usava. Mas agora eu era uma *madame*, uma mulher adulta, não uma menina, e precisava ter a aparência certa.

— Quanto custa?

Negociamos. Eu tinha uma quantidade limitada de francos para gastar, mas percebi que a vendedora havia olhado com cobiça para meu vestido de viagem, mesmo que torcesse o nariz para o New Look.

— Um modelo saído da coleção Dior. E tenho outro em meu hotel. Posso entregar aqui amanhã se você me der a calça, as duas saias, as camisas e o vestido preto.

— Você só pode ficar com o vestido preto se prometer combiná-lo com pérolas e um batom bem vermelho.

— Não tenho as pérolas no momento, mas posso usar o batom.

— Fechado.

Voltei para o hotel com minha sacola de roupas e balançando os quadris. Tive o prazer de ver a sobrancelha de Finn subir quando me juntei a ele e Eve no café do hotel.

— É um prazer encontrá-los — eu disse e mostrei a mão com a nova aliança de casamento. — Sou a sra. Donald McGowan.

— Que diabo — disse Eve e tomou um gole de martíni que mais parecia gim puro.

Acariciei o Pequeno Problema.

— Uma identidade falsa me pareceu prática.

— Donald McGowan? — Finn perguntou. — Quem é ele?

— Cabelo escuro, queixo quadrado, faculdade de direito em Yale, serviu no regimento de tanques. — Enxuguei os olhos com um lenço imaginário de bordas pretas. — O amor da minha vida.

— Não está ruim para começar — opinou Eve. — Ele prefere as meias d-dobradas ou enroladas?

— Hum. Dobradas.

— Nada de *hum*. Café puro ou com creme? Ele tinha irmãos ou irmãs? Jogou futebol na universidade? Detalhes, ianque. — Eve me apontou um dedo rígido. — São os detalhes que vendem a história de capa. Crie uma biografia para seu Donald e a estude até conseguir reproduzi-la sem erros. E use a aliança o tempo todo, até conseguir a pequena marca no dedo que as mulheres casadas há muito tempo têm. As pessoas procuram aquela marca quando veem garotas jovens empurrando carrinhos de bebê e se apresentando como senhoras.

Eu sorri.

— Sim, senhora. Vamos jantar?

— Sim, e é p-por minha conta. Você pagou até agora.

Uma pequena indicação de que ela não estava mais ali pelo meu dinheiro. Aquilo me tocou, embora fosse difícil para mim reconhecer isso.

— Desde que você me deixe conferir a conta — respondi. — Você pagaria qualquer valor que eles apresentassem.

— Como quiser. — Ela me passou a conta das bebidas que o garçom tinha acabado de trazer. — Você é o banco.

— Sou, não sou? — De alguma forma, durante aquela semana, as questões de dinheiro haviam se tornado realmente uma coisa minha, mesmo eu sendo a mais jovem ali. Finn e Eve me procuravam automaticamente para negociar os preços dos quartos com os recepcionistas dos hotéis; contas eram passadas para mim para serem conferidas; eu cuidava das moedas e do dinheiro que sobravam, já que meus companheiros de viagem deixavam tudo bagunçado no bolso com trocados e pedaços de lápis. — Sinceramente, vocês dois — eu os repreendi enquanto rabiscava a conta das bebidas. — Eve, com seus conhecimentos profundos de espionagem, e você, Finn, capaz de manter um carro funcionando com cuspe e arame. Mas nenhum dos dois consegue calcular a gorjeta sem ter um bloco de anotações e fazer contas por dez minutos.

— É mais fácil deixarmos você fazer isso — disse Finn. — Sua pequena máquina de calcular.

Sorri novamente, lembrando-me do bancário em Londres que achou que eu era muito jovem e burra para cuidar do meu próprio dinheiro. E ali estava eu, cuidando do dinheiro de três. Isso me fez pensar do que mais eu conseguiria cuidar.

Virei minha aliança falsa ao redor do dedo, imaginando-me sentada atrás de uma caixa registradora bem organizada, pano de prato enfiado na calça apertada, o cabelo cortado elegantemente na altura do queixo. Imaginei Rose, com seus cachos loiros e vestido preto chique, administrando comigo enquanto o jazz francês tocava e dois bebês gralhavam — não apenas Pequenos Problemas, mas Problemas em Crescimento, com pezinhos gordos, tagarelando em francês e inglês...

Imaginei a sra. Donald McGowan e *madame* Étienne Fournier, ambas se saindo bem. Muito bem.

18
EVE

Julho de 1915

Eve nunca tinha visto Lili tão irritada.

— *Foco*, pequena margarida! Sua mente está a milhares de quilômetros daqui.

— Vou f-focar — Eve prometeu, mas tudo que conseguia pensar era: *Estou dolorida*.

Não muito dolorida. René Bordelon havia tomado algum cuidado para não machucá-la. Não um cuidado exagerado, apenas o suficiente para não interferir no próprio prazer, mas um cuidado, sim. Ela sangrou um pouco, mas não teve muita dor. *Isso é tudo*, Eve pensou quando foi autorizada a se vestir e ir para casa. Mais uma noite trabalhando, depois o trem da manhã com Lili para Bruxelas e o capitão Cameron, o relatório sobre a visita do *Kaiser* a Lille. Ela não teria de pensar em René até depois de tudo isso.

Mas ele a deteve ali na noite seguinte também, depois que o turno dela tinha acabado, e isso a chocou.

— Sei que eu deveria lhe dar mais tempo para se recuperar — ele disse, com seu sorriso apagado. — Mas você é muito tentadora. Você se importa?

— Não — disse Eve. O que mais ela poderia dizer? Então teve uma segunda vez, e depois ela se levantou da cama e se vestiu enquanto René a observava.

— Espero ansioso pelo seu retorno — ele disse. Sentado na cama, seus dedos extraordinariamente longos mexiam no lençol sobre seu joelho.

— Eu t-t-t-t... Eu também — Eve respondeu, mantendo o olho no relógio, que marcava mais de quatro horas da manhã. Ela deveria encontrar Lili na estação de Lille em menos de quatro horas. — Sinto muito, m-m-mas preciso ir. Obrigada. — Nunca esquecer a gratidão. — Pelo dia de folga do trabalho, *monsieur*.

Ele não havia pedido que ela o chamasse de René, embora tivesse tomado posse completa do nome dela. Apenas sorriu enquanto ela se ajeitava em seu casaco.

— Como você fala pouco, Marguerite. A maioria das mulheres cacareja como galinhas. "A mais silenciosa, eu a amo mais porque você foge de mim..."

Eve não precisou perguntar o nome do poeta. *Baudelaire*, ela pensou. *Sempre o maldito Baudelaire*. E menos de quatro horas mais tarde ela se encontraria com Lili. Não estava calma e cuidadosa e focada na tarefa diante de si, mas com sono e cheirando a René Bordelon.

E dolorida.

Eve tomou cuidado para não mostrar aquilo na sua forma de andar enquanto se apressava para chegar à estação de trem. Lili precisaria saber em algum momento, mas não quando estava focada em passá-las através da fronteira. E o capitão Cameron não saberia de qualquer jeito. Eve Gardiner não estava negociando sua virgindade por uma viagem de volta para a Inglaterra, fugindo da luta. Ela voltaria para a cama de René porque, mesmo depois de apenas duas noites, já tinha percebido que ele gostava de falar na cama. Tinha o pouco que ele deixara escapar sobre o piloto alemão Max Immelmann; tinha um pouco mais de detalhes sobre a visita do *Kaiser*. Ah, sim, René falava na cama, e Eve ouvia. Quanto ao restante... Bem, ela se acostumaria, e era tudo.

— Isso não é bom — Lili murmurou, e Eve se deu conta de que estava zonza de novo. *Foco*, ela disse a si mesma e viu o que preocupava Lili. A plataforma da estação estava infestada de oficiais e soldados alemães. As mãos de Eve começaram a suar dentro das luvas.

— Alguém foi pego? — ela perguntou baixinho. O maior medo na Rede de Alice era que uma das fontes de Lili fosse presa e forçada a dizer tudo o que sabia. Eles tomavam todo o cuidado para saber o menos possível, mas...

— Não — Lili sussurrou de novo, movendo a cabeça discretamente através da confusão de uniformes. — É algum general importante recebendo as boas-vindas. Entre todos os dias...

Elas abriram caminho em direção ao guarda que controlava as passagens e os cartões de identificação, mas estava muito apertado, o trem já estava lá, bufando como um cavalo impaciente para sair. E, com tantas altas patentes na plataforma, os guardas eram meticulosos.

— Deixe-me falar — disse Lili. Ela era Vivienne, a vendedora de queijos, com chapéu de marinheiro de palhinha e uma blusa de gola rolê com laço. O roteiro estava preparado: ela se dirigiria aos guardas enquanto Eve tentava equilibrar nos braços os pacotes que estariam quase caindo. Assim, impacientes, eles provavelmente as deixariam passar. Mas os olhos dos guardas estavam examinando todos que não vestiam uniforme alemão, e filas se formavam. *Não podemos perder aquele trem*, Eve pensou, mordendo o lábio até Lili conseguir chegar à frente da fila. Ela estava procurando os cartões de identificação quando uma voz com sotaque alemão chamou-a em francês:

— *Mademoiselle* De Bettignies! É você mesmo?

Eve percebeu primeiro o alemão por cima do ombro de Lili. Ele tinha bigode, talvez quarenta e cinco anos, cabelo bem penteado. Brilhava de dourado e mostrava suas patentes: pesadas dragonas, fileira dupla de medalhas, e Eve o reconheceu — Rupprecht, príncipe coroado da Baviera, *Generaloberst* do Sexto Exército e um dos melhores generais que os *Fritzes* tinham. Ele visitara Lille três semanas antes, Eve lembrava com clareza, e jantara no Le Lethe, onde elogiara a *tarte Alsacienne* de René Bordelon e a nova aeronave Fokker Eindecker das bases alemãs. Eve, servindo-lhe *brandy*, havia registrado seus comentários sobre o Fokker.

E agora ali estava ele, avançando sobre elas em meio a uma multidão de assistentes alemães. A mão dele apoiou-se no ombro de Lili enquanto ele exclamava:

— Louise de Bettignies, é você!

Por um instante, Lili ainda manteve o rosto virado na outra direção, sua mão quase saindo da bolsa com os cartões de identificação de Vivienne, a vendedora de queijo — e Eve percebeu que seus olhos ficaram sem expressão. Apenas por um segundo. Então Lili largou os cartões de Vivienne de volta na bolsa, como um jogador que se livra de uma mão ruim. Seus ombros se endireitaram quando ela se virou, seu sorriso mudou daquele de alguém que deseja agradar, próprio de Vivienne, para outro bem mais brilhante, e ela fez uma cortesia que Eve logo imitou.

— Majestade! O senhor sabe muito bem como lisonjear uma dama reconhecendo-a apenas pela parte de trás do pescoço debaixo de um chapéu nem um pouco atraente.

O general beijou a mão de Lili, suas estrelas e medalhas brilhando.

— Você não precisa de rosas de seda para impressionar, *mademoiselle*.

Lili (*Louise?*) sorriu para ele, e, mesmo confusa, Eve maravilhou-se ao ver como a líder da Rede de Alice havia se alterado completamente. Seu sorriso agora tinha um brilho de confiança, seu queixo, uma posição que transmitia orgulho. Com um toque do dedo, seu deprimente chapéu de marinheiro afundou sobre um olho num ângulo tão elegante quanto o daqueles chapéus enormes que ela deixava em trens por toda a França. Sua voz era de um puro francês aristocrático — de aristocrata decadente, talvez, mas o sotaque da corte era inconfundível quando ela disse:

— Minha sorte é sempre assim. Eu encontro o príncipe coroado da Baviera usando a renda do ano passado! — Uma olhada para sua blusa velha. — A princesa Elvira nunca me deixaria esquecer!

— Minha prima sempre gostou muito de você. Lembra-se daquela partida de xadrez que jogamos no quarto dela em Holleschau, na noite da...

— Sim! E o senhor ganhou. Cercou meus cavalos por trás e forçou meu rei para fora do castelo. Eu não deveria estar surpresa de agora o senhor comandar o Sexto Exército, Majestade...

Mais um pouco de conversa. Ninguém tinha olhado para Eve, nem o general, nem seus assistentes, nem Lili. Eve apertou os pacotes e ficou atrás dela, como uma empregada. Com um chapéu gasto como o dela, sem nem um pouco do brilho de Lili, ela sem dúvida parecia uma serva. O trem, ela viu com um tremor de medo, estava partindo.

— O que está fazendo em Lille, *mademoiselle* De Bettignies? — perguntou o general, sem se importar com o trem ou os assistentes ao seu redor. Rugas de diversão surgiram no canto de seus olhos, e seu sorriso era paternal. Se ele não fosse um dos melhores líderes à disposição do *Kaiser*, Eve provavelmente teria gostado dele. — Que lugar triste!

Você o fez triste, pensou Eve, e qualquer possibilidade de gostar dele desapareceu.

— Estou a caminho da Bélgica para ver meu irmão. Se eu conseguir cruzar a fronteira agora, *mon Dieu*, que meu trem partiu... — Lili fez um cômico rosto de desespero, uma trágica colombina, e o general imediatamente falou para um de seus assistentes:

— Um carro para *mademoiselle* De Bettignies e sua ajudante. Você será acompanhada pelo meu motorista.

— Se a *mademoiselle* tiver os cartões de identificação — disse o assistente, e Eve gelou. Os únicos cartões que Lili tinha eram da vendedora de queijo imaginária chamada Vivienne, e se ela fosse pega com eles enquanto dizia ser outra pessoa...

Mas Lili riu, perfeitamente tranquila enquanto mexia em sua bolsa.

— Eles estão em *algum lugar*... — Tirou um lenço, algumas chaves, grampos. — Marguerite, você está com meus documentos?

Eve sabia o que fazer: começar a abrir penosamente todos os pacotes em seus braços, chacoalhando a cabeça como uma menina estúpida do campo, isso enquanto o general se divertia e seus assistentes mostravam impaciência.

— Majestade — um deles murmurou —, o *Kommandant* espera...

— Não precisa de documentos, eu conheço *mademoiselle* De Bettignies perfeitamente bem. — O general parecia triste ao beijar a mão dela. — De dias mais pacíficos.

— Dias mais alegres — Lili concordou. Quando o carro parou na frente da estação, o general a conduziu pessoalmente. Eve, sem saber o que pensar, seguiu-a, ainda equilibrando os pacotes. Os assentos do carro eram ricamente estofados; o cheiro do couro caro sobrepunha-se ao do óleo do motor. Lili agitou seu lenço pela janela para o general, e então as portas foram fechadas e elas seguiram. Com muito mais luxo que o vagão de um trem apertado.

Lili não falou nada. Seus olhos encostaram no motorista e então ela fez um comentário ou dois sobre o calor, como faria qualquer dama aristocrática viajando no verão. As perguntas subiam pela garganta de Eve e a sufocavam, mas ela ficou olhando para seu colo, como deveria fazer a empregada. O carro permaneceu em silêncio quando cruzaram para a Bélgica. No carro de um general — e o de um príncipe coroado não ficaria atrás —, elas passavam livremente pelos *checkpoints*. Apesar de o motorista ter se oferecido para levá-las até seu destino, Lili recusou com um sorriso encantador e pediu para ser deixada na estação de trem mais próxima. Um lugar muito menor que a estação em Lille, apenas uma plataforma com alguns poucos bancos.

— *Merde* — ela disse assim que viram o carro brilhante desaparecer na estrada. — Eu não me importaria com uma carona até

Bruxelas. *Mon Dieu*, estou enjoada de trens! Mas levar um assistente do general alemão até a porta de tio Edward provavelmente seria condenável, não?

Eve estava em silêncio. Nem sabia por onde começar. A plataforma era quente e empoeirada, elas estavam sozinhas exceto por uma senhora que cochilava do outro lado, onde não podia escutar.

Lili deixou-se cair no banco mais próximo, acomodando sua mala ao lado.

— Então, pequena margarida — ela disse. — Você vai me acusar de ser uma espiã alemã só porque o general do Sexto Exército me conhece?

— Não. — Aquela ideia havia passado pela cabeça de Eve depois do primeiro sorriso do general, ela tinha vergonha de admitir, mas agora balançou a cabeça. Ela podia não saber nada, mas sabia que Lili não era uma agente dupla.

— Bem, agora você sabe meu nome verdadeiro. — Lili sorriu, tirando as luvas. — Poucas pessoas na rede sabem. Apenas Violette e tio Edward.

Violette, tenente leal como era, mataria Eve lentamente se ela colocasse a líder em perigo por revelar sua identidade. Eve aceitou o segredo, revirando-o.

— Louise de Bettignies. Quem é ela, então?

— Uma filha da pequena nobreza francesa que deveria, na verdade, ter sido atriz, considerando o tanto que adora usar novas identidades. — Ela pegou um lenço e passou na testa, no calor da manhã. — Mas as filhas da pequena nobreza francesa não se tornam atrizes, minha querida.

— O que elas f-fazem, então?

— Quando vêm de famílias tão pobres como ratos de igreja? Tornam-se governantas dos filhos de lordes italianos devassos e condes poloneses e princesas austríacas. — Louise estremeceu. — Balas, deixe-me lhe dizer, são *preferíveis* a martelar verbos franceses para pequenos herdeiros esnobes de castelos em ruínas e brasões extintos.

Eve testou o terreno, cuidadosa mas avidamente curiosa.

— E como Louise de Bettignies conheceu o príncipe coroado da Baviera? Ensinando os filhos dele?

— Os de sua prima, princesa Elvira. Megera. Rosto de batata, temperamento de carcereiro. Seus filhos doentes eram burros como uma porta e pensavam que eram donos do mundo. Meu treinamento acabou sendo útil. Governantas têm muita prática em espreitar e ouvir atrás das portas. Mas... — suspirou — era *tão* maçante. Eu dizia a mim mesma que pelo menos não estava carregando carvão numa mina ou trabalhando dezoito horas por dia numa lavanderia, destruindo meus dedos. Mas estava cansada de tudo aquilo. Estava chegando o momento de fazer uma escolha: atirar-me debaixo de um trem, como Anna Karenina, ou virar freira. Não cheguei a pensar seriamente sobre o convento. Sou muito frívola, na verdade.

O zumbido dos insetos de verão aumentou em torno delas; a temperatura caiu um pouco e a senhora do outro lado dos trilhos roncava em seu banco.

— De qualquer forma — Lili concluiu —, essa é Louise de Bettignies. Mas eu não sou mais ela, realmente. Transformei-me em Lili, e gosto *muito* mais dela.

— Entendo a razão. — Louise de Bettignies soava mais grandioso e um pouco idiota, uma mulher que usava golas de renda e não tinha nenhuma habilidade a não ser uma caligrafia bonita. Não combinava muito com a pequena Lili, com seu olhar penetrante e sua bolsa de fundo falso que escondia metade dos segredos do exército alemão. — Nunca deixarei isso escapar, Lili. Para ninguém.

Um sorriso.

— Confio em você, pequena margarida.

Eve sorriu de volta, a confiança dando-lhe uma sensação boa por dentro.

— *Merde.* — Lili suspirou de novo. — Esse maldito trem nunca vai chegar? — E elas nunca mais mencionaram aquilo.

A viagem de trem foi ruim, mas curta. A excitação do encontro delas com o general aos poucos acabou deixando Eve com pensamentos melancólicos sobre René e a noite anterior. Ela não se dava o trabalho de gravar as ruas que atravessavam no caminho para o ponto de encontro. Não queria ser capaz de identificar a casa de porta azul na qual elas eram rapidamente colocadas para dentro.

Lili entrou primeiro no escritório de tio Edward. Eve esperou na sala de estar do lado de fora, observada por um jovem tenente magricela. Lili saiu e deu uma piscada.

— Pode entrar. Vou caçar algum *brandy.* — Ela se inclinou para falar no ouvido de Eve, impedindo que o tenente a ouvisse. — Nosso querido tio parece *bastante* animado para vê-la. Talvez mais que apenas profissionalmente...

— Lili! — Eve sibilou, olhando para o tenente.

— Se você tirar a roupa do nosso bom capitão ou o fizer baixar a guarda, pergunte por que ele assumiu a sentença de prisão no lugar da enfadonha esposa — Lili sussurrou. — Morro de curiosidade! — Eve entrou para seu interrogatório com as orelhas queimando.

— Srta. Gardiner. — O capitão Cameron se levantou e Eve parou. Ela não sabia se tinha sido por ouvir seu nome verdadeiro, que não escutava pelo que parecia uma eternidade, ou se pela visão dele. *Eu tinha esquecido como você era.* Ela achava que se lembrava dele muito bem: rosto inglês fino, cabelo castanho-claro, mãos estreitas. Mas havia se esquecido das pequenas coisas, como ele cruzava as pernas quando se sentava, a maneira como entrelaçava as mãos magras e sorria claramente até o canto dos olhos. — Sente-se — ele disse, e Eve percebeu que ainda estava parada na porta.

Ela se sentou na cadeira de encosto reto do lado oposto a ele na mesa, gastando algum tempo para arrumar a saia.

— É bom ver você, srta. Gardiner. — Ele sorriu de novo, e Eve teve uma lembrança da primeira conversa deles na sala da pensão. Poderiam realmente ter se passado apenas dois meses? Quanta coisa podia acontecer em dois meses. Como um par de mãos francesas frias explorando seus quadris na noite anterior, as partes internas macias de seus cotovelos e pulsos, o interior de suas coxas, não, ela não ia pensar naquilo. Não ali.

Cameron olhou para ela e uma linha apareceu entre suas sobrancelhas.

— Você está bem? Você parece...

— Mais magra? Não c-comemos muito em Lille.

— Mais que isso. — Aquele traço de sotaque escocês na voz dele; ela também tinha esquecido aquilo. — Como estão as coisas, srta. Gardiner?

Dedos como aranhas, acompanhando sem pressa o contorno do lóbulo de suas orelhas.

— Muito bem.

— Tem certeza?

Lábios finos contornando seu umbigo, os espaços entre os dedos.

— Eu f-f-f... Eu faço o que é necessário.

— Faz parte do meu trabalho avaliar nosso pessoal, não apenas recolher informações. — Aquela linha entre os olhos do capitão Cameron não havia desaparecido. — Seu trabalho tem sido soberbo. Alice Dubois... O quê?

— Nada, capitão. Eu a chamo de Lili. No dia em que nos conhecemos, ela disse que Alice Dubois soava como uma professora magricela com cara de lata de lixo.

Ele riu.

— Sim, ela diria isso. Ela foi incansável nos elogios a você, agora mesmo. Você tem feito um trabalho de primeira classe, mas — seus olhos a penetraram — o preço disso pode ser alto.

— Não para mim. — *Beijos de olhos abertos ainda encarando, encarando, encarando.* Eve olhou para Cameron, tomando cuidado para que suas mãos não apertassem suas coxas. — Fui f-f-feita para isso.

O capitão Cameron ainda a olhava, registrando todos os detalhes do rosto de Eve. Ele não estava de uniforme, apenas um velho terno cujo paletó estava jogado sobre a cadeira. As mangas da camisa arregaçadas mostravam seus pulsos magros. Mas, assim como ele parecia um professor universitário, poderia ser perigoso esquecer que era um interrogador. Ele podia tirar informação antes que você percebesse que ela estava saindo de sua boca.

Então Eve deu um sorriso alegre, uma garota fácil de lidar que não deixava suas emoções transparecerem.

— Pensei que estivéssemos aqui para falar sobre a visita do *K-K-K...* — um punho batendo no joelho para libertar a palavra — a visita do *Kaiser*, capitão.

— Os seus ouvidos foram os primeiros a receber a informação. Conte-me do começo.

Eve transmitiu os detalhes de novo, de forma clara e concisa. Ele ouviu, tomando notas. Piscava uma vez ou outra. Tão bom ver um homem que podia *piscar*.

Ele se recostou, observando suas anotações.

— Alguma coisa mais?

— O horário da chegada do *Kaiser* acaba de mudar... Ele chega uma hora depois do planejado.

— Isso é novidade. Onde você ouviu?

— S-Servindo as mesas. — *De René, depois que ele terminou, mas antes de sair de dentro de mim. Ele gosta de ficar ali por um tempo, até que seu suor fique frio, e então começa... a falar.*

O capitão Cameron percebeu algo nos olhos dela.

— O que foi, srta. Gardiner?

Como Eve gostava de ouvir seu próprio nome de novo, especialmente da boca dele. Ela gostava tanto disso e sabia que não era uma boa ideia.

— Melhor você continuar me chamando de M-Marguerite Le François — ela disse. — Mais seguro.

— Muito bem. — As perguntas sobre a visita do *Kaiser* continuaram. O capitão Cameron examinou o assunto de todos os ângulos, isolando os detalhes que Eve podia oferecer. Ele conseguiu tirar dela uma ou duas coisas sobre as quais ela não tinha pensado e pareceu satisfeito. — Isso deve ser suficiente — ele disse, levantando-se. — Você foi de grande ajuda.

— Obrigada. — Eve também se levantou. — Diga à RFC para não errar. Diga-lhes para b-bombardear aquele trem até que fique em *pedaços*.

A intensidade dela provocou uma resposta no olhar dele.

— Combinado.

Quando ela se virou para a porta, ouviu a voz dele de novo, com seu leve sotaque escocês.

— Seja cuidadosa.

— Eu *sou* cuidadosa. — Ela colocou a mão na maçaneta.

— Você é? Lili se preocupa. Ela se preocupa com todos os contatos, já que é um pouco como uma mãe. Mas ela disse que você está caminhando na corda bamba.

O peso de René no escuro.

— Como você diz, ela é uma mãe.

A voz dele ficou mais próxima:

— Eve...

— Não me chame assim. — Ela se virou, adiantando-se até ficarem nariz com nariz. — Não é mais meu nome. Eu sou Marguerite Le François. Você me transformou em Marguerite Le François. Não serei Eve de novo até a guerra acabar, ou até eu *morrer*. Entendeu?

— Ninguém precisa morrer. Seja cuidadosa...

— *Pare*. — Ela queria se curvar para a frente e colar a boca na dele. Isso o faria parar de falar, e ela sabia que os lábios dele seriam quentes. *Você não pode. Você vai gostar muito disso*. Mas, assim como ouvir seu nome na voz macia dele, isso seria ruim para Marguerite e para o trabalho.

Ela começou a se afastar, mas a mão do capitão Cameron segurou seu pulso.

— É muito difícil — ele disse calmamente. — O que fazemos. Tudo bem acharmos difícil. Se você quiser falar comigo...

— Eu não quero *falar* — ela se soltou.

— Pode lhe fazer bem, Eve.

Ela não podia mais ouvi-lo falar seu nome. Ela *não* podia. É claro que era por isso que ele estava falando — ela tinha apresentado um ponto fraco e ele estava insistindo nele, o condutor verificando se sua carga estava a ponto de quebrar. Era parte do trabalho dele *avaliá-la*. Eve levantou o queixo, levando a conversa numa direção que o pegou de surpresa.

— Ou você me deixa sair desta sala, Cameron, ou me l-leva para algum outro lugar, onde não teremos de falar.

Ela não fazia ideia de onde aquelas palavras tinham vindo. *Idiota, idiota!* Cameron a encarou, completamente surpreso, mas com a mão ainda no pulso dela. Eve sabia que deveria se afastar, mas uma parte faminta dela queria se aproximar e que se danassem as consequências. Ela queria se deitar com aquele homem, cujas palavras e reações ela não precisaria analisar, medir e pesar.

Mas Cameron se afastou, ajustando em silêncio o aro dourado em sua mão esquerda.

— Sua mulher o m-mandou para a prisão — Eve disse secamente. — Pelo que ouvi. — As palavras não pronunciadas eram: *O que você deve a uma esposa como essa?*

Ele se virou.

— Quem lhe contou...?

— O major Allenton, em Folkestone. Por que você se confessou culpado, se foi sua esposa quem cometeu a fraude? — Eve tinha Cameron na defensiva pela primeira vez e continuou pressionando.

— Acredito que não seja segredo. — Ele se afastou, colocando as mãos no encosto de uma cadeira. — Pensei que eu devia salvá-la da prisão. Minha esposa sempre foi infeliz. Ela queria um filho, desesperadamente, e não conseguia ter. Ela sempre pensava que tinha chegado a hora, então, com o desapontamento de todos os meses, fazia coisas estranhas. Roubava coisas, depois fazia uma confusão quando elas desapareciam. Demitia empregadas por estarem ouvindo atrás da porta, quando na verdade elas estavam do outro lado da casa. Ficava obcecada por dinheiro, guardando para o futuro do filho que ainda nem tínhamos, e dizia que suas pérolas tinham sido roubadas para que pudesse pegar o dinheiro do seguro... — Ele esfregou a testa. — Quando descobriram, ela me pediu que cumprisse a sentença por ela. Alguém precisava ir para a prisão, e ela disse que estava com muito medo. Eu quis poupá-la. Ela é muito frágil.

Ela é uma mentirosa que ficou feliz de fazer você cumprir a pena pelo crime que ela cometeu, Eve pensou. *Mesmo que destruísse sua carreira ou sua vida.* Mas isso soava muito cruel e rancoroso, e ela não falou.

— Ela terá um filho na primavera. — Ele se virou. — Está muito mais calma agora que finalmente aconteceu. Está... mais feliz.

— Você não está.

Ele balançou a cabeça negando de maneira hesitante, mas Eve podia lê-lo como um livro. Ele estava cansado e deprimido, os dois estavam, e poderiam em breve morrer naquele lugar infernal de guerra e sangue. Ela se aproximou, sabendo que era uma péssima ideia, mas foi incapaz de parar, pois queria muito afastar os pensamentos das mãos de aranha e da voz monótona de René. *Estou aqui*, ela pensou. *Possua-me.*

Cameron levantou a mão dela, levando-a até os lábios. O triste gesto de um cavaleiro errante que não pode nunca se aproveitar de uma dama. Estavam na ponta da língua de Eve as palavras para que ele soubesse que ela não era mais inocente, que ele não estaria tirando nada que René Bordelon não tivesse tirado primeiro. Mas ela não podia falar aquilo. Ele a removeria de Lille. Ele faria isso de qualquer forma se ela se deitasse com ele como queria. *Idiota*, a voz de Marguerite sussurrou na cabeça de Eve. *Garota estúpida, o que Lili lhe disse? Todos acham que em uma* horizontale *não se pode confiar, e você vai se oferecendo para ele como uma prostituta?*

Ele não pensaria isso de mim, Eve ponderou. *Ele não é tão limitado assim.*

Mas Marguerite estava mais cautelosa. *Não arrisque nada.*

Eve deu um passo para trás. Nada muito explícito havia sido dito, quase... Ela poderia negar que tivesse sido íntima, mesmo que ambos soubessem.

— Perdoe-me, tio Edward. T-Terminamos aqui?

— Terminamos, *mademoiselle*. Cuide-se em Lille.

— Lili cuida de mim. Ela e Violette.

— Marguerite, Lili e Violette. — Ele sorriu, e a preocupação em seus olhos parecia quase agonia. — Minhas flores.

— *Fleurs du mal* — Eve ouviu-se dizer e estremeceu.

— O quê?

— Baudelaire. Não somos flores para serem colhidas e protegidas, capitão. Somos flores que florescem no mal.

19

CHARLIE

Maio de 1947

Quatro martínis levaram Eve direto do jantar para a cama, mas eu ainda estava agitada. E muito cansada para caminhar. O Pequeno Problema bebia minha energia como chocolate quente; eu esperava que essa parte da gravidez acabasse logo. Mas, cansada ou não, não estava pronta para ir para o quarto. Finn, então, afastou sua cadeira da mesa, colocando no bolso as balas da Luger que Eve tinha lhe dado.

— Tenho um trabalho para fazer no carro. Me ajuda com a lanterna?

Chovera enquanto comíamos, por isso a noite estava quente e com cheiro de chuva. O asfalto brilhava debaixo das luzes, e os carros passavam com barulho de pneus molhados. Finn mexeu no porta-malas e pegou uma lanterna e uma caixa de ferramentas.

— Mantenha isso parado — ele disse, entregando-me a lanterna e abrindo o capô.

— O que está errado com a velha belezura agora? — perguntei.

Ele mergulhou nas vísceras do Lagonda.

— Tem um velho vazamento em algum lugar. Aperto as peças sempre para ter certeza de que não vai piorar.

Fiquei na ponta dos pés, apontando o foco da lanterna enquanto um grupo de garotas francesas barulhentas passou.

— Não seria mais fácil achar o vazamento e consertá-lo?

— Na verdade, não.

Com a viagem agradável que tivéramos hoje, o calor do sol e a nova relação de camaradagem que estabelecemos entre nós três, eu estava animada para chegar a Limoges. *Rose.* Quanto mais perto eu ficava do último lugar em que ela esteve, mais aumentava minha esperança de que ela realmente podia estar viva e esperando por mim. Assim que fôssemos Rose e eu de novo, de braços dados contra o mundo, eu poderia fazer qualquer coisa.

— Vamos — Finn resmungou para uma porca ou parafuso teimoso, ou seja lá o que fosse. Seu sotaque escocês estava mais acentuado, como sempre acontecia quando estava tentando persuadir o carro a cooperar. — Sua lata-velha enferrujada... — Ele trabalhava com um alicate, para a frente e para trás. — Segure a lâmpada um pouco mais alto, senhorita...

— Finn, se você me chamar de *senhorita*, destrói meu disfarce. Como diriam os espiões feito Eve. — Toquei minha aliança falsa. — Eu sou a sra. Donald McGowan, lembra?

Ele tinha um parafuso para soltar ou apertar ou o que quer que fosse.

— Grande ideia, o anel.

— Preciso de uma foto do meu Donald — falei. — Alguma coisa para onde eu possa olhar romanticamente enquanto digo que meu coração está na sepultura.

— Donald teria gostado que você seguisse com sua vida — disse Finn. — Você é jovem. Ele diria para você se casar novamente.

— Eu não quero me casar. Quero encontrar Rose e então talvez cuidar de um café.

— Um café? — Ele olhou para cima das vísceras do Lagonda, o cabelo caindo sobre seus olhos. — Por quê?

— O dia mais feliz da minha vida eu passei com Rose em um café francês. E pensei que, talvez, se a encontrar... É uma ideia, de qualquer jeito. Tenho que fazer algo com meu futuro. — Agora que eu tinha o Pequeno Problema com o qual me preocupar, precisava de um novo plano para além daquele antigo de minha mãe: "Consiga Bs na Bennington até que você fisgue um bom jovem advogado". Estranhamente, não estava achando meu futuro sem forma assustador como poderia acontecer. Eu podia fazer alguma coisa de que gostasse agora. Arrumar um emprego. O que faziam, no mundo prático, os formados em matemática? Eu não queria ser professora, não poderia ser contadora, mas... — Posso cuidar de um pequeno negócio, como um café — eu disse, como que experimentando, imaginando uma fila de livros de registros contábeis ordenadamente preenchidos com minhas colunas de números.

— Donald não gostaria disso. — Finn deu um fraco sorriso ao trocar o pequeno alicate. — Uma viúva atendendo mesas e cuidando do caixa?

— Donald era mesmo um pouco moralista — confessei.

— Que Deus o tenha — Finn disse, com o rosto impassível.

Que diferença faziam alguns dias. Ele costumava falar como se tivesse de pagar um dólar para cada palavra que saísse de sua boca, e agora estava ali fazendo piadas.

— O que *você* quer fazer?

— Como assim, sra. McGowan?

— Bom, você com certeza não vai trabalhar para Eve para sempre, preparando café da manhã de panela para curar as ressacas dela e a desarmando toda noite antes de dormir. — Senti a brisa noturna úmida, tinha cheiro de que mais chuva estava chegando. Dois senhores com o chapéu amarrotado se apressaram para casa atravessando a rua e olhando preocupados para o céu. — O que você faria se pudesse fazer qualquer coisa?

— Antes da guerra, eu trabalhava em uma oficina. Sempre pensei que abriria a minha. Consertar o carro das outras pessoas, fazer algum trabalho de restauração... — Finn terminou dentro do Lagonda e baixou gentilmente o capô. — Não acho que isso vá acontecer agora.

— Por que não?

— Eu não seria muito bom para administrar o negócio. Além disso, há vários ex-soldados procurando trabalho e mais ainda procurando empréstimos bancários. Quem daria um bom emprego numa oficina ou um empréstimo para um ex-soldado com a marca de Pentonville em sua ficha? — ele disse, de maneira prática.

— É por isso que você está indo para Limoges comigo e Eve? — Desliguei a lanterna e a devolvi. Havia uma luz fraca que vinha da iluminação da rua, mas tudo parecia muito escuro sem o brilho da lanterna. — Eu sei por que estou indo e sei por que Eve está indo. Mas e você?

— Não tenho muito mais que fazer. — Sua voz macia tinha um sorriso. — Além disso, eu gosto de vocês duas.

Hesitei.

— Por que você foi para a prisão? E não diga que foi porque roubou um cisne em Kew Gardens ou pegou joias da Coroa — apressei-me, mexendo em minha aliança falsa. — De verdade... O que aconteceu?

Ele limpou lentamente a mão suja de óleo com um pano.

— Eve nos contou que foi espiã na Grande Guerra. Eu contei para você que dormi com metade de uma fraternidade. Você sabe os *nossos* segredos.

Ele guardou a caixa de ferramentas no porta-malas, virou o pano do lado limpo e começou a tirar as marcas de chuva da carroceria azul-escura do Lagonda. Através da grande janela do hotel, o porteiro da noite nos observava.

— Eu vi algumas coisas ruins — disse Finn — durante o último ano da guerra.

E ficou em silêncio por tanto tempo que pensei que não fosse dizer mais nada.

— Tenho um temperamento complicado — ele disse finalmente.

Eu sorri.

— Não, não tem. Você é o homem mais controlado que eu conheço...

De repente ele bateu com a mão aberta na lataria. Eu pulei, e minha voz sumiu.

— Tenho um temperamento complicado — ele repetiu. — Os meses depois que deixei meu Regimento não foram calmos. Eu saía, ficava bêbado, começava brigas. Cheguei até a ser preso por uma delas. Ganhei uma temporada em Pentonville por agressão.

Agressão. Que palavra horrível. Olhei para Finn e simplesmente não consegui ver aquilo.

— Com quem você brigou? — perguntei.

— Não sei. Nunca o tinha visto antes daquela noite.

— E por que você brigou com ele?

— Não me lembro. Eu estava destruído, andando por aí com raiva. — Ele apoiou as costas no Lagonda, os braços cruzados. — Ele disse alguma coisa, vai saber o quê. Eu o acertei. E continuei batendo. Seis pessoas me seguraram quando comecei a bater a cabeça dele no batente da porta. Graças a Deus me tiraram de cima dele antes que eu quebrasse sua cabeça.

Fiquei em silêncio. Estava garoando levemente.

— Ele melhorou — Finn disse. — Em algum momento. E eu fui para Pentonville.

— Você bateu em alguém desde então? — perguntei, porque eu precisava dizer alguma coisa.

Ele olhava fixamente para a frente, sem focar em nada.

— Não.

— Talvez seu temperamento não seja o problema.

Ele deu uma breve risada.

— Eu bato num homem até acabar com ele, quebro seu nariz, seu maxilar e sua cavidade ocular, além de quatro dedos, e meu temperamento não é o problema?

— Você se envolveu em brigas assim antes da guerra?

— Não.

— Então talvez o temperamento não seja realmente você. É a guerra. — Ou, ainda, o que quer que ele tenha visto. Fiquei me questionando o que era, mas não perguntei.

— É uma desculpa esfarrapada, Charlie. Como se todo soldado que voltasse para casa fosse para a prisão.

— Alguns vão para a prisão. Alguns voltam para o trabalho. Alguns se matam. — Pensei dolorosamente em meu irmão. — Cada um é diferente.

— Você devia entrar — Finn disse abruptamente. — Antes que fique toda *drookit*.

— Tem uma ianque aqui. Não sei o que isso significa.

— Antes que você fique toda encharcada. Não é bom para a criança, sra. McGowan.

Ignorei aquilo, apoiando-me no Lagonda ao lado dele.

— Eve sabe?

— Sim.

— O que ela disse?

— "Tenho um fraco por homens bonitos com sotaque escocês e ficha na prisão, então vou lhe dar uma chance." E nunca mais falou sobre o assunto. — Ele balançou a cabeça, o cabelo caindo sobre os olhos de novo. — Ela não julga as pessoas.

— Eu também não.

— Você não deveria andar com uma maçã podre como eu.

— Finn, sou uma ex-boa menina e uma atual futura mãe solteira. Eve é uma ex-espiã e uma atual bêbada. Você é um ex-condenado e um atual mecânico, motorista e cozinheiro de café da manhã inglês. Sabe por que nenhum de nós julga? — Bati no seu ombro com o meu até que ele finalmente olhou para mim. — Porque nenhum de nós tem o maldito direito de olhar para os pecados dos outros.

Ele olhou para mim com um sorriso invisível que começou e terminou no canto dos olhos.

Eu me ajeitei e me sentei sobre o capô do Lagonda. Isso me fez ficar quase no nível de Finn quando ele virou o rosto para mim. Inclinei-me para a frente para colar a boca cuidadosamente na dele. Seus lábios eram macios e seu maxilar robusto, exatamente como da primeira vez que eu tinha tentado beijá-lo. Exatamente como da primeira vez, suas mãos subiram para minha cintura, mas dessa vez eu o beijei antes que ele conseguisse se esquivar. Acho que não conseguiria suportar se ele me afastasse de novo.

Mas ele não o fez. Baixou a cabeça, tomando meus lábios longamente. Suas mãos eram grandes e quentes em minha cintura e me puxaram para mais perto dele na beira do capô do Lagonda. Deixei minhas mãos escorregarem pelo seu cabelo desarrumado, por onde elas queriam ir, e as dele deslizaram por baixo da minha nova camisa listrada. Ele não passou acima dali, apenas deslizou as costas dos dedos bem devagar para cima e para baixo dos lados da minha cintura enquanto nos beijávamos. Eu estava tremendo toda quando nos separamos.

— Deixei graxa de motor em você — ele disse, olhando para suas mãos manchadas de óleo. — Desculpe, garota.

— Isso sai — respondi. Não queria tirá-lo de mim, seu cheiro, seu sabor ou sua graxa de motor. Queria continuar a beijá-lo, mas era uma rua aberta e a garoa logo ia virar chuva, então deslizei do carro e voltamos para o hotel. *Venha para o meu quarto*, eu queria dizer, *suba comigo*, mas o porteiro da noite estava nos lançando um daqueles olhares bem franceses, uma expressão impassível sobre olhos atentos.

— *Bonsoir, monsieur Kilgore* — ele saudou Finn, os olhos piscando para o registro do hotel que havíamos assinado. — *Madame McGowan.*

— Maravilha — resmunguei assim que voltei para meu quarto solitário. — Não apenas arruinei a reputação da srta. Charlie St. Clair como a da sra. Donald McGowan. — Meu Donald teria ficado chocado.

20
EVE

Julho de 1915

O presente de René, dado com um floreio logo depois que Eve retornou de viagem, foi um robe de seda. Rosa-avermelhado, fino o suficiente para passar através de um anel, mas não novo. Cheirava vagamente a perfume de mulher, alguma mulher que sem dúvida o viu ser confiscado durante uma inspeção, e agora estava com Eve.

Ela imaginou o trem do *Kaiser* sendo reduzido a pedacinhos e deixou que isso lhe desse prazer, deixou que esse prazer transparecesse em seu rosto enquanto esfregava a bochecha na seda.

— Obrigada, *m-monsieur*.

— Fica bem em você. — Ele se deitou de costas, claramente satisfeito porque ela agora estava bem-vestida, combinando com o entorno. Eve se pegou sombriamente entretida com o alívio estético dele.

Eles estavam em seu opulento escritório. Ele vestia um de seus bonitos roupões, como normalmente fazia enquanto esperava Eve terminar o banho para se livrar de qualquer possível cheiro de comida depois do longo turno da noite. Agora que ela aparecia com o robe de seda e não mais com a toalha ou seu vestido preto de trabalho, não era mais antiestética.

— Estou com vontade de levá-la para um lugar. — Ele abriu a garrafa de licor de flor de sabugueiro, vertendo a quantidade modesta de que sempre se servia e a dose generosa que fazia a cabeça de Marguerite rodar. — Não gosto de encontros noturnos rápidos. Estou planejando uma pequena viagem para Limoges em breve. Talvez eu a leve comigo.

Eve deu um gole em seu licor.

— Por que Limoges?

— Lille é triste. — Ele fez uma careta. — Será prazeroso andar por uma rua que não tem nome alemão. Estou pensando em abrir um segundo restaurante. Limoges pode ser o lugar. Vou tirar um fim de semana para procurar possíveis locais.

Um fim de semana com René Bordelon. Não eram as noites que faziam Eve estremecer, mas os dias. Jantares longos, xícaras de chá, caminhadas à tarde ao lado dele, tendo de ponderar todas as palavras e controlar todas as reações. Ela estaria exausta bem antes de chegar aos lençóis e ao que acontecia entre eles.

Depois de metade de uma partida de xadrez e duas taças do fogo perfumado da flor de sabugueiro, eles foram para o quarto. Após o intervalo conveniente depois da conclusão das coisas ali, Eve colocava de volta seu vestido de trabalho e se arrumava para ir para casa. Observando-a se vestir, René soltou um pequeno *tsc*.

— Essa saída antes de os lençóis ficarem frios — ele disse — é muito pouco civilizada.

— Não q-q-quero que falem, *monsieur*. — Isso sem mencionar o fato de que Eve não ousava cochilar na presença dele. E se ela murmurasse em alemão ou inglês durante o sono, ou alguma outra coisa que não pudesse explicar? Não era bom nem pensar sobre isso. *Se você passar uma noite com ele em Limoges, terá de pensar nisso.* — Farão fofoca na cidade se eu não for para casa à noite — ela disse, calçando as meias. — O p-padeiro mija na massa que usa para o pão das mulheres que... dormem com os alemães.

René pareceu se divertir.

— Eu não sou alemão, minha querida.

Você é pior. Um Judas francês que traía por dinheiro. Alemães eram odiados em Lille, mas homens como René Bordelon eram odiados com uma paixão ainda maior. *Quando os alemães perderem a guerra, você será o primeiro enforcado em um poste.*

— Eu seria desprezada — Eve disse. — Ameaçada.

Um movimento de ombros.

— Se alguém ameaçá-la, basta me dar os nomes. Eles serão reportados para os alemães e acabarão levando uma multa que vai arruiná-los, ou vão passar um tempo na prisão, talvez pior. O *Kommandant* me faria o favor, pois deseja reduzir as discórdias entre os civis.

A ideia de que alguém pudesse ser arrastado para uma cela ou multado de forma que tivesse de passar fome não parecia perturbar minimamente René. Eve o ouvira várias vezes passando nomes para os oficiais alemães durante o *brandy* do jantar: pessoas das quais ele não gostava, que esconderam suprimentos, falaram contra os invasores. Mas ouvir a sugestão tão casualmente... Ela estudou sua expressão. Aquilo realmente não mexia com a consciência dele.

— Você ainda é mesmo tão tímida, minha querida? — Ele inclinou a cabeça. — Muito tímida para deixar as pessoas saberem que agora você é minha?

— Eu só não quero p-pão com urina — Eve sussurrou, como em agonia pelo constrangimento. Na verdade, era horror.

René ficou entre o riso e a carranca diante da honestidade dela. Para alívio de Eve, ele decidiu pelo riso.

— No fim, Marguerite, vou ensiná-la a ser indiferente ao que os outros pensam. É bastante libertador não ligar para a opinião de ninguém a não ser a sua. — Ele parecia refinado mesmo nu, sua carne pálida e macia nos lençóis. — Limoges em breve. Vou levá-la comigo. Você pode inventar alguma história sobre uma tia doente para contar à equipe, se quiser. Publicamente, posso demonstrar insatisfação com isso.

— Obrigada, *monsieur*. — Mas Eve não tinha intenção de ir com ele para Limoges. Em dois dias, se tudo corresse bem, o *Kaiser* estaria morto e o mundo seria refeito.

Não será tão fácil, ela disse para si mesma. Guerras são máquinas gigantescas; elas não param instantaneamente com a morte de um homem, mesmo se esse homem for o rei. Mas, ainda que a guerra não terminasse, o mundo já seria um lugar completamente diferente. Nesse mundo, René Bordelon faria rapidamente uma revisão de quem eram seus aliados e seus inimigos, e não tiraria fins de semana de lazer em Limoges.

Os dias antes da chegada do *Kaiser* passaram na velocidade de um iceberg, e as noites na cama imaculada de René moviam-se ainda mais lentamente, mesmo com ela descobrindo fatos intrigantes e números sobre bases aéreas locais que tio Edward acharia muito interessantes. Por fim, o dia chegou, quente e abafado desde as primeiras horas, e as *fleurs du mal* se encontraram em silêncio. Eve viu a mesma expressão nos olhos perspicazes de Lili e nos desconfiados de Violette: uma esperança tão violenta que tinha de ser contida como um monstro. Elas se apressaram para sair da cidade sem dizer nada, indo para os montes verdes.

— Não devemos ir ver aquele trem — disse Violette.

— *Tais-toi* — disse Lili. — Eu vou enlouquecer se tiver de ficar sentada ouvindo os aviões na minha cabeça. Além disso, não posso fazer meu relatório para tio Edward até saber o resultado, por isso não há sentido em voltar para minha rotina.

— Péssima ideia — Violette resmungou, mas ninguém lhe respondeu.

Elas seguiram pelas fazendas locais, pequenas e devastadas, e as três posicionaram-se no morro de onde se podiam ver a distância os trilhos do trem. Era o mesmo morro onde Lili e Eve tinham estado para mapear o terreno para o ataque. Violette mastigava um pedaço de grama em silêncio, Eve flexionava e esticava os dedos, Lili falava como se estivesse em uma festa:

— Comprei o chapéu mais horrível em minha última viagem por Tournai. Rosas de cetim azul com uma rede; deixei-o no trem e provavelmente ainda está lá. Ninguém que tenha dignidade roubaria uma pilha de cetim azul...

— Lili — disse Eve —, cale a boca.

— Obrigada — disse Violette, falando pela primeira vez em duas horas. Elas olhavam fixamente para os trilhos do trem, como se a concentração pudesse destruí-los. O sol estava mais alto.

Os olhos de Lili mostraram-se os mais atentos.

— Aquilo é...

Uma pequena coluna de fumaça. Um trem.

Ele apareceu tranquilamente, muito distante para ouvir suas rodas ou o som do vapor de seu motor. Muito distante para se perceberem detalhes... Mas, de acordo com a informação de Eve, era ele. O trem que levava o *Kaiser* Wilhelm anonimamente para o front.

Eve olhou para cima. O céu azul estava vazio.

A pequena mão de Lili cobriu a de Eve na grama, segurando-a com força.

— *Nique ta mère* — ela disse, os olhos seguindo os de Eve pelo céu. — RFC desgraçada...

O trem se aproximava. Lili segurava a mão de Eve como uma prensa. Eve buscou a mão de Violette do outro lado e a segurou com a mesma força. Violette apertou a mão dela de volta.

Quando Eve ouviu o som baixo de aviões, pensou que seu coração fosse parar. Por um momento, era apenas um zumbido, como o de abelhas, e então ela os viu, dois aviões em formação como águias. Ela não sabia se eram monoplanos ou biplanos; não entendia nada de aviação, apenas conhecia os termos técnicos sem sentido que guardava na memória quando os oficiais alemães falavam durante a sobremesa. Mas esses aviões eram bonitos, e ela soltou um suspiro. Lili murmurava obscenidades que soavam como orações, e Violette se transformara em pedra.

— Sabe — Eve se ouviu dizer, tensa. — Eu nem sei como aviões bombardeiam seus alvos. Eles apenas jogam os explosivos em cima?

Dessa vez, foi Lili quem disse:

— Cale a boca.

O trem se mostrava inteiro. Os aviões passavam pelo céu azul. *Por favor.* Elas estavam pensando a mesma coisa. *Por favor, acertem o alvo.* Façam tudo terminar agora, neste dia com cheiro de grama quente e com o som de passarinhos.

Elas estavam muito longe para ver explosivos caindo, ou bombas, ou seja lá o que fossem. Veriam apenas a explosão, o fogo, a fumaça. Os aviões seguiam como pássaros preguiçosos sobre o trem. *Agora*, pensou Eve.

Mas não houve explosão.

Nem fumaça. Nem fogo. Nenhum descarrilamento que mandasse o trem pelos ares.

O *Kaiser* passava placidamente em direção a Lille.

— Eles falharam — Eve disse, entorpecida. — Eles f-falharam.

Violette falou com uma raiva vazia:

— Ou os explosivos falharam.

Façam mais uma tentativa, Eve uivou por dentro. *Tentem de novo!* Mas os aviões desapareceram, não como águias orgulhosas, e sim pardais de cauda baixa que haviam falhado. *Por quê?*

Quem se importava com o motivo? O *Kaiser* estava vivo. Ele iria para o front, veria seus soldados nas trincheiras, talvez passasse por Lille e fizesse um gesto de aprovação ao ver os relógios com o horário de Berlim, os *boulevards* renomeados com símbolos alemães. A não ser que ele fosse comer no Le Lethe e desse a Eve a oportunidade de enfiar uma faca de carne em seu pescoço ou temperar sua mousse de chocolate com veneno de rato, ele voltaria para a Alemanha vivo e bem, comandando a máquina de guerra tão facilmente quanto tinha passado com o trem pelo campo.

— Melhor assim. — Violette se levantou. Parecia que sua garganta estava cheia de cascalho. — A morte do *Kaiser* em Lille atrairia toda a atenção da Alemanha para cá. Seríamos todos pegos.

— E a guerra n-não teria simplesmente *terminado* — Eve ouviu--se dizer de forma vazia. — Não teria mudado m-m-m-m... — Ela não conseguiu fazer a palavra sair e não se importou em forçá-la. Apenas se levantou, alisando a saia com movimentos mecânicos.

Lili não se moveu. Olhava fixamente para o trem distante, com o rosto envelhecido.

Violette olhou para baixo, seus óculos brilhando.

— Levante-se, Lili.

— Aqueles malditos... — Lili balançou a cabeça. — Ah, seus canalhas.

— *Ma p'tite*, por favor. Levante-se.

Lili obedeceu. Olhou para baixo por um momento, chutando a grama, e, quando ergueu o queixo, estava sorrindo. Triste, mas sorrindo.

— Não sei vocês, *mes anges*, mas eu quero ficar bêbada hoje à noite.

Porém Eve não estaria lá dividindo o *brandy* vagabundo ou o uísque que Lili conseguiria. *Tenho o René hoje à noite*, ela pensou. *E amanhã à noite. E logo, se ele me levar para Limoges, eu o terei por dois dias e noites inteiros.*

Todas as noites tinham um ritmo. O banho. Cerca de dez minutos de silêncio, o robe de seda sussurrando na pele úmida, o gole de uma taça grande de licor de flor de sabugueiro. Enquanto Eve bebia, René colocava um disco e falava-lhe, talvez, sobre a peça de Débussy que estavam ouvindo ou como o impressionismo era expresso pela orquestra e quem eram os outros impressionistas da arte e da literatura, bem como da música. Essa era a parte fácil. Tudo o que Eve tinha de fazer era ouvir e demonstrar admiração.

Então chegava o momento em que René tirava a taça da mão dela e a levava para o quarto. E tudo se tornava difícil.

Seus beijos eram longos e lentos, e ele mantinha os olhos abertos. Seus olhos ficavam abertos o tempo todo, sem piscar, medindo, observando o menor suspiro, a respiração. Ele tirava Eve do robe de seda rosa com prazer, esticava-a sem pressa sobre os lençóis, então tirava o próprio robe e se deitava sobre ela, no seu tempo.

Eve desejava muito, mas muito mesmo, que ele se satisfizesse rápido e rolasse para o lado. Isso seria fácil.

— Nunca treinei uma virgem — ele disse na primeira vez. — Normalmente valorizo experiência mais que inocência. Vamos ver com que rapidez você aprende. Não acredito que eu vá lhe dar prazer nas primeiras vezes. É assim com as mulheres, sempre achei muito injusto.

René gostava de explorar todas as partes de Eve, contornando todas as cavidades e cantos de seu corpo, sua língua demorando-se nos espaços atrás das orelhas e nas cavidades de seus joelhos tanto quanto nos lugares mais esperados. Ele prolongava aquilo, feliz de brincar por horas, pegando a mão dela e a usando para explorar sua própria pele pálida e imaculada. Ele a virava, a colocava em poses, a posicionava e a explorava, observando e aprendendo com tudo.

— Seus olhos se arregalam só um pouco quando eu a surpreendo — ele observou uma noite. — Como os olhos de uma corça... — Então virou para seu seio e usou os dentes para um carinho áspero, rápido e experiente. — Como agora — disse, passando o polegar nos cílios dela. Não era algo sobre o qual Eve tivesse pensado: como a intimidade de pele contra pele removia outra camada das pessoas além da roupa; era outra maneira de as pessoas *se conhecerem. Eu não quero que ele me conheça*, ela pensou desesperadamente. Seu trabalho dependia de ele *não* a conhecer, mas todas as noites ele aprendia mais.

"É mais difícil mentir para quem nos conhece melhor", dissera o capitão Cameron em Folkestone. Eve afastou o pensamento dele, não querendo que ele estivesse por perto em suas noites na cama com René, mas o medo persistia. Se René a conhecesse bem o suficiente, ela seria capaz de continuar enganando-o?

Sim, ela pensou com determinação. *Significará mentir mais e melhor, mas isso você pode fazer. E lembre-se: você também o está conhecendo.*

Noite após noite, Eve conhecia as contrações de cada músculo de René, cada sinal de seus olhos. O homem protegido em seus ternos bonitos era mais fácil de ser lido agora que ela conhecia os movimentos de seus músculos nus.

Assim que ele acabava de brincar com ela, a união era rápida. Ele preferia ficar por trás ou por cima, a mão enfiada em seu cabelo para virar o rosto dela para trás, segurando-a de forma que pudesse ver todas as suas reações. Ele gostava que ela olhasse para ele. "Olhos abertos, pequena", ele ordenava frequentemente, nunca perdendo um movimento. E, quando ele finalmente permitia que seu próprio prazer terminasse com aquilo, afundava lentamente sobre ela, deixando que o corpo de Eve apoiasse o dele enquanto o suor esfriava, e retomavam uma conversa qualquer que estivessem tendo no escritório sobre Débussy ou Klimt ou vinho provençal.

Naquela noite, tinha sido sobre o *Kaiser*.

— Me contaram que ele ficou satisfeito com a visita. A base aérea recebeu a aprovação dele, embora tenhamos de nos perguntar o que ele pensou das trincheiras. Lugares horrendos, dizem.

— V-Você o encontrou? — Eve estava deitada, seus dedos enrolados nos de René em cima do travesseiro e suas pernas largadas ao redor das coxas magras dele. Em momentos como aquele, ele era bastante descuidado. — Espero que ele v-venha ao Le Lethe...

René viu um traço de emoção ali, por mais que ela mascarasse seu rosto com inocência.

— Assim você poderia cuspir no *vichyssoise* dele?

Eve encarou-o com leveza, sem mentir. Ela nunca mentia quando estavam pele com pele, não se pudesse evitar. Os pensamentos viajavam mais rápido pele a pele.

— Eu não cuspiria na sopa dele — ela disse sinceramente. — Mas p-p-pensaria nisso.

René riu, rolando para o lado. Sua carne afastou-se dela, e Eve reprimiu o tremor que sempre sentia.

— Dizem que ele é um homem vulgar, *Kaiser* ou não. Ainda assim, eu tinha esperança de que ele viesse ao restaurante. Teria sido marcante ser anfitrião de um imperador.

Eve se cobriu com o lençol.

— Ele ordenou alguma m-m... alguma mudança depois que viu Lille?

— Sim, muito interessante...

E René lhe contou.

— Você está conseguindo boas informações — Lili comentou na visita seguinte a Eve, alguns dias depois da partida do *Kaiser*. Ela havia aparecido quando Eve se arrumava para o turno da noite. Eve sentou-se penteando o cabelo enquanto Lili registrava o relatório. Ela segurou o papel de arroz e balançou a cabeça, meio com desprezo, meio se divertindo. — O *Kommandant* alemão realmente fala sobre novidades de artilharia em público, sobre taças de sorvete e *brandy*?

— Não. — Eve manteve os olhos no espelho do lavatório. — René Bordelon fala de modo privado, na cama.

Ela pôde *sentir* os olhos de Lili em suas costas.

Eve falou com a mais seca formalidade possível, mas ainda assim tropeçou no primeiro obstáculo:

— Um pouco antes de nossa conversa com tio Edward, eu me t-t-tornei... — O quê? *Concubina?* Ele podia usá-la, mas não a *possuía*. *Prostituta?* Ele não a pagava além do salário, exceto pelo licor de flor de sabugueiro e pelo robe que ela só podia usar em seu escritório. *Amante?* Não havia amor ali.

Mas Lili não precisou da frase completa.

— *Pauvre petite* — ela disse e pegou a escova da mão de Eve. — Sinto muito. Ele machuca você?

— Não. — Ela apertou os olhos. — Pior.

— Como?

— Eu... — A garganta de Eve se fechou. — Lili, eu... eu t-t-tenho tanta vergonha.

A escova passava pelo cabelo de Eve.

— Eu sei que você não é alguém cuja cabeça é facilmente influenciada, e foi por isso que achei que você poderia dar esse passo sem se comprometer. Mas esse tipo de coisa pode se tornar mais complicado do que prevemos. Você está começando a sentir *tendresse* por ele?

— Não. — Eve chacoalhou a cabeça amargamente. — Nunca neste mundo.

— Que bom. Se eu achasse que você está começando a viver um conflito, teria de reportar. E o faria — Lili disse, continuando a passar a escova no cabelo dela. — Gosto demais de você, mas o trabalho é muito importante para ser comprometido. Então, se não é *tendresse*, o que a deixa envergonhada?

Eve forçou-se a manter os olhos, que ardiam, abertos, encontrando o olhar de Lili pelo espelho.

— Nas primeiras v-vezes que fui para a cama com ele, p-p--prazer não era... pedido. — Ou mesmo esperado. — Agora...

Agora, no entanto, Eve tivera tempo para se acostumar com o que acontecia na cama imaculada. E René Bordelon tinha um padrão exigente de parceiras, assim como tinha com tudo. Prazer era esperado. Dar *e* sentir.

Isso havia levado a algo completamente inimaginável.

— Conte-me. — Lili soou prática. — Poucas coisas me chocam, pode estar certa disso.

— Estou começando a gostar — disse Eve, e fechou os olhos com força de novo.

Os movimentos longos com a escova em seu cabelo não pararam.

— Eu o desprezo. — Eve conseguiu manter a voz firme. — Então como posso ter prazer com o que ele f-f-f... com o que ele faz c-c--c... — A palavra não viria. Eve deixou-a morrer.

— Ele deve ser bom nisso — Lili disse.

— Ele é o *inimigo*. — Eve deu-se conta de que estava toda tremendo. Por raiva ou vergonha ou desgosto, ela não sabia. — Há colaboradores nesta cidade dos quais podemos ter p-pena... Mulheres que dormem com oficiais para poder alimentar a família, homens que trabalham para os alemães para manter os filhos aquecidos. Mas René Bordelon não é nada além de um *aproveitador*. Ele é quase tão mau quanto os hunos.

— Talvez — disse Lili. — Mas fazer amor é uma habilidade como qualquer outra, você sabe. Um homem mau pode ser um bom marceneiro ou um bom chapeleiro ou um bom amante. Habilidade não tem nada a ver com a alma.

— Ah, Lili... — Eve esfregou as têmporas. — Você soa tão f--francesa.

— Sim. E uma mulher francesa é *exatamente* a pessoa com quem se deve falar sobre coisas como essa. — Lili virou a cabeça de Eve para o espelho. — Então, o *monsieur* Aproveitador é bom no que faz entre os lençóis e você está se sentindo culpada por se divertir?

Eve pensou em René decantando um bom vinho e sentindo seu aroma, René engolindo uma ostra com um movimento lento.

— Ele é sofisticado. Seja quando está degustando uma taça de bordeaux ou um bom charuto ou... ou o meu corpo, ele se dedica a fazer as coisas do jeito certo.

— Uma reação física à habilidade — Lili disse cuidadosamente. — Não é um sinal do que está acontecendo na cabeça ou no coração, você sabe.

— Uma reação física que não está relacionada com a cabeça ou o coração é o que m-marca uma *prostituta* — Eve disse com brutalidade.

— Ah, ora essa. Isso é o que diria uma tia provinciana. Nunca ouça pessoas como essas, pequena margarida. Elas não apenas não se divertem, mas normalmente vestem chita e acham que o trabalho de casa é uma virtude.

— Eu ainda me sinto uma puta — Eve sussurrou.

Lili parou de penteá-la e apoiou o queixo na cabeça dela.

— Imagino que tenha sido sua mãe quem lhe disse que uma mulher que se diverte com um homem que não é seu marido é uma vadia, não?

— Algo assim. — Eve achava difícil não concordar com uma colocação daquelas. Ela olhava para René com nada menos que antipatia. Como suas mãos de pele fria, pacientes e criativas, podiam provocar alguma coisa mesmo que remotamente prazerosa? — Mulheres comuns não sentiriam isso — ela começou, mas Lili fez um gesto com a mão.

— Se fôssemos comuns, estaríamos em casa reutilizando as folhas de chá e enrolando ataduras para apoiar o esforço de guerra, não carregando Lugers e contrabandeando mensagens cifradas em grampos de cabelo. Lâminas de metal como eu e você não podem ser medidas pelos padrões usados para as mulheres comuns. — Lili tirou o queixo do topo da cabeça de Eve. — Ouça-me. Sou mais velha que você e consideravelmente mais experiente. Acredite quando digo que é completamente possível desprezar um homem e ainda se divertir com ele entre os lençóis. *Merde*, às vezes é até melhor desse jeito. Repulsa acrescenta uma certa intensidade... "espasmos de amor, espasmos de ódio, é tudo a mesma coisa". Puccini estava certo na *Tosca*.

Marguerite Le François não conheceria a *Tosca*, mas Eve sim.

— Tosca mata o homem antes que ele possa forçar a relação com ela.

— Talvez você mate Bordelon algum dia também. Pense nisso quando ele estiver sobre você. Isso lhe dará um espasmo de prazer, com certeza.

Eve se viu dando uma gargalhada de provocar lágrimas. O tom de Lili era leve, mas sua presença acolhedora e firme era um escudo para Eve.

— Então... — A líder da Rede de Alice se afastou, pegou duas xícaras do horrível preparado de alcaçuz fervido com folhas de nogueira, que não conseguia substituir o chá, e sentou-se de frente para Eve. — Você foi para a cama do *monsieur* Aproveitador pretendendo agradá-lo para conseguir espioná-lo.

— Sim.

— As informações que você consegue com ele são boas, muito melhores que as que consegue simplesmente servindo mesas — disse Lili. — E agora aprendeu que parte do que agrada seu aproveitador é deixá-lo agradar você. Você deve permitir isso se quiser continuar na cama dele coletando informações preciosas.

— Eu preferiria f-fingir prazer — Eve escutou-se dizendo. Estranha conversa para se ter no simples e pequeno quarto sobre xícaras de um terrível preparado de chá. Era tão prosaico quanto senhoras inglesas discutindo assuntos da igreja sobre pires de porcelana. — Mas não sou uma mentirosa boa o suficiente, Lili. Sou uma ótima mentirosa, mas não consigo reprimir o p-p... reprimir o prazer e fingi-lo ao mesmo tempo. Ele me lê m-muito bem agora.

— E ele está satisfeito com o que lê em você?

— Sim. Ele gosta um pouco de mim, eu acho. Vai me levar para um fim de semana em Limoges em breve.

— Então vá e tire tudo que puder dele. — Lili olhou para ela intensamente. — Cada taça de vinho antes da cama, cada *petit mort* na cama, cada notícia que ele deixar vazar depois da cama. Nosso trabalho tem poucos prazeres. A comida é terrível, a bebida é quase inexistente, os cigarros estão ficando escassos e as roupas são horríveis. Temos pesadelos e peles que parecem cinzeiros e vivemos com a expectativa constante de ser presas. Então não se sinta culpada pelo pouco de prazer que conseguir ter, seja de onde vier. *Aproveite.*

Eve tomou mais um gole do líquido amargo.

— Você não vai dizer nem uma p-p-palavra sobre pecado? — Lili era estranhamente devota, apesar de sua aparente frivolidade. Ela carregava um rosário sempre que cruzava as fronteiras e falava bem de seu confessor e das freiras em Anderlecht.

— Somos mortais. Pecamos. — Lili deu de ombros. — Essa é nossa tarefa na vida. *Le Grand Seigneur* nos perdoa... Isso é Dele.

— E qual é sua tarefa? Resgatar-nos quando estamos chafurdando no p-pântano? — Até mesmo a insensível Violette tinha seus momentos negros. Eve a vira deprimida e tremendo numa noite depois de perder um piloto abatido para um guarda alemão quando cruzava a fronteira, e fora Lili quem tirara Violette da escuridão, assim como fez naquela noite com Eve. — Você alguma vez fica com medo ou deprimida?

Lili levantou um ombro, quase irreverente.

— O perigo não me dá medo, mas não gosto de vê-lo. Agora, você não tem que trabalhar? Eu certamente tenho.

Ela se foi dez minutos depois, o relatório em papel de arroz enrolado dentro do cabo de seu guarda-chuva. Eve foi na outra direção, para o Le Lethe. Assim que entrou no restaurante, já sendo arrumado com toalhas de linho e a prataria, cruzou com Christine, que recolheu seu vestido.

— Puta — ela sussurrou, quase inaudível. Eve parou e olhou sobre o ombro. Levantou as sobrancelhas, fazendo com elas o arco devastador de Lili.

— Não sei do que você está falando.

— Eu vi você. — O cochicho de Christine foi maldoso, embora mantivesse os olhos nas velas que estava acendendo. — Subindo as escadas para os aposentos de *monsieur* Bordelon depois de terminado o turno. Ele é um aproveitador, e você apenas uma...

Eve deu um rápido passo para a frente, segurando o pulso de Christine.

— Diga uma palavra e eu faço com que você seja demitida. Uma fofoca e você está fora deste emprego, onde consegue restos de *tartiflette* e *bisque* de lagosta no fim do dia. Você me ouviu? — Ela afundou as unhas no punho de Christine, movendo-se de forma que os garçons que passavam com bandejas cheias de cristal não percebessem. — Eu posso fazer com que você seja *demitida* — Eve repetiu, sem gaguejar nem uma vez. — Posso colocá-la na lista negra. Você nunca vai conseguir outro emprego nesta cidade, e então morrerá de fome.

Christine desvencilhou-se.

— *Puta* — sibilou novamente.

Eve deu de ombros, afastando-se. Estivera se debatendo com aquela palavra já fazia alguns dias. Mas descobriu naquele momento que não queria ser chamada de puta por mais ninguém, menos ainda por uma mulher mais burra que uma vasilha de *bisque* de lagosta.

21
CHARLIE

Maio de 1947

— Eu me lembro disso. — Eve apontou para a ponte de pedra que cruzava o pequeno rio azul que passava por Limoges. Uma ponte romana, pensei, com uma aparência decadente e romântica, os pequenos carros franceses buzinando e passando rápido sobre ela davam um tom incongruentemente moderno. — Foi no crepúsculo, não à tarde — Eve continuou. — René Bordelon parou ali, bem perto do rio, e disse que sempre tinha achado que sentar ao ar livre era abominável para qualquer restaurante que não fosse um café comum, mas, se pudesse ter aquela vista, reconsideraria.

Ela se virou para o outro lado, as mãos enfiadas nos bolsos de seu suéter desgastado, e olhou para o gramado que subia a encosta, as árvores, os prédios que se espalhavam ao longo da margem.

— O filho da puta realizou seu desejo. Abriu seu segundo restaurante na margem do rio, com esta vista.

Ela foi descendo a rua de paralelepípedos. Olhei para Finn, e nós dois encolhemos os ombros ao mesmo tempo, caminhando atrás dela. Eve tinha acordado cedo, e conseguimos fazer a viagem de Paris para Limoges em um bom tempo. Ela estava falante de novo, a cada quilômetro trazia mais histórias da guerra, embora eu tivesse dificuldade para acreditar em algumas delas (um ataque fracassado contra o *Kaiser*?). Ela nos levou para um hotel perto da catedral medieval de Limoges, pediu que Finn estacionasse o Lagonda enquanto entrava e interrogava o *concierge* com um francês rápido, movimentando o endereço rabiscado que eu tinha lhe dado, o endereço do segundo Le Lethe, onde Rose havia trabalhado. Tão logo Finn voltou, Eve saiu pela cidade a pé, guiando-nos pelo emaranhado de ruas de paralelepípedos. Limoges era um lugar bonito: salgueiros curvando-se sobre a superfície do rio, pináculos de igrejas góticas marcando o horizonte, vasos de gerânios pendurados nas sacadas... E não tinha metade das ruínas do norte da França, que fora quase que completamente destruído pelos nazistas.

— É mais tranquilo aqui que em Paris — disse Finn, ecoando meus pensamentos. Ele caminhava em mangas de camisa, atraindo alguns poucos olhares de reprovação de homens franceses que usavam seus ternos de verão, mas as mulheres pareciam não se importar com sua aparência amarrotada, se é que se podia medir isso pelos olhares. Finn olhava de volta para todos os rostos que passavam, as jovens mães barulhentas com seus chapéus de palhinha, os homens mergulhados em seus jornais nas mesas de café. — Bochechas rosadas — ele observou. — Não tão atormentados ou tristes como as pessoas que vemos no norte.

— Esta foi uma zona livre — eu disse, finalmente conseguindo acompanhar os passos longos de Finn, agora que eu usava sandálias baixas e calças em vez de salto alto. — O grupo de Vichy não era algo sobre o qual se devia escrever para casa, mas as pessoas aqui ainda passaram melhor que as do norte.

— Heh — Eve bufou à nossa frente. — Não tenha tanta certeza. Eles tinham a Milícia para se preocupar, e a Milícia era formada por desgraçados terríveis.

— Milícia?

— A Milícia Francesa foi recrutada para caçar seu próprio povo para os alemães. Eu sempre odiei aqueles c-canalhas.

— Mas a Milícia não agiu durante a sua guerra, Eve. — Inclinei a cabeça, curiosa. — Você não fez parte da última guerra.

— É você que está dizendo, ianque.

— Espere, você trabalhou na Segunda Guerra também? O que você...

— Não é relevante. — Eve parou repentinamente, erguendo a cabeça enquanto o som dos sinos descia pelo ar preguiçoso do verão. — Esses sinos. Eu me lembro desses s-sinos. — Ela retomou sua caminhada pela margem do rio, e eu a segui, balançando a cabeça.

— Quando foi a última vez que você esteve aqui em Limoges, Gardiner? — Finn perguntou.

— Agosto de 1915 — Eve respondeu, sem olhar para trás. — René Bordelon me trouxe para um fim de semana.

Apenas algumas palavras, mas a suspeita que eu estivera alimentando tornou-se certeza. A suspeita sobre o elegante proprietário do Le Lethe. Eu soube pelo volume de ódio na voz de Eve que ele era especial para ela. Você não odeia tanto alguém sem ter um envolvimento muito pessoal. Agora eu sabia: ele tinha sido amante dela. Eve tinha ido para a cama com o inimigo para espioná-lo.

Olhei para ela, seu rosto marcado pelo orgulho e seus passos de soldado na rua de paralelepípedos. Ela não era muito mais velha que eu naquela época. *Você iria para a cama com um huno apenas para espioná-lo, Charlie?* Fingir que gostava dele, rir de suas piadas, deixar que ele desabotoasse minha camisa, tudo para que eu pudesse mexer em sua mesa e buscar nas conversas informação útil? Sabendo que poderia levar um tiro a qualquer momento se fosse pega?

Olhei para Eve e a admirei muito. Não queria apenas que ela pensasse bem de mim, eu queria ser mais parecida com ela. Queria apresentar Rose para ela: "Conheça a vaca louca que me ajudou a encontrar você quando todo mundo tinha desistido". Podia imaginar Eve lançando seu olhar de cima para baixo em Rose, e minha prima devolvendo-o. Podia imaginar nós três tomando drinques e conversando, o trio mais estranho de mulheres que se tornaram amigas.

Fiquei me perguntando se Eve alguma vez teve uma amiga que significou para ela o que Rose significava para mim. Em todas as suas histórias de guerra, a única mulher que ela mencionava era Violette, que em Roubaix tinha lhe cuspido no rosto.

— De repente temos uma cara séria aqui — disse Finn, olhando para mim.

— Só pensando. — Eu não podia estar triste. O sol estava quente na minha cabeça e meu braço roçava o de Finn a cada um ou dois passos, e isso me dava um calafrio ridículo. — Cada passo é mais um para perto de Rose.

Ele levantou uma sobrancelha.

— O que a faz estar tão segura de que ela está esperando ser encontrada?

— Não sei. — Tentei colocar em palavras. — A esperança vai ficando mais forte quanto mais perto chegamos.

— Mesmo que ela não tenha escrito para você durante... Quanto? Três ou quatro anos?

— Talvez ela *tenha escrito* para mim. Cartas se perdiam toda hora durante a guerra. Além disso, eu tinha apenas onze anos quando ela me viu pela última vez. Ela talvez tenha pensado que eu ainda era muito jovem para saber de algo tão vergonhoso quanto... — Toquei minha barriga em silêncio. — Cada vez sinto com mais intensidade que ela está aqui. Eve zomba de mim quando eu digo que posso *senti-la*, mas...

Eve parou tão de repente que quase a atropelei.

— Le Lethe — ela disse baixinho.

Devia ter sido um restaurante adorável alguns anos antes. Pude ver as bonitas linhas do prédio, as velhas vigas no estilo enxaimel, a grade de ferro forjado limitando o terraço que aproveitava a vista. Mas a placa pendurada, cujas letras douradas entalhadas indicavam "LE LETHE", tinha sido manchada com tinta vermelha, e a grande janela da frente fora coberta com madeira. Fazia um bom tempo que os garçons não serviam mais *vichyssoise* e *millefeuilles* ali.

— O que aconteceu? — perguntei, mas Eve já tinha ido em direção às portas medievais, trancadas com cadeado. Ela fez um gesto para as letras entalhadas grosseiramente na madeira, meio obscurecidas pela tinta: "COLABOR..."

— Colaborador — disse em voz baixa. — À altura de seus velhos truques, René? Você devia ter aprendido da primeira vez... Os alemães sempre perdem.

— Fácil dizer em retrospectiva — Finn comentou calmamente. — Não era tão claro no momento.

Mas Eve já estava indo em direção ao prédio vizinho e bateu na porta. Ninguém respondeu, e fomos para a casa seguinte. Levou quatro tentativas e uma conversa com uma dona de casa que não sabia nada sobre o antigo restaurante, mas por fim encontramos uma velha francesa com um cigarro pendurado entre dois dedos e olhos muito amargos.

— Le Lethe — ela respondeu à pergunta de Eve. — Fechado no fim de 1944, já foi tarde.

— Por que foi tarde?

A mulher torceu o lábio.

— O lugar era um ninho para os alemães. Todo oficial da SS com uma puta francesa no braço ia ali nas noites de folga.

— O proprietário permitia isso? — A postura de Eve tinha mudado, tornando-se mais leve e com os ombros caídos, e sua voz incentivava a conversa. Ela tinha se transformado em alguém diferente, da mesma maneira que eu a vira fazer na loja de penhores em Londres, e fiquei afastada com Finn, deixando que ela usasse sua mágica. — Qual era o nome dele, do proprietário?

— René du Malassis — a velha disse e cuspiu. — Um aproveitador. Alguns diziam que ele estava no bolso da Milícia, e isso não me surpreenderia.

Du Malassis. Guardei o nome enquanto Eve perguntava:

— O que aconteceu com *monsieur* Du Malassis?

— Desapareceu na noite de Natal de 1944. Ele sabia que direção o vento estava tomando. Ninguém sabe para onde foi, mas não mostrou o rosto aqui desde então. — A velha deu um sorriso lento e desagradável. — Se tivesse mostrado, teria sido enforcado no poste.

— Por colaborar?

— Há colaboradores, *madame*, e há homens como ele. Sabe o que Du Malassis fez em 1943? Arrastou por aquelas portas um jovem *sous-chef* no fim do turno da noite anunciando que o rapaz era um ladrão. Pegou-o bem ali na rua com todo mundo olhando, a equipe toda do restaurante, pedestres, vizinhos como eu, que saímos para fora com o barulho.

Eu podia ver: a névoa noturna subindo do rio, os passantes de olhos arregalados, um garoto tremendo em um avental de *sous-chef*. Eve não disse nada. Ouvia com tanta intensidade que tinha se petrificado. A velha continuou:

— Du Malassis arrancou dinheiro dos bolsos do garoto e disse que telefonaria para a polícia. Prometeu que faria o rapaz ser preso e enviado para o leste. Ninguém sabia se ele podia fazer isso, mas todos sabiam que Du Malassis trocava favores com os nazistas. O garoto tentou correr. Du Malassis tinha uma arma em seu elegante paletó e atirou no garoto pelas costas antes que ele desse dez passos.

— Ele fez isso... — Eve disse calmamente. Eu estremeci.

— Fez. — A velha foi brusca. — E Du Malassis ficou ali limpando as mãos com um lenço, fazendo careta por causa do cheiro da fumaça do revólver. Então mandou seu *maître* telefonar para as autoridades limparem a bagunça. Virou de costas para o corpo do rapaz e entrou, inabalado. Esse é o tipo de homem que ele era. Não apenas um colaborador. Um assassino elegante.

Finn falou:

— Os nazistas protestaram?

— Não que eu tenha ouvido. Ele deve ter cobrado alguns favores para evitar ser preso ou censurado, porque o restaurante continuou prosperando. Ah, muitos em Limoges teriam colocado uma corda no pescoço dele com prazer, e ele sabia disso. Por isso fugiu quando ficou claro que os alemães perderiam. — A velha tragou seu cigarro, olhando para nós. — Por que estão tão curiosos? Du Malassis tinha alguma relação com vocês?

— Com o diabo, talvez — Eve disse com veneno, e as duas trocaram sorrisos ácidos. — Obrigada por seu tempo — ela agradeceu e se virou. Mas eu dei um passo à frente, dirigindo-me à velha em meu francês americano.

— *Pardonnez-moi, madame.* Estou procurando por uma parenta... Alguém que pode ter trabalhado no Le Lethe. Não um colaborador — eu disse por fim, quando as sobrancelhas da mulher se juntaram. — A senhora deve tê-la notado. As pessoas tendem a notar Rose. Jovem, loira, uma risada que parece um sino. — Mostrei a fotografia gasta que Rosie tinha me enviado com uma de suas cartas de 1943. A foto dela olhando por sobre o ombro como uma *pinup* do tipo Betty Grable, sorrindo. Antes de a velha dizer uma palavra, eu soube que ela havia reconhecido Rose.

— Sim — ela disse. — Garota bonita. Você veria aqueles canalhas da SS beliscando seu quadril quando ela lhes levava drinques, e ela não piscava como algumas das vagabundas que Du Malassis contratava. Ela dava um jeito de derrubar a bebida neles e depois pedia desculpa docemente. Dava para ver tudo isso através do terraço.

Aquilo me fez balançar. Uma nova lembrança de Rose que não era minha. Rose derrubando cerveja em soldados alemães. Meus olhos pinicaram. Combinava com ela.

— Quando foi a última vez que a senhora a viu? — Minha voz saiu rouca, e percebi pela primeira vez que Finn havia pegado minha mão e apertado forte.

— Antes de o restaurante fechar. Ela deve ter parado de trabalhar lá. — A velha cuspiu no chão de novo. — Não era um lugar para garotas decentes.

Meu coração afundou. Eu tinha tanta esperança de que Rose estivesse viva e ali, vivendo em Limoges. Mas olhei para a velha e dei um sorriso forçado.

— Obrigada pela ajuda, *madame*.

Eu ainda não estava sem ideias.

Eve teve outro de seus maus momentos naquela noite. Ela não gritou dessa vez, apenas me acordou com batidas na parede entre nosso quarto. Coloquei a cabeça para fora, no corredor do hotel. Nada de Finn. Apenas eu.

Coloquei um suéter sobre minha combinação e fui até a porta de Eve, colando o ouvido na porta. Ainda aquele golpe surdo, como se ela estivesse batendo algo contra a parede. *Espero que não a cabeça dela*, pensei e disse calmamente:

— Eve?

As batidas continuaram.

— Não aponte a arma para mim. Vou entrar.

Ela estava sentada no canto mais distante, mas tinha os olhos claros, não balbuciava como se estivesse tendo um pesadelo acordada. Olhava fixamente para o teto, a Luger em sua mão, e batia ritmadamente o tambor da arma contra a parede. *Bam. Bam. Bam.*

Coloquei as mãos na cintura, olhando para ela.

— Você precisa fazer isso?

— Me ajuda a pensar. — *Bam. Bam.*

— É meia-noite. Você não pode dormir em vez de pensar?

— Nem tentei. Os pesadelos estarão à espreita. Vou esperar eles irem embora, até amanhecer. — *Bam. Bam.*

— Bom, então tente bater em silêncio. — Virei-me para sair, bocejando. A voz de Eve me chamou de volta:

— Fique. Posso usar suas mãos.

Olhei por sobre o ombro.

— Para quê?

— Você sabe desmontar uma Luger?

— Não ensinam isso na Bennington, não.

— E eu que pensava que todos os americanos fossem loucos por armas. Deixe-me mostrar.

Vi-me sentando de pernas cruzadas na frente de Eve enquanto ela apontava para as várias partes de sua arma e eu a desmontava, desajeitada.

— O tambor... A placa lateral... O gatilho...

— Por que estou aprendendo isso? — perguntei e reclamei quando ela me acertou com os nós dos dedos por ter empurrado de maneira errada o eixo do receptor.

— Desmontar uma Luger realmente me ajuda a pensar. Minhas mãos estão muito deformadas para fazer isso, então tomo emprestadas as suas. Pegue o óleo na minha mochila.

Comecei a espalhar as partes desmontadas da arma.

— Em que você está pensando? — Os olhos dela tinham um brilho pensativo que não era de uísque, embora eu tenha visto seu cantil apoiado no joelho com apenas metade de líquido âmbar.

— René du Malassis — ela disse. — Ou melhor, René Bordelon. E para onde ele foi.

— Você está assumindo, então, que ele está vivo. — Ela tinha negado isso teimosamente em Roubaix.

— Ele teria setenta e dois anos — Eve disse calmamente. — Mas, sim, estou apostando que ele ainda está vivo.

Ela não conseguiu evitar o raio que cruzou seu rosto, um movimento de ódio do outro e ódio de si ao mesmo tempo. Como era raro flagrar uma emoção que ela não tivesse mascarado. Ela quase parecia frágil, e um desejo estranho de protegê-la apertou meu peito.

— O que a faz ter certeza de que Du Malassis é o seu Bordelon? — perguntei gentilmente.

Um meio sorriso.

— Malassis é o sobrenome do editor que imprimiu *Les fleurs du mal*, de Baudelaire.

— Estou realmente começando a odiar Baudelaire. E nunca nem o li. — Àquela altura eu nem precisava.

— Você tem sorte. — A voz dela estava seca. — Eu tive de ouvir René citar toda a sua maldita *oeuvre* de trás para a frente.

Fiquei parada, segurando o tambor da Luger em uma mão e um pano com óleo na outra.

— Então, você e ele eram...

Uma sobrancelha levantada.

— Você está chocada?

— Não, não sou nenhuma santa. — Dei um tapinha no Pequeno Problema, que parecia mais alegre. Ele ainda me deixava cansada, mas a náusea estava melhor, e não estavam mais vindo pensamentos articulados estranhos da minha barriga.

— René me trouxe para este hotel. — Eve olhou ao redor do ambiente como se não o estivesse vendo. — Não para este quarto. Ele não ficaria num lugar tão pequeno. Para o melhor quarto do hotel: quarto andar, janelas grandes, cortinas de veludo azul. Uma cama enorme...

Não perguntei o que tinha acontecido naquela cama. Havia algum motivo para ela ter preferido ficar acordada a noite toda a se arriscar a sonhar.

— Como é isso aqui? — murmurei, segurando várias peças da arma, e ela me mostrou como lubrificar cada uma delas com o pano com óleo. — Então, quando René Bordelon precisou deixar Lille, ele se tornou René du Malassis — eu disse por fim. — E, quando ele precisou deixar Limoges, desapareceu de novo. Como pode ter sido tão fácil, se tantos colaboradores foram pegos? — Pensei nas imagens que eu tinha visto nos jornais daquelas pessoas, homens e mulheres, humilhadas ou pior. A velha francesa não tinha falado à toa sobre enforcar pessoas nos postes da rua.

— René não era bobo. — Eve removeu o óleo da arma com mãos desajeitadas. — Ele se aproximou daqueles que estavam no poder, mas sempre soube que eles podiam perder. E, quando teve certeza de que perderiam, devia ter um plano para escapar com seu dinheiro e um novo nome e começar tudo de novo, depois de Lille e depois de Limoges. — Ela fez uma pausa. — Acho que ele estava planejando a primeira dessas fugas quando me trouxe aqui em 1915. Não me dei conta na época. Ele disse que queria procurar um local para um segundo restaurante. Imaginei que ele quisesse expandir os negócios, mas talvez nem estivesse pensando em expansão. Talvez estivesse procurando um lugar para uma nova vida, para o caso de precisar de uma. E precisou.

— Hummm. — Larguei a última parte da arma, todas lubrificadas. Minhas mãos estavam engorduradas, mas eu tinha me interessado pelo processo. Se tivessem me ensinado a desmontar armas em vez de assar biscoitos em economia doméstica, eu teria prestado mais atenção. — Você sabe, há algo de diferente entre René Bordelon e René du Malassis além do nome.

— O que é, ianque?

— A disposição de apertar o gatilho. — Olhei para o gatilho da Luger, tão inocente entre as peças desmontadas. — Pela maneira como você o descreveu na Primeira Guerra, ele era muito meticuloso para fazer o próprio trabalho sujo. Quando pegou um ladrão no restaurante, o primeiro, ele chamou os alemães, que atiraram nele. Na segunda vez, pelo que disse a velha, ele não hesitou em puxar o gatilho ele mesmo.

— Não é uma fronteira p-pequena a ser cruzada — Eve concordou. Ela soou como se já tivesse pensado bastante sobre essas fronteiras.

— Então o que o transformou? — perguntei. — No fim da Primeira Guerra, o que o fez deixar de ser um esteta aproveitador para se tornar — lembrei das palavras da velha — um assassino elegante?

Eve deu um sorriso torto.

— Imagino que tenha sido eu.

Havia uma parte daquela equação que eu ainda não tinha, mas, antes de conseguir perguntar, Eve fez um gesto para que eu montasse novamente a Luger, os lábios selados. Mudei de tática.

— Como o encontraremos agora? Ele não será mais Du Malassis, deve ter trocado de nome de novo. — Deslizei a trava no tambor. — Para onde ele teria fugido depois de Limoges? — Arrepiei-me ao pensar que não estávamos caçando apenas um velho aproveitador, um velho inimigo... mas um assassino.

— Há um oficial inglês que eu posso contatar — disse Eve, permitindo que eu mudasse a direção da conversa. — Alguém dos velhos tempos. Ele cuidava de redes de espiões como eu, e continuou fazendo isso durante a guerra seguinte. Está estacionado em Bordeaux atualmente. Telefonei de Londres, mas ele estava caçando patos. Agora já deve ter voltado. Se alguém pode cavar informações sobre um velho colaborador, esse alguém é ele.

Fiquei me perguntando se era o capitão Cameron, sobre o qual ela tinha falado. Ele não soava mal nas histórias que ela estava nos contando. Eu queria dar uma olhada nele, ver se combinava com a imagem que construí, mas eu tinha meu próprio caminho para seguir.

— Você faz contato com seu amigo em Bordeaux — eu disse. — Vou pegar Finn e o carro e procurar minha prima.

Eve levantou uma sobrancelha, enquanto me mostrava como ajustar o tambor da Luger para tirar a pressão da mola.

— Procurar sua prima onde? Se ela estiver viva, pode estar em qualquer lugar.

— Minha tia me disse que ela foi enviada para uma vila perto de Limoges para ter o bebê. O tipo de fim de mundo para onde as pessoas mandam garotas em desgraça. — Eu estava começando a mexer na trava da arma agora; as peças estavam escorregando facilmente nos meus dedos sujos de óleo. — Rose ficou lá para ter o bebê, então, quatro meses depois, veio trabalhar aqui em Limoges. Mas talvez tenha deixado o bebê na vila para ser cuidado por alguma família. E talvez tenha voltado para lá quando deixou de trabalhar no Le Lethe. Vai saber. Mas é uma cidade pequena, e todo mundo conhece todo mundo em cidades pequenas. Alguém vai reconhecer a foto dela. — Dei de ombros. — De qualquer jeito, é um ponto de partida.

— Um b-bom plano — Eve concordou, e eu me enchi de orgulho com a aprovação dela. — Desmonte a arma mais uma vez. — Desmontei a Luger de novo, e Eve começou outra história: o fim de semana que ela e René Bordelon tinham passado ali no verão de 1915. — Viemos de trem, e ele me levou para comprar um vestido novo. Uma coisa era eu ir a seus aposentos com um vestido de trabalho, outra era ele ser visto na rua ou no teatro comigo usando uma roupa velha. Ele não deixaria isso acontecer. Era um Poiret verde-oliva costurado com fios de seda e adornado com veludo preto. Nas costas, quarenta e três botões encapados com veludo. Ele contava cada um enquanto os desabotoava...

Montei o pino do disparador, pensando no que Eve planejava fazer quando encontrasse seu velho inimigo. Mandar prendê-lo? Todos sabiam que os franceses tratavam os colaboradores severamente. Ou simplesmente confiaria na Luger para dar um fim nisso? Em nenhum momento afastei essa possibilidade.

O que ele fez para você, Eve? E o que você fez para ele?

Ela estava me contando como o rio em Limoges parecia cinza quando esteve ali pela última vez, não tinha o azul brilhante de agora. Como as folhas tinham voado ao redor dos saltos de seus sapatos novos de couro envernizado, comprados para combinar com o vestido verde-oliva.

— Você se lembra tão claramente — eu disse, entregando a ela a arma limpa e lubrificada.

— Impossível não lembrar. — Ela virou o restante de seu uísque. — Foi o fim de semana em que perdi meu ciclo e passei a temer que René tivesse me engravidado.

22

EVE

Setembro de 1915

O outono mal tinha começado e o frio já castigava como um torno. Lille era uma cidade com dois mundos vivendo lado a lado, e a queda das temperaturas demarcava muito melhor que qualquer fronteira. De um lado os alemães, que tinham todo o carvão, velas e cafés quentes de que precisavam. Do outro os franceses, que praticamente não tinham nenhuma dessas coisas. Os dois mundos haviam sido descritos como *francês* e *alemão*, ou *conquistado* e *conquistador*, mas agora eram simplesmente *frio* e *sem frio*.

Eve não tinha percebido. Ela estava grávida, e esse pensamento afastava todos os outros de sua mente.

Não fazia muito tempo, mas os sinais não eram difíceis de notar. Duas menstruações perdidas — algumas mulheres em Lille sussurravam que seus ciclos estavam irregulares devido à semi-inanição, mas Eve não achava que tinha tanta sorte. Ela estava fina como uma hóstia, mas ainda tinha restos do mercado negro suficientes no Le Lethe para não ter inanição. Além disso, outros sinais eram mais fáceis de perceber: seus seios começaram a ficar sensíveis, ela de repente ficava cansada a toda hora e tinha de reprimir inesperadas ondas de náusea quando assados suculentos saíam da cozinha, ou quando precisava levar um pedaço pungente de Morbier na hora em que se serviam os queijos.

Eve tinha certeza. René Bordelon a engravidara.

Era um fato que deveria tê-la deixado em estado de desespero absoluto, mas não havia tempo para isso. A Rede de Alice tinha muito trabalho. As frentes francesas em Champanhe estavam fazendo um ataque contínuo. O *Kommandant* alemão e seus generais tinham dito breves palavras sobre isso durante o café. Palavras que Eve tinha reportado. Ela contava as horas servindo mesas e depois mais horas na cama de René, trabalhando de um jeito ou de outro pelo menos dezenove horas todos os dias. Ela passava informações sobre a posição da artilharia, sobre listas de baixas, sobre horário de trens e chegada de suprimentos. Estava tão acostumada com a lâmina da faca sobre a qual andava que parecia quase normal. Mantinha seu rosto e sua voz tão fechados que às vezes se perguntava se ainda havia sobrado alguma expressão espontânea. Não podia entrar em pânico ou desesperar-se simplesmente porque seu corpo resolveu traí-la. Ela *não* podia.

Eve abriu a porta naquele sábado para Violette, que tinha vindo para seguir sua ronda normal por Lille, e quase chorou de alívio. Durante toda a semana ela tivera pesadelos com a mulher sendo presa. Eve nunca gostara muito de Violette, mas, ah, precisava dela.

Violette devia ter percebido algum sinal de seu alívio, porque a surpresa piscou atrás daqueles óculos redondos.

— Você parece feliz em me ver — ela comentou, tirando a lama de suas botas gastas. Franziu a testa e perguntou: — Alguma novidade?

— Sem novidades — disse Eve. — Mas eu preciso de ajuda, e você é a única para quem posso pedir.

Violette tirou suas luvas, esfregando as mãos geladas enquanto olhava para Eve com curiosidade:

— Por que eu?

Eve respirou profundamente.

— Lili d-d-d... Ela disse que você era enfermeira.

— Cruz Vermelha, sim. Mas não por muito tempo. A guerra tinha acabado de começar.

Eve sentiu uma onda repentina de dúvida, mas continuou de qualquer maneira. Que opção tinha?

— Estou grávida — ela disse e se forçou a olhar Violette nos olhos. — Você pode me ajudar a dar um jeito nisso?

Violette olhou fixamente para ela por um momento, então respirou fundo.

— *Merde*, você é tão estúpida que misturou um caso de amor com trabalho? Não me diga que se apaixonou por Antoine ou...

— Não sou uma estudante idiota — Eve respondeu. — Tive de dormir com meu patrão por *informações*, Violette. Lili não te contou?

— Claro que não. — Violette arrumou os óculos no nariz. — Você não pensou em tomar algumas precauções?

— Eu tentei. Mas não f-funcionaram. — Sair da cama à noite na ponta dos pés para se lavar no banheiro luxuoso dele a fazia sentir--se mais imunda do que pelo que acontecia na cama, mas Eve nunca deixou de fazê-lo. Se pelo menos tivesse funcionado. — E, antes que você pergunte, nada mais funcionou. Pular degraus, banhos quentes, doses de *brandy*. Nada.

Violette deu outro suspiro, menos explosivo, e se apoiou na beira da cama.

— Quanto tempo?

— Dois m-meses, eu acho. — Pelas contas de Eve, devia ter acontecido bem cedo, talvez na segunda ou terceira vez.

— Não faz muito tempo. Isso é bom.

— Você pode me ajudar ou não? — O coração de Eve estava na garganta, e a voz dela arranhava ao redor dele.

— Eu vi mais ferimentos de guerra que mulheres grávidas. — Violette cruzou os braços. — Por que você não conta para Bordelon? Um homem rico como ele talvez pague um médico de verdade.

Eve já tinha pensado naquilo.

— E se ele quiser a criança? — Ela não tinha certeza de que ele iria querer, René não era um homem de família. Mas Eve suspeitava de que ele poderia querer começar uma dinastia. E se ele decidisse que Eve poderia ter um menino e... gostasse da ideia?

— Se ele quiser, você ainda pode resolver a questão às escondidas. Dizer que sofreu um aborto espontâneo.

Eve balançou a cabeça. Ela conhecia René. Ele odiava bagunça e custos. Para ele, uma concubina era algo bonito que nunca lhe causava problemas. Se ela abortasse uma criança que ele quisesse ou ele tivesse de pagar para que cuidassem dela, ela se tornaria um problema. E perderia facilmente seu lugar no Le Lethe. Não, o melhor para continuar seu trabalho para Lili era que as coisas permanecessem como estavam.

— Hum. — Violette não sugeriu contar ao capitão Cameron ou aos outros oficiais que cuidam da Rede de Alice. — Você sabe que o procedimento pode ser perigoso. Tem certeza de que é o que quer?

Eve fez um único e violento gesto com a cabeça.

— Sim.

— Você pode sangrar até morrer fazendo isso dessa maneira. Ainda está no começo. Se você esperar, pode abortar naturalmente ou...

— *Faça.*

A voz dela saiu com rispidez. Ela estava mais que determinada a ficar, continuar seu trabalho. O fato era que, por trás de sua aparência tranquila, Eve estava em pânico, à beira da loucura. Ela tinha desistido de muitas coisas para ir para Lille — casa, segurança, virgindade, até de seu nome —, e tinha feito aquilo por acreditar em um futuro novo, uma clareira ensolarada em algum lugar seguro entre a guerra e os invasores. E agora o invasor estava dentro dela, clamando por ela como os alemães clamaram pela França, e não havia mais futuro. De uma só vez, ela tinha deixado de ser uma espiã e um soldado, alguém que lutava contra inimigos e salvava vidas, para se tornar apenas mais uma mulher grávida a ser enviada de volta para casa sem cerimônia e tratada como uma prostituta. Eve sabia exatamente que tipo de futuro podia esperar para dali a sete meses se não fizesse nada: solteira, indesejada, desempregada, sem dinheiro, desprezada, acorrentada para a vida toda a um invasor semeado pelo inimigo no frio e torturante inferno da zona de guerra. Seu corpo a tinha traído completamente: abriu caminho para o prazer nos braços de um aproveitador e depois manteve uma parte dele, mesmo ela tendo tentado limpar-se dos traços dele todas as noites. Ela não deixaria que seu corpo a traísse ainda mais.

Eve tinha passado semanas em sua cama fria, lutando contra as ondas violentas de pânico cego e pavor congelante. Ela sabia que arriscaria feliz sangrar até morrer pela possibilidade de retomar seu futuro das mãos do invasor.

Violette assentiu.

— Existe um cirurgião na rede que cuida das pessoas para nós — ela disse enquanto Eve permanecia enfrentando as próprias emoções. — Ele não chegaria perto de algo assim, ele vai à missa todos os dias, mas posso pegar alguns instrumentos emprestados sob algum pretexto amanhã.

— Amanhã — disse Eve, com a boca seca. — Sim.

Domingo. Dia sagrado, dia abençoado, dia irônico, pois foi o dia em que Eve tinha decidido fazer algo pelo que a maioria dos homens a chamaria de vagabunda assassina, e isso só por considerar a possibilidade. Só podia ser no domingo, porque o Le Lethe fechava. Isso significava que ela teria um dia inteiro livre para sangrar e morrer, ou sangrar e se recuperar.

— O que acontece se eu morrer? — Eve conseguiu perguntar quando Violette chegou com sua maleta de instrumentos emprestados. — Durante o procedimento ou... ou depois?

— Eu deixo você aqui e nunca mais volto — Violette foi prática. — Teria de fazer isso. Se eu tentasse enterrá-la, seria presa. Seu vizinho provavelmente a encontraria em um ou dois dias, e então você teria um enterro de indigente enquanto Lili notificaria tio Edward.

A realidade daqueles planos acertou Eve como uma facada.

— Bem. Então v-vamos logo com isso. — E tente não morrer.

— Deite e não se mexa. — Violette repetiu isso muitas vezes durante aquela tarde. Eve não sabia o motivo. Apenas deitou imóvel como uma figura de mármore em uma tumba. Talvez fosse para dar segurança.

A cama estava coberta com uma camada de lençóis limpos. Violette usava um avental com uma cruz na frente, certamente de seus dias de Cruz Vermelha, e sua voz era direta como a de uma enfermeira. Os instrumentos brilhavam no pano dobrado, mas Eve não olhou para eles muito de perto. Ela tirou suas anáguas e roupas de baixo e meias, tudo abaixo da linha da cintura, e se deitou. Frio. Ela estava com muito frio.

— Láudano — disse Violette, destampando um frasco, e Eve abriu os lábios obedientemente, engolindo as gotas. — Vai doer, já te aviso. — Sua voz era brusca, formal, e Eve pensou em Lili dizendo: *O hábito de ser ranzinza, posso lhe assegurar, acompanha uma enfermeira não importa* o que *ela faça.* Agora mesmo Eve achava isso reconfortante.

Violette passou alguma coisa adstringente nos instrumentos. Limpou os dedos com a mesma substância de cheiro forte e aqueceu o metal entre suas mãos por um momento.

— Os médicos — ela disse — nunca aquecem os instrumentos. Não têm consciência de como o metal é frio nas partes de uma mulher.

O láudano já estava fazendo a cabeça de Eve flutuar. O quarto ficou borrado. Seu corpo ficou pesado.

— Você já fez isso antes? — ela se ouviu perguntar de longe.

— Uma vez — Violette disse rispidamente. — No começo deste ano, na irmã de Antoine, Aurélie. Ela trabalha para nós levando as encomendas, assim os locais não suspeitam, e foi pega uma noite por alguns soldados alemães que queriam se divertir. Dezenove anos, pobrezinha. A família dela me procurou quando descobriu que os canalhas a tinham engravidado.

— Ela sobreviveu... a isso? — Eve olhou para os instrumentos nas mãos de Violette.

— Sim, e voltou ao trabalho na rede logo depois. Garota corajosa.

Se ela conseguiu, eu também posso, Eve pensou. Mas não pôde evitar o tremor quando sentiu as mãos de Violette abrirem seus joelhos e a ouviu dizer:

— Segure-se agora.

Apesar de Violette ter tentado aquecer o instrumento, ele picou Eve como um cubo de gelo. A dor, quando chegou, era aguda.

— Fique deitada sem se mexer — a ordem veio, apesar de Eve não ter se mexido. Violette fez alguma coisa, Eve não soube o que, e tudo pareceu muito distante. A dor veio e desapareceu de novo, veio e desapareceu. Frio. Eve fechou os olhos, querendo que tudo aquilo fosse para longe, bem longe dela. *Fique deitada sem se mexer.*

Os instrumentos desapareceram. Estava feito, mas não tinha passado. Violette estava dizendo alguma coisa:

— ... vai ter sangue agora. Você não se apavora com sangue, não é?

— Não me apavoro com nada — disse Eve, com os lábios dormentes, e Violette sorriu rancorosa.

— Não mesmo, isso eu lhe digo. A primeira vez que te vi pensei que você voltaria para casa gritando para sua mamãe em menos de uma semana.

— Está doendo — Eve ouviu-se dizer. — Está doendo.

— Eu sei. — Violette lhe deu mais algumas gotas de láudano. Amargo. Por que todas as coisas em Lille tinham um gosto amargo, com exceção do que vinha de René? Ele era fonte de boa comida, vinho delicioso, xícaras quentes de *chocolat*, enquanto tudo o que era dividido com Lili e Violette era amargo e horrível. Tudo estava de ponta-cabeça em Lille: o mal era delicioso e o bem tinha gosto de bile.

Violette estava tirando panos ensanguentados, substituindo o forro debaixo dos quadris de Eve e entre suas pernas.

— Você está indo bem — ela disse. — Fique deitada.

Os sinos da igreja tocaram do lado de fora, anunciando a missa da noite. Alguém tinha ido? Quem achava que rezar fazia algum bem naquele lugar?

— Lille — disse Eve, e ouviu-se citando Baudelaire: — "Seus encantos negros, seus infernais cortejos de inquietude, seus copos de veneno e suas lágrimas, o barulho de correntes e ossos de homens mortos..."

— Você está alucinando — disse Violette. — Tente ficar deitada sem se mexer.

— Eu sei que estou alucinando — respondeu Eve. — E *estou* deitada sem me mexer, sua megera mandona.

— Para você, isso é gratidão — Violette comentou enquanto empilhava cobertores sobre Eve.

— Estou com frio.

— Eu sei.

E Eve gritou violentamente. Não de dor, não de tristeza. De alívio. René Bordelon não tinha mais controle sobre seu futuro, e o alívio trouxe lágrimas que pareciam uma tempestade.

Pela manhã, tinha acabado.

Violette tinha uma lista de instruções.

— Você pode sangrar mais. Mantenha panos à mão, panos *limpos*. E tome isso para a dor. — O pequeno frasco de láudano foi pressionado contra a mão de Eve. — Eu ficaria para cuidar de você, mas tenho de viajar de volta para Roubaix hoje. Há relatórios urgentes que precisam ser levados pela fronteira.

— Sim. — Afinal de contas, elas tinham trabalho a fazer. — Tome cuidado, Violette. Você disse que os *Fritzes* monitoraram sua última viagem muito de perto.

— Usarei uma rota diferente se precisar. — Se Violette estava com medo... ninguém na rede poderia fazer nada a não ser ter medo.

Os alemães sabiam que havia espiões na região, e os *checkpoints* tinham se tornado infernais. Se Violette estava com medo, nunca demonstraria. Era algo que ela e Eve tinham em comum. — Consegue achar uma maneira de ficar fora da cama daquele aproveitador por uns dias? Você precisa de tempo para a cicatrização.

— Direi a ele que estou tendo um ciclo ruim. Ele acha isso tudo nojento. — Com isso, conseguiria pelo menos uma semana.

Violette enrugou os lábios.

— Como você vai evitar que isso aconteça de novo?

Eve estremeceu.

— N-Não sei. O que eu estava fazendo claramente não funcionou. — Ela não poderia passar por aquilo de novo. Nunca.

— Existem artefatos, mas os médicos precisam ajustá-los, e a maioria não o faria em garotas solteiras. Pegue uma esponja, mergulhe-a no vinagre e coloque lá dentro. — Violette fez mímica. — Não é infalível, mas é melhor que nada.

Eve assentiu.

— Obrigada, Violette.

Um breve gesto afastou o agradecimento.

— Não falaremos disso, nunca. Você sabe o que os homens fazem com mulheres que fazem isso. Não apenas com você, mas comigo, por ajudar.

— Nunca uma palavra.

Olharam-se por um instante, e Eve pensou que, se fossem amigas, haveria abraços naquele momento. Elas apenas fizeram um gesto de cabeça enquanto Violette colocava seu cachecol e se preparava para sair para a rua. Talvez fossem amigas, de qualquer forma. Talvez fossem amigas como os homens normalmente se tornam amigos, com gestos rudes e sem conversas leves, apenas um entendimento mudo e compartilhado.

— Boa sorte em Roubaix — Eve disse para a figura que saía, e Violette levantou a mão, sem se virar para trás.

Mais tarde, Eve desejou ter abraçado Violette. Desejou muito.

Levantar-se para acenar da porta deixou Eve exausta e com a cabeça rodando. Ela voltou para a cama e ficou ali, debaixo dos finos cobertores, com a barriga ainda doendo em longos e lentos movimentos. Uma dor estúpida que ia e vinha em ondas. Não havia nada a fazer a não ser aguentar e, algumas vezes, chorar. As lágrimas também rolavam sobre ela em ondas, indo e vindo como a dor.

Quando anoiteceu, ela não estava mais sangrando, mas ainda se sentia fraca como um gatinho. Mandou uma mensagem para o Le Lethe reclamando de uma gripe horrível. René não ficaria contente, mas não havia nada a ser feito: Eve não conseguiria passar uma noite inteira em pé carregando pratos. Então ela se deitou em silêncio, enfrentando, passando o tempo desmontando sua Luger. Aquilo a acalmava, o cheiro do óleo da arma e o tambor frio em suas mãos, e ela apontava para o nada e imaginava enfiar uma bala entre os olhos de René. No terceiro dia, a Luger era a arma mais limpa da França, e Eve ficou convencida de que não morreria. Ela voltou ao trabalho, evitando a carrancuda Christine, que claramente achava que Eve deveria ser demitida por ter perdido três turnos, mas sabia que não seria. Eve desculpou-se privadamente com René. Como estava magra e parecendo doente, sua história de uma gripe e um período ruim era plausível, e ele não a convidou para subir no fim da noite. *Que alívio*, Eve pensou, cambaleando para casa e ansiando por seu quarto e sua cama vazia, apesar de não ter os travesseiros macios de René.

Mas o quarto, quando Eve entrou, já estava ocupado.

— Não se incomode comigo. — Lili fez um sinal com a mão, desanimada. — Vou apenas ficar sentada aqui e tremer.

— Pensei que você estivesse atravessando para a Bélgica. — Eve trancou a porta. — Acompanhando aquele piloto que foi derrubado.

— Eu estava. — Lili sentou-se no chão no canto mais afastado, pernas encolhidas com os joelhos no peito, seu rosário gasto de marfim emaranhado entre os dedos. — O piloto explodiu com uma mina. Eu peguei as mensagens em Bruxelas e voltei.

O quarto estava gelado, e Lili tremia em sua camisa branca e saia cinza. Eve puxou um cobertor da cama e o colocou ao redor dos ombros dela.

— Tem sangue na sua barra.

— Deve ser do piloto. — Os olhos de Lili estavam vidrados, como se ela é que tivesse tomado láudano. — Ou talvez da mulher que caminhava na frente dele, ou do marido dela... Pegou os três.

Eve se sentou, deitando a cabeça loira de Lili em seu ombro. Parecia que havia noites piores para se ter que aquelas repletas de instrumentos gelados e dores agudas na barriga e pesadelos provocados por láudano.

— Os holofotes na fronteira iluminam tudo como a luz do dia. — O polegar de Lili esfregou as contas do rosário. — Depois que você passa a fronteira e os atiradores, há a área de floresta. Os alemães colocam minas ali, você sabe. Meu piloto não quis ficar atrás de mim; ele foi correndo em direção a um casal que seguia na nossa frente. Creio que achou a mulher bonita... Os três devem ter pisado numa mina, pois explodiram em pedacinhos a menos de três metros de mim.

Eve fechou os olhos. Ela podia ver a explosão, a claridade.

— E então peguei os novos passes com Antoine. — A voz de Lili não tinha emoção, mas seus ombros finos se enfiaram debaixo do braço de Eve. — Ele reportou que...

— Shhh. — Eve apoiou a bochecha no cabelo loiro que cheirava a sangue. — Não precisa falar. Feche os olhos.

— Não posso. — Lili olhava fixamente para a frente, lágrimas rolando lentamente pelo rosto. — Eu a vejo.

— A mulher que pisou na mina?

— Não. Violette. — Lili enfiou o rosto nos braços dobrados e começou a soluçar. — Antoine me deu a notícia, pequena margarida. Violette foi presa. Os alemães a pegaram.

23
CHARLIE

Maio de 1947

— Vocês não estão convidados para jantar — Eve disse para Finn e para mim. — Nenhum dos dois.

A chamada telefônica que ela tinha feito para seu oficial inglês deu frutos: ele estava vindo de Bordeaux naquela noite para jantar no café do hotel. Eve vestiu sua máscara de ferocidade desde que o encontro tinha sido confirmado, mas agora eu podia enxergar um pouco por trás daquela máscara. Estive olhando para ela, curiosa, desde que ela me contara que havia engravidado. *Engravidado.* Ela tinha quase a minha idade, passando pelos mesmos apuros... A diferença é que estava passando fome numa cidade cheia de inimigos que a teriam levado para um pelotão de fuzilamento se descobrissem para quem ela trabalhava. De repente, meu Pequeno Problema pareceu bem menor em comparação. Eu sabia o que tinham me ensinado, que o que ela havia feito era errado, mas não conseguia condenar Eve. Ela tinha sido engolida por uma guerra; fez o que precisava fazer. Na verdade, eu a admirava por ter continuado depois daquilo.

Eu sabia que ela não ligaria para minha admiração, então apenas sorri.

— Só me diga uma coisa. É o capitão Cameron que você vai encontrar hoje à noite?

Eve deu de ombros, enigmática como sempre.

— Você não estava indo para aquela vila aonde foi sua prima?

— Sim. — Já tínhamos passado três dias em Limoges. Eu deveria ter ido para a vila de Rose antes, mas Finn teve de fazer mais alguns consertos nas vísceras do Lagonda antes que confiasse nele para pegar as estradas do campo. Hoje ele anunciou que estava pronto, e deixamos Eve para trás, esperando seu misterioso companheiro de jantar.

— O que você acha? — perguntei para Finn, entrando no banco da frente. — É o capitão Cameron que ela vai encontrar?

— Não me surpreenderia.

— Acha que voltaremos a tempo de vê-lo?

— Isso depende, não é? — Ele ajustou a marcha do Lagonda, acelerando. — Se encontraremos alguma coisa sobre sua prima ou não.

Estremeci, parte por antecipação, parte por medo, enquanto começávamos a descer pela rua.

— Hoje pode ser o dia.

Finn sorriu em resposta, levando-nos para fora de Limoges numa velocidade agradável, um braço no volante. Ele vestia a camisa de sempre com as mangas arregaçadas, mas tinha se barbeado, seu maxilar macio pela primeira vez ao invés de áspero, e fiquei com vontade de tocá-lo e passar a mão em sua bochecha. Tanto que precisei manter as mãos puritanamente entrelaçadas no colo. Como é que podia o Lagonda parecer *mais* cheio quando Eve não estava?

— Vamos chegar logo — eu disse, apenas para falar alguma coisa. De acordo com o mapa surrado de Finn, nosso destino estava apenas cerca de vinte e cinco quilômetros a oeste de Limoges.

— Acho que sim.

Finn conduziu o Lagonda por um pasto cercado onde vacas mastigavam grama. Ao longe havia uma casa de fazenda de pedras cinza. A periferia de Limoges logo deu lugar a estradas silenciosas e pistas esburacadas. Não podia ser mais pitoresco, e eu me sentei rígida como uma tábua. Não sabia por que estava nervosa, simplesmente estava. Finn tinha me beijado de volta havia algumas noites, mas não tinha mais mencionado aquilo desde então. Eu queria continuar o jogo, mas não sabia como. Eu podia ser um gênio com os números, mas era um fracasso no flerte.

— Como é o nome da cidade mesmo? — ele perguntou, quebrando a engrenagem complicada de meus pensamentos.

— Oradour-sur-Glane. — No velho mapa parecia um lugar minúsculo. Difícil imaginar Rose em um vilarejo francês tão pequeno que não merecia a palavra *cidade*. Ela sempre tinha sonhado com os *boulevards* de Paris, as luzes de Hollywood. *Pode ser Nova York*, eu me lembrava dela dizendo. *Nova York é chique o suficiente para mim*. E, em vez disso, tinha ido para Oradour-sur-Glane, um vilarejo no meio do nada.

O Lagonda fez uma curva, acompanhando a cerca de pedra repleta de goivo selvagem, sobre a qual vi uma menininha francesa descalça, braços abertos para se equilibrar. Ela tinha cabelos pretos, mas instantaneamente se transformou em Rose a meus olhos, cachos loiros dançando sobre o vestido de verão que eu me lembrava de ver minha prima usando havia muito tempo. Uma onda de premonição me atingiu com tanta força que até pareceu certeza. *Você está em Oradour-sur-Glane, Rosie*, pensei. *Sei que está. Mostre-me o caminho e eu a encontrarei.*

— Não chegaremos mais rápido com você empurrando — Finn comentou e, olhando para baixo, percebi que estava pressionando o pé contra o piso do carro como se fosse um acelerador. — Por que você está sentada como se estivesse na igreja?

— Como assim?

O Lagonda chegou a uma ponte de pedra, e uma bicicleta vinha na direção contrária. Finn parou para deixar a bicicleta passar, então se inclinou, pegou meus tornozelos e colocou meus pés no banco.

— Você normalmente se senta com as pernas dobradas e os pés para cima.

Eu estava corada quando ele voltou a dirigir. Seus dedos quase podiam se fechar ao redor de meus tornozelos. Desejei que minhas pernas não fossem tão finas. Eu estava com uma saia vermelha justa que tinha comprado em Paris e uma camisa branca folgada, como uma camisa masculina, com um nó na cintura, sem colocar para dentro da saia. Eu sabia que ficava bem nela... mas ainda queria que minhas pernas não fossem tão finas. Rose tinha pernas bonitas, mesmo aos treze anos. A primeira coisa que queria fazer quando a encontrasse era abraçá-la até ela perder o ar e então perguntar se eu podia ficar com as pernas dela.

— Viramos para o lado errado em algum lugar — disse Finn alguns minutos depois. — Estamos indo para o sul, não para oeste. Essas estradas sem sinalização... Aqui, espere um pouco.

Ele parou numa loja na beira da estrada com um mostruário de cartões-postais e um gato dormindo na porta. O gato bocejou quando Finn passou por cima dele para se dirigir ao proprietário em seu francês com áspero sotaque escocês. *Rose e eu poderíamos adotar um gato*, pensei quando o bichano lambeu sua cauda. Meu falecido Donald (que Deus o tenha) nunca me deixaria ter um gato, porque eles o faziam espirrar.

— Decidi que odeio Donald — Rose disse em minha imaginação. — Você não podia pelo menos inventar um marido morto *bom*?

— Você está sorrindo — disse Finn, entrando no Lagonda ainda ligado.

— Apenas imaginando o que você vai achar da minha prima quando a conhecer. Bom, não exatamente *imaginando*. Todo mundo gosta da Rose.

— Ela é parecida com você?

— Não. Ela é mais engraçada, mais valente. Bonita.

Finn estava preparando-se para sair com o carro de volta para a estrada, mas parou, olhando para mim longamente com seus olhos escuros. Então desligou o motor, endireitou-se e me puxou sobre o banco, encostando-me nele. Mexendo em meu cabelo, aproximou os lábios de minha orelha.

— Garota Charlie. — Sua respiração era quente e provocou um arrepio em toda a superfície de minha pele quando ele beijou o ponto debaixo de minha orelha, onde eu sentia meu coração bater. — Você — beijando a ponta de meu queixo — é — beijando o canto de minha boca — valente — beijando meus lábios, bem de leve. — Isso sem falar bonita. Bonita como um dia de primavera.

— Você sabe o que falam sobre homens escoceses — eu disse. — São todos mentirosos.

— Esses são os irlandeses. Um escocês não mente.

Sua boca encontrou a minha novamente e ele me beijou por um bom tempo. Ouvi ao longe a campainha de uma bicicleta passando, mas estava com os braços ao redor do pescoço de Finn e meu coração batia contra seu peito forte.

Por fim ele se afastou, mas ainda me segurou apertado ao seu lado.

— Eu poderia ficar aqui a tarde toda — ele disse. — Mas por que não vamos procurar a sua prima?

— Tudo bem — respondi simplesmente, e fazia muito tempo que não me sentia feliz daquele jeito.

— Você quer dirigir?

Olhei para ele e sorri.

— Você vai deixar sua belezura comigo?

— Venha para cá.

Trocamos de lugar. Estiquei os pés para alcançar os pedais, ainda sorrindo. Finn me mostrou a ignição.

— Se ele estivesse frio, você precisaria ajustar a mistura ar-combustível para levemente rica, mas agora pode mover para perto do centro.

Então virei o Lagonda na direção oeste. Ele ronronou na minha mão.

— Engraçado — disse Finn. — O velho da loja que me ensinou o caminho me deu um olhar estranho quando eu disse que estava procurando Oradour-sur-Glane.

— Que tipo de olhar?

— Apenas estranho.

— Hummm. — Eu passava a mão pelo volante do Lagonda, sentindo o tecido macio da manga de Finn em meu braço. O sol esquentava minha cabeça, e, enquanto levava o conversível pela estrada esburacada, comecei a cantarolar "La vie en rose". Não queria sair daquele carro nunca mais.

— Olhe. — Finn apontou, mas eu já tinha visto. Surgiu a torre de uma igreja. — Deve ser ali.

Meu sangue borbulhou como se tivesse se transformado em champanhe. Trocamos de lugar novamente quando chegamos mais perto de Oradour-sur-Glane, já que eu estava muito agitada para focar na direção. A estrada seguia para a parte sul do vilarejo, sobre o rio Glane. Eu podia ver a torre da igreja, a silhueta de alguns prédios de pedra baixos abandonados ao redor dela, postes de telefone. Perguntei-me por que os telhados tinham ângulos estranhos.

— É silencioso — Finn comentou. Nenhum cachorro latindo, nenhum barulho de bonde, nenhuma buzina de bicicleta enquanto entrávamos na cidade. Finn diminuiu a velocidade, mas não havia crianças brincando nas ruas. Eu estava muito confusa, mas então notei que a casa mais próxima tinha marcas de fumaça negra nas paredes de pedra. E o teto tinha desabado.

— Deve ter havido um incêndio — eu disse, mas as marcas pareciam velhas, lavadas pela chuva.

Finn diminuiu a velocidade ainda mais, deixando o carro em marcha lenta. O motor do Lagonda gemia, como se estivesse inquieto. Olhei de um lado para o outro da rua. Não havia ninguém.

Mais marcas de fumaça, de fogo. Vi um relógio na calçada como se tivesse sido derrubado e abandonado. Estava meio derretido, mas pude ver que os ponteiros pararam às quatro horas.

— Nenhuma dessas casas tem teto. — Finn apontou e eu vi vigas escurecidas e telhas destruídas. Não era por menos que a silhueta parecia estranha ao longe. Devia ter acontecido um incêndio, mas eram prédios de pedra, robustos e distantes uns dos outros. Como o fogo podia se alastrar entre prédios assim?

Meu sangue borbulhante começou a ficar muito, muito pesado nas veias.

A igreja surgiu à nossa esquerda, imponente, também construída com as pesadas pedras locais. E também não tinha teto.

— Por que nenhum deles foi reconstruído? — sussurrei. — Mesmo que tenha tido um incêndio, por que ninguém voltou?

O pensamento me veio como um trem gritando: *Talvez não tenha sobrado ninguém.*

— Não — eu disse em voz alta, como se discutindo comigo mesma. — Uma cidade inteira não morre num incêndio. — As pessoas teriam fugido. E era óbvio que algum trabalho tinha sido feito em Oradour-sur-Glane depois do incêndio, pois não havia escombros, nenhum entulho. Alguém tinha limpado os prédios e as ruas.

Então por que não ficaram? Por que não reconstruíram?

O Lagonda se arrastou pelo centro da cidade. Passou por um prédio dos correios abandonado e por uma estação de bonde. Os trilhos pareciam novos, como se os bondes, a qualquer momento, pudessem aparecer fazendo barulho. Mas estava tudo silencioso, nenhum passo ou miado de gato para ser ouvido. Por que não havia pássaros cantando?

— Pare — eu disse, vacilante. — Preciso descer... Eu preciso...

Finn parou o Lagonda no meio da rua de paralelepípedos. Quem buzinaria? Não havia tráfego. Saí apressada, quase caindo, e ele me estabilizou com a mão em meu braço.

— Não foi por menos que o homem da loja me olhou de um jeito estranho.

— O que aconteceu aqui? — Era como um navio fantasma abandonado no mar com a refeição ainda na mesa. Era como uma cidade de brinquedo sem bonecas. *Rose, onde está você?*

Andamos pelo caminho que tínhamos feito. Olhei através da janela de um hotel todo queimado e vi mobília ali dentro, pequenas mesas cobertas de poeira, cadeiras para os clientes esperarem, balcões abandonados onde os recepcionistas deviam trabalhar. Se eu entrasse, provavelmente encontraria o sino semiderretido no balcão esperando para chamar os mensageiros havia muito desaparecidos.

— Você quer entrar? — Finn perguntou. Sacudi violentamente a cabeça.

Uma praça ou parque vazio surgiu à nossa esquerda. Um carro estava abandonado, com ferrugem aparecendo nas portas. Finn passou a mão sobre a lataria que descascava.

— Um Peugeot — ele disse. — Modelo 202. O orgulho e a diversão de alguém.

— Então por que o deixaram aqui?

Nenhum de nós tinha respostas. Mas o medo dentro de mim aumentava com o eco de cada passo que dávamos.

A igreja de novo. Aparecia atrás de uma parede de pedras e, mais ao longe, uma elevação com grama. Vimos um trio de janelas arqueadas que pareciam órbitas oculares sem olhos nos encarando. Finn passou a mão sobre a parede mais baixa e congelou no lugar.

— Charlie — ele disse. — Buracos de bala.

— Buracos de bala?

Ele passou a mão sobre as marcas.

— Não são marcas redondas como as dos rifles de caça. Veja como os espaços entre elas são regulares. Soldados fizeram esses buracos.

— Mas este é um vilarejo no meio do nada. Quem...

— Vamos sair daqui. — Ele se virou com o rosto pálido. — Vamos perguntar no próximo vilarejo. Alguém vai nos contar o que aconteceu...

— Não. — Afastei-me dele. — Rose estava aqui.

— Ela não está aqui agora, garota Charlie. — Seus olhos iam de um lado para o outro pela rua vazia. — Não há ninguém aqui. Vamos dar o fora.

— Não... — Mas minha pele estava pinicando toda e o silêncio estava me deixando louca e eu já estava seguindo na direção do Lagonda. Eu também não queria ficar ali.

Foi quando percebi um leve movimento de canto de olho.

— Rose! — saiu como um grito. Não consegui ver o rosto dela, mas não havia dúvida de que era uma figura feminina, curvada e enrolada em um velho casaco, apesar do calor, no declive abaixo do morro da igreja. Livrei-me de Finn, contornando a parede mais baixa, subi a elevação e contornei outra parede, sem nunca tirar os olhos da figura. — *Rose!* — gritei novamente, ouvindo Finn correr atrás de mim. Mas a figura na parede da igreja não se virou. — Rose — gritei pela terceira vez como se fosse um encanto, como se estivesse rezando, e minha mão suplicante e desesperada alcançou o ombro dela.

Ela se virou.

Não era Rose.

Eve?, quase perguntei, apesar de a mulher não se parecer nada com Eve. Ela era gorducha, lembrava uma avó, com o cabelo grisalho penteado em um coque. Por que ela tinha me feito lembrar da magra e alta Eve? Então seus olhos escuros viraram-se sem expressão para mim, e vi a semelhança. Ela tinha o olhar devastado de uma mulher que havia sido atormentada e ferida na alma. Como Eve, ela poderia ter qualquer idade entre cinquenta e setenta anos. Dava na mesma para ela: como o relógio derretido, ela havia parado permanentemente às quatro da tarde. Quando aquela cidade tinha morrido... Não importava de que jeito tinha morrido.

— Quem é você? — sussurrei. — O que aconteceu aqui?

— Sou *madame* Rouffanche. — A voz dela era clara, não um resmungo de velha. — Estão todos mortos, com exceção de mim.

O sol esquentava minha cabeça. A grama farfalhava. As pequenas coisas cotidianas fizeram um pano de fundo para o horror silencioso da voz de *madame* Rouffanche.

Ela não estava nem um pouco curiosa para saber quem éramos Finn e eu, nem pareceu surpresa ao nos ver. Ela era como o coro numa peça de Shakespeare: a cortina subia para revelar um cenário tão estranho e horrível que o público não conseguia compreender, pelo menos não até o coro aparecer e, com uma voz calma e sem vida, explicar a cena. O que tinha acontecido. Quando tinha acontecido. Como tinha acontecido.

Não o porquê.

Ela não sabia o motivo. Creio que ninguém soubesse.

— Era 1944 — ela disse quando paramos debaixo das órbitas sem olhos da igreja semiqueimada. — Dez de junho. Foi nessa data que eles chegaram.

— Quem? — sussurrei.

— Alemães. Desde fevereiro, uma divisão *SS Panzer* tinha estado estacionada ao norte de Toulouse. Depois que os Aliados pousaram em junho, a divisão seguiu para o norte. Em 10 de junho, vieram para cá. — Pausa. — Depois soubemos que alguém tinha reportado que Oradour-sur-Glane dava abrigo para membros da Resistência... Ou que Oradour-sur-Vayres dava. Eu não sei. Nunca ficou claro.

Finn pegou minha mão. Seus dedos estavam gelados.

— Continue — pedi, com os lábios duros.

Madame Rouffanche não precisava que pedíssemos. A história continuava. Ela a contaria até o fim e depois sairia do palco de novo. Seus olhos viam além de mim e através de mim, até 10 de junho de 1944.

— Eram cerca de duas horas da tarde. Os soldados alemães invadiram minha casa e ordenaram que fôssemos, meu marido, meu filho, minhas duas meninas, minha neta, para o parque. — Ela apontou para a praça vazia onde tínhamos visto o Peugeot. — Muitos moradores já estavam reunidos. Homens e mulheres vinham de todas as direções. Todas as mulheres e crianças foram colocadas dentro da igreja. — Ela acariciou uma pedra marcada por fumaça como se fosse a testa de um cadáver. — Mulheres levando seus filhos no colo ou empurrando-os nos carrinhos. Centenas de nós.

Não Rose, pensei dolorosamente. Rose *não* podia estar entre elas. Ela não era uma mulher do vilarejo; ela morava e trabalhava em Limoges. Eu tinha tanta certeza de que a encontraria aqui, mas não desse jeito. Ela não podia ter estado aqui em 10 de junho.

— Esperamos horas — *Madame* Rouffanche continuou calmamente. — Especulando, sussurrando, ficando com mais medo. Por volta das quatro horas...

Quatro. Pensei no relógio derretido.

— ... alguns soldados entraram. Garotos, na verdade. Carregavam uma caixa com pavios pendurados que se arrastavam pelo chão. Colocaram a caixa na nave, perto do coro, e acenderam os pavios. Eles se afastaram e a caixa explodiu. A igreja ficou cheia de fumaça preta. Mulheres e crianças corriam para todos os lados, empurrando, gritando, engasgando.

Sua voz soava monótona. Eu queria tapar os ouvidos com as mãos para bloquear aquelas palavras, mas fiquei congelada pelo horror. Finn, ao meu lado, não estava nem respirando.

— Derrubamos a porta para a sacristia e invadimos. Sentei-me num degrau... Estava tentando ficar mais baixa para alcançar o ar bom. Minha filha correu em minha direção, e foi quando os alemães abriram fogo através das portas e janelas. Andrée morreu onde estava. — Pausa. Piscada. — Ela tinha dezoito anos. — Pausa. Piscada. — Ela caiu sobre mim, eu fechei os olhos e fingi que estava morta.

— Jesus — disse Finn.

— Houve mais tiros, e então os alemães jogaram montes de palha e madeira e cadeiras quebradas sobre os corpos no chão. Ainda tinha fumaça... Eu engatinhei por baixo de minha filha e me escondi atrás do altar. Havia três janelas no alto na parede atrás do altar. Fui para a do meio, a maior, e puxei o banco em que o padre costumava acender as velas. Subi nele do jeito que consegui.

Essa mulher curvada com ar de vovó escalou uma parede de pedra para fugir sobre um chão repleto de corpos e uma névoa de fumaça e balas. Não sei que olhar *madame* Rouffanche viu em meu rosto, mas ela encolheu os ombros.

— Não sei como. Minha força se multiplicou.

— Isso acontece. — Quase não se ouviam as palavras de Finn.

— A janela já estava quebrada. Subi e me atirei para fora. Caí cerca de três metros. — Ela olhou para cima, bem sobre nossa cabeça, para a janela do meio escura e quebrada na parede da igreja. — Aqui.

Minha garganta se fechou com um grito que não saiu. *Aqui*, a palavra fez eco, *aqui*. Essa mulher, três anos atrás, tinha se jogado por aquela janela e caído neste pedaço de grama em que estávamos sob a luz do sol. *Aqui*.

— Uma mulher tentou me seguir. Os alemães atiraram assim que nos viram. — *Madame* Rouffanche começou a andar, seus passos lentos e difíceis. — Eu fui atingida cinco vezes. Engatinhei por este caminho. — Seguimos a mulher em silêncio ao redor da igreja. — Cheguei até o jardim da sacristia. As plantas, então, não estavam mortas, estavam fortes. — Ficamos no meio da plantação arrasada, olhando para o jardim. — Eu me escondi entre os pés de ervilhas. Ouvi mais tiros, mais gritos, mais choro... Foi quando os homens e os meninos morreram, a maioria deles. E então houve uma onda de fogo, como se todo o telhado tivesse sido aceso. A noite caiu, e depois ouvi o som de garrafas de champanhe sendo abertas... Os alemães ficaram a noite toda bebendo champanhe.

Meus lábios se moveram, mas nenhuma palavra saiu. Acho que não havia nenhuma palavra. Finn virou de costas abruptamente, mas não soltou minha mão. Ele apertou meus dedos tão forte que parecia que estavam quebrando; apertei a mão dele de volta. *Madame* Rouffanche olhou através de nós serenamente, seus dedos se movendo como se estivessem tocando as contas de um rosário inexistente.

— Os alemães ficaram por alguns dias... Tentaram cavar valas, esconder os corpos. Eu nunca soube por quê. Ninguém poderia esconder aquilo que tinham feito. Cheiro forte de carne queimada. Cachorros em pânico correndo por todo lado, procurando seus donos... Os alemães nos mataram quase todos, mas os cachorros pareciam ser o ponto fraco deles. Não atiraram neles. Fizeram uma vala aqui no jardim da igreja para os mortos, mas ficou tão rasa que a mão de um homem permaneceu para fora da terra depois que a encheram.

Olhei para Finn. Ele ainda estava de costas, seus ombros arquejando. Não sei por que eu não conseguia me mover, não conseguia emitir nenhum som. Eu estava congelada.

— Quando os alemães desistiram de limpar e se foram, eu já tinha sido resgatada. Dois homens tinham voltado para o vilarejo para ver se seus filhos estavam vivos... Implorei que me levassem para o rio e me afogassem, mas me levaram para um médico. Fiquei um ano no hospital. Quando saí a guerra havia acabado e os alemães tinham ido. Mas o vilarejo ainda estava...

Pausa. Piscada.

— ... assim.

Pausa. Piscada.

— Eu sobrevivi — ela continuou. — Outros também. Homens que se arrastaram dos celeiros em chamas depois de baleados, homens que estavam nos campos ou em cidades vizinhas naquele dia, algumas crianças que se esconderam nas ruínas ou escaparam dos tiros. — Havia alguma coisa lutando para sair por seus olhos...

Ela parecia estar voltando para o presente aos poucos daquela ilha no tempo, em 10 de junho de 1944. Ela me olhou pela primeira vez como se *realmente* me visse. Visse Charlie St. Clair com sua saia vermelha e sapatos baixos parada sobre os destroços de todos os fantasmas.

Finn se virou.

— Por que você vem aqui? — Ele fez um gesto para os prédios vazios e marcados com fumaça ao nosso redor. — Por que você fica?

— É minha casa — disse *madame* Rouffanche. — Ainda é minha casa, e eu sou testemunha viva dela. Vocês não são as primeiras pessoas a virem aqui, procurando... É melhor me achar que não encontrar nada. Então me digam quem vocês estão procurando. Eu lhes direi se sobreviveu. — Seus olhos estavam fundos. — E lhes direi se morreu.

Por um bom tempo, ninguém falou nada. Ficamos como uma trindade naquele lugar terrível, uma brisa leve mexendo o cabelo de Finn e levantando a barra do casaco de *madame* Rouffanche. Então peguei minha caderneta, tirei a fotografia gasta de Rose e a coloquei nas mãos da mulher.

E depois rezei. Rezei muito.

Ela olhou para a fotografia, aproximando-a de seus velhos olhos.

— Ahhhh... — disse calmamente, o reconhecimento florescendo. — Hélène.

— Hélène? — Finn repetiu antes de mim.

— Hélène Joubert, ela disse que esse era seu nome quando veio aqui ter o bebê. Uma viúva, muito jovem. Acho que todos sabíamos, mas... — Deu de ombros. — Uma garota amável. Ninguém se importava. Ela deixava o bebê com a família Hyvernaud enquanto ia trabalhar em Limoges. Voltava todo fim de semana de bonde, segundo *madame* Hyvernaud. — Um sorriso. — *Hélène*. Um nome bonito, mas nunca a chamamos assim. Ela disse que tinha sido *Rose* quando criança, por causa das bochechas rosadas, então a chamávamos de *la belle Rose*.

Alguma coisa em mim começou a gritar.

— Por favor — pedi, com a voz trêmula. — Diga que ela não estava aqui. Diga que ela estava em Limoges. Diga que ela não estava *aqui*.

Um longo silêncio de *madame* Rouffanche. Ela olhou para a fotografia, o rosto sorridente de Rose, e a vi afundando novamente... de volta para o loop infinito de *dezdejunhodezdejunhodezdejunho*.

— Dentro da igreja — ela disse — havia três janelas no alto de uma parede... Eu fui para a do meio, a maior, e puxei o banco que o padre usava para acender as velas. Subi e me atirei para fora. Caí cerca de três metros.

Quase as mesmas palavras que ela havia usado para nos contar pela primeira vez, percebi, tonta de horror. Quantas vezes ela tinha contado aquela história para pessoas como nós, pessoas que procuravam parentes e amigos, para sua história ter se moldado naquela sequência, as mesmas palavras, na mesma ordem? Era assim que ela se mantinha sã enquanto remoía suas memórias todos os dias em nosso benefício?

— *Madame*, por favor...

Ela começou a andar de novo, de volta para o caminho de onde tínhamos vindo, seus passos irregulares e inconscientes. Corri para acompanhá-la.

— Uma mulher tentou me seguir pela janela. — Pausa. Piscada. Então a história mudou quando chegamos de volta diante da janela escura e quebrada de onde *madame* Rouffanche tinha pulado três anos antes. — Quando olhei para cima... — Agora ela olhava para cima, e meus olhos acompanharam os dela. Vi o que ela descreveu. Vi o que ela tinha visto. — Fui seguida por uma mulher que me esticava seu bebê pela janela.

Vi uma cabeça loira, braços pálidos saindo pela janela. *Aqui.*

— Peguei a criança... Ela estava gritando de medo.

Vi o pequeno pacote chorando, suas mãos balançando.

— A mulher pulou, caindo perto de mim. Ela pegou o bebê das minhas mãos e saiu correndo.

Vi a figura elegante pular, graciosa mesmo em meio ao terror. Vi seu vestido branco contra a grama enquanto se recompunha, manchada de verde e de sangue, arrebatando a criança histérica nos braços e partindo em direção a um lugar seguro...

— Mas os alemães atiraram em nós, dezenas de tiros. Caímos.

Vi a saraivada de balas, a nuvem confusa de fumaça. As lascas de pedra voando enquanto a parede da igreja era alvejada. As gotas de sangue no cabelo loiro.

— Acertaram-me cinco vezes. Eu consegui me arrastar para longe. — *Madame* Rouffanche colocou a fotografia gentilmente de volta em minha mão trêmula. — Mas a sua amiga... *la belle Rose* e a bebê Charlotte... Elas foram mortas.

Ouvi um ruído e fechei os olhos. Foi o ruído de um vestido de verão ondulado pelo vento quente. Rose estava bem atrás de mim... Se eu me virasse, a veria. Veria seu vestido branco manchado de vermelho, veria as balas que tinham atravessado sua garganta macia e seus olhos brilhantes. Eu a veria deitada, amarrotada, contorcendo as pernas como se ainda tentasse fugir com toda sua valentia. Veria a criança em seus braços, a bebê que eu nunca conheceria, a bebê que nunca cresceria para ser a irmã mais velha do meu. A bebê que ela tinha batizado de Charlotte.

Rose estava atrás de mim, respirando. Mas ela não estava respirando. Estava morta havia três anos. Ela tinha desaparecido, e todas as minhas esperanças eram mentiras.

24
EVE

Outubro de 1915

Ela morreu com uma saraivada de balas. Os detalhes saíram nos jornais clandestinos. Todo mundo os lia, enojados e impressionados. Ela tinha sido executada por um pelotão na Bélgica: uma enfermeira da Cruz Vermelha e espiã inglesa. Tornou-se instantaneamente famosa, heroína e mártir. Seu nome estava em todos os lugares.

Edith Cavell.

Não Violette Lameron. Edith Cavell estava morta, mas Violette, pelo que a Rede de Alice tinha conseguido descobrir, ainda estava viva.

— Cavell se parece com Violette — disse Eve, devorando o jornal proibido. Cavell tinha sido presa em agosto, mas somente agora a execução chegara a sua brutal conclusão. — São os olhos. — A maioria das imagens de Edith Cavell era romantizada. Ela era desenhada desmaiando na frente de uma fileira de armas. Suas fotografias eram retocadas para fazê-la parecer mais frágil e feminina. Mas Eve achou que os olhos dela não eram nada frágeis. Edith Cavell tinha ajudado a trazer centenas de soldados da Bélgica... Isso não era trabalho para os frágeis. Ela tinha olhos duros e diretos como os de Violette, como os de Lili e os da própria Eve. *Outra* fleur du mal, Eve pensou.

— Isso é bom. Não quero parecer insensível, mas a morte de Cavell é boa para Violette. — Lili andava pelo quarto. Desde a prisão de Violette, havia quase três semanas, ela estava fora de circulação, escondida com Eve. Esconder-se não combinava com Lili. Ela caminhava como uma tigresa na jaula, seu pequeno rosto tenso. — Os alemães estão sendo tão criticados pela execução de Cavell que não vão se atrever a levar outra mulher para a frente de um pelotão de fuzilamento.

O que eles estão fazendo com ela?, Eve se perguntou, com medo. A tortura não era comum entre os alemães e seus prisioneiros, mesmo para os espiões. Interrogatório, tapas, prisão, sim... E, é claro, havia a ameaça constante de execução. Mas, embora você pudesse ser morto, não tinha suas unhas arrancadas antes. Todos na Rede de Alice sabiam disso.

Mas e se eles abrissem uma exceção para Violette?

Eve não expressou esse pensamento em palavras, sabendo que Lili já estava agoniada, assim como ela, que sempre se lembrava das mãos de Violette cuidando dela gentilmente, tentando aquecer os instrumentos de aço. Sem Violette, Eve estaria agora mesmo com a semente de René a consumindo. Ou morta, pois, sem o conhecimento de Violette, teria sido louca o suficiente para tentar qualquer poção, qualquer veneno que tivesse o mesmo efeito. Eve devia muito a Violette.

— Eles vão interrogá-la. — Lili mexeu os ombros enquanto caminhava. — Antoine diz que eles não têm nada definitivo. Ela não foi pega com documentos. Seu nome surgiu quando um garoto da rede em Bruxelas foi pego; tudo o que ele sabia era o nome dela. Então os hunos vão questioná-la, mas, se procurarem um ponto fraco em Violette, tudo que encontrarão serão pedras.

Eve imaginou Violette sentada a uma pequena mesa na frente de um interrogador alemão, virando a cabeça para que a luz refletisse, impenetrável, em seus óculos. Não, não seria fácil interrogar Violette. *Desde que não a torturem.*

— Se eu pudesse fazer alguma coisa — disse Lili, furiosa. — Saia e comece a pegar novas informações, e então existirão relatórios para serem recolhidos. — Sua voz estava inflexível. — Não vou perder mais ninguém para os hunos. Prefiro ficar contra uma parede e ser fuzilada a perder mais alguém.

— Não seja tola. — Eve se viu adotando a severidade mandona de Violette, assumindo o controle de sua líder rebelde, já que a tenente de óculos não estava ali para fazer aquilo. — Vou ver o que c-consigo descobrir no Le Lethe.

Você não deve ficar muito mais tempo no Le Lethe, o pensamento sussurrou. Com a rede comprometida, Eve e Lili poderiam facilmente ser chamadas de volta de Lille. Esse seria o procedimento lógico, mas Eve não podia parar agora para fantasiar sobre sair de Lille e nunca mais ver René Bordelon. *Neste momento, você ainda está aqui, então continue ouvindo.*

Mas não havia nada sobre Violette para ser ouvido no mar de fofocas. Ninguém falava de outra coisa a não ser a execução de Cavell. Os oficiais alemães estavam ou com o rosto sombrio ou agitados sobre seus *schnapps*.

— Merda, a mulher era uma *espiã*! — Eve ouviu um capitão dizer. — Devemos encharcar nossos lenços pela espiã imunda só porque ela era mulher?

— A guerra não é mais o que costumava ser — um coronel reagiu. — Espiões de *saias*...

— Colocar uma mulher diante de um pelotão de fuzilamento é uma vergonha para a pátria. Não é assim que conduzimos a guerra...

— A espionagem é um negócio covarde. Deve haver espiões em Lille. A região inteira está amaldiçoada. Uma foi descoberta em Bruxelas algumas semanas antes da execução de Cavell, mulher também...

Eve aguçou os ouvidos, mas nada mais foi dito sobre Violette. *Por favor, não deixe que ela termine como Cavell.*

Tudo aquilo fez René rir mais tarde naquela noite, nu próximo ao aparador diante de uma garrafa com um líquido tão verde quanto um peridoto. Havia pouco tempo, ele tinha apresentado o absinto para Eve.

— Que românticos são os alemães, como se existisse uma maneira honrada de conduzir uma guerra! A guerra apenas acontece. A única coisa que importa no fim de uma guerra é quem está vivo e quem está morto.

— Não apenas isso — disse Eve, as pernas cruzadas na cama macia com um lençol sobre os ombros. — Também importa q-quem acaba p-pobre e quem fica rico. — Aquilo lhe rendeu um sorriso de aprovação, como Eve tinha planejado. Marguerite tivera de evoluir da garota do campo de olhos arregalados pela qual ele havia se encantado. Ela tinha ganhado um verniz de sofisticação. Não engasgava mais quando bebia champanhe, passara a apreciar as coisas boas da vida que seu amante tinha prazer em lhe mostrar. Ela era maleável e ávida na cama e havia adotado alguns dos cinismos de René, e isso o fazia sorrir, porque ela os repetia de maneira inteligente. Sim, Eve tinha feito Marguerite se desenvolver em estágios cuidadosamente calculados, e René parecia gostar do que via como sua criação. — Não entendo por que é tão t-terrível querer prosperar em tempos de guerra — ela continuou, um pouco ousada, como se experimentasse o jeito aproveitador de René e tentasse justificá-lo. — Quem q-q-q... Quem *quer* passar fome? Quem *quer* se vestir com trapos?

René equilibrou uma colherzinha de prata e um cubo de açúcar na borda de cada taça.

— Você é uma garota inteligente, Marguerite. Se os alemães acham que mulheres não são inteligentes ou espertas o suficiente para ser espiãs, eles são tolos e ingênuos.

Ela desviou a conversa sobre sua inteligência.

— Dizem que os ingleses estão f-furiosos com a execução de Cavell.

— Furiosos, talvez. — René derrubou água gelada sobre o açúcar, de maneira que os cubos se dissolveram lentamente no absinto. — Mas ainda mais agradecidos, imagino.

— Por quê? — Eve pegou sua taça. *La fée verte* não a fazia alucinar ou tagarelar, como temia. René disse que aquilo era besteira de viticultores franceses enciumados e com medo de perder negócios. Mesmo assim, ela tomava o cuidado de beber devagar.

— Você não viu as listas de vítimas que os ingleses estão recebendo, minha pequena. Aqueles homens morrendo nas trincheiras todos os meses... A guerrinha esplêndida deles já está no segundo ano, e as pessoas estão ficando cansadas de sangue. Mas, quando os hunos matam uma inglesa de boa família e reputação ilibada... pode existir algo mais íntegro que uma enfermeira?... há um choque que vai galvanizar muito bem o front. — René deu um gole em seu absinto, voltando para baixo dos lençóis.

— Então os alemães v-vão executar a outra espiã? — Eve ousou perguntar. — A mulher p-pega em Bruxelas.

— Não se forem inteligentes. Eles não querem alimentar a imprensa com notícias negativas. Fico me perguntando se ela é jovem e bonita. — René refletiu, olhando para a luz através da joia verde em sua taça. — Se for, os ingleses deveriam torcer para que os hunos a matassem. Ainda melhor que uma mártir de meia-idade como Cavell é uma mártir *bonita*. Nada como uma mulher jovem, amável e morta para atiçar a indignação pública. Beba isso, Marguerite, e venha aqui... Você nunca experimentou ópio, experimentou? Deveríamos experimentar qualquer hora; entrar num sonho de ópio pode abrir os olhos...

Mas o fantasma de Edith Cavell ainda não os tinha deixado. Quando Eve voltou para seu quarto naquela noite, Lili estava sentada à mesa com grandes sombras púrpura sob os olhos.

— Notícias interessantes de tio Edward, pequena margarida.

— Fomos chamadas de volta? — A cabeça de Eve ainda estava zunindo por causa do absinto, mas de qualquer forma ela conseguiu

derrubar a perspectiva do ópio. Não tomaria nenhuma substância que pudesse fazê-la dar com a língua nos dentes na frente de René.
— Estão nos tirando de Lille? — Sua cabeça latejava mais ainda com a esperança, agora que o momento havia chegado.

— Não. — Lili hesitou, e o coração de Eve desacelerou. — E, ao mesmo tempo... talvez.

Exasperada, Eve desabotoou seu casaco.

— Seja coerente.

— Antoine trouxe a mensagem diretamente de tio Edward. A decisão de nos convocar de volta esteve no ar, mas seu superior bigodudo — devia ser o mentiroso e fofoqueiro major Allenton, Eve se lembrou de seus dias em Folkestone — resolveu nos deixar continuar.

— Mesmo com os boches tentando desmantelar a rede, agora que estão com uma de nós?

— Mesmo assim. — Lili desembrulhou um toco de cigarro de seu lenço e procurou por fósforos. — A opinião do Bigode é que nosso excelente posicionamento aqui faz o risco valer a pena. Então ordenaram que mantenhamos a cabeça baixa e continuemos nosso trabalho, pelo menos por mais algumas semanas.

— Arriscado — admitiu Eve. Até imprudente. Mas guerras eram vencidas assumindo-se riscos, e eram os soldados que ficavam lado a lado com o perigo. No momento em que Eve aceitou aquele trabalho, tinha dado sua vida nas mãos da Coroa. Para que reclamar agora? O que ela ganharia deixando Lille e René para trás? Ela se sentou na beira da cama, esfregando os olhos. — Então continuamos — disse, um pouco amarga.

Lili acendeu seu meio cigarro.

— Talvez não.

— Seja *coerente*, Lili.

— Tio Edward nunca iria contra um superior abertamente, mas ele tem... maneiras de fazer com que saibam que ele não concorda. Claramente, ele foi contra a decisão de nos manter em campo.

Brigou por isso. Sem expor sua posição em palavras, deixou claro que acha muito perigoso para nós continuarmos a operação aqui. Ele teme que Violette seja executada como Cavell, e que nós sejamos pegas e tenhamos o mesmo destino.

— Teríamos. — Eve vivia com aquele temor fazia tanto tempo que parecia normal. — Os *Fritzes estão* endurecendo. Eles não deixaram de perceber que têm dezenas de quilômetros de front aqui, onde não conseguem manter a artilharia funcionando por mais de duas semanas.

Lili soltou uma longa baforada.

— Tio Edward acha que o Bigode é um idiota, mas não pode desobedecer a suas ordens diretas. No entanto deu a dica, de maneira bem oblíqua, de que, se pedirmos transferência de Lille, alegando exaustão ou problemas nervosos, ele pode consegui-la.

Eve a olhou fixamente.

— Como se soldados pudessem simplesmente ignorar suas ordens...

— Soldados comuns, não. Aqueles no nosso tipo de trabalho são diferentes. Não se pode confiar em um ativo à beira da exaustão emocional. Só causaríamos problemas; seria muito mais seguro nos retirar. Então...

— Então... — Por um momento, Eve deixou a inebriante visão tomar conta dela. O fim da fome e dos relógios alemães e das mãos frias em seu corpo. Fim dos sonhos de balas nas costas. Fim do *perigo*. Mas isso trazia uma consequência em paralelo. — Se p--pedíssemos para sair, eles nos alocariam em algum outro lugar para trabalhar? Bélgica ou...

— Provavelmente não. — Lili bateu as cinzas do cigarro. — Seríamos as garotas que desabaram sob pressão. Ninguém devolve uma xícara quebrada à mesa e acredita que ficará inteira.

Vá para casa e a luta acaba. Não importava por quanto tempo a guerra continuasse, a chance de Eve contribuir terminaria.

— Provavelmente deveríamos fazer isso. — O tom de Lili era objetivo. — Pedir para sair. Confio nos instintos de tio Edward mais que nos do Bigode. Se ele acha que o perigo é grande demais, provavelmente está certo.

— Sim — Eve disse. — Mas temos uma ordem para permanecer, apesar disso. Uma *ordem*. E é apenas por mais algumas semanas. Se mantivermos a cabeça baixa, assim que formos convocadas de volta seremos enviadas para algum novo trabalho.

— E tivemos muita sorte até agora.— Lili encolheu os ombros magros. — Mais que sortudas, fomos boas.

Eve soltou um longo suspiro, abandonando a visão inebriante de casa.

— Então eu digo que fico. Pelo menos um p-pouco mais.

— Eu já tinha decidido o mesmo para mim, mas não quis influenciá-la de maneira injusta. Tem certeza?

— Sim.

— Então está resolvido. — Lili examinou a guimba de seu cigarro. — Droga. Estava guardando isso fazia duas semanas, e tudo que consegui foram duas boas tragadas. Não consigo nem dizer como amo esta minha vida primitiva...

Eve pegou a mão dela.

— Prometa que terá mais cuidado. Eu me preocupo com você.

— Para que se preocupar? — Lili franziu o nariz. — Em setembro passado, você sabe, deixei que a preocupação tomasse conta de mim. Tive uma premonição tão forte que fui visitar minha família. Estava convencida de que precisava vê-los enquanto eu podia, uma última vez... Quando parti, fiquei pensando: *Está tudo acabado agora; serei presa e morta*. E nada aconteceu, nada. Preocupar-se é perder tempo, pequena margarida.

Eve fez uma pausa, escolhendo as palavras.

— E se Violette for forçada a revelar o seu nome?

— Mesmo que eles a forcem a falar de mim, não conseguem me *encontrar*. Sou uma mão cheia d'água, escorrendo por todos os lados. — Lili sorriu. — Vou variar minha rotina, mudar meus caminhos. Eu prometo. — O sorriso desapareceu. — O Bigode está certo sobre uma coisa: isso não vai durar muito mais, tenho certeza. Houve um grande avanço por Champanhe; eles estão confiantes de que conseguem romper as linhas inimigas até o Ano-Novo. Temos apenas de aguentar mais um pouco. — Baixinho: — E então Violette será libertada. Se pelo menos a condenarem a um tempo na prisão... ela consegue sobreviver a isso.

— E se não forem apenas alguns m-meses? — Eve estava em Lille havia alguns meses, mas pareciam uma eternidade. — E se a guerra durar anos?

— Então serão anos — disse Lili. — O que é que tem?

De fato, o que é que tinha? E nenhuma delas alimentou mais a ideia de pedir para voltar para casa.

As notícias chegaram aos ouvidos de Eve poucos dias depois pelo *Kommandant* Hoffmann e alguns coronéis, bem como pelo *brandy* que tomavam. Não uma pepita, como a notícia da visita do *Kaiser*, mas importante o suficiente para fazer os sentidos de Eve se aguçarem.

— Tem certeza? — Lili tinha voltado às suas rondas, com novos cartões de identidade para o caso de os antigos nomes serem revelados.

Eve assentiu, apoiando-se na beira da mesinha.

— Os alemães devem fazer um grande ataque em janeiro ou fevereiro do próximo ano. Confirmado.

— O alvo?

— Verdun.

Eve estremeceu de leve. Havia algo no nome daquele lugar que ela nunca tinha visitado. Uma espécie de finitude. *Soa como um terreno da morte.* Mas não seria se os generais fossem surpreendidos. Talvez Verdun se transformasse no marco do fim das mortes.

— É um risco para você passar isso adiante — Lili ponderou. Não eram todas as informações de Eve que podiam ser transmitidas, não as que provocassem uma ação que pudesse expor o canal estabelecido no Le Lethe.

— Isso é importante — Eve respondeu. — É por informações assim que não pedimos para voltar para casa.

Lili considerou e, por fim, assentiu.

— Tenho um encontro agendado com tio Edward em Tournai em dois dias. Você terá de vir comigo. Com algo assim, eles vão querer interrogar nós duas, como fizeram com o relatório sobre o *Kaiser*.

Eve assentiu. Seria num domingo, ela não faltaria ao trabalho.

— Você consegue um salvo-conduto extra a t-tempo?

— Meu contato nunca me deixou na mão, Deus o abençoe.

Eve mordeu o polegar, já bastante mordido. Talvez fosse a prisão de Violette ou o frio feroz de outubro, mas ela vinha lutando contra uma onda de temor supersticioso a semana toda. Christine estava lhe lançando olhares suspeitos no trabalho ou apenas desdenhando dela? O tenente alemão que tinha parado de falar tão abruptamente quando Eve chegou com seu café — era um sinal de que ele sabia que ela estava ouvindo? René, que vinha sendo tão solícito recentemente, farejara uma de suas mentiras e decidira passar a ela uma falsa sensação de segurança antes de atacar?

Controle-se.

Tinha sido uma longa noite com René. Ele acendeu a lareira do quarto e leu *À rebours* em voz alta para Eve, deixando ocasionalmente o livro de lado para encenar algumas das passagens mais depravadas de Huysmans. Eve ficava mais entediada que excitada com a depravação, mas Marguerite estava adequadamente de olhos arregalados e receosa. René parecia satisfeito.

— Você está se saindo bem, minha pequena — ele murmurou, passando a ponta dos dedos no lóbulo da orelha dela. — Talvez devêssemos ir para o campo por um tempo, como o herói de

Huysmans, hein? Algum lugar mais quente que Limoges, onde possamos nos divertir sem toda essa tristeza teutônica. Grasse é bastante agradável nesta época do ano. O perfume das flores chega com o vento de todas as direções. Sempre pensei que me aposentaria em Grasse depois que encerrasse meu negócio. Já arrumei algumas propriedades por lá, e elas esperam ansiosamente para ser transformadas numa pequena *villa* algum dia... Você gostaria de ir a Grasse, Marguerite?

— Qualquer lugar mais q-q-q-quente. — Eve estremeceu.

— Você tem estado gelada. — A mão de René acariciava lentamente a pele dela. — Você não está grávida, está?

Aquilo chegou perto de surpreender Eve e provocar uma reação impensada. Ela por pouco conseguiu impedir o movimento de profunda repugnância.

— Não — disse e deu uma risada inquieta.

— Humm. Se você estivesse, não seria uma tragédia, minha pequena. — Ele abriu a mão sobre a barriga dela, os longos dedos passando nos ossos das costelas. — Nunca me considerei especialmente paternal, mas quando um homem alcança certa idade começa a considerar sua herança. Ou talvez tenha apenas me tornado mais melancólico neste clima sombrio. Vire-se, pode ser?

Eu estava certa em não contar a ele, Eve pensou quando começou a se mover com seus toques. Ele a teria expulsado como uma égua de estimação, e onde ela estaria agora?

Era quase amanhecer quando Eve partiu. Não havia tempo para dormir. Ela fez rapidamente um falso pacote para ter alguma coisa para equilibrar no *checkpoint* e foi para a estação. Lili estava atrasada, e Eve estava segurando o pânico quando viu a figura familiar descer de um vagão. Era uma manhã fria e nebulosa, e as gotas de umidade pareciam grudar no chapéu de palhinha de Lili, que usava um casaco azul. Ela parecia extraordinariamente pequena caminhando na névoa.

— Temos um problema — ela disse, baixando a voz ao nível de um murmúrio para que ninguém as escutasse. — Só um salvo-conduto. Ele dá permissão para viajar até Tournai, mas apenas para uma.

— Fique c-com ele. Eu não preciso ir.

— Precisa sim, com um relatório desses. Eles vão insistir para interrogar a fonte.

— Então eu vou sozinha...

— Você nunca enfrentou um *checkpoint* sozinha. Os guardas andam muito difíceis, e não estão acostumados a vê-la ir e vir como estão acostumados comigo. Essa sua língua presa pode chamar atenção. Se você se meter em confusão, quero estar lá para ajudar. — Lili hesitou, mordendo o lábio. — Não podemos esperar até a ronda da próxima semana, não com algo tão importante. Se conseguirmos cavar nosso caminho com apenas um salvo-conduto aqui, podemos facilmente conseguir outro em Tournai para voltar para casa.

Eve olhou para os guardas alemães na estação do outro lado da rua. Eles pareciam molhados e mal-humorados. Prontos para ser rancorosos, talvez, mas também com frio e miseráveis o bastante para ser descuidados.

— Podemos fazer isso.

— Também acho. Pegue o passe, pequena margarida, e entre na fila... Fique três pessoas à minha frente e não olhe para trás.

Depois de mais algumas instruções rápidas, Eve cruzou a rua passando por um grupo de garotos que brincavam de pega-pega ao redor da praça, apesar da névoa fria. Equilibrou seu pacote, conseguindo dar uma olhada enquanto Lili segurava a ponta do cachecol verde de um dos meninos que brincavam. Um sussurro no ouvido do garoto... uma moeda em sua mão, em movimentos dissimulados... e o menino seguiu caminho. Lili ocupou o lugar na fila, e Eve de repente ficou tão nervosa que mal conseguia se manter em pé. Ela enfrentou o medo.

O guarda assoou o nariz num grande lenço, claramente resfriado. Eve manteve-se pequena e respeitosa, segurando seu salvo-conduto sem nenhum ruído. Ele olhou o documento e acenou para que ela seguisse. Seu sangue pulou e ela deu as costas para os guardas, fingindo guardar o papel de volta na carteira, mas mantendo-o dobrado, bem apertado e pequeno entre os dedos. No momento em que o menino do cachecol verde passou pelos alemães — eles mal notaram a criança, exceto para tirá-la do caminho —, correu direto para Eve, jogando-se em cima dela e derrubando o pacote de seus braços.

— Em pé! — Eve o levantou, limpando o barro de sua blusa, e o salvo-conduto dobrado escorregou de forma invisível para dentro da manga do garoto. — Seja mais c-cuidadoso — ela falou. Isso soou terrivelmente teatral a seus ouvidos enquanto pegava o pacote, e o menino saiu correndo de novo.

Ele deu uma volta ao redor da praça — Lili devia ter lhe dito para não ir diretamente ao alvo — e então deu um encontrão nela, que o pegou pelo pulso para lhe dar uma bronca. Eve assistiu e, mesmo olhando bem, não conseguiu vê-la tirar o salvo-conduto da manga do menino. Mas ela já estava com ele cinco minutos mais tarde, quando chegou ao começo da fila.

O coração de Eve voltou a bater como um gongo quando o guarda alemão passou os olhos sobre o salvo-conduto. Não havia fotografia de identificação, o documento era apenas um pedaço de papel que permitia a passagem, todos pareciam iguais. Certamente o guarda não perceberia se o mesmo fosse usado duas vezes... Um alívio violento tomou conta dela quando ele assoou o nariz e fez sinal para Lili passar.

— Viu? — Lili sussurrou sob o som do apito do trem ao se juntar a Eve. — Eles são muito burros. Enfie qualquer pedaço de papel debaixo do nariz deles e você sempre consegue passar!

Eve riu, um pouco zonza pelo alívio.

— Você consegue achar g-graça em absolutamente tudo?

— Por enquanto — Lili disse, mais leve. — Devemos arrumar tempo para comprar chapéus idiotas em Tournai, você não acha? Eu *preciso* de um de cetim rosa...

Eve ainda estava rindo quando aconteceu. Mais tarde ela se perguntou se tinha sido sua risada que chamou a atenção deles, se ela estava muito livre e solta. Mais tarde, ela ponderou: *O que eu poderia ter feito?* Mais tarde, ela pensou: *Se ao menos...*

Uma voz alemã soou atrás delas, interrompendo a risada de Eve como uma faca:

— Seus documentos, *Frauleins*.

Lili se virou, as sobrancelhas loiras levantadas. Não era o guarda que estava espirrando, mas um jovem capitão com uniforme impecável. A névoa se acumulava no quepe do oficial, e seu rosto era duro e cheio de suspeita. Eve percebeu um corte em seu queixo, que ele tinha feito ao se barbear. Notou que tinha cílios muito pálidos, e sua língua transformou-se em pedra. Se ela tentasse falar, não conseguiria pronunciar nenhuma palavra antes de gaguejar como uma daquelas metralhadoras Chauchat que acabavam com os soldados nas trincheiras...

Mas Lili falou, e sua voz era límpida e impaciente:

— Documentos? — Apontou irritada para o guarda. — Já mostramos ali.

O capitão esticou a mão.

— Vocês vão me mostrar mesmo assim.

Lili reagiu, uma pequena dona de casa francesa ofendida:

— Quem é você...

Ele fechou a cara.

— Se vocês têm passaportes, quero vê-los.

É isso, Eve pensou, e o terror era tanto que a sensação quase a acalmava. Não havia como blefar diante do fato de que ela não tinha passe. *Vão me prender. Vão me prender...*

Ela ergueu os olhos quando Lili entregou seu próprio salvo-conduto para o capitão. Enquanto ele curvava a cabeça para examiná-lo, as duas se entreolharam. *Quando me pegarem, se afaste*, Eve fez o máximo para telegrafar. *Afaste-se.*

E Lili sorriu, aquele sorriso com um toque travesso.

— É o passe dela — disse claramente. — Eu o peguei emprestado ilegalmente, seu huno estúpido.

25
CHARLIE

Maio de 1947

Ela estava morta.

Minha melhor amiga em todo o mundo, morta.

Não fora o bastante que a guerra insaciável tivesse esticado seus dedos gananciosos e roubado meu irmão de mim. A mesma besta tinha engolido Rose também, tinha pegado a garota que eu amava como a uma irmã e a crivado de balas.

Acho que eu poderia ter ficado anestesiada para sempre pelo horror ali naquele pedaço de grama, presa entre a parede da igreja cheia de buracos de bala e a figura de *madame* Rouffanche. Ela também poderia ter se tornado um pilar de sal como a esposa de Ló, imóvel e monstruosa pelo que nunca deveria ter visto. Pude sentir um grito subindo pela garganta como uma lâmina afiada, mas, antes que pudesse soltá-lo, Finn chacoalhou-me forte. Olhei para ele, tonta. *Charlie*, pude vê-lo dizer. *Garota Charlie...* Mas não conseguia ouvi-lo. Meus ouvidos pareciam estar dentro de uma concha. Tudo o que eu escutava era um zumbido pavoroso.

Madame Rouffanche ainda estava me olhando fixamente. Ela merecia meu agradecimento por ter compartilhado seu testemunho. Ela merecia bálsamos para suas dores e medalhas por sua coragem. Mas eu não conseguia olhar para ela. Ela tinha estado com Rose no fim, tinha visto Rose cair. Por que ela e não eu? Por que eu não tinha estado lá, enfrentando os nazistas com Rose? Por que não tinha estado ao lado de James, ouvindo sua raiva, dizendo que o amava, tirando-o da terrível cacofonia de suas memórias? Eu amava os dois e tinha falhado com eles completamente. Tinha deixado meu irmão sair sozinho numa noite fria, não para beber, como ele me dissera, mas para uma bala. Pensei que eu poderia redimir esse erro encontrando Rose quando todos já tinham desistido dela, mas não consegui redimir nada. No café provençal, eu tinha dito a Rose que não a deixaria, mas eu a deixara. Tinha permitido que um oceano e uma guerra ficassem entre nós, e agora ela estava morta também. Eu havia perdido todos eles.

Fracassou, a voz desagradável ficou repetindo em minha cabeça. A litania na qual eu vinha vivendo. *Fracassou.*

Coloquei as mãos no braço de *madame* Rouffanche, dando-lhe um aperto mudo. Era todo o agradecimento que eu conseguia reunir. Então parti em direção à rua, tropeçando enquanto corria. Caí sobre um vaso de flores abandonado, uma coisa quebrada feita de barro que provavelmente estava cheia de gerânios vermelhos na porta de uma dona de casa francesa morta naquele 10 de junho. Esfolei as mãos, mas me endireitei e continuei cambaleando. Vi a forma de um carro borrada através das lágrimas e me dirigi a ele, mas me dei conta de que não era o Lagonda, e sim o Peugeot abandonado, enferrujando desde o dia em que seu proprietário tinha sido encurralado no campo e morto. Cambaleei, afastando-me daquele inocente e horrível carro, procurando desesperadamente à minha volta pelo Lagonda. Foi então que Finn me alcançou, puxando-me para seus braços. Enterrei o rosto na camisa grosseira dele, apertando bem os olhos.

— Tire-me daqui — eu disse, ou tentei dizer. O que saiu foram soluços duros, quase sem palavras, mas Finn parecia ter entendido. Ele me levantou e me carregou para o Lagonda, colocando-me no banco sem abrir a porta, depois se sentou atrás do volante.

Fechei os olhos e inalei o perfume reconfortante do couro e do óleo de motor, aconchegando-me no banco enquanto Finn colocava o carro em movimento. Ele dirigiu como se uma horda de fantasmas estivesse vindo atrás de nós, e eles *estavam*... Ah, Deus, eles estavam. À minha frente, na minha mente, estava a bebê em idade de engatinhar. Ela levantava os braços em minha direção, chamando por sua *tante* Charlotte, mas o topo de sua cabeça tinha sido arrancado. Rose tinha lhe dado meu nome, e agora ela estava morta.

Ela já estava morta havia quase três anos. Soltei outros sons inarticulados quando passamos sobre o rio. Tudo o que tinha me levado até ali era uma mentira.

Quando saímos de Oradour-sur-Glane, Finn encostou perto de um *auberge* na estrada e pediu um quarto para passarmos a noite. Talvez o proprietário tenha visto o anel de casamento em minha mão (sra. Donald McGowan, Rose nunca riria de meu Donald), ou talvez ele não se importasse. Entrei tropeçando no quarto surrado e parei, coberta de lágrimas, ao ver a cama.

— Eu vou sonhar — sussurrei quando Finn veio atrás de mim. — Assim que eu dormir, vou sonhar. Vou sonhar com ela do jeito que... — Parei, apertando os olhos, tentando me agarrar ao meu velho entorpecimento reconfortante, mas ele tinha sido destruído. Grandes ondas de lágrimas me cobriram. Eu não podia respirar. Não conseguia enxergar. — Não me deixe sonhar — implorei.

Finn pegou meu rosto entre suas grandes mãos.

— Esta noite você não vai sonhar — ele disse, e vi lágrimas em seus olhos também. — Prometo.

Ele achou uma garrafa de uísque em algum lugar e a levou para o quarto. Não nos importamos com o jantar, apenas tiramos os sapatos, subimos na cama, encostamos na parede e começamos a beber metodicamente. Algumas vezes eu chorava, outras apenas ficava olhando pela janela, que foi da luz do dia para o azul do crepúsculo e o negro e estrelado da noite. Algumas vezes eu falei, lembrando coisas de Rose como contas de um rosário, e depois disso foram lembranças de James e, logo depois, eu estava chorando de novo pelos dois. Finn deixou-me falar e chorar e falar ainda mais, puxando meu corpo mole de forma que minha cabeça se apoiasse em sua coxa. Em algum momento, perto da meia-noite, olhei para cima e vi lágrimas silenciosas escorrendo em seu rosto impassível.

— Aquele lugar — ele disse baixinho. — Jesus Cristo, aquele *lugar*...

Estiquei o braço, tocando sua bochecha molhada.

— Você já viu algo pior?

Ele ficou em silêncio por tanto tempo que achei que não iria responder. Então bebeu o restante de seu uísque com um movimento decidido e disse:

— Sim.

Eu não tinha certeza se queria saber o que podia ser pior que Oradour-sur-Glane, mas ele já estava falando.

— Artilharia Real, 63º Regimento Antitanques. — Sua mão grande mexeu no meu cabelo. — Abril de 1945. Estávamos no norte da Alemanha, perto de Celle. Já ouviu falar dos campos da morte?

— Sim.

— Liberamos um. Belsen.

Sentei-me, abraçando os joelhos contra o peito. Ele parou. Piscou.

— Tropa C. Fomos os primeiros militares a atravessar os portões depois dos médicos. Vimos uma cidade fantasma, como a de hoje. Mas em Belsen existiam fantasmas vivos. — Ele falava de maneira tão monótona como *madame* Rouffanche naquela tarde, a cadência repetitiva do horror. — Milhares de pessoas, esqueletos animados em uniformes listrados de cinza vagando entre pilhas de corpos. Corpos empilhados por toda parte, como sacos de pele e osso. Mesmo os que ainda estavam andando não pareciam vivos. Eles apenas... flutuavam. E também era muito silencioso. — Pausa. Piscada. — O sol estava brilhando. Como hoje...

Lágrimas escorriam de meus olhos de novo. Lágrimas inúteis. O que lágrimas poderiam fazer de bom por todos aqueles mortos? Aqueles de Oradour-sur-Glane e os de Belsen. James, Rose. Foda-se a guerra.

— Tinha uma garota cigana deitada no chão — Finn continuou. — Só soube depois que ela era cigana, porque alguém me contou o que significava sua identificação de prisioneira. Para as mulheres ciganas, o símbolo era um triângulo escuro com um Z de *Zigeuner*... Ela não é realmente uma mulher, é uma menina. Talvez quinze anos. Mas parece ter cem, apenas um saco de ossos e um crânio careca e olhos grandes. Ela me olha, os olhos parecem pedras no fundo de um poço, e suas mãos estão sobre as minhas botas como uma aranha branca. Então ela morre, bem ali. Sua vida desaparece enquanto olhamos um para o outro. Estou ali para resgatá-la, meu Regimento e eu... e é quando ela morre. Ela sobreviveu a tanta coisa e morre bem *agora*.

Imaginei que sempre fosse *agora* quando ele pensava na garota cigana. Toda vez que ele pensava naqueles olhos fundos e na aranha branca da mão dela em sua bota, ela estava morrendo no presente, na cabeça dele, repetidas vezes.

— Bloqueei muito daquilo. — Sua voz ficou mais rouca, seu sotaque escocês espesso e borrado. — Não que eu tenha tentado, só... Os detalhes, eles se apagaram. Cavar covas, carregar corpos das casas. Desparasitar as pessoas e tentar alimentá-las. Mas a garota cigana... Eu me lembro dela. Ela se destaca.

Eu não tinha palavras para confortar. Talvez não existisse nenhuma. Talvez o único conforto fosse o toque, o calor que diz: *Estou aqui*. Peguei a mão dele entre as minhas, segurando-as com força.

— O cheiro... — Um arrepio passou por toda extensão do corpo dele. — Tifo e morte e podridão e merda líquida em todos os cantos, em poças. — Ele olhou para mim, os olhos escuros sem fundo.

— Fique feliz por ter chegado a Oradour-sur-Glane três anos depois, garota Charlie. Você viu a luz do sol e o silêncio e os fantasmas, mas não sentiu o cheiro.

Parecia ser tudo o que ele tinha a dizer. Servi mais uísque para nós dois. Engolimos de uma vez, procurando esquecer o mais rápido possível. *Salut!*, disse Rose, mas não, ela não estava dizendo nada, ela estava morta, bem como a menina cigana de Finn. Apoiei a cabeça de novo na coxa dele quando o quarto começou a girar, e ele ficou mexendo em meu cabelo.

A lua deslizou pela janela, ficando cada vez mais brilhante, até que me dei conta de que era o sol e ele já estava alto, com seus raios entrando pela janela e acertando meus olhos como espadas.

Pisquei, tentando orientar-me. Eu estava deitada, emaranhada em Finn sobre os lençóis, ambos vestidos, seu braço jogado sobre minha cintura e meu rosto em suas costelas, que subiam e desciam. Minha cabeça doía. Minha barriga se retorceu quando me afastei, mal conseguindo sair da cama e apoiar-me na pia do outro lado.

Eu vomitei e vomitei de novo, engasgando com o gosto amargo do uísque meio digerido. Logo Finn estava sentado.

— Você parece um pouco doente — ele observou.

Consegui lançar-lhe um olhar.

Ele saiu da cama e veio em minha direção, a camisa abotoada pela metade e descalço, e segurou meu cabelo enquanto eu me debruçava de novo sobre a pia.

— Algum sonho? — ele perguntou.

— Não. — Endireitei-me, secando a boca e pegando um copo de água, sem olhar para os olhos dele. — Você?

Ele balançou a cabeça. Não conseguíamos nos olhar enquanto nos lavávamos. Éramos como um casal tentando não nos cruzar, em carne viva e doloridos, e eu não conseguia virar a cabeça sem uma onda de dor. *Rose*, pensei, e outra onda de dor, profundamente assustadora. Não tinha sido um pesadelo. Eu havia dormido, havia acordado e era tudo real. Não houve nenhum pesadelo, apenas horror de verdade. Meus olhos arderam, mas eu não tinha mais lágrimas.

Apenas uma vasta, ameaçadora questão.

Lavamo-nos e nos arrumamos, e Finn comprou copos de café preto. Meu estômago agitado aceitou o café de má vontade, e logo voltamos para o carro, Finn dirigindo mudo para Limoges. Eu estava com minhas velhas roupas amassadas, massageando as têmporas doloridas, ponderando a questão que me olhava diretamente no rosto.

E agora, Charlie St. Clair?

E agora?

Foi uma viagem de volta silenciosa. Eu me vi olhando para a beleza do verão na cidade como se fosse um cenário: os salgueiros dobrados sobre o rio, as casas com vigas de madeira e a linda ponte romana que Rose devia ver quando servia drinques no Le Lethe. Eu não tinha mais razão para ficar naquela cidade e, ao mesmo tempo, não tinha um destino que me fizesse deixá-la.

— Estou pensando se Gardiner chegou — disse Finn. As primeiras palavras que ele falava desde que me perguntara se eu tinha sonhado.

Olhei para ele sem expressão.

— Chegou de onde?

— Do encontro com aquele oficial inglês de Bordeaux — respondeu Finn. — Lembra?

Eu tinha esquecido.

— Não era ontem?

— Talvez. — Não tínhamos exatamente planejado passar a noite no campo. *E agora?* A pergunta ainda ecoava. *E agora?*

Finn estacionou e entramos. A recepção do *auberge* tinha sido limpa, senti o cheiro de cera sobre as flores frescas no balcão.

Rosas, flores rosadas, da cor das bochechas de Rose, e minha cabeça doeu muito. Uma recepcionista irascível estava atrás do balcão e, diante dela, o tipo de inglês que pensa que, se falar alto o suficiente, estrangeiros vão entendê-lo perfeitamente.

— EVELYN... GARDINER? Ela... está... *ICI? Ici*, aqui, *comprenez?* GARDINER...

— *Oui, monsieur* — a recepcionista disse, com ar de que já tinha dito aquilo antes. — *Elle est ici, mais elle ne veut pas vous voir.**

— Inglês, *anglais*? Alguém? — O homem olhou em volta: alto, bigode grisalho, talvez na casa dos cinquenta anos, carregando a barriga como uma condecoração de honra. Um terno civil, mas o jeito do homem dentro dele era agressivamente militar.

Finn e eu nos olhamos, e então Finn se aproximou.

— Sou o motorista da srta. Gardiner.

— Que bom, que bom. — O homem lançou um olhar de cima a baixo, reprovando a aparência desleixada de Finn, mas o tom dele era cordial. — Diga à srta. Gardiner que estou aqui, por favor. Ela vai me receber.

— Não vai — disse Finn.

O homem ficou olhando fixamente, o bigode eriçado.

— Claro que vai! Eu a encontrei para jantar na maldita noite passada, fomos perfeitamente respeitosos...

Finn deu de ombros.

— Ela claramente não deseja vê-lo agora.

— Veja...

— Você não paga meu salário. Ela, sim.

A recepcionista francesa revirou os olhos pelas costas do inglês. Dei um passo à frente, a curiosidade abrindo caminho em meio à neblina da tristeza.

— Senhor... o senhor não seria por acaso o capitão Cameron? — Ele não combinava com a imagem que eu vinha construindo de

* "Ela está aqui, mas não quer ver o senhor", em francês. (N. do T.)

Cameron, mas que outro oficial inglês viria correndo de Bordeaux com uma chamada de Eve?

— Cameron? Aquela velha e triste fraude? — O visitante bufou com desprezo. — Sou o major George Allenton e estou gastando meu valioso tempo aqui, então suba depressa aquelas escadas, garota, e diga à srta. Gardiner que estou aqui.

— Não. — Soava insolente, mas era apenas exaustão. Honestamente, eu não entendia por que deveria mexer um dedo por alguém tão rude. Fiquei feliz que ele não fosse o capitão Cameron. Eu gostava das histórias de Eve sobre ele.

O major olhou para mim, o rosto ficando vermelho, e abriu a boca como se fosse discutir, mas de repente desistiu.

— Tudo bem — ele disse, mexendo nos bolsos. — Diga àquela solteirona azeda e esquelética que o Departamento de Guerra não lhe deve mais favores, independentemente do que ela tenha feito para nós no passado. — Ele colocou um estojo preto em minha mão. — E ela pode jogar isso na privada se quiser, mas eu não vou mais guardar para ela.

— Quando você a conheceu? — Finn perguntou enquanto o major colocava o chapéu na cabeça.

— Nas duas guerras, ela trabalhou para mim. E eu queria que ela nunca tivesse sido recrutada para a primeira, aquela megera língua presa ardilosa.

Finn e eu nos olhamos enquanto o major saía. Então abri o estojo, esperando ver... o quê? Joias, documentos, uma bomba-relógio? Com Eve nunca sabíamos. Mas eram medalhas: quatro, presas num cartão.

— A Medalha de Guerra francesa, a Cruz de Guerra com louvor, a Cruz da Legião de Honra... — Finn assobiou baixo. — E esta é a Ordem do Império Britânico.

Soltei a respiração lentamente. Eve não era apenas uma ex-espiã. Ela era uma heroína condecorada, uma lenda do passado por quem oficiais seniores ainda se deslocavam, mesmo que não gostassem dela. Toquei a O.I.B. com um dedo.

— Se ela foi condecorada há anos, por que não aceitou as medalhas?

— Não sei.

26

EVE

Outubro de 1915

Lili conseguiu murmurar uma instrução enquanto ela e Eve marchavam para a estação. Os alemães estavam gritando, os alarmes tocavam, e, sob o furor, Lili murmurou sem mexer os lábios: *Finja que não me conhece. Vou tirá-la disso.*

Eve mexeu levemente a cabeça, não se atrevendo a olhar para Lili. Elas estavam sendo arrastadas por dois soldados grosseiros, Lili na ponta dos pés e os braços de Eve tão apertados que suas mãos estavam ficando dormentes. O terror ainda não tinha tomado conta, os pensamentos de Eve iam de um lado para o outro como ratos sob a luz repentina. Mas sua recusa veio com uma reflexão: ela não poderia sair livre deixando Lili nas mãos dos alemães. Nunca.

Mais gritos foram dados, e os lábios de Lili fizeram a forma de uma palavra.

Verdun.

Eve congelou. O ataque massivo planejado contra Verdun no ano seguinte. Capitão Cameron em Tournai, esperando o relatório. O papel com todos os detalhes do ataque no interior do anel na mão direita de Lili. Meu Deus, se os alemães achassem *aquilo...*

Mas não havia mais tempo para pensar, para trocar a não ser um olhar desesperado. Elas foram empurradas para dentro da estação, passaram por um telefone e um grupo de soldados alemães, e o capitão deu ordens.

— Separem as duas, enviarei um alerta...

Eve se viu empurrada para um quarto estreito que dava para a rua. Meia dúzia de soldados já estavam ali, parcialmente vestidos, bocejando em meio à rotina matinal. Um sargento jovem e loiro com uma camiseta de baixo olhou para Eve, e outro estava se barbeando sobre uma tina de água. Ela devolveu o olhar, evitando procurar um local de fuga. Não existia. Eles pulariam sobre ela como lobos se ela se movesse um centímetro em direção à janela. À sua esquerda havia outra porta com uma abertura envidraçada que dava para um quarto ainda menor, e a garganta de Eve se fechou quando viu Lili colocada ali dentro. Seu chapéu tinha desaparecido e seu cabelo loiro estava solto, todo emaranhado; ela parecia uma criança brincando de se fantasiar com a saia e a blusa da mãe. Mas se encostou na longa mesa da sala, com os olhos brilhando e a boca curva num sorriso, e então tirou as luvas como se estivesse se preparando para sentar e tomar chá.

— Ninguém me t-t-toca! — Eve gritou de repente, os olhos passando pelos soldados alemães ao redor dela. Nenhum deles tinha se movido. Todos ficaram surpresos, mas ela deu o grito de qualquer forma. Queria que eles olhassem para ela, e não através do vidro para Lili, que estava tirando o anel da mão direita rapidamente e pegando o papel dobrado dentro dele. — *Não me toquem!* — Eve gritou, e o soldado mais jovem deu um passo adiante, como que para passar confiança. Ela olhou além dele para Lili, que ainda mantinha seu meio sorriso. E viu a companheira enfiar o papel na boca e o engolir.

O capitão alemão entrou gritando pela porta da cela de Lili antes que Eve pudesse sentir alívio. *Ele viu, ele viu...* Pegando Lili pelo pescoço, o capitão tentou forçar os dedos em sua boca. Ela travou os dentes, enterrando-os nele como um lobo, e ele a jogou longe. Ouviram-se botas batendo apressadas pelo corredor do lado de fora, e

Eve afundou no chão e começou a soluçar. Não apenas porque Lili tinha sido pega se livrando de uma mensagem, mas porque Marguerite soluçaria. Marguerite estaria aterrorizada e inocente e não teria ideia de quem era aquela mulher no quarto ao lado. Eve queria voar na garganta daqueles porcos alemães e rasgá-los, mas tinha um trabalho a fazer.

Verdun.

Então ela se enrolou no chão, chorando, enquanto botas alemãs se moviam inquietas ao redor dela. Os soldados olhavam e murmuravam, Eve ignorava o que diziam porque, é claro, Marguerite não entendia nada de alemão a não ser *ja* e *nein*. Todos os seus nervos histéricos estavam focados no quarto ao lado, no qual não havia som, nenhum, da líder da Rede de Alice.

Eles não sabem que ela é a líder, Eve pensou. *Eles não sabem que prêmio têm nas mãos.* Mas ainda viu, como num pesadelo, Lili ser colocada contra a parede como Edith Cavell. Com os olhos tampados, as mãos presas, um X marcando seu peito para indicar onde as armas deveriam mirar. Lili caindo ao chão, provavelmente ainda sorrindo.

Não, Eve gritou por dentro, mas sabia como usar seu próprio terror, como deixar a cena lhe trazer outra onda de lágrimas. Lágrimas e mostrar-se indefesa ajudariam mais que qualquer demonstração de coragem. Ninguém temia uma garota indefesa e chorando.

Não demorou muito para um policial chegar e, com ele, uma mulher carrancuda de sarja verde que Eve reconheceu. Ela estava frequentemente nos *checkpoints* alemães, uma megera cruel que Lili tinha apelidado de Sapa por causa de seu uniforme verde e dedos ávidos que revistavam as pessoas. Ela olhou para Eve, o rosto sem expressão, e latiu uma palavra em francês:

— Dispa-se.

— A-A-Aqui? — Eve se levantou, os olhos inchados, e abraçou-se, afastando-se de todos os homens curiosos. — Eu n-n-n-n...

— *Dispa-se*! — a Sapa repetiu, mas o policial pareceu um pouco envergonhado e mandou os soldados saírem. Eve ficou sozinha com a Sapa, que começou a puxar os botões dela. — Se você estiver levando mensagens como aquela outra vagabunda... — ela avisou. — Eu encontrarei e será o paredão de fuzilamento para você. — Ela tirou a camisa de Eve, deixando a lingerie gasta à mostra, e Eve afrouxou a saia com dedos desajeitados. *Isso não pode ser verdade.* Ela estava vestindo aquela mesma saia algumas horas antes, diante da lareira agonizante no quarto de René, quando ele enrugou o nariz para a lingerie dela e disse: "Você parece uma coitada de escola que vive de caridade, minha pequena. Vou lhe arrumar uma lingerie apropriada, alguma coisa com renda valenciana..." Eve foi inundada por uma onda de tontura e prontamente continuou, jogando-se no chão como se estivesse desmaiando. Ela se curvou, gemendo, enquanto a Sapa tirava o restante de suas roupas e fazia uma revista humilhante. *Verdun*, Eve pensou, de olhos fechados, enquanto os dedos duros da mulher investigavam a parte de baixo de seus seios e entre seus dedos e o seu cabelo. *Verdun*, ela pensou enquanto seus grampos eram arrancados um a um. Graças a Deus ela não estava carregando informações nos grampos daquela vez...

Não levou muito tempo. Talvez dez minutos, enquanto a Sapa investigava primeiro o corpo de Eve e depois suas roupas: a bainha da saia por protuberâncias, os saltos dos sapatos por pedaços de papel. No fim, um tapa duro acertou a bochecha de Eve, e ela abriu os olhos, ainda derramando lágrimas.

— Vista-se — a Sapa disse, parecendo desapontada.

Eve se sentou, cobrindo o corpo com os braços.

— P-P-Posso tomar um copo de a-a-a-a...

A Sapa zombou de sua gagueira.

— Copo de quê, minha m-m-m-m-menina?

— Água — Eve gritou e chorou, e poderia ter beijado a vagabunda pela zombaria. *Deixe que me achem uma idiota. Uma garota estúpida que deixou uma estranha pegar emprestado seu passe.*

— Quer água? — A Sapa apontou para o copo de líquido imprestável no qual os soldados tinham claramente mergulhado suas escovas de dentes. — Sirva-se. — E saiu gargalhando com a própria esperteza.

Eve estava rígida. Por fora, Marguerite Le François tremia e arrepiava-se, mal funcionando, enquanto, por dentro, a mente de Evelyn Gardiner movia-se como um trem em alta velocidade. Ela olhou para a sala ao lado, onde a Sapa entrava para encontrar Lili, e temeu saber exatamente o que a amiga tinha planejado fazer.

A Sapa latiu para que Lili se despisse.

Você vai resistir, Eve pensou.

Lili ficou parada como um pilar, recusando-se a se mover. A Sapa agarrou a mulher muito menor que ela e arrancou sua saia.

Você vai continuar resistindo, Eve pensou.

Lili lutou, mas a Sapa era forte e tinha a mão pesada e a tirou de suas roupas peça por peça. Lili parou de se contorcer, mas não se encolheu quando ficou nua, como tinha feito Eve; ela se manteve ereta e indiferente enquanto a Sapa a tocava. Cada uma de suas costelas estava visível, e os ossos do esterno saltavam, como uma escada. Tão pequena. A Sapa moveu-se em direção à pilha de roupas em cima da mochila, empurrando com tanta força a mulher para que ela saísse do caminho que Lili cambaleou, mas seu sorriso insolente nunca desapareceu, mesmo enquanto via sua mochila ser vasculhada.

Não encontre nada, Eve torceu, mas os gritos aumentaram quando a mochila entregou os cartões de identificação de Lili, cinco ou seis deles, guardados para travessias rápidas. A Sapa balançou os cartões no rosto de Lili, gritando. Mas ela apenas a olhou de volta, impassível.

Por fim permitiram que Lili se vestisse, e, quando estava abotoando a parte do pescoço, um homem entrou com um copo na mão. Eve tinha se curvado para tentar ver através da cortina formada por seu cabelo solto, mesmo enquanto chorava, e reconheceu o recém-chegado: *Herr* Rotselaer, chefe de polícia em Tournai. Eve o tinha visto apenas a distância em Lille, mas havia compilado um relatório sobre ele com comentários feitos por outros oficiais. Homenzinho sombrio, vestido cuidadosamente, usava um paletó bem cortado. Seus olhos eram penetrantes e devoraram Lili.

— *Mademoiselle* — ele disse em francês. — Está com sede?

Ele ofereceu o copo que estava em sua mão. Mesmo através do vidro, Eve conseguiu ver que tinha uma tinta amarela no líquido. Alguma coisa para fazer Lili vomitar a mensagem que tinha engolido.

— Obrigada, *monsieur* — Lili respondeu educadamente. — Não estou com sede, pelo menos não de leite. Você tem *brandy*? Foi um dia absolutamente irritante. — Exatamente o que tinha dito na primeira vez que encontrou Eve em Le Havre. Eve podia ver as duas naquele café abafado, a chuva caindo do lado de fora, Lili com seu chapéu escandaloso. A lembrança a apunhalou como uma faca. *Bem-vinda à Rede de Alice.*

— Vamos, sem confusão! — *Herr* Rotselaer tentou soar jocoso, empurrando o copo. — Beba ou diga o motivo!

A Sapa chacoalhou Lili pelo cotovelo, mas ela apenas sorriu e balançou a cabeça.

Herr Rotselaer saltou sobre ela, tentando forçar o copo entre seus lábios enquanto a Sapa puxava sua cabeça para trás, mas Lili acertou o copo e o fez voar. Leite amarelado espalhou-se pelo chão. A Sapa deu um tapa em Lili, mas *Herr* Rotselaer levantou a mão.

— Vamos levá-la para interrogatório — ele disse, e o coração de Eve deu um grande solavanco. — Ela e a outra.

— Ela? — Lili sorriu. — Ela é uma menina estúpida, não uma espiã. Eu a enganei porque era a única da fila que parecia boba o suficiente para compartilhar seu passe de salvo-conduto!

Herr Rotselaer olhou através do vidro para onde Eve estava encolhida, chorando.

— Traga-a aqui. — A Sapa abriu violentamente a porta que dava para a outra sala, pegando Eve pelo cotovelo e levando-a para a cela de Lili. Eve ficou de joelhos na frente do chefe de polícia, transformando seus soluços em gemidos. Ela achou surpreendentemente fácil chegar à histeria. Por dentro, era uma pedra de gelo, olhando a confusão do lado de fora. Com seus olhos inchados conseguiu ver o pequeno pé de Lili descalço, a não mais de quinze centímetros de distância.

— *Mademoiselle*... — *Herr* Rotselaer tentou olhar nos olhos de Eve, mas ela desviou. — *Mademoiselle* Le François, se esse é seu nome verdadeiro...

— Eu a reconheço, senhor — disse outra voz alemã. O jovem capitão tinha entrado, o mesmo que as levara para as salas. Foi por isso que ele resolveu dar uma olhada mais atenta nos documentos delas, porque tinha reconhecido Eve? *Minha culpa, minha culpa...* — Ela mora na Rue Saint-Cloux, eu me lembro dela de algumas inspeções. É uma garota respeitável.

— Marguerite Le François. — *Herr* Rotselaer mexeu nos cartões de identificação de Eve, apontando o queixo para Lili. — Você conhece essa mulher?

— N-N... — Parecia uma traição, a palavra sendo formada nos lábios de Eve. — N... — Ela se sentia dando um beijo de traição na bochecha de Lili, sua língua parecia estar pesada, sustentando trinta peças de prata, azeda e metálica. — Não — sussurrou Eve.

— É claro que ela não me conhece — Lili soou brusca, entediada. — Nunca a tinha visto antes de hoje. Você acha que eu tentaria passar pelo *checkpoint* com uma gaga idiota?

Herr Rotselaer olhou para Eve: o cabelo grudado nas bochechas molhadas, as mãos tremendo tanto que ela parecia estar recebendo choques elétricos.

— Para onde você estava indo, garota?

— T-T-T...

— Por Deus, você não consegue falar de uma vez? *Para onde você estava indo?*

— T-T-T... — Não era encenação. A língua de Eve nunca tinha enrolado tanto em sua vida. — M-M-Minha sobrinha... C-C-C--Comunhão da minha s-sobrinha. Tour... Tour...

— Tournai?

— Sim, *H-H-H*... Sim, *Herr* R-R...

— Você tem família lá?

Eve levou alguns minutos para responder. *Herr* Rotselaer mostrou-se impaciente. Lili parecia impassível, mas Eve podia sentir a tensão passando por ela como num fio. Ela estava a apenas um braço de distância, mas seus pensamentos eram claros como vidro.

Continue choramingando, pequena margarida. Apenas continue choramingando.

Herr Rotselaer tentou fazer mais algumas perguntas, mas Eve caiu em soluços histéricos, afundando no chão. O cheiro era desagradável e antisséptico. Ela choramingou como um gatinho sendo chutado. Seu pulso estava lento e gelado.

— Ah, pelo amor de Deus... — *Herr* Rotselaer fez um gesto de desgosto para o jovem capitão. — Faça um novo passe de salvo--conduto para a garota ir para Tournai e libere-a. — Ele se virou para Lili, seus olhos brilhavam. — Você, *mademoiselle* Espiã, vai responder algumas perguntas. Estamos com outros amigos seus...

Violette, Eve pensou, enquanto o capitão a ajudava a se levantar.

— ... e as coisas ficarão difíceis para eles se você se recusar a falar.

Lili olhou para o chefe de polícia.

— Você está mentindo — ela disse finalmente. — Porque está com medo. Isso é muito bom, *Herr* Rotselaer. Não direi mais nada.

Seus olhos passaram pelos de Eve, e havia uma saudação neles. Então ela olhou para a parede e fechou a boca como uma pedra.

Herr Rotselaer pegou-a pelos braços e começou a chacoalhá-la, tão forte que sua cabeça ia para a frente e para trás.

— Você é uma espiã, uma espiã suja, e vai *falar*...

Mas Lili não disse nada. Eve foi levada para fora da sala, soluçando tanto que não conseguia falar. Daquela vez, os soluços eram muito reais.

O capitão lhe passou um duro sermão sobre os perigos de compartilhar documentos oficiais, depois pareceu ceder diante das lágrimas incontidas. Parte por exasperação, parte por pena.

— Aqui não é lugar para jovens garotas — ele disse, sinalizando com os dedos para que fizessem um novo passe de salvo-conduto. — Você foi muito tola, *mademoiselle*, mas sinto por todo o incômodo.

Eve não conseguia parar de chorar. *Lili*, ela pensou, *ah, Lili!* Ela queria arrancar o braço do aperto do homem, virar-se e correr de volta para a sala, de onde ainda podia ouvir Rotselaer esbravejando. Ela queria despedaçar a garganta dele com os dentes, mas ficou onde estava, chorando nas mãos enquanto o capitão se mexia, inquieto.

— Vá para casa — ele disse, dando-lhe um novo salvo-conduto, claramente querendo que ela saísse de sua frente o mais rápido possível. — Vá para Tournai, de volta para sua família. Vá para *casa*.

E Eve, agarrando seu novo passe e sentindo-se como Judas, deu as costas para a amiga e deixou a custódia alemã.

A casa do encontro em Tournai era pequena, descolorida, indistinguível das casas vizinhas. Eve subiu as escadas cansada e deu a batida combinada. Mal tinha baixado a mão quando a porta foi aberta. O capitão Cameron olhou para ela fixamente, demonstrando um segundo de surpresa, então a puxou para dentro e para seus braços.

— Graças a Deus você teve o bom senso de vir — ele murmurou. — Depois que Violette foi presa, pensei que você seria teimosa demais para partir.

Eve sentiu seu cheiro de tweed, fumaça de cachimbo, chá... Ele tinha um cheiro muito *inglês*. Ela estava acostumada a abraços de homens cheirando a colônia de Paris, cigarros Gauloises, absinto.

Cameron se afastou. Ele estava sem gravata, com o colarinho desabotoado e grandes sombras de cansaço apareciam debaixo de seus olhos.

— Fez uma boa viagem, nenhum problema para atravessar?

Eve inspirou, trêmula.

— Cameron, a Lili...

— Onde está ela, atrasada tentando conseguir notícias de Violette? Ela se arrisca muito...

Eve quase gritou.

— Lili foi presa. — A agonia acertou seu estômago de novo. — Ela não virá. Os alemães a pegaram.

— Ah, Cristo — disse Cameron muito baixo, como se estivesse fazendo uma oração. Em uma única respiração, seu rosto envelheceu anos. Eve começou a dar explicações, mas ele a silenciou. — Aqui não. Vai precisar ser oficial.

Claro. Tudo tinha de ser oficial, até o maior desastre. Eve seguiu Cameron, anestesiada, para uma sala apertada, as pequenas mesas bagunçadas encostadas na parede para dar lugar aos arquivos repletos de documentos. Dois homens sentados mexiam nos arquivos: um era um funcionário magro em mangas curtas; o outro, do tipo agressivamente militar com bigode encerado, olhou para Eve de cima a baixo quando ela entrou. Major George Allenton, conhecido como Bigode. Foi ele que tinha garantido que ela soubesse tudo sobre a prisão de Cameron.

— Não pode ser a famosa Louise de B. — ele disse, galanteador, claramente não se lembrando de Eve em Folkestone. — Muito jovem e bonita...

— Agora não, major — Cameron interrompeu, puxando uma cadeira para Eve e pedindo para o funcionário sair. — A Rede de Alice foi comprometida. — Voltando-se quando a porta fechou atrás do funcionário, Cameron sentou-se à mesa do lado oposto de Eve, movendo-se como um velho. — Conte-me.

Eve contou, usando frases curtas e diretas. Quando terminou, o rosto de Cameron estava cinza. Mas seus olhos estavam cheios de ódio, e ele olhou para Allenton.

— Eu avisei — ele disse — que era muito arriscado manter as mulheres na posição.

Allenton deu de ombros.

— Riscos precisam ser assumidos em tempos de guerra.

Eve quase se inclinou sobre a mesa e lhe deu um tapa, mas se segurou quando viu Cameron engolindo suas próprias palavras pesadas. Allenton cutucou o polegar, distante, e Cameron esfregou as mãos em seu rosto marcado.

— Lili — ele disse e balançou a cabeça. — Não sei por que estou chocado. Ela sempre correu muitos riscos. Mas sempre escapava... Suponho que achei que continuaria escapando para sempre.

— Ela não conseguiu escapar dessa vez. — Eve se sentia tão cansada que não sabia como faria para se levantar daquela cadeira. — Eles estão com ela agora, com ela e com Violette. Espero que os *Fritzes* as ponham juntas. Elas conseguem fazer qualquer coisa juntas.

O major Allenton balançou a cabeça.

— Aqueles boches, deixando você sair livre...!

— Eles a-acharam que eu era limitada. — Todo aquele choro histriônico. Eve não tinha nada além de um grito de tristeza dentro dela, mas não achava que podia derrubar uma única lágrima naquele momento. Ela queria se enrolar como um animal moribundo, mas tinha um trabalho para terminar, por isso passou o relatório completo sobre Verdun, assistindo aos olhos de Cameron irem da exaustão para o estado de alerta. Ele começou a tomar notas, visivelmente colocando de lado a tristeza. O major Allenton continuou interrompendo Eve com perguntas, para irritação dela. Cameron sempre deixava que ela fizesse seu relatório em uma única longa fala, depois voltava a ele explorando pontos específicos, mas Allenton a interrompia ao longo das frases.

— *Verdun*, você disse?

— Verdun. — Eve imaginou-se arrancando seu bigode. — Confirmado.

Allenton lançou um olhar de desprezo para Cameron.

— Foi por *isso* que eu pedi para deixá-la na posição.

— Claro — Cameron respondeu. — No entanto, acho que agora você concorda que a srta. Gardiner deve ir para Folkestone. Não há outra opção a não ser dissolver a Rede de Alice.

— Por quê? — Allenton olhou para Eve. — Digo para mandá-la de volta para Lille.

O coração de Eve afundou, mas ela fez um movimento de cabeça, assentindo. Cameron parecia surpreso, suas sobrancelhas subindo em direção ao cabelo cor de areia.

— Você não pode estar falando sério.

Ninguém tinha se dirigido a Eve, mas ela respondeu mesmo assim:

— Vou para onde me mandarem. Tenho um trabalho a fazer.

— Seu trabalho está feito. — Cameron voltou-se para ela. — Você fez um trabalho de primeira classe, mas a área de Lille está muito perigosa para manter informantes. Sem Lili, a rede inteira vai se desfazer.

— Outra pessoa poderia dirigi-la. — Allenton deu de ombros. — Essa garota parece bem animada e interessada.

A voz de Cameron não se alterou:

— Permita-me registrar meu desacordo nos termos mais claros possíveis, major.

— Ah, não será por muito tempo. Mais algumas poucas semanas.

— O tempo que precisarem de mim. — Eve afastou o medo. Ela não iria chorar enquanto existissem pessoas para salvar, não importava quanto quisesse. — Pegarei o trem de volta esta noite.

Cameron ficou em pé, o maxilar tenso de fúria, e sua mão, quando ajudou Eve a se levantar da cadeira, não foi gentil.

— Major, eu gostaria de falar com a srta. Gardiner em particular. Discutiremos isso no andar de cima, se o senhor não se importar.

Eve deixou que ele a conduzisse para fora da sala enquanto se ouvia o som da risada de Allenton. Subiram um lance de escada para um quarto que não possuía nada além de uma cama de ferro com alguns cobertores. Cameron entrou no quarto com ela e fechou a porta com força.

— Entrando no quarto de uma dama sem ser c-convidado? — disse Eve. — Você *está* descontente.

— Descontente? — Ele estava quase sussurrando, sua voz vibrava de tensão. — Sim, estou. Você está se recusando a pedir dispensa de uma ordem que é claramente pura idiotia. Só posso concluir que quer levar um tiro.

— Sou uma espiã. — Eve colocou a mala no chão. — Alguns diriam que é meu trabalho levar um t-tiro. É meu trabalho certamente seguir ordens.

— Estou lhe dizendo que essa ordem é absurda. Você acha que não há idiotas no negócio de inteligência, que seus superiores são todos homens brilhantes que entendem o jogo? — Ele fez um gesto furioso em direção ao major Allenton. — Este negócio está *cheio* de idiotas. Eles jogam com vidas e jogam mal. Quando pessoas como você morrem por isso, eles dão de ombros e dizem: "Riscos precisam ser assumidos em tempos de guerra". Você realmente caminharia para a frente de um esquadrão de fuzilamento por essa espécie de idiota?

— Eu gostaria de sair, acredite. — Eve tocou na manga dele, acalmando sua explosão de fúria. — Mas não vou dizer que estou fora do jogo quando não estou. Se eu for transferida de Lille por exaustão ou esgotamento, não encontrarei outro trabalho na guerra em lugar nenhum. — Ela fez uma pausa. Cameron passou a mão nos cabelos, mas não a contradisse. — É apenas por mais algumas poucas semanas — continuou Eve. — Posso sobreviver por mais algumas poucas semanas e então...

— Sabe o que ele disse quando Edith Cavell foi executada? — Cameron abaixou a voz e fez outro gesto irritado em direção a

Allenton. — Que aquilo foi a melhor coisa que poderia ter acontecido, pois irritava no momento certo todos que estavam no front. Não gosto de falar mal de um colega oficial, mas você precisa entender: ele não se importa se você for pega como Violette e Lili, porque garotas mortas significam mais jornais vendidos e mais apoio aos homens nas trincheiras. Eu, no entanto, não tenho o hábito de arriscar meu pessoal sem necessidade.

— Não estou fazendo isso sem necessidade...

— Você quer se vingar por Violette e Lili porque as ama. Você quer se vingar e, se não conseguir, quer morrer tentando. Acredite, eu conheço muito bem esse sentimento.

— Se eu fosse homem, você estaria me chamando de patriota por querer continuar cumprindo meu dever com meu país. — Eve cruzou os braços. — Uma mulher quer a mesma coisa e é vista como suicida.

— Um ativo emocionalmente comprometido não é um ativo para o país. E suas emoções estão muito mais agitadas do que você deixa transparecer. Seria o mesmo com qualquer um que estivesse numa situação como a sua. Você exibe um rosto calmo, mas eu a conheço.

— Então sabe que colocarei a emoção de lado em função da obrigação, como qualquer outro soldado com ordens a serem cumpridas. Como qualquer homem que aceite a responsabilidade.

— Eve, *não*. Eu a proíbo.

Chamá-la de *Eve*... Foi um deslize. Ela deu um sorriso frio. Ele deveria conseguir fazer melhor que se entregar daquela forma.

— Você vai convencer Allenton de que não está preparada para voltar para Lille — Cameron ordenou, puxando suas mangas. — E então eu a mandarei para Folkestone. Não gosto de enganar um superior, mas não vejo outro jeito. Assunto encerrado.

Ele estava se virando em direção à porta. Ele desceria e diria a Allenton que ela estava alegando esgotamento, e aquilo não podia acontecer. Eve segurou sua mão, detendo-o.

— Fique comigo — sussurrou.

Ele recuou, a raiva transformando-se em algo velado, cauteloso.

— Srta. Gardiner...

Ela o alcançou e colocou as mãos ao redor de seu pescoço, pressionando os lábios nele. Ele tinha cheiro de Lifebuoy.

— *Eve*.

— Eu não deveria estar aqui, srta. Gardiner. — As mãos dele cobriam as dela. Eve ficou na ponta dos pés, sussurrando no ouvido dele.

— Não me deixe sozinha.

Era um golpe baixo, e ela sabia disso. Cameron parou, suas mãos quentes nas delas. Ela pressionou, sabendo o que dizer.

— Eu vi Lili ser levada pelos alemães hoje de manhã. Eu... Por favor não me deixe sozinha agora. Não c-consigo aguentar.

Ah, mas aquele foi um truque sujo. Só funcionaria porque Cameron era um cavalheiro, um homem que não suportava ver uma mulher sofrendo. Não funcionaria com René nem em mil anos.

A voz de Cameron ficou mais espessa:

— Eu também perdi amigos, Eve. Sei o que você está sentindo...

— Preciso de carinho — ela murmurou, passando as mãos nos cabelos dele. Há quanto tempo ela queria aquilo? — Quero me deitar, receber carinho e *esquecer*.

— Eve... — Ele começou a se afastar novamente, a mão no pescoço dela. A aliança de casamento de ouro no dedo anelar, quente contra a pele dela. — Eu não posso...

— Por favor. — A tristeza a acertou com uma coisa viva. Mesmo que por apenas alguns minutos, ela queria esquecer. Ela se inclinou e o beijou, a cama encostada na parte de trás de seus joelhos.

— Não vou me aproveitar de você — ele disse, mas murmurou aquilo nos lábios dela.

— Faça-me esquecer — Eve sussurrou. — Faça-me esquecer, Cameron... — E ele desmoronou. Desmoronou como uma parede que cai, puxando Eve para si com um gemido abafado. Então eles estavam bebendo um ao outro, com a boca aberta, frenéticos. Eve o puxou para a cama antes que ele retomasse os sentidos, tirando a camisa dele. Aquilo era desonesto e errado, ela sabia. Ela não tinha começado aquilo por paixão, mas porque queria impedir que ele bloqueasse seu retorno a Lille. Isso não queria dizer, no entanto, que a paixão não estava ao lado da frieza do cálculo, pois a verdade é o que faz as melhores mentiras serem reais. E a verdade era que Eve desejava Cameron havia muito tempo, desde que ele olhara para a garota gaga do escritório e vira uma espiã.

— Cristo, Eve — ele disse com um olhar de agonia enquanto tirava a blusa e a lingerie dela e via os hematomas em seus braços, onde os guardas a tinham segurado. — Aqueles brutos sujos... — Ele beijou cada hematoma, suas mãos acariciando os quadris dela. — Você está muito magra — ele disse entre beijos. — Pobre garota valente...

Eve apertou-o, envolvendo suas pernas nas dele, e puxou-o fundo. Ela poderia provavelmente enganá-lo fazendo com que ele pensasse que era o primeiro... Provavelmente *deveria* enganá-lo, agir timidamente e sem jeito. Seria a coisa mais inteligente a fazer, mas ela não aguentaria uma nova mentira, não ali. Ela não fingia para René quando sua pele fria como mármore se movia sobre ela, e não fingiria agora quando o homem em seus braços tinha sardas nos ombros e era magro, e tinha uma voz que parecia a neblina da Escócia, um homem que realmente fechava os olhos quando a beijava. Ela se enrolou nele, fechando os olhos e entregando-se e, quando estava terminado, se viu chorando silenciosamente nos braços dele.

— Eu sei — ele disse, os dedos mexendo em seus cabelos soltos. — Acredite, Eve... eu sei. Também vi pessoas com quem me importava capturadas.

Ela olhou para ele, deixando as lágrimas caírem.

— Quem?

— Um garoto chamado Léon Trulin, um dos meus recrutas. Não tinha nem dezenove anos... Preso algumas semanas atrás. E houve outros. — Cameron passou a mão lentamente nos cabelos grisalhos. — Nunca me acostumo com isso. É um negócio sujo.

Era um negócio sujo, e Eve estava voltando para ele, mas, tinha esperança, poderia distraí-lo daquilo por algumas horas. Ela se virou nos braços dele, estava tão perto que seus cílios encostavam na bochecha dele.

— Tem chá? — ela perguntou vivamente. — Tudo o que tive nos últimos meses foram folhas de nogueira fervidas.

Ele sorriu, e aquilo fez com que anos abandonassem seu rosto. Logo ele estaria rasgado pela culpa e com a consciência pesada, Eve sabia, flagelando-se por tirar vantagem da inocência de sua subordinada e da ausência de sua esposa, mas naquele momento ele estava contente.

— Sim — disse com outro sorriso. — Chá e açúcar de verdade.

Ela gemeu, quase o empurrando da cama.

— Então faça um pouco!

Ele vestiu a calça e se levantou, seus pés descalços batendo no assoalho. Tão diferente da maneira como normalmente era depois da cama: os cigarros de René, seu robe brocado, sua conversa de travesseiro que dava trabalho para Eve analisar e guardar... Ela não queria pensar em René ali, então pegou a caneca de chá que Cameron ofereceu quando voltou e tomou um gole, deixando escapar um gemido.

— Eu poderia m-m-morrer agora, bem aqui...

Parte dela queria aquilo. Morrer naquele momento, sentada na cama, encostada no peito de Cameron, e ela não precisaria pensar sobre Lille ou sobre o trabalho que a esperava, rastejando implacável como um *troll* sob a ponte. Ela deixou o pensamento de lado, mas Cameron pareceu captá-lo.

— Em que você está pensando? — Ele colocou uma mecha do cabelo dela atrás da orelha.

— Em nada. — Eve bebeu mais um gole de chá.

Cameron hesitou, sua mão acariciando o pescoço dela.

— Eve... Quem é ele?

Ela não fingiu não entender. Era uma garota muito inocente quando ele a enviara para Lille, não a mesma que se emaranhou nele tão intensamente naqueles lençóis.

— Ele não é ninguém — ela disse. — Apenas alguém que solta informações úteis na c-cama.

Cameron disse, quase inaudível:

— Bordelon?

Um gesto afirmativo de cabeça. Ela não ousou olhar para ele, mas seu coração subiu para a garganta. Ele teria lido os relatórios sobre René, quem e o que ele era. Se Cameron se afastasse dela...

Bem, na verdade não importava. Ela ainda tinha um trabalho a fazer.

— Você não precisa voltar para ele. — Cameron largou sua caneca e a abraçou forte. — Vou levá-la para Folkestone amanhã de manhã. Você nem vai precisar vê-lo novamente.

Era evidente que, como ela tinha parado de argumentar, ele assumiu que ela concordava em pedir dispensa de cumprir as ordens de voltar para Lille. Por um momento, Eve se entregou àquela tentação. Ir para casa, de volta para a segurança, para a Inglaterra. De volta ao *chá*.

Depois ela suspirou e deixou aquilo continuar, largando sua própria caneca e se virando para apoiar a bochecha no ombro de Cameron. Ele falou algo sobre levantar-se, mas ela o puxou de volta para os lençóis. Fizeram amor uma vez mais, carinhosamente e devagar, Eve sufocando os gritos no ombro dele, e então Cameron caiu no sono, exausto. Ela esperou até sua respiração se acalmar num ritmo profundo, saiu da cama sem fazer barulho e se vestiu. Olhou para ele por um momento e se perguntou se ele a perdoaria por aquilo. *Talvez ele não devesse*, ela pensou. *Ele não pode me amar*. Apesar de ela certamente o amar. Ela mexeu no cabelo cor de areia na testa dele, que ficava alinhado até quando dormia, como se ele se preocupasse em meio aos sonhos, e então desceu.

O major Allenton deu um sorriso assim que ela entrou na sala de arquivo. Ele sem dúvida suspeitava do que tinha acontecido. Eve não ligou. Ele já estava comprometido a enviá-la de volta, vagabunda ou não.

— Preciso de um passe — ela disse, sem preâmbulos. — Estou pronta para pegar o trem de volta para Lille.

Aquilo o surpreendeu.

— Pensei que Cameron estivesse tentando fazer com que você desobedecesse à ordem. Ele sabe ser traiçoeiro. Isso acontece quando militares ficam muito tempo num negócio sujo como o da espionagem. Ficam desleais.

Um desgosto real passou pelo rosto dele. Depois de precisar analisar as expressões faciais minúsculas de René, assistir aos pensamentos do major atravessando seu rosto era como ver um cachorro dar a volta no quarteirão preso numa coleira. Eve deu apenas o puxão necessário na coleira, abaixando os cílios em completa obediência.

— O senhor é superior ao capitão Cameron. É claro que eu obedeço às *suas* ordens. O senhor quer que eu volte, e eu v-v-voltarei.

— Você realmente está animada, não? — Satisfeito, o major pegou uma caneta. O funcionário já tinha ido, já era quase de noite. As lâmpadas baratas mostravam todos os lugares onde o papel de parede estava descascando. — Entendo por que Cameron... gosta de você. — Os olhos dele vagaram sobre ela de novo. — Ele tem subido pelas paredes de preocupação com as garotas da rede, mas é realmente por você que ele tem obsessão.

Isso deu a Eve uma sensação de prazer, misturada com culpa, porque ela faria com que ele voltasse a se preocupar.

— Meu passe, s-senhor? — ela disse, consciente de que o tempo passava. Cameron podia ter o sono leve... Se ele acordasse e descesse naquele momento, haveria outra rodada de argumentações. Seria muito melhor se ele acordasse e descobrisse que ela já tinha ido.

O major começou a fazer o salvo-conduto.

— Aposto que Cameron nunca lhe disse qual é o codinome dele.

Eve reprimiu o movimento de revirar os olhos em resposta ao ar de confidencialidade dele. Graças a Deus Allenton não fazia trabalho de campo, porque tirar informações dele seria como roubar doce de criança. *Você realmente é um idiota*, Eve teve vontade dizer, mas deu a resposta que ele queria:

— Não. Qual o codinome de Cameron?

Allenton sorriu, entregando-lhe o passe de salvo-conduto:

— Evelyn.

27
CHARLIE

Maio de 1947

Outro anoitecer, o segundo desde que descobri que Rose estava morta. Ainda temia o que poderia ver em meus sonhos, mas não queria beber até esquecer novamente. Minha cabeça tinha acabado de parar de latejar.

Eu deveria estar lá embaixo, jantando com Eve e Finn, mas estava vasculhando minhas roupas por algo limpo. Não lavava nada desde Oradour-sur-Glane, e tudo que tinha sobrado era o vestido preto que eu barganhara com aquela pequena vendedora parisiense. Ele era liso, com ângulos, severo, geométrico, alto no pescoço e com uma abertura bastante baixa nas costas, agarrando-se a todas as minhas linhas retas em vez de tentar disfarçá-las. *Très chic*, eu podia ouvir Rose rindo e apertei forte os olhos, porque ela tinha dito a mesma coisa aos sete anos, quando entramos no closet da mãe dela e começamos a experimentar os vestidos de noite. Rose com lantejoulas Schiaparelli escorrendo dos ombros de sua gola marinheiro, seguidas de metros de bainha de tafetá preto, rindo: *Très chic!*, enquanto eu cambaleava com um par de sapatos de cetim enormes para mim.

Pisquei afastando a memória, olhando para o espelho torto do meu quarto de hotel. Rose teria gostado do vestido preto, pensei, e desci.

Eve e Finn e eu estávamos fazendo nossas refeições no café vizinho: pequeno, aconchegante, bem francês, com um toldo vermelho e mesas com toalhas listradas. Alguém estava sintonizando o rádio e era Edith Piaf. Claro que era "Les trois cloches", os três sinos, e me perguntei se os sinos da igreja tinham soado sobre Oradour-sur-Glane quando as mulheres foram presas dentro dela...

Vi a mão desfigurada de Eve acenando da mesa mais distante e fiz meu caminho entre os garçons que carregavam suas bandejas.

— Olá, ianque — ela me cumprimentou. — Finn me contou que você conheceu o major Allenton. Não é uma preciosidade?

— Bigode estúpido.

— Uma vez quase o arranquei todo. — Eve balançou a cabeça, movendo uma migalha de baguete em seus dedos. — Queria ter feito isso.

Finn sentava-se do lado oposto a ela, cotovelo enganchado no encosto da cadeira. Ele não disse nada, mas vi que reparou no meu vestido preto. Lembrei-me de como tínhamos acordado emaranhados naquela manhã, fedendo a uísque, e tentei olhar nos olhos dele, mas ele evitou meu olhar.

— Finn me contou sobre Oradour-sur-Glane. — O olhar de Eve era direto. — E sobre sua prima.

Edith Piaf cantava atrás de mim. *Vilarejo no coração do vale, como se perdido...* Esperei Eve falar "eu lhe disse", esperei-a falar que sabia que eu estava em uma busca tola.

— Sinto muito — ela disse. — Se é que vale de alguma coisa. E creio que não vale nada quando um amigo se v-vai. Desculpe se não vale nada, mesmo assim eu sinto muito.

Destravei os dentes.

— Rose está morta. Eu... Eu não... — Parei, comecei de novo. — O que acontece agora?

— Bem — disse Eve. — Ainda estou procurando René Bordelon.

— Desejo-lhe sorte. — Peguei um pedaço de baguete. Finn rodou seu copo de água com os dedos longos, em silêncio.

As sobrancelhas de Eve estavam arqueadas.

— Pensei que você também quisesse encontrá-lo.

— Apenas porque achei que ele poderia me levar a Rose.

Eve respirou fundo. A bebida perto de seu cotovelo estava pela metade e seus olhos tinham um brilho contemplativo.

— Você ainda pode ter interesse na caçada. Allenton, estúpido como é, contou-me algumas coisas fascinantes.

— Por que *você* quer encontrar René? — devolvi. — Você nos contou que ele era um aproveitador, que você o espionava. — Que ela tinha dormido com ele por informação, que ele a havia engravidado e que ela teve de dar um jeito naquilo... Mas eu não traria aqueles assuntos à tona na mesa de um café com garçons passando por todos os lados. — O que mais pode haver de mal para que um homem de setenta e dois anos precise ser perseguido como um cachorro?

Os olhos dela brilharam.

— Precisa haver alguma coisa mais?

— Sim. Tem a ver com suas medalhas? Todas aquelas Cruzes de Guerras e a Ordem do Império Britânico? — Prendi-a com meu olhar. — Está na hora de você nos contar tudo, Eve. Pare de insinuar e desembuche.

Finn se levantou abruptamente e se dirigiu ao bar.

— Ele está de mau humor — Eve comentou, vendo seu motorista encostar-se no balcão. — Ver Oradour-sur-Glane deve ter mexido com algumas coisas.

Depois ela se virou para mim.

— Você tem coragem, ianque?

— *O quê?*

— Preciso saber. Sua p-prima está morta... Você vai voltar para casa agora e tricotar sapatinhos de bebê? Ou está preparada para algo mais desafiador?

Aquilo chegava muito perto da questão sobre a qual eu vinha refletindo. *E agora, Charlie St. Clair?*

— Como posso saber se estou preparada, se você não me diz do que se trata?

— É sobre uma amiga — ela disse simplesmente. — Uma loira com uma risada brilhante como o sol e coragem suficiente para incendiar o mundo.

Rose?, pensei.

— Lili. — Eve sorriu. — Louise de Bettignies, Alice Dubois, sabe-se lá quantos outros nomes ela tinha. Sempre foi Lili para mim. A melhor amiga que alguém já teve.

Lili. Então Eve tinha Lili, e eu tinha Rose.

— Todas essas flores...

— Existem dois tipos de flores quando se trata de mulheres — Eve disse. — O tipo que fica seguro num vaso bonito, ou aquele que sobrevive em qualquer condição... mesmo no mal. Lili era do último tipo. Qual é o seu?

Eu gostaria de pensar que era do último também. Mas o mal (como isso soava melodramático) nunca tinha me testado como fizera com Eve ou Rose ou a desconhecida Lili. Eu nunca havia cruzado com o *mal*, apenas com a tristeza e o fracasso e as escolhas erradas. Balbuciei alguma coisa sobre isso e me apressei a colocar uma questão minha.

— Você nunca mencionou um amigo de seus anos de guerra. Nem uma vez. Então, se Lili foi a melhor amiga que você já teve, o que mais ela foi? Por que ela é tão importante?

Sentei-me escutando Eve falar, contar-me de seu encontro com Lili em Le Havre. A voz sarcástica, acolhedora: "Bem-vinda à Rede de Alice". O aperto forte de mãos enquanto assistiam ao malsucedido ataque contra o *Kaiser*. As lágrimas, os conselhos tranquilos, a prisão. Eu quase conseguia ver a amiga de Eve à minha frente, as palavras a desenhavam com muita vivacidade. Para mim, ela parecia Rose, se Rose tivesse vivido até os trinta e cinco anos.

— Sua amiga tinha algo de especial — disse Finn quando a voz de Eve se apagou. Ele tinha voltado a se juntar a nós no começo da narrativa, a cerveja intocada à sua frente. E, pela surpresa em seu rosto, eu podia dizer que aquelas histórias eram novidade para ele, tanto quanto para mim. — Ela parece ter sido um soldado e tanto.

Eve terminou sua bebida em um gole.

— Ah, sim. Mais tarde, as pessoas a chamaram de rainha das espiãs. Houve outras redes de espionagem durante a guerra, eu soube depois sobre as mulheres que trabalhavam nelas, mas nenhuma era tão rápida e precisa como a de Lili. Ela administrava uma centena de fontes que cobriam dezenas de quilômetros de front, apenas uma mulher... a chefe cuja prisão todos lamentaram. Sabiam que não teriam informações com a mesma qualidade enquanto ela estivesse nas mãos dos alemães. — Um sorriso de desprezo. — E não tiveram.

Rose e eu, Finn e sua menina cigana, Eve e Lili. Estávamos nós três caçando fantasmas do passado, mulheres perdidas na confusão da guerra? Eu tinha perdido Rose em Oradour-sur-Glane e Finn perdera sua menina em Belsen, mas talvez Lili estivesse viva e bem. Vê-la de novo curaria o que afligia Eve, a culpa e a tristeza? Abri a boca para perguntar sobre o destino de Lili, mas Eve já estava falando de novo, os olhos fixos em mim.

— Passei mais de t-t-trinta anos recolhendo os pedaços depois do que aconteceu em Lille. É por isso que você não deve demorar muito para prantear sua prima, ianque. Você ficaria surpresa de como semanas se transformam em anos. Viva o seu luto... Destrua o quarto, beba, durma com um marinheiro, o que quiser fazer, mas supere. Goste disso ou não, ela está morta e você está viva. — Eve se levantou. — Avise-me se decidir que é uma *fleur du mal*, e eu lhe direi por que você deve vir comigo para encontrar René Bordelon.

— *Você sempre tem de ser tão enigmática?* — sibilei, mas Eve já tinha levantado e se afastado, deixando o copo vazio. Olhei para ela, frustração e tristeza fervendo dentro de mim como dois rios se encontrando. *E agora, Charlie St. Clair?*

— Louise de Bettignies — disse Finn, franzindo a testa. — "Rainha das espiãs"... Ouvi falar dela, agora me lembro. Provavelmente uma velha reportagem sobre heroínas de guerra.

Ele ficou em silêncio, rodando sua cerveja entre os dedos. Pude vê-lo voltando para a tensão que demonstrara antes de as histórias de Eve terem-no distraído, sua leveza usual mudando para rigidez.

— Qual o problema, Finn?

— Nada. — Ele não olhou para mim, apenas se concentrou no espaço onde as mesas tinham sido deslocadas para dar lugar à dança e onde os casais deslizavam ao som da música. — Para mim, isso é normal.

— Não, não é.

— Quando voltei do 63º, eu estava sempre assim.

Meu irmão costumava ficar tenso e mal-humorado sempre que as pessoas lhe perguntavam como era realmente em Tarawa. Ele tinha aquela mesma expressão fechada e, se insistissem muito, explodia em obscenidades e saía. Sempre tive muito medo de segui-lo, medo de que ele me atacasse também, mas naquele momento desejei que, pelo menos uma vez, eu o tivesse seguido e segurado a mão dele. Apenas... segurado a mão dele para que ele soubesse que eu estava ali, que o amava, que entendia que ele estava sofrendo. Mas eu realmente não entendi nada disso até que ele se foi, e aí já era muito tarde.

Olhei para o rosto fechado de Finn e quis dizer: *Não é muito tarde para você*. Mas eu sabia que as palavras não o alcançariam naquele estado de espírito em que estava, assim como não chegaram a James, então me estiquei e toquei a mão de Finn.

Ele se desvencilhou de mim.

— Vou superar isso.

Alguém supera? Olhei para a cadeira onde Eve estava sentada. Éramos três perseguindo memórias doloridas através dos escombros de duas guerras; ninguém parecia ter superado muito de nada. Pensei no que Eve tinha dito. Talvez você não *tenha* de superar, mas de *tentar*. Caso contrário, as semanas se transformam em meses e então, quando você perceber, como tinha feito Eve, já perdeu trinta anos.

Mais Edith Piaf saía do rádio. Levantei-me.

— Quer dançar, Finn?

— Não.

Eu também não queria. Meus pés estavam pesados como chumbo. Mas Rose amava dançar. Meu irmão também... Lembro-me de fazer um desajeitado boogie-woogie com ele na noite antes de ele partir com os fuzileiros navais. Eles estariam na pista agora. Por eles, eu poderia arrastar meus pés pesados.

Fui até as pessoas que dançavam, e um francês sorridente me puxou. Movimentei-me no ritmo com seu braço em minha cintura, depois peguei o braço do amigo dele na música seguinte. Não ouvi nenhuma de suas galanterias francesas sussurradas, apenas fechei os olhos e mexi os pés e tentei... bem, não esquecer a nuvem de tristeza ao meu redor, mas pelo menos dançar debaixo dela. Meus pés podiam estar pesados, mas talvez, algum dia, eu conseguisse dançar pelo meu caminho para longe daquela nuvem.

Então continuei me movimentando ao som da música, canção depois de canção, e Finn cuidava de sua cerveja e me olhava, e provavelmente estaria tudo bem se não fosse pela cigana.

Eu me afastei do grupo para amarrar minha sandália. Finn se levantou para jogar fora sua cerveja pela metade, e nós dois vimos a velha atrás de um carrinho de mão, usando xales coloridos gastos. Talvez ela não fosse cigana — tinha a pele morena e uma saia brilhante, mas como eu saberia como realmente é uma cigana? E ela disse alguma coisa quando o proprietário do café correu para cima dela. Ela levantou a palma da mão, suplicando, e ele fez um gesto, como se um rato estivesse correndo em sua cozinha.

— É proibido mendigar aqui! — E deu um empurrão na velha. — Mexa-se!

Ela se afastou, se arrastando, obviamente acostumada com aquilo. O proprietário do café se virou, limpando as mãos no avental.

— Puta cigana — ele murmurou. — Pena eles não terem sido todos expulsos e presos.

Vi a onda de fúria mortal que tomou conta do rosto de Finn.

Fui em sua direção, mas ele já tinha deixado a garrafa de cerveja cair, quebrando-se em pedacinhos. Cruzou o café com três passos, enfiou a mão no colarinho do surpreso proprietário, puxou-o para cima e lhe deu um golpe brutal no queixo.

— Finn!

Meu grito se perdeu com o barulho da louça se quebrando enquanto o proprietário caía, levando uma mesa com ele. Finn o virou de costas no chão com um chute, a fúria ainda queimava em seus olhos, e colocou o joelho no peito do homem.

— Seu... merdinha... desgraçado... — ele disse claramente, pontuando cada palavra com o punho. Os socos curtos e eficientes soavam como um martelo de carne caindo.

— Finn!

Meu coração saltava. Abri caminho entre mulheres e homens que levantavam seus guardanapos, todos nervosos e boquiabertos, mas um garçom chegou antes, agarrando o braço de Finn. Ele o acertou também, uma rápida explosão do punho no nariz, e vi o sangue jorrando, perfeitamente claro, na toalha de mesa caída. O garçom se afastou e Finn voltou a bater no proprietário, que estava gritando e tentando proteger o rosto.

"Seis pessoas me seguraram quando comecei a bater a cabeça dele no batente da porta", Finn tinha dito sobre a briga que o levara para a prisão. "Graças a Deus me tiraram de cima dele antes que eu quebrasse sua cabeça."

Eu podia não ser seis pessoas, mas ninguém iria quebrar crânios naquela noite. Agarrei o ombro duro como pedra de Finn, gritando com toda a minha força.

— Finn, pare!

Ele girou, golpeando quem quer que fosse que estivesse tentando detê-lo. Seus olhos se desanuviaram no instante em que ele me reconheceu. Ele tirou a força do golpe, mas era muito tarde para pará-lo. Os nós de seus dedos acertaram forte o canto da minha boca, o suficiente para machucar. Voltei um passo, protegendo o rosto com a mão.

Ele ficou branco, seu punho largado ao lado do corpo.

— Ah, Jesus... — E se levantou, ignorando o homem deitado que gemia e sangrava pelo nariz. — Jesus, Charlie...

Toquei meus lábios, em choque.

— Está tudo bem. — Para ser honesta, eu estava mais aliviada que ele houvesse largado o proprietário e não tivesse mais aquela expressão de fúria no rosto. Meu coração batia no peito como se eu tivesse corrido. Dei um passo para tocá-lo. — Está tudo bem...

Ele recuou. Seus olhos estavam horrorizados.

— Jesus — ele disse de novo e saiu correndo de perto de mim, do café e das pessoas que murmuravam.

O proprietário já estava se levantando com a ajuda de vários garçons, tonto e irritado, mas não olhei para ele. Corri o mais rápido que pude na direção em que Finn tinha ido. Ele já tinha passado o *auberge*, esgueirou-se entre prédios e o vi desaparecer na garagem na parte de trás. Eu o segui, passando as filas de Peugeots e Citroens até a forma alongada do Lagonda. Finn estava no banco de trás, como se fosse aquela noite em Roubaix quando conversamos às três da manhã. Estava de cabeça baixa e ombros curvados, e não me viu até que abri a porta e me sentei ao seu lado.

Sua voz estava abafada:

— Vá embora.

Peguei na mão dele.

— Você está ferido... — Seus dedos estavam machucados, a pele ralada nas articulações. Eu não tinha um lenço, então apenas toquei gentilmente a pele esfolada.

Ele se afastou, passando os dedos nos cabelos.

— Queria ter transformado o cérebro daquele merda miserável numa pasta.

— Aí você seria levado e trancado na prisão de novo.

— Eu pertenço à prisão. — Ele ainda estava curvado, os punhos nos cabelos. — Eu te *acertei*, Charlie.

Toquei meu lábio, senti a pele sem cortes.

— Você não sabia que era eu, Finn. Assim que me viu, você parou...

— Ainda assim, eu te acertei. — Então ele olhou para mim, seus olhos eram buracos cheios de culpa e raiva. — Você só estava tentando evitar que eu o matasse, e eu te acertei. Por que você está aqui, Charlie? Sentada no escuro com um homem mau como eu?

— Você não é um homem mau, Finn. Você é uma maldita ruína, mas não é mau.

— O que você sabe...

— Eu sei que meu irmão não era mau quando socava paredes e xingava e entrava em pânico no meio de multidões! Ele não era mau, estava *destroçado*. E você também está. Assim como Eve. E eu também estava quando passava o tempo me debatendo na escola, ou chorando na cama, ou dormindo com garotos de quem eu não gostava. — Olhei para Finn, esforçando-me para fazê-lo entender. — O que está quebrado não tem que ficar desse jeito.

Eu queria muito ajudá-lo. Pegá-lo nas mãos e remendar os buracos, da maneira como tinha fracassado em fazer com James. Como tinha fracassado em fazer com meus pais quando eles estavam sofrendo cegamente por ele.

— Aqui não é lugar para você. — A voz de Finn era áspera, apagada. Pude ver a tensão de raiva passar pelos seus ombros de novo. — Você devia ir para casa. Tenha seu bebê, retome sua vida. Você não vai conseguir nada de bom andando por aí com um par de almas destroçadas como Gardiner e eu.

— Não vou a lugar nenhum. — Busquei a mão dele de novo.

Ele se afastou.

— Não.

— Por quê? — Tínhamos sentado ombro a ombro na noite anterior enquanto bebíamos nosso uísque; eu com a cabeça em sua coxa e ele mexendo em meu cabelo. Nada disso incomodou. Mas agora Finn reagia, e o espaço entre nós estava cheio de tensão.

— Saia do carro, Charlie.

— Por quê? — desafiei de novo. Eu me recusava a recuar agora.

— Porque, com um humor como este, é beber, brigar ou trepar. — Ele olhou fixamente para as sombras à sua frente, as palavras chegavam com raiva. — Eu fiz o primeiro na noite passada, o segundo vinte minutos atrás. Tudo o que eu queria agora era rasgar esse seu vestido preto. — Ele olhou para mim, e aquele olhar me queimou. — Você realmente deve sair deste carro.

Se eu o deixasse, ele ficaria sentado ali a noite toda com sua culpa e sua raiva e sua cigana morta.

— Goste ou não — eu disse, ecoando as palavras de Eve —, ela está morta e você está vivo. Estamos ambos vivos. — E me estiquei, colocando as mãos em seus cabelos, e puxei sua cabeça em direção à minha.

Nossas bocas se chocaram brutalmente, sem se soltar, nem quando ele me levantou para que eu abrisse as coxas e sentasse em seu colo. Suas bochechas estavam molhadas e as minhas também. Ele estava descendo as mangas de meu vestido preto e eu estava rasgando os botões da camisa dele, tirando todas as camadas de roupas do caminho até ficar apenas pele contra pele quente, nenhum de nós se importando se alguém passasse e nos visse pela janela do Lagonda. Na estrada para Oradour-sur-Glane, ele tinha me beijado com profunda ternura, mas agora sua boca era áspera, e ele devorou a pele macia entre meus seios, seus cílios no meu pescoço. Pressionei a bochecha em seus cabelos, deslizando as mãos por seu peito liso em direção ao cinto, e por um momento ele parou, respirando em golfadas, suas grandes mãos se espalhando em minhas costas nuas.

— Cristo, Charlie — ele disse, não muito nitidamente. — Não era assim que eu esperava fazer isso.

Talvez não fossem rosas e luz de velas e romance. Mas *aquilo*, ali, naquele momento, era o que nós dois precisávamos. A noite anterior tinha sido de atordoamento e dor e tentativa de esquecer — eu não podia ficar ali, ou me afogaria. E estava impedindo que Finn se afogasse também. Não o estava deixando partir, como com os outros com os quais eu tinha fracassado e perdido.

— Fique comigo — murmurei, com a boca nos lábios dele, minha respiração tão difícil quanto a dele. — Fique comigo... — E nos emaranhamos no banco de couro traseiro do carro, as partes mais importantes de meu vestido fora do caminho, a camisa de Finn e seu cinto no chão.

Era quando normalmente minha mente se afastava do que estava acontecendo. Era quando eu parava de tentar sentir alguma coisa e em vez disso me sentia cada vez mais distante e desapontada por não sentir nada — porque a equação mais fácil do mundo, homem mais mulher, sempre dava zero. Não daquela vez. A bagunça de membros arquejantes no banco e os sons do couro e a respiração pesada eram iguais aos de todas as outras vezes, mas daquela vez eu não estava longe. Estava derretendo e queimando e tremendo de necessidade. Finn também estava tremendo sobre mim, uma sombra contra outras sombras, suas mãos agarrando meu cabelo com tanta força que a cabeça doía, e sua boca bebia a pele de minha garganta e minhas orelhas e meus seios como se ele pudesse me devorar. Fechei os braços e as coxas ao redor dele, mal escutando os sons que estávamos fazendo enquanto colidíamos num ritmo desesperado e furioso. Foi rápido e bruto e bom, confuso e suado e *vivo*. Seu rosto estava colado no meu no estremecimento final que nos perfurou, e senti uma lágrima escorrer entre nossas bochechas coladas.

Eu não sabia de quem ela tinha vindo. Mas não me importava. Não era de tristeza, e isso era suficiente.

28
EVE

Outubro de 1915

Se havia um dia da semana para ser presa era domingo. A única noite das sete em que Eve não trabalhava, porque até o decadente Le Lethe ficava fechado no dia santo. Ela estava de volta a Lille tarde da noite naquele domingo, sem precisar perder trabalho.

— Pequenas bênçãos — disse em voz alta. O quarto estava muito frio e, apesar de nada ter mudado, nem sua cama estreita, nem a bolsa de fundo falso jogada no canto onde estava escondida a Luger, a atmosfera era de vazio. Violette não entraria batendo suas botas pesadas, resmungando sobre pilotos ingleses muito irritados para serem escondidos apropriadamente. Lili não entraria com uma história de como tinha conseguido passar pelo *checkpoint* com uma informação contrabandeada. Eve olhou para o pequeno quarto sem graça, lembrando-se das noites que passaram ali fumando e rindo. Uma onda de desesperança atingiu-a tão forte que quase a deixou sem ar. Ela tinha um trabalho a fazer, e o faria, mas não haveria mais momentos de prazer. Haveria dias no Le Lethe e noites na cama de René, e isso era tudo. Ninguém mais usaria aquele quarto a não ser Eve.

Antoine poderia, ela pensou. *Podemos trabalhar numa nova agenda*. Quieto, duro como uma pedra, Antoine era o que mais sabia sobre as fontes de Lili, pois tinha feito documentos falsos para muitas delas debaixo do balcão de sua livraria — talvez ele pudesse reconstituir as rondas de Lili para que alguém as assumisse. De alguma maneira, isso precisava ser feito. Ela se entregou a uma onda de cansaço e se deitou sem nem tirar o casaco. Deveria estar com fome, mas, de alguma forma, estava imaginando o perfume da colônia cara de René — temendo o momento em que voltaria para ele no dia seguinte, sem dúvida —, e só de imaginar seu estômago revirava. Ela afundou o nariz em seu travesseiro fino, imaginando o cheiro do chá e do tweed inglês. "Cameron", sussurrou e teve uma lembrança do toque suave no cabelo dele e de seus lábios contornando a parte de trás da orelha dela. Ela se perguntou se ele estava arrependido do tempo que passaram juntos naquela tarde. Ela se perguntou se ele a odiava por tê-lo seduzido e depois desaparecido. Ela se perguntou...

Mas ela estava exausta de terror e prisões, de angústia e amor, e o sono chegou como uma onda negra.

O dia seguinte estava brilhante e frio, e Eve seguiu em direção ao Le Lethe embrulhada até a ponta do nariz. Normalmente, no fim da tarde o restaurante estava agitado: garçons arrumando a prataria e as toalhas para os primeiros clientes, cozinheiros xingando enquanto preparavam as estações. Naquele dia, o Le Lethe estava escuro, a cozinha fechada. Eve parou, confusa, então abriu o casaco. Não havia nenhuma placa na porta ou no bar avisando que o restaurante estaria fechado naquela noite, e René gostava muito de seu lucro para fechar as portas se não precisasse.

Uma voz desceu dos aposentos de René:

— Marguerite, é você?

Eve hesitou, tentada a fingir que não tinha ouvido nada e a voltar para o frio. Seus nervos estavam tensos, mas ela causaria mais suspeita se desse meia-volta.

— Sim, sou eu — disse.

— Suba.

O escritório de René tinha faixas de luz, apesar de as cortinas estarem abaixadas. A lareira espalhava calor pelo tapete Aubusson, e o abajur Tiffany multicolorido refletia formas de safira e ametista na parede de seda verde. René estava sentado lendo em sua poltrona de sempre, uma taça de bordeaux na mão.

— Ah — ele cumprimentou Eve. — Aí está você, minha pequena.

Ela se permitiu parecer confusa.

— O restaurante não vai abrir?

— Hoje não. — Ele marcou a página de seu livro com uma fita de seda bordada e o deixou de lado. Eve sentiu um calafrio, apesar de o sorriso dele ser de prazer. — É uma surpresa para você.

Corra, disse uma voz na cabeça de Eve.

— Uma surpresa? — Ela segurou as mãos atrás das costas, encostando na maçaneta, que virou silenciosamente. — Outro f-fim de semana fora? Você disse que queria ir para G-Grasse...

— Não, um tipo diferente de surpresa. — René deu um gole em seu bordeaux, sem pressa. — Uma que você vai *me* fazer.

Os dedos de Eve seguraram a maçaneta com força. Uma puxada e ela poderia ir.

— Eu vou?

— Sim. — René enfiou a mão debaixo da almofada no braço da poltrona e pegou uma arma. Ele a mostrou para Eve: uma Luger 9 mm P08, exatamente como a dela. Daquela distância, Eve sabia que ele poderia acertá-la no meio dos olhos antes que ela se mexesse para abrir a porta. — Sente-se, minha pequena. — E fez um gesto para a poltrona do lado oposto.

Enquanto Eve se sentava, viu um pequeno arranhão no tambor. Ela conhecia aquele arranhão. Ela o polia todas as vezes que limpava sua arma. René não estava segurando apenas *uma* Luger. Era a *sua* Luger. De repente, Eve se lembrou daquele leve perfume da colônia de René que tinha sentido em seu quarto na noite anterior, e o medo acertou-a como um trem de carga barulhento.

René Bordelon tinha revistado seu quarto. Ele estava com a arma dela. O que mais ele sabia?

— Marguerite Le François — disse René, como se estivesse se preparando para começar um de seus discursos sobre arte. — Diga-me quem você realmente é.

— Por que é tão d-difícil acreditar? — Eve estava jogando com a gagueira, deixando suas mãos se moverem e tremerem, levantando todas as bandeiras de inocência e confusão que podia encontrar. — É a arma de m-meu p-p-pai. Eu guardei porque estava com m-m-medo, o jeito como os oficiais alemães c-c-caminham olhando para as g-g-garotas locais...

Os olhos desconfiados de René fixaram-se nela.

— Você foi detida na companhia de uma mulher que tinha *seis* documentos diferentes de identificação. Ela é sem dúvida uma espiã. O que estava fazendo com ela?

— Eu n-não a conhecia! Começamos a conversar na estação, e ela tinha esquecido o p-p-passe. Ofereci o m-meu para que ela usasse. — Os pensamentos de Eve iam na frente de sua fala, tentando estruturar uma defesa, qualquer defesa, que ele engolisse. Ela nunca tinha imaginado que ele poderia saber de sua prisão. Fora pura coincidência: algum amigo alemão de René entusiasmou-se com a captura de Lili, mencionando de passagem a garota gaga que havia sido pega com ela. Uma garota chamada Marguerite alguma coisa, liberada porque todos podiam ver que era inocente.

Se não tivessem mencionado o nome, René nunca teria tomado conhecimento. Mas mencionaram, e as implicações deviam tê-lo atingido como um maremoto, porque ele foi direto para o quarto dela. A única coisa que encontrou foi a Luger. Eve não guardava códigos ou mensagens cifradas. Mas, para ele, aquilo já era bastante suspeito. Então lá estavam eles, sentados um de frente para o outro.

— Você não seria estúpida o bastante para deixar uma estranha usar seu passe de salvo-conduto, minha pequena — ele disse.

— N-Não vi nada de errado! — Eve tentou deixar os olhos cheios de lágrimas, mas não conseguia chorar. Tinha chorado na manhã anterior histericamente para *Herr* Rotselaer, depois havia chorado por Lili. Seus olhos estavam secos como pedra, bem quando ela precisava deles úmidos e tristes. Então fechou as pálpebras. *Você pode sair dessa*, disse para si mesma. *Você pode.*

Mas René ainda não tinha descuidado nenhuma vez da Luger ou de sua atenção.

— Onde você esteve ontem? Por que estava pegando um trem?

— Para a c-c-c-comunhão de minha s-sobrinha em T-T-Tournai.

— Você nunca falou de nenhuma família em Tournai.

— Você n-nunca perguntou!

— Sua gagueira é real? Ou você finge para que as pessoas pensem que não é muito inteligente? Seria muita esperteza.

— C-Claro que é real! Você acha que eu gosto de falar desse jeito? — Eve gritou. — Eu n-não sou uma espiã! Você achou alguma coisa s-suspeita no meu quarto?

— Isto. — Batendo o tambor da Luger no braço entalhado de sua poltrona. — Por que você não entregou esta arma quando os alemães proibiram os civis de ter armas?

— Eu não p-podia me separar dela, era do meu p-p-p...

— *Pare de gaguejar!* — ele gritou tão de repente que ela recuou de verdade. — *Você acha que eu sou burro?*

Aquele era o real medo dele, Eve pensou. Que tivesse sido feito de bobo. Será que ele estava lembrando todas as conversas que teve na cama com ela, todas as fofocas que tinha deixado escapar? Ou se perguntava o que aconteceria com seu *status* privilegiado se os alemães descobrissem que sua concubina estava passando segredos para a Inglaterra?

O primeiro, Eve pensou, mais que o último. Não era a confiança ou os favores dos alemães que ele mais temia perder, mas seu orgulho. René Bordelon tinha sempre de ser o homem mais inteligente da sala. Que pensamento insuportável a possibilidade de que uma menina que nada sabia, com metade de sua idade, pudesse ser muito mais inteligente.

Péssimo para Eve não se sentir inteligente naquele momento. Ela estava apenas aterrorizada.

Você pode sair dessa, ela pensou, porque imaginar a alternativa era insuportável. *Mas e depois?* Mesmo que convencesse René de que era inocente, seu período no Le Lethe teria acabado. Ela teria terminado em Lille, apesar das ordens de Allenton, e esse fracasso a machucava... Mas, se ela pudesse apenas partir, talvez conseguisse uma posição em algum outro lugar.

E um pensamento mais doce ainda passava por sua cabeça: *Eu nunca mais terei de dividir a cama com René Bordelon.*

Talvez seus olhos tenham brilhado, porque ele disse, sentando-se na ponta da poltrona.

— Em que você está pensando? Por que você...

Ele estava perto o suficiente. Eve não tinha planejado isso, mas moveu o pé como um chicote, acertando o tambor da Luger. Foi apenas um golpe, mas lançou a arma que estava na mão de René na direção da lareira. Não havia tempo para pegá-la. Eve se jogou para o outro lado, em direção à porta. Se ela pudesse sair enquanto ele tentava pegar a arma, descer as escadas, então teria chance de escapar para as ruas de Lille. Ela não se arriscaria nos trens; cruzaria a fronteira para a Bélgica. Tudo isso lhe passou pela cabeça como um pedaço de gelo enquanto se atirava pelo suntuoso tapete. Ela agarrou a maçaneta de prata polida com brilho de diamante e pensou: *Eu vou conseguir*.

Mas René não tentou pegar a arma. Ele foi direto em direção a ela. Enquanto os dedos de Eve seguravam a maçaneta, o braço dele desceu com um golpe curto e brutal. O busto em miniatura de Baudelaire esmagou a mão dela.

O impacto fez seu braço direito se encolher de dor. Ela ouviu o *crack* claro quando os nós de seus primeiros dois dedos se quebraram, amassados entre o busto e a maçaneta. Ela se viu de joelhos diante da porta, engasgando com ondas de agonia que perpassavam seu corpo. Viu os sapatos brilhantes de René se aproximarem, viu o pequeno busto de mármore sendo agitado casualmente na mão dele quando ele se colocou, com a respiração pesada, entre ela e a porta.

— Bem — ela conseguiu dizer com os dentes fechados de dor e segurando a mão trêmula. — Maldito.

Sem pensar, ela disse isso em inglês, não em francês, e ouviu a respiração forte de René. Ele se agachou ao lado dela de forma que seus olhos ficassem no mesmo nível, e seu olhar brilhava com... O quê? Medo, dúvida. Acima de tudo, fúria.

— Você é uma espiã — ele sussurrou, e não havia mais nenhuma dúvida em sua voz.

Pronto. Eve tinha se entregado. Depois de ter temido esse momento por tanto tempo, agora ele parecia curiosamente insípido. Talvez porque ela soubesse que não havia nada que pudesse ter dito para convencê-lo de que era inocente. Por que não admitir a culpa?

Ele colocou a mão livre ao redor da garganta dela, aqueles dedos extraordinariamente longos pressionando quase até a parte de trás de seu pescoço. Ele não soltou o busto da outra mão, e ela sabia que ele poderia facilmente esmagar sua cabeça.

— Quem *é* você?

A mão dela doía muito, Eve mal conseguia respirar. Ela afundou os dentes no grito que subia por sua garganta até que ele morresse sem nascer. Conseguiu abrir um pequeno sorriso, não lutando contra a mão dele no pescoço, apenas olhando em seus olhos. Dando-lhe seu próprio olhar pela primeira vez, e não o olhar recatado de sua pequena.

Ela poderia muito bem morrer ali, naquele quarto quente e luxuoso. Mas, apenas uma vez, queria jogar na cara dele como ele tinha sido enganado. Ela podia se xingar por aquele gesto impulsivo e orgulhoso, mas não tinha forças para resistir.

— Meu nome é Eve — sussurrou, cada palavra macia como seda. — *Eve*, não a porra da Marguerite. E, sim, eu sou uma espiã.

Ele a encarou fixamente, paralisado. Eve mudou para alemão:

— Eu falo alemão perfeitamente, seu aproveitador covarde, e estive escutando seus preciosos clientes durante meses.

Eve assistiu ao horror, à descrença, à raiva tomarem conta dos olhos dele. Ela conseguiu dar outro sorriso e acrescentou mais uma coisa em francês, apenas para garantir:

— Eu não lhe direi um único fato sobre meu trabalho, meus amigos ou a mulher com quem fui detida. Mas vou lhe dizer isto, René Bordelon. Você é um idiota ingênuo. Você é um amante terrível. E eu *odeio* Baudelaire.

29
CHARLIE

Maio de 1947

— Volte para o hotel, Charlie. Durma um pouco. — Finn estava sentado nas sombras do carro abotoando sua camisa. Evitando meus olhos. Todo o meu corpo ainda vibrava com o que tinha acabado de acontecer. Eu me sentei por um momento tentando encontrar as palavras para dizer a ele que aquilo tinha sido diferente de tudo o que eu já tinha vivido. Mas Finn me olhou, e depois o vi voltar para trás de seus muros, inalcançável. — Vá para a cama, garota.

— Não vou deixá-lo aqui para ficar pensando — respondi baixo. Eu nunca mais faria aquilo... deixar alguém com quem eu me importava lutar com seus demônios sozinho.

— Não vou ficar aqui — ele disse. — Vou voltar para o café. Tenho algumas desculpas a pedir.

Soou como um começo, algo para fazer com que ele se sentisse mais ele novamente, por isso assenti. Saímos do carro por lados opostos e ficamos por um momento nos olhando por cima do teto do Lagonda. Pensei que Finn ia dizer alguma coisa, mas então seus olhos fixaram minha boca machucada, e ele recuou.

— Boa noite.

— Boa noite.

Fiquei sozinha no meu quarto de hotel vazio, deitada na cama, sem conseguir dormir. A luz amarela da rua passava pelas cortinas, e o som abafado do tráfego noturno. Deslizei a ponta dos dedos pela barriga várias vezes. O Pequeno Problema estava quieto desde que eu decidira não ir para Vevey. Talvez tenha se dado conta de que podia seguir caminho e apenas crescer, crescer, crescer até que chegasse o momento de nascer. Só então ela perceberia que o mundo era um lugar frio e que sua mãe não tinha muita ideia de como lhe dar uma vida boa. Antes de Oradour-sur-Glane, eu tinha pelo menos uma ideia fantasiosa, uma equação mágica segundo a qual Charlie mais Rose garantia magicamente um futuro feliz para todos. Agora não tinha nem isso.

— Desculpe — eu disse suavemente para a barriga ainda reta sob meus dedos exploradores. — Sua mamãe é tão impotente quanto você, garotinha. — Não sei por que eu achava que era uma menina, mas achava. *Bebê Rose*, pensei, e assim ela tinha ganhado um nome. Claro que tinha. Outra Rose. Uma Rose só minha.

O sino da igreja bateu meia-noite. Meu estômago roncou, o recém-batizado Pequeno Problema reclamava porque não tinha jantado. É estranho como o corpo continua funcionando teimosamente no meio da tristeza ou culpa ou choque.

— Essa é uma coisa que eu percebi em você, Rosebud — falei para minha barriga. — Você pode não estar aparecendo ainda, mas preciso usar o banheiro duas vezes mais.

Levantei-me da cama, coloquei um suéter, fui ao banheiro e então me vi andando pelo corredor. Não havia luz debaixo da porta de Finn. Torci para que ele tivesse conseguido pedir suas desculpas e voltado para dormir tranquilamente. Eu não tinha conseguido. Hesitei do lado de fora de sua porta, depois passei na ponta dos pés pela de Eve. Havia uma faixa de luz... Ela estava acordada. Abri a porta sem bater e entrei.

Eve estava sentada no parapeito da janela olhando para a rua escura. A luz fraca escondia as marcas em seu rosto — ela poderia ter qualquer idade, alta e magra, o perfil rígido, os pés descalços dobrados debaixo dela. Ela poderia ser a menina que tinha ido para

Lille em 1915... exceto por aquelas mãos disformes e aleijadas apoiadas no colo. Tudo voltava para aquelas mãos. Tudo tinha *começado* com aquelas mãos. Lembrei-me da sensação que tinha subido pela minha garganta quando as vi pela primeira vez, naquela noite em Londres.

— Vocês, ianques, não sabem bater? — O cigarro de Eve brilhou conforme ela o levantou para uma longa tragada.

Cruzei os braços.

— É o seguinte — disse, como se estivesse continuando uma discussão que já tínhamos começado. — Não sei o que acontece agora.

Ela finalmente me olhou. Levantou as sobrancelhas.

— Eu tinha um plano todo estruturado, como um simples problema de geometria. Encontrar Rose se ela ainda estivesse viva, ter minha bebê, aprender a cuidar dela. Não tenho um plano agora. Mas não estou pronta para ir para casa. Não estou pronta para voltar para minha mãe e começar a discutir tudo de novo sobre como vou fazer para viver. Não estou pronta para sentar no sofá e tricotar sapatinhos.

Acima de tudo, eu não estava pronta para perder aquele pequeno trio que tinha se formado, com Eve e Finn e eu num carro azul-escuro. Parte de mim tinha sofrido o bastante por uma vida inteira, e essa parte queria levantar acampamento e correr para casa em vez de ficar e correr o risco de que Finn me rejeitasse pela manhã. Mas outra parte de mim — pequena porém muito significativa, assim como Rosebud — queria enfrentar aquilo, o que quer que *aquilo* fosse. Eu não sabia exatamente o que tinha nos unido, ou por que estávamos todos procurando uma variante da mesma coisa: heranças deixadas por mulheres perdidas em guerras passadas. Eu não tinha mais um destino ou um objetivo no fim do caminho, mas todos seguíamos para algum lugar, e eu não estava pronta para abandonar a viagem.

— Eu sei o que quero, Eve. Eu quero tempo para descobrir o que vem a seguir. — Apoiei-me nesse caminho enquanto Eve ficava ali sentada sem me dar nenhuma pista se minhas palavras estavam sendo assimiladas. Olhei para suas mãos, respirando fundo. — E quero ouvir o restante da sua história.

Ela soltou a fumaça do cigarro. Ouvi uma buzina do lado de fora, algum motorista noturno.

— Você me perguntou no café hoje à noite se eu tinha coragem. — Ouvi meu coração bater. — Não sei se tenho ou não. Na minha idade, você estava colecionando medalhas na zona de guerra. Não fiz nada nem remotamente parecido com isso. Mas tenho coragem de não voltar rastejando para casa. Tenho coragem para ouvir o que aconteceu com você, não importa quão ruim tenha sido. — Sentei na frente daqueles olhos parados que ardiam com dores lembradas e um ódio selvagem de si mesma. — Termine a história. Me dê um motivo para ficar.

— Você quer um motivo? — Ela me passou seus cigarros. — Vingança.

O maço estava escorregadio em minha mão.

— Vingança por quem?

— Pela prisão de Lili. — A voz de Eve no escuro era baixa, grave, feroz. — E pelo que aconteceu comigo na noite em que fui pega.

E, enquanto a escuridão se vestia de amanhecer, Eve me contou o restante da história.

30
EVE

Outubro de 1915

Não importava o que ela havia dito ou não dito. Se Eve tinha insultado René, respondido civilizadamente ou se recusado a responder, ele baixou o busto de Baudelaire num movimento decidido e preciso e quebrou outra articulação do dedo dela. Mesmo no auge da dor, Eve olhou para suas mãos e contou.

Ela tinha vinte e oito articulações no total.

René, até aquele momento, acertara nove delas.

— Eu vou entregar você para os alemães. — A voz metálica dele mantinha-se sem alteração, mas ela conseguia ouvir as emoções correndo tensas sob a superfície. — Primeiro, porém, você vai falar comigo. Vai me contar tudo o que eu quero saber.

Ele se sentou na frente dela, um dedo batendo no topo da cabeça de Baudelaire. O que antes era um mármore imaculado agora estava cheio de sangue. Ele tinha quebrado as primeiras juntas sem cuidado, desajeitado, recuando ao ouvir o osso quebrar. Agora estava ficando melhor, apesar de o sangue ainda fazer suas narinas se dilatarem de nojo. *Você é tão novo quanto eu nesse negócio de tortura*, Eve pensou. Ela não fazia ideia de quanto tempo tinha se passado. O tempo se tornara elástico, moldando-se à pulsação de sua agonia. O fogo crepitava, e os dois estavam sentados nas poltronas de couro com a mesa entre eles, como costumavam fazer para jogar xadrez antes de irem para a cama. Só que agora as mãos de Eve estavam abertas sobre a superfície da mesa, amarradas com uma faixa de seda de um dos robes de René. Estava tão apertada que doía, tão apertada que ela não tinha esperança de conseguir se livrar.

Eve não tentou. Escapar não era uma possibilidade naquele momento. As únicas coisas possíveis eram permanecer em silêncio e não demonstrar medo. Então manteve a coluna ereta, pelo tempo que pôde segurar a vontade de se curvar sobre as mãos e gritar, e conseguiu sorrir para René. Ele não sabia quanto aquele sorriso lhe custava.

— Você não prefere jogar xadrez? — ela sugeriu. — Deixei você me ensinar porque Marguerite era m-muito ignorante para saber xadrez, mas eu sou boa. Adoraria jogar uma partida de verdade em vez de sempre perder de p-propósito para você se sentir superior.

A raiva marcou o rosto dele. Eve mal teve tempo de se preparar antes de o busto descer, e, com ele, o agora familiar som de ossos sendo quebrados.

Ela gritou com os dentes fechados, fazendo o queixo de René se mover. No começo, ela tinha dito a si mesma que não gritaria, mas não aguentou na quinta articulação. Essa era a décima. Ela não conseguia fingir que não doía. E também não conseguia mais olhar diretamente para sua mão. Pelo canto do olho, viu uma massa de sangue e marcas pretas e articulações grotescamente retorcidas. Até aquele momento, todo o estrago tinha sido em sua mão direita; a esquerda ainda estava ao lado, intocada, fechada.

— Quem é a mulher com quem você foi detida? — A voz de René estava tensa. — Ela não pode ser a líder da rede local, mas deve conhecer o líder.

Por dentro, Eve sorriu. René e os hunos subestimavam Lili. Eles subestimavam qualquer mulher.

— Seu nome é Alice Dubois, e ela não é ninguém.

— Não acredito em você.

Ele não tinha acreditado em nada que saíra da boca de Eve até aquele momento. Depois que a sexta articulação virou uma bola de sangue, ela tentara lhe passar informações falsas, qualquer coisa que sua imaginação pudesse inventar. Ela esperava que isso o fizesse parar. Mas ele não tinha parado, mesmo quando ela fingia consentir e começava a falar. Ele podia ser novo no negócio da tortura, mas era perspicaz.

— Qual é o nome real da mulher? Diga-me!

— Por quê? — Eve conseguiu cuspir. — Você não vai acreditar em nada que eu disser. Entregue-me aos alemães e d-deixe que eles façam as perguntas. — Àquela altura, ela *queria* uma cela alemã. Os hunos podiam interrogá-la, podiam chutá-la no chão, mas não a odiavam pessoalmente como o traído René. *Apenas me entregue*, Eve rezou, mordendo a parte de dentro do lábio para abafar um gemido, sentindo o gosto de seu próprio sangue.

— Não vou entregá-la até tirar toda informação que você tiver — disse René, como se lesse a mente dela. — Para superar a desconfiança que os alemães vão passar a ter ao saber que minha concubina era uma espiã, vou precisar dar a eles algo valioso. Se eu não conseguir, posso muito bem me poupar da suspeita e simplesmente atirar em você. — Uma pausa. — Ninguém vai questionar o desaparecimento de uma garçonete.

— Você não pode me matar. Você nunca conseguiria se safar disso. — É claro que ele conseguiria, mas Eve começou a lançar algumas dúvidas de qualquer forma. Ela já tinha pensado sobre aquilo no momento em que ele apontou a arma para ela. — Você acha que conseguiria me fazer sair deste escritório andando para algum lugar isolado onde pudesse atirar em mim e me largar no mato para apodrecer? Eu gritaria e lutaria a cada passo do caminho. Alguém veria.

— Eu poderia matá-la aqui neste quarto...

— E depois ter de se livrar de mim em algum lugar, tudo sozinho. Seus amigos alemães podem lhe dever favores, mas não se livrariam de um cadáver por você. Você acha que pode carregar um corpo para fora do restaurante e se livrar dele sem ninguém perceber? Esta é uma *cidade* de espiões, René, alemães e franceses e ingleses. Todo mundo vê tudo. Você não escaparia dessa...

Ah, sim, ele escaparia. Dinheiro, sorte e um bom esquema sempre podiam tornar um assassinato possível. Mas Eve continuou lançando objeções, e podia ver as dúvidas sendo semeadas nos olhos de René. Ele não tinha um plano firme, estava se debatendo ali, apesar de seu tenso controle. *Você faz planos brilhantes*, Eve pensou, *mas, ao contrário de mim, não consegue improvisar nada.* René dificilmente era surpreendido por outras pessoas. Quando isso acontecia, não tinha ideia de como proceder. Eve guardou essa informação. Só Deus sabia se algum dia poderia usá-la contra ele, mas mesmo assim guardou.

— Eu poderia matá-la — ele disse por fim. — Mas prefiro tirar toda informação de você. Se eu puder entregar aos alemães a rede de agentes que fez tanto estrago nesta área, eles vão ficar *extremamente* gratos. Porque, nas atuais circunstâncias, não têm evidências para mandar as duas mulheres presas para a morte.

Eve guardou essa informação também.

René sorriu, os dedos batendo na cabeça de mármore de Baudelaire, e Eve não pôde evitar o arrepio frio que atravessou todo o seu corpo, com exceção da mão destruída.

— Então... quem era aquela mulher, Eve?

— Ela não é ninguém.

— Mentirosa.

— Sim — Eve cuspiu. — Sou uma mentirosa e você sabe disso, e não vai acreditar em nada que sair da minha boca. Você não tem ideia de como conduzir este interrogatório. Não tem a ver com tirar informações de mim, e sim com você ter sido enganado. Você está me destruindo porque eu fui *mais esperta* que você.

Ele a encarou fixamente, a boca fechada, duas marcas rosadas brilhando em suas bochechas.

— Você é apenas uma puta mentirosa.

— Aqui está uma coisa em que você pode acreditar. — Eve curvou-se para a frente sobre a mão deformada. — Cada gemido que eu dei na sua cama foi falso.

Ele desceu o busto. E a primeira articulação de seu polegar direito foi quebrada. Eve não conseguiu segurar o grito com os dentes dessa vez. Enquanto gritava, ela se perguntou se os vizinhos a ouviriam através da janela, das cortinas de brocado que abafavam, das grossas paredes. *Ninguém pode ajudar você, mesmo se ouvirem.* A cidade escura do lado de fora bem que poderia estar do outro lado do mundo. *Deixe-me desmaiar*, Eve pediu, *deixe-me desmaiar...* Mas René pegou o copo perto de seu cotovelo e jogou a água no rosto dela. O mundo ficou claro com o choque.

— Você estava querendo me seduzir desde o começo? — A voz dele era dura.

— Você mesmo caiu na armadilha, seu maricas covarde francês. — Eve conseguiu dar risada, a água escorrendo pelo queixo. — Fiquei feliz que você tenha caído. O jeito como você vomita as entranhas na cama valia os quatro minutos ofegando e gemendo...

Ela só tinha três articulações ainda inteiras na mão direita, e René as quebrou numa série de ataques agora experientes. Eve gritou. Um fedor forte tomou conta do rico escritório. Vagamente, em sua agonia, ela se deu conta de que tinha se sujado. Urina e coisa pior escorreram pelo couro macio da cara poltrona de René para o tapete Aubusson, e, mesmo com a tortura destruindo suas mãos, ela sentiu uma onda de vergonha que a derrubou.

— Que vagabunda suja você é — ele disse. — Não foi à toa que eu sempre insisti para você tomar banho antes de foder você.

Outra onda de vergonha, mas o medo era maior. Ela estava mais aterrorizada do que imaginava possível. *Encurralada...* A palavra rodava em seu cérebro como um rato fugindo de um gato. *Encurralada... Encurralada.* Ninguém viria para ajudá-la. Ela provavelmente morreria ali, no momento em que ele cansasse de lhe causar dor e decidisse que dava menos trabalho atirar nela que entregá-la. Sua boca estava tão seca de terror que parecia cheia de cascalho.

— Uma mão — René disse casualmente, apoiando o busto. Seus olhos brilhavam, talvez de excitação, talvez com sua própria dose de vergonha... vergonha de ter sido feito de bobo. De qualquer jeito, não havia mais recuos ou narinas dilatadas diante da confusão da cena, do sangue, dos sons e cheiros. — Você ainda tem a mão esquerda, e isso é suficiente para seguir adiante. Vou poupar o resto de seus dedos se você começar a falar. Diga-me quem dirige a rede. Diga-me por que você voltou para Lille se já tinha escapado para Tournai.

Verdun, Eve pensou. Pelo menos a mensagem havia sido passada. Ela precisava acreditar que tinha valido a pena, que a mensagem pela qual ela e Lili tinham sido capturadas salvaria vidas.

— Conte-me essas coisas e eu faço um curativo na sua mão, dou-lhe láudano para a dor e levo você para os alemães. Até peço um cirurgião para cuidar de seus dedos. — René esticou a mão, tocando o lado do rosto dela. O caminho dos dedos dele carregava sua própria agonia, um calafrio de repulsa tão profundo que os ossos de Eve tremeram. — Apenas fale comigo.

— Você não vai acreditar em mim mesmo que eu...

— Eu vou, pequena, eu vou. Porque acho que quebrei você. Acho que você finalmente quer falar a verdade.

Os olhos de Eve ficaram embaçados. Ela queria contar a ele, essa era a pior parte. As palavras estavam em sua língua: *Eu trabalhava para Louise de Bettignies, codinome Alice Dubois, e ela dirigia toda a rede*. Lili, cujo nome Eve não saberia se elas não tivessem cruzado com aquele general alemão na plataforma de trem. Se aquilo nunca tivesse acontecido...

Eu trabalhava para Louise de Bettignies, codinome Alice Dubois, e ela dirigia toda a rede — uma mulher que não tem um metro e meio de altura e é valente como uma leoa. E, se ela estivesse aqui no meu lugar, não diria uma palavra, não importa quantos dedos perdesse.

Ou diria? Como saber o que alguém faria com catorze articulações sistematicamente esmagadas?

Mas Lili não estava ali naquela poltrona com as mãos amarradas à sua frente. Eve estava. Quem sabe o que Lili faria. Eve só podia ter certeza do que Eve Gardiner faria.

— Quem é a mulher? — René sussurrou. — Quem?

Eve queria conseguir sorrir, zombando. Ela não tinha mais sorrisos para dar. Queria poder formar uma frase cortante. Mas não tinha mais insultos. Então apenas cuspiu sangue no rosto dele, manchando sua bochecha perfeitamente barbeada.

— Vá para o inferno, seu colaborador barato.

Os olhos dele estavam em chamas.

— Ah, pequena — ele murmurou. — Obrigado.

E buscou carinhosamente a mão esquerda de Eve. Ela fechou os dedos, lutando, mas ele abriu sua mão e a espalmou na mesa, segurando-a como uma prensa enquanto pegava o pequeno busto de mármore. *Merda de Baudelaire*, Eve pensou, mostrando os dentes sujos de sangue para René. O terror era devastador.

— Quem é a mulher? — ele perguntou, divertindo-se agora, com o busto posicionado sobre o dedinho da mão esquerda.

— Mesmo se você acreditasse em mim — disse Eve —, eu não lhe contaria.

— Você tem catorze oportunidades para mudar de opinião — René respondeu e baixou o busto.

O tempo se dividiu depois daquilo. Houve a dor escarlate e então a inconsciência preta aveludada. A voz metálica de René atravessou as duas como uma agulha de aço, costurando o pesadelo acordado e o alívio do desmaio. Quando o copo de água que ele jogou no rosto dela não a trouxe de volta, ele pressionou o polegar precisamente sobre uma das articulações destruídas, até Eve acordar gritando. Então ele levou um tempo limpando o dedo num lenço e as perguntas recomeçaram. Assim como o som dos ossos sendo quebrados.

A dor vinha e ia, mas o terror era constante. Algumas vezes ela se cobria de lágrimas que lhe escorriam pelo rosto, outras vezes conseguia sentar-se ereta em sua poltrona suja e enfrentava o olhar de René. Nos dois estados, ela tinha parado de responder às questões. A agonia roubou sua habilidade de formar palavras, ou mesmo uma risada.

Houve uma espécie de alívio quando a última das articulações foi destruída. Eve olhou para os pedaços de carne que costumavam ser suas mãos e sentiu como se tivesse atingido a linha de chegada. *Imagino que ele vá continuar com os dedos dos pés*, pensou remotamente dentro de sua concha, tremendo e soluçando. *Ou meus joelhos...* Mas a dor já era tanta que o pensamento de que viria mais já não tinha o poder de assustá-la. Ela havia chegado até ali, podia continuar em silêncio.

René não poderia mantê-la naquele lugar para sempre, sangrando sobre seu tapete Aubusson enquanto o restaurante permanecia fechado, enquanto seus lucros caíam e enquanto os vizinhos começavam a se perguntar sobre o barulho que vinha de seus aposentos. Em algum momento ele teria de desistir do jogo. Ele a entregaria para os alemães ou a mataria. Eve já não se importava com o que seria. Qualquer um deles significava que a dor passaria.

Resista, o sussurro veio. Na voz de Lili; Lili nunca a deixaria. *Resista a ele, pequena margarida*. Resistir aos alemães, uma vez que eles a tivessem, seria um jogo diferente. Ao contrário de René, eles teriam como checar suas mentiras, verificar as verdades. Mas ela não tinha forças para se preocupar com as agonias que viriam, apenas com as agonias que estava vivendo.

Resista. Era simples, na verdade. Não era mais preciso fingir, manter o disfarce, andar no fio da navalha. Eve estava fora da navalha e entre os dentes agora, mas pelo menos não havia mais necessidade de mentir. Apenas resistir.

E assim ela fez.

Ela saiu de um de seus desmaios negros — estavam se tornando mais frequentes — não com um grito de dor, mas com um fio de fogo na garganta. René estava atrás dela, segurando seu queixo para trás enquanto levava uma taça de *brandy* aos seus lábios. Eve tossiu quando o fio desceu, então tentou fechar a boca, mas ele forçou a taça em seus dentes.

— Beba isso, ou vou arrancar seu olho com a colher do absinto.

Eve pensou que o terror já tivesse chegado ao máximo, mas sempre havia novos picos, novos níveis de medo, e ela seguiu por eles. Abriu os lábios e bebeu o *brandy*, uma dose grande que queimou seu estômago. René sentou à sua frente, seus olhos a devoravam.

— Eve — ele disse, saboreando seu nome real. — Nome apropriado. Que tentação você é. E nunca nem precisou me entregar uma maçã. Tomei-a sem nada na mão e a transformei numa musa. Olhe para você agora. "Vejo refletidos em seu rosto o horror e a loucura, gélidos e silentes..."

— Mais maldito Baudelaire? — Eve conseguiu dizer.

— De "A musa doente". Apropriado também.

Eles ficaram em silêncio. Eve esperou mais questões, mas René pareceu feliz de olhar para ela. Ela escorregou para a piscina negra, e dessa vez acordou lentamente, nadando de volta para a consciência, a dor estranhamente embaçada. A poltrona de René estava vazia. A textura sinuosa das paredes de seda verde-jade ondulou enquanto Eve o procurava. Ela piscou e as paredes aumentavam e diminuíam, como um caleidoscópio. Ela chacoalhou a cabeça para se livrar daquilo, fixando o olhar no abajur Tiffany. Havia um pavão, a cauda aberta em milhares de tons de vidro azul e verde, e Eve gritou quando o pavão virou a cabeça. Seus olhos brilhantes encontraram os dela, e todos os olhos nas penas de sua cauda viraram para olhá-la também. Não diziam que os olhos nas penas do pavão traziam má sorte? Eles se empinaram na direção de Eve, ondulando para fora do abajur com um som de vidro tilintando.

Você está imaginando isso, Eve pensou, sem clareza. Mas, quando piscou de novo, o pavão de vidro ainda estava lá, empoleirado no alto do abajur, a cauda aberta num leque envenenado, todos os olhos acusadores encarando fixamente. De repente, ela começou a suar.

O pavão falou, sua voz quebradiça como o vidro de que era feito:

— Quem é a mulher com quem você foi detida?

Ela gritou de novo. Sua mente falhava, ela estava completamente louca. *Ou René me deu alguma coisa*, ela pensou, *alguma coisa no brandy...* Mas o pensamento voou para longe antes que ela conseguisse agarrá-lo ou assumi-lo como verdadeiro.

O pavão falou de novo:

— Quem é a mulher, Eve?

— Eu n-não sei. — Ela não sabia mais nada. Tinha caído num mundo de pesadelos, e nada mais era certo. O busto de Baudelaire estava na mesa, seus olhos de mármore abertos e cheios de sangue. Gotas vermelhas escorriam por suas bochechas de mármore.

— Quem é a mulher? — ele perguntou, as palavras saindo ásperas de sua garganta de mármore. — Você *sabe*.

Havia lírios de caule longo graciosos num vaso comprido na cornija da lareira. Lírios com olhos malignos, *fleurs du mal*, mantidos sempre no vidro. A boca de Eve queimou, olhando para a água fria ao redor dos caules verdes.

— Sede — ela murmurou. Sua língua tinha se tornado uma pedra empoeirada.

— Você terá água quando me disser quem é a mulher.

Eve ainda estava olhando fixamente para os lírios, que a encaravam de volta com olhos cheios de sangue. "Para acabar com a terrível sede que me atormenta, eu teria de beber todo o vinho que seria preciso para encher a sepultura dela." Sepultura dos lírios. Sepultura de Lili. Eve gritou. O buraco abria debaixo de seus pés no meio do tapete Aubusson, revirando terra preta...

— "Le vin de l'assassin" — a estátua de mármore disse, dando o título do poema. — "O vinho do assassino." Muito bem, Eve. Quem é a mulher?

O riso soava como o de René, mas Eve não podia vê-lo. Ele tinha ido embora. Ela só conseguia ver as paredes verdes se movendo, respirando no ritmo de sua pulsação, o pavão agitando sua cauda de vidro e o busto com as bochechas ensanguentadas. O movimento do buraco sob seus pés. Havia algo ali no fundo dele, alguma grande besta faminta. Ela mexeu as mãos presas e isso acordou a dor. A besta estava fora do buraco e comia suas mãos, mastigando em direção aos pulsos. Se ela abrisse os olhos, veria os dentes brilhantes devorando lentamente seus dedos quebrados. Ela gritou de novo, puxando as mãos desesperadamente, e a agonia urrou. Ela ia morrer de dor, comida viva e consciente do fim. Ela chorou, sua cabeça se movendo sem pensar para a frente e para trás enquanto os dentes de alguma besta curvada mordiam até seus pulsos.

— Quem é a mulher, Eve?

Lili, ela pensou. *A besta já matou você?* Ela não sabia. Não conseguia lembrar. Gotas de suor escorriam por seu pescoço e seu cabelo encharcado.

— Quem é a mulher?

Eve se forçou a abrir os olhos. Olharia diretamente no rosto da besta enquanto ela a matava. Mirou suas mãos, esperando vê-las dentro de uma boca com presas, e então gritou. Suas mãos não tinham desaparecido... elas tinham *mudado*, de alguma forma, os dedos amassados tentando crescer de novo. Ela tinha duas vezes mais dedos, cada um deles pintado de sangue e com olhos no lugar das unhas. Todos os olhos piscavam ao mesmo tempo para ela, acusadores e cegos.

A besta sou eu, ela pensou, em agonia completa. *A besta sou eu. Eu matei Lili? Eu a matei?*

— Quem é a mulher, Eve?

Eu a matei?

Os lábios de Eve se abriram, cegos, e o mundo louco, pulsante ficou negro. Ondas e ondas de escuridão e dor, terror e dentes.

— Hora de acordar, minha pequena.

A luz machucou os olhos de Eve quando ela os abriu, mas nada machucou mais que a agulha de prata da voz de René. Ela se sentou, uma onda de dor passando por suas mãos. Ainda estava amarrada na poltrona, a boca seca como algodão e a cabeça partida. René sorriu, inclinando-se na janela que dava para a rua. Ele vestia um terno cinza, seu cabelo estava penteado com gel, e tinha uma xícara de chá na mão. A luz entrava pela janela, forte e brilhante. Era de manhã, mas Eve não saberia dizer qual manhã, se tinha se passado uma noite ou duas ou um mês durante aquela tempestade de dor e...

Dentes. Paredes pulsando, olhos maus, *dentes*. O olhar de Eve rodou selvagemente pelo escritório, mas ele parecia o mesmo de sempre. As paredes de seda verde não estavam respirando, o pavão no abajur da Tiffany estava confinado no vidro, os lírios no vaso comprido eram apenas flores.

Lírios. *Lili*. O coração de Eve saltou, e ela olhou para René. Ele sorriu, tomando um gole do seu chá quente.

— Acredito que você esteja mais confortável.

Eve olhou para suas mãos pela primeira vez. Elas tinham sido enfaixadas com um tecido limpo. Grandes luvas anônimas escondiam o horror. Ainda vestia suas roupas sujas, mas seu rosto e cabelo haviam sido lavados. René se esforçara um pouco para deixá-la apresentável.

— *Herr* Rotselaer está trazendo seus homens para prendê-la — ele explicou, olhando para a rua pela janela. — Eles devem estar chegando... hum, talvez em meia hora. Imaginei que você deveria estar pelo menos um pouco arrumada para eles. Alguns desses jovens oficiais ainda são sensíveis quando o assunto é machucar mulheres. Mesmo espiãs inglesas.

O alívio recaiu sobre Eve como uma avalanche. *Os* Fritzes *estão chegando para me pegar.* Ela não morreria naquela sala. Iria para uma cela alemã. Talvez só saísse dela para enfrentar o pelotão de fuzilamento, mas, naquele momento, era suficiente saber que René não estaria com ela. Ele tinha desistido de atormentá-la. Desistido.

Eu aguentei, ela pensou, numa espécie de surpresa anestesiada. *Eu resisti.*

Em sua cabeça, Lili sorriu. Talvez visse Lili na prisão, e Violette. Se pudessem ficar juntas, conseguiriam enfrentar qualquer coisa. Até mesmo uma fila de armas.

— Sua amiga — René disse, como se lesse a mente dela. — Cumprimente-a por mim se a vir na cela vizinha. Parece uma mulher extraordinária, sua Louise de Bettignies. Lamento nunca tê-la encontrado.

Ele tomou um gole de seu chá, em pé na luz do sol. Eve olhou fixamente para ele, as marcas do pente em seu cabelo, seu rosto recém-barbeado.

— Você me contou — ele disse. — Se estiver se perguntando.

— Eu não contei n-n... — Ela tentou falar com os lábios anestesiados. — N-N... Eu não contei n-n... — *Nada. Rien.* Que palavra pequena, e não sairia. Sua língua congelou rapidamente.

— Louise de Bettignies, codinome Alice Dubois e mais uma dúzia de outros nomes. Você os listou todos. O *Kommandant* alemão ficará muito feliz de saber quem é que *Herr* Rotselaer tem sob custódia. A líder, na verdade, da rede local. Impressionante pensar que era uma mulher.

Eve apenas repetiu:

— Eu não contei n-n... — Sua língua estava falhando na palavra mais importante que ela já teve de dizer, gaguejando num pânico tão além do terror comum que ela mal o sentia. Não era uma reação que seu corpo podia suportar. Só girava ao redor dela como uma montanha flutuante, pronta para amassá-la completamente. *Não contei nada a ele.*

Mas ela pensou nos sonhos febris inexplicáveis, o busto de Baudelaire ganhando vida...

René assentiu com a cabeça, sem dúvida percebendo as expressões que passavam pelo rosto dela. Por muito tempo ela tinha mantido o rosto trancado para ele, como um cofre. Agora estava aberto, e René passeava por cada pensamento e emoção dela como se folheasse as páginas de um livro.

— Você estava certa sobre uma coisa que me disse ontem: eu não tinha como separar verdade de mentira em nada do que você me contou. Mas o ópio... — mexendo o chá em sua xícara — induz estranhas visões quando usado em quantidade. Ele também reduz a resistência. Você certamente pareceu ver algumas coisas estranhas na noite passada... Ele fez você ficar mais maleável no fim.

Eve só conseguia repetir, como um disco riscado:

— Eu não contei n-n-n...

— N-N-N-Não, minha pequena. Você tagarelou como um papagaio. Você me entregou sua amiga Louise, pelo que sou muito agradecido. — Ele fez um brinde com a xícara de chá. — Assim como os alemães.

Traição. A palavra gritou na cabeça de Eve. *Traição.* Não, ela nunca teria traído Lili.

Ele sabe o nome dela. De onde ele teria ouvido, se não de você?

Não.

Traidora.

Não...

— Na verdade — René continuou tranquilamente, ignorando o silêncio de Eve —, se eu soubesse que o ópio a deixaria tão cordata, você ainda poderia ter suas mãos inteiras, e eu teria um escritório que não cheirasse a mijo. Não sei como vou fazer para tirar as manchas do meu Aubusson. — Seu sorriso se aprofundou, havia algo cortante e agitado nele. — Mas talvez um tapete arruinado valha a pena. Gostei de esmagar você, Marguerite. Eve. Sabe, acho que nenhum desses nomes combina com você.

Lili diante de uma parede, de olhos vendados enquanto os rifles eram apontados...

Traidora. Traidora. *Evelyn Gardiner, sua fraca covarde nojenta.*

— Tenho um nome melhor para você. — René deixou sua xícara e se aproximou. Então se inclinou para encostar a bochecha na de Eve, e ela sentiu o cheiro de sua colônia. — Minha querida pequena Judas.

A cabeça de Eve se mexeu como uma cobra. Ela estava amarrada à poltrona e suas mãos envoltas em luvas, mas pegou o lábio de baixo de René com os dentes e mordeu profundamente. Ela sentiu o gosto de cobre do sangue dele, amargo como seu próprio fracasso. Mordeu-o cada vez mais forte até que ele começou a gritar e a puxar o cabelo dela. Aquele foi o último beijo selvagem entre fonte e espiã, captor e cativa, colaborador e traidora, suas bocas presas por dentes e sangue. René teve de se rasgar para se soltar. A poltrona de Eve caiu e sua cabeça bateu no chão com uma força que deixou o mundo inteiro embaçado e pulsante.

— Sua puta cruel — René sibilou, o colarinho manchado de sangue, os olhos negros de fúria, sua voz metálica finalmente saindo daquela calma presunçosa e sem inflexão. — Sua espiã inglesa vagabunda, sua desqualificada, sua ladra prostituta rabugenta... — ele continuou, seu vocabulário elegante substituído pelos termos mais obscenos que podia encontrar na língua francesa, a boca vermelha com seu próprio sangue, como se tivesse acabado de comer almas, e ele tinha. Ele tinha comido almas e corações e vidas nos últimos meses, qualquer coisa pelo lucro, e René Bordelon agora parecia a besta voraz que era, mas Eve não sentiu uma centelha de triunfo por tê-lo quebrado. Ela também tinha sido quebrada, por um golpe muito mais audível e decisivo que o barulho úmido de suas articulações destruídas. Ela estava ali amarrada à poltrona caída, chorando e chorando, mas não havia lágrimas suficientes no mundo para sua vergonha e horror. Ela era uma Judas, tinha traído sua melhor amiga no mundo todo para seu pior inimigo no mundo todo.

Eu quero morrer, Eve pensou enquanto René se recompunha, voltando para a janela irritado e apertando um pano na boca. *Eu quero morrer*.

Ela ainda estava pensando nisso, ainda chorando, quando os alemães chegaram. Eles a desamarraram e a levaram.

31
CHARLIE

Maio de 1947

— Jesus — Finn disse suavemente. Eu estava muito absorta na narrativa de Eve para me dar conta de que ele tinha entrado.

— Não — disse Eve com sua voz baixa e dura. — Jesus não estava em nenhum lugar perto daquele escritório de paredes verdes. Apenas Judas. — Ela pegou seu maço de cigarros, mas estava vazio havia muito tempo. — Eu s-s-sonho com o escritório. Não com o rosto de René, não com o som dos meus dedos quebrando. O escritório. Aquelas paredes que respiravam, e o pavão da Tiffany, e o busto de B-Baudelaire...

Ela se aquietou, seu perfil duro. Em algum lugar distante o sino da igreja soou, e todos nós ouvimos o som pesaroso: Finn com o ombro apoiado na parede, os braços cruzados sobre o peito; eu enrolada perto da janela; Eve à minha frente, imóvel como uma estátua, as mãos entrelaçadas no colo.

Aquelas mãos. Desde o começo eu quis saber o que tinha acontecido com elas, e agora eu sabia. Foram o preço que ela teve de pagar por servir ao seu país, as feridas de guerra que lembravam todos os dias como ela tinha sido descoberta. Um coração intransigente como o dela não aceitaria não ser culpada por ter sucumbido. Ela só enxergava a covardia, e isso a envergonhava o suficiente para fazê-la recusar as medalhas que havia ganhado. Olhei para minhas mãos sem nenhuma marca, imaginando um busto de mármore esmagando-as até que meus dedos ficassem como os de Eve, e senti um estremecimento nos ossos.

— Eve — ouvi-me dizer com a voz baixa —, você é a alma mais valente que eu já conheci.

Ela dispensou minhas palavras.

— Eu não aguentei. Um pouco de ópio em uma taça de *brandy* e eu vomitei as entranhas.

Tinha alguma coisa que me incomodava. Aquilo não fazia muito sentido, e eu abri a boca para dizer por que, mas Finn já estava falando, sua voz suave e brava:

— Não seja estúpida, Gardiner. Todo mundo quebra. Acerte uma pessoa no lugar certo, encontre algo com que ela se importa, machuque-a por tempo suficiente... Nós todos quebramos. Não há vergonha nenhuma nisso.

— Sim, há, seu escocês cabeça de vento. Lili foi condenada em julgamento por causa disso, assim como eu e Violette.

— Então culpe René Bordelon por tê-la torturado até conseguir a informação. Culpe os alemães por terem dado a sentença...

— Ah, já há culpa suficiente neste coração atrofiado para todos nós. — Sua voz era impiedosa na condenação, e ela ainda não tinha olhado para nós. — René e os alemães fizeram a parte deles, mas eu também fiz a minha. Violette nunca me perdoou, e eu não a culpo.

— O que aconteceu com Lili? — perguntei. — Foi... Foi para o pelotão de fuzilamento? — Eu podia vê-la em pé contra a parede, pequena e valente com os olhos vendados, e senti minha garganta se fechar. Eve tinha tornado Lili tão real e preciosa para mim quanto Rose.

— Não — disse Eve. — Foi logo depois da execução de Cavell. Era muito alarido para os alemães matarem outra m-mulher à queima-roupa. Nosso destino foi outro. — E estremeceu como se um rato corresse por seus nervos.

— Mas você sobreviveu — eu disse com a boca seca. — Violette sobreviveu. Lili...

— Chega de falar sobre o julgamento e o resto. Não é uma história para noites escuras e, de qualquer forma, não é importante neste momento. — Eve afastou aquilo quase que visivelmente, fosse o que fosse, e fixou os olhos nos meus. — O que importa agora é René Bordelon. Agora você sabe o que ele fez comigo, que tipo de homem ele era. Quando a guerra acabou e eu voltei para casa, tinha intenção de ir a Lille para explodir a cabeça daquele nojento. Sonhei com isso durante anos. O capitão Cameron despistou... mentiu na minha cara no dia em que cheguei à Inglaterra, dizendo que René estava morto. — A voz dela saía da emoção rouca para a secura habitual quanto mais distante ficava da narrativa de sua própria tortura. — Cameron provavelmente pensou que me traria *paz* daquele jeito. O homem era muito nobre para entender a vingança. Como ela te mantém acordada noite após noite tremendo de ódio, fazendo você imaginar que apenas se sentir o gosto de sangue na boca poderá dormir sem s-s-s-sonhar.

Finn assentiu com um gesto intenso de cabeça. Ele entendia. E eu também. Eu pensava nos soldados alemães que haviam atirado em Rose e em sua filha, e meu ódio era violento e instantâneo.

— Bem, devo estar quase trinta anos atr-atr... — O punho fechado de Eve bateu forte em seu joelho, e ela conseguiu libertar a palavra. — ... trinta anos atrasada, mas vou acertar as contas com ele. René me deve. — Os olhos de Eve não desviaram dos meus. — E deve a *você* também.

Pisquei.

— A mim?

— Você disse que quer uma razão para continuar nessa busca, ianque, pois vou dá-la, mas você precisa se perguntar. Quer realmente ouvir?

Pisquei novamente. Estivemos tão completamente entrincheirados no passado de Eve que agora eu me sentia como uma atriz sendo arrastada para o palco na peça errada.

— Sim. Eu quero ouvir. Mas não entendo, nunca *encontrei* René Bordelon.

— Mesmo assim ele lhe deve. Ele fez muito mais que apenas empregar aquela sua prima. — Eve soou concisa como um oficial de campo. — Eu precisava d-descobrir no que René estava envolvido desde que chegou a Limoges como René du Malassis, então perguntei ao major Allenton. Ele é um idiota, então é c-c-claro que subiu de posto ao longo dos anos. Trabalhou bastante durante a Segunda Guerra... E talvez eu estivesse envolvida em algo desse trabalho, o que me abriu caminho para começar uma conversa que por fim chegou a René du Malassis. Com uma generosa dose de vinho e bajulação, Allenton deixou *vazar* informações no jantar, algumas coisas de conhecimento público, outras bastante privadas. Agradeço a Deus pelos idiotas de boca mole. Allenton coordenava uma quantidade de redes da Resistência francesa na Segunda Guerra, conseguindo suprimentos, coletando informações. Era vastamente sabido que *monsieur* Du Malassis era um aproveitador em Limoges. Por favores políticos, ele passava informações aos nazistas e à Milícia que trabalhava para aquela escória em Vichy. — Eve pegou sua mochila e tirou dela algo que apresentou com dois de seus dedos deformados. — Este é René em 1944. Ele foi investigado, então Allenton tinha uma fotografia.

Eu a peguei, uma fotografia tirada durante um jantar elegante com pessoas importantes locais e oficiais nazistas posando para a câmera. Um homem à esquerda estava circulado, e eu olhei mais de perto. Finalmente o inimigo de Eve tinha um rosto, mas não o lobo elegante que eu imaginava de suas histórias. Um velho de terno preto olhava fixamente para mim, com seu rosto esbelto, o cabelo prateado penteado para trás no alto da testa larga. A idade o deixara magro, mais que robusto, mas ele não parecia frágil; a bengala com castão de prata pendurada em um de seus braços oscilava. Examinei o sorriso apagado em seu rosto de estrutura firme, o jeito como ele segurava a taça de vinho entre dois dedos, e me perguntei se eu estava simplesmente projetando o passado quando achei que seu olhar fotografado parecia frio, frio, frio.

Finn se inclinou sobre meu ombro para olhar e deixou escapar um palavrão. Eu sabia o que ele estava pensando. Aquele velho tinha destruído Eve no seu escritório de paredes verdes. Ela havia se tornado uma velha amarga encolhida nas ruínas de pesadelos e uísque enquanto ele tinha ido ganhar mais dinheiro, ser amigo de mais alemães invasores, destruir mais vidas. Atirar em um jovem *sous-chef* pelas costas por roubo. Sentar a mesas de banquete brilhantes com cristais e suásticas, e sorrir enquanto tiravam sua foto...

Olhei para o rosto dele, e eu o odiava.

— Ele era vastamente conhecido na Segunda Guerra como um aproveitador — Eve continuou. — Mas o que não era vastamente sabido é que ele foi parcialmente responsável por um m-m-m... por um massacre. Chegou ao major Allenton, através de fontes na Milícia, que um informante civil em Limoges tinha passado informações sobre a atividade da Resistência francesa em uma pequena cidade próxima. Especificamente, ele passou para a Milícia o nome de uma garota e afirmou que ela e outros da Resistência tinham sequestrado e matado um oficial alemão. Aquele oficial era amigo próximo do *SS Sturmbannführer* Diekmann do Regimento Der Führer, a Divisão Das Reich. Quando a Milícia passou essa dica adiante e a morte do oficial capturado foi confirmada, todos provavelmente esperavam que Diekmann prendesse e enforcasse a garota. Só que ele decidiu usar como exemplo não apenas ela, mas a cidade inteira. — Eve não tirava os olhos de mim. — A garota usava o nome de Hélène Joubert. A cidade era Oradour-sur-Glane. René era o informante que passou o relatório.

O terror caiu sobre mim. Eu me lembrei da voz de *madame* Rouffanche dizendo: *Hélène Joubert, ela disse que esse era seu nome... Nós a chamávamos de Rose.*

— Não está claro se sua prima realmente era da Resistência — Eve continuou. — Ela certamente tinha conexões, já que o homem que a engravidou estava envolvido. Ela não estava listada como ativa em nenhuma das redes que Allenton conhecia, mas isso não é prova de nada. Talvez ela não quisesse mais nada com eles depois que teve a filha, ou talvez passasse informações que conseguia em seu trabalho em Limoges. Quem pode saber? Espionando os nazistas que iam ao Le Lethe ou não, acho que René decidiu que sua Rose era suspeita. Àquela altura, ele devia estar com bastante medo de garçonetes que ouviam conversas. — Um sorriso amargo e tenso. — Mesmo que fosse da Resistência, sua prima não estaria envolvida com o sequestro e a morte do oficial alemão. Seria uma operação para combatentes mais experientes. Mas René queria se livrar dela, então...

— Ele fez o nome dela ser reportado? — sussurrei. — Por que simplesmente não a demitiu se a queria longe do restaurante?

— Ele provavelmente entendeu que era mais seguro tê-la permanentemente fora. Ele poderia ter atirado nela... Certamente naquela época ele não tinha mais pudores de apertar o gatilho. Mas talvez não achasse que poderia fazer isso de novo, não depois do incidente público com o *sous-chef*. Isso deve ter lhe custado muitos favores dos nazistas. Então ele simplesmente passou o nome de sua prima e da cidade aonde ele já sabia que ela ia aos fins de semana, e cuidou dela desse jeito. — Eve inclinou a cabeça. — Na verdade, ele não podia saber que a cidade inteira seria massacrada. Mesmo que os alemães tivessem sido piedosos com o restante de Oradour-sur-Glane, sua prima teria sido sem dúvida presa e executada pela SS. Por causa de René Bordelon.

Minha pele estava fervilhando. A fotografia em minha mão queimava. Olhei novamente para aquele rosto velho e arrogante.

— Não há vingança a ser feita contra os alemães que realmente acabaram com a vida de sua prima — disse Eve. — *Sturmbannführer* Diekmann, o homem que ordenou o massacre, morreu algumas semanas depois em um ataque dos Aliados. Está nos registros militares e foi confirmado por Allenton. Os soldados que seguiram suas ordens morreram com ele ou voltaram para a Alemanha depois da guerra, ou ainda seguem como prisioneiros no campo de guerra. Ninguém foi levado a julgamento pelo que aconteceu em Oradour-sur-Glane, nem em Nuremberg nem depois, e, sem outro julgamento em massa, é pouco provável que você descubra quem fez os disparos que mataram sua prima. Aqueles homens estão provavelmente além de seu alcance. René não. Ele não puxou o gatilho, mas certamente fez o que pôde para garantir que sua prima morresse.

Eu não conseguia me mover. Não conseguia falar. Não conseguia nem respirar. Sentei-me olhando o rosto arrogante. *Ah, Rose...*

— Vou encontrar René Bordelon, Charlie St. Clair, e assegurar que ele pague pelo que fez. — Eve flexionou as mãos destruídas. — Você vem comigo?

PARTE IV

32
EVE

Março de 1916
Bruxelas

O julgamento terminou em um dia.

Para Eve, aquelas horas massacrantes na sala passaram rápido. Violette fixou o olhar à frente quando foram acompanhadas por guardas, e Lili lançou seu olhar inquieto ao redor pelo teto alto de vidro e as cadeiras curules e os leões belgas orgulhosos — mas Eve focou em seus dedos manchados e não completamente curados presos à sua frente. Eles ainda doíam selvagemente, apesar dos meses passados; a dor parecia muito mais importante que o zumbido das palavras em alemão.

Mais formalidades enquanto outros oficiais entravam. Os olhos de Eve iam de rosto em rosto. Soldados alemães, oficiais alemães, funcionários alemães... mas nenhum francês; não era permitido que nenhum civil assistisse ao espetáculo. René Bordelon não estava ali para esticar os olhos sobre a ruína em que a transformara, e por isso Eve estava agradecida. Ela temia ver o rosto dele mais do que temia ouvir sua sentença. Se o tivesse visto, sabia que teria desmoronado, tremendo, no grosso tapete.

Eu não costumava ser tão pequena e medrosa, ela pensou enquanto um dos juízes lhes passava um sermão. Ela tinha se tornado aquela coisa quebrada havia alguns meses, deitada em sua cela tremendo e chorando com qualquer provocação, e ainda não estava acostumada àquilo. A única coisa firme em Eve era o ódio que sentia de si mesma.

Traidora. O sussurro já fazia parte de seu sangue, pulsava com seu coração, tóxico e sincero. *Traidora.*

Lili sabia de sua traição. Elas não tinham sido autorizadas a conversar durante os últimos meses em celas separadas em Saint-Gilles, mas Eve subornou um dos guardas para dizer a Lili o que havia feito. Ela não teria conseguido carregar o peso daquela traição como uma mentira. O coração de Eve batia enquanto ela escaneava a sala, forçando-se a olhar para além da figura impassível de Violette, para onde Lili estava sentada. *Cuspa em mim,* Eve implorou silenciosamente. *Eu mereço.*

Mas tudo que Lili fez foi sorrir. Seu pequeno rosto lançou um de seus olhares travessos, como se ela não estivesse cercada por guardas hostis, como se ainda fosse uma mulher livre — e ela levou dois dedos até a boca e soprou-lhe um beijo.

Eve recuou, como se o beijo fosse um golpe.

Elas foram interrogadas separadamente, não puderam ouvir os testemunhos uma da outra. Violette foi a primeira; seu nome real, Léonie van Houtte, foi escutado pela primeira vez por Eve, embora ela ainda não conseguisse pensar na tenente de Lili com outro nome que não fosse Violette. Pelo menos ela via Eve como a traidora que era. O olhar da outra mulher estava cheio de ódio enquanto Eve era levada pelos guardas para ser interrogada, sem se importar com a defesa. Todos ali sabiam qual seria o resultado. Ela ficou em silêncio durante o discurso do alemão, sentindo as mãos latejarem, respirando o cheiro de gel velho e graxa de sapato, e logo foi levada de novo. Lili era quem eles mais queriam. Ela podia sentir a onda líquida que passava pela sala com a expectativa quase selvagem e se perguntou se essa onda passava pelos espectadores no Coliseu antes de os leões serem soltos. Os leões naquela sala eram dourados e entalhados, mas ainda podiam matar.

Os juízes desapareceram. Passada meia hora, marcada no relógio... e estava terminado. Eve, Lili, Violette e vários acusados menores estavam enfileirados diante da corte, e o completo silêncio se fez. A boca de Eve ficou seca como papel, e ela viu os dedos de Violette se contorcerem como se quisessem alcançar a mão de Lili, que estava como uma estátua.

As palavras rolaram no alemão anasalado:

— Para Louise de Bettignies, morte.

— Para Léonie van Houtte, morte.

— Para Evelyn Gardiner, morte.

Ondas cruzaram a sala, e Eve sentiu como se tivesse sido chutada no peito. Não por medo.

Alívio.

Ela olhou para suas mãos deformadas com os olhos embaçados e pensou, como tinha pensado enquanto chorava no chão do escritório de paredes verdes de René: *Eu quero morrer*.

Nem um mês mais em celas e monotonia, dor e morfina e culpa. Apenas a boca das armas alinhadas à sua frente. A paisagem imaginada era linda. Uma onda de tiros e então... nada.

Mas, antes que seu coração pudesse apertar de alívio, Lili deu um passo à frente. Ela falou suavemente, em alemão perfeito, a única vez no julgamento inteiro em que falou a língua do inimigo.

— Senhores, peço que não atirem nas minhas amigas. Elas são jovens, e eu imploro perdão a elas. — Inclinou sua cabeça loira. — Eu, eu quero morrer bem.

— Eu aceito minha sentença — disse Violette, em tom claro e desdenhoso, interrompendo sua líder. — Podem atirar em mim. Mas lhes peço antes de morrer, e vocês não podem recusar: não me separem de Lil... de Louise de Bettignies.

Eve ouviu a própria voz:

— Nem eu.

Uma fila de rostos alemães olhou para elas, e Eve viu expressões de confusão. Ela tinha visto a mesma expressão nos guardas em

Saint-Gilles: perplexidade. Olhavam para a pequena Lili e para a gaga Eve e para Violette com seus óculos de professora e se perguntavam como elas podiam ser espiãs.

Os boches nos mantiveram presas durante meses, Eve pensou, *e ainda não sabem o que fazer com as* fleurs du mal. O pensamento deu-lhe uma fagulha de orgulho selvagem por um momento, algo para endireitar os ombros antes que a culpa os dobrasse de novo.

As três mulheres da Rede de Alice tiveram a permissão de permanecer enquanto os oficiais alemães continuavam a discussão entre sussurros. Mais uma hora se arrastou. As mãos de Eve latejavam. Mais um anúncio. Mais um chute ressoando em seu peito, mas esse não era de alívio. Era de desespero.

O julgamento tinha terminado.

— Então — disse Lili. — Eles não vão nos matar.

Violette ainda tremia enquanto esperavam no pátio entre os guardas. Eve estava de pé, anestesiada e ereta, mas a notícia pareceu quase ter despedaçado Violette, que se mostrava preparada para levar uma bala ali mesmo, durante o julgamento.

— Eles vão nos mandar para a Alemanha... — ela murmurou.

A sentença tinha sido revista: elas passariam quinze anos em trabalhos forçados na prisão de Siegburg.

— Quinze anos? — Lili enrugou o nariz. — Não. Trabalharemos até a vitória da França, e isso é tudo.

— Eu p-p-p-preferia as armas — Eve ouviu-se dizer.

Os olhos vermelhos de Violette a perfuraram, ressentidos e acusadores.

— Você merece as armas — ela disse e cuspiu no rosto de Eve. — *Judas.*

Os guardas intervieram, arrastando Violette alguns passos para longe. Eve ficou parada, deixando o cuspe quente escorrer pela bochecha, e os outros guardas permitiram que Lili se aproximasse, recuando um pouco. Apenas um pequeno oásis de privacidade, mas era o máximo que um prisioneiro podia esperar.

— Desculpe, pequena margarida. — O toque da manga gasta na bochecha de Eve, limpando-a. Ela quase recuou com a sensação. Fazia tempo que não recebia um toque carinhoso. — Violette está perturbada.

— Ela me odeia — disse Eve, sem rancor. — Por ter t-t-traído você.

— Bah, quem sabe como os boches conseguiram meu nome ou descobriram que eu dirigia a rede? Você não se lembra de ter revelado, com ou sem ópio. — Lili deu de ombros, indiferente. — Eu fui identificada. *Como* isso aconteceu não importa.

— Importa — disse Eve.

Um sorriso.

— Não para mim.

Eve quase chorou. *Não me perdoe*, ela queria gritar. *Por favor, não me perdoe!* O perdão machucava muito mais que o ódio.

Violette pôde se juntar a elas, muda, e Eve recebeu seu ódio silencioso. Todas ficaram em silêncio esperando o carro que as levaria de volta para as celas. De lá, seria provavelmente questão de dias até serem transportadas para a prisão de Siegburg.

Siegburg. Eve tinha ouvido histórias horrorosas sobre aquele lugar. Ela olhou para leste, em direção à Alemanha, e viu as outras mulheres olharem também, como se as terríveis paredes da prisão já pudessem ser vistas.

— Não pensem nisso, *mes anges*. — Lili ficou entre Eve e Violette, colocando um braço ao redor de cada uma e apertando-as forte. — Aproveitem o presente. Vocês duas estão aqui, e eu estou perto de vocês.

Eve inclinou a cabeça no ombro de Lili e elas ficaram ali, na pálida luz de março, esperando serem levadas.

33
CHARLIE

Junho de 1947

Pelo restante da noite, fiquei olhando fixamente para a fotografia do monstro e tentei entender o que ele tinha feito. *Você fez Rose ser morta*, pensei repetidas vezes. *Você fez Rose ser morta.* Um oficial da SS dera a ordem para atirar, e um soldado alemão puxou o gatilho... Mas minha prima nunca teria sido um alvo se não fosse pelo homem de terno elegante e bengala com castão de prata.

Eu não tinha sido capaz de responder à pergunta de Eve. Estava muito chocada. Peguei a fotografia e voltei cambaleante para meu quarto em completo silêncio. Senti como se tivesse sido acertada por uma pedra enorme, e agora estava em minha cama ferida debaixo de seu peso.

René Bordelon. O nome ecoava. *Você fez Rose ser morta.*

Ele sempre fora a ligação entre mim e Eve. Rose tinha trabalhado para ele, Eve tinha trabalhado para ele — duas mulheres entre os milhares que provavelmente tinham trabalhado para ele ao longo das décadas. Aquele fato banal, o nome dela num pedaço de papel, me levara até Eve e depois até ali. Mas eu nunca havia pensado que a ligação fosse além daquele papel.

Pela manhã eu estava vestida, a mala feita, e segui para as escadas da frente do *auberge*. Não me surpreendi ao ver que Eve já estava ali com sua mochila no chão, em pé e firme, fumando o primeiro cigarro do dia. Ela se virou, e percebi que seus olhos estavam tão vermelhos e inchados quanto os meus.

— Eu vou — falei. — Vou ajudá-la a encontrá-lo.

— Que bom — Eve respondeu, sem demonstrar emoção, como se eu tivesse concordado em ajudá-la a pegar uma xícara de café. — Finn foi buscar o carro.

Ficamos esperando na luz rosa da manhã.

— Por que você quer minha ajuda? — Não pude evitar a pergunta. Mais uma que eu não tinha feito na noite anterior. — Você quer levar aquele homem para a justiça há mais de trinta anos. Não seria mais fácil sem uma estudante grávida para carregar? Você não *precisa* de mim. — Apesar de uma grande parte de mim desejar que ela precisasse. Eu queria tomar conta de Eve, mesmo ela sendo tão intratável quanto um punhado de agulhas.

— Não, eu não preciso de você — ela disse bruscamente. — Mas o canalha feriu a nós duas, não apenas a mim, e isso significa que você tem o direito de vingança se desejar. Eu acredito em vingança. — Eve olhou para mim, inescrutável. — Perdi a fé em muita coisa ao longo dos anos, mas não nisso.

Ela estava ali, alta e firme como um obelisco, e eu me perguntava que forma assumiria a vingança dela. Isso me deu uma pontada incômoda quando o Lagonda virava a esquina.

— Além disso — disse Eve num tom mais baixo, enquanto Finn colocava as malas no carro —, eu posso não precisar de você, mas definitivamente preciso dele. E eu aposto que ele irá para onde você for.

Pisquei.

— Por que você acha isso?

Ela tocou a marca vermelha em meu pescoço que eu tinha visto no espelho pela manhã e tentado cobrir com o cabelo solto — uma marca que a boca de Finn deixara na noite anterior.

— Eu conheço a diferença entre uma mordida de mosquito e uma mordida de amor, ianque.

— Terminaram a conversa fiada, senhoras? — Finn deu a volta para o lado do motorista. — Está uma ótima manhã para dirigir.

— Sim — murmurei, as orelhas ardendo. Eve sorriu quando sentou no banco de trás. Finn perdeu o sorriso, mas me viu ficar vermelha e se deteve depois que ocupou seu lugar atrás do volante.

— Tudo bem, garota? — perguntou.

Não havia realmente uma palavra para descrever o que eu estava sentindo depois da noite e do dia anteriores. Aflita e esperançosa, profundamente chocada e profundamente irritada — e mais irritada toda vez que olhava para a fotografia do velho que todos tínhamos concordado em encontrar. E se eu olhasse para Finn minha pele formigava com a lembrança completa do que havia se passado entre nós menos de doze horas antes.

— Estou bem — disse finalmente.

Ele fez um gesto da cabeça. Eu não conseguia saber como as coisas estavam entre nós, se ele estava arrependido ou não pelo que tinha acontecido. Então o deixei ligar o carro e me virei para Eve no banco de trás.

— Uma coisa você não nos contou: *como* vamos encontrar René Bordelon? Ele não usa mais esse nome, nem René du Malassis. E não sabemos para onde ele foi depois que deixou Limoges. Então como vamos encontrar a pista dele agora?

Eve deu uma última tragada em seu cigarro e o jogou na rua.

— Eu tenho uma ideia s-s... sobre isso. Ele me disse mais de uma vez que pretendia se aposentar em Grasse, que até tinha conseguido uma propriedade lá, uma velha *villa* que restauraria algum dia. Ele está com setenta e dois anos, não vai abrir outro restaurante. Está me parecendo que ele se *aposentou*. Eu apostaria que ele foi reconstruir aquela *villa*, ler seus livros, ouvir sua música e aproveitar o sol do sul. Digo que vamos para G-G-Grasse.

— E fazemos o quê? — Arqueei as sobrancelhas. — Dirigimos pela cidade e olhamos pelas janelas?

— Dê-me algum crédito, ianque. René nunca me contou onde ficava a propriedade em Grasse, mas tenho algumas boas ideias de como encontrá-la.

— E se ele não estiver lá? — Finn parecia duvidar. — Tudo que temos são algumas lembranças esparsas de mais de trinta anos atrás.

— Alguém aqui t-tem uma ideia melhor de por onde começar?

Na verdade, eu não tinha. Dei de ombros. Finn esticou-se para pegar os mapas amassados aos meus pés.

— Num ritmo tranquilo, chegaremos em Grasse em dois dias. Parada em Grenoble hoje à noite...

— Grenoble então. — Eve inclinou a cabeça para trás, fechando os olhos. — Pise fundo, escocês.

O Lagonda roncou seguindo para sudeste, cada um de nós perdido em pensamentos. Eu me vi olhando novamente para a foto de René. Fiquei me perguntando como era aquele oficial da SS, o que deu a ordem para o massacre no vilarejo. Fiquei me perguntando como eram os soldados alemães, aqueles que viram uma garota sair de uma igreja em chamas com uma bebê nos braços e ainda quiseram apertar o gatilho. A raiva tomou conta de mim, lenta e queimando, e pensei no que Eve tinha dito sobre aqueles homens, que eu provavelmente nunca descobriria quais foram os soldados que mataram Rose.

Talvez eu conseguisse, algum dia. Nomes tinham de existir, registros. Talvez os soldados alemães que sobreviveram pudessem ser levados ao tribunal, não apenas por Rose, mas por *madame* Rouffanche e seu vilarejo assassinado. Oradour-sur-Glane merecia justiça por seus mortos, tanto quanto qualquer das atrocidades investigadas em Nuremberg.

Porém esse era um problema para outro dia. Naquele momento, em direção a Grasse, os nazistas que tinham participado da morte de Rose não estavam ao meu alcance. Mas René Bordelon talvez estivesse.

Enquanto o carro subia por montanhas e passava pelos belos lagos e pastos, ponderei uma nova equação: Rose mais Lili dividido por Eve mais eu é igual a René Bordelon. Um homem entre quatro mulheres. Olhei fixamente para o rosto dele na fotografia granulada, procurando remorso, culpa, crueldade. Mas não se podiam ver aquelas coisas na imagem. Ele era apenas um velho que tinha ido jantar fora.

Tentei enfiar a fotografia de volta na mochila de Eve, mas sua mão deformada acertou-me como um chicote e afastou a minha.

— Fique com ela.

A fotografia foi para minha carteira, e eu podia sentir os olhos vazios daquele homem olhando para mim através do couro. Então me virei e olhei para Eve. Ela parecia mais sólida, mais leve que a figura dobrada e consumida pela culpa da última noite, que narrava sua história de tortura e ódio de si mesma. Eu me estiquei e toquei sua mão gentilmente.

— Você não quis nos contar sobre seu julgamento na noite passada — eu disse. — Ou o que aconteceu a você e Lili e Violette depois.

— Não é uma história para noites escuras.

Levantei a cabeça para o sol.

— Não há sombras agora.

Ela soltou uma longa expiração.

— Acho que não.

Finn e eu a ouvimos contar sobre o julgamento: os leões belgas, as perguntas difíceis em alemão, as sentenças reduzidas. Violette cuspindo em seu rosto. Lembrei-me da Violette mais velha em Roubaix fazendo a mesma coisa e estremeci com o eco. Violette... Uma ideia tinha me picado, um pensamento insistente que eu tivera na noite anterior também — uma equação que não se sustentava —, mas coloquei aquilo de lado enquanto Eve dizia:

— Então fomos para Siegburg.

34

EVE

Março de 1916

Depois que a guerra acabou, Eve surpreendeu-se com quão pouco o fluxo infinito de dias em Siegburg tinha marcado sua memória. O período como espiã em Lille não havia durado nem seis meses, e ela se lembrava de tudo com a clareza de um diamante. Dois anos e meio em Siegburg se passaram como um sonho vil e cinza, um dia igual ao outro.

— Leve-a para a cela.

Assim foram as boas-vindas a Siegburg na primavera de 1916 — uma ordem brusca e então uma mão pesada no meio de suas costas, empurrando-a por um corredor escuro atrás de Lili e Violette. Nenhuma delas tinha visto a prisão do lado de fora. Estava muito escuro quando a van barulhenta parou no pátio.

— Não importa — Lili sussurrou. — Vamos dar uma boa olhada no dia em que sairmos.

Mas era difícil pensar em ser solta sendo empurrada por um corredor que cheirava a urina e suor e desesperança. Eve se viu tremendo, pressionando os dentes para não baterem. O barulho de uma chave sendo virada, dobradiças chiando e depois uma porta pesada se abriu.

— Gardiner — o guarda latiu, e a mesma mão brusca empurrou Eve para dentro.

— Espere... — Ela se virou, querendo dar uma olhada em Lili e Violette, mas a porta já tinha se fechado. A escuridão era absoluta, uma piscina de ar asfixiante e congelante.

Todo mundo quebra na primeira noite, Eve ouviria depois de suas colegas prisioneiras. Mas ela já tinha chegado quebrada a Siegburg. A escuridão não era nem um pouco tão terrível quanto o interior de sua mente. Então apenas destravou os dentes e sentiu a cela ao seu redor com os dedos desfigurados. Paredes de pedra, menores que as da cela em Saint-Gilles. Uma cama imunda, dura como cimento e fedendo a suor velho, vômito velho, terror velho. Eve se perguntou quantas mulheres tinham dormido e chorado e abafado seus gritos naquela cama. Pela porta ela ouviu um grito distante, depois uma gargalhada estridente, mas nenhum guarda atendia aos chamados. Uma vez que as celas eram trancadas à noite em Siegburg, Eve aprendeu logo, não eram abertas até de manhã. Uma mulher podia estar morrendo lentamente de febre ou envenenamento, gritando de dor por ter um osso quebrado, contorcendo-se em agonia dando à luz — e mesmo assim a porta não seria aberta até de manhã. Algumas morreram desse jeito. Era esse, Eve supôs com pesar, o ponto.

Ela não conseguia deitar naquela cama. Então se enrolou no canto sobre as pedras, tremendo de frio, esperando pela manhã. O amanhecer chegou na companhia de um guarda de rosto duro entrando com uma pilha de roupas — meias azuis grosseiras, uma túnica branca suja com a grande cruz dos prisioneiros no peito —, e a sequência infinita de dias de prisão começou.

Fome. Frio. Piolhos. Tapas dos guardas. O trabalho diário: costurar grosseiramente com dedos feridos, polir dobradiças com limpador abrasivo, recolher pequenas peças de metal. Conversas sussurradas com as outras mulheres. Era verdade que tinha havido uma batalha no monte Sorrel? No Somme? Era verdade que os britânicos tinham tomado La Boisselle? Contalmaison? Mais que comida, as prisioneiras queriam notícias. Tudo o que ouviam dos guardas era que os alemães estavam ganhando.

— Mentirosos — Lili bufou. — Que mentirosos! Eles estão perdendo e sabem disso. Tudo o que precisamos fazer é resistir.

Resistir, Eve pensou. Um ano se passou — mais feios dias cinza, mais tapas, mais piolhos, mais gritos durante a noite. A confiança serena de Lili ficava mais brilhante, mesmo enquanto seu corpo se reduzia a ossos. Noites negras sem sono naquela cama que cheirava mal. Vendo mulheres suarem até morrer de febres que as deixavam amarelas, desaparecidas debaixo do frio e da fome, as duas pedras gêmeas que as trituravam. Vê-las cambalear para a enfermaria, a grande sala com suas horríveis sombras verdes que cheiravam a merda e sangue — algumas a chamavam de lazareto, outras apenas de *inferno*. Você não ia para a enfermaria para ser tratada, mas para morrer. Os alemães não precisavam gastar munição matando as prisioneiras quando a doença e a negligência podiam fazer isso por eles. Era uma grande estratégia, Eve pensou. Mulheres morrendo em camas de hospital provocavam muito menos barulho internacional que mulheres diante de pelotões de fuzilamento.

E que mulheres eram aquelas. Esqueletos idênticos vestindo a mesma cruz de prisioneiras, cabelos sujos, todas tinham os olhos fundos das *fleurs du mal*: a impetuosa Louise Thuliez, que levava soldados pela fronteira para Edith Cavell; a belga *madame* Ramet, cujo filho tinha sido morto e cujas duas filhas a acompanharam para a prisão; a estoica princesa de Croy, que organizara uma rede de espionagem na Bélgica... Antes de Siegburg, Eve nunca soubera quantas mulheres tinham arriscado tudo pela guerra. Mesmo naquele momento, a seu modo, elas continuavam lutando.

— *Madame* Blankaert diz que aqueles pequenos pedaços de aço que recebemos para montar servem para construir granadas — Lili sussurrou. — Vamos fazer algo a respeito?

— Lili — Violette disse, cansada —, não provoque.

— *Ta gueule*. É inconcebível sermos colocadas para trabalhar com munição que será usada contra nossos homens. — E, nos dias seguintes, palavras foram gritadas: "Em nome da Inglaterra, da França, da Bélgica e de todos os países aliados, imploro a minhas companheiras que se recusem terminantemente a trabalhar com munições. A Alemanha não tem o direito de nos exigir esse trabalho de morte contra nossos países, de nos forçar a fazer nós mesmas as máquinas que, na batalha, acertarão nossos pais, nossos irmãos, nossos maridos, nossos filhos. Todas aqui continuamos a lutar e a sofrer corajosamente pelo rei, por nossas bandeiras, por nossos países..."

E, por toda Siegburg, os esqueletos das mulheres de rosto cinzento de repente se iluminavam, gritando como valquírias, mesmo com os guardas correndo de um lado para o outro, empurrando, batendo, vociferando. Eve berrou até a garganta doer, mesmo quando recebeu um golpe no rosto que jogou sua cabeça para trás como um chicote. O mundo, por um momento, tinha brilhado, gritando em cores em vez do cinza que remoía a alma. Eve protestou até ser levada de volta para sua cela, e Lili gargalhou mesmo quando os guardas a carregaram, ela e *madame* Blankaert, para a solitária por ter incitado a greve.

— Valeu a pena — ela disse, quando finalmente a deixaram sair, um mês depois.

Eve não tinha certeza... Lili era apenas um punhado de ossos, sem substância, como uma sombra. Eve jogou o próprio cobertor ao redor dos ombros da outra mulher. *Resistir. Tudo o que precisamos fazer é resistir.*

Mais um ano cinzento sem fim. A primavera gelada chegando tarde em 1918 e, com ela, uma esperança cautelosa passando entre as prisioneiras.

"Os boches estão perdendo", o murmúrio rondava enquanto o ano avançava. "Eles foram vencidos, estão caindo ao longo de todo o front..." Não eram apenas os rumores sussurrados que passavam pelas paredes da prisão, rumores de vitórias inglesas e invasões francesas a territórios alemães. Todas elas podiam ver os ombros curvados dos guardas, ouvir a irritação crescente nas afirmações da vitória alemã. Estava no ar: a maldita guerra está finalmente chegando ao fim.

Se tivesse terminado antes, Eve pensou mais tarde durante uma longa noite, enquanto olhava para o tambor de uma Luger. *Se tivesse terminado apenas alguns meses antes...*

Setembro de 1918

— Obrigada por vir, pequena margarida.

Lili estava deitada na enfermaria fria, seu corpo mal podia ser notado debaixo das cobertas imundas. Eve apoiou-se na beira da cama, tremendo em sua túnica de prisioneira. Ela deveria estar trabalhando com as outras mulheres, mas houvera uma epidemia de tifo fazia pouco tempo e, quando Eve disse que se sentia febril e com a cabeça doendo, eles se apressaram a mandá-la para a enfermaria. Era fácil escapar de sua cama até a de Lili.

— Como você está? — ela conseguiu perguntar.

— Não tão terrível. — Lili tocou a lateral do próprio corpo: fazia algum tempo que sofria com um abcesso pleural entre duas costelas, mas fez que não era sério. — O cirurgião vai drenar a coisa e está resolvido. — A cirurgia estava marcada para as quatro da tarde. Não faltava muito.

— Eles vão trazer um cirurgião de Bonn? — Eve tentou reprimir a apreensão. Drenar um abcesso era realmente uma cirurgia simples. Mas, naquele buraco com carência de pessoal, uma mulher à beira da inanição...

Lili não está com medo, Eve lembrou a si mesma. *Não fique.*

Mas talvez Lili estivesse com medo, porque olhou para Eve com um ar estranhamente sóbrio. Seus olhos vívidos estavam fundos no rosto que era pouco mais que uma caveira.

— Cuide de Violette para mim se... — Um movimento expressivo de ombros.

— Você vai ficar bem — Eve a interrompeu antes que ela pudesse continuar. — Você precisa ficar.

Era nisso que ela tinha se apoiado durante mais de dois anos. Evelyn Gardiner havia traído suas amigas, sucumbido e as levado para aquele lugar. Se conseguisse tirá-las dali em segurança, alguma parte de sua traição poderia ser esquecida, já que não perdoada. Ela pensava naquilo todos os dias quando passava para as mãos de Lili metade de sua ração de pão, quando tentava dar seus cobertores para Violette, apesar de esta ainda a olhar com olhos duros. *Tire-as daqui em segurança e você terá expiado seus erros.*

E ela estava quase lá... Com certeza a guerra não continuaria por muito mais tempo. *Estamos quase lá. Quase em casa.*

Talvez Lili tenha percebido um pouco daquele desespero nos olhos de Eve, porque esticou os dedos magros e os colocou sobre os seus deformados.

— Cuide-se, pequena margarida. Se eu não estiver aqui para tirá-la das confusões...

— Não diga isso. — Eve segurou a mão de Lili, o pânico a asfixiava. Ela não perderia Lili, não para um *abcesso*. Não naquele momento. Não depois de mais de dois anos de encarceramento, não tão perto do fim. — É apenas um procedimento de drenagem. É claro que você vai sobreviver!

A voz de Lili estava impassível.

— Mas os alemães não têm nenhum interesse que eu sobreviva, *ma petite*.

Os olhos de Eve marejaram, porque ela não podia negar aquilo: os oficiais de Siegburg odiavam todos os ossos no corpo de Lili, que só arrumava confusão, e não escondiam isso.

— Você não devia ter liderado aquela greve, ou...

Ou o quê? Causado discórdia desde o dia em que entrou pelas portas de Siegburg? Planejado fugas elaboradas, elevado os ânimos com piadas e histórias? Se Lili fosse do tipo que mantinha a cabeça baixa, não teria comandado a rede de espionagem mais eficiente da França.

— Você vai ficar *bem* — Eve repetiu teimosamente, e teria dito mais, mas dois enfermeiros apareceram.

— De pé, Bettignies. O cirurgião chegou.

Lili mal podia ficar em pé. Eve colocou um braço ao redor de seu ombro e a ajudou a levantar. Ela vestia uma túnica sem forma e fez uma careta para a peça.

— *Quelle horreur*. O que eu não daria por alguma coisa em *moiré* rosa!

— E um chapéu moralmente questionável? — Eve conseguiu dizer.

— Eu ficaria feliz com sabão moralmente questionável. Meu cabelo está *imundo*.

A garganta de Eve arranhou.

— Lili...

— Reze por mim enquanto eu estiver ali? — Fez um gesto com o queixo pontudo na direção da sala de cirurgia. — Preciso de pessoas rezando por mim. Escrevi uma carta para minha velha madre superiora em Anderlecht, mas fico com as suas orações, Evelyn Gardiner.

Foi a primeira vez que Lili usou o nome real de Eve. Mesmo depois do julgamento, elas continuaram usando os velhos codinomes. Aqueles que pareciam verdadeiros.

— Eu não posso rezar por você — Eve sussurrou. — Não acredito mais em Deus.

— Mas eu acredito. — Lili beijou o rosário enrolado em seus dedos, mesmo enquanto os enfermeiros a pegavam pelos cotovelos.

E Eve assentiu.

— Então vou rezar — disse. — E vejo você em algumas horas. Sim, vejo sim.

Eles carregaram Lili para fora da enfermaria, com Eve atrás. Uma enfermeira saiu da sala de cirurgia no fim do corredor e, por um momento, Eve conseguiu ver o cirurgião de Bonn fumando um cigarro. Não havia nenhuma agitação, Eve percebeu. Ninguém estava esterilizando os instrumentos, ninguém estava fazendo a preparação com éter ou clorofórmio...

Lili, ela pensou com uma onda de pavor. *Lili, não entre aí...*

Pôde ouvir a voz clara de Lili recitando seu rosário:

— Rogai por nós, pecadores, agora e na hora de nossa morte...

O corredor externo estava repleto de mulheres. Louise Thuliez, a princesa de Croy, Violette — todas as *fleurs du mal* que conseguiram escapar do trabalho, todas com olhares ansiosos e orações murmuradas pela rainha das espiãs. Os dois enfermeiros apressaram o passo, arrastando Lili, e sua voz fraquejou na calma recitação. Por um momento, Eve pensou que Lili fosse finalmente desmoronar... que ela fosse ter um ataque e chorar, tendo de ser carregada prostrada para a mesa de operação.

Não. Ela se endireitou entre os dois enfermeiros, levantando o queixo no velho gesto travesso, seus olhos perpassando a fileira de amigas. A luz fraca bateu em seus cabelos, enrolados em torno da cabeça em tranças loiras emaranhadas, parecendo uma coroa.

— *Mes amies* — ela disse tranquilamente e, quando passou por Violette, encostou nela e colocou o rosário em suas mãos trêmulas. — *Je vous aime...*

E passou por todas, pequena como uma criança entre os dois enfermeiros, quase flutuando, pois ia com passos leves, coração leve, pelo longo corredor em direção à sala de cirurgia. Eve sentiu seu coração doente, batendo sombrio como um tambor. *Lili...*

Antes de desaparecer, Lili virou-se para trás uma última vez e lançou rapidamente seu olhar travesso. Soprou um beijo para as *fleurs du mal*, e aquilo atingiu Eve como um golpe físico. Então Lili sumiu na sala de operação, mas sua voz ainda pairava do lado de fora, alegre e serena.

— Você deve ser o cirurgião. Será que eu posso usar um pouco de clorofórmio? Porque o dia foi absolutamente *terrível*.

Foi quando os joelhos de Eve se dobraram. Foi quando ela soube.

— Ela vai ficar bem — estava dizendo Louise Thuliez. — Vai precisar de mais que um abcesso no pulmão para derrubar nossa Lili...

— Não é nada...

Mais alguns murmúrios concordando, certezas sendo ditas com olhos cheios de preocupação. Violette apertou tanto o rosário que as contas cortaram seus dedos.

— Ela sairá da cama em uma semana. Menos de uma semana...

Mas Violette não estava na enfermaria nas quatro horas seguintes, como Eve. Os guardas tinham enxotado as prisioneiras, mas Eve ainda estava em observação, com sintomas de tifo. Ela se encontrava a um corredor e uma porta fechada de distância quando os gemidos foram ouvidos, e os choros, e os gritos confusos. Os sons de uma mulher sendo operada sem éter, sem clorofórmio, sem morfina. Eve se enrolou na cama enquanto toda a sua esperança teimosa a deixava, soluçando tão forte que quase encobriu o barulho da agonia de Lili — mas não. Ela ouviu tudo, do começo ao fim. Pela manhã estava muda de tanto soluçar; sua voz tinha desaparecido.

E Lili também.

Trecho de *La guerre des femmes*, memórias do tempo de guerra de Louise de Bettignies, por Antoine Redier, como narradas a ele por sua esposa, Léonie van Houtte, codinome Violette Lameron:

"Ela terminou como tinha vivido, como um soldado."

35
CHARLIE

Junho de 1947

Meu coração doía.

Eu tinha esperança de que a rainha das espiãs ainda estivesse viva, que pudéssemos encontrá-la em nossa viagem, como tínhamos encontrado Violette. Seria uma senhora de cabelos brancos, mas ainda pequena, elegante e alegre. Alguém que eu gostaria muito de ter conhecido... mas ela nunca teve a chance de envelhecer.

Eve, eu queria dizer para a figura curvada no banco de trás, *sinto muito*... Mas as palavras não eram nada, inúteis depois de uma história daquela. Finn tinha encostado o Lagonda na beira da estrada fazia vinte minutos, enquanto ouvíamos, e agora estávamos parados, no silêncio do verão.

Busquei as mãos deformadas de Eve quando ela as tirou do rosto, mas ela já estava falando de novo, pálida e enraivecida sob o sol impiedoso.

— Pronto. Agora vocês sabem tudo. Lili teve a morte mais horrível que uma mulher v-valente poderia ter. E foi tudo culpa minha. Eu a coloquei entre aquelas paredes e falhei em tirá-la de lá.

A negação fervia em mim furiosamente. *Não. Não, você não é culpada. Você não pode pensar assim*. Mas ela pensava, e todas as palavras do mundo que eu dissesse não mudariam seu ódio por si mesma. Eu sabia pelo menos aquilo sobre Evelyn Gardiner. Por mais que eu sempre ansiasse por consertar o que estava quebrado, não podia fazer nada para consertar Eve.

Ou podia?

Ela passou uma mão deformada sobre a boca; ambas estavam tremendo.

— Faça este carro andar, escocês — disse, rouca. — Não chegaremos a Grenoble parados na beira da estrada.

Finn levou o Lagonda de volta para a estrada, e terminamos a longa viagem em silêncio, esgotados pelo fim difícil e duro da confissão de Eve. Ela ficou sentada ali de olhos fechados. Finn dirigiu como um chofer, olhando para a frente, falando apenas quando precisava do mapa. Eu, por minha vez, analisava uma ideia.

Uma cidade agradável, Grenoble: casas compactas e bonitas igrejinhas, as curvas azuis preguiçosas dos rios Drac e Isère, tudo enquadrado pelos distantes Alpes envoltos em nuvens. Outro *auberge*, e Finn ajudou Eve a subir as escadas com a bagagem, lançando um olhar para mim, que estava atrás.

— Tenho que dar um telefonema — eu disse, e ele provavelmente pensou que seria para minha família. Mas a chamada que completei na recepção do hotel, depois de uma longa discussão com a telefonista francesa, não era para os Estados Unidos. Era para uma loja de porcelana em Roubaix, cujo nome eu, por sorte, lembrava.

— *Allo?* — Eu só a tinha encontrado uma vez, mas reconheci sua voz imediatamente. Imaginei-a virando a cabeça, seus óculos refletindo a luz.

— Violette Lameron — eu a cumprimentei.

Uma longa pausa.

— Quem é?

— Charlotte St. Clair, *madame*. Você me conheceu não faz muito tempo, visitei a loja com Eve Gardiner. Marguerite Le François, como você a conheceu. Por favor, não desligue. — Porque ela estava prestes a fazê-lo; eu podia sentir por sua respiração pesada do outro lado da linha.

— O que você quer? — A voz dela chegou claramente mais fria.

— Eu não ajudaria aquela Judas maldita a escapar de uma casa em chamas, portanto se é um favor para ela...

Reprimi uma onda de ódio, a reação instintiva de que *nada* tinha sido culpa de Eve. O impulso de perguntar quão bem *ela* teria reagido com uma taça de ópio e dez dedos quebrados. Mas Violette acreditava na culpa de Eve tanto quanto ela mesma, e nada que eu pudesse dizer conseguiria mudar esse pensamento. Apenas fatos poderiam fazer isso, e, para os fatos, eu precisava de Violette.

— Alguém precisa investigar os registros do julgamento no qual você, Eve e Lili foram condenadas. — Baixei a voz, virando as costas para o recepcionista curioso. — Acredito que há uma mentira escondida ali.

Tinha pensado nisso desde o começo, ouvindo sobre a troca de informações que condenara Lili. Alguma coisa ali não encaixava. *Calcular o x.*

Violette soou desdenhosa:

— Você é apenas uma americanazinha. O que pode saber sobre registros de um julgamento europeu ocorrido há trinta anos?

Eu poderia supor muito mais do que ela pensava. Todos aqueles verões trabalhando no escritório de meu pai, especializado em direito internacional: eu havia indexado e anotado livros legais franceses e alemães, organizado a documentação de julgamentos, ouvido meu pai comparar, durante o jantar, as leis europeias e as americanas...

— O julgamento de três espiãs no meio da guerra teria sido muito bem documentado — falei para Violette. — Vocês três eram heroínas, famosas. Oficiais alemães, jornais franceses, escreventes belgas, diplomatas ingleses, todos prestaram atenção naquele dia. *Tudo* sobre o julgamento teria sido arquivado, nem que fosse só para provar, mais tarde, que nada tinha sido feito de errado. Se há uma mentira ali, ela pode ser descoberta... É só uma questão de olhar os registros. Você pode ajudar?

— Que mentira? — Violette perguntou, a curiosidade alterando sua voz contra sua vontade.

Peguei você, eu pensei. E disse a ela.

Um silêncio ainda maior se fez.

— Por que pedir para mim? Você não me conhece, *mademoiselle*.

— Sei do que você é capaz, porque Eve me contou tudo. Você não vai parar até encontrar a verdade. Eu não sei se os registros do julgamento são públicos ou confidenciais depois de tanto tempo, mas, se não estiverem disponíveis, imagino que você possa conseguir acesso muito mais fácil que eu. Pois você estava no julgamento naquele dia e pode argumentar que tem o direito de saber a história toda. E você não tem a história toda. Nem você nem Eve, porque vocês não ouviram todas as deliberações. — Joguei um pouco de mel, imaginando que mal não faria. — Você é uma heroína de guerra, Violette. Certamente há pessoas poderosas que ainda a respeitam, que lhe devem favores, que mexeriam alguns pauzinhos por você. Você vai achar um jeito de conseguir a informação se ela estiver lá.

— E se estiver?

— Apenas me diga. Diga-me se estou certa. Por favor.

Ela ficou em silêncio por tanto tempo que temi que a conexão tivesse caído. Permaneci ali com a boca seca no balcão da recepção. *Por favor*, implorei em silêncio.

Violette parecia perplexa quando falou. Mas também soou *afiada*, como se a espiã dentro da respeitável lojista tivesse aberto os olhos pela primeira vez em anos. Eu não achei que aquela parte dela tivesse morrido, não em mulheres como Eve e Violette.

— Como eu poderia contatá-la, *mademoiselle* St. Clair, se achasse alguma coisa?

Prometi lhe telefonar de Grasse no dia seguinte com o nome de nosso hotel e desliguei sentindo-me trêmula. Eu havia jogado a isca na água; agora tudo o que precisava fazer era esperar e ver se pescava alguma coisa. Perguntei-me, subindo as escadas, se devia contar a Eve o que tinha feito, mas respondi a mim mesma com um sonoro *Não*. Ela parecera tão frágil no carro, fraca o suficiente para desmoronar com um leve golpe. Eu não queria elevar sua esperança em relação a nada até ter alguma coisa em mãos.

Ao entrar no silêncio do meu belo quartinho, abri as janelas e olhei para o crepúsculo, que chegava rápido. Casais passeavam de braços dados, e lembrei-me de Rose e eu rindo sobre um dia sermos velhas o suficiente para sair em encontros duplos. Vi uma loira alta de mãos dadas com um garoto risonho, mas minha memória não tentou teimosamente dar a ela o rosto de Rose. Era apenas uma menina, ninguém que eu conhecesse. Meus flashes alucinatórios de ver Rose em todos os lugares para onde olhava pareciam ter parado desde Oradour-sur-Glane. *Volte*, pensei, olhando para as pessoas. *Volte, Rosie...* Mas é claro que ela não voltaria. Como meu irmão, ela estava morta.

Ouvi uma batida na porta. Pensei que fosse Eve vindo me dizer o que tinha planejado para quando chegássemos a Grasse, mas era Finn. Ele estava diferente, e demorei um pouco para perceber o que havia mudado. Ele tinha se barbeado, vestido um paletó (gasto nos cotovelos, mas de um azul-escuro bonito), e seus sapatos tinham sido lustrados.

— Venha jantar comigo — ele disse, sem preâmbulos.

— Achei que Eve não desceria para comer hoje. Parecia que ia ficar com uísque para o jantar. — Ou qualquer coisa que a fizesse esquecer rapidamente. Sabendo agora como Lili tinha morrido e como isso a perseguia, eu conseguia entendê-la melhor.

— Gardiner já encerrou por hoje. — Finn bateu em seu bolso, fazendo soar as balas da arma de Eve que tirava todas as noites. — Seremos só nós dois. Venha jantar comigo, Charlie.

Alguma coisa em seu tom de voz me fez endireitar o corpo. Pelo jeito como ele estava vestido, não achei que estivesse falando de nossas paradas rápidas para reabastecer no café mais próximo.

— Isso é... Isso é um encontro? — perguntei, impedindo minha mão de mexer no meu cabelo desgrenhado.

— Sim. — Os olhos dele estavam parados. — É isso que um homem faz quando gosta de uma garota. Veste um paletó. Lustra os sapatos. Chama-a para jantar.

— Não conheço nenhum homem que faça isso. Não depois de já termos... — Uma lembrança do que tínhamos feito no carro na noite anterior passou por minha mente, os vidros embaçados e nossa respiração irregular.

— O problema é que sua experiência é com garotos. Não com homens.

Arqueei as sobrancelhas.

— Essa é a voz de barba grisalha da sabedoria, vinda de um homem que mal tem trinta anos?

— O que eu quis dizer é que não é uma questão de idade. Existem garotos de cinquenta anos e homens de quinze. Tem a ver com o que eles *fazem*, não com quantos anos têm. — Ele fez uma pausa. — Um garoto erra com uma garota e desaparece sem consertar nada. Um homem comete um engano e arruma. Ele pede desculpas.

— Você está arrependido pelo que aconteceu, então. — Lembrei-me dele na noite anterior, suas mãos acariciando minhas costas nuas enquanto dizia sem pronunciar claramente as palavras: "Não era assim que eu queria fazer isso". Meu coração ficou apertado. Eu não estava arrependida.

— Não me arrependo de nada. — A voz dele estava tranquila. — Só sinto por não ter sido... mais lento. Depois de um jantar e de um encontro, não depois de uma briga e um lábio machucado. Não é assim que se começam as coisas com uma garota de quem você gosta, e eu gosto de você, Charlie. Você é mais esperta que todas as mulheres que eu conheço, uma pequena calculadora de vestido preto, e eu gosto disso. Você tem a língua afiada, e eu também gosto disso. Você tenta salvar todo mundo que conhece, desde sua prima e seu irmão até perdidos sem esperança como Gardiner e eu, e é disso que eu mais gosto. Então estou aqui para pedir desculpas. Estou aqui para levá-la para jantar. Estou aqui de paletó. — Pausa. — Odeio paletós.

Tentei reprimir o sorriso que se espalhava pelo meu rosto, mas falhei. Ele sorriu de volta, um sorriso que estava todo nas rugas ao redor de seus olhos, e isso realmente deixou meus joelhos bambos. Limpei a garganta, mexendo em minha blusa listrada, e disse:

— Dê-me dez minutos para me trocar.

— Combinado. — Ele fechou a porta. Um instante depois ouvi sua voz: — Você pode usar aquele vestido preto de novo?

— Eu não disse que seria um jantar extraordinário — ele falou. Nós nos inclinamos na balaustrada de pedra de uma velha ponte sobre o rio Isère, com um pacote de sanduíches entre nós. Finn os tinha comprado em um café perto da Place Saint-André, e comemos diretamente das embalagens. — Estou meio sem dinheiro.

— Nós não teríamos uma vista melhor em um restaurante elegante. — Uma noite escura cheia de estrelas, o fluxo da água refletindo a luz da lua e o murmúrio e o agito da cidade ao redor.

— Sua comida favorita — Finn disse de repente. — Qual é?

Eu ri.

— Por quê?

— É algo que eu não sei sobre você. Há muitas coisas que eu não sei sobre você, srta. St. Clair. — Ele tirou uma migalha dos meus lábios. — É para isso que serve um primeiro encontro. Então: comida favorita?

— Costumava ser hambúrguer. Cebola, alface, mostarda, sem queijo. Mas desde a Rosebud aqui — bati em minha barriga — é bacon. Crocante, um pouco queimado. Do jeito que estou comendo, não vai sobrar porco na França quando esta bebê nascer. Qual a *sua* comida favorita, sr. Kilgore?

— *Fish and chips* de uma lanchonete apropriada, com muito vinagre de malte. Cor favorita?

Olhei para o paletó dele, que fazia seu cabelo parecer mais escuro e seus ombros mais largos.

— Azul.

— A minha também. Último livro que você leu?

Continuamos brincando, um pouco bobos e nos divertindo. Finn me perguntou sobre a faculdade e eu lhe contei sobre a Bennington e as aulas de álgebra. Perguntei a ele como tinha ficado tão bom com carros, e ele me contou sobre seu trabalho na oficina do tio quando tinha onze anos. As pequenas coisas, coisas para nos conhecermos. Normalmente essas conversas aconteciam mais cedo, antes de ficarmos nus no banco de trás de um conversível, mas tínhamos feito tudo ao contrário.

— Primeira coisa que você compraria se tivesse dez mil libras esterlinas?

— As pérolas da minha avó de volta. Eu amo aquelas pérolas. E você?

— Um Bentley Mark VI 1946 — Finn disse prontamente. — Primeiro carro feito por Bentley e Rolls. É uma beleza. Apesar de que, se são dez mil libras, talvez eu pudesse ir direto para a Ferrari 125 S. Acabou de sair, ganhou seis de treze corridas no circuito de Piacenza...

Ele começou a me contar sobre o motor V12, e era totalmente adorável. Eu não sabia dizer *por que* era adorável... Quando Trevor Preston-Greene me comprou um milk-shake depois da aula de literatura inglesa e me falou durante uma hora sobre seu Chevrolet Stylemaster, fiquei com vontade de derramar meu chocolate no cabelo dele. Mas agora eu estava completamente encantada enquanto Finn me falava sobre o tipo de suspensão traseira De Dion.

— Olha eu tagarelando — ele disse finalmente, vendo meu sorriso.

— Sim — respondi. — Completamente entediada. Conte-me mais sobre o câmbio de cinco velocidades.

— Faz o carro zunir — ele explicou, com uma expressão clara. — Sua vez de tagarelar sobre alguma coisa chata.

— A equação pitagórica — falei, escolhendo algo fácil. — A ao quadrado mais B ao quadrado é igual a C ao quadrado. Isso quer dizer que, para todo triângulo retângulo, o quadrado da hipotenusa é igual à soma dos quadrados dos outros dois lados...

Finn fez que puxava os cabelos.

— Realmente. Geometria euclidiana simples não é razão para desespero!

Nós dois rimos, jogando as migalhas de nossos sanduíches para os gansos que faziam barulho lá embaixo. Depois apenas nos recostamos nas pedras, olhando para a água em um silêncio confortável. Eu não estava acostumada ao silêncio em encontros. Garotas não podiam deixar o silêncio tomar conta; você tinha que manter a conversa para que ele não pensasse que você era um peso morto. *Seja interessante! Seja animada! Ou ele não vai te chamar para sair de novo!* Mas o silêncio agora era tão confortável quanto a conversa.

Foi ele quem quebrou o silêncio, sua voz pensativa:

— Você acha que Gardiner está certa sobre Bordelon estar em algum lugar em Grasse, aposentado e esperando ser encontrado? Ou ela está caducando?

Hesitei, sem querer interromper aquela paz com a realidade.

— Parece um tiro arriscado, mas ela tem acertado mais que errado. — Uma pergunta minha surgiu. — O que acontece se o encontrarmos? O que Eve vai fazer?

— Se ela conseguir provar que ele é René du Malassis, de Limoges, que colaborou com os nazistas, foi informante da Milícia e atirou no empregado pelas costas simplesmente por um roubo, talvez possa fazer com que ele seja preso. — Finn limpou as últimas migalhas de sanduíche das mãos. — De Gaulle não é gentil com assassinos aproveitadores, mesmo os mais velhos. Bordelon seria preso, especialmente se puder ser provado que a colaboração dele resultou em... no que aconteceu em Oradour-sur-Glane. Ele perderia a reputação, a liberdade...

— E isso será suficiente para Eve?

Ele olhou para mim. Eu o encarei de volta.

— Não — dissemos quase ao mesmo tempo, e sua mão cobriu a minha no parapeito de pedra da ponte.

— Precisamos impedir que ela faça qualquer coisa irreversível, Finn. — A vida real não é um filme... No mundo real, há consequências para a vingança. Consequências como a prisão, e Eve podia ter resistido a Siegburg quando era moça, mas eu não achava que sobreviveria agora se fosse presa por agressão, ou seja lá como chamavam isso na França. — Não vou deixar que ela acabe com o que resta da vida dela apenas para eliminar aquele velho canalha.

— Mas é a vida dela, não? — Os dedos de Finn deslizaram entre os meus, então nossas mãos se entrelaçaram lentamente. — Já estou com Gardiner há algum tempo. Eu consigo entender que ela queira arriscar tudo para fazer o que é certo.

— Matar um velho é fazer o que é *certo*? Não posso fazer parte disso, mesmo que ele seja um assassino que atira pelas costas. — Estremeci, em parte pelo pensamento terrível e em parte porque o polegar de Finn estava alisando as costas de minha mão, deixando-me arrepiada. — Precisamos assegurar que ela não passe dos limites. — Seria uma tarefa *e tanto*.

— Uma tarefa para amanhã. — Finn me puxou da balaustrada. — Promete uma coisa, Charlie?

— O quê?

— Não olhe para a fotografia amanhã. Apenas aproveite a viagem.

Seguimos de volta para o hotel de mãos dadas, em silêncio. Finn abriu a porta para me deixar passar, a ponta de seus dedos encostando nas minhas costas nuas no alto do recorte em V do vestido que ia até embaixo, e minha pele se arrepiou. Ele me acompanhou pelo corredor até meu quarto, formalmente, como se eu tivesse um pai que cuidasse da hora em que eu chegava olhando no relógio.

— Foi adorável — ele disse, bastante solene. — Ligo para você amanhã.

— Garotos nunca ligam.

— Homens ligam.

Permanecemos em nossa frágil bolha de felicidade, o tipo de felicidade que se acomoda em cima da melancolia tão facilmente quanto a cobertura no bolo. E eu não queria abandoná-la.

— Não sou boa nisso, Finn — eu disse finalmente. Uma ianque de vestido preto mais um escocês de paletó, multiplicados por uma noite de verão e um pacote de sanduíches, divididos por um silêncio embaraçoso e o fato de que a ianque estava grávida... Eu não sabia o resultado dessa equação. — O que acontece agora?

— O que acontece agora depende inteiramente de você — ele disse, rouco.

— Ah. — Parei por um momento, olhando para ele, então me ergui na ponta dos pés. Nossos lábios se encontraram, macios como penas, e eu me derreti nele quando seus braços enlaçaram minha cintura. Nos beijamos, devagar e longamente, Finn me pressionando suavemente e me colocando entre a porta dura e seu peito robusto. Então procurei cegamente a maçaneta atrás de mim. A porta se abriu e nós entramos, nos beijando e tropeçando. Meus sapatos aterrissaram sobre seu paletó. Finn tirou uma das mãos do meu cabelo e fechou a porta. Então me pegou, segurando-me no ar para outro beijo, e me fez gritar quando me deixou cair na cama de uma altura que parecia grande. Ficou um momento olhando para mim, e não pude acreditar que eu estava tão nervosa. Nós já tínhamos feito aquilo, mas não na cama, não com as luzes acesas...

Ele se deixou cair com um gemido, esticando-se, inteiro e luxuriante, sobre mim.

— Camas — disse, dando beijos lentos ao longo de meu pescoço, seu sotaque escocês ficando mais forte — são bancos traseiros muito melhorados.

— Eu me encaixo bem nos dois... — Enquanto puxava sua camisa.

— Porque você é pequena. — Ele se submeteu ao meu puxão, deixando-me tirar sua camisa pela cabeça, então me dobrou para baixo, sorrindo. — Pare de se apressar! Não é para ser uma corrida...

— Pensei que você gostasse rápido — consegui dizer. Na luz ele era esbelto e marrom e bonito. — Você e seu câmbio de cinco velocidades...

— Carros devem ser rápidos. Camas devem ser lentas.

Enfiei as mãos nos cabelos dele, sentindo minhas costas se arrepiarem enquanto ele puxava o zíper do meu vestido centímetro por centímetro.

— Quão lentas?

— Muito... muito... lentas... — ele murmurou em meus lábios. — Leva a noite toda aonde estamos indo.

— A noite toda? — Enganchei as pernas ao redor dele, olhei para seus olhos escuros tão perto dos meus que nossos cílios se encontravam. *Estou me apaixonando por você*, pensei, perplexa, *estou me apaixonando muito*. — Você tem que dirigir todo o caminho até Grasse amanhã — sussurrei. — Quando vamos dormir?

— Dormir? — Suas mãos se enroscaram em meu cabelo com tanta força que machucaram enquanto ele falava no meu ouvido. — Pare de tagarelar.

36
EVE

Março de 1919

Era o primeiro passo de Eve de volta à Inglaterra desde que sua carreira como espiã tinha começado. Folkestone, onde Cameron ficara acenando enquanto ela navegava para Le Havre. Era onde ele estava agora, o casaco ondulando na altura dos joelhos, esperando por ela no píer.

— Srta. Gardiner — ele disse quando ela desceu da balsa. Tinham se passado alguns meses desde que ela fora solta. Ela vivera aquele período numa banheira, esfregando-se obsessivamente enquanto os arranjos eram feitos para trazê-la de volta de sua hospedagem temporária em Louvain para a Inglaterra.

— Capitão Cameron — ela respondeu. — Não, é major Cameron agora, não é? — corrigiu, olhando para sua insígnia. Além de sua graduação, havia uma fita azul e vermelha da Ordem de Serviços Distintos no lado esquerdo do casaco do uniforme. — Perdi algumas c-c... algumas coisas enquanto estive afastada.

— Eu tinha esperança de trazê-la de volta à Inglaterra antes.

Eve deu de ombros. As mulheres de Siegburg tinham sido libertadas antes que o armistício fosse assinado, liberadas das celas por oficiais com aparência de derrotados, e saíram em levas animadas e chorosas para os trens que as levariam de volta para casa. Eve teria chorado de alegria também se Lili estivesse de braços dados com ela para pegar aquele trem. Depois que Lili morreu, não importava minimamente quão rápido ela sairia de Siegburg.

Os olhos de Cameron estavam sobre ela, registrando as mudanças. Eve sabia que ainda estava magra como uma vara, o cabelo seco como palha pelos tratamentos contra piolhos e cortados muito curtos. Ela manteve as mãos enfiadas nos bolsos para que ele não pudesse ver as articulações deformadas, mas não havia nada que pudesse fazer para esconder os olhos, que nunca mais pararam tranquilamente. Eve lançava olhares rápidos para o mundo, buscando sinais de perigo por todos os lados. Mesmo ali no píer aberto, ela colocou as costas em ângulo com a estaca mais próxima, procurando se proteger. Eve registrou o choque nos olhos de Cameron quando ele viu quão profundamente os últimos poucos anos a haviam marcado.

Eles também não tinham sido bons para ele. Linhas profundas surgiram ao redor de sua boca, veias saltaram em sua testa, mechas cinza em suas têmporas. *Eu te amava*, Eve pensou, mas foi um pensamento sem consequência, quase sem sentido. Ela estava acostumada a sentir muitas coisas antes da morte de Lili. Agora o que sentia era principalmente tristeza e raiva e culpa, uma devorando a outra. E o sussurro constante de seu sangue dizendo: *Traidora*.

— Pensei que haveria um circo armado — disse Eve por fim, fazendo um gesto com a cabeça para o píer vazio. Ela foi uma das únicas a desembarcar. Folkestone, agora que a guerra tinha acabado, voltara a ser um local bastante sonolento. E não havia assistentes ou adidos militares à vista. — O major Allenton manteve contato, f-falou sem parar sobre uma cerimônia de boas-vindas.

Aparentemente, Evelyn Gardiner havia se tornado uma heroína. Assim como muitas das outras prisioneiras. Violette, Eve tinha ouvido, fora festejada por toda Roubaix quando voltou para casa. Eve teria sido festejada também, se tivesse permitido. Mas ela não deixou.

— Persuadi Allenton a não fazer as boas-vindas públicas — disse Cameron. — Ele queria que alguns generais a cumprimentassem, alguns jornalistas e tal. Uma banda.

— Felizmente você evitou que ele fizesse isso. Apesar de que me divertiria martelar uma tuba nos ouvidos dele. — Eve colocou a mochila no ombro e seguiu pelo píer.

— Eu pensei que a veria na França. — Cameron ficou ao lado dela. — No funeral de Louise de Bettignies.

— Eu tinha a intenção de ir. — Eve chegou até Colônia, onde a sepultura de Lili seria aberta para que seu corpo pudesse ser repatriado para sua terra natal, mas não conseguiu sair do quarto do hotel. Acabou ficando bêbada e quase atirou na empregada que tinha ido levar seu jantar: a garota era atarracada, tinha o rosto quadrado, e por um momento Eve pensou que era a Sapa, a mulher horrível em Lille que tinha revistado Eve e Lili. A memória a deixou zonza por um momento, e ela inspirou profundamente o ar que vinha do oceano.

A voz de Cameron estava baixa.

— Por que você não foi?

— Não c-c-conseguiria enfrentar. — Ela tinha dado o seu adeus a Lili no corredor cheirando a tifo e sangue. Não precisava ficar ao lado de uma sepultura com aplausos monótonos e generais franceses. Mas não disse isso para Cameron, apenas apressou o passo, de repente precisando ficar longe dele.

As pernas compridas de Cameron a acompanharam.

— Você tem alguém para recebê-la? Um lugar para ficar?

— Vou achar alguma coisa.

Ele pegou seu cotovelo.

— *Eve*. Pare. Deixe-me ajudá-la, pelo amor de Deus.

Ela se soltou. Ele não queria lhe fazer mal, mas ela não suportava ser tocada. Havia várias coisas que estava descobrindo que não suportava, agora que estava fora da prisão. Janelas abertas. Multidões. Espaços amplos sem cantos para encostar as costas. Dormir...

— Use "srta. Gardiner", Cameron. Muito melhor desse jeito. — Ela olhou para o oceano em vez de encarar o olhar dele. Seus olhos suaves poderiam engoli-la inteira, e Eve não podia ser fraca. Não naquele momento. — Diga-me — ela falou. — N-N-Não recebemos muitas notícias sobre a guerra na prisão, e agora ninguém quer falar de velhas batalhas. A última mensagem de Lili, aquela sobre o ataque a Verdun... — Várias vezes Eve tinha se perguntado como fora o ataque. O que elas tinham mudado ao enviar a mensagem. — Como as coisas aconteceram?

— O comandante francês recebeu a informação. — Cameron parecia querer parar ali, mas o olhar de Eve o pressionou, e ele continuou de maneira relutante. — O relatório sobre o ataque foi entregue, mas não acreditaram nele. As perdas foram... bem... muitas.

Eve apertou os olhos, sentindo alguma coisa subir pela garganta. Era um riso ou um grito.

— Então tudo aquilo não valeu de nada. — Lili perdendo a liberdade para que o relatório pudesse passar. Eve abandonando os braços adormecidos de Cameron e voltando para o perigo mortal. Porque por relatórios como aquele valia arriscar a vida. Tudo aquilo acabou sendo inútil. Nada que Eve ou Lili ou Violette fizeram tinha evitado o banho de sangue. — Nada que eu fiz na França resultou em alguma coisa.

A voz dele era dura:

— *Não*. Não pense assim. — Ele queria abraçar os ombros dela, mas sentiu que ela recuava. — A Rede de Alice salvou *centenas*, Eve. Talvez milhares. Era a melhor rede da guerra. Nenhuma das outras na França ou na Bélgica se equiparou a ela.

Eve sorriu com desprezo. Quem ligava para elogios quando os fracassos eram muito maiores que as vitórias? A oportunidade milagrosa de matar o *Kaiser* em 1915... fracassada. Impedir o ataque a Verdun... fracassado. Manter a rede unida depois da prisão de Lili... fracassado.

Cameron continuou:

— Não sei se você leu os comunicados do major Allenton. Ele disse que você nunca respondeu. Mas você recebeu estas medalhas. Ele queria ter condecorado você no funeral de Louise. Ela recebeu o mesmo, postumamente.

Eve se recusou a pegar o estojo. Então, depois de uma pausa embaraçosa, Cameron abriu para ela. Quatro medalhas brilharam diante da vista embaçada de Eve.

— A Medalha de Guerra francesa. A Cruz de Guerra, com louvor. A Cruz da Legião de Honra. E a Ordem do Império Britânico. Dadas em honra a seus esforços de guerra.

Brinquedos de latão. Eve tirou finalmente uma das mãos do bolso e as derrubou no chão, tremendo.

— Não quero nenhuma medalha.

— Então o major Allenton vai guardá-las para você...

— Ele que enfie na bunda!

Cameron recolheu as medalhas de Eve e as guardou de novo no estojo.

— Eu também não queria as minhas, acredite.

— Mas você teve de aceitá-las, porque ainda está no exército. — Eve soltou uma gargalhada. — O exército não me quer mais. Fiz minha parte e a guerra acabou, então agora eles vão pendurar alguns p-pedaços de latão em mim e dizer para eu voltar para o escritório. Bom, eles podem ficar com a porra dos pedaços de latão.

Cameron vacilou diante da linguagem dela. Ele baixou os olhos, e Eve se deu conta de que não havia recolocado a mão no bolso. Os olhos dele foram dos dedos dela para seu rosto e voltaram a fazer o caminho, como se ele estivesse vendo a garota recatada de voz baixa que tinha mandado para a França com sua mala e suas mãos macias e sua inocência. Guerra e tortura e prisão e René Bordelon haviam acontecido, e agora ela não tinha mais nada daquela menina. Ela era uma ruína de mulher com a boca suja e as mãos destruídas, sem nenhuma inocência. *Não é sua culpa*, Eve queria dizer para o sofrimento nos olhos dele, mas ele não acreditaria. Ela suspirou, flexionando os dedos arruinados.

— Você devia s-s-s... saber sobre isso — ela disse. — Houve um relatório.

— Saber não é a mesma coisa que ver. — Ele tentou tocar a mão deformada, mas interrompeu o movimento. Ela ficou feliz. Não queria ter de ficar afastando-o; ele não merecia aquilo. Cameron deu um suspiro. — Vamos tomar um drinque.

Era um pub horrível nas docas, o tipo de lugar onde mulheres com voz de cascalho derrubavam gim em copos imundos para homens que já estavam bêbados às dez da manhã. Mas tinha o que Eve precisava: anonimato, era barato, sem janelas, para que ela não precisasse se preocupar com pessoas olhando pelas suas costas. Duas doses de gim seguidas de uma caneca de cerveja acalmaram sua pulsação. Ela costumava ter orgulho de seu pulso lento que a ajudava a enfrentar o perigo, mas tinha se passado bastante tempo desde quando conseguia manter a frieza sob pressão. Talvez a última vez tivesse sido no escritório de paredes verdes de René Bordelon.

René. Ela tomou outro gole de cerveja, sentindo o gosto do ódio. Em Siegburg, o ódio tinha gosto amargo; agora era uma coisa doce. Porque agora ela podia fazer algo com ele. A mochila a seus pés guardava uma Luger. Não sua velha Luger com o arranhão no tambor, aquela René tinha pegado — mas essa iria servir.

Cameron, com todo seu ar de homem elegante, virou o gim tão rápido quanto Eve, fazendo um brinde murmurado: "Gabrielle". Quando Eve levantou as sobrancelhas, ele explicou:

— Outra de minhas recrutas. Morta em abril de 1916. Eu faço um rodízio com eles, aqueles que perdi. — Ele levantou sua cerveja e disse "Léon" antes de beber.

— Eu estava em seu rodízio?

— Não, apenas os mortos confirmados. — Os olhos de Cameron tinham aquela terrível suavidade de novo. — Toda semana depois do seu julgamento, eu esperei receber notícias de que você tinha morrido em Siegburg.

— Depois de Lili, quase morri.

Eles se olharam durante um longo tempo, então pediram mais uma rodada de gim.

— *Lili.*

Os dois ficaram em silêncio, até que Cameron começou a falar abruptamente alguma coisa sobre uma pensão para Eve.

— Você vai achar mais útil que as medalhas. Sei que você não tem família, então consegui uma pensão através do Departamento de Guerra. Não é muito, mas vai ajudá-la a se manter. Talvez a ajude a comprar uma casa em algum lugar de Londres.

— Obrigada. — Eve não queria as medalhas, mas aceitava a pensão. Ela não poderia voltar a datilografar com mãos como aquelas. Precisava de algo para conseguir viver.

Cameron olhou para ela atentamente.

— Sua gagueira está melhor.

— Vá para a prisão e você descobrirá que há coisas piores que uma língua enrolada. — Ela tomou outro gole de cerveja. — E *isso* ajuda.

Ele apoiou o copo na mesa.

— Eve, se eu puder...

— Então, o que você vai fazer agora? — ela o interrompeu rapidamente, antes que ele pudesse dizer qualquer coisa da qual se arrependesse.

— Fui enviado para a Rússia por um período, durante a agitação. Sibéria. As coisas que eu vi... — Ele ficou com o rosto pálido por um momento, e Eve pensou no que ele poderia estar vendo através da cortina de lembranças da neve russa. Ela não perguntou. — Vou para a Irlanda agora — ele continuou. — Cuidar de uma escola de treinamento.

— Escola para quê?

— Pessoas como você.

— Quem p-precisa de pessoas como eu? A guerra acabou.

Ele riu amargamente.

— Sempre há outra guerra, Eve.

Ela não queria nem pensar em uma próxima guerra, ou uma geração de novas espiãs de rosto fresco sendo alimentadas na boca. Pelo menos elas teriam um bom professor.

— Quando você parte?

— Em breve.

— Sua esposa vai?

— Sim. E nossa filha.

— Fico feliz que você tenha... Quer dizer, eu sei que sua esposa queria uma c-criança. — Como essas cortesias eram desgastantes. Eve sentiu como se estivesse se debatendo debaixo de um rochedo. — Que nome vocês decidiram...

Ele falou suavemente:

— Evelyn.

Eve olhou para o tampo da mesa.

— Por que não Lili? — ouviu-se perguntar. — Por que não Gabrielle ou qualquer uma das outras? Por que *eu*, Cameron?

— Se você pudesse se enxergar, não perguntaria.

— Eu posso me enxergar. Sou um f-farrapo.

— Nada pode destruí-la, Eve. Você é de aço.

Ela suspirou, trêmula.

— Desculpe por e-enganá-lo. Fugir quando você estava dormindo e voltar para Lille quando você não queria que eu voltasse. — A voz dela era grave. — Sinto muito.

— Eu sei.

Eve olhou para a mesa, onde a mão dele estava perto da sua, deformada. Ele encostou o polegar na ponta de um dedo dela.

— Eu queria... — Eve começou e parou. Queria o quê? Que ele não fosse casado? Ela era muita confusão para ocupar o lugar ao lado dele, mesmo que esse lugar *estivesse* vazio. Que eles encontrassem uma cama e se aconchegassem juntos? Ela não suportava dividir o quarto com ninguém, seus pesadelos eram muito ruins. Que eles pudessem voltar alguns anos, para antes? Antes do quê? De Siegburg? De Lili? Da guerra? — Eu queria que você fosse feliz — ela disse por fim.

Cameron não levou a mão dela aos lábios naquele velho gesto. Em vez disso, baixou a cabeça e pressionou a boca em suas articulações maltratadas.

— Eu sou um oficial do exército com muitos recrutas mortos, Eve. Não carrego em mim a possibilidade de ser feliz.

— Você pode abandonar o exército.

— Não posso, na verdade. Porque, tanto quanto os mortos que carrego, existem mais à frente, esperando na Irlanda para serem treinados... E eu sei que farei por eles coisa melhor que imbecis como Allenton.

Ele estava quase completamente bêbado, Eve deu-se conta. Nunca tinha insultado um superior em voz alta antes.

— Eu ainda sou útil — Cameron disse, pronunciando cuidadosamente as palavras. — Posso ir para a Irlanda e treinar a próxima geração de buchas de canhão. Então é isso que vou fazer. Vou continuar trabalhando até não poder mais. Então suponho que morrerei.

— Ou se aposentará.

— A aposentadoria mata pessoas como nós, Eve. É assim que morremos, se as balas não chegam antes. — Ele sorriu amargamente. — Balas, tédio ou *brandy*... É assim que pessoas como nós se vão, porque Deus sabe que não fomos feitos para a paz.

— Não. Não fomos. — Eve inclinou-se e pressionou os lábios na mão dele. Então beberam até a hora do trem de Cameron. Ele controlou sua bebedeira como um inglês, olhos vidrados mas ainda assim ereto enquanto seguiam pelo píer.

— Parto para a Irlanda em uma semana. — A voz dele era sombria como se estivesse indo para o inferno. — Para onde você vai?

— De volta para a França. O mais rápido possível.

— O que tem na França?

— Um inimigo. — Eve olhou para cima, tirando os fios de cabelo dos olhos, sentindo o peso da arma em sua mochila. — René Bordelon, Cameron. Vou matá-lo nem que seja a última coisa que eu faça na vida.

Era uma questão particular de Eve, agora que a guerra tinha acabado.

Os olhos de Cameron a confundiram, um misto de agonia e indecisão. Depois, Eve voltaria cuidadosamente àquele olhar e perceberia como ele tinha conseguido turvar bem a visão dela.

— Eve — ele disse por fim. — Você não soube? René Bordelon está morto.

37
CHARLIE

Junho de 1947

Preparei-me para o sarcasmo de Eve no dia seguinte, pois era absolutamente impossível que alguém olhasse para Finn e eu sem perceber o que tinha acontecido. Estávamos com os olhos pesados por ter dormido pouco, eu não conseguia tirar o sorriso do rosto, e Finn me lançava tantos olhares que não sei como não enfiou o carro em um buraco antes mesmo de sairmos de Grenoble.

Mas Eve estava em silêncio desde que entrara no Lagonda. Quando olhei para ela no banco de trás, ela estava com o olhar perdido nas montanhas, e preferi isso a ter de ouvir seus comentários mordazes sobre o jeito como Finn e eu dávamos as mãos às escondidas no banco da frente.

— O que vai acontecer quando chegamos a Grasse? — tentei perguntar a ela.

Um sorriso enigmático.

Rosnei:

— Você é irritante, sabia? — Mas não consegui ficar brava. Os dedos de Finn enlaçados nos meus eram ásperos e quentes, e eu estava tão feliz que o sentimento me atordoava. Eu não sentira nada além de entorpecimento ser por um longo período, então senti esse entorpecimento ser quebrado pela tristeza e culpa e raiva. Essas coisas ainda estavam comigo, mas tinham sido sobrepostas agora por esse brilho rico e silencioso. Não era apenas a noite em claro que dividíramos. Era o jeito como Finn tinha descido as escadas para o café, enquanto eu fiquei penteando meu cabelo, e tinha voltado não apenas com café mas com uma porção de bacon crocante que conseguiu com o cozinheiro do hotel, tudo porque ele sabia que eu estava com vontade. Era o jeito como eu me olhara no espelho e não enxergara uma garota com raiva que colocava o queixo em um ângulo que dizia ao mundo *Eu não ligo*, mas uma jovem feliz com bronzeado francês e algumas sardas. Era o rosto de alguém que tinha outra pessoa com que se preocupar, e de quem também cuidavam.

Balancei a cabeça levemente para interromper meus pensamentos. Não queria examinar essa felicidade muito de perto, tinha muito medo de que ela desaparecesse. Estava feliz e gostava que fosse assim, nunca soltando a mão de Finn. Virei-me no banco enquanto nos aproximávamos de Grasse e tentei de novo com Eve.

— Vamos lá. Como acharemos Bordelon?

— Ainda estou revendo meu plano para encontrar pontos fracos, ianque — ela respondeu. — Eu sei muito bem que não sou inteiramente neutra no assunto René...

— Você quer dizer inteiramente *sã* — Finn murmurou.

— Eu ouvi isso, escocês. — Ela não parecia irritada. — Não estou inteira, e sabemos disso, então estou trabalhando para que o plano não tenha furos. Porque ele pode facilmente ser destruído, e não tenho a intenção de deixar que isso aconteça.

— Como posso ajudar com esse seu plano? — perguntei, mas Finn murmurou alguma coisa quando Eve começava a responder. — O que foi?

— O vazamento de óleo. — Ele largou minha mão e apontou para o mostrador. — Preciso apertar algumas coisas...

— Estamos a uma hora de Grasse. — Bati no painel do conversível. — Essa velharia!

— Olhe como fala, senhorita. Ela é uma velha dama e merece descansar se precisar.

— Este carro não está exatamente *vivo*, Finn.

— Você que está dizendo, garota. — Ele levou o carro para uma estrada lateral enquanto discutíamos. Quem diria que discutir podia ser tão divertido? Montanhas verdes subiam distantes por todos os lados, e eu senti uma fragrância inebriante que não reconheci. *Não muito longe para o sul está o mar*, pensei. A influência preguiçosa do Mediterrâneo subia rápido no ar.

Então soltei um "Ah..." enquanto o motor do Lagonda apagava e encostávamos até parar. Por um momento nós três ficamos olhando para fora. A encosta era um tapete deslumbrante de cones púrpura-azulados, o perfume subia no vento, intoxicante de tão doce. Jacintos, milhares e milhares de jacintos.

Debrucei-me tanto para fora que quase caí, inspirando profundamente.

— Devemos estar numa fazenda de flores. — Grasse era a capital dos produtores de perfume, eu já sabia disso, mas nunca tinha visto os campos dc florcs cultivadas para o comércio. Saí do carro cambaleando, deixando a porta aberta, e me inclinei para enterrar o nariz nas flores mais próximas. O cheiro me deixou tonta. Mais para baixo no declive pude ver ondas cor-de-rosa, conjuntos de rosas. De mais longe vinha o rico perfume do jasmim. Olhei para trás e vi Eve sentada, imóvel, inspirando os aromas, vi Finn sorrir enquanto pegava sua caixa de ferramentas. Não consegui resistir a mergulhar nas ondas azuis, passando os dedos pelos cones. Era como andar pela água de um lago de safira perfumado.

Finn estava fechando o capô quando voltei correndo.

— Eve! — chamei-a e me debrucei, depositando um ramo de jacintos em seu colo. — Para você.

Ela olhou para as flores, suas mãos torturadas movendo-se gentilmente pelas pétalas macias, e senti meus olhos lacrimejarem. *Seu morcego velho irritante e teimoso, eu amo você*, pensei.

Ela me olhou, dando um sorriso enferrujado, e me perguntei se diria alguma coisa que pudesse ser minimamente afetuosa.

— Este é o plano para quando ch-chegarmos a Grasse — ela disse.

Eu ri. Deveria saber que não podia esperar um momento sentimental de Eve.

— Você vai precisar de um terno elegante, escocês, e cartões de visita. Você, ianque, vai precisar se passar por minha devotada neta. E precisaremos de paciência, porque isso vai levar algum tempo.

Ela contou o restante em algumas frases. Nós dois ouvimos, assentindo.

— Pode funcionar — disse Finn. — Isso se Bordelon estiver em Grasse, para começo de conversa.

— E se o encontrarmos? — perguntei.

Eve sorriu agradavelmente.

— Por que você pergunta?

— Curiosidade. — Eu pensava na conversa da noite anterior na ponte, meu medo de que Eve quisesse sangue. Eu não faria parte de um assassinato. — O que você fará quando encontrá-lo?

Eve citou em francês:

— "Eu voltarei ao seu quarto e silenciosamente deslizarei em sua direção com as sombras da noite... Eu lhe darei beijos frígidos como a lua e os carinhos de uma serpente que rasteja ao redor da sepultura."

Gemi.

— Deixe-me adivinhar. Baudelaire?

— Meu poema f-favorito, "Le revenant", o fantasma, mas soa melhor em francês. *Revenant* vem do ver *revenir*.

Voltar.

— Ele nunca imaginou que eu voltaria. Está muito enganado. — Finn e eu trocamos olhares, e Eve ficou enérgica novamente. — De volta ao carro, crianças. Não podemos ficar olhando para as flores o dia todo.

Entramos em Grasse no crepúsculo: um lugar de torres quadradas, estradas sinuosas e estreitas, telhados de abricó e cores mediterrâneas, e, por toda parte, o perfume dos campos de flores. Eve caminhou em direção ao recepcionista do hotel e abriu a boca, mas eu me adiantei.

— Dois quartos — eu disse, olhando para Finn. — Um para a vovó e um para nós. Concorda, querido?

Eu disse aquilo de um jeito natural, apoiando a mão casualmente no braço dele, de forma que o funcionário pudesse ver minha aliança de casamento. Como tinha dito Eve, vender uma história exige que se fale dos detalhes sem erros.

— Dois quartos — Finn concordou, ligeiramente sem jeito. O recepcionista não demonstrou nenhuma emoção. Mais tarde eu fiz uma ligação para Violette em Roubaix, dando as informações para que ela me encontrasse. Estávamos em Grasse e a caçada tinha começado.

Os novos cartões de Finn eram em relevo e pareciam caros.

— Distribua-os com ar condescendente — Eve instruiu. — E, pelo amor de Deus, vocês dois podem parar com os risinhos?

Mas Finn e eu caímos na gargalhada. Nos cartões, de aparência imponente, lia-se:

Donald McGowan, procurador

— Meu Donald! — eu disse por fim. — Bem, minha mãe sempre quis que eu agarrasse um advogado.

— Procurador — Eve corrigiu. — Ingleses têm procuradores, e bastante arrogantes. Você precisa trabalhar uma boa expressão, Finn.

Ele fez uma expressão imponente quando deixou o cartão no balcão do *maître* quatro dias depois. Já tinha praticado.

— Estou buscando informações em nome de uma dama — ele murmurou. — Um assunto um tanto delicado.

O *maître* avaliou-o com um olhar. Finn Kilgore, com sua camisa amarrotada e cabelo despenteado, não receberia um segundo olhar no Les Trois Cloches, um dos restaurantes mais elegantes de Grasse. Mas Donald McGowan, com seu terno cinza e gravata estreita listrada, merecia uma sutil melhora de postura.

— Como posso ajudá-lo, *monsieur*?

Era a hora calma entre o almoço e o jantar, quando os clientes são poucos. Eve sempre cronometrava nossa chegada cuidadosamente para que a equipe pudesse fofocar. Ou responder a perguntas.

— Minha cliente, a sra. Knight. — Finn lançou um olhar para trás, para onde estava Eve com seu vestido de seda preto e seu chapéu de aba larga, as mãos escondidas em luvas de pelica, apoiando-se em meu braço, parecendo frágil enquanto passava seu lenço de borda preta nos olhos. — Ela emigrou para Nova York há alguns anos, mas boa parte da família permaneceu na França — Finn explicou. — E com tantas mortes durante a guerra...

O *maître* fez o sinal da cruz.

— Muitas.

— Encontrei registros sobre a morte do pai dela, da tia, de dois tios. Mas ainda há um primo faltando.

"Se você pode vagar por toda a França procurando sua prima desaparecida, então eu também posso", Eve tinha dito quando nos contou de onde havia tirado a ideia. "Quem na Europa não tem um primo ou dois desaparecidos hoje em dia?"

— Descobrimos que ele saiu de Limoges para Grasse em 1944, pouco antes da Gestapo... — Finn baixou a voz, lançando algumas pistas vagas sobre atividades da Resistência e sobre os inimigos em Vichy. Pintando uma visão do companheiro de infância de Eve (valente patriota escapando por pouco da prisão), agora procurado por ela (sobrevivente solitária de uma família massacrada).

— Alguém cairá nessa? — perguntei no campo de jacintos. — É muito Hollywood.

— Eles vão acreditar *porque* é Hollywood. Depois de uma guerra como essa, todos querem um final feliz, mesmo que não seja o próprio.

Certamente. O *maître*, como os outros antes dele, assentiu, claramente solidário.

— René du Malassis — disse Finn, encerrando. — Mas ele pode estar usando um nome diferente. A Milícia o estava procurando — uma troca de caretas; mesmo dois anos depois da guerra, todo mundo arqueava as sobrancelhas quando se mencionava a Milícia —, e isso tem dificultado muito a busca da sra. Knight. Mas temos uma fotografia...

A fotografia de René, dobrada e presa de forma que seus parceiros que usavam a suástica naquele jantar não estivessem visíveis, foi empurrada discretamente através da mesa. O *maître* a estudou. Eve deixou que seus ombros tremessem, e eu alisei suas costas, parecendo preocupada.

— Vovó, não se angustie. — Meu papel ali: acelerar o fator simpatia. Peguei as mãos de Eve nas minhas, o coração batendo enquanto o *maître* hesitava.

— Não — ele disse, balançando a cabeça, e meu coração acelerou de novo, mais cinza. — Não, não reconheço esse senhor.

Risquei o Les Trois Cloches da lista enquanto Finn passava dinheiro discretamente pela mesa com um murmúrio:

— Se o senhor vir o cavalheiro, contate-me.

Apenas mais algumas centenas de lugares para ir.

— Não fique tão desanimada — Eve disse quando estávamos do lado de fora. — Eu avisei que exigiria trabalho e sorte, n-não avisei? Essa é a parte que *não é* Hollywood. Você não sai procurando alguém e ele surge do nada como um coelho na cartola do mágico.

— Tem certeza que esse é o melhor jeito de localizá-lo? — Finn perguntou, colocando o chapéu. Ele não podia mais caminhar sem chapéu. Donald McGowan (procurador) era muito mais do tipo homem de negócios.

— Em um desses lugares — Eve deu um tapa na lista amarrotada em sua bolsa — alguém vai reconhecê-lo.

O argumento dela era simples: René Bordelon prezava pelas boas coisas da vida. Por mais que outras coisas tivessem mudado, essa não teria. Ele ainda participaria dos melhores clubes, beberia nos melhores cafés, iria aos melhores teatros, e ele era o tipo de pessoa que a equipe percebe, porque dava boas gorjetas e se vestia bem, e podia falar sobre vinho com o *sommelier* e sobre Klimt com o guia do museu. Tínhamos uma foto relativamente recente. Se sondássemos os melhores pontos culturais de Grasse, Eve argumentou, alguém reconheceria o rosto dele. Então teríamos um nome.

Naquele dia ensolarado entre as flores, perguntei:

— Quanto tempo vai levar?

— Se fosse Paris, a eternidade. Mas Grasse não é enorme.

Finn estava preocupado com algo mais sinistro.

— E se ele descobrir que uma mulher está procurando por ele? Uma mulher com mãos deformadas, com a idade aproximada que a pequena Marguerite teria hoje?

Eve fez uma careta.

— Sou uma profissional, Finn. Dê-me algum crédito. Você acha que eu vou andar por toda Grasse com uma buzina anunciando minha presença? — Daí "sra. Knight" e "sr. McGowan", e as luvas escondendo as mãos de Eve.

— Uma condição, Gardiner — Finn respondeu. — Você deixa a Luger no quarto do hotel.

— Você acha que, se eu vir René Bordelon nas ruas de Grasse, vou meter uma bala no cérebro dele?

— Eu não sou cabeça-oca. Não vou arriscar.

Fazia quatro dias que estávamos naquilo. Mal tínhamos desfeito as malas em nosso hotel antes de Eve começar a juntar informações e a fazer listas. Assim que Finn conseguiu seus cartões de visita e seu terno, e Eve, um bom par de luvas e um chapéu de viúva que escondia seu rosto sem parecer que estava tentando esconder seu rosto, começamos.

Eu estava muito nervosa para falar na primeira vez que entramos em um café com nossa história inventada. Agora, seis restaurantes, três museus, um teatro, cinco clubes e quatro dias depois, estava quase entediante. A não ser pelo momento de pura antecipação sempre que um funcionário ou garçom diferente se inclinava sobre a fotografia de René e eu pensava: *Quem sabe desta vez...*

— Bem-vindos ao verdadeiro trabalho de espionagem — Eve disse do lado de fora do Les Trois Cloches, transformando-se diante de meus olhos ao se endireitar e abandonar a postura da velha senhora manca. — Na maior parte das vezes tedioso, eventualmente excitante.

Seus olhos brilhavam. Pensei que ela parecia muito melhor que no dia em que a conheci. Na época ela podia ter sessenta ou setenta anos, atormentados e marcados e pálidos. Agora ela havia se livrado da crise de tristeza e inatividade que a fazia parecer mais velha e frágil. Eu estava impressionada com a mudança. Seu rosto tinha cores saudáveis de novo, embora algumas linhas continuassem marcando os olhos e a boca; ela se movia com eficiência, não naquela postura defensiva; seu cabelo grisalho tinha brilho, assim como seus olhos penetrantes. Ela parecia ter sua idade novamente, cinquenta e quatro anos, ainda com muito vigor.

— Ela não teve nenhum de seus pesadelos desde que chegamos aqui — comentei com Finn depois do jantar daquela noite, vendo Eve subir as escadas. — E não está bebendo tanto uísque.

— A caçada lhe faz bem. — Finn terminou de tomar seu café. — Ela é uma caçadora nata. Nos últimos trinta anos, ficou parada. Morrendo aos poucos sem nada para perseguir. Talvez não seja ruim se esta caçada demorar um pouco.

— Bem — eu disse. — *Eu* certamente não me incomodaria.

Ele me deu seu sorriso invisível que fez meus joelhos virarem água.

— Estou cansado de ficar vagando por aí. Você?

— Exausta. Acho que devemos encerrar a noite cedo.

Mas não dormimos muito em nosso quartinho com suas cortinas azuis e a larga cama macia. Nem eu nem Finn fizemos objeção quando a busca de Eve aumentou para uma semana, dez dias. As manhãs eram para nós três: croissants folhados e xícaras de espresso em uma mesa tão pequena que nossos joelhos se misturavam. Depois a caçada, a repetição de nosso jogo perfeito: parar em uma loja de sapatos feitos à mão na Place aux Aires, depois em um ateliê de colônias caras. Caminhar pelas estradas sinuosas e estreitas da *vieille ville* em direção aos clubes e teatros que pudessem reconhecer um cliente preferencial, e finalmente, durante a hora sonolenta antes do jantar, visitar restaurantes cheios de sombras e talheres de prata. Finalmente voltar para o hotel e jantar, passando uma garrafa de rosé provençal sobre os pratos de *frites*. Aqueles eram os dias, e Finn e eu estávamos contentes de deixar Eve cuidar deles, porque as noites eram nossas.

— Eu já disse — perguntei uma noite, com a cabeça encostada no braço dele — que você fica absolutamente deslumbrante de terno?

— Sim, você já disse.

— Vale a pena repetir. — Inclinei-me para tomar o último gole do vinho que tínhamos trazido para a cama. Eu estava completamente nua, nem um pouco envergonhada na frente dele, deitado com as mãos cruzadas atrás da cabeça, admirando-me. — Quando pegamos o Lagonda de volta?

— Talvez mais uma semana. — Sabendo que ficaríamos em Grasse durante um tempo, Finn tinha mandado arrumar o vazamento do carro. Ele telefonava dia sim outro não para verificar como estava seu bem mais precioso, como uma mãe ansiosa.

— Você precisa de um carro novo, Finn.

— Sabe quanto custa um carro novo hoje em dia, ainda mais com a coleta de metais durante a guerra?

— Então, à saúde do Lagonda. — Passei para ele a caneca que estava usando como taça de vinho. — Não me importaria de dirigir por Grasse em vez de andar para todo lado. Meus pés estão machucados, e acho que tenho mais alguns poucos meses antes de ficar enorme a ponto de meus pés doerem. — Assim que chegamos a Grasse, meu enjoo matinal desapareceu, assim como o cansaço constante. Não sei se foi o vento com essência de flores, ou todo o amor que fizemos, ou apenas que Rosebud estava entrando no quarto mês, mas eu de repente me sentia maravilhosa, cheia de energia e pronta para qualquer coisa... até para as caminhadas sem fim por Grasse. Mas sentia falta do carro.

Finn secou o rosé, depois se virou para se recostar no painel aos pés da cama. Ele começou a massagear meus dedos debaixo dos lençóis, e eu me mexi de prazer. A noite estava quente, todas as janelas estavam abertas e o cheiro de jasmim e rosa entrava. A luz do abajur contornava a cama, transformando-a em um navio num mar escuro. Por acordo, não falávamos sobre René ali, nem sobre a guerra, nem sobre qualquer coisa terrível que tivesse acontecido por causa desses dois. As horas noturnas eram para conversas animadas.

— Espere até estar de oito meses — Finn previu, massageando minhas solas. — Aí sim os pés realmente começam a doer.

— O que você sabe sobre estar de oito meses, sr. Kilgore?

— Eu vi as mulheres de meus amigos. Eu praticamente era o único solteiro. A primeira coisa que a maioria de meus colegas no 63º fez assim que voltou para casa foi engravidar uma garota e se casar com ela. Eu fui padrinho pelo menos três vezes.

— Posso ver você de pé diante da pia batismal com um ser gritando vestido de rendas!

— Gritando? Nunca. Bebês gostam de mim. Dormem no minuto em que os pego. — Uma pausa. — E eu gosto de bebês. Sempre quis ter alguns.

Deixamos o assunto no ar por um momento antes de o circundarmos na ponta dos pés.

— Do que mais você gosta? — perguntei, dando-lhe meu outro pé. — Além de Bentleys. — Na noite anterior ele tinha lido em voz alta, de sua revista sobre carros, a descrição inteira da mecânica do Bentley Mark VI, imitando meu sotaque americano enquanto eu lhe batia com o travesseiro.

— Um homem com um Bentley tem tudo de que precisa, garota. Exceto talvez uma boa oficina para mantê-lo em forma. A que está com o Lagonda agora, eles são bons.

Cutuquei o peito dele com os dedos do pé.

— Você poderia cuidar de um lugar desse, você sabe.

— É preciso ser bom em coisas além de carros para cuidar de uma oficina. — Ele fez cara de triste. — Você me conhece. O livro--caixa acabaria debaixo de uma lata de óleo, os canhotos de cheque ficariam manchados de graxa de motor, e os bancos logo tomariam tudo.

Não se fosse eu cuidando dos livros... Não terminei o pensamento nem para mim mesma, apenas o larguei gentilmente e comentei sobre o café provençal de que eu me lembrava. Como aquele dia tão distante tinha transformado toldos listrados e Edith Piaf e sanduíches de queijo de cabra em minha ideia de paraíso na terra.

— Embora devesse ter café da manhã inglês... no café ideal, quero dizer.

— Bom, eu faço uma boa fritada de panela...

Nós dois sabíamos o que estávamos fazendo ali, durante as conversas noturnas preguiçosas. Estávamos delineando um futuro e experimentando, quase com medo, imaginar um na vida do outro, depois recuando do não dito com meios sorrisos. De vez em quando, a noite trazia sonhos ruins para um de nós, mas pesadelos eram mais fáceis de suportar quando havia braços calorosos para nos refugiarmos no escuro. Quando a tristeza chegava para um de nós, ela abria caminho na noite e tornava-se parte da doçura.

Eu não o conheço há tempo suficiente para ser tão louca por você, pensei, olhando para a silhueta de Finn na luz fraca. *Mas estou.*

Uma tarde, depois de duas semanas e meia de estadia, Eve disse durante o espresso depois do almoço:

— Talvez René não esteja aqui.

Finn e eu trocamos olhares, ambos pensando, sem dúvida, em todos os momentos em que cabeças balançaram um "não" sobre a fotografia desde que tínhamos chegado. Três gerentes de restaurante e um alfaiate caro disseram que reconheciam o rosto, mas não conseguiam se lembrar do nome. Ou seja, nada.

— Talvez eu deva d-desistir. Deixar Charlie voltar para casa para tricotar sapatinhos, e fazer você — Eve fez um gesto de cabeça para Finn — me levar de volta para a terra do *fish and chips*.

— Não posso dizer que estou pronta para voltar para casa. — Mantive a voz leve, mas Finn apertou minha mão e eu a dele.

— Vamos dar mais uma ou duas semanas — disse Finn. Eve assentiu. — Mas vamos tirar a tarde de folga. Quero dar uma passada na oficina e checar como está o Lagonda.

— Ele vai perturbar aqueles pobres mecânicos até a morte. — Eve riu enquanto ele se afastava.

— Ou pedir desculpas ao carro por não visitá-lo mais — concordei.

Sentamos por um tempo, terminando nosso espresso, e então Eve olhou para mim.

— Não sou boa com tardes de folga. Vamos escolher alguns restaurantes. Acho que nós duas podemos abordar alguns g-garçons sem nosso procurador a tiracolo.

Olhei para ela, os olhos cinzentos brilhando em seu rosto bronzeado enquanto colocava o chapéu em um ângulo extravagante.

— Talvez você devesse me apresentar como filha desta vez. Não é mais plausível você ser minha avó.

— Ora!

— É sério! É esse ar perfumado de Grasse, é como o elixir da juventude.

Enquanto caminhávamos pela parte velha da cidade, onde os prédios faziam um arco sobre nossa cabeça, apoiando-nos uma na outra como ombros amigos, dei-me conta de que amava Grasse. Todas as outras cidades pelas quais havíamos passado — Lille, Roubaix, Limoges — tinham ficado embaçadas para mim por conta das buscas por Rose. Mas em Grasse finalmente tínhamos parado para respirar, e a cidade estava se abrindo para mim como uma flor de jasmim no campo. *Não quero deixar este lugar nunca mais*, pensei, antes de voltar a me concentrar na busca.

Depois de duas paradas em restaurantes sem sucesso, Eve puxou seu mapa para procurar por um terceiro. Eu mastigava flores de abobrinha fritas, nas quais Rosebud estava quase tão viciada quanto em bacon, olhando a vitrine de uma loja. O display era de roupas de criança: casacos de marinheiro, saias com babados, e sobre um carrinho em exposição um vestido de bebê bordado com roseiras. Olhei para o vestido e tive um ataque de profundo desejo. Pude ver Rosebud usando-o em seu batizado. Eu podia senti-la agora — em questão de dias, eu tinha ido de uma barriga reta para um pouco arredondada. Ainda não podia ser vista por cima da roupa, mas estava lá, o pequeno inchaço. Finn não disse nada, mas ficava passando os dedos em minha barriga durante a noite, toques de borboleta, como beijos.

— Compre — disse Eve, percebendo meu olhar. — Aquele monte de laços pelo qual você está babando... c-compre.

— Duvido que consiga. — Engoli melancolicamente minha última flor. — Aposto que custa mais que todas as minhas roupas de segunda mão juntas.

Eve amassou seu mapa dentro da bolsa, entrou na loja e saiu alguns minutos depois com um pacote de papel marrom que jogou sem cerimônia para mim.

— Talvez agora você entre no ritmo.

— Não precisava...

— Odeio que me agradeçam. Andando, ianque!

Eu andei.

— Você tem gastado muito, Eve. — O dinheiro de minhas pérolas penhoradas tinha acabado e Eve agora estava pagando todas as nossas despesas, embora eu tivesse jurado pagá-la de volta assim que conseguisse acesso a minha conta em Londres.

— Com que mais eu posso gastar? Uísque, vingança e roupas de bebê.

Eu sorri, abraçando o pacote.

— Você seria a madrinha dela?

— Continue chamando o bebê de *ela* e virá um menino só para cuspir em você.

— Madrinha dele, então. — Fiz uma pausa, de repente séria, apesar de ter falado isso de um jeito petulante. — Vamos, Eve... Seria?

— Não sei me comportar em igrejas.

— Eu conto com isso.

— Está bem. — Ela me deu um sorriso enferrujado, depois saiu andando como uma garça sobre a água. — Se você insiste.

— Eu insisto — falei, e as palavras vieram cheias de emoção.

O restaurante era perto da Place du Petit Puy e sua catedral de fachada branca. Já passava da hora do almoço; os clientes estariam chegando em breve para os drinques da noite. Pisquei com a pouca luz do lugar depois de sair do sol, mentalmente assumindo meu papel de empregada devotada da família enquanto Eve já se apoiava em mim, como se estivesse muito fraca para andar sem apoio.

Caminhei em direção ao *maître* e segui com a fala de Finn, que podia repetir dormindo. Eve passou o lenço nos olhos, e logo eu colocava a fotografia sobre a mesa. Pensava na roupa de bebê, não estava realmente pensando em nossa conversa.

E então me concentrei, pois o *maître* fez um gesto de que reconhecia. Aquele movimento de cabeça me acertou como um golpe de martelo.

— *Bien sûr, mademoiselle*. Conheço bem este cavalheiro, é um de nossos clientes preferenciais. *Monsieur* René Gautier.

Por um instante, congelei. *René Gautier*. O nome reverberou pelo meu crânio como uma bala ricocheteando. *René Gautier...*

Eve deu um passo ao meu lado. Como ela conseguiu manter a fragilidade fingida eu não fazia ideia, mas ela tinha ganhado quatro medalhas como espiã. Entendi o motivo quando ela disse, sem gaguejar ou se descontrolar:

— Ah, *monsieur*, como o senhor me deixa feliz! Meu René, faz tantos anos desde a última vez que o vi! René Gautier foi o nome que ele escolheu?

— Sim, *madame*. — O *maître* sorriu, claramente saboreando a oportunidade de ser portador de boas notícias. Eve estava certa: depois de uma guerra, todos querem um final feliz. — Ele tem uma pequena e charmosa *villa* nos arredores de Grasse, mas vem frequentemente. Pelos *rillettes de canard*. Servimos os melhores *rillettes* da Riviera, se me permite dizer...

Eu não ligava para a porcaria dos *rillettes*. Inclinei-me mais perto dele, meu pulso latejando.

— A *villa* dele, o senhor teria o endereço?

— Logo depois dos campos de mimosas, pela Rue des Papillons, *mademoiselle*. Às vezes entregamos uma caixa de vinho, um Vouvray que ninguém mais tem em Grasse...

Eve já estava endireitando o chapéu.

— Muito obrigada, *monsieur*. O senhor nos deixou muito felizes — resmunguei, pegando o braço de Eve, mas o *maître* olhou para além de nós duas e sorriu.

— Ah, que sorte! Ali está o *monsieur*.

38

EVE

Enquanto ela se virava para encarar o inimigo, o tempo dobrou-se sobre si mesmo. Era ao mesmo tempo 1915 e 1947; ela tinha vinte e dois anos, ensanguentada e quebrada, e tinha cinquenta e quatro, trêmula e ainda quebrada. René Bordelon era um *bon vivant* polido de cabelos escuros, e era um velho de ombros fortes e cabelos cor de prata e terno impecável. No momento em que o tempo se misturou, as duas versões tornaram-se reais.

Então, passado e presente combinaram-se em um clique e era apenas 1947, uma bonita noite de verão em Grasse, e uma velha espiã estava a não mais que alguns metros de seu velho inimigo. Assim que Eve olhou para ele, alto e esbelto, com a mesma bengala com castão de prata no braço, o terror surgiu como de um alçapão no estômago dela e toda a coragem que tinha reunido esfacelou-se em um longo e silencioso grito.

Ele não a reconheceu. Rodou seu chapéu de feltro nas mãos, arqueando uma sobrancelha diante da expressão ansiosa do *maître*.

— Sou esperado aqui, pelo que vejo?

Um tremor tomou conta de Eve ao ouvir o som da voz monótona de seus pesadelos. Suas mãos doeram dentro das luvas enquanto ela olhava, entorpecida, para o homem que tinha acabado com ela. Ela nunca havia imaginado que poderia encontrá-lo antes que estivesse pronta. Imaginou que poderia organizar o primeiro encontro deles como quisesse, surpreendendo-o quando estivesse bem preparada. Em vez disso, o destino a surpreendera, e ela não estava nem um pouco preparada.

Ele não havia mudado. O cabelo grisalho, as linhas na testa — eram apenas enfeites de vitrine. Os dedos que pareciam uma aranha, a mesma voz, a alma barata de um torturador olhando por trás de um terno caro e sofisticado, estava tudo igual.

Com exceção da cicatriz em seu lábio. A marca de Eve, ela se deu conta, deixada quando ela o mordera em seu último e venenoso beijo.

O *maître* dava explicações, e Eve sentiu Charlie tocando de leve seu cotovelo, murmurando algo que ela não conseguia entender com o zumbido em seus ouvidos. Ela sabia que devia dizer alguma coisa, fazer alguma coisa, mas só conseguiu ficar parada.

Os olhos escuros de René voltaram-se para o rosto dela, e ele deu um passo à frente.

— Sra. Knight? Não reconheço o nome, *madame*...

Eve não entendeu como conseguiu, mas deu um passo em direção a ele, estendendo-lhe a mão. Ele a pegou, e a antiga repulsa tomou conta dela quando seus longos dedos a tocaram. Ela queria afastar a mão e fugir como uma covarde, lamentando seu velho terror e agonia.

Tarde demais. Ele estava ali, e ela também. E Evelyn Gardiner terminava sua busca.

Ela apertou forte a mão dele e viu o rosto do homem mudar quando sentiu as deformidades cobertas pela luva. Ela se inclinou de maneira que apenas ele pudesse ouvir sua voz. As palavras saíram baixo, calmas, perfeitamente tranquilas:

— Talvez você reconheça o nome Marguerite Le François, René Bordelon. Ou eu deveria dizer Evelyn Gardiner?

O restaurante de repente fez um estardalhaço. Estava acontecendo um alegre reencontro ali. Os garçons sorriam e o *maître* ofereceu a melhor mesa da casa. E, no meio de todo aquele burburinho, Eve e René olhavam-se como se segurassem espadas.

Então o canalha largou a mão dela e fez um gesto em direção à mesa que os garçons estavam preparando, animados.

— Vamos?

Eve conseguiu curvar a cabeça. Virou-se, perguntando-se como conseguia andar sem tropeçar. Charlie ficou ao lado dela como uma escudeira, seu rosto branco quando segurou o cotovelo de Eve. Sua pequena mão forte a mantinha maravilhosamente firme.

— Eve — ela murmurou, os olhos no homem atrás delas. — O que posso fazer?

— Fique fora do caminho — Eve resmungou. Aquele campo de duelo não era lugar para Charlie St. Clair. René a esmagaria tão casualmente como tinha esmagado e ferido tantos outros. Eve poderia fazê-lo em pedacinhos antes de permitir que machucasse qualquer um com quem ela se importava.

Fazê-lo em pedacinhos?, sua mente zombou. *Você mal consegue olhá-lo nos olhos.* Mas ela deixou aquilo de lado com o terror e se sentou na frente dele, uma toalha branca como neve entre eles. Charlie sentou-se na cadeira ao lado de Eve, estranhamente muda. Os garçons eram bem treinados, ficando longe para garantir a privacidade da feliz reunião.

René se recostou e mexeu os dedos. Eve teve um flash de memória, viu aqueles dedos curvados ao redor do busto manchado de sangue de Baudelaire... Viu-os acariciando seus seios nus na cama.

— Bem — ele disse tranquilamente em francês. — Marguerite.

A pulsação dela quase parou ao ouvir aquele nome dos lábios dele. Mas sua antiga frieza voltou com sua antiga identidade, tomando conta dela em uma onda. Seu sangue pulsava devagar e frio e, pela primeira vez desde que tinha se virado e visto o homem em pé na porta do restaurante, ela olhou para o velho peçonhento com um semblante calmo.

— René Gautier — respondeu. — De Théophile Gautier, imagino? O poeta para quem Baudelaire dedicou *As flores do mal*. Em

Limoges você era Du Malassis, por causa do editor de Baudelaire, então vejo que ainda não encontrou outro poeta.

René deu de ombros casualmente, como se estivesse numa conversa trivial durante o jantar.

— Por que não ficar com o melhor quando o encontramos?

— Uma maneira sofisticada de dizer que você tem a mente inerte.

Um garçom surgiu e apresentou uma garrafa de champanhe.

— Já que é uma reunião que vale comemorar, *monsieur*?

— Sim, é mesmo — René murmurou. — Por que não?

— Eu preciso de uma bebida — Eve concordou. Um copo de uísque do tamanho de um balde teria sido melhor, mas ela aceitaria champanhe. Ela fechou as mãos na perna, percebendo, quando a rolha do champanhe saltou e René se assustou, que ele não estava tão frio por dentro como fingia. Bom.

Eles pegaram suas taças ao mesmo tempo quando o garçom saiu. Ninguém sugeriu um brinde.

— Tantas marcas neste rosto — ele disse. — O que você fez a si mesma durante todos estes anos?

— Vivi intensamente. Eu não preciso perguntar o que você tem feito. Basicamente o que fazia da última vez que nos encontramos: vivendo bem, ajudando alemães, matando compatriotas. Embora agora não se oponha a atirar você mesmo. Perdeu a sensibilidade na velhice?

— Foi graças a você que perdi a sensibilidade, minha pequena.

As palavras correram por sua pele como um rato.

— Nunca fui sua pequena.

— *Judas* combina mais?

Aquela acertou forte, mas Eve conseguiu, por pouco, não se curvar.

— Tanto quanto *trouxa* combina com você.

Ele deu um sorriso tenso. Enquanto Eve o observava acomodado em seu terno caro, seu nariz comprido apreciando a efervescência do champanhe perfeitamente gelado, a fúria começou a crescer. Tantos haviam morrido — Lili em sua prisão miserável, a prima de Charlie e sua bebê com uma saraivada de balas, um jovem *sous-chef* com o bolso cheio de prataria roubada —, e aquele homem tinha passado os anos fazendo o quê? Bebendo champanhe e dormindo sem pesadelos.

Os pesadelos de Eve só começaram depois de Siegburg. Na cela, agonizando de frio sobre a cama suja, não havia sonhos, mas depois veio o horror das imagens do escritório de paredes verdes, os lírios com olhos do mal, o busto descendo. O ambiente, nunca o homem. Sonhar com aquele lugar onde ele a quebrara era o que tinha gravado as marcas ao redor dos olhos que ele mirava tão desdenhosamente. Já ele parecia ter passado os últimos trinta anos dormindo muito bem.

Eve deu uma olhada no rosto de Charlie, pálida e imóvel, ela que normalmente era tão animada, e se perguntou se a ianque estava pensando a mesma coisa. Ela se lembrou de Charlie dizendo que nunca tinha encarado o mal como Eve.

Você o está encarando agora.

René tomou outro gole, fez um som de prazer e secou os lábios com o guardanapo.

— Confesso que estou surpreso em vê-la, Marguerite. Posso chamá-la de Marguerite? Eu nunca consegui realmente pensar em você de outra maneira.

— Estou surpresa que você tenha pensado em mim. Você nunca foi desses que olham para trás para ver os destroços que deixaram.

— Bem, você foi única. Pensei que poderia aparecer em Limoges me procurando depois da Primeira Guerra.

Se não fosse pela mentira de Cameron...

— Você apagou o seu rastro muito bem quando saiu de Lille para Limoges.

— Documentos de identificação novos não são difíceis de conseguir quando temos conexões no mercado negro. — Um gesto de mão. — Você poderia ter me encontrado quando a deixaram sair de Siegburg. Fiquei de olho nas notícias sobre a sua libertação. Por que a demora em me encontrar?

— E isso importa? — Eve virou metade de seu champanhe num único gole. Ela estava encontrando as palavras rapidamente, o velho ritmo que costumava usar tão bem contra René durante suas conversas. — Estou aqui agora.

— Para atirar no meio dos meus olhos? Acho que você teria feito isso na entrada se tivesse uma arma.

Que Deus mande Finn Kilgore para o inferno, Eve pensou. Se não fosse por ele, ela estaria com sua Luger.

— Isso, claro, se esse negócio quebrado que você chama de mão ainda puder puxar um gatilho. — René chamou o garçom com o dedo levantado. — *Rillettes de canard*. Estou com fome.

— Claro, *monsieur*. E para *madame*?

— Nada, obrigada.

— Sua gagueira melhorou — disse René quando o garçom saiu. — Ela desaparece quando você está com medo?

— Quando estou com raiva. — Eve sorriu. — Quando você está com raiva, tem um pequeno tique no canto do olho. Posso vê-lo agora.

— Acho que você foi a única mulher que me fez perder o controle, Marguerite.

— Pequenas vitórias. Você ainda tem o busto de Baudelaire?

— Guardo-o como um tesouro. Às vezes, durante a noite, ouço seus dedos quebrando e vou dormir com um sorriso.

Um flash do escritório de paredes verdes, o cheiro de sangue e medo, mas Eve os afastou.

— Quando eu preciso dormir, imagino seu rosto no momento em que percebeu que estava sendo fodido por uma espiã.

Ele nunca piscava, mas algo atrás de seus olhos ficou tenso. Eve contraiu o rosto, mas sorriu novamente, engolindo o restante do champanhe e se servindo de mais. *Ainda sei como pegar você, seu velho filho da puta.*

— Suponho que você queira vingança — disse René abruptamente. — Vingança é o prêmio de consolação do lado perdedor.

— Meu lado venceu.

— Mas *você* perdeu. Então, como pretende se vingar, Marguerite? Não acho que tenha nervos para assassinato. Aquela coisinha quebrada manchada de urina que vi da última vez soluçando o coração para fora no meu Aubusson não conseguia nem levantar a cabeça, imagine uma arma.

Os ossos de Eve se retorceram. Ela tinha sido aquela coisinha quebrada manchada de urina por mais de trinta anos, de muitas formas. Até que bateram em sua porta numa noite úmida em Londres havia menos de um mês. Até o clique que se ouviu na frente do restaurante naquele dia, quando passado e presente se uniram. Até agora.

Ela não seria mais aquela coisinha quebrada manchada de urina. Nunca mais.

René ainda estava falando.

— Talvez você ache que pode me prejudicar, me entregar como um aproveitador? Eu sou um homem respeitado em Grasse, com amigos poderosos. Você é uma bruxa que ficou louca de tristeza. Em quem você acha que vão acreditar?

— Você foi o homem que passou informações contra Oradour-sur-Glane. — A voz de Charlie caiu no meio da conversa como uma pedra de gelo. Eve olhou para ela, surpresa. *Não fale, não chame a atenção dele.* Mas Charlie continuou, seus olhos ardendo como brasas: — Você é responsável pelo massacre de seiscentas almas. Não importa quantos amigos poderosos tenha, seu velho filho da puta. A França não vai desculpar isso.

Os olhos de René passaram pelo rosto de Charlie, vagarosamente, mas ele ainda falava com Eve.

— Quem é esta coisinha, Marguerite? Não é sua filha nem neta, eu acho. Aquela sua velha buceta murcha certamente nunca produziu nada tão bonito.

Eve não respondeu. Olhou para Charlie, sentindo o aperto de uma emoção que não lhe era familiar. Talvez amor.

— Chame-a de Mercúrio, René. A mensageira alada que bateu na minha porta. Ela é a razão de eu estar aqui. Ela é a razão de você não escapar desta vez. Ela é a sua ruína. — Eve levantou seu champanhe num brinde. — Conheça Charlotte St. Clair.

Ele enrugou as sobrancelhas.

— Não reconheço o nome.

— Você conhece o de minha prima. — Os dedos de Charlie estavam tão apertados ao redor da taça de champanhe que Eve ficou surpresa por não ter quebrado. — Rose Fournier, também atendia pelo nome de Hélène Joubert. Ela era loira e amável e trabalhava para você em Limoges, e você mandou matá-la, seu filho da puta. Você deu o nome dela para a Milícia porque tinha medo de que ela pudesse estar te espionando. E ela morreu, assim como quase todas as outras almas de Oradour-sur-Glane.

O garçom escolheu aquele momento para chegar com os *rillettes de canard*. René continuou olhando para Charlie, pensativo, enquanto abria seu guardanapo, passava patê de pato numa torrada e a degustava com outro leve som de prazer.

— Eu me lembro dela — ele disse por fim, quando o garçom saiu. — A putinha que gostava de ouvir conversas. Eu não gosto de garçonetes intrometidas. — Um olhar para Eve. — Ninguém pode dizer que eu não aprendi com o passado.

— Por que você não a demitiu simplesmente? — As palavras arranhavam quando saíam da garganta de Charlie. — Por que a denunciou?

— Apenas por segurança. E, para ser franco, porque me deu prazer. Eu tenho grande antipatia agora por mulheres espiãs. — Um movimento de ombros. — Mas espero que você não esteja me culpando pela morte do vilarejo todo. Isso seria de uma lógica assombrosamente equivocada. Não tenho culpa se um general alemão optou por sair completamente do protocolo.

— Eu culpo você pela morte *dela* — Charlie sussurrou. — Você não sabia se ela era da Resistência ou não e mesmo assim a denunciou. Ela podia ser inocente, e você não se importou. Seu canalha...

— Quieta, criança. Os adultos estão falando. — René pegou outra torrada. — Mais champanhe, Marguerite?

— Acho que terminamos aqui. — Eve esvaziou sua taça e se levantou. — Venha, Charlie.

A garota congelou. Eve podia vê-la tremendo, sabia o tipo de raiva que tinha tomado conta dela, como ela queria se jogar por cima da mesa e ver aquela velha garganta aberta por uma faca de manteiga. Eve entendia o sentimento muito bem.

Ainda não, ianque. Ainda não.

— *Charlie* — a voz de Eve estalou como um chicote.

A garota se levantou, tremendo visivelmente. Olhou para René, sentado calmamente com patê de pato nos lábios, e sussurrou:

— Não acabamos ainda.

— Acabamos, sim — ele falou, ignorando-a, para Eve. — Se eu a vir novamente, sua puta velha, ou souber que você está tentando encontrar minha casa ou manchar minha reputação, vou mandar prendê-la por perseguição. Vou jogá-la no ostracismo e voltar para uma vida na qual jamais precise pensar em você.

— Você pensa em mim sem parar — disse Eve. — O pensamento em mim morde você todos os dias. Porque eu sou a prova viva de que você nunca foi tão inteligente quanto pensou que fosse.

Os olhos dele arderam.

— Você é uma vira-casaca que traiu os seus graças a uma colher de ópio.

— Mesmo assim o enganei completamente. E isso o devora vivo há trinta anos.

A máscara caiu, por fim, e Eve viu a fúria crua. Os olhos dele queimavam. Ela deu um lento e desdenhoso sorriso. Eles não se moveram, apenas trocaram olhares venenosos enquanto os garçons se entreolhavam, confusos. Aquela claramente não era a reunião alegre que eles pensavam que veriam.

— *Au revoir.* — Eve pegou uma torrada no prato dele e comeu devagar. — "Eu devo me deitar onde todas as escadas começam, no tapete sujo e na loja de ossos do coração."

— Isso não é Baudelaire — ele disse.

— Yeats. Eu lhe disse para encontrar outro poeta. — Eve pegou seu chapéu. — Neste tapete sujo e loja de ossos que você chama de coração, René, gaste algum tempo para admitir que está com medo. Porque sua *fleur du mal* voltou. — Ela pegou forte o braço de Charlie e se virou para a porta. — Durma com isso.

39

CHARLIE

Parei do lado de fora do restaurante e fiquei buscando o ar, como se tivesse acabado de sair de uma nuvem de veneno. Ainda podia ouvir a voz metálica e monótona dizendo-me que tinha denunciado Rose à morte *apenas por segurança*. Que isso lhe dera prazer.

Eve o descrevera tantas vezes. Os olhos que não piscavam, os dedos longos, a aparência elegante. Mas as palavras dela não faziam justiça a ele. Não era um homem que estava sentado do outro lado da mesa. Era uma víbora humana.

Eu queria vomitar. Mas Eve passou por mim, seguindo pela rua quase correndo, e eu me forcei a me colocar em movimento.

— Eve, não precisamos correr. — Tentando alcançá-la. — Ele não está vindo atrás de você.

— Não. — Ela não parou. — Eu estou indo atrás dele.

Por um momento, meu coração uivou concordando. Pensei naquele homem e não senti a náusea que experimentei quando me dei conta de que a vingança de Eve poderia ser um assassinato. Metade de uma taça de champanhe na companhia de René Bordelon seria suficiente para convencer qualquer pessoa de que às vezes até velhos merecem morrer.

Mas o bom senso lutou contra a neblina vermelha da fúria, e meu coração balançou.

— Eve, espere. Você não pode arriscar, você...

— Apresse-se! — Ela continuou andando, os olhos em chamas, pelas ruas sinuosas. Uma francesa alta olhou para a expressão dela e saiu de seu caminho. Minha mente correu, foi para as duas direções. *Detenha-a*, o bom senso ponderava, enquanto a raiva gritava: *Por quê?*

Virando a última esquina, vi o Lagonda em frente ao nosso hotel, azul e brilhante. Curvei-me de alívio. Eu precisava de Finn: sua calma, sua lógica tranquila e, se tudo o mais falhasse, seus braços implacáveis evitando um desastre com Eve. Mas ele não estava ao lado de seu amado carro, e, dentro do hotel, a recepcionista me deu um bilhete coberto com sua letra manuscrita.

— Ele saiu para beber com o mecânico — eu disse, respondendo ao olhar brusco de Eve. — Eles estão lhe oferecendo um trabalho, algo a ver com restauração de motores...

— Que bom. — Eve subiu as escadas de dois em dois degraus. Enfiei o bilhete no bolso e a segui.

A recepcionista me chamou.

— *Madame*, um telegrama de Roubaix...

— Já volto para pegá-lo — eu disse sem me virar. Quando cheguei ao quarto de Eve, sua Luger já estava fora da gaveta do criado-mudo. Aquela visão me paralisou. — *Merda* — eu disse pela primeira vez na vida.

Eve deu um sorriso sombrio enquanto tirava as luvas.

— Você não pode estar surpresa.

Pressionei os dedos nas têmporas que latejavam. A fúria estava dando lugar definitivamente ao medo.

— Você vai até a casa dele para matá-lo, então? Vai esperar que ele volte dos *rillettes* suculentos, entre pela porta e aí vai enfiar sete tiros no crânio dele?

— Sim. — Ela colocou a primeira bala no tambor. — "Uma pequena e charmosa *villa*", disse o garçom. Logo d-d-depois dos campos de mimosas, pela Rue des Papillons. Não deve ser difícil de encontrar.

Cruzei os braços.

— Guarde essa arma e me escute. Não importa se conseguir ou não, você vai para a prisão. Você não entende?

— Eu não ligo.

— Eu ligo. — E a segurei pelo braço. — Quero que minha filha tenha uma madrinha.

Ela enfiou a última bala na arma.

— E eu quero ver aquele homem morto.

Parte de mim concordava. Mas a vida dele não valia o futuro de Eve — ele já tinha acabado com muito do passado dela. E eu não arriscaria meu próprio futuro, que estava começando a tomar forma, por ser cúmplice de assassinato.

— Eve, pare e pense.

— Eu já fiz isso. — Ela checou o tambor da Luger. — Se eu matar René na casa dele, não deve haver testemunhas. Ele não estava usando aliança, então não há esposa ou filhos no caminho. Pretendo deixar o corpo dele apodrecendo no chão e sair livre como um pássaro.

— O restaurante sabe que você o estava procurando, perguntando onde ele morava. Não apenas o restaurante de hoje. Temos perguntado por toda Grasse há semanas.

Talvez a lógica a tocasse; eu me apressei em busca de argumentos.

— Se ele aparecer morto agora...

— A polícia nos procuraria, mas como? Demos nomes falsos, para o hotel e para todo mundo. Além disso, eu não pr-pretendo ficar em Grasse por tempo suficiente para as pessoas me procurarem.

— E como você vai sair de Grasse sem o Finn aqui para dirigir? Antes de mais nada, como você vai até a casa de René?

— De táxi, se preciso. — Ela soava calma como se estivesse planejando um chá. No restaurante, eu sentira o medo dela por trás do gelo, vira suas mãos tremendo debaixo da mesa. Agora ela planava em algum lugar além do medo, remota e implacável como uma águia. Jogando a arma em sua mochila, Eve tirou os sapatos que estava usando como a respeitável sra. Knight e enfiou os pés em suas velhas sandálias. — Venha me ajudar a matá-lo, se quiser. Você também tem o direito de querer René morto.

— Não. Não vou ajudá-la a assassinar aquele homem.

— Você não acha que ele merece morrer?

— Ele merece, mas quero algo pior que a morte para ele. Quero vê-lo exposto, humilhado, preso. Quero ele apresentado para o mundo para que vejam quem ele realmente é. Isso vai matá-lo lentamente, Eve. A pior punição do mundo para um homem tão orgulhoso como ele. — Tomei ar, desejando que ela me escutasse. — Vamos até a polícia. Temos a fotografia dele cercado por nazistas, temos o seu testemunho, podemos chamar a mulher de Limoges que o viu atirar a sangue-frio no *sous-chef*. René Bordelon pode ter amigos poderosos, mas você também tem. Você é uma *heroína de guerra*, as pessoas *vão* acreditar em você. Entregue-o e você vai transformar a vida dele num inferno.

Para mim aquilo estava bom o suficiente. Ver aquele homem numa cela, sabendo que tinha sido colocado ali por Eve e por mim, sofrendo insultos públicos da França de De Gaulle, que desprezava colaboradores e aproveitadores como ervas daninhas. Nada mais de champanhe gelado e *rillettes*, apenas humilhação e o tipo de dias cinzentos na prisão que Eve tinha sofrido.

— Ele nunca irá para uma cela, ianque. — A voz de Eve era implacável. — René Bordelon fez carreira evitando as c-c-consequências. Se acusarmos um homem respeitado na região, com dinheiro e amigos poderosos, levará tempo para provarmos as acusações. Ele usará esse tempo para escapar, porque ele *sempre* corre. Ele escapou das decisões erradas em duas guerras, e vai escapar agora, porque sabe que eu não vou parar de procurá-lo. Se eu acreditar num mandado de prisão, ele vai desaparecer antes de esse mandado chegar à sua porta, e então vai se fixar em algum outro lugar onde nunca o encontrarei. — Ela pegou a mochila com a Luger. — Por isso, vou confiar numa bala.

Eu queria esganá-la.

— Você não vê de quantas formas isso pode dar errado? Ele pode facilmente atirar em *você*, ou chamar a polícia e ver você saindo algemada...

— Eu assumo o risco. — Ela olhou para mim quando me coloquei entre ela e a porta. — Saia do meu caminho, Charlie St. Clair.

Olhei bem nos olhos dela.

— Não.

Ela veio em minha direção. Não tentei empurrá-la. Eu a abracei e a segurei.

— Você vai me arrastar escada abaixo gritando pelo caminho? — eu disse e percebi que estava quase chorando. — Não vou largar você, Eve. Não vou.

Eu tinha perdido meu irmão. Tinha perdido Rose. Eu não perderia mais ninguém que amava.

Eve se retesou entre meus braços, como se fosse lutar — mas então se entregou. Ouvi o som gutural de um soluço saindo de sua garganta, e então a mochila escorregou para o chão. Ficamos ali por um longo tempo enquanto Eve chorava, enquanto o céu na janela aberta atrás dela ficava púrpura com o crepúsculo. Eu apenas a segurei, o alívio tremulando em meu peito.

Ela não disse nada quando suas lágrimas secaram. Deixou que eu a fizesse deitar, pegou o uísque que servi, tremendo de vez em quando debaixo do cobertor que coloquei sobre ela. Sentei na cama mexendo nas unhas, desejando Finn silenciosamente. Ele sabia melhor que eu como cuidar dela nesses momentos. Ouvi a respiração dela ficar mais profunda e desci na ponta dos pés para a recepção do hotel, mas eles não faziam ideia de onde Finn tinha ido com seu amigo mecânico.

— Seu telegrama, *madame* — a recepcionista me lembrou. — De Roubaix.

Eu tinha esquecido completamente. Devia ser de Violette. Meu coração estava de novo saltando por razões completamente diferentes enquanto eu pegava o papel. As palavras eram breves, até para um telegrama.

Mentira confirmada. Uma tal *mlle*. Tellier responsável.

Vozes de ouro brotaram em minha mente. Eu me senti com três metros de altura. Minha suspeita estava certa. Eu estava *certa*. Pela primeira vez eu tinha aquilo nas mãos, o poder de consertar o que estava quebrado. Era disso — *disso* — que Eve precisava.

Corri de volta para o quarto dela, o coração saltando.

— Eve, olhe...

A porta estava aberta. A cama, vazia. A mochila com a Luger não estava lá.

Eu tinha saído não fazia nem cinco minutos. Ela devia ter se levantado e corrido no minuto em que deixei o quarto na ponta dos pés, tão fria e controlada quanto estava tremendo e chorando alguns momentos antes. O medo tomou conta de mim de novo, batendo em minhas têmporas como estacas de gelo. Corri para a janela aberta, olhando para a rua, mas não vi nenhuma silhueta alta e magra. *Sua megera traiçoeira*, pensei, numa onda de fúria, por ela ter me enganado e por eu ter me deixado ser enganada.

Eu sabia para onde ela estava indo. Não podia ligar para a polícia e não podia esperar por Finn. O Lagonda estava no meio-fio ali embaixo.

Coloquei o telegrama de Violette no bolso, peguei as chaves do carro na mesa em meu quarto e corri.

40

EVE

Fora, Eve supôs, um truque sujo.

— Mais rápido — ela disse para o motorista do táxi, jogando um punhado de francos no banco da frente. Ela não se importava de gastar todo o dinheiro que tinha. Não precisaria de nada para a volta.

O táxi acelerou enquanto Eve saboreava o peso reconfortante da Luger em seu colo, seus olhos secos. Todas aquelas lágrimas de crocodilo, tão fáceis de deixar sair quanto de fazer parar. Dissimuladas e inescrupulosas, mas ela não tinha encontrado nenhuma outra opção quando viu Charlie em pé implacavelmente entre ela e a porta, a boca macia numa linha firme. Eve sorriu. Que menina diferente daquela coisinha truculenta e incerta que ela tinha encontrado em sua porta.

Sinto muito por não vê-la de novo, ela pensou. *Sinto muito mesmo por isso.*

— A senhora está muito séria, *madame* — o motorista do táxi disse, jocoso. — A senhora não disse que ia visitar um amigo?

— Sim.

— Uma visita longa?

— Muito. — Eterna, para dizer a verdade. Eve não tinha intenção de sair da casa de René Bordelon quando conseguisse entrar. *Essa* era a razão de ela não temer a prisão. Uma mulher morta não podia ser colocada atrás das grades.

A Luger podia dar até sete tiros. Seis eram para René, e provavelmente ela usaria os seis — homens maus se agarram muito à vida. O último tiro, Eve estava guardando-o para si.

— Assim como você, Cameron — ela murmurou em voz alta, sem ver as ruas escuras de Grasse passarem. Em vez disso, via a manchete granulada de um jornal: "Soldado morto". Quando tinha sido aquilo, 1922? Não, 1924. As palavras tinham apunhalado Eve numa ressaca violenta. "A respeito da morte do major C. A. Cameron..."

O mundo tinha sido desconectado. Depois Eve ainda conseguiu pegar a notícia de novo — de um jornal de além-mar, encaminhado a ela por um procurador — e a leu com olhos secos e em brasa. Houve um som de estrangulamento, e levou um momento para ela se dar conta de que vinha de sua própria garganta.

"... morte do major C. A. Cameron, da Artilharia Real, que faleceu em Sheffield Barracks em decorrência de um ferimento a bala; o legista deu o veredito de suicídio."

Cameron, morto. Cameron, com seus olhos cordiais e seu sotaque escocês. Cameron beijando seus ferimentos, murmurando: *Pobre garota valente...*

Em 1924 eles já não se viam fazia o que, cinco anos? Desde aquele dia em Folkestone. Mas tinham se falado por telefone algumas vezes, geralmente no começo da noite, quando um deles estava bêbado. Eve soube que ele tinha voltado da Irlanda; ele falara um pouco sobre a escola de treinamento, e com mais animação por ter se tornado adido militar em Riga...

Mas ele tinha estourado os próprios miolos.

"Evidências apontam que o falecido reagiu mal quando teve sua nomeação como adido em Riga cancelada", dizia a notícia do jornal, "por ter cumprido uma sentença de prisão."

O exército o tinha punido por um antigo pecado, Eve pensou amargamente. Eles não se importavam com um oficial de reputação suja se havia uma guerra, mas depois ele se tornava apenas um incômodo.

Vou continuar trabalhando até não poder mais. A voz dele ressoava em seus ouvidos de novo, alta e clara como se ele estivesse sentado no táxi com ela. *Então suponho que morrerei. Balas, tédio ou brandy... É assim que pessoas como nós se vão, porque Deus sabe que não fomos feitos para a paz.*

— Não fomos — Eve murmurou.

Ela desmontou completamente apenas quando o procurador chegou a sua porta, no dia seguinte. O homem, que era quem tinha lhe enviado a notícia sobre a morte de Cameron, trazia documentos legais e assegurava a ela completa discrição. Dizia que a pensão que tinha sido paga nos cinco anos anteriores não viera do Departamento de Guerra, mas de Cameron. Que ele havia garantido que continuasse depois de sua morte, amarrando isso a uma parte privada do testamento, sem o conhecimento de sua família e separado dos recursos da viúva. Que fora bem investido, o procurador disse, e devia continuar por toda a vida de Eve.

Ela expulsou o procurador aos gritos e então desmoronou, arrastando-se para a cama como um animal ferido e se escondendo ali por meses. *Como você fez isso, Cameron?*, ela se perguntava, olhando para sua Luger. Cano na têmpora? Debaixo do queixo? Ou entre os dentes, o beijo do aço gelado e o óleo da arma como as últimas sensações? Eve tinha jogado aqueles jogos durante os anos seguintes, nas noites escuras, quando a culpa não a deixava dormir. Colocava a Luger sobre os pontos do suicídio... mas nunca chegou perto de puxar o gatilho.

Uma megera teimosa demais, ela costumava pensar. Nenhum traço fatal de romantismo ou nobreza em *sua* alma, não como a de Cameron. Mas naquele momento, enquanto o táxi saía de Grasse e passava pelos campos de mimosas, Eve se perguntava se em vez de teimosia não era destino. Talvez culpa e tristeza não pudessem ser saciadas até que a justiça fosse feita primeiro. Talvez fosse a parte fria de seu cérebro de espiã treinada sussurrando que, apesar da mentira de décadas de Cameron, um inimigo *ainda estava* à solta. E, enquanto estivesse, a bala entre os dentes não poderia ser disparada.

Bem, naquela noite o inimigo morreria. Por Lili, por Rose, por Charlie, por Eve. Naquela noite, a luta de Evelyn Gardiner terminaria. Depois de malditos trinta anos, mas antes tarde do que nunca.

Ela pensou na última bala, sabendo que Charlie a odiaria por tê-la disparado, assim como Finn... Mas seria em parte por eles, como se dariam conta depois. Uma assassina morta perto de sua vítima os deixava completamente limpos. Ninguém seria culpado por aquilo, salvo a culpada. Eles poderiam seguir o pôr do sol juntos, Deus os abençoe.

— *Madame*, chegamos. — O táxi tinha parado no fim de um caminho de acesso que levava provavelmente por uns quatrocentos metros até uma graciosa pequena joia de *villa*. Suas paredes brancas brilhavam à luz da lua, e seus telhados entravam no céu escuro. Através das cortinas, podiam-se ver várias janelas iluminadas. Ele estava em casa. Eve perguntou-se por quanto tempo René ficou sentado naquele restaurante degustando sua torrada depois que ela e Charlie saíram. Não muito, ela suspeitava. Isso lhe dizia uma coisa: ele ainda estava com medo dela. *E deveria mesmo*, ela pensou.
— Devo levá-la até a porta, *madame*?

— Vou andando — ela disse e desceu do táxi.

41
CHARLIE

Desculpe-me, Finn, pensei todas as vezes que ouvi a marcha do Lagonda arranhar. Eu não tinha dirigido muito no último ano, estava completamente escuro, e eu mal podia alcançar os pedais... O carro gemia para mim enquanto eu o levava pelas ruas estreitas da França. *Eu juro que, se tiver um risco que seja na sua bebê quando isso terminar, vou compensá-lo*. O breque deu um grito ressentido, e eu fiz uma careta.

Eu não dirigia particularmente bem, mas dirigia rápido. Saí de Grasse num piscar de olhos, então começou a diversão. "Logo depois dos campos de mimosas" não era exatamente uma indicação precisa numa cidade cercada por acres de flores. Uma meia-lua surgiu durante a caçada, e eu sabia que Eve estava na minha frente e o tempo estava correndo. Pensei nela me encarando no hotel, dizendo-me para sair do caminho. Ela parecia um cavaleiro cansado baixando o capacete para um último golpe, desfigurado, esquelético, contido, sereno.

Dei-me conta de que meu irmão tinha a mesma expressão da última vez que o vi vivo. A expressão que dizia "Estou pronto para morrer".

Eve não, pensei. *Por favor, Eve!* Se eu falhasse com ela, se a perdesse, eu nunca me perdoaria.

A Rue des Papillons tinha vários caminhos privados que levavam para as *villas* de campo dos ricos. A primeira que peguei levou-me a uma casa com uma grande placa de vende-se, a segunda, para uma casa de família onde cerca de seis crianças estavam entrando para jantar; claramente não era a de René. Então me inclinei para a frente e contra o céu escuro vi a ponta meio apagada de outra casa. Ignorei o coração martelando o máximo que consegui e fui adiante. Havia uma caixa de correio, e luz da lua suficiente para ler as letras desenhadas: "GAUTIER".

Era ali. Não vi nenhum táxi, nenhum sinal de Eve. *Que não seja muito tarde*, pedi e comecei a correr em direção à casa. O perfume das mimosas era fraco e doce no ar, como eu imaginava que cheiravam os cabelos de um bebê. Minha mão apoiou-se na barriga enquanto eu corria e, por um momento, tive um lampejo de terror, não pela segurança de Eve, mas pela minha, pois não era apenas eu que poderia ser ferida naquela noite.

Ninguém será ferido hoje. Eu daria um jeito naquilo. De alguma forma.

Dei a volta na casa e me dirigi para a porta de trás.

42

EVE

A maioria das cozinhas de casas de campo estaria destrancada, pelo menos em tempos de paz. Mas a de René Bordelon não estava. Eve tinha antecipado isso; ela apoiou a mochila e tirou dois grampos do cabelo. Fazia muito tempo que tivera aulas de como abrir fechaduras em Folkestone, mas não era difícil: tudo o que você precisava era de um grampo para segurar e outro para trabalhar gentilmente nas engrenagens.

Mesmo assim, Eve demorou agonizantes minutos manipulando os grampos com seus dedos destruídos. Se não fosse uma fechadura muito velha e muito simples, não teria conseguido. Quando o clique se fez, ela parou um momento na soleira da porta para se concentrar, deixando a respiração ficar mais lenta. Só teria uma oportunidade, e não atiraria direito com o coração saltando e a mão trêmula. Por fim, Eve achou que estava pronta para entrar, levando sua Luger e deixando a mochila na porta.

Era uma grande cozinha de casa de campo, vazia. Nada além de mesas em cavaletes e panelas penduradas iluminadas pela luz da lua. Eve tateou nas sombras, virando a maçaneta da porta do outro lado da cozinha. Um pequeno ruído, e ela congelou por outro momento agonizante, ouvindo.

Nada.

Ela seguiu pelo corredor repleto de quadros e luminárias a vela. Uma faixa de um rico tapete abafou seus passos. Era o gosto requintado de René ajudando-a no caminho para matá-lo. Um som fraco de música cruzou o ar. Eve inclinou a cabeça ouvindo por um momento, então seguiu por outro corredor à direita. A música ficou mais alta, era algo exuberante e envolvente. *Débussy*, ela pensou e sorriu.

43

CHARLIE

— Não — sussurrei. — Não...

A porta da cozinha estava aberta. A mochila de Eve estava na soleira. Eu a vasculhei. Nada da Luger. Era tarde demais.

Mas eu não tinha ouvido disparos nem vozes. A casa estava silenciosa como uma granada que não havia explodido.

Eu queria correr gritando o nome dela, mas estava no território de René Bordelon e não atiçaria aquela víbora se ele ainda não tivesse percebido o que havia chegado para ele. Se. Talvez ele estivesse além da defesa. Eve já o tinha matado? Meu sangue gritou nas veias, me dizendo para voltar, para proteger a mim e Rosebud, não me afundar mais naquele ninho de perigo. Mas minha amiga estava lá, e eu continuei.

Uma cozinha escura. Uma porta aberta. Um longo corredor, rico e silencioso. Meu coração trovejava. O som fraco de música. Aquilo eram passos? A penumbra parecia pulsar. Segui a música e, quando virei o corredor, eu os vi, emoldurados pelo batente grosso da porta como uma pintura.

A silhueta de Eve, uma forma escura contra a luz brilhante do escritório. Parecia exatamente igual ao de Lille que ela descrevera para mim: paredes com seda verde, um gramofone tocando, um abajur Tiffany espalhando cores de pavão. René estava com sua camisa imaculada diante de uma mala de viagem aberta, distraído, virado para o outro lado. Eve estava levantando a Luger. Muito tarde para eu ousar intervir. Congelei, o pulso latejando.

Nem eu nem Eve emitimos um som, mas os instintos de cobra devem ter enviado um aviso subliminar, porque René se virou de súbito. Seu movimento repentino pareceu assustar Eve. Ela apertou o gatilho antes que o tambor da Luger estivesse totalmente nivelado. O tiro ricocheteou na lareira de mármore, e meus ouvidos zumbiram. René estava tentando alcançar a mala. Não havia surpresa em seu rosto, não havia medo — apenas um gesto venenoso de ódio quando levantou algo na direção de Eve, enquanto o braço dela se endireitava de novo. Aconteceu tão devagar como se estivessem presos em âmbar: duas Lugers apontadas, dois gatilhos puxados, dois disparos.

Um corpo caiu.

O de Eve.

Depois daquele momento sem fim, tudo aconteceu de uma vez. A Luger de Eve caiu no chão. Eu me joguei pelo corredor, mas não rápido o suficiente. René já tinha se adiantado e chutado a arma dela para longe, para o canto do escritório. Tentei correr em direção a ele antes que atirasse novamente, mas ele estava se afastando para fora de meu alcance, a arma apontada para mim.

— De joelhos — ele disse.

Tão rápido. Tudo tinha acontecido tão rápido. Eve fez um som baixo aos meus pés, suas mãos deformadas apertando o ombro esquerdo, e eu me ajoelhei ao lado dela. Senti o sangue quente ao segurar seus dedos.

— Eve, não, não... — Seus olhos estavam abertos, sem cor, piscando lentamente.

— Bem — ela disse numa voz alta e monótona. — Maldito.

O disco no gramofone chegou a um ruído final. Pude ouvir o coro rouco de nossa respiração, a minha falha, a de Eve com interrupções, a de René Bordelon rápida e profunda enquanto nos olhava do escritório que cheirava a fumaça. Uma faixa de sangue escuro corria lentamente pelo seu colarinho impecável. Metade de sua orelha estava pendurada em um amontoado de carne, e um lamento silencioso me dilacerou.

Perto. Eve chegou muito perto. O pensamento cruzou minha mente enquanto eu fixava o buraco negro infinito do cano da Luger apontada para o meio de meus olhos.

— Vá para aquele lado, menina. — O tambor fez um gesto. — Para longe da puta velha.

— Não. — Minhas mãos estavam pressionando as de Eve sobre o ferimento. Não sou enfermeira, mas sabia que ela precisava de atadura, pressão. *Ele não vai deixá-la ter nada disso, antes vai vê-la morrer*... Mesmo assim eu disse: — Não.

Ele atirou novamente, fazendo-me gritar quando o batente da porta se despedaçou.

— Solte-a e siga encostada na parede por aquele caminho.

A voz de Eve estava se desfazendo, mas clara:

— Faça isso, ianque.

Meus dedos estavam apertando Eve tão forte que tive de forçá-los para abrir. As mãos dela estavam cobertas de sangue, e mais sangue corria pelo seu corpo, lento e implacável. A arma de René me acompanhou quando segui meu caminho e encostei as costas em uma estante alta, mas os olhos dele estavam fixos em Eve quando ela conseguiu quase se sentar contra o batente da porta. Os olhos dela eram como pedra, cheios de agonia, mas acho que não era a dor do ferimento. Era a dor de vê-lo ainda em pé.

Fracassei, seu olhar gritava, cheio de ódio por si mesma. *Fracassei.*

Eu é que tinha fracassado. Não consegui mantê-la em segurança.

— Tire as mãos do ferimento, Marguerite. — A voz de René agitou-se, saindo daquele tom calmo que tinha no restaurante. — Vou assistir você morrendo e não quero que nada atrapalhe.

— Deve demorar um pouco. — Eve olhou para o próprio ombro. — Nada muito v-v-vital no ombro para uma bala acertar.

— Você vai s-s-s-sangrar até morrer, pequena. Prefiro assim, mais lento.

Eve tirou as mãos vermelhas da mancha escura que se espalhava. Minha garganta se fechou quando vi aquilo. Apenas um ferimento no ombro, e iria matá-la. Sentaríamos naquele escritório elegante, lar de todos os pesadelos de Eve, e a veríamos sangrar até morrer.

René ignorou o ferimento de Eve, seus olhos vidrados nas mãos dela, destruídas e cheias de sangue.

— Você usou luvas hoje à tarde — ele falou. — Eu queria ver como elas ficaram, depois de todos estes anos.

— Não muito bonitas.

— Ah, acho que são adoráveis. Eu fiz uma obra de arte aí.

— Tripudie quanto quiser. — Eve fez um sinal com a cabeça em minha direção. — Mas deixe a garota ir. Ela não t-tem nada a ver com isso. Ela não deveria estar aqui...

— Mas está — René a cortou. — E, já que não tenho como saber o que você lhe contou e que tipo de problema ela pode me causar, ela também morre aqui. Depois que você morrer, eu cuido dela. Pense nisso enquanto sangra até a morte, Marguerite. Vejo que ela significa alguma coisa para você.

Fiquei sentada ali sobre uma poça de terror, com os braços dobrados ao redor da barriga. Eu não tinha nem vinte anos e morreria. E minha Rosebud nunca viveria.

— Você não pode matá-la, René. — A voz de Eve estava calma, em tom de conversa, eu não podia imaginar a que custo. — Eu posso ser uma velha bruxa sem amigos ou f-f-família para cuidar de mim, mas ela tem os dois, e tem dinheiro. Mate a menina e você terá mais problemas do que nunca para escapar dessa.

René fez uma pausa, e meu coração quase parou.

— Não — ele disse por fim, levando a mão até a orelha pendurada e fazendo uma careta. — Você invadiu minha casa e tentou me roubar, um velho frágil que mora sozinho. Eu consegui reagir.

Naturalmente, no escuro, não tinha ideia de que vocês eram mulheres, muito menos as mulheres que me procuraram hoje no restaurante. Precisei sentar com palpitações no coração depois de atirar e, quando consegui telefonar para a polícia, vocês duas já estavam mortas, infelizmente. As pessoas simples do campo não são gentis com intrusos.

Minhas esperanças despedaçaram-se. Eu não estava totalmente certa de que ele se safaria daquilo de maneira tão simples. A equipe do restaurante certamente poderia testemunhar que ele nos conhecia... mas ele poderia embrulhar as coisas de uma forma que lhe permitisse fugir se necessário. Ele já estava claramente se preparando para escapar; a mala contava essa história. Eve estava certa: René Bordelon sempre fugia das consequências. Ele tinha escapado das consequências de duas guerras e, com dinheiro e sorte — duas coisas que ele parecia nunca ficar sem —, poderia muito provavelmente escapar dessa também.

Só por cima do meu maldito cadáver, pensei e quase deixei escapar uma risada histérica, porque era exatamente assim que aconteceria. Eve morreria, depois eu, e então ele passaria por cima de nossos cadáveres. Ele provavelmente já teria atirado em mim se estivesse pensando de maneira mais clara. Eu era jovem e forte e representava uma ameaça física. Mas ele não estava pensando claramente. A mulher que o tinha humilhado e enganado estava morrendo diante dele. Até que se fosse, ela era seu mundo, e eu, um pensamento para depois. Os olhos dele a devoraram.

— Você acha q-q-que pode atirar no meio dos olhos de uma garota estranha enquanto ela olha para você, René? — Eve ainda estava discutindo, ainda o encarando, mas o sangue em seu ombro saía mais rápido. — A única vez que você puxou o gatilho foi para atirar num homem pelas costas...

Eu não tinha nenhuma dúvida de que ele me mataria a sangue-frio. Nenhuma. Ele podia ser muito exigente para fazer o próprio trabalho sujo quando Eve o encontrou pela primeira vez, mas agora era um homem diferente.

— Eve, não fale. — Minha voz saiu pequena — Guarde suas forças...

— Para quê? — René desdenhou. — Resgate? Posso lhe garantir, ninguém ouviu nossos disparos. O vizinho mais próximo está a pelo menos cinco quilômetros de distância.

Resgate. Meus pensamentos seguiram por outro caminho, na direção de Finn, para quem eu havia deixado um bilhete rápido na recepção do hotel dizendo aonde tínhamos ido e por que, para o caso de as coisas darem errado. Bom, as coisas tinham certamente dado errado. Tive uma breve imagem delirante dele gritando pela noite para nos resgatar, mas não achava que o destino seria tão positivo.

— Posso lhe garantir, não tenho problemas para atirar na sua pequena americana aqui. — René pegou um lenço com apenas uma mão, no bolso na altura do peito, e colocou-o na orelha destruída. — Meu escritório já está arruinado. Um pouco mais de sangue nas paredes não faz diferença para mim...

Rose, pensei com uma pontada de angústia. *Rose, o que eu faço?* Eu não sabia se estava perguntando para minha prima ou minha filha. Meus olhos procuraram em todo lugar por uma arma, mas a de Eve estava do outro lado do escritório. Meu olhar passou pela estante atrás de mim — um par de candelabros de prata no alto, muito longe. Ele atiraria em mim antes que eu conseguisse ficar em pé. Mais perto, na prateleira do meio...

— Deixe-a viva, René. Eu lhe imploro.

Mal escutei Eve implorando. Na prateleira do meio, acima de minha cabeça, havia uma forma branca. Um busto em miniatura olhando sem expressão para o outro lado do aposento. Eu nunca vira aquele busto, mas tinha quase certeza de que o reconhecia.

Baudelaire.

— Confesso que não achei que você seria tão rápida para encontrar minha casa. — René deu um passo, movendo-se tenso, como se a idade estivesse se sedimentando em seus ossos depois da ação. — Quem lhe deu meu endereço, Marguerite?

— Posso arrancar informações de qualquer pessoa, René. Não provei isso com você?

A onda de raiva no rosto dele foi instantânea. Como ele era ridículo, devorado pela fúria por causa de um erro acontecido havia décadas. Mas sua raiva era útil. Podia ser virada contra ele. Dei um último olhar, medindo o busto acima da minha cabeça. Uma investida, um bom golpe, e eu poderia pegá-lo.

— "O inimigo oculto que rói nosso coração cresce absorvendo a força do sangue que perdemos" — René citou. — Acontece que o inimigo oculto não é tão perigoso quanto achou que fosse.

— É, sim — eu disse. — Seu inimigo oculto não é Eve, seu velho canalha. Seu inimigo oculto sou eu.

Seus olhos se voltaram para mim, e ele pareceu surpreso. Como se tivesse até mesmo esquecido que eu estava na sala. Parte de mim queria gritar e se esconder de seus olhos, da arma apontada em minha direção, mas coloquei meu queixo no ângulo *Eu não ligo* mais desdenhoso. Nunca tinha ligado tanto.

— Cale a boca, ianque — Eve rosnou. Ela estava suando, a cor deixando seu rosto. Quanto tempo ela ainda tinha? Eu não fazia ideia.

Traga-o para mais perto. Eve tinha dito uma vez que René planejava brilhantemente, mas improvisava muito mal. Eu precisava provocá-lo com algo forte e sabia que conseguiria. Eu podia nunca ter encontrado o homem antes, mas o conhecia por meio de Eve. Conhecia-o até os ossos.

Dei-lhe o olhar mais desdenhoso que consegui.

— O inimigo aqui sou eu — eu disse novamente. — Fui eu que encontrei seu restaurante em Limoges. Fui eu que fui atrás de Eve. Fui eu que a arrastei desde Londres. *Eu*. Você pensou que fosse tão esperto, começando uma vida nova, e tudo o que foi preciso para encontrá-lo foram alguns telefonemas feitos por uma garota de faculdade.

Sua voz estava gelada:

— Cale a boca.

Ah, eu queria. Mas isso não me salvaria ou a Rosebud. Era me arriscar e provocá-lo naquele momento, ou esperar passivamente para morrer depois de Eve.

— Não recebo ordens de um idiota como você — eu disse, sentindo o suor escorrer pela espinha. — Essa sua obsessão por Baudelaire não é apenas muito, *muito* entediante, mas o torna fácil de ser encontrado. Você não é inteligente, é previsível. Se não tivesse usado o título do mesmo maldito poema para seu restaurante duas vezes seguidas, ainda estaria tomando champanhe no jantar bem agora, não fazendo as malas e fugindo. Pela *terceira* vez em sua miserável vida cheia de clichês.

— Eu disse para calar a boca.

— Por que, para você poder falar? Você ama falar. Todas aquelas coisas que contou para Eve, apenas porque ela olhou para você com seus grandes olhos de corça. Você é um falastrão, René. — Eu nunca tinha chamado um velho pelo primeiro nome, não sem usar *senhor* ou *monsieur*, mas pensei que estávamos num momento de primeiros nomes. Tiros mais sangue mais ameaças de morte iminente é igual a uma certa intimidade. — Nem pense em atirar em mim — eu disse enquanto ele apertava a boca e contorcia a Luger. — Meu marido está de volta a Grasse bem agora e, se você me matar, ele vai enterrá-lo vivo. Eu deixei um bilhete, ele já está a caminho. Você pode deixar Eve morrer aqui, mas não pode me assassinar a sangue-frio.

É claro que ele podia. Eu estava apenas tentando bagunçar um pouco, deixá-lo nervoso. O revólver dele tremeu mais uma vez, e o medo me congelou até eu perceber que ele estava olhando para minha aliança, perscrutando meu rosto. Tentando ver se eu dizia a verdade.

— É verdade — disse Eve e, sangrando ou não, ela ainda sabia mentir. — O marido dela é um escocês esquentado, um procurador com amigos dos dois lados do Atlântico...

— Isso está ficando fora de controle — pressionei. — Olhe para você, aí em pé como se tivesse ganhado o jogo. Você perdeu. Você não pode controlar tudo isso. Deixe-me enfaixar Eve...

Os olhos dele voltaram para ela.

— Eu esperei trinta anos para ver essa mulher morrer, sua vaca americana. Quando ela estiver morta, beberei champanhe sobre o cadáver e passarei um tempo relembrando como ela chorou no meu carpete depois de cuspir todos os seus segredos...

— Ela não cuspiu segredo nenhum, seu mentiroso sujo.

— Você não sabe de nada — René Bordelon disse friamente. — Essa puta chorona é uma covarde dedo-duro.

Pelo canto dos olhos, vi Eve mexer o queixo. A ferida mais antiga, mais profunda: a traição a Lili. Senti o telegrama de Violette queimar em meu bolso. Se ele tivesse chegado um dia antes, talvez eu pudesse ter evitado tudo aquilo.

Ela podia estar sangrando, mas não era tarde demais para saber a verdade.

— Você mentiu para ela — eu disse. — Eve nunca entregou nada, nem mesmo sob efeito do ópio. A informação que condenou Louise de Bettignies veio de outra fonte, uma certa *mademoiselle* Tellier. — A pesquisa nos registros do julgamento feita por Violette, as partes não ouvidas pelos defensores à época, devia ter revelado isso. Eu não sabia quem era *mademoiselle* Tellier. Se sobrevivêssemos àquela noite, poderíamos descobrir. — Você soube por seus amigos alemães que eles já tinham o que precisavam para condenar Louise de Bettignies, por isso sabia que não havia mais razão para continuar torturando Eve. Mas, antes de entregá-la, você fez com que ela pensasse que era a informante. — Respirei fundo. — Admita, René. Eve venceu. Ela ganhou de você. Você mentiu para que ela pensasse que tinha perdido.

Seu olhar intenso oscilou. Sob o medo, senti uma ponta de vitória. Eve estava lutando para conseguir endireitar-se e sentar encostada na parede. Eu não sabia dizer quanto minhas palavras o tinham provocado. A Luger de René voltou-se na direção de Eve. *Não, não. Eu, você olha para mim.*

— Qual a sensação? — zombei. — Você tentou acabar com ela, mas não funcionou. Nada funcionou desde o dia em que ela te passou para trás. Ela terminou como uma heroína de guerra condecorada, e você recomeçando a vida duas vezes, porque é um maldito imbecil incapaz de escolher o lado certo em duas guerras seguidas...

Ele desabou. Muito irritado para atirar em mim de uma distância segura, aproximou-se: o homem que tinha matado Rose, levantando a Luger enquanto avançava. Mas eu estava me erguendo do chão, minha mão procurando a prateleira acima de mim, e os segundos se alongaram, agonizantes, enquanto eu tateava... tateava... e finalmente alcancei o busto de Baudelaire. Eu o girei num movimento violento, acertando o braço de René antes que ele pudesse atirar. Ele cambaleou para trás, perturbado, em direção à mesa, e meu coração subiu para a garganta. *Largue a arma, largue...* Mas, apesar de ele ter se apoiado no cotovelo ao lado do abajur, sua mão velha na beira da mesa ainda segurava teimosamente a Luger.

— Charlie — disse Eve, clara e seca. Eu sabia o que ela queria e já estava avançando com um uivo de ódio, movendo o busto de mármore num arco brutal para baixo. Ele levantou o outro braço, protegendo a cabeça, mas eu não estava mirando a cabeça dele. O busto de Baudelaire desceu com um som doentio sobre os dedos finos e longos ao redor da Luger. Ouvi ossos quebrarem debaixo do mármore, e ele gritou... gritou como Eve tinha gritado quando ele esmagara as articulações dela uma a uma, gritou como Lili tinha gritado na mesa de cirurgia em

Siegburg, gritou como Rose tinha gritado quando as primeiras balas alemãs atravessaram o corpo da bebê que ela carregava e a acertaram. Eu também gritei enquanto batia o busto de novo, ouvindo mais ossos se quebrarem conforme transformava aqueles longos, longos dedos em destroços vermelhos.

Ele largou a Luger.

A arma caiu no chão e eu fui atrás dela, mas René me alcançou com a outra mão e agarrou meus cabelos, ainda uivando de dor, tentando me puxar para trás. Então chutei a arma, fazendo-a deslizar até Eve.

Ela ergueu as mãos encharcadas de sangue e levantou a Luger de René do chão vermelho. Apontou-a com um esforço que a fez repuxar os lábios, e eu soltei meu cabelo daquelas mãos vingativas e me joguei no chão...

Enquanto Eve cravava calmamente uma bala entre os olhos de René Bordelon.

O rosto dele desapareceu numa neblina vermelha. A arma soou novamente quando Eve deu mais três tiros no peito do homem.

Ele caiu para trás, escorregando para o chão com a mão arruinada aberta, mostrando surpresa. Surpresa até o fim por existir dor que ele não podia superar, vingança da qual ele não podia escapar, consequências das quais ele não podia se esquivar. Mulheres que não podiam ser vencidas.

O ar fedia, acre com a fumaça e o cheiro penetrante de sangue. O silêncio caiu com um peso de chumbo. Fiz força para levantar do chão, ainda segurando o busto de Baudelaire. Não conseguia tirar os olhos do corpo de René. Ele deveria parecer pequeno e velho na morte, digno de pena. Mas tudo o que eu via era uma víbora velha com a cabeça arrancada, venenoso até o fim. Meu estômago se retorceu e de repente eu quis vomitar. Virei-me, dobrando um braço sobre a barriga, indo na direção de Eve, que ainda estava com a Luger na mão deformada. Ela parecia despedaçada e cheia de sangue, esplêndida e terrível, e me deu um lento sorriso sem piedade, como uma valquíria sobrevoando com um uivo triunfante uma horda de inimigos mortos.

— Resta um tiro — ela disse claramente, ainda olhando para o cadáver de René. E, diante de meus olhos horrorizados, de repente colocou a Luger na própria têmpora.

44

EVE

O dedo de Eve estava apertando o gatilho quando a dor destruiu seu mundo. Não a dor embotada no ombro, pulsando lentamente o sangue, mas uma agonia intensa e clara como prata, tomando conta dos dedos dela. Charlie St. Clair, soltando o berro angustiado que tinha saído de sua garganta enquanto se jogava sobre René, bateu o busto de Baudelaire diretamente na mão de Eve. O tiro saiu, deixando surdos os ouvidos já zumbindo de Eve, e acabou na parede enquanto seu braço errava o alvo. Ela segurou um grito ao encostar a mão e a arma vazia no peito.

— Sua puta ianque — disse entredentes, com lágrimas nos olhos. — Minha maldita *mão* está quebrada. *De novo.*

— Pela maneira como me enganou e fugiu do hotel, você merece isso. — Charlie caiu de joelhos, arrancou a Luger dos dedos de Eve e a jogou de lado. — Não deixarei você atirar em si mesma.

— Eu não preciso atirar em mim para m-morrer. — A Luger teria sido a melhor maneira, justiça poética: quando Eve viu o tambor arranhado com René, percebeu que era a sua Luger, que ele tinha pegado dela tantos anos antes. Aquela que Cameron lhe dera.

Mas Eve não precisava de bala para morrer. Ela podia sangrar até o fim ali; tudo o que precisava fazer era... nada.

— Saia de cima de mim — ela ralhou com Charlie, que estava tentando olhar melhor seu ombro ferido. A dor roía como um animal, devagar e constante. — Deixe isso, garota. Apenas deixe.

— *Não* vou deixar — Charlie ganiu. Ela caminhou pelo escritório procurando material, ignorando o corpo no chão. Voltou com camisas limpas de René que estavam na mala meio feita e uma garrafa de *brandy*. — Deixe-me limpar, isso vai desinfetar o bastante até encontrarmos um médico...

Eve a afastou com a mão quebrada. A dor era insuportável. Mais uma vez a sensação de areia vermelha e quente amassando suas articulações. Eve queria curvar-se e chorar, curvar-se e morrer. Ela estava fraca e trêmula e acabada. Não tinha mais inimigos para matar. O ódio era a estrutura de aço que a mantinha ereta; agora ela se sentia como um caracol sem casco, frágil e inútil. Era hora de *ir*, a garota não via isso?

Era claro que não. Charlie movia-se como mercúrio, recusando-se a desistir. Aquele momento em que ela tinha jogado na cara de René que ele era tão imbecil que escolhera o lado errado na guerra duas vezes... Eve teve vontade de comemorar. Era como se Charlie tivesse se transformado em Lili diante de seus olhos, pequena e firme como uma loba, usando a perspicácia à beira do desastre, improvisando seu caminho para longe da morte. Lili tinha sido vencida no fim, mas Charlie não.

— Você não precisa morrer. — Charlie pressionou um amontoado de pano ao redor do ombro de Eve, estancando o sangue. — Eve, você não precisa.

Precisar? Eve *queria*. Ela era uma aleijada afogada em uísque, gaga e sem futuro. A maior parte de sua vida tinha sido destruída em razão da culpa, da tristeza e de um homem mau. E Eve sabia o bastante sobre justiça para entender que matar René não era suficiente para tornar a vida doce de novo.

Ela devia ter murmurado alguma coisa, pois Charlie estava argumentando.

— Você não ouviu o que eu disse para ele? Você não traiu Lili. Os alemães conseguiram a informação sobre ela com outra pessoa. Quando você me contou que tinha sido drogada para falar, eu me perguntei...

Eve balançou a cabeça, sentindo as lágrimas caírem.

— Não. Fui eu. — Tinha de ser. A acusação que Charlie havia jogado sobre René passou despercebida pelos ouvidos dela. Ela vivera com a culpa por tanto tempo que já era parte de sua alma. Algumas poucas palavras não tinham o poder de mudar aquilo.

— ... ópio não é uma droga da verdade, Eve! Faz você ter alucinações, mas isso não significa que faça você falar! Pedi a Violette que olhasse os registros do julgamento, as coisas ditas quando a defesa não estava presente, e eu estava *certa*. Foi aquela Tellier, seja ela quem for, outra prisioneira...

Eve balançava a cabeça para a frente e para trás.

— Não vale a pena tentar descobrir mais? Olhar os registros você mesma? Você é uma espiã, você tem uma O.I.B., e pessoas como o major Allenton lhe devem favores! Ligue para Violette, consiga mais detalhes...

— Não. — Para a frente e para trás, para a frente e para trás.

— Sua vaca maldita, você não quer se livrar de toda essa culpa? Ou vai ficar deitada debaixo dela como um macaco numa coleira? — Charlie colocou o rosto incisivo na frente do de Eve e urrou: — *Você não fez aquilo!*

As lágrimas rolaram pelas bochechas de Eve. Naquela tarde, ela tinha chorado lágrimas de crocodilo para se livrar da garota, mas as de agora eram reais. Ela chorou e chorou, e por um momento Charlie a abraçou, e Eve soluçou em seu pequeno ombro.

Mas logo Charlie a estava cutucando e empurrando, insistindo para Eve se levantar.

— Não podemos ficar aqui. Apoie-se em mim, mantenha o pano pressionado *com força*.

Eve queria deixá-lo cair, queria deixar o sangue escorrer. Deixar a polícia encontrar os dois cadáveres pela manhã: fonte e espiã, captor e cativa, colaborador e traidora, presos juntos até o amargo fim. Mas...

Você não fez aquilo.

Sangue escorria pelo corpo de Eve enquanto Charlie a ajudava e a arrastava pelo corredor, de volta para a cozinha escura, para fora, para a quente noite francesa. Eve ainda estava tremendo de tanto soluçar, e a dor em sua mão era insuportável.

— Fique aqui até eu trazer o carro — disse Charlie. — Você não vai conseguir andar esses quatrocentos metros...

Mas viram luzes na estrada, perto da silhueta escura do Lagonda. Faróis brilhantes o bastante para atrapalhar até a visão borrada de dor e lágrimas de Eve. A polícia?

— P-P-P-P... — Sua língua se enrolou completamente; ela não conseguiu dizer uma palavra. Sem jeito, arrancou o pano de cima do ferimento. Preferia sangrar até morrer a ser presa novamente.

Mas Charlie gritou: "Finn!", e logo palavras furiosas chegaram num sotaque escocês familiar. Um braço forte pegou na cintura de Eve, carregando-a. Ela deslizou para a inconsciência, com esperança de que fosse a morte, com esperança de que tudo tivesse acabado.

Mas ainda pensava, em alguma parte ressuscitada de seu cérebro questionador: *Você não fez aquilo.*

45

CHARLIE

Vinte e quatro horas mais tarde estávamos em Paris.

— Eve precisa de um médico — foi a primeira coisa que eu disse para Finn do lado de fora da *villa* de René, depois da confusão inicial com explicações. — Mas, se a levarmos para um hospital, ela será pega. Qualquer pessoa com ferimento a bala será procurada quando encontrarem... — Um olhar para a casa atrás de nós.

— Eu acho que posso cuidar dela por tempo suficiente para sairmos de Grasse. — Finn mergulhou a bandagem em mais *brandy* e a prendeu forte em torno de Eve, mole e inconsciente no banco de trás do Lagonda. — A bala não parece ter quebrado nada. Ela perdeu muito sangue, mas com torniquete suficiente...

Pegas. Isso continuou ecoando em minha mente. *Nós seremos pegas.* Enquanto Finn cuidava de Eve, corri de volta para o escritório que cheirava a sangue. Com um pedaço da camisa enrolado na mão e evitando o sangue de maneira que ninguém pudesse encontrar pequenas pegadas de mulher, derrubei o abajur cauda de pavão e o gramofone e deixei as gavetas abertas, como se alguém tivesse procurado dinheiro. Talvez pudesse parecer um assalto que tinha dado errado. Talvez... Ainda usando o tecido, procurei em meu bolso e encontrei a fotografia de René que tínhamos mostrado por toda Grasse, dobrada e grampeada de maneira que exibisse apenas o rosto dele. Eu a desdobrei para deixar à vista a fila de nazistas usando a suástica e a deixei cair no corpo cravado de balas no chão.

Senti, então, uma onda de enjoo, mas Finn estava me chamando e não havia mais tempo, de modo que enfiei as duas Lugers e o pequeno busto de Baudelaire na mochila de Eve, limpei rapidamente as maçanetas e qualquer coisa mais em que pudéssemos ter tocado e corri. Dirigi o Lagonda de volta para o hotel com Eve esticada no banco de trás, e Finn me seguiu no carro que tinha pegado emprestado do gerente do hotel.

A primeira noite foi a pior. Eve despertou o suficiente para entrarmos no hotel com o casaco de Finn escondendo seu ombro ensanguentado. Passamos bem na frente da sonolenta recepcionista da noite, mas Eve desmaiou no alto da escada. Finn a colocou na cama, lavou e cobriu o ferimento com alguns lençóis pegos no depósito do hotel, e então tudo o que pudemos fazer foi velá-la durante a noite enquanto permanecia deitada, assustadoramente imóvel. Eu olhava para ela com olhos embaçados, e Finn me envolvia em seus braços.

— Eu poderia matá-la — ele sussurrou. — Colocar você em perigo...

— Fui eu que a segui — murmurei de volta. — Eu estava tentando impedi-la. Deu tudo errado. Finn, ela pode ser presa...

Seus braços me apertaram mais.

— Não deixaremos que isso aconteça.

Não. Não deixaríamos. Deus sabe quanto tentei evitar que Eve matasse René, mas agora estava feito, e eu não tinha a intenção de deixar a polícia colocar as mãos nela. Ela já tinha sofrido o suficiente.

Olhei para ela, frágil e inconsciente na cama, e de repente estava soluçando.

— Finn, ela tentou se m-matar.

Ele beijou o topo da minha cabeça.

— Também não deixaremos que isso aconteça.

Fizemos o *checkout* ao nascer do sol. Meu braço ao redor da cintura de Eve a mantinha ereta. A recepcionista bocejava, sem curiosidade, e em uma hora estávamos fora de Grasse, Finn forçando o Lagonda bem além da velocidade usual.

— Gardiner — ele murmurou enquanto as marchas reclamavam. — Você me deve um carro novo. Nunca vou conseguir tirar essas marcas de sangue dos bancos, e o motor *nunca* mais será o mesmo.

Durante todo aquele dia de viagem, Eve não falou nada, apenas se amontoou no banco de trás como uma coleção de ossos magros. Ela não disse nada nem quando entramos em Paris, passando por cima das águas negras do Sena, e me viu jogar o busto de Baudelaire pela janela no rio. Mas eu a vi tremendo convulsivamente.

Sabe-se lá como, Finn encontrou um médico disposto a examinar o ferimento de Eve sem fazer perguntas.

— Sempre se encontram homens como esse — ele disse depois que o doutor desinfetou, costurou e saiu. — Médicos desqualificados, velhos parceiros de exército. Como você acha que ex-condenados conseguem ser remendados quando não querem um registro de que estiveram brigando?

Agora que os dedos de Eve estavam com tala e seu ombro enfaixado, ela tinha comprimidos para dor e outros para evitar infecção, decidimos nos esconder.

— Ela precisa de tempo para se curar — eu disse, porque ela ainda estava assustadoramente apática, quando não estava irritada. — E Paris é grande o bastante para nos escondermos, se alguém...

Se alguém vier atrás de nós quando René for encontrado, Finn e eu pensamos. Mas não falamos de René para Eve, ou entre nós. Encontramos quartos baratos em Montmartre e deixamos Eve dormir, tomar seus comprimidos e nos xingar por não arrumar uísque para ela. Passaram-se cinco dias até que Finn viu a notícia no jornal.

"Ex-*restaurateur* morto perto de Grasse."

Peguei o jornal, devorando os detalhes. A governanta de René Bordelon tinha chegado para a limpeza semanal e encontrara o corpo. O falecido era um homem rico que vivia sozinho; o quarto tinha sido vasculhado. Era difícil conseguir evidências pelo tempo que havia se passado...

Apoiei a cabeça no jornal, de repente me sentindo zonza. Nenhuma menção a uma velha senhora e a seu advogado terem perguntado por ele por toda Grasse. Talvez a polícia soubesse disso, talvez não, mas ninguém mencionava investigações. Ninguém estava tentando conectar uma viúva rica americana e seu procurador imponente a uma inglesa convalescente e seu infame motorista em Paris.

— Cinco dias para o encontrarem — disse Finn, pensativo. — Se ele tivesse família ou amigos, teria sido mais rápido. Alguém teria telefonado, se preocupado com ele. Mas ele não fazia amigos. Não se importava com ninguém, não era próximo de ninguém.

— E eu deixei a fotografia no peito dele. Aquela com ele e seus conhecidos nazistas. — Suspirei lentamente, lendo a curta notícia de novo. — Pensei que, se a polícia visse que ele era um colaborador, não se esforçaria tanto para procurar quem o matou. Assalto ou acerto de contas, eles apenas... deixariam pra lá.

Finn beijou minha nuca.

— Garota esperta.

Afastei o jornal. Havia uma fotografia de René, cortês, sorrindo — aquilo fez meu estômago revirar.

— Sei que você não o conheceu, mas, por favor, acredite em mim. Ele era monstruoso. — Era eu que agora sonhava com quartos de seda verde cheios de gritos.

— Fico feliz de não tê-lo conhecido — Finn respondeu. — Vi coisas monstruosas o suficiente. Mas ainda queria ter podido estar lá. Protegido vocês duas.

Eu estava feliz por isso não ter acontecido. Ele é que tinha ficha na prisão. Ele é que corria mais perigo de acabar atrás das grades se tivéssemos sido pegas. Eve e eu tínhamos sido o bastante, no fim, para dar conta de René — mas eu não disse isso. Finn tinha seu orgulho, afinal de contas.

— Vamos contar a Eve que ela provavelmente está segura? — eu disse.

— Talvez isso a faça parar de nos xingar.

Eve ouviu sem comentar. Em vez de acalmá-la, a notícia pareceu ter redobrado sua agitação, enquanto ela cutucava a tala ao redor de seus dedos quebrados e reclamava do curativo no ombro. Pensei que ela me perturbaria com perguntas sobre o julgamento de 1916, a evidência que Violette tinha desenterrado a pedido meu, mas ela nunca tocou no assunto.

Dez dias depois que ela levou um tiro, bati em sua porta com um croissant para o café da manhã e não encontrei nada além de um bilhete no travesseiro.

Finn soltou todos os palavrões que conhecia, mas eu fiquei apenas olhando fixamente para as palavras secas. "Fui para casa. Não se preocupem."

— Não se *preocupem*. — Ele passou a mão no cabelo. — Aonde é que aquela imbecil arrogante foi? Violette, você acha? Tentar descobrir mais sobre o julgamento?

Ele correu escada abaixo para fazer uma ligação para Roubaix, mas eu fiquei olhando fixamente para o bilhete de Eve com uma suspeita diferente. Vasculhei o quarto, as duas Lugers tinham desaparecido.

Finn voltou rapidamente.

— Violette não viu nem ouviu nada sobre Eve, ela jura.

— Não acho que ela tenha ido para Lille ou Roubaix — sussurrei. — Acho que ela está indo para casa para morrer. Indo para um lugar onde não podemos impedi-la de puxar o gatilho.

Eu tivera a esperança tola de que, ao saber que não havia traído Lili, Eve se curasse de vez da ferida que carregara por tanto tempo. Ela soube que não era uma traidora, e seu inimigo caiu morto por suas próprias mãos... Tive esperança de que tudo isso fosse suficiente. Tive esperança de que ela olhasse para o futuro, não para seu passado corrompido. Mas talvez Eve tivesse olhado no espelho e não enxergado nada pelo que viver, já que o ódio e a culpa tinham acabado. Nada a não ser o tambor de uma arma.

Exatamente como meu irmão.

Minha respiração começou a se enrolar na garganta.

— Precisamos ir, Finn. Precisamos voltar para Londres *agora*.

— Ela pode não ter ido para Londres, garota. Se ela quer se matar, pode ter alugado outro quarto duas ruas para baixo, nunca saberemos onde. Ou pode ter ido para a sepultura de Lili, ou...

— O bilhete dela dizia "casa". Ela não teve outra casa a não ser Londres por mais de trinta anos. Se ela quiser morrer lá...

Por favor, não. Não.

A segunda viagem cruzando a França foi bem diferente da primeira. O carro parecia vazio sem a presença mordaz no banco de trás, e não houve desvios para Rouen ou Lille. Apenas uma viagem direta e rápida, em questão de horas, de Paris a Calais, então a balsa nos levou de volta para o *fog* inglês. Na manhã seguinte, o Lagonda rumava para Londres. Minha garganta fechou, e eu me dei conta num choque repentino de que era meu aniversário de vinte anos. Eu tinha esquecido completamente.

Vinte.

Aos dezenove, havia menos de dois meses, eu tinha descido do trem na escuridão chuvosa com a fotografia de Rose e minhas esperanças impossíveis. Evelyn Gardiner era apenas um nome num pedaço de papel. Eu não conhecia Eve ou Finn ou René Bordelon. Eu mal me conhecia.

Menos de dois meses. Quanta coisa tinha mudado naquele curto espaço de tempo. Acariciei minha barriga, que tinha acabado de ficar redonda, e me perguntava quando Rosebud começaria a se mexer.

— Número 10 da Hampson Street — Finn murmurou, dirigindo o Lagonda pelas ruas esburacadas. Londres ainda tinha suas cicatrizes de guerra, mas as pessoas caminhando por aquelas ruas cheias de feridas tinham mais balanço nos passos e alegria no rosto naquele dia quente de verão do que quando cheguei pela primeira vez. Finn e eu éramos os únicos com o rosto sombrio. — Gardiner, é melhor você estar em casa.

Em casa e segura, pedi, porque, se eu entrasse pela porta da casa de Eve e a visse estirada com uma arma em sua mão dura, nunca me perdoaria. “Não vou largar você”, eu tinha dito a ela em Grasse. “Não posso te perder.” Se eu perdesse...

Mas o número 10 da Hampson Street estava vazio. Não apenas vazio; tinha uma placa: “À VENDA”.

Seis semanas depois

— Pronta? — Finn perguntou.

— Na verdade, não. — Virei-me para sua inspeção. — Estou digna o suficiente para Park Lane?

— Você parece uma coisinha pequena cheia de ossos.

— Não tão pequena mais. — Eu estava muito obviamente grávida, minha barriga redonda abraçada com força pelo vestido preto. Ele não me serviria por muito mais tempo, mas eu tinha me espremido dentro dele naquele dia para dar sorte. Ele me deixava muito elegante e adulta; eu precisava daquilo naquela tarde. Porque minha mãe e meu pai tinham vindo a Londres e estavam me esperando no Dorchester em Park Lane.

Minha mãe e eu nos falávamos bastante por telefone desde que eu tinha voltado a Londres. Não importava o que ela havia me dito quando nos vimos pela última vez, eu sabia que se preocupava comigo.

— *Chérie*, você deve ter algum tipo de *plano* — ela se arriscou havia algumas semanas. — Vamos nos encontrar e conversar, todos nós...

— Desculpe, mas não quero voltar para Nova York.

Ao não discutir, ela deu um sinal de como estava nervosa.

— Então nós vamos a Londres. Seu pai terá negócios aí em breve, de qualquer forma. Eu vou com ele, e nós todos sentamos e fazemos alguns planos.

Eu já tinha planos. Vinha aprimorando-os nas últimas semanas enquanto dividia com Finn sua pequena quitinete. Nos preocupávamos com Eve, indo quase todos os dias até sua casa para bater na porta. Mas não foi apenas sobre Eve que falamos durante nossos cafés da manhã de panela. Falamos de Rosebud, para quem eu estava lentamente fazendo um enxoval. Falamos sobre o futuro e como podíamos cuidar dele, Finn esboçando ideias e eu transformando-as em números em meus registros bancários para ver como aquelas ideias podiam se tornar realidade (e os banqueiros não tiveram problema em permitir que eu sacasse meu próprio dinheiro quando cheguei com minha falsa aliança de casamento). Mas eu não tinha certeza sobre quanto meus pais estariam interessados em meus planos. Então havia me preparado para que eles me contassem que ação tinham decidido tomar, e estava pronta para dizer não. Se eu ainda era menor de idade ou não, eles descobririam que eu não era mais tão fácil de convencer como costumava ser. Encarar um assassino com uma arma nos faz colocar os pais muito mais embaixo na lista de coisas que podem nos intimidar.

Ainda assim, eu estava com medo de que aquele encontro pudesse dar errado quando batesse o pé, e eu não queria que desse errado. Apesar de tudo, sentia falta de meus pais. Queria dizer a eles que sentia muito por ter lhes causado tanto transtorno, que eu entendia melhor agora que perder James os destruíra profundamente. Eu queria dizer quanto os desejava de volta.

— Tem certeza de que quer que eu vá? — Finn usava o terno cinza que tinha vestido em Grasse como Donald McGowan, procurador. (Meu Donald!) — Sua mãe não teve uma boa impressão de mim em Roubaix.

— Você não vai escapar dessa tão facilmente, Finn Kilgore. Vamos.

Ele sorriu.

— Vou parar um táxi. — O Lagonda estava de novo na oficina mecânica onde Finn, quando não estava consertando os carros de outras pessoas, trabalhava na reconstrução de seu motor. O último trecho desde Paris tinha sido demais para a velha belezura, infelizmente. Teria me dado uma grande dose de confiança chegar ao Dorchester no Lagonda. Ele deveria ter virado aço para a guerra, mas ainda era puro estilo.

Peguei meu chapéu, uma peça preta realmente impressionante que tinha comprado porque me lembrara de Eve balançando a cabeça ao falar da paixão da rainha das espiãs por chapéus moralmente questionáveis. Aquele pequeno monte de gaze preta e penas era sem dúvida moralmente questionável, e eu sorri e o inclinei sobre um olho. "Muito bom, ianque", imaginei Eve dizendo e senti o movimento usual na minha barriga. A empresa que tinha colocado sua casa à venda não podia nos dizer nada; eles tinham recebido as instruções dela por telegrama. Tudo o que pudemos fazer foi deixar um bilhete com o endereço de Finn, implorando que ela nos contatasse, e ir até a casa sempre que possível para ver se conseguíamos encontrá-la. Mas tudo que tínhamos visto, havia uma semana, fora um aviso na porta de que a casa tinha sido vendida.

Onde você está? Era algo que Eve parecia feliz de nos deixar perguntando. Nos dias em que eu não estava aterrorizada pensando que ela estava morta, desejava matá-la eu mesma por me fazer ter tanto medo.

— Garota Charlie. — A voz de Finn soou estranha pela porta aberta. — Venha ver isso.

Peguei minha carteira e me juntei a ele na porta. Qualquer coisa que eu tivesse para dizer morreu na minha garganta quando olhei para fora. Parado tranquilo e jovial no meio-fio em frente estava um carro absolutamente deslumbrante. Ele cintilava no sol da manhã: um conversível prata brilhante e sofisticado.

— O Bentley Mark VI 1946 — Finn sussurrou, dirigindo-se a ele como um sonâmbulo. — Motor de quatro litros e meio... suspensão dianteira independente com molas helicoidais... eixo da hélice dividido... — E passou uma mão descrente no para-choque.

Mas não foi o carro, adorável, que fez meu coração disparar. Enfiado debaixo do limpador de para-brisa estava um grande envelope branco com nossos nomes escritos com uma letra familiar. Minha boca ficou seca quando abri o envelope. Havia algo volumoso no fundo, mas foi a folha de papel que primeiro tirei. O bilhete começava sem nenhum pedido de desculpa, nenhum cumprimento, nenhuma saudação. Claro que não.

Você começou o processo com Violette, ianque, mas eu tinha de descobrir e ver os detalhes por mim mesma para acreditar. O nome e o envolvimento de Lili com a Rede de Alice foram revelados por uma ex-colega de cela, mlle. Tellier, que, em troca de uma redução na sentença, passou para os alemães cinco cartas e uma confissão durante o período em que eu estava sendo interrogada por René Bordelon. Confirmado com dificuldade em registros do julgamento, documentos confidenciais e outras fontes de bastidores — mas confirmado. Também confirmado: Tellier envenenou-se depois do armistício.

René mentiu. Não fui eu.

Você estava certa.

Percebi que eu estava chorando como uma inútil. Mas eu não era inútil. Durante tanto tempo eu tinha ouvido a desagradável voz interior dizendo-me que eu era, que eu havia fracassado com meu irmão, com meus pais, com Rose, comigo mesma. Mas não havia fracassado com Eve. E talvez não tivesse fracassado com os outros tanto quanto eu sempre pensei. Eu fiz o que pude por Rose e James — não consegui salvá-los, mas não foi por minha culpa que eles morreram. Eu ainda podia consertar as coisas com meus pais.

Quanto a Charlotte St. Clair, eu podia tomar conta dela. Ela tinha assumido a confusão sem esperança em torno dela, tinha descartado as variáveis sem sentido, os ys e zs que não importavam, e tinha encontrado o x. Ela havia reduzido as coisas a uma equação muito simples: ela mesma mais Finn mais Rosebud, e sabia exatamente como resolver a equação. O bilhete de Eve continuava:

Violette me escreveu. Estou a caminho da França, onde nós duas visitaremos a sepultura de Lili. Estarei de volta a tempo para o batizado. Enquanto isso, deixo algumas pérolas para você e um carro para Finn.

Finn pegou o envelope, virando-o de ponta-cabeça. Um emaranhado escorregou em sua grande mão: as chaves do Bentley, atadas a um cordão de perfeitas pérolas cor de leite... *minhas* pérolas. Eu tinha voltado à loja de penhores assim que chegara a Londres, mas meu tíquete havia expirado e elas desapareceram. E ali estavam. Eu mal podia vê-las, as lágrimas caindo rapidamente. Uma última linha no bilhete:

Considere isso um presente de casamento.
— EVE

Fizemos o tráfego de pessoas entrando e saindo do Dorchester parar. Porteiros, mensageiros, homens elegantes de chapéu e suas esposas de luvas brancas, todos pararam para ver quando o Bentley estacionou na frente da fachada do hotel. Ele ronronava como um gatinho e corria como um sonho, e seu estofamento cinza aconchegava-me como um abraço. Finn mal conseguiu entregar as chaves para o manobrista.

— Leve-o para dar uma volta — ele disse, vindo até o lado do passageiro para abrir a porta para mim. — A senhora e eu ficaremos para o almoço.

Debaixo do toldo do hotel, vi minha mãe num vestido azul com babados e meu pai olhando a rua para cima e para baixo. Vi o olhar de minha mãe passar sobre Finn, aprovando-o em seu bonito terno, vi meu pai correr os olhos pelas linhas soberbas do carro — e depois vi os lábios deles se abrirem surpresos quando Finn me deu a mão para que eu descesse com meu chapéu extravagante e minhas pérolas francesas.

— *Maman* — eu disse, dando o braço para Finn e sorrindo. — Papai, gostaria de apresentar o sr. Finn Kilgore. Não é oficial ainda... — vendo mamãe mirar minha mão esquerda —, mas estamos planejando para breve. Temos grandes planos para o futuro, e gostaria que vocês dois fizessem parte deles.

Minha mãe ficou agitada e meu pai também, de seu jeito mais reservado, quando Finn estendeu a mão e eu fiz as apresentações. Então, enquanto nós quatro nos virávamos em direção à porta do Dorchester, que se abria para o lobby inacreditavelmente elegante, olhei por sobre o ombro e a vi pela última vez. Rose estava em pé debaixo do toldo do hotel num vestido branco de verão, seus cabelos loiros esvoaçando ao vento. Ela me lançou seu olhar travesso, aquele de que eu me lembrava tão bem, e acenou.

Acenei de volta, engolindo o nó na garganta. Sorri. E continuei para dentro.

EPÍLOGO

Verão de 1949

Os campos perto de Grasse estavam floridos, ondas e mais ondas de rosas, jasmins e jacintos. O ar era inebriante, e o café parecia um lugar bonito para sentar. Aquele toldo listrado convidava a não correr pelo caminho para Cannes ou Nice, mas colocar os pés para cima, pedir outra garrafa de rosé e gastar mais uma hora olhando para as montanhas. A mulher esbelta com sua trança com fios de prata estava ali fazia tempo suficiente para reunir várias garrafas vazias durante a tarde. O rosto dela era bem moreno, ela usava botas e calças cáqui e um conjunto de braceletes de marfim de presas de javali, e havia se acomodado num canto onde podia encostar as costas na parede e manter sob seus olhos todas as possíveis linhas de tiro. Mas ela não estava pensando em linhas de tiro naquele momento — olhava os carros indo e vindo pela estrada abaixo.

— Você vai esperar por um bom tempo — as garotas do café alertaram quando ela chegou perguntando pelos proprietários. — *Monsieur* e *madame* vão até os campos de flores todos os domingos para fazer piquenique. Eles levam horas.

— Eu espero — Eve disse. Ela estava acostumada a esperar. Tinha esperado mais de trinta anos para atirar em René Bordelon, e desde então gastara um bom tempo esperando debaixo do sol por diversão. Atirar em René tinha ensinado a Eve quanto ela gostava de perseguir, caçar e matar coisas perigosas. Ela não se interessava em mirar gazelas tímidas ou girafas graciosas, mas grandes e selvagens javalis da Polônia ou os orgulhosos leões comedores de homens que assustavam um vilarejo no leste da África tinham se mostrado alvos justos para o par de Lugers lubrificadas e imaculadas na mochila debaixo da cadeira. E ninguém num grupo de caça se importava se ela falasse muito palavrão, bebesse demais ou acordasse vez ou outra tremendo com pesadelos, porque não era incomum seus colegas caçadores terem cicatrizes semelhantes. Não nas mãos, talvez, mas nos olhos — olhos que tinham visto coisas terríveis e agora procuravam trégua nos lugares mais remotos e perigosos do mundo. Houve um tenso e grisalho coronel inglês no último safári, que nunca falou nada sobre as mãos deformadas de Eve, assim como ela nunca perguntou por que ele abandonara seu regimento depois de El Alamein, que se sentou para algumas doses de scotch tarde da noite e perguntou se Eve se animava a viajar com ele naquele inverno para ver as pirâmides. Talvez. Ele tinha mãos com dedos longos como os de Cameron.

Um carro passou pela oficina do café — um Bugatti com a capota abaixada, cheio de animados rapazes italianos no caminho para o litoral. Aquele lugar fazia bons negócios com os motoristas que passavam correndo pelas estradas da Riviera, Eve julgou pela oficina ampliada. O Bentley prateado de Finn estava lá, aquele que ela tinha lhe dado, e próximo a ele havia um Peugeot com o capô aberto e um Aston Martin sobre uns blocos. Ela podia imaginar pessoas indo à oficina para reparos e esperando no café ao lado, degustando biscoitos com geleia de rosas, bebendo muito vinho, cantando com o rádio. Edith Piaf estava tocando: "Mon legionnaire", um velho sucesso.

Era fim da tarde quando o carro subiu o declive: o Lagonda, andando a uma velocidade digna, as laterais azul-escuras ainda brilhantes como uma moeda. Ele parou na oficina, e Eve esperou, sorrindo. Um momento depois desceu Charlie, vestindo calça preta e camisa branca, bronzeada com um marrom-dourado, o cabelo cortado elegantemente curto. Em uma das mãos tinha uma cesta de piquenique e na outra segurava firme a blusa empoeirada de uma menininha. Eve perguntou-se quantos anos tinha sua afilhada, mas não fazia ideia. Dezoito meses? Ela não a via desde o batizado, e a criatura loira de queixo pontudo com uma carranca furiosa era muito diferente da bebê chorosa que vestia babados com bordados de roseiras e que Eve tinha segurado sobre a fonte. Ela havia colocado suas medalhas para a ocasião, pendurando-as orgulhosamente no ombro, e a pequena Evelyn Rose Kilgore tinha quase arrancado a Cruz de Guerra.

— Finn — Charlie estava falando sobre o ombro. — Pare de consertar coisas. É domingo. Você está proibido de trabalhar aos domingos.

A voz dele flutuou:

— Quase lá. Aquele vazamento de óleo...

— Fico feliz por não usarmos o Lagonda para nada além dos piqueniques. Ele é praticamente ferro-velho.

— Tenha um pouco de respeito, garota Charlie. — Finn apareceu então, despenteado e magro, o colarinho desabotoado mostrando a garganta bronzeada. Todas as meninas do café olhavam para o triângulo de pele em seu pescoço como se quisessem devorá-lo, mas um de seus braços estava ao redor da esposa e o outro pegava a bebê. — *Och*, Evie Rose — ele disse em escocês. — Você está difícil, criança.

— Ela está horrível — Charlie disse, enquanto a filha dava um grito que podia cortar ferro. — Uma bebê mal-humorada menos uma soneca da tarde é igual a birra elevada a dez. Vamos colocá-la na cama cedo hoje...

Eles ainda não tinham visto Eve, enfiada na mesa mais distante debaixo da sombra do toldo. Ela acenou com a mão deformada acima da cabeça. Suas mãos ainda chamavam atenção e não serviam para muita coisa que não fosse puxar o gatilho, mas tudo bem. Qualquer *fleur du mal* que tivesse vivido para envelhecer tinha direito a algum desgaste.

Ao ver a figura acenando debaixo do toldo, Charlie colocou a mão acima dos olhos para poder enxergar e soltou um grito, lançando-se em direção a Eve.

— V-Você vai me abraçar, não vai? — Eve disse para ninguém em particular. Ela suspirou e se levantou e foi sorrindo para ser abraçada. — Malditos ianques.

NOTA DA AUTORA

Louise de Bettignies é uma personagem histórica pouco conhecida hoje — e não merece isso. Com a coragem, a perspicácia e a desenvoltura da mulher batizada de rainha das espiãs, não é preciso exageros para criar uma história empolgante. Recrutada pelo capitão Cecil Aylmer Cameron, que já havia organizado operações de inteligência em Folkestone e tinha um bom olho para descobrir talentos, a ex-governanta Louise de Bettignies adotou o codinome Alice Dubois (entre vários outros, embora o apelido Lili tenha sido invenção minha) e usou sua facilidade com línguas e sua habilidade organizacional para o negócio de inteligência. O resultado foi uma das redes de espionagem mais espetacularmente bem-sucedidas da guerra.

A Rede de Alice foi mantida pelas muitas fontes de Louise baseadas na área de Lille, que reportavam sobre a parte local do front alemão com uma velocidade e precisão que faziam os militares e homens da inteligência britânica vibrar. "Os serviços prestados por Louise de Bettignies são inestimáveis." "Uma Joana d'Arc dos dias modernos." "Se alguma coisa acontecesse com ela, seria nada menos que uma calamidade." Os alemães ficaram igualmente impressionados (e incomodados) pela incrível precisão do fluxo de informações subversivo, tão eficiente que as posições das novas artilharias eram sempre bombardeadas depois de dias que se estabeleciam. Grandes prêmios para a inteligência foram revelados pela Rede de Alice: a visita do *Kaiser*, cujo trem escapou por pouco de ser bombardeado, e o alvo Verdun, um dos últimos relatórios de Louise (que, tragicamente, não foi levado a sério pelo nível de comando).

A líder da Rede de Alice estava constantemente se movimentando entre a França ocupada pelos alemães, a França livre, Bélgica, Inglaterra e Holanda enquanto passava relatórios, coletava informações e checava seus agentes, e seus métodos de contrabando de informação (mensagens codificadas embrulhadas em anéis e grampos de cabelo, enfiadas debaixo de bolos embrulhados, colocadas entre as páginas de revistas) são todos reais, como registrado neste livro. Sua coragem física era impressionante — ela passava rotineiramente pela fronteira hostil debaixo dos holofotes alemães e enganava soldados, enquanto o chão estava repleto de corpos de refugiados que tinham sido descobertos e mortos, mas ela se mantinha inabalável, mesmo depois de testemunhar um casal de fugitivos explodir em uma mina alguns metros à sua frente. Talvez mais marcante tenha sido sua habilidade de abrir caminho através dos *checkpoints*, fosse equilibrando pacotes até que um irritado guarda a mandasse passar ou utilizando crianças locais que brincavam de pega-pega e lhe passavam o documento de salvo-conduto (ambos acontecimentos reais). Também real é a ocasião marcante em que ela foi reconhecida por um general alemão quando ia a uma reunião. Ele a conhecia de uma partida de xadrez da época em que ela era governanta e gentilmente cedeu o próprio carro para que ela usasse.

Eve Gardiner é uma personagem fictícia, mas duas coisas nela são muito reais. Uma é sua gagueira — meu marido lutou contra a gagueira por toda a sua vida, e seus problemas eram os mesmos de Eve: a dificuldade periódica para conversar normalmente, os momentos de raiva ou grande emoção que amansavam sua fala, a frustração e a fúria ao ser interrompido ou considerado automaticamente menos inteligente. Foi ideia de meu marido fazer minha jovem espiã na Primeira Grande Guerra gaguejar e transformar aquilo em vantagem, usando-a contra aqueles que a subestimavam. Outra influência da vida real na personagem de Eve é seu codinome. Quando Louise de Bettignies finalmente ficou sem sorte, no outono de 1915, uma jovem chamada Marguerite Le François foi presa com ela. No interrogatório que aconteceu nas horas seguintes, os alemães rapidamente determinaram que a jovem e aterrorizada Marguerite não era espiã, mas apenas uma garota local que tolamente permitira que uma desconhecida amigável usasse seu passe no *checkpoint*. Ela foi repreendida, liberada e mandada de volta para casa, enquanto Louise era levada para a prisão. A Marguerite Le François real era muito provavelmente inocente... mas e se não fosse? Enquanto eu lia a narrativa histórica da prisão das duas mulheres, em que foram despidas, revistadas e aterrorizadas, em que a jovem Marguerite levou os alemães a terem pena dela por meio de soluços e um desmaio, e Louise os enganou engolindo uma mensagem codificada e depois pediu *brandy*, não pude deixar de me perguntar se as duas não tinham protagonizado seu último e melhor blefe enquanto estavam com as algemas alemãs. Assim nasceu Eve Gardiner, que acrescentei como uma terceira parte ficcional no meio da relação entre Louise e sua tenente.

Léonie van Houtte e seus óculos foram muito reais para a história, respondendo pelo codinome de Charlotte Lameron (mudei para Violette Lameron, uma vez que já tinha uma Charlotte). Léonie primeiro se juntou aos esforços de guerra como enfermeira da Cruz Vermelha, e logo depois foi recrutada como fiel ajudante e amiga de Louise de Bettignies. "Eu estava pronta para segui-la para qualquer lugar", Léonie escreveu depois, "pois sabia instintivamente que ela era uma garota capaz de coisas grandiosas." Apesar de Léonie ter sido presa pouco tempo antes de Louise, as duas foram julgadas juntas, condenadas juntas e cumpriram a pena em Siegburg juntas. Louise morreu em Siegburg em decorrência de um abcesso pleural, mas Léonie sobreviveu, uma espiã veterana condecorada duas vezes que se casou com um jornalista depois da guerra e administrou uma loja de porcelana em Roubaix. Seu marido mais tarde escreveu *La guerre des femmes*, as memórias dos tempos de guerra de Louise de Bettignies narradas a ele pela esposa. Os relatos precisos em primeira mão de Léonie são valiosos e incluem descrições detalhadas das operações da rede, da prisão de Louise, do julgamento e dos anos em Siegburg, repletos de abusos horrendos e raros momentos de vitória — como aquele no qual Louise incitou as colegas a fazer greve e a não fabricar mais munições. Muitas das brilhantes *bon mots* de Louise foram tiradas diretamente de *La guerre des femmes*.

Outra personagem histórica na equipe da rede é Antoine, mencionado brevemente neste livro como falsificador de documentos de Lili. O Antoine le Four real era um vendedor de livros com alma de poeta, um especialista em antiguidades falsas — como seus descendentes estão apenas agora descobrindo por suas cartas arquivadas, ele muito provavelmente usou sua habilidade na identificação de falsificações para fazer documentos falsos para a Rede de Alice. Vários membros de sua família também devem ter se envolvido com a rede, como sua jovem irmã Aurélie le Four, que atuou como acompanhante de mensageiros, foi estuprada e acabou grávida de soldados alemães, como descrito por Violette no capítulo 22. Seu subsequente aborto, também atestado pelos arquivos da família, foi feito por uma amiga enfermeira de Louise de Bettignies, embora não se saiba ao certo se a enfermeira era Violette/Léonie. Tanto Aurélie como Antoine parecem ter continuado seu trabalho de resistência mesmo depois da prisão de Louise, felizmente escapando das grades. Suas cartas fornecem um poderoso e comovente olhar sobre o sofrimento profundo e a força do patriotismo francês.

O patriotismo inglês não é representado com menos rigor pela personagem histórica capitão (mais tarde major) Cecil Aylmer Cameron. O homem, conhecido por suas fontes como "tio Edward", recrutou não apenas Louise de Bettignies, mas Léon Trulin, outro espião francês que se tornou um mártir depois de ser preso e assassinado pelos alemães. O passado pouco comum de Cameron — sua prisão sob acusação de fraude de seguros, a sentença que ele supostamente cumpriu tentando proteger a esposa, sua volta para o trabalho de inteligência durante a guerra e o suicídio pós-guerra — é real, apesar de qualquer especulação de minha parte sobre as motivações para a fraude, a condição de seu casamento ou o caráter de sua esposa ter sido ficcionalizada para atender à narrativa. Um dos codinomes de Cameron durante a guerra, no entanto, era "Evelyn", o mesmo nome que ele deu a sua única filha.

René Bordelon, como Eve, é um personagem fictício baseado numa pequena verdade histórica. Aproveitadores como ele certamente existiram, e ele se tornou minha ponte entre as duas guerras e as duas linhas do tempo. Também se transformou no informante historicamente desconhecido que passou o nome de Oradour-sur-Glane para a Milícia, e logo para os nazistas, durante a Segunda Guerra Mundial.

O massacre dos habitantes de Oradour-sur-Glane permanece um mistério e uma tragédia. Existem relatórios confusos e conflitantes: o informante aparentemente relatou para a Milícia que as atividades da Resistência francesa na área tinham resultado no sequestro e na execução de um oficial alemão, mas não se sabe se a atividade da Resistência estava concentrada em Oradour-sur-Glane ou na vizinha Oradour-sur-Vayres, nem se existiu na verdade. Provavelmente nunca se saberá por que o oficial da SS que cuidou do assunto decidiu massacrar um vilarejo inteiro em represália (ele foi consideravelmente repreendido por seus superiores alemães mais tarde), ou mesmo se um massacre completo era sua intenção desde o começo — há a hipótese de que explosivos da Resistência estivessem sendo guardados na igreja de Oradour-sur-Glane, resultando na explosão e no fogo que mataram tantos. A única coisa certa neste ar nebuloso da guerra é que os homens de Oradour-sur-Glane foram, na maioria, reunidos e assassinados em celeiros e em construções nos arredores do vilarejo, enquanto as mulheres e as crianças foram mortas dentro da igreja. Os lugares remotos de execução tiveram alguns sobreviventes, mas apenas uma pessoa sobreviveu ao inferno da igreja: *madame* Rouffanche. Eu tirei a história de sua fuga quase que literalmente de seu testemunho no julgamento de 1953, no qual os oficiais da SS conhecidos que ainda viviam e participaram do massacre foram julgados e condenados por seus crimes. É verdade que uma jovem mãe e seu bebê tentaram escalar a janela da igreja depois de *madame* Rouffanche e foram mortos — eram, no entanto, uma habitante local chamada Henriette Joyeux e seu filho pequeno, não a personagem de ficção Rose Fournier. A cidade de Oradour-sur-Glane continua vazia até hoje, uma sinistra cidade fantasma que serve como memorial: prédios sem telhado crivados de balas, relógios queimados e parados permanentemente às quatro da tarde, o Peugeot enferrujado estacionado. *Madame* Rouffanche morou nas redondezas até o fim de sua longa vida.

Finn Kilgore é uma personagem de ficção, embora suas experiências na libertação do campo de concentração em Belsen tenham sido extraídas diretamente do testemunho de soldados do 63º Regimento Antitanques da Artilharia Real que participaram da ação. Charlie St. Clair e sua família também são ficcionais, embora a terrível situação enfrentada por meninas grávidas solteiras fosse comum naqueles dias, assim como nos de Eve. Abortos eram ilegais, mas conseguidos por mulheres suficientemente ricas (como Charlie) para pagar por uma operação segura, ou suficientemente desesperadas (como Eve) para arriscar a morte em vez da gravidez. Muitas mulheres no território ocupado pelos alemães enfrentaram escolhas difíceis durante a Primeira Guerra Mundial — as cartas de Aurélie le Four implorando a Deus e a sua família que a perdoassem por não ter escolhido ficar com a criança de seus estupradores são de cortar o coração. Eve teria enfrentado consequências ainda mais desastrosas, dada a vida dupla das mulheres no mundo da inteligência. A espionagem, naquela época, não tinha o brilho glamoroso que mais tarde alcançou graças a James Bond e Hollywood; não era vista com uma profissão para homens e muito menos para mulheres. Se uma mulher tinha de se sujar na espionagem, precisava manter a reputação intacta, e enormes esforços eram investidos para garantir que as fontes femininas, como Louise de Bettignies, mantivessem a virtude. "Podiam ter sido coquetes, mas prostitutas nunca", escreveu sinceramente um biógrafo de Louise sobre as mulheres da Rede de Alice. "Elas nunca recorreram às artimanhas femininas para obter informações." Mulheres como Eve e Louise viveram realidades mais difíceis, mas sabiam muito bem que espiãs eram vistas ou como Madonas ou como prostitutas: visões da pureza imaculada, como a martirizada Edith Cavell, ou vadias sensuais e pouco confiáveis, como Mata Hari.

Como sempre, tomei algumas liberdades com os registros históricos, mudando alguns dos eventos e resumindo outros para servir à narrativa. Balsas de carro, como a que transportou o precioso Lagonda de Finn para a França, existiam em 1947, embora eu não tenha conseguido verificar se havia uma balsa de Folkestone para Le Havre. Louise de Bettignies e Marguerite Le François foram levadas a Tournai para serem interrogadas antes da libertação de Marguerite e da prisão oficial de Louise. Houve um período de poucos dias depois do julgamento em Bruxelas, antes de informarem às mulheres que suas sentenças de morte tinham se transformado em tempo de prisão.

O assunto sobre a condenação de Louise e que evidências os alemães tinham contra ela permanece discutível. Ela se recusou a falar qualquer coisa durante seus meses na prisão; os alemães então pegaram sua colega de cela, *mademoiselle* Tellier, para que lhes passasse algumas cartas que Louise tinha escrito, mas é difícil dizer se conseguiram algo incriminador nelas. Arrumei os relatórios existentes para chegar ao clímax mais claramente, mas Louise de Bettignies pode ter sido condenada com poucas evidências, além do fato de ter sido pega com vários cartões de identificação enquanto tentava passar pelo *checkpoint* com um passe emprestado.

A sequência de eventos em torno da morte de Louise foi condensada para a narrativa. A operação do abcesso pleural aconteceu mais cedo naquele ano, uma vez que ela não morreu imediatamente depois da cirurgia, mas conseguiu sobreviver alguns meses como uma inválida — mais um exemplo de sua resistência marcante: de acordo com *La guerre des femmes*, a operação de Louise durou quatro horas agonizantes, em uma sala não desinfetada e sem aquecimento da notória enfermaria de Siegburg, que tinha hospedado recentemente uma epidemia de tifo. É impossível dizer se os oficiais de Siegburg pretendiam matá-la durante a cirurgia; a falta de higiene e de recursos médicos adequados na enfermaria matou muitos pacientes mesmo sem malícia pretendida. Mas Louise era certamente uma prisioneira problema para os alemães, e eles mostraram pouca compaixão nos dias em que ela estava morrendo, recusando seu último pedido para ser enviada para morrer sob os cuidados da mãe e finalmente mandando-a de Siegburg para o leito de morte solitário em Colônia, distante de suas amigas leais e colegas prisioneiras. Eu queria muito ter podido mudar a história e ter dado a Louise um destino melhor. Confesso que resumi seu sofrimento pós-operatório. O grande funeral de Louise foi em 1920, não em 1919, quando seu corpo foi finalmente repatriado.

As espiãs da Primeira Guerra Mundial estão em grande medida esquecidas hoje. Por mais que fossem apreciadas por sua contribuição durante a guerra, havia um incômodo em como tratá-las depois. Mulheres que entravam na zona ativa de combate geralmente eram vistas pelo público como uma de duas coisas: ou mulheres que tinham esquecido toda a feminilidade e se tornado duras e masculinizadas graças aos perigos da guerra, ou mulherzinhas corajosas forçadas por obrigação a assumir riscos, mas ainda, no fundo, flores frágeis. Louise de Bettignies era admirada, elogiada e colecionava medalhas, mas seus contemporâneos focavam menos em sua dureza e valentia e mais em sua pequena estatura, sua feminilidade, seu patriotismo. "Louise era a mulher mais feminina que alguém poderia imaginar... Não havia nada de amazona nela." Essa questão não mudou depois da Segunda Guerra Mundial, quando Charlie St. Claire teria visto os pedidos para que Rosie the Riveter* deixasse as agruras da guerra e voltasse para casa. Claramente, mulheres em zonas ativas de combate perturbavam seus contemporâneos, mas ainda assim deixaram um legado. Garotas dos anos 30 e 40 se juntaram à Executiva de Operações Especiais para serem treinadas como espiãs contra os nazistas porque foram inspiradas por livros e histórias de mulheres como Louise de Bettignies — e elas não se inspiraram nas graças femininas dela. Se inspiraram em sua coragem, sua força e sua determinação, exatamente como eu imaginei Charlie se inspirando em Eve. Essas mulheres eram realmente *fleurs du mal* — com força, perseverança e talento, floresciam em meio ao mal e inspiraram outras a seguirem o mesmo caminho.

---

* Imagem icônica da cultura norte-americana, representada por uma mulher arregaçando as mangas da camisa e dizendo: "We can do it", "Nós podemos". (N. do E.)

AGRADECIMENTOS

Devo um agradecimento de coração a muitas pessoas que me ajudaram a escrever este livro. À minha mãe, que discutiu inúmeras cenas comigo durante longas caminhadas e conversas por telefone mais longas ainda. Ao meu marido, que ajustou a gagueira de Eve em todas as cenas e frequentemente me dizia: "Continue escrevendo, eu vou fazer o jantar". Às minhas maravilhosas parceiras críticas, Stephanie Dray e Sophie Perinot, cujas canetas vermelhas e ideias se provaram absolutamente preciosas. À minha agente, Kevan Lyon, e às minhas editoras, Amanda Bergeron e Tessa Woodward, líderes de torcida por excelência. À minha colega da MRW, Lisa Christie, e seu marido, Eric, por responderem às minhas perguntas sobre carros clássicos, checarem os detalhes mecânicos e conseguirem para mim um tour pela maravilhosa coleção de carros de Henry Petronis. E, finalmente, a Annalori Ferrell, cujo talento bilíngue me ajudou imensamente ao traduzir documentos franceses, me ensinou palavrões adequados em francês e me forneceu um olhar de dentro da ocupação do norte da França durante a Primeira Grande Guerra, sob a qual gerações passadas de sua família viveram. É com a permissão de Anna e sua família que incluo Antoine e sua corajosa irmã, Aurélie, neste livro como membros da Rede de Alice.

Impresso na gráfica Geográfica,
em papel pólen soft 70g/m² (miolo) e em cartão supremo 250g/m² (capa),
e composto em Gandhi Serif.

Este livro foi elaborado pela TAG – Experiências Literárias
em parceria com a Verus Editora.